Herbert Dutzler

Letztes Zuckerl

Ein Altaussee-Krimi

Herbert Dutzler

Letztes Zuckerl

HAYMON taschenbuch **320**

1

Für die Urlaubswoche zwischen Weihnachten und Neujahr hätte Gasperlmaier Besseres zu tun gewusst. Erholen hatte er sich wollen, vielleicht mit der Christine ein wenig Ski fahren, oben auf dem Loser, und zwischen den Abfahrten in der Sonne sitzen und zum Dachstein hinüberschauen. So hatte er sich das vorgestellt. Stattdessen stand er nun mit der Malerwalze im Wohnzimmer seiner Mutter und bemühte sich, die Decke zu weißen, ohne dass er allzu viel herumpatzte. Ein Spezialist für sauberes und genaues Arbeiten bei handwerklichen Tätigkeiten war er wahrlich nicht, er hetzte sich, um schneller fertig zu werden. Dabei passierten ihm dann aber immer wieder Missgeschicke, die dazu führten, dass alles noch länger dauerte als eigentlich nötig.

Zwei Wochen vor Weihnachten war Gretl Gasperlmaier gestorben, und das war eigentlich der Grund dafür, dass er hier mit der Malerwalze in der Hand in ihrem ehemaligen Wohnzimmer stand. Mit Gewissensbissen, weil er sich zuletzt nicht allzu viel um sie gekümmert hatte, um ihrem ewigen Genörgel zu entgehen. Dennoch fehlte sie ihm jetzt. Zuerst hatte ihn die Geschäftigkeit um den Tod und das Begräbnis seiner Mutter vom Grübeln abgehalten, aber nun, wo man Stück für Stück aus ihrem Haushalt hinaustrug und überlegen musste, ob man es wegwarf, behielt oder verkaufte, kamen ihm gelegentlich die Tränen. Friedlich war sie eingeschlafen, seine Mutter. Am Montag hatte sie noch beim Bäcker eingekauft, und am Dienstagmorgen war sie einfach nicht mehr wach geworden. Um zehn herum war er unruhig geworden, weil sie telefonisch nicht erreichbar gewesen war, hatte Nachschau gehalten und sie in ihrem Bett, scheinbar friedlich schlafend, gefunden. Ihm war gleich klar gewesen, dass sie tot war. Gretl Gasperlmaier war ihr ganzes Leben nie um zehn Uhr vormittags im Bett gelegen.

Und dann war der Christine eine Idee gekommen. „Glaubst du … ob die Kinder vielleicht hier wohnen wollen? Diese Wohnung, die wir uns angeschaut haben … ich weiß nicht. Ich hab kein gutes Gefühl dabei gehabt. Kein Garten, und …“ Die Kinder, damit meinte die Christine ihren Sohn Christoph, dessen kanadische Lebensgefährtin Richelle und deren zweieinhalbjährigen Sohn Theo. Sie hatten bei der Beerdigung ihrer Oma gar nicht dabei sein können, es war sich einfach nicht ausgegangen. Zudem war die Richelle neuerlich schwanger, die Familie würde also bald zu viert sein. Und diese Kinder hatten Gasperlmaier und seine Christine mit einem sehr spontanen Entschluss überrascht, ja überrumpelt.

Nur so nebenbei hatte die Christine dem Christoph, der in einem Krankenhaus in Vancouver, an der Westküste Kanadas, arbeitete, davon erzählt, dass sich kein Arzt und keine Ärztin um die freiwerdende Kassenstelle eines Allgemeinmediziners in Bad Aussee beworben hatte. „Möchtest du nicht Landarzt hier bei uns werden?“, hatte sie, mehr im Spaß, gefragt. Und keine zwei Tage später hatten sie eine WhatsApp-Nachricht bekommen. „Habe mich in Aussee beworben!“ Und dann war alles sehr schnell gegangen, eine Wohnung musste her und allerhand anderes war zu erledigen gewesen, zum Glück hatte sich die Christine um das meiste gekümmert. Am 10. Jänner würde der Christoph die Praxis übernehmen, und dass die junge Familie nun ins Haus der Oma einziehen sollte, das war die noch spontanere Entscheidung nach dem Tod von Gretl Gasperlmaier gewesen.

„Dass du halt mit den Schuhen ja nicht von der Plane runtergehst!" Die Christine zeigte auf Gasperlmaiers abgenutzte Treter, die er für die Malerarbeiten aus der Garage geholt hatte. Sie waren voller Farbspritzer. Er nickte. „Ganz ohne Patzen geht es halt nicht!", rechtfertigte er sich. „Bei mir schon!", entgegnete die Christine. Gasperlmaier verzichtete auf Widerspruch. Die Christine war nur mit der Wand beschäftigt, die Decke war weit schwieriger auszumalen. „Hoffentlich", sagte die Christine, „ist die Richelle mit dem Haus zufrieden. Sie ist ja doch die Großstadt gewöhnt, hier lebt sich's schon anders." Gasperlmaier seufzte. Das Thema hatten sie schon mehrmals ausführlich besprochen. Der Christoph war es gewesen, der immer mehr Heimweh bekommen hatte und eigentlich nur seiner Frau zuliebe in Kanada geblieben war, die Richelle hatte sich gegen eine Übersiedelung nach Österreich lange gesträubt. Schließlich hatte sie doch zugestimmt, aber man wusste eben noch nicht, ob sie sich in Altaussee zurechtfinden würde, es war ein großer Schritt von der Millionenstadt in Kanada in ein Dorf im Salzkammergut. Man würde sehen, wie sich die Sache entwickelte. „Anschluss braucht sie halt, die Richelle!", spann die Christine ihre Gedanken von zuvor weiter. „Man müsste sie gleich mit anderen jungen Müttern zusammenbringen, vielleicht finden sich sogar welche, die auch aus dem Ausland kommen oder gut Englisch können!"

„So!", sagte Gasperlmaier und legte seine Walze zurück auf das Gitter im Farbkübel. „Passt so, oder?" Er deutete auf die Zimmerdecke, die in frischem Weiß erstrahlte. Die Christine zog eine senkrechte Falte auf der Stirn. Gasperlmaier fiel auf, dass auch sie ein paar weiße Spritzer im Gesicht hatte, auf den Wangen. Sie sahen aus wie weiße Tränen. „Da, und da!“ Die Christine deutete auf zwei winzige graue Stellen, die er offenbar übersehen hatte. Sie nahm eben alles sehr genau. Was sie als Direktorin der Altausseer Volksschule auch unbedingt musste.

„Aber dann“, sagte Gasperlmaier, „machen wir für heute Schluss. Wir müssen ja noch die Zimmer herrichten, für die Kinder.“ Bis das Haus seiner Mutter bezugsfertig war, das konnte noch ein paar Wochen dauern. So lange musste die junge Familie mit zwei Zimmern im Elternhaus vorliebnehmen. Morgen würden Gasperlmaier und die Christine nach München hinausfahren, um sie vom Flughafen abzuholen, Silvester würde man bereits gemeinsam verbringen. Darauf freute sich Gasperlmaier jetzt schon, es war Ewigkeiten her, seit er mit seinen Kindern zusammen den Jahreswechsel gefeiert hatte.

„Ich muss noch schnell unter die Dusche“, erklärte er, als sie die Haustür hinter sich ins Schloss fallen ließen. „Mach nur“, sagte die Christine. „Ich wärm uns die halbe Ente auf.“ Zu Weihnachten waren die Katharina, seine Tochter, und deren Frau, die Stefanie, zu Gast gewesen. Die beiden waren Vegetarierinnen, und so hatte es Gasperlmaiers geliebte gebratene Ente erst gestern, am 27., gegeben, nachdem die Katharina und die Stefanie wieder nach Wien zurückgefahren waren. Natürlich war mehr als die Hälfte übriggeblieben, aber allein der Gedanke an die Reste ließ ihm schon das Wasser im Munde zusammenlaufen.

„Legst du jetzt das Handy weg?“, forderte ihn die Christine auf, als sie die Teller mit der Ente servierte. Dazu gab es, wie es sich gehörte, Semmelknödel und Blaukraut. „Ich muss nur noch schnell den

Wetterbericht für morgen ... hoffentlich wird es nicht allzu schlimm auf der Autobahn!" „Wieso denn?", war die Christine nun doch interessiert. „Schneien soll es morgen. Sogar im Flachland." „Oje! Schmeckt's?", fragte sie. „Genauso gut wie gestern!" Die Haut war zwar nicht mehr so knusprig, das Fleisch nicht mehr so zart, aber nach einem langen Arbeitstag hatte Gasperlmaier am Entenbraten trotzdem nichts auszusetzen. „Wird ein wenig anstrengend für dich", bemerkte die Christine zwischen zwei Bissen. „Du bist es nicht mehr gewöhnt, dass so viele Leute im Haus sind. Und der Theo wird jetzt auch schon ein bisschen lebendiger sein als vor eineinhalb Jahren. Bald wird er drei!" „Ach was!", winkte Gasperlmaier ab. „Ich freu mich doch schon so auf den kleinen Lausbuben! Glaubst du, dass wir ihn gleich auf die Ski stellen können?" Die Christine lachte. „Da musst du wahrscheinlich doch bis nächstes Jahr warten, das ist sicher zu früh!" Gasperlmaier schenkte sich und der Christine noch Rotwein nach. „Nicht zu viel!", warnte die Christine. „Morgen müssen wir um sieben Uhr los! Sonst schaffen wir es nicht rechtzeitig zum Flughafen! Den Kindersitz für den Theo hast eh montiert?" „Dreimal hast schon gefragt!", seufzte Gasperlmaier. „Und dreimal hab ich gesagt, dass er schon drin ist!"

Mitten in der Nacht rüttelte die Christine Gasperlmaier an der Schulter. „Du, Franz! Wach auf! Es ist was passiert!" Wie elektrisiert schoss Gasperlmaier hoch. Er schlief sowieso immer schlecht, wenn er jemanden aus der Familie hoch über dem Atlantik in der Luft wusste. Außerdem nannte ihn seine Christine nur dann „Franz", wenn die Lage sehr ernst bis hoffnungslos war. „Um Gottes willen! Ist das Flugzeug ..." Er konnte nicht weitersprechen. „Nein, nicht abgestürzt. Das Flugzeug ist nicht abgestürzt. Aber der Christoph ist nicht mitgeflogen!“ Gasperlmaier kapierte zunächst gar nichts. Warum sollte sein Sohn Frau und Kind allein nach Österreich schicken? Wo er doch eine Stelle anzutreten hatte? „Warum denn nicht?“, fragte er, nachdem er sich ein wenig beruhigt hatte und auf seinen Polster zurückgesunken war. Ein Blick auf den Wecker zeigte ihm, dass es erst halb fünf war. Eine Stunde konnte er noch liegenbleiben. „Ich weiß nicht, er hat nur eine Nachricht geschickt! Ich ruf jetzt einfach einmal an. Es ist ja ... Moment ... ja, halb acht am Abend ist es jetzt in Vancouver.“ Es tutete ein paarmal, und die Christine schaltete den Lautsprecher ein, damit Gasperlmaier mithören konnte. „Hallo, Mama!“ Christophs Stimme klang flach und tonlos. Daran merkte Gasperlmaier schon, dass etwas nicht in Ordnung war. „Was ist los?“, fragte die Christine direkt. „Probleme gibt's, mit dem Doktor Neuper.“ Das war der Doktor, dessen Praxis der Christoph in zwei Wochen übernehmen sollte. „Er hat mich heute angerufen, mitten in der Nacht, dass er erst Ende März übergeben kann. Weil er draufgekommen ist, dass seine Frau erst dann in Pension gehen kann, da gab's wohl Schwierigkeiten mit der Pensionsversicherung, und ... Ich bin aus allen Wolken gefallen!“ Gasperlmaier kannte den Doktor Neuper, er war ein bedächtiger Mann, ein guter Zuhörer, aber in Dingen des praktischen Alltags gelegentlich ein wenig unbeholfen, sodass es ihn jetzt nicht überraschte, dass er mit der Bürokratie, die eine Praxisübergabe nun einmal verlangte, überfordert war.

„Ja, aber warum meldest du dich dann nicht früher? Erst jetzt, wo deine Frau und der Theo schon im Flugzeug sitzen? Was denkst du dir denn?“ Die Christine war sichtlich aufgebracht. „Außerdem“, sagte sie,

„dann hättest du halt drei Monate frei gehabt!" Der Christoph seufzte. „Das geht sich finanziell nicht aus, Mama. Ich kann nicht drei Monate nichts verdienen, wenn die Richelle auch keinen Job hat! Und die in der Klinik hier waren so froh, dass ich noch zwei Monate bleibe. Und jetzt, wenn ich allein bin, kann ich auch overtime und weekend arbeiten, das zahlt sich finanziell voll aus. Und Ende Februar ..." „Wir hätten euch doch aushelfen können!", mischte sich Gasperlmaier ein. „Du kannst doch deine Frau und den Theo nicht allein ..." „Bitte, Papa!", unterbrach ihn der Christoph. „Wir hatten nur ein paar Stunden zum Überlegen. Wir haben uns die Entscheidung nicht leicht gemacht, und die Richelle hat es okay gefunden. Seid halt lieb zu ihr, und macht es jetzt nicht noch schwerer, als es ohnehin schon ist! Und ich hab mich so lang nicht gemeldet, damit ihr ... damit wir unsere Entscheidung ... also, dass ihr uns halt nicht dreinredet." Die Christine schluckte und holte tief Atem. „Ich versteh euch schon. Natürlich machen wir das Beste daraus. Und wenn du Ende Februar dann wirklich kommst?" „Hundert Pro!" Der Christoph klang erleichtert. „Ich muss jetzt Schluss machen. Bin natürlich in der Klinik, die Wohnung haben wir ja schon geräumt. Und ich hab mich gleich zum Notdienst gemeldet, das lenkt ab!" Er lachte, was nicht recht überzeugend klang, und legte auf.

Gasperlmaier schwang seine Beine aus dem Bett. „Trotzdem", maulte er, „ein bisschen früher hätte der Bub schon anrufen können. Und dann nur eine Nachricht. Dass er damit wartet, bis Frau und Kind im Flieger sitzen ... ich weiß nicht!" Die Christine blieb ihm eine Antwort schuldig, weil sie schon im Kleiderschrank kramte. Die Heizung war noch nicht angesprungen, und der Fußboden war kalt. „Ich mach uns jetzt einen Kaffee“, sagte er. „Ich kann sowieso nicht mehr schlafen.“ Er zog den Vorhang beiseite. „Und bei dem Wetter ... macht gar nichts, wenn wir ein bisschen früher fahren! Es schneit!“ Für einen Altausseer war das Fahren auf einer Schneefahrbahn natürlich Alltag, Gasperlmaier dachte sich wenig bis nichts dabei. Auch das Auflegen von Schneeketten war für ihn Routine, egal, ob es sich um seinen Streifenwagen oder das Privatauto handelte. Aber draußen, im Flachland, wo die Fahrer keine Ahnung davon hatten, wie man sich bei Schnee und Eis auf den Straßen verhielt, da war das Risiko, dass es zu Staus wegen Unfällen kommen konnte, schon erheblich größer.

Für den Pötschenpass musste Gasperlmaier die Schneeketten tatsächlich auflegen, aber schon vor Bad Ischl konnte er bei einer Tankstelle halten und sie wieder abmontieren. Auf der Autobahn dann war die Fahrbahn nur noch regennass, vereinzelte Schneeflocken schafften es gerade eben, die Landschaft ein wenig weiß anzuzuckern. „Ob die Richelle das aushält, zwei Monate mit uns zusammen im Haus? Ohne den Christoph?“ Gasperlmaier schüttelte zweifelnd den Kopf. „Wir müssen sie halt gut behandeln. Uns ein bisschen kümmern. Zwei Monate sind schnell um, wirst sehen. Und genug Platz haben wir ja.“ Die Christine war, wie meist, wieder einmal die Optimistin der Familie. „Und ob ihr das Häusl von der Mama gefällt? Groß ist es ja nicht. Und sie ist halt was anderes gewöhnt!“, gab Gasperlmaier erneut zu bedenken. „Das find ich nicht in Ordnung vom Christoph, dass er sie uns allein schickt. Und so ganz ohne Vorwarnung!“ Die Christine lachte. „Vorgewarnt hat er uns ja. Heute Nacht. Ein bisschen knapp halt!“

Als sie sich dem Flughafen näherten, musste Gasperlmaier sich darauf konzentrieren, die Einfahrt zum richtigen Parkhaus zu finden, und unterbrach deshalb die Unterhaltung. Als er das Auto abgestellt hatte und auf die Uhr sah, war es gerade einmal halb zehn, und erst um elf sollte der Flieger ankommen. „Gehen wir halt einmal was essen“, schlug er vor. „Eine Leberkäsesemmel wird’s da wohl irgendwo geben, wir sind ja schließlich in Bayern!“ „Aber das Bier bleibt alkoholfrei, hörst du?“, warnte die Christine.

Schließlich fanden sich sowohl Leberkäse als auch alkoholfreies Bier und Kaffee, und die Zeit verging schneller, als sie gedacht hatten. Weil die Christine einen untrüglichen Orientierungssinn hatte, fanden sie auch den Gang, durch den die Richelle und der Theo kommen mussten. „Da sind sie!“, schrie sie plötzlich und winkte durch eine Glasscheibe den Ankommenden zu. Erst auf den zweiten Blick erkannte Gasperlmaier die beiden, noch ganz entfernt am Ende des Ganges. Bald aber lächelte ihnen eine erschöpfte Richelle durch die Scheibe zu, und der Theo zog ein finsteres Gesicht und war sichtlich übermüdet. Die Richelle deutete nach rechts, auf die Pass- und Zollkontrolle, wo sie noch durchmusste. Gasperlmaier und die Christine nickten eifrig, und als sie wenige Minuten später die beiden in die Arme schlossen, flossen bei den beiden Frauen Tränen. Gasperlmaier nahm den Theo hoch, der ein wenig steif in seinen Armen hing. „Na? Kennst du deinen Opa noch?“, fragte er. Zwar hatte er den Theo regelmäßig bei Videoanrufen gesehen, aber die Wirklichkeit war doch was anderes. „Er ist müde, er hat zu wenig geschlafen auf den Plane!“, sagte die Richelle, als sie ihn von Gasperlmaier wieder übernahm. Der

Bub drückte sich eng an seine Mutter, als Gasperlmaier nach dem Wagen mit dem Gepäck griff.

„Trinken wir noch einen Kaffee?", schlug die Christine vor. „Die Fahrt nach Hause ist lang genug!" „Warum nicht?", antwortete die Richelle. Gasperlmaier wurde um den Kaffee geschickt, der natürlich nur in übergroßen Pappbechern zu haben war, während die Frauen nach Sitzplätzen suchten. „Nun erzähl doch mal!", bat die Christine, nachdem sie sich alle gesetzt hatten. Der Kaffee, fand Gasperlmaier, schmeckte auch ein wenig nach Pappe. Aber das Koffein würde ihn hoffentlich wachhalten. „Wir hatten schon alles gepackt, die letzten Nächte wir waren im Hotel, weil die Wohnung schon ..." Eine Träne rann der Richelle über die Wange. „Sorry!", sagte sie und wischte mit einem Taschentuch. Der Theo saß auf Gasperlmaiers Schoß und langte nach dem Keks, das beim Kaffee dabei gewesen war. „Du brauchst dich nicht zu entschuldigen", tröstete die Christine und legte der Richelle eine Hand auf ihren Rücken. „Das war ja auch ein Schock. Und was habt ihr getan, nach dem Anruf vom Doktor Neuper?" „Diskutiert. Überlegt, was wir tun können. Dass wir nicht drei Monate bei euch ohne Einkommen sein können, das war uns klar, das wollten wir nicht. Christoph hat gemeint, dass wir uns schnell ein Apartment suchen sollen, nur für acht oder zehn Wochen. Ich hab dann vorgeschlagen, dass wir vorausfahren, Theo und ich. Damit er Zeit hat, sich einzugewöhnen. Er muss ja dann auch mal in child care, oder wie das bei euch heißt." „Krabbelgruppe", half die Christine aus. „Christoph hatte Angst, dass es zu schwer sein wird für uns, aber ich habe gesagt, lass es uns tun. Weil ich ja auch schon eine Zusage habe, für einen Job!" Plötzlich lächelte sie. „Ein Job?", fragte Gasperlmaier, etwas ungläubig. „Ja", sagte die Richelle. „In die Marketing bei Tourismus Ausseerland. Sie haben gemacht mit mir online ein Bewerbungsinterview, und es hat geklappt. Sobald Theo ist in die ...?“ „Krabbelgruppe“, sagte nun Gasperlmaier. Die Christine deutete auf den Bauch der Richelle. „Und? Mit dem Baby? Alles gut?“ Die Richelle nickte. „Ich muss erst suchen ein Arzt in Altaussee.“ „Da kann ich dich beruhigen. Wir haben eine sehr gute Gynäkologin in Bad Aussee. Und die Leistungen sind alle gratis. Ein bisschen anders als in Kanada.“ „Free?“, fragte die Richelle. „Totally free?“ Gasperlmaier nickte. „Zumindest, sobald ihr hier zu arbeiten beginnt. Aber bis dahin findet sich auch eine Lösung.“

„Ja. Dann es geht los!“ Die Richelle steckte ihr Taschentuch wieder ein und stand auf, denn der Kaffee war ausgetrunken. Sie war, fand Gasperlmaier, sehr elegant gekleidet. Sie trug enge schwarze Hosen und Stöckelschuhe, die für den Ausseer Winter sicher nicht geeignet waren. Allerdings hatte er angenommen, in Kanada sei es jetzt auch bitterkalt. Die Winterjacke war dafür mit einem echten Pelzkragen ausgestattet, und Gasperlmaier war froh, dass die Katharina den nicht zu sehen bekam, denn sonst würde es gleich Debatten um Tierleid und Nachhaltigkeit geben, die Katharina konnte da manchmal unerbittlich sein.

Die vier Koffer der beiden fanden gerade so im Auto Platz. „Wo habt ihr denn den Rest?“, fragte er. „Das kann ja nicht alles sein, oder?“ Die Richelle nickte. „In Kisten. Die kommen mit dem Schiff. Wird dauern ein paar Wochen!“ „Gut!“, sagte Gasperlmaier. „Euer Haus ist eh noch nicht ganz fertig!“

Der erschöpfte Theo schlief bald in seinem Kindersitz ein, die Frauen hatten sehr viel zu besprechen, von dem Gasperlmaier nicht viel mitbekam, weil er sich auf den Verkehr konzentrieren musste. Es hatte wieder ein wenig zu schneien begonnen, und je näher sie der österreichischen Grenze kamen, desto mehr Schneematsch lag beiderseits der Fahrbahn. Kurz nach der Grenze schlief auch die Richelle ein, und es wurde ruhig im Auto.

„Bist du müde? Brauchst du noch einen Kaffee?", fragte die Christine, doch Gasperlmaier schüttelte den Kopf. Es war ihm lieber, wenn sie jetzt ohne Pause bis nach Hause fuhren, denn unterwegs konnte man sich sowieso nirgends richtig ausrasten. Der Pötschenpass war bereits mustergültig geräumt, als sie in der Heimat ankamen, und bald hielten sie vor ihrem Haus. Die Dämmerung war bereits hereingebrochen, und Gasperlmaier freute sich auf nichts mehr als ein oder zwei Bier und etwas Herzhaftes zu essen. Die Christine hatte Spaghettisauce vorgekocht, und so dauerte es nicht lange, bis gegessen werden konnte.

Nun waren sie also zu viert. Für zwei Monate. Hoffentlich ging das gut. Gasperlmaier betrachtete den Theo in seinem Hochstuhl, der von der Richelle überredet werden musste, die Spaghetti zu kosten. Misstrauisch sah er sich im Wohnzimmer um. Es war offensichtlich, dass er sich nicht daran erinnern konnte, vor eineinhalb Jahren schon hier gewesen zu sein, als die Katharina, Gasperlmaiers Tochter, ihre Stefanie geheiratet hatte. Der Bub, so dachte Gasperlmaier bei sich, musste erst ein wenig warm werden. Man musste ihm einfach Zeit geben. „Schau dir einmal den schönen Christbaum an!" Gasperlmaier hob den Kleinen hoch, damit er einen besseren Blick auf den bunt geschmückten Baum hatte. „Ours is bigger!", sagte er. „Und wir haben lights. Und die sind grün, und blau, und rot, und everyding!" Gasperlmaier seufzte. Das war ja ein ganz schönes Durcheinander mit den Sprachen bei dem Kleinen. Hoffentlich machten die Richelle und der Christoph da alles richtig.

Die Spaghetti der Christine maß der Theo weiterhin mit skeptischem Blick, um dann energisch den Kopf zu schütteln. „At home he likes Spaghetti!“ „Tja!“ Die Christine seufzte ebenso. „Sein ‚home‘ ist jetzt aber hier. Er wird sich schon daran gewöhnen. Kinder sind ja da recht einfach!“

„When can we go back home?“ war allerdings das Erste, was der Theo beim Frühstück am nächsten Morgen von sich gab. Es war jetzt eine schwierige Situation. Wie sollte man dem Kleinen beibringen, dass er jetzt dauerhaft hier in Altaussee wohnen würde? „We'll stay for a while. Daddy will join us in a few days“, beruhigte ihn die Richelle, die schon wieder herausgeputzt war, als hätte sie vor, Parfum in einem Luxuskaufhaus zu verkaufen. „Sprecht bitte Deutsch mit ihm, er versteht es schon. Mit Christoph er redet auch Deutsch. Sogar Dialekt!“ Sie lachte. „Magst ein Marmeladebrot?“, probierte Gasperlmaier es gleich. Der Theo lächelte und nickte. Gasperlmaier war erleichtert. Das Eis schien gebrochen.

„Wir gehen heute ein bisschen spazieren und einkaufen“, kündigte die Christine an. „Mit dem Ausmalen musst du allein fertig werden. Ist ja nicht mehr viel zu tun.“ Gasperlmaier nickte. Morgen war Silvester, da würden sie zu Hause gemütlich feiern, da konnte er heute ruhig noch ein paar Stunden Malerarbeiten einschieben. Schließlich war es für die Familie, die Kinder sollten sich freuen können über ihr neues Heim.

„Was esst ihr denn so zu Hause, in Kanada?“, fragte Gasperlmaier die Richelle, als er sich am Abend zu Tisch setzte. Im gleichen Moment erinnerte er sich, dass „zu Hause“ nunmehr gänzlich unpassend war, am Ende sogar verletzend für die Richelle. Die aber hatte seinen Lapsus offenbar überhört und zuckte mit den Schultern. „Wir essen meist at work, Theo in sein day care centre. Zu Hause wir holen Asian food, manchmal burgers oder Pizza. Am Wochenende manchmal Christoph kocht und ich backe eine Kuchen.“ „Aha!“, sagte Gasperlmaier. Mehr fiel ihm dazu nicht ein. Die Christine hatte heute asiatisches Hühnerfleisch mit viel Gemüse und Reis gekocht, in der Hoffnung, dass es für den Theo nicht allzu exotisch sein würde.

„It's delicious!“, lobte die Richelle das Gericht. Gasperlmaier freute es, dass sie gerne ein Glas Bier zum Essen akzeptierte, und auch das schien ihr zu schmecken. Obwohl es natürlich alkoholfrei war. Als er seinen Teller gerade erst zur Hälfte geleert hatte, läutete es an der Haustür. „Wer kann denn das jetzt sein?“ Gasperlmaier stand auf, um zu öffnen. Als er sah, wer vor der Tür stand, blieb ihm der Mund offen stehen. „Hallo, Papa!“ Die Katharina und die Stefanie lächelten ihn verlegen an. „Kommen wir ungelegen?“ Gasperlmaier räusperte sich. Hinter ihm war die Christine aufgetaucht, die schneller reagierte als er. „Willst du sie draußen im Schneegestöber frieren lassen? Kommt rein, esst was mit uns, und dann erzählt ihr! Es gibt zwar Fleisch, aber es ist genug Reis und Gemüse für euch da.“ Gasperlmaier nickte. Zu erzählen musste es etwas geben, denn erst vorgestern hatten sie mit den beiden telefoniert, die ihnen ausführlich von einer geplanten Silvesterparty mit Freunden und Kolleginnen erzählt hatten. Was da dazwischengekommen war, interessierte natürlich auch Gasperlmaier.

Glücklicherweise bemerkte die Katharina Richelles Jacke mit dem Pelzkragen nicht, obwohl sie fast unübersehbar an der Garderobe hing. „Habt ihr Hunger? Es ist genug da! Setzt euch hin!" Während sich die Frauen mit viel Hallo, Umarmungen und Küsschen begrüßten, der Theo geherzt und hochgenommen wurde, holte Gasperlmaier ein paar Bier aus dem Kühlschrank, denn die Stefanie und die Katharina waren in dieser Hinsicht keine Kostverächterinnen. Obwohl, wenn er gewusst hätte, dass die beiden kamen, hätte er Biobier gekauft. Man würde sehen, ob sie sein Bier für trinkbar erklärten.

„Wo ist eigentlich der Christoph?", fragte die Katharina. „Der Herr Doktor? Wo versteckt er sich denn?" Sie sah fragend um sich. Die Christine fasste sich als Erste und erklärte die Umstände, die dazu geführt hatten, dass der Christoph in seiner Klinik Nachtdienst schob, anstatt sich in Bad Aussee die neue Ordination anzusehen. „Und?", fragte die Kathi die Richelle. „Übersiedelst du jetzt allein ins Häusl? Oder wartest du, bis der Christoph da ist?" „Ich glaub, zuerst seid ihr uns eine Erklärung schuldig", mahnte die Christine. Die Katharina nickte und schenkte sich ein Glas Bier ein.

Gasperlmaiers Sorgen bezüglich des Biers stellten sich als unnötig heraus, die beiden aßen und tranken, als hätten sie seit Tagen gehungert. Die Christine musste sogar noch Brot und Käse auf den Tisch bringen, damit alle satt wurden. Die Katharina und die Stefanie sahen ein wenig besorgt, wenn nicht gar verhärmt aus, fand Gasperlmaier. Er platzte fast vor Neugier, hielt sich aber zurück. Die beiden würden schon erklären, warum sie so urplötzlich bei ihnen aufgetaucht waren. Jetzt stellte es sich fast als Glücksfall heraus, dass der Christoph nicht gekommen war – so hatte man für alle leichter Platz.

Nach dem Essen wurde noch der Theo zu Bett gebracht, was trotz der fremden Umgebung nach einigem Hin und Her und ein paar Tränen letztendlich gelang, und schließlich musste Gasperlmaier auch noch eine Runde Schnaps herausrücken, bevor man sich um den Wohnzimmertisch zusammensetzen konnte.

„Also!“, sagte die Katharina. „Bitte jetzt nicht erschrecken. Es ist wirklich nichts passiert, gar nichts. Aber wir sind auf Anraten der Polizei aus Wien abgereist.“ Einen Moment lang blieb es still. „Polizei?“, hauchte die Christine. „Aber ...“ Die Stefanie unterbrach sie. „Ihr wisst ja, dass wir bloggen. Das ist mittlerweile mehr als ein Hobby. Wir verdienen auch Geld damit. Und seit einiger Zeit gibt es einen Hassposter ...“ „Eigentlich mehrere“, ergänzte die Katharina. „Es gibt viele, vor allem Männer, die sehr untergriffige Kommentare abgeben, zu uns und unserer Arbeit, in den sozialen Netzwerken.“ Die Richelle nickte. „Ich hab gelesen. Aber es wird Gott sei Dank meist schnell wieder entfernt.“ Gasperlmaier wunderte sich. Die Richelle verfolgte die Internetaktivitäten seiner Tochter? Er selber wusste nur wenig davon. Nur, was ihm die Christine gelegentlich erzählte. Die Stefanie und die Katharina bloggten im Internet zu vielen Themen, hauptsächlich rund um den Bereich Nachhaltigkeit. Also woher Kleidung und Essen kamen, was für Verbrechen bei deren Produktion begangen wurden, wie Mensch und Natur gnadenlos ausgebeutet wurden. So in dieser Richtung etwa. Und das, so wusste auch Gasperlmaier, hörten manche Zeitgenossen nicht gerne. Und wiederum manche von diesen ließen ihrem Unmut gerne freien Lauf.

„Es gibt besonders einen, der mich persönlich bedroht. Und in den letzten Tagen sind die Drohungen so konkret geworden, dass die Kriminalpolizei zu ermitteln begonnen hat.“ Die Stefanie übernahm, weil die

Katharina einen Schluck Bier nahm. „Er kennt unsere Adresse, er weiß, in welchen Lokalen wir verkehren. Er hat sogar unsere Telefonnummern veröffentlicht, damit andere Hassposter uns auch persönlich am Telefon beschimpfen können." „Und deswegen", fuhr die Katharina fort, „hat uns die Polizei geraten, für einige Zeit aus Wien zu verschwinden, bis sie den Täter gefunden haben. Sie halten die Drohungen für ernstzunehmend." „Welche denn eigentlich?", fragte Gasperlmaier. Die Katharina räusperte sich, die Stefanie sprach es aus. „Er hat uns mit Vergewaltigung gedroht, er hat andere dazu aufgerufen, uns zu vergewaltigen, wenn sie uns sehen, er droht generell mit allen Formen von Gewalt, sogar mit dem Tod." „Und die Polizei weiß noch nicht, wer es ist?" Die Christine hatte vor Schreck eine Hand vor den Mund geschlagen. Die Stefanie schüttelte den Kopf. „Es ist natürlich auch vieles dabei, das sich generell gegen Homosexuelle richtet. In unserem Blog machen wir kein Geheimnis daraus, dass wir ein Paar sind. Deswegen möchte er uns aufhängen und danach Raubtieren zum Fraß vorwerfen."

Am Tisch herrschte nun Schweigen. Gasperlmaier konnte und wollte sich gar nicht vorstellen, dass ein solcher Irrer tatsächlich auf seine Tochter losgehen wollte. Das, so schwor er sich, würde er zu verhindern wissen. Wenn er denn den Halunken jemals in die Finger bekam ... Die Richelle fand als Erste wieder Worte. „Da bist du hier ja gut aufgehoben. Wo Dad doch bei der Polizei ist." Gasperlmaier stand auf, um aus dem Keller eine Flasche Rotwein zu holen. Der Abend würde wohl länger dauern, und man würde gewiss noch mehr zu trinken brauchen.

„Wir werden vorläufig von hier aus arbeiten, wenn ihr uns aufnehmt. Und es sollen möglichst wenige Leute wissen, dass wir da sind. Leider werden wir daher nur wenig rausgehen können." Die Katharina seufzte. „So ernst ist es?" Die Christine hatte wieder eine sehr tiefe senkrechte Falte auf der Stirn. „Macht euch keine Sorgen!", beruhigte Gasperlmaier. „Wir werden halt ein wenig zusammenrücken. Und gut aufeinander aufpassen." „Ja, und morgen schauen wir uns euer neues Haus an", sagte die Christine. „Warst du überhaupt schon einmal drinnen?" Die Richelle schüttelte den Kopf. „Ich hab die Oma nur bei euch getroffen." „Vielleicht können wir euch helfen, beim Herrichten, und beim Einziehen! Wir können uns ja nicht wochenlang hinter dem Vorhang in unserem Zimmer verstecken!" Die Katharina konnte schon wieder lachen. „Ja, und ich hoffe, dass es nur ein paar Tage dauert, bis die Polizei herausgefunden hat, wer uns bedroht", fügte die Stefanie hinzu.

2

Gasperlmaier traf noch vor der Manuela auf dem Posten ein. Irgendwer musste schließlich auch zu Silvester Dienst tun, und er war froh, dass er den Abend und den morgigen Feiertag frei bekommen hatte. Die Manuela würde den nächtlichen Bereitschaftsdienst übernehmen. „Morgen!", begrüßte sie ihn mit ein wenig verquollenen Augen. „Was schaust du so?", fragte sie. Gasperlmaier hatte sie aufmerksam gemustert. „Wir haben halt gestern gefeiert. Weil ich doch heute Bereitschaft habe." Er nickte verständnisvoll. „Ja. Danke auch." Die Manuela war seit Jahren schon seine Mitarbeiterin auf dem Posten in Altaussee, und er hoffte, das würde sie auch noch lange bleiben. Zwar hatte sie schon allerhand Kurse besucht, die sie eigentlich für höhere Aufgaben qualifizierten, aber sie war mit einem Altausseer verheiratet, und das war wohl der Hauptgrund dafür, dass sie ihm noch nicht abhandengekommen war.

„Rechnen wir mit Problemen, heute Nacht?", fragte sie. Gasperlmaier seufzte. Die Neujahrsnacht war leider eine, in der man als Polizist immer wieder mit unangenehmen Einsätzen rechnen musste, denn mit den Angetrunkenen zu verhandeln, wenn sie sich etwa anschickten, direkt im Ortszentrum schwere Böller zu zünden, war oft mühsam. „Es gibt schon ein paar Vereine, die es heute Nacht ordentlich krachen lassen wollen", meinte er. „Auf die Fußballer musst du halt ... da tät ich schon aufpassen!", warnte er. „Ja, ja!", meinte die Manuela. „Wo die jungen Männer zusammenkommen, da gibt's oft Ärger. Warst du eigentlich auch so ein wilder Hund, früher?" „Ach geh!", winkte Gasperlmaier ab, ohne näher auf die Frage einzugehen.

Tatsächlich war er auch als Jugendlicher eher ruhig gewesen, es war ihm nicht so leichtgefallen, irgendwo Anschluss zu finden. Mit den Mädchen, da war es in seiner Jugend sowieso nicht so gut gelaufen, er war schüchtern gewesen, hatte sich zu dünn und zu unsportlich gefunden, und die Unterhaltungen, die sich in Burschenkreisen hauptsächlich um Autos, Fußball und Mädchen gedreht hatten, waren ihm auch nicht wirklich gelegen.

Die Manuela nahm das Telefon gleich nach dem ersten Läuten ab, als es klingelte. „Polizei Altaussee?" Sie zog die Augenbrauen hoch und flüsterte Gasperlmaier tonlos „Einsatz!" zu, während sie gleichzeitig zuhörte. Er konnte den Gesprächspartner nicht verstehen, meinte aber mitzukriegen, dass der nicht besonders aufgeregt klang. Die Manuela legte auch gleich wieder auf. „Der Doktor Neuper war's", sagte sie. „Er ist zu einem Unfall gerufen worden, ein Treppensturz. Der Patient war leider schon tot, als er ankam. Wir sollen uns das sicherheitshalber einmal anschauen, meint er." „Wo denn? Wer denn?", fragte Gasperlmaier. „Grafenfeld. Der alte Grafenfeld, hat er gesagt. Kennst du den?" Gasperlmaier nickte. „Kein Altausseer. Ein Wiener. Aber die haben schon seit Generationen ein Haus hier. Ich glaub, die haben eine Schokoladefabrik, oder Pralinen, oder sowas." Die Manuela stieg auf der Fahrerseite ein. „Wie alt?", fragte sie, als sie den Wagen startete. „Sehr alt. Glaub ich", antwortete Gasperlmaier. Er musste an seine Mutter denken. Auch der hatte er immer wieder geraten, doch im freien Zimmer im Erdgeschoß zu schlafen, anstatt jeden Tag mehrere Male die schmale, steile Stiege zu benutzen. Sie war ja in ihren letzten Jahren auch nicht mehr so sicher auf den Beinen gewesen. „Da ist ein Treppensturz nicht gerade unwahrscheinlich“, sagte die Manuela und bog in die Straße ein, in der das grafenfeldsche Haus lag. „Schauen wir einmal!“, bekräftigte Gasperlmaier.

Vor dem Haus standen bereits zwei Autos, ein Rettungswagen und der Kombi des Doktor Neuper. Blöd war das, dass ausgerechnet der heute hergekommen war. Hoffentlich kam das Gespräch nicht auf die Geschichte mit seiner verspäteten Praxisübergabe, Gasperlmaier hätte nicht recht gewusst, was er dazu sagen sollte.

Das Haus der Grafenfelds war alt und im typischen Altausseer Stil errichtet, der obere Stock aus Holz, mit einer vorgebauten Veranda. „Schaut jetzt nicht nach reichen Leuten aus!“, bemerkte die Manuela. Tatsächlich sah das Haus ein bisschen verkommen aus, die Fensterläden hingen teils schief in den Angeln und schienen morsch, im Vorgarten wucherten hohe Büsche, der Lack der Haustür war abgeblättert. „Soviel ich weiß“, sagte Gasperlmaier, „hat der allein hier gewohnt, seit er sich aus seiner Firma zurückgezogen hat.“

Drinnen herrschte im engen Vorhaus Gedränge. „Servus!“, sagte ein Sanitäter zu Gasperlmaier, als er eintrat. „Ich glaub, wir fahren dann auch gleich wieder. Können eh nichts machen!“ Er zuckte mit den Schultern und trat vor die Haustür, um den beiden Polizisten Platz zu machen. „Pfüat euch!“ Der zweite Sanitäter schlug Gasperlmaier kurz auf die Schulter, als er das Haus verließ. Im Vorhaus standen jetzt nur noch eine Frau in Kittelschürze, die in ein Taschentuch schniefte, das sie sich vor Nase und Mund hielt, und der Doktor Neuper. „Guten Morgen!“, sagte der und schüttelte Gasperlmaier und der Manuela die Hand. „So haben wir ihn vorgefunden. Zuerst die Hauskrankenpflege vom Roten Kreuz, die hat mich gerufen, und dann ist die Frau Krenn dazugekommen." Er deutete auf die schluchzende Frau. Zwischen ihnen auf dem Boden lag der Herr Grafenfeld in seltsam verkrümmter Stellung. Blut war keines zu sehen. Der rechte Fuß steckte noch in einem Schlapfen, der linke war auf der untersten Treppenstufe hängen geblieben, der Schlapfen lag ein paar Stufen weiter oben. Der Herr Grafenfeld, so stellte Gasperlmaier fest, hatte löchrige Socken getragen. Graue Strähnen waren über das kahle Haupt frisiert gewesen, jetzt hingen sie zu Boden.

„Oh Gott, oh Gott!", jammerte die Frau Krenn. „Der arme Herr Doktor!" „Wieso ist der arm?" Gasperlmaier war verwirrt und nahm an, sie sprach über den Doktor Neuper, dem er auch einen etwas ratlosen Blick zuwarf. „Doch nicht er! Er!", schluchzte die Frau Krenn und deutete auf den am Boden Liegenden. „Der Herr Doktor Grafenfeld!" Gasperlmaier räusperte sich. „Woran ist er denn ...?", fragte die Manuela, ohne ihren Satz zu vollenden. „Ich vermute Genickbruch, Schädelbruch, Genaueres kann ich nicht sagen. Da muss man ... also, ich würde schon vorschlagen, dass man zur Klärung der Todesursache eine Obduktion ..." Auch er ließ seinen Satz ausklingen. Gasperlmaier nickte.

„Also, einmal ganz von vorne!", versuchte er, Ordnung in die Abläufe zu bringen. „Die Hauskrankenpflege hat ihn gefunden? Warum ist die nicht mehr da?" „Die hat einen engen Dienstplan, wenn sie hier herumsteht, wird sie nie fertig. Die hat ja Klienten, die warten!" Der Doktor Neuper schien fast entrüstet über Gasperlmaiers Frage. „Haben wir einen Namen?", fragte er dennoch. Der Doktor Neuper nickte. „Martha Gressl, ihre Adresse finden Sie sicher über das Rote Kreuz." „Nicht nötig", antwortete Gasperlmaier. „Die Martha kenn ich. Erstens ist sie mit mir in die Schule gegangen, und zweitens war sie auch bei meiner Mutter."

Das zu arrangieren war mühsam gewesen. Wenigstens einmal pro Woche, hatte er vorgeschlagen, sollte eine Pflegerin nach der Mutter sehen. Damit regelmäßig jemand vor Ort war, der sachkundig ihren Gesundheitszustand beurteilen konnte. Und baden sollte sie auch nicht mehr allein, dazu war sie, wie er fand, zu gebrechlich. Schließlich hatte die Mutter zugestimmt, aber nur, weil sie die Martha Gressl kannte, und auch nur, wenn die selber kam. Die Martha war übrigens während der Schulzeit eine von Gasperlmaiers heimlichen Lieben gewesen. Am Ende der 4. Klasse Hauptschule hatte er sich in sie verliebt, die Martha aber hatte nie etwas davon gewusst. Dunkle Haare hatte sie gehabt, ebenso dunkle Augen und eine stolze, lange Nase. Frauen mit langen Nasen hatten ihm später immer wieder gefallen, obwohl das nicht dem gerade gängigen Schönheitsideal entsprach. Die Manuela riss ihn unsanft aus seinen Träumereien.

„Wann ist er denn gestorben?", fragte sie. „Also, aufgrund der Körpertemperatur würde ich sagen, irgendwann gestern Abend. So zwischen sechs und zehn. Dann wäre er ungefähr zehn, zwölf Stunden tot. Das müsste hinkommen. Die Leichenflecken weisen auch darauf hin, dass er seit seinem Tod nicht mehr bewegt wurde." Der Doktor zeigte mit dem Kugelschreiber auf den Unterarm des Toten, wo Gasperlmaier den Rand einer blauen Verfärbung wahrnehmen konnte. Er wandte sich an die Frau Krenn. „War er allein, gestern Abend? Oder war jemand bei ihm?" „Ich war um sechs da, ich hab ihm ein Abendessen gerichtet. Er hat ja so gern seinen Liptauer ..." Sie begann wieder zu schluchzen und drückte ihr Taschentuch gegen die Augen. „Wann sind Sie gegangen?“ „Um halb sieben, ungefähr. Da war er dann allein im Haus. Und ich hab auch niemanden gesehen. Ich wohn ja gleich daneben!“ Sie deutete auf das Nachbarhaus. Gasperlmaier nickte. „Sind Sie den ganzen Abend zu Hause gewesen?“, fragte er. „Wieso? Ach so, ja. Nein. Ich hab ja Strickrunde gehabt, gestern. Aber um elf, wie ich wieder heimgekommen bin, da war alles ruhig!“ „Könnte also schon wer da gewesen sein!“, schlussfolgerte Gasperlmaier.

„Eine Bestattung werden wir verständigen müssen. Und die Angehörigen auch“, sagte der Doktor Neuper. Gasperlmaier fiel ein, dass er sich noch gar nicht erkundigt hatte, warum die Frau Krenn gleich aufgetaucht war, nachdem der Doktor vorgefahren war. „Wie stehen Sie ... ich meine, warum sind Sie hier?“, fragte er, möglicherweise etwas schroff. Die Frau Krenn schluchzte heftiger. „Ja, wie ich die Rettung gesehen hab, da bin ich gleich herüber. Man fühlt sich doch verantwortlich, irgendwie. Ich hab ihm halt den Haushalt ... ich hab ihm eingekauft und ein bissl geputzt, was er halt gebraucht hat.“ „Nachbarschaftshilfe!“, half der Doktor Neuper aus, damit Gasperlmaier nicht etwa auf die Idee kam, hier wegen Schwarzarbeit einzuschreiten. Doch der hatte das ohnehin nicht vor. „Was hat er oben gemacht?“ „Da war sein Schlafzimmer. Er ist noch gut mit der Stiege zurechtgekommen. Anhalten hat er sich halt müssen. Im Haus hat er das Gehwagerl nicht gebraucht.“ Die Frau Krenn deutete auf einen blauen Rollator, der zusammengeklappt in einer Ecke stand. „Er war noch ganz gut beisammen. Trotz seiner 85 Jahre.“

„Verdacht auf Fremdverschulden?“, fragte die Manuela. Der Doktor zuckte mit den Schultern. „Sehr unwahrscheinlich. Solche Unfälle sind häufig bei älteren

Menschen, Gott sei Dank enden sie meist glimpflich. Oberschenkelhalsbruch, oder so. Man muss ja nicht gleich auf den Kopf fallen. Und den Oberschenkel, den haben wir mittlerweile gut im Griff! Sogar 90-Jährige bekommen wir innerhalb weniger Tage wieder mobil!“ Er deutete mit dem Daumen nach oben. „Na ja“, sagte die Manuela. „Ihn nicht mehr. Leider!“ Die Frau Krenn schluchzte auf.

„Ich muss dann auch!“, sagte der Doktor und drückte Gasperlmaier den Totenschein in die Hand. „Gibst den Schein dem Bestatter weiter. Ich ruf auf der Bezirkshauptmannschaft an, wegen der Obduktion. Die sollen dann dem Bestatter Bescheid geben, wo er untersucht werden kann. Pfüat euch!“ Er drückte sich an Gasperlmaier und der Manuela vorbei. „Sein letzter Tag heute!“, sagte die Manuela. „Und er fängt schon ungut an!“ Gasperlmaier schüttelte den Kopf. „Er arbeitet noch drei Monate weiter! Und der Christoph muss warten!“ Bevor Gasperlmaier der Manuela die ganze Geschichte erklärte, schickte er noch die Frau Krenn nach Hause. „Und geben Sie mir bitte gleich Ihren Schlüssel für das Haus.“ Die Frau Krenn nickte, konnte Gasperlmaier aber wegen ihres anhaltenden Schluchzens nicht antworten. Sie drückte ihm einen Schlüsselbund in die Hand und folgte dem Doktor Neuper.

„Der Christoph muss noch zwei Monate in Kanada bleiben“, berichtete Gasperlmaier schließlich. „Aber seine Frau und der Theo sind schon da. Ein ganz schöner Schlamassel.“ Und während sie auf den Bestatter warteten, erzählte er der Manuela alles. „Wir müssen sie einmal einladen, die Richelle!“, sagte die Manuela, nachdem sie alles gehört hatte. „Damit sie sich nicht allein gelassen fühlt. Und schließlich muss sie ja auch Einheimische kennenlernen!“ Gasperlmaier nickte. „Fahr auf den Posten zurück!“, sagte er dann. „Ich komm hier schon zurecht.“ Die Stille, die sich einstellte, als er mit der Leiche des Herrn Grafenfeld allein war, war bedrückend. Unterbrochen wurde sie nur durch das Knallen von Böllern. Viele konnten es nicht erwarten, bis es Mitternacht wurde, und schossen ihre Raketen schon bei Tageslicht ab. Sogar am Vormittag.

Gasperlmaier holte sein Handy hervor. Es war sicher eine gute Idee, ein paar Fotos von der Leiche zu machen. Man konnte nie wissen. Vielleicht ergab die Obduktion irgendwas, wo man sich dann fragte, wie er zu liegen gekommen war. Er durfte allerdings nicht vergessen, die Fotos auf dem Posten auf den Computer zu laden und sie danach gleich wieder von seinem Handy zu löschen. Nicht auszudenken, wenn der Theo an seinem Handy herumspielte und die Fotos der Leiche in die Finger bekam.

Gasperlmaier sah die Stiege hinauf. Wenn das Schlafzimmer oben war, dann musste der Herr Grafenfeld beim Hinaufgehen gestürzt sein, als er ins Bett wollte. Rücklings die Stiege hinunter. Und deswegen war er mit dem Kopf aufgeschlagen. Irgendwie ein trauriges Ende, so ganz allein. Zuerst hatte er noch den Liptauer von der Frau Krenn gegessen, vielleicht ein Glas Bier dazu getrunken. Und dann hatte er auf der obersten Stufe wohl das Gleichgewicht verloren, als er das Stiegengeländer loslassen hatte müssen. So schnell konnte es gehen. Der Todesfall würde zu den Akten wandern, sobald der Bestatter die Leiche abgeholt hatte.

Gasperlmaier hielt es nicht länger bei der Leiche im düsteren Vorhaus aus und lugte durch die offene Tür in den Raum, der der Stiege am nächsten war. Die Küche. Mit einem Esstisch. Tatsächlich stand ein leeres Glas auf der Anrichte, daneben ein Teller mit einem Messer darauf. Der Herr Grafenfeld hatte also zu Abend gegessen und danach sein Geschirr ordentlich neben die Abwasch gestellt. Gasperlmaier wurde warm, deswegen öffnete er die Haustür, um etwas frische Luft zu schnappen. Im gleichen Moment stieß der Leichenwagen rückwärts in die Einfahrt. Geräumt war die nicht worden, das merkte Gasperlmaier erst jetzt. Doch so viel Schnee lag noch nicht, dass der Leichenwagen hätte steckenbleiben können. Allerdings war es ein alter Mercedes mit Hinterradantrieb. Im Notfall würde er ihn beim Wegfahren anschieben müssen. Gasperlmaier sah zum Himmel, von dem schon wieder einzelne Flocken tanzten.

„Servus, Gasperlmaier!“ Aus dem Wagen stieg der Aschauer Otto, der Angestellte der örtlichen Bestattung. Der Otto hatte schon wieder eine brennende Zigarette im Mundwinkel hängen, ohne die sah man ihn fast nie. Er nahm sie meist nur dann aus dem Mund, wenn ihn ein Hustenanfall schüttelte. „Heut musst mir helfen, der alte Strnad ist über Silvester zu seiner Schwester gefahren, er kommt erst am Zweiten wieder. Musst mit anpacken!“ Der Strnad, das war der Chef der Bestattung. Er hatte die Beerdigung von Gasperlmaiers Mutter organisiert. Der Otto öffnete die Heckklappe des Leichenwagens und zog einen Metallsarg heraus, der auf Schienen lief. „Da, die Griffe!“, zeigte er Gasperlmaier. Der war wenig erfreut darüber, dass er helfen musste, den Herrn Grafenfeld in den Sarg zu heben.

Im Vorhaus war so wenig Platz, dass sie die Haustür gar nicht zumachen konnten, als sie den Sarg abstellten. Der Otto beugte sich über den Leichnam. „Der alte Grafenfeld“, sagte er, mit einem Anflug von Bedauern im Ton. Er zog seine Kappe und hielt sie gegen die Brust. „Armer Teufel. War gar nicht so ungut. Allein war er halt viel. Komisch, der hat zwei Kinder. Aber die haben sich anscheinend nicht für das Haus interessiert. Oder für Altaussee. Magst einen Schnaps?" Gasperlmaier nickte. Wenn er eine Leiche anfassen musste, war es vielleicht gar keine so schlechte Idee, sich vorher mit einem Schnaps zu stärken. Der Otto zog einen Flachmann aus seiner Jackentasche und hielt ihn Gasperlmaier hin. Der tat einen guten Schluck. Das Zeug war bei weitem nicht so wohlschmeckend wie die Schnäpse seines Nachbarn, des Doktor Altmann, der ein pensionierter Richter und zudem Feinschmecker war. Es brannte heftig bis in den Magen.

„Soda!", sagte der Otto, nachdem er den Flachmann wieder verstaut hatte. „Packen wir's! Du bei den Füßen!" Der Otto drehte den Herrn Grafenfeld auf den Rücken und zog ihn ein Stück von der Stiege weg, sodass er ihn der Länge nach hinlegen konnte. Routiniert drückte er dem Leichnam die Augen zu und das Kinn nach oben. So sah der Herr Grafenfeld gleich viel friedlicher aus, fand Gasperlmaier. „Hopp!", kommandierte der Otto, als er den Herrn Grafenfeld unter den Schultern gepackt hatte. Gasperlmaier war froh, dass ihm die andere Seite des Toten zugeteilt worden war. Trotzdem schnaufte er heftig, als der Leichnam in seinem Sarg endlich im Leichenwagen stand. Gasperlmaier warf noch einen Blick auf den Platz, an dem der Grafenfeld gelegen war, bevor sie ihn aufgehoben hatten. Irgendwas glitzerte da. Aber es war nur ein Stück glänzendes Einwickelpapier, von einem Zuckerl vielleicht, oder von etwas, das sich der Grafenfeld von seinem Christbaum heruntergeholt hatte. Gedankenverloren steckte er es ein, um es später wegzuwerfen. So schnell ging das, ein letztes Abendessen, ein letztes Zuckerl, und wenig später lag man im Sarg. „Pfüat di!" Der Otto setzte sich hinters Steuer, und tatsächlich drehten die Hinterräder durch, als er losfahren wollte. Er hatte viel zu viel Gas gegeben, und die Räder hatten sich im Schnee eingegraben. „Schiebst mir ein bissl an?", rief der Otto durchs heruntergekurbelte Fenster. Gasperlmaier nickte und schob. Zum Glück stellte sich der Otto jetzt geschickter an, und nach ein paar Versuchen kam der Wagen frei.

Als Gasperlmaier sich auf den Rückweg machte, knirschte der Schnee unter seinen Sohlen, und der Schneefall war bereits wieder dichter geworden. Es würde eine schöne Silvesternacht werden, ganz, wie es sich gehörte. Von Zeit zu Zeit krachten Böller, und eigentlich hätte er nachschauen und die Verursacher zurechtweisen müssen, aber dazu hatte er jetzt gar keine Lust. Worauf er Lust hatte, das war eine Jause, zusammen mit der Manuela, auf dem Posten. Auch wenn die lieber einen Avocadosalat als eine ordentliche Wurstsemmel hatte.

„Ich hab seine Kinder schon aufgespürt. Und verständigt", sagte sie und rückte vom Computer ab, als Gasperlmaier, Jausensackerl in der Hand, den Posten betrat. Er schüttelte sich. „Kalt ist es. Und schneien tut's schon wieder. Hoffentlich ist halbwegs eine Ruh, heut Nacht. Damit du nicht ausfahren musst." Er setzte die Jause auf dem Schreibtisch der Manuela ab. Wieder krachte es draußen. In unmittelbarer Nähe. Nicht einmal vor der Polizei hatten die Rotzbuben noch Respekt. „Der Sohn heißt Manfred, ist 43 Jahre alt und leitet die Süßwarenfirma der Familie. Die Tochter Nicole ist ein paar Jahre älter, sie hat mit dem Familienunternehmen nichts zu tun und ist Lehrerin in Wien. Englisch und Geographie." „Und?", fragte Gasperlmaier. „Wie haben sie's aufgenommen?" Die Manuela zuckte mit den Schultern. „Der Sohn ist gerade in Kitzbühel, er will zu irgendeiner Promi-Party. Und anscheinend geht ihm der Tod seines Vaters nicht so nahe, dass er auf die Party verzichten will. Er hat ziemlich ungehalten gefragt, ob er da wirklich gebraucht wird.“ „Hat er Familie?“, fragte Gasperlmaier. „Wie man’s nimmt“, sagte die Manuela. „Es gibt eine Frau. Oder Lebensgefährtin. Ich kenn sie sogar, sie ist recht nett, vorigen Sommer wollte sie bei unserer Theatergruppe mitmachen. Sie war aber dann doch nicht oft genug in Altaussee. Bernadette heißt sie.“ „Und die Tochter?“, erkundigte sich Gasperlmaier. „Die wollte gleich kommen, hat zu weinen begonnen. Sie hat noch einen Buben, der ist zehn, und den kann sie heute nicht alleine lassen, sonst wär sie sofort hergefahren. Ich hab sie beruhigt, hab ihr gesagt, dass sie heute ohnehin nichts tun kann, weil der Vater zur Obduktion geschickt wird.“

Hoffentlich, so dachte Gasperlmaier bei sich, würden sich, wenn er starb, seine Kinder um ihn kümmern. Immer öfter suchten ihn in letzter Zeit solche Gedanken heim. Man musste die Kinder gut behandeln, dass sie einem nicht fremd wurden und immer wieder nach Hause fanden. Momentan war allerdings kein Mangel an heimkehrendem Nachwuchs. „Na ja“, sagte er, „ich könnt nicht feiern, wenn mein Vater gerade gestorben wär. Bei uns wird’s auch ein wenig gedämpft zugehen, wegen der Mama.“ Er biss in seine Wurstsemmel. „Ich glaub, ich schau noch zur Martha. Der Vollständigkeit halber. Schließlich hat sie ihn ja gefunden. Da wär’s schon sehr nachlässig, wenn ...“ „Geh nur!“, sagte die Manuela. „Und wenn das erledigt ist, dann geh gleich nach Hause!“ Sie stand auf. „Und ein gutes neues Jahr noch!“ Sie umarmte Gasperlmaier und drückte ihm Küsse auf beide Wangen. Der fühlte sich überrumpelt und erwiderte die Umarmung etwas steif, was die Manuela aber nicht kommentierte. „Ebenfalls!“, sagte er. „Und wenn du was brauchst ... ich werd heute Abend eh nicht so viel trinken!" „Schon gut!", lächelte die Manuela.

Auf dem Heimweg rief Gasperlmaier beim Roten Kreuz an, um herauszukriegen, wo er die Martha Gressl finden konnte. Er erfuhr, dass sie noch im Dienst war, aber wo genau, das wusste der Diensthabende nicht zu sagen, er gab ihm drei Adressen, an denen sie sein konnte. Das war unangenehm, denn Gasperlmaier war zu Fuß unterwegs. Doch er hatte Glück – auf dem Weg zur ersten Adresse kam ihm die Martha in ihrem VW Polo mit dem roten Kreuz drauf entgegen. Er winkte ihr, um sie zum Anhalten zu bewegen, und bedeutete ihr, das Fenster herunterzulassen. „Kann ich kurz mit dir reden, wegen dem Grafenfeld?", fragte er. „Steig ein!" Die Martha lachte. „Ich hab's eilig. Ich muss noch ein paar Patienten abarbeiten. Und es schneit auch schon wieder!" Gasperlmaier quetschte sich in den Beifahrersitz. Beim Einsteigen war ihm die Dienstkappe vom Kopf gestoßen worden, die hielt er nun in Händen. Das Auto war ein wenig eng.

Die Martha fuhr an. „Ist dir was aufgefallen, wie du hingekommen bist, zum Grafenfeld? War vielleicht noch jemand im Haus, oder so?" Die Martha schüttelte den Kopf. Gasperlmaier sah zu ihr hinüber. Sie hatte sich gut gehalten, dunkle, lockige Haare standen ein wenig wirr vom Kopf ab, ihre Nase hatte nichts an Anziehungskraft verloren, und die Falten in ihrem Gesicht schienen eher dem Lachen als dem Ärger geschuldet. „Nichts Auffälliges. Außer, dass drinnen das Licht gebrannt hat. Er dreht es sonst immer ab, ist ein Sparefroh. Nah am Geiz." Gasperlmaier nickte. „Das sieht man dem Haus auch an!" „Ich hab den Schlüssel aus dem Schlüsselsafe genommen", fuhr die Martha fort, „hab aufgesperrt, und da hab ich ihn liegen sehen. Bin natürlich mordsmäßig erschrocken." Sie schwieg einen Moment, weil sie an einer Kreuzung angekommen waren, und ließ einen Radfahrer passieren. „Gefährlich, das Radlfahren, bei dem Schnee!", merkte sie an. „Weißt", sagte sie dann, „es ist ja nicht das erste Mal, dass ich einen Toten seh. Bei mir gehört das irgendwie zum Geschäft. Aber man ist dann doch jedes Mal ..." Sie schüttelte den Kopf. Gasperlmaier meinte, in ihren Augenwinkeln Tränen glitzern zu sehen. „Aber dann siegt die Routine. Atemkontrolle, Pulskontrolle. Ich hab sofort gewusst, dass er tot ist. Er war ja schon ganz kalt." „Spuren im Schnee, vor dem Haus?", fragte Gasperlmaier. „Hab ich ehrlich nicht darauf geachtet. Werden schon Spuren da gewesen sein, weißt eh, Post, und Müllabfuhr, und so." „Wie oft warst du denn bei ihm? Und wie war er beieinander?", fragte Gasperlmaier. „Dreimal die Woche, ich hab ihm bei der Körperpflege geholfen, auch manchmal beim An- und Ausziehen. Und ich hab auch der Frau Krenn gesagt, was zu tun ist. Das war ihm lieber so. Heute war eine Ausnahme – ich meine, dass ich am Vormittag schon komme. Weil ich halt dann am Abend frei habe." Sie hielt an. „Da weiß ich nie genau, wo ich parken soll!", schimpfte sie. „Und noch dazu mit dem Schnee!" „Keine Sorge", beruhigte Gasperlmaier. „Ein Auto vom Roten Kreuz schreiben wir bei uns in Altaussee nie auf. Wir wissen ja, dass ihr es eilig habt!" Die Martha schenkte ihm ein Lächeln, dass ihm warm wurde.

„Noch eins!", fragte er. „Mit der Stiege. War er da noch sicher, ich mein, ist es schon öfter passiert, dass er gestürzt ist?" Die Martha schüttelte den Kopf. „Eigentlich nicht, er war so noch ganz fit. Natürlich hat er lang gebraucht über die Stiege, vor allem herunter. Aber mit dem Geländer und der Krücke, da ist das ganz gut gegangen. Und blaue Flecken hat er auch nicht gehabt." „Blaue Flecken?", fragte Gasperlmaier nach. „Ja, wenn alte Leute stürzen, gibt es oft blaue Flecken. Viele verheimlichen mir das, weil sie halt meinen, sie dürfen nicht zugeben, dass es ihnen schlecht geht." „So ist das!", sagte Gasperlmaier. „Und meine Mama? Hat die blaue Flecken ...?" Die Martha schüttelte erneut den Kopf. „Schon traurig, gell? Sie hätt noch ein paar schöne Jahre haben können. Jetzt mit dem Urenkerl, und so ..." Gasperlmaier nickte. „Eins noch: Kennst du die Kinder?" Die Martha nickte. „Der Sohn ist ein Arschloch, die Tochter sehr nett und bemüht. Sie hat ihn öfter besucht, sie wollte auch, dass er in eine betreute Wohnung in ihrer Nähe zieht, oder in ein Heim. Sie hat sich sehr um ihn gekümmert. Soweit das halt möglich ist, wenn man drei Stunden entfernt wohnt." „Und der Sohn?", fragte Gasperlmaier noch. „Der lebt auf großem Fuß, seiner Firma geht's wohl sehr gut. Aber er ist ein Unsympathler, ein Angeber, wie er im Buche steht." „Dank dir schön!", sagte Gasperlmaier. „Ich mach mich dann auf den Weg." Er stieg aus und ging um den Polo herum, um der Martha noch ein gutes neues Jahr zu wünschen. Ehe er es sich versah, hatte auch sie ihn umarmt und auf die Wangen geküsst. „Ein gutes neues Jahr! Und schön, dass wir uns einmal wiedergesehen haben!" Schon war sie samt ihrem Koffer auf dem Weg zur Haustür. Gasperlmaier hatte ein warmes Gefühl im Bauch, denn die Martha war warm gewesen. Und weich.

Als er nach Hause kam, dämmerte es bereits. Vor dem Haus stand der Bob, den er kurz vor Weihnachten extra für den Theo noch im Lagerhaus erstanden hatte. Das war schön. War also jemand dazu bereit gewesen, mit dem Theo auf eine Wiese hinter dem Haus zum Bobfahren zu gehen. „Schön, dass du da bist", begrüßte ihn die Christine. „Wir werden heute ein wenig früher essen, damit der Theo auch noch dabei sein kann." Die Richelle kam aus dem Wohnzimmer. Sie hatte rote Wangen und strahlte übers ganze Gesicht. „Der Theo hat solchen Spaß gehabt, mit eure Bob! Ich bin ganz kaputt, ich habe ihn immer hinaufziehen müssen, und dann sind wir zusammen abgefahren, again and again! Er ist gerade auf dem Sofa eingeschlafen, so müde ist er von dem Winter!" Gasperlmaier freute sich, dass die Richelle guter Laune war, es hätte ja auch anders kommen können, wenn man so plötzlich irgendwie entwurzelt war und noch dazu auf den Partner verzichten musste. Letztendlich waren die Christine und er doch noch nahezu Fremde für sie. „Und, wie war's heute?", fragte die Christine, als er in die Küche trat. „Einen Todesfall haben wir gehabt, einen Treppensturz. Der alte Grafenfeld", berichtete er. „Und? Warum haben sie euch geholt? War was verdächtig?" Gasperlmaier schüttelte den Kopf. „Er hat schon einen Rollator gebraucht. Aber die Stiege in sein Schlafzimmer, da ist er immer noch jeden Tag hinauf. Sagt die Frau Krenn, die ihm den Haushalt macht. Und gefunden hat ihn die Martha. Die sagt etwa das Gleiche." „Unsere Martha? Die Martha Gressl?", fragte die Christine erstaunt. „Die auch bei der Mama war?" „Genau die!", nickte Gasperlmaier. „Gibt's bald was zu essen?"

„Fondue, wie immer!", erklärte die Christine und deutete auf die Schälchen mit mehrerlei Soßen, die sie schon hergerichtet hatte. „Es gibt Gemüsefondue in Gemüsesuppe!" Gasperlmaiers Mundwinkel sanken. „Aber auch das Übliche, du kriegst schon dein Fleisch!" Er war erleichtert und hoffte, dass das Essen ohne Belehrungen seitens der Katharina verlaufen würde, sie konnte da manchmal recht penetrant sein, obwohl die Christine mit ihr ein Stillschweigeabkommen ausverhandelt hatte, was die Ernährung ihrer Eltern betraf.

Gasperlmaier hätte gern gefragt, ob man den Verfasser der Drohbotschaften an die Katharina und die Stefanie schon ermittelt hatte, mit Rücksicht auf den Theo wollte er aber beim Essen das Gespräch nicht darauf bringen. Die Christine hatte zwei Töpfe bereitgestellt. In dem einen war heißes Öl, im anderen Gemüsesuppe. „Du tauchst zum Beispiel ein Stück Paprika zuerst in den Backteig, dann ein wenig abtropfen lassen, und dann hinein ins Öl!“, erklärte die Katharina. Gasperlmaier bediente sich zuerst beim Fleisch, musste aber dann doch anerkennen, dass auch das gebackene Gemüse ausgezeichnet schmeckte. Den gekochten Champignons aus der Gemüsesuppe konnte er eher wenig abgewinnen. Trotz der Sorgen, die alle am Tisch Anwesenden belasteten, wurde viel gekichert. Der Theo rieb sich bald die Augen, und als die Richelle mit ihm nach oben ging, um ihn zu Bett zu bringen, wagte sich Gasperlmaier an das Thema heran, über das er schon den ganzen Tag nachgegrübelt hatte.

„Haben sie in Wien schon herausgefunden, wer euch bedroht? Und, gibt es auch ... ich meine, hat er es wieder getan?“ Die Katharina schwieg, die Stefanie aber nickte. „Ja, und ja. Wir haben die Mitteilung erhalten, dass der Täter identifiziert worden ist, mehr aber auch nicht. Verhaftet werden sie ihn wohl noch nicht haben, denn heute sind weitere Postings online gegangen.“ Die Katharina schluckte und griff nach ihrem Bierglas. Gasperlmaier konnte unschwer erkennen, dass die Situation sie belastete. Mehr noch als die Stefanie. „Und ihr, habt ihr weiter ... ich meine, macht ihr jetzt mit diesem Blogging weiter, oder haltet ihr euch erst einmal zurück?“ Die Katharina setzte ihr Bierglas etwas heftig ab. „Meinst du, wir sollen kuschen, was? Das wäre es ja, was solche Leute bezwecken. Uns mundtot machen! Dann hätte er ja sein Ziel erreicht, wenn wir ab sofort brav den Mund halten!" Genau das hatte Gasperlmaier sich aber eigentlich erhofft. Dass die beiden – online zumindest – ihren Mund hielten, bis die Sache geklärt war. Da war wohl jede Hoffnung vergeblich. Er seufzte und nahm einen Schluck Bier. Das schien ihm nach diesem Tag zur Entspannung dringend notwendig und höchst angebracht.

„Hier gibt es auch einiges, das nicht gerade nachhaltig läuft!", warf die Stefanie ein. „Ihr habt es mit Übertourismus zu tun, mit vielen leerstehenden Ferienwohnungen reicher Leute, mit unbezahlbaren Wohnkosten für Einheimische, mit Verkehr, und, und, und! Da gibt es für uns auch einiges zu tun." Gasperlmaier wurde das Gespräch unangenehm. Das fehlte gerade noch, dass sich die beiden in Altausseer Angelegenheiten einmischten. „Als Polizist sollte man in solchen Debatten niemals Partei ergreifen", erklärte er mit einer beschwichtigenden Handbewegung. „Wir sind für alle da, egal, woher sie kommen und welche Meinungen sie haben. Und welche Religion. Wir müssen schauen, dass die Gesetze eingehalten werden. Da sollte man keine politischen Standpunkte ..." „Aber eine Meinung wirst du ja wohl haben? Man kann doch nicht einfach in den Tag hineinleben, ohne einen klaren Standpunkt ..." „Wir sollten über angenehmere Dinge reden!", fuhr die Christine dazwischen. „Prost!" Sie hob ihr Weinglas. Gasperlmaier war das nur recht, und er prostete ihr gerne zu. Natürlich hatte er Standpunkte, wenn sie auch, was deren Festigkeit betraf, immer öfter und immer heftiger ins Wanken gerieten. Vor ein paar Jahren noch hätte er jedem den Vogel gezeigt, der ihm erklärt hätte, dass Männer auch Männer und Frauen auch Frauen heiraten könnten. Heute dagegen würde er das Recht der Katharina und der Stefanie, als Ehepaar zusammenzuleben, mit Zähnen und Klauen verteidigen – gegen jeden, der es ihnen streitig machen wollte. Diesen Hassposter zum Beispiel. Vielleicht musste er nach den Feiertagen einmal mit der Frau Doktor Kohlross telefonieren. Möglich, dass sie dabei helfen konnte, dass zumindest er die Identität des Hassposters erfuhr. Allein schon, um die Mädchen besser gegen ihn schützen zu können, schien ihm das notwendig.

„So!“, sagte die Richelle, als sie wieder herunterkam. „Theo schläft. Und er wird hoffentlich erst im nächsten Jahr wieder aufwachen!“ Sie lachte, was die Stimmung am Tisch ein wenig löste. „Sag doch mal“, fragte die Stefanie. „Wie geht es bei euch denn weiter? Hast du dir das Haus schon angeschaut?“ Die Richelle nickte. „Ich war heute Vormittag mit Mum dort.“ Sie nickte mit dem Kinn in Richtung Christine. „Es sieht sehr hübsch aus. Wie ein altes Cottage, oder eine Lodge in Kanada. Ein bisschen. Vielleicht wir werden bauen eine Extension oder ein Conservatory, wie sagt man das auf Deutsch?“ „Zubau. Oder Wintergarten“, half die Katharina aus. „Wintergarden?“, fragte die Richelle überrascht. „Ja, weil man auch im Winter einen Garten hat. Hinter Glas halt!“, erklärte die Christine. „Eine nette Idee. Du kannst ja schon einmal Pläne zeichnen, wenn du Lust hast!“

Die Christine schlug vor, zum Zeitvertreib Würfelpoker zu spielen, Gasperlmaier aber zog sich während des Spiels aufs Sofa zurück und versuchte, ein wenig fernzusehen, konnte aber kaum etwas verstehen, weil die Frauen immer wieder laut auflachten. Als sie zu Ende gespielt hatten, musste er dann doch noch über den Todesfall heute Vormittag erzählen. Die Stefanie, als gelernte Journalistin, quetschte ihn regelrecht aus. „Die Familie Grafenfeld kenne ich. Sie sind in Wien sehr bekannt. Ich glaube, ihr Schokoladenimperium geht schon sechs Generationen zurück. Zwischendurch sind sie ein- oder zweimal fast in die Pleite geschlittert, aber momentan scheinen sie sich gut zu behaupten. Hauptsächlich mit hochwertigen Produkten, vieles ist fairtrade und bio." „Der Sohn, Manfred Grafenfeld, über den haben sich ... also, ich habe mit der Frau Krenn, der Haushälterin gesprochen. Und mit der Martha Gressl von der Hauskrankenpflege, die ihn gefunden hat. Die sagen nichts Gutes über den Sohn, beide nicht." Die Stefanie schüttelte den Kopf. „Persönlich kenne ich den natürlich nicht. Gibt es einen Verdacht, ich meine, dass da was nicht mit rechten Dingen zugegangen ist, beim Tod seines Vaters?" Sie war auf der Sesselkante nach vorne gerückt und hatte diesen lauernden Blick bekommen. Womöglich witterte sie hier eine spannende Story für ihr Magazin, bei dem sie neben ihrer Bloggerinnen-Tätigkeit immer noch arbeitete.

Gasperlmaier winkte ab. „Nichts Auffälliges. Der Doktor hat zwar gesagt, dass er eine Obduktion verlangen wird, aber nur, weil er die Todesursache nicht genau hat klären können." „Obduktion?", fragte die Stefanie. „Das macht man aber doch nur, wenn was nicht in Ordnung ist?" „Schauen wir mal!", versuchte Gasperlmaier das Gespräch abzuwürgen und machte sich auf den Weg in die Küche, um sich ein Bier aus dem Kühlschrank zu holen. Eines ging sich schon noch aus, vor dem mitternächtlichen Sekt.

Der Abend klang dann recht friedlich, sogar harmonisch aus. Zu Mitternacht wurde zuerst eine Videoverbindung mit dem Christoph hergestellt, dann erst der Sekt geöffnet. „Bei mir ist erst Nachmittag. Und ich hab Dienst. Also ..." Er hob ein Wasserglas, während Gasperlmaier den Korken knallen ließ. Die Richelle vergoss ein paar Tränen, während sie mit dem Christoph sprach. Gasperlmaier musste an seine Mutter denken.

Die Mama hatte ja immer fest daran geglaubt, dass es nach dem Tod noch weitergehen würde. Sie würde dann von oben zuschauen, und sie war sich ganz sicher gewesen, dass sie es da oben spüren würde, wenn jemand an sie dachte. Gasperlmaier hatte da kein solches Vertrauen, er fürchtete, dass nach dem Tod einfach alles vorbei war, und seine Kinder machten sich sogar lustig über die Vorstellung von Himmel, Hölle und Fegefeuer. Die hatten leicht lachen, sie waren noch so jung, dass sie sich über Krankheit und Tod nicht den Kopf zerbrechen mussten.

Um sich von den trüben Gedanken abzulenken, nahm er sein Sektglas und öffnete die Terrassentür, um dem Feuerwerk zuzusehen. Hoffentlich musste die Feuerwehr nicht ausrücken, und hoffentlich konnte auch die Manuela den Silvesterabend trotz ihrer Bereitschaft ein wenig genießen. „Gutes neues Jahr", schallte es vom Balkon des Nachbarhauses herüber, wo der Doktor Altmann mit seiner Frau stand, beide mit einem Glas in der Hand. Der Doktor schien schon ein wenig zu schwanken, als er ihm über die Gärten hinweg zuprostete. „Habt ihr's auch gemütlich?", brüllte er noch, über das Knallen der Raketen hinweg. „Ja, ja!", schrie Gasperlmaier. „Wunderbar! Gutes neues Jahr!" Die Christine stand plötzlich im Mantel neben ihm und winkte zu den Nachbarn hinüber. „Musst du die Tür offenstehen lassen? Denkst du nicht an die Katzen? Wenn die herauslaufen, kriegen sie den Schock ihres Lebens!" „Ach was!", brummte er. „Die werden sich hüten!" Er umarmte die Christine und richtete seine Blicke gegen den Himmel. „Zwar laut, aber irgendwie schon schön auch!", sagte er und drückte seine Frau an sich.

3

Den Neujahrstag verbrachte Gasperlmaier gemütlich zu Hause, streckte sich auf dem Sofa aus und genoss mit der Christine das Neujahrskonzert. Beim Skispringen, das darauf folgte, pflegte er in der Regel einzuschlafen, weil die Spannung meist doch zu wünschen übrig ließ. Diesmal aber verzichtete er darauf, um mit dem Theo Bob fahren zu gehen. Bitterkalt war es draußen, aber die Sonne schien, und Schnee lag zuhauf. „So much snow!“, hatte sich die Richelle gewundert. Gasperlmaier hatte eigentlich gedacht, dass es in Kanada noch viel kälter war und der Schnee meterhoch lag, aber Vancouver war, wie er wusste, am Meer, und da war es wohl milder als in den Rocky Mountains.

Gasperlmaier und seine Christine mussten für den Theo extra eine Bahn in den tiefen Schnee treten, damit der Bob überhaupt vom Fleck kam. Der Theo quietschte vor Vergnügen, wenn Gasperlmaier ihn oben anschob, während die Christine unten aufpasste, dass er nicht gegen den einzigen Baum donnerte, der dafür auf der Wiese zur Verfügung stand. Nach einer Stunde etwa begann es auch schon zu dämmern, und die Christine fürchtete, dem Theo könnten noch Finger und Zehen abfrieren, wenn sie nicht bald wieder ins Haus zurückkehrten.

Am 2. Jänner musste Gasperlmaier wieder in den Dienst. „War was?“, fragte er die Manuela, nachdem er sie begrüßt und ihr noch einmal ein gutes neues Jahr gewünscht hatte. „Nicht viel“, antwortete sie. „Keine Alarmierung, kein Einsatz. Gestern früh hat jemand ein Auto gemeldet, das oben in Obertressen von der Straße gerutscht ist, aber das hat die Feuerwehr ziemlich schnell aus dem Graben geholt. Den Fahrer habe ich aus dem Bett läuten müssen, er war total erstaunt, dass sein Auto nicht vor der Haustür steht." Sie lachte. „Er hat sich auch nicht mehr erinnern können, wie sein Auto in den Graben gekommen ist. Verletzt war er offensichtlich nicht." „Verfolgen wir das weiter?", fragte Gasperlmaier. Die Manuela schüttelte den Kopf. „Kein Personenschaden, kein Sachschaden, außer an seinem eigenen Auto. Von der Feuerwehr kriegt er eine Rechnung, für einen Alkotest war es sicher schon zu spät. Das war's eigentlich. Oder, nein, der Obduktionsbericht Grafenfeld ist gekommen. Keine Auffälligkeiten. Schädelbasisbruch mit nachfolgender Hirnblutung, Rippenbrüche." „Steht was drin darüber, warum er gestürzt ist?" Die Manuela schüttelte den Kopf. „Er war über 80 ..." Sie zuckte mit den Schultern. Gasperlmaier rechnete nach. 25 Jahre blieben ihm noch, bis er wohl auch so gebrechlich war, dass er über die Stiege zu Tode stürzen konnte. Wenn er Glück hatte. Er bemühte sich, die Gedanken beiseitezuschieben.

Dennoch lenkte er bei der nächsten Streifenfahrt am späten Vormittag den Wagen unwillkürlich in die Straße, wo das grafenfeldsche Haus stand. Zwei Autos standen davor, ein protziger schwarzer SUV mit Wiener Kennzeichen und ein im Vergleich dazu schmal und mickrig wirkender blauer Kombi mit einem niederösterreichischen Kennzeichen. Das waren wohl die Kinder des Herrn Grafenfeld, die sich um seine Habseligkeiten und um die Bestattung kümmerten. Wahrscheinlich, so dachte Gasperlmaier bei sich, würde der Grafenfeld ohnehin in Wien beerdigt werden, wo doch seine Familie schon über Generationen dort ansässig war. In Altaussee wäre es momentan ohnehin schwierig, ein Grab auszuheben, so hoch, wie der Schnee lag.

Am 3. Jänner, einem Freitag, gab es keine Neuigkeiten von dem Hassposter, der die Stefanie und die Katharina belästigt hatte. Es schneite wiederum den ganzen Vormittag. Gasperlmaier legte am Streifenwagen Schneeketten auf. „Sonst brauchen wir gar nicht erst auszurücken, wenn es einen Einsatz gibt", sagte er zur Manuela. „Wir sollten vielleicht einen Ski-Doo anschaffen!", lachte sie. Tatsächlich rückten sie mehrmals aus, weil auf der Zufahrtsstraße zum Skigebiet auf dem Loser immer wieder Fahrzeuge hängen blieben, sodass sie eine Straßensperre errichten mussten, während die Feuerwehr die Fahrzeuge abschleppte.

Gerade, als Gasperlmaier seine Gartentür öffnete, mit viel Mühe, denn niemand hatte tagsüber daran gedacht, den frisch gefallenen Schnee dahinter wegzuschaufeln, kam ihm der Doktor Altmann entgegen. „Servus, Gasperlmaier", sagte er. „Man sieht sich ja kaum, seit es in unseren Gärten so viel Schnee hat, dass wir uns nicht mehr am Zaun treffen können!" Er lachte. Der Doktor steckte in einem seltsamen Aufzug, den Gasperlmaier erstaunt musterte. Oben trug er einen Schladminger, unten aber seine kurze Lederhose und grüne, gestrickte Stutzen, wie sie eben dazugehörten. Dazwischen aber blitzten nicht faltige Knie hervor, wie sonst, sondern eine blütenweiße lange Unterhose, im Salzkammergut gern als Gattehose bezeichnet. „Da schaust, was, Gasperlmaier!" Der Doktor deutete auf seine Knie. „So gehört sich's im Winter, wenn man sich an die Tradition hält! Und die Lederne muss schließlich eingetragen werden!" Gasperlmaier konnte sich zwar noch daran erinnern, in seiner Kindheit alte Männer in dieser Kleidung gesehen zu haben, die aber hatten einfach keine langen Hosen besessen. Allerdings gab es auch Bilder von Kaiser Franz Josef in diesem Aufzug, und in Ischl drüben gab es eine Musikkapelle, die sich die weiße Gattehose zur Ledernen sogar als Uniform angeeignet hatte. Der Doktor Altmann hatte sich, kaum, dass er nach Altaussee gezogen war, eine Lederhose schneidern lassen und trug sie nun täglich, damit sie den unerwünschten Anschein einer neuen Ledernen möglichst schnell abgab. Dass er aber auch im tiefsten Winter nicht davon abließ, fand Gasperlmaier schon recht schrullig.

Der Doktor Altmann zog, als hätte er es geplant, ihn zu treffen, einen Flachmann aus der Innentasche seines Schladmingers. „Ich hab dir diesmal eine alte Marille vom Parzmair in Schwanenstadt eingefüllt", sagte er. „Das ist was ganz Besonderes, das wärmt dich bis in die Zehenspitzen hinunter. Musst zuerst einmal riechen!" Nachdem der Doktor eingeschenkt hatte, tat Gasperlmaier, wie ihm geheißen, und tatsächlich roch der hellbraune Brand üppig nach, ja, nach was eigentlich? „Da spürt man den Geruch der Fässer, die Frucht – einfach himmlisch!" Gasperlmaier ließ ein wenig von der kostbaren Flüssigkeit auf die Zunge laufen, denn der Doktor Altmann hatte ihn darüber aufgeklärt, dass man einen solchen Edelbrand nicht einfach hinunterschüttete wie den Obstler vom nächstbesten Bauern. Tatsächlich war der Schnaps ein Hochgenuss, auch wenn Gasperlmaier die Worte fehlten, das Geschmackserlebnis adäquat zu benennen. „Wunderbar!", sagte er daher nur. „Gell?", fragte verschmitzt der Herr Doktor Altmann und goss sich selber auch einen ein.

„Der alte Grafenfeld, höre ich, ist tot?", fragte er. „Wisst ihr schon, ob da Fremdverschulden in Frage kommt?" Gasperlmaier zuckte mit den Schultern. „Eine Obduktion ist angeordnet worden, und das Ergebnis ist auch schon da. Sie haben nichts gefunden." Der Doktor Altmann vollführte eine wegwerfende Geste. „Die schauen überhaupt nicht so genau hin", sagte er.

„Weißt, Gasperlmaier, wie das abläuft, wenn ein über 80-Jähriger die Stiege hinunterfällt? Noch dazu einer, der sich den Haushalt hat machen lassen und eine Köchin gehabt hat? Weil er selber gar nicht mehr dazu in der Lage ist?" „Ich kann's mir schon denken!", fügte Gasperlmaier hinzu und beobachtete den Doktor Altmann mit Wohlwollen, weil der für ihn noch einmal nachschenkte. „Da sagt die Bezirkshauptmannschaft, oder von mir aus auch der Staatsanwalt, hörst, da war niemand sonst im Haus, da gibt's keine Einbruchsspuren, wer soll denn den alten Mann da hinuntergestoßen haben? Und damit verbannen sie die Vorstellung ins Reich der Fantasie, dass da was nicht mit rechten Dingen zugegangen sein kann. Und dann heißt es, macht's halt, wenn es denn sein muss, eine Obduktion, aber schaut's, dass es nicht zu teuer wird!" Der Doktor drückte ihm das Stamperl in die Hand. „Weil's so gut war!", zwinkerte er. Gasperlmaier kostete erneut. „Aber in Wirklichkeit", dozierte der Doktor Altmann, „werden nicht einmal die Hälfte aller Morde als solche erkannt! In der Regel stecken die Erben dahinter, die es nicht mehr erwarten können! Und, du wirst es nicht glauben, sie sind schon da! Ich hab die Autos gesehen, vor dem Haus Grafenfeld!" Gasperlmaier nickte. „Ich auch!", gab er zu.

„Also!", sagte der Doktor. „Wenn du mich denn einmal findest, am Fuß der Stiege in meinem Haus, dann unterziehst du meine liebe Frau einer hochnotpeinlichen Befragung!" Er kicherte und schenkte sich selbst nach. „Weil sie manchmal ganz schön grauslich zu mir ist. Mein ganzes Geld, sagt sie, wird noch draufgehen für teuren Wein und Schnaps, und meine Leber noch dazu!" Er lachte schallend, so, als ob das ein guter Witz wäre. „Freilich!", versicherte ihm Gasperlmaier. Er erinnerte sich daran, dass auch ihn seine Frau schon des Öfteren gescholten hatte, wenn es denn noch eine Flasche Bier sein musste, die es eigentlich nicht gebraucht hätte. Im Gegensatz zum Doktor Altmann allerdings hütete er sich davor, damit zu prahlen, dass er den Ratschlägen seiner Frau nicht Folge leistete. „Ja, dann ...“, sagte er. „Mir wird schön langsam kalt!“ „Ja, ja!“, sagte der Doktor Altmann. „Die Polizeiuniformen sind auch nicht mehr das, was sie einmal waren. Und eure Schuh schon gleich gar nicht! Pfüat di!“

Am Samstag gab es dann einen deutlich unangenehmeren Einsatz. Es dämmerte schon, als der Wirt der Loserhütte sie informierte, dass es unter den letzten Gästen des Tages, die schon ausgiebig dem Jagatee zugesprochen hatten, zu einer Schlägerei gekommen war, es gäbe zumindest einen Verletzten. Doch Gasperlmaier hatte Glück: Als er an der Losermaut ankam, hatte man den Angreifer schon ins Pistengerät verladen, er war auf dem Weg zur Talstation. Gasperlmaier blieb nicht mehr zu tun, als den Delinquenten auf den Posten zu bringen, dort seine Personalien festzustellen und ihn wieder laufen zu lassen. „Anzeige wird zugestellt!“, rief er ihm noch nach, als er die Stiege hinuntertorkelte.

Am Sonntag hörte es endlich zu schneien auf, und die Sonne wagte sich wieder hervor. Diesmal hatte Gasperlmaier Bereitschaftsdienst. Aber schon als er nach der morgendlichen Dusche aus dem Bad trat, roch es von unten her verführerisch nach Germgebäck. Natürlich – die Christine buk Glöckelkrapfen. Ein alter Brauch im Ausseerland besagte, dass am 5. Jänner jedes Kind, das an der Haustür läutete, mit einem Glöckelkrapfen belohnt werden musste. „Frühstück musst du dir selber machen!“, klärte ihn die Christine deshalb auf, als er die Küche betrat. „Und dass du mir nicht im Weg herumstehst, hörst du?“ Gasperlmaier warf einen interessierten Blick in die Rein, in der bereits zwei Krapfen schwammen. „Ob da schon einer fertig wär?“, erkundigte er sich. „Untersteh dich!“, beschied ihn unsanft die Christine.

Während des Schneeschaufelns vor dem Posten sinnierte er darüber nach, ob er heute wohl noch in den Genuss eines Glöckelkrapfens kommen würde. In seiner Kindheit, so erinnerte er sich, hatte er sich an diesem Tag in der Regel überfressen, nachdem er zusammen mit anderen Kindern lange Wege durch den tiefen Schnee zurückgelegt hatte. Gut, dass es den Brauch noch gab. Nächstes Jahr konnte auch der Theo schon mitgehen, um Glöckelkrapfen zu erbitten.

Noch bevor er mit dem Schneeschaufeln fertig war, läutete sein Telefon. „Gasperlmaier, Polizei Altaussee“, meldete er sich. „Gut, dass ich dich dranhab. Du, Gasperlmaier, der Lechner Edi bin ich, erinnerst dich noch?“ Gasperlmaier zögerte. „Also … im Moment …“ „Wir sind miteinander ins Poly gegangen, weißt nicht mehr? Und dann war ich halt lang nicht da, nach Leoben hat's mich verschlagen, aber seit … nein, ist wurst, du, ich hab was für dich!“ Bei Gasperlmaier war der Groschen schon gefallen. Der Lechner Edi war ein gutmütiger, ruhiger Mitschüler gewesen, ein wenig träge und übergewichtig, meistens mit einem riesigen Jausenbrot seiner Mutter in der Hand. So hatte er den Edi in Erinnerung. „Für mich?“, fragte er. „Was denn?“ „Ja, weißt, ich geh da mit meinem Hund spazieren, da heroben in Obertressen, und da wird der Rüdiger plötzlich nervös, fängt wie wild zum Bellen an und zerrt an der

Leine. Das bin ich sonst gar nicht von ihm gewohnt." Der Edi, stellte Gasperlmaier fest, hatte immer noch die Ruhe weg. „Ist was passiert?", fragte er deswegen. „Ja, deswegen ruf ich ja an!", sagte der Edi. „Einen Toten hat er ausgegraben, der Rüdiger. Und der ist sicher nicht erfroren, im Schnee. Das musst du dir anschauen!"

Gasperlmaier war wie vom Donner gerührt. Schon wieder eine Leiche. Und das natürlich ausgerechnet am Sonntag, das war ja wieder klar. Und wenn der Lechner Edi meinte, dass der nicht erfroren sein könne, dann hatte das sicher Gründe. „Wir kommen!", rief er ins Telefon. „Wo?" Gott sei Dank war der Edi diesmal nicht so umständlich. „Bei der Hofmannsthal-Linde, wenn du da vorbeifährst, siehst du mich eh gleich!"

Gasperlmaier musste die Manuela anrufen, vielleicht hatte sie Zeit, ihn zu begleiten. Bei einem Toten war es zu zweit doch gescheiter. „Eh klar! Mit einer Leiche kann ich dich doch nicht allein lassen!" Es dauerte nur fünf Minuten, bis sie gemeinsam nach Obertressen hinauf unterwegs waren. Die Fahrbahn war zwar geräumt, aber dennoch schneeglatt. „Gut, dass ich die Ketten schon aufgelegt hab!", sagte Gasperlmaier. „Hätten die nicht auf alle vier Räder gehört?", fragte die Manuela. Die Altausseer Polizei besaß nämlich seit vergangenem Jahr ein allradgetriebenes Einsatzfahrzeug. „Nur vorne. Genau nach Betriebsanleitung!", verteidigte sich Gasperlmaier. Manchmal war die Besserwisserei der Manuela schon anstrengend. Dabei musste er sich auf das Fahren konzentrieren, das war nämlich trotz der Schneeketten nicht einfach. Gleich, nachdem der Wald auf der linken Seite endete, öffnete sich die Landschaft und gab den Blick auf die große

Linde frei, die mitten auf einer ausgedehnten Wiese stand. „Da ist er schon! Da winkt einer!" Gasperlmaier sah ihn auch. Der Lechner Edi stand am Waldrand, vielleicht 50 Meter oberhalb der Straße. Man konnte die Spuren sehen, die er und sein Hund in den tiefen Schnee getreten hatten.

„Unmöglich, dass ich hier stehen bleib!", murmelte Gasperlmaier. „Ich fahr oben hinauf ... nein, da müssten wir ..." Den Rest seiner Ideen behielt er für sich, parkte dann doch an der Straßenkreuzung weiter vorne, wo er hoffte, dass auch der Schneepflug am Einsatzfahrzeug vorbeikonnte. „So!", sagte er. „Jetzt müssen wir!" Er zeigte zurück auf die Straße. Die Manuela nickte. „Da! Da bin ich!", hörten sie den Edi schon von weitem schreien. „Er glaubt, wir haben ihn übersehen!" Die Manuela kicherte. Gasperlmaier war sich sicher, dass ihnen das Lachen bald vergehen würde. Trotz der Kälte begann er zu schwitzen, noch bevor sie den Edi erreicht hatten. Durch den tiefen Schnee bergauf zu waten war extrem anstrengend, die Manuela hatte ihn schon überholt, was ihm gar nicht recht war. Der Rüdiger bellte immer noch wie verrückt, obwohl Gasperlmaier ihn gar nicht sehen konnte. Erst als er völlig außer Atem neben dem Edi stand, sah er den Dackel, der nur mit der Nasenspitze aus dem Tiefschnee herausragte.

„Da!" Der Edi zeigte auf den Boden, und sofort war Gasperlmaier klar, warum der Edi gewusst hatte, dass der Tote wohl nicht erfroren war. Sein Kopf steckte in einem durchsichtigen Plastiksack. Gasperlmaier durchfuhr ein Schauer. Musste denn das sein, dass schon wieder so etwas Grausiges im Ausseerland passierte? Die Manuela wischte vorsichtig Schneereste vom

Plastiksack. „Pass auf!“, warnte Gasperlmaier. „Spuren!“ „Ich hab eh Handschuhe an“, rechtfertigte sich die Manuela. „Wir wollen schließlich wissen, ob wir ihn kennen!“

„Ich kenn ihn nicht!“, sagte der Edi. Trotz der dicken Kleidung sah Gasperlmaier, dass der Edi abgenommen hatte, von Übergewicht keine Spur. Er beugte sich über die Leiche. Die Augen des Toten waren geöffnet, ein wenig dunkles Haar, das über die Stirn fiel, war zu sehen. Der Mund war mit einem breiten Klebeband zugeklebt. Der Mann war sicher nicht alt gewesen, im Gesicht waren kaum Falten zu erkennen. „Grausig!“, sagte die Manuela und hielt eine Hand vor ihren Mund. Eine gefrorene Leiche, so dachte Gasperlmaier bei sich, hatten sie auch noch nie gehabt. „Schaut so aus, als ob ihn jemand zum Schweigen bringen wollte. Wegen dem zugeklebten Mund, meine ich.“

Gasperlmaier zückte sein Telefon. „Das wird eine mühsame Geschichte“, sagte er, während er seine Handschuhe auszog. „Die Tatortgruppe muss da herauf, was die Frau Doktor Wurm zu dem Auftrag sagen wird, daran will ich gar nicht denken!“ Die Frau Doktor Wurm war die zuständige Gerichtsmedizinerin, die sich schon über viel einfacher zugängliche Auffindungsorte von Leichen aufzuregen pflegte, weil ihr wieder einmal irgendetwas wehtat, die Bandscheiben, oder die Knie, oder was auch immer. „Ich ruf die Frau Doktor Kohlross an“, kündigte Gasperlmaier an und wählte ihre Nummer. Hoffentlich, so dachte er bei sich, erbarmte sie sich seiner und kam persönlich. Sie war ja mittlerweile Leutnant und damit eine Führungskraft, die nicht selbst vor Ort ermitteln musste, sondern jemand anderen schicken konnte. Noch dazu hatte sie mittlerweile ein zweites Kind bekommen, einen Buben, den sie Max genannt hatte. Aber probieren konnte man es. „Servus, Franz!“, meldete sie sich. „Was gibt’s?“ „Ja“, schnaufte Gasperlmaier, dem es peinlich war, dass er sich nur dann bei der Frau Doktor Kohlross meldete, wenn er eine Leiche gefunden hatte. Im Laufe der Jahre hatte sie ja schon oft in Altaussee zusammen mit ihm ermittelt, und sie war sogar bei der Hochzeit der Katharina dabei gewesen. Mittlerweile hatte sich so etwas wie eine Freundschaft zwischen ihm und der Frau Doktor gebildet, die die beiden Familien miteinschloss.

„Wieder einmal eine Leiche. Und wie es ausschaut, ist der nicht von selber gestorben. Kannst du ...? Und die Tatortgruppe täten wir auch brauchen.“ „Ich komm persönlich!“, sagte die Frau Doktor spontan. Gasperlmaier atmete auf. „Wo seid ihr denn?“ „Ja, das ist eine ... das ist ein bisschen schwierig!“, antwortete er und erklärte ihr dann, dass er sie wohl am Polizeiposten abholen werde müssen, weil der Fundort schwer zugänglich sei. „Und die Tatortgruppe, die kann sich gleich auf Kettenpflicht einstellen!“, fügte er noch hinzu. „Pfuh!“, stöhnte die Frau Doktor. „Die werden nicht begeistert sein!“

„Kann ich dich hierlassen?“, fragte Gasperlmaier die Manuela, als er sein Handy wieder einsteckte. „Ich muss die Frau Doktor unten abholen.“ Die Manuela nickte. „Edi, danke, ich glaub, du kannst wieder gehen, bevor du mir hier erfrierst. Und dein Rüdiger womöglich auch.“ „Ich kann doch deine charmante Kollegin nicht hier in der Kälte allein lassen!“, protestierte der Edi. „Und der Rüdiger, der hält es noch viel länger aus als ich!“ Gasperlmaier zuckte mit den Schultern und begab sich auf den Weg zu seinem Einsatzfahrzeug. Er hoffte, dass sich die Frau Doktor beeilen würde, damit die Manuela da oben nicht erfror. Der Edi samt seinem Hund machte ihm weniger Sorgen, denn der harrte ja freiwillig bei der Leiche aus.

Gerade, als er sich schon fragte, wo sie denn blieb, tauchte die Frau Doktor vor dem Posten auf. Zu Gasperlmaiers Überraschung nicht in ihrem schicken weißen Cabrio, sondern in einem silbergrauen Kombi. Sie stieg aus, umarmte ihn und drückte ihm zwei Küsse auf die Wangen. „Da schaust du, was? Ich bin jetzt vernünftig unterwegs. Mit zwei Kindern im Cabrio, das ist einfach nicht gegangen!" „Schön, dass du da bist! Wir müssen uns tummeln! Die Manuela steht schon über eine Stunde da oben in der Kälte!" Die Frau Doktor sprang in den Einsatzwagen. Gasperlmaier deutete auf den Rücksitz. „Ich hab uns zwei Thermoskannen Tee mitgenommen, und ein paar Decken. Wer weiß, wie lange wir da oben brauchen!" „Und ich hab, da, schau!", sie steckte ihm ein Stück Schokolade in den Mund. Fast hätte er sich vor Überraschung verschluckt. „Marzipan, das magst du doch so gern!" „Danke!", nuschelte er mit vollem Mund. Die Süßigkeit kam ihm gerade recht. „Wer hat denn den Toten gefunden?", fragte die Frau Doktor.

Gasperlmaier erzählte ihr während der Fahrt, was er wusste. Viel war es nicht. „Kannst du ... ich meine, hast du Zeit für eine solche Ermittlung? Ich meine, wegen deinem Max, der ist ja erst ... nicht einmal ein Jahr, oder?" Die Frau Doktor lachte. „Mach dir keine Sorgen. Der Bernhard ist in Karenz. Der kümmert sich hervorragend um die beiden." Der Bernhard, das war der Partner der Frau Doktor, ein Volksschuldirektor. Das ältere Kind, die Sophie, ging schon in die Schule, stammte allerdings aus einer früheren Beziehung der

Frau Doktor, aus der sie nach wie vor ein Geheimnis machte. „Wir werden die Straße sperren müssen, für die Tatortgruppe“, erklärte er. „Einen Parkplatz gibt's nicht, und die Straße ist einspurig. Wegen dem Schnee noch schmäler als sonst. Hier!“ Er hielt an, deutete nach oben, wo die Manuela schon winkte, und ließ die Frau Doktor aussteigen. „Ich komm nach.“

Wenige Minuten später standen sie wieder vor der teilweise freigelegten Leiche des Mannes. Die Manuela hatte noch etwas Schnee zur Seite geschoben. Nun konnte man erkennen, dass der Plastiksack, der über den Kopf des Mannes gestülpt worden war, mit einem breiten grauen Klebeband um dessen Hals befestigt war. Das gleiche, das den Mund bedeckte. Darunter waren ein am Kragen offenes Hemd und ein Pullover erkennbar, keine Winterkleidung. „Das kann er ja wohl nicht selbst gemacht haben!“ Die Manuela deutete auf das Klebeband. „Sagen Sie das nicht!“, widersprach die Frau Doktor. Sie war, fand Gasperlmaier, endlich einmal passend gekleidet, mit dicken grauen Winterstiefeln und einem langen, kupferfarbenen Steppmantel mit hohem Kragen und Kapuze. Nur Nase und Augen blitzten noch hervor. Im Sommer, so erinnerte sich Gasperlmaier, war sie allzu oft mit teuren Stöckelschuhen zur Ermittlung aufgetaucht, die sie sich dann im Gelände ruiniert hatte.

„Ich habe zwar einen solchen Fall selber noch nicht erlebt, aber in der Literatur sind mehrere beschrieben. Menschen, die Selbstmord begehen, indem sie sich einen Plastiksack über den Kopf ziehen. Genug Zeit, ihn mit Klebeband festzumachen, hast du dann auf jeden Fall noch.“ Gasperlmaier staunte. Eine solch grausame Methode, sich selbst das Leben zu nehmen! „Gehen wir also nicht von Fremdverschulden aus?“, fragte Gasperlmaier. „Doch!“, widersprach die Frau Doktor.

„Selbstmord ist zwar möglich, aber nicht sehr wahrscheinlich. Er müsste ja irgendwie hierhergekommen und in unzureichender Kleidung durch den tiefen Schnee heraufgestiegen sein und schließlich hier vor Ort die Tat vorgenommen haben. Das ist doch, wie schon gesagt, recht unwahrscheinlich, es gibt auch keine Anzeichen dafür. Außerdem habe ich noch nie davon gehört, dass sich ein Selbstmörder zuvor den Mund selber zuklebt. Also großes Besteck, Tatortgruppe, Straßensperre. Und Sie haben die Leiche gefunden?" Der Lechner Edi nickte. Gasperlmaier und die Manuela hörten nicht länger zu, was der Edi zu sagen hatte, und machten sich daran, die Straßensperre zu errichten.

Es dauerte noch mehr als eine weitere Stunde, bis die Tatortgruppe tatsächlich auf der Wiese bei der Hofmannsthal-Linde eingetroffen war und mit ihrer Arbeit beginnen konnte. Mittlerweile war von der Straße bis zum Fundort der Leiche ein einigermaßen gut begehbarer Pfad im tiefen Schnee entstanden. Gasperlmaier hatte bereits eiskalte Füße, machte sich aber noch einmal hinauf auf den Weg zur Fundstelle. Dort fand er die Frau Doktor mit einem Becher dampfenden Tee vor. „Ist noch welcher da!" Sie deutete auf die Kanne, die Gasperlmaier selbst hier heraufgebracht hatte. Dankbar bediente er sich. „Also: Die Frau Doktor Wurm ist der Meinung, dass ihre Anwesenheit hier vor Ort nicht notwendig ist. Bei einer gefrorenen Leiche, sagt sie, kann sie nichts machen, und es ist früh genug zum Ansehen, wenn sie sie auf dem Tisch hat." Gasperlmaier erschauerte, als er sich die Leiche noch einmal genau ansah. Sie war inzwischen freigelegt worden, der Schnee um sie herum festgetreten. Der Mann trug schwarze Sportschuhe, die eher nicht für den Winter geeignet schienen, Blue Jeans und einen schwarzen Kapuzensweater mit einer Aufschrift. Irgendwas von

„Player 1“ stand da drauf, und ein Controller war darauf abgebildet, wie man ihn für eine Spielkonsole verwendete. „Ein Computerspieler?“, fragte Gasperlmaier. Die Frau Doktor zuckte mit den Schultern. „Ich hab's schon gegoogelt“, sagte die Manuela und hielt ihr Handy hoch. „Eine Firma, die Textilien für jeden Anlass mit Aufschrift anbietet. Ein solches Hoodie würde sich wohl nur ein Gamer kaufen, denke ich.“ Gasperlmaier nickte. „Irgendwer muss ihn hier deponiert haben, stelle ich mir vor. Und Spuren kannst du natürlich vergessen, alles vom Schnee bedeckt und zugeweht. Natürlich auch keine Reifenspuren oder sowas.“ Die Frau Doktor seufzte. „Ja, und reiner Zufall, dass jemand mit einem Hund da vorbeikommt, der den Toten riecht. Sonst wäre der bis zur Schneeschmelze hier gelegen!“

Das, so dachte Gasperlmaier bei sich, war ganz schlecht. Ein unbekannter Toter, der wahrscheinlich ermordet worden war. Keine Spuren. Eine Frau aus der Tatortgruppe trat auf die Frau Doktor zu. Sie reichte ihr einen Plastikbeutel. „Das haben wir in seinen Hosentaschen gefunden, sonst hatte er nichts bei sich. Nichts dabei, was uns bei der Feststellung seiner Identität hilft.“ Die Frau Doktor hielt den Beutel hoch und musterte ihn skeptisch. „Ein ... ja, das ist ein Herz. Ein Schlüsselanhänger in Herzform, aber keine Schlüssel. Irgendwas ist darauf eingraviert, man kann's nicht lesen ... ein Haargummi ... komisch – ob der lange Haare hat? Sonst ... könnte auch einer Frau gehören, warum hat er sowas in seinen Hosentaschen? Na ja, das müssen wir uns dann auf dem Posten genauer anschauen.“

Gasperlmaier sah noch einmal auf die Leiche hinunter. Woran der Mann wohl gestorben war? Und wie lange er wohl schon hier lag? Es mussten schon ein, zwei Tage sein, damit er von Schnee so völlig bedeckt sein konnte. Da kam ihm eine Idee. „Haben die ...

ich meine, hat die Tatortgruppe festgestellt, ob er einfach so hingelegt worden ist, oder ob der ... also, die Person, die ihn abgelegt hat, ob die zuerst gegraben hat und dann zugeschüttet?" „Gute Frage!", lobte die Frau Doktor. „Das werden wir gleich haben. Melanie!" Die Frau, die vorhin den Beutel gebracht hatte, sah auf. „Ja?" „War er vergraben? Oder nur abgelegt? Und wie lange?" „Erste Frage: Ja, vergraben. Wir haben da eindeutige Spuren gefunden, die uns sagen, dass er nicht einfach auf der bereits vorhandenen Schneedecke abgelegt wurde. Zweite Frage: Reine Spekulation. Da müssen wir zuerst herauskriegen, wann es wie viel geschneit hat, und den Todeszeitpunkt – du weißt ja, wenn er gefroren ist, dann haben wir da schlechte Karten!" „Scheiße!" Gasperlmaier zuckte zusammen. Eine solche Ausdrucksweise war er von der Frau Doktor nicht gewöhnt. „Kein Todeszeitpunkt, keine Todesursache, keine Identitätsmerkmale. Kein Handy. An solchen Ermittlungen habe ich wirklich Freude. Und ich friere mich noch dazu zu Tode! Und außerdem zermartere ich mir das Hirn ..." Sie strich mit behandschuhten Händen über ihr Kinn. „Worüber denn?", fragte Gasperlmaier. „Ich bilde mir ein, dass es so einen Toten schon einmal gegeben hat. Ich meine, mit einem Plastiksack über dem Kopf, der dann noch zusätzlich fixiert worden ist. Ob es da nicht einmal einen Fall gegeben hat ... ich komm nicht drauf!" „Na", sagte Gasperlmaier, „wenn du an was anderes denkst, dann kommt die Erinnerung schon noch." Er trank seinen Tee aus, wusste nicht, wohin mit dem Becher, und steckte ihn in seine Hosentasche, nachdem er ihn gründlich ausgeschüttelt und zusammengeknüllt hatte.

„Ob wir ... ich meine, wenn es schnell gehen soll: Ob die Tatortgruppe vielleicht den Plastiksack entfernen kann, damit wir gleich ein Fahndungsfoto rausgeben können?" „Gute Idee. Das machen wir. Auf meine Verantwortung. Aber dann muss ich ins Warme." Dem konnte Gasperlmaier nur zustimmen. Trotz der dicken Socken und der gut gepolsterten Schuhe spürte er seine Zehen nicht mehr. Die Melanie von der Tatortgruppe schoss zuerst noch ein paar Fotos und machte sich dann an dem Klebeband zu schaffen. Mehrmals hielt sie für weitere Fotos inne, bis sie schließlich ein scharfes Messer zur Hand nahm, um den Sack aufzuschneiden. „Ich muss aufpassen", erklärte sie. „Wir müssen das alles natürlich noch auf Spuren absuchen. Ich werde den Sack vorne öffnen, sodass ich ein Foto des Gesichts machen kann." Sie vollführte einen langen Schnitt vom Hals des Toten aufwärts. Gasperlmaier wandte seinen Blick ab. „So!", sagte die Melanie, als sie das Klebeband vor dem Mund abriss und sofort in einen sterilen Beutel steckte. Das unangenehme Geräusch ließ Gasperlmaier zusammenzucken. Er konnte nicht anders, als sich doch wieder dem Toten zuzuwenden. Die dunklen Haare waren kurz geschnitten, in einer recht unauffälligen Art, die keine bestimmte Modeströmung ausdrückte. Die Nase war eher schmal und lang, die Augen ... Gasperlmaier musste seinen Blick wieder abwenden. Unnatürlich grau war das Gesicht. Vor einer Woche, so dachte er bei sich, war dieser Mensch wohl noch quicklebendig herumgelaufen, hatte sicher nicht daran gedacht, dass er nur wenige Tage später hier bei der Hofmannsthal-Linde sein eisiges Grab finden würde. Womöglich hatte er eine Frau und Kinder, sicher aber hatte er Eltern. Denen würde es das Herz brechen, wenn sie die Nachricht erhielten, dass er tot war. Fast kamen Gasperlmaier Tränen. Je älter er wurde, desto mehr grübelte er über solche Dinge nach, konnte in einem Leichnam nicht einfach einen Gegenstand sehen, den es zu untersuchen galt. Aber es war wohl unprofessionell, wenn man in so einer Situation allzu viele Gefühle hatte und womöglich auch noch zeigte. Er rieb sich mit zwei Fingern die Nasenwurzel.

„Da vorne!“, riss ihn die Frau Doktor aus seinen Grübeleien. „Hörst du mir eigentlich zu, Franz?“ „Entschuldige, ich ...“ „Ich habe gerade gesagt, dass wir noch zu den Häusern da vorn müssen. Die haben zumindest teilweise Aussicht auf die Wiese und auf die Straße, vielleicht hat wer was gesehen?“ Da war Gasperlmaier skeptisch. Fast nie wollte jemand etwas gesehen oder gehört haben, wenn die Polizei ins Haus kam, außer alleinstehende ältere Leute, die froh waren, wenn sie wieder einmal jemanden zum Reden hatten. Und deren Aussagen waren oft ebenso ausführlich wie wertlos.

Drei Häuser, so stellten sie fest, gab es, von denen aus man eventuell Vorgänge am Tatort hätte beobachten können. „Wir teilen uns auf, damit wir schneller wieder auf dem Posten sind. Wir brauchen ja nicht zu dritt ... Ich steig gleich hier aus!“, sagte die Manuela und war schon weg. „Dann nehm ich das Haus da vorne, und du weiter oben?“ Gasperlmaier nickte, als die Frau Doktor auf ein Einfamilienhaus zeigte, das aus den 60er Jahren stammen mochte. Gasperlmaier meinte, schon einmal hier gewesen zu sein, konnte sich aber nicht erinnern, zu welchem Anlass das gewesen war. Er selbst fuhr noch ein wenig höher den Berg hinauf und hielt vor einem Haus, das auf einem größeren Grundstück erbaut worden war als die umliegenden. Es sah auch teurer aus, schon das große, schmiedeeiserne Tor verhieß, dass man es hier mit jemandem zu tun hatte, bei dem Geld keine allzu große Rolle spielte. Geld vielleicht schon, dachte er bei sich, aber nicht das Ausgeben desselben. Eine Messingtafel verriet, dass eine Immobilienfirma hier ihren Sitz hatte: „Heimat-Traum" hieß sie.

Durch die Gegensprechanlage meldete sich eine etwas spitze, gehetzt klingende Frauenstimme. „Ja, bitte?" Er beugte sich zu der Sprechanlage hinunter. „Gasperlmaier, Polizei Altaussee. Ich hätte ein paar Fragen!" Schweigen. „Da warten Sie am besten, bis mein Mann wieder zu Hause ist!", kam es schließlich zurück. Die Stimme hatte einen osteuropäischen Akzent. Er seufzte. „Es wäre schon gut, wenn ich sofort mit Ihnen sprechen könnte. Dringend wär's. Und wichtig." Der Türöffner brummte. „Ich sag Ihnen aber gleich, dass ich Ihnen nicht helfen kann!" Das war er gewohnt. Noch bevor die Polizei überhaupt zum Fragen kam, waren sich viele potentielle Zeugen sicher, dass sie auf keinen Fall Antworten hatten.

Die Frau, die die Tür öffnete, war jung, sehr schlank und hatte lange, dunkle Haare. Sie war perfekt geschminkt. „Ja?" „Darf ich vielleicht erst einmal hereinkommen?" Gasperlmaier hatte die leise Hoffnung, seinen eiskalten Füßen wenigstens eine Verschnaufpause gönnen zu dürfen. „Aber bitte putzen Sie sich die Schuhe ordentlich ab. Die Putzfrau hat heute Morgen gewischt." Na, da wusste er wenigstens, woran er war. Er leistete der Aufforderung gewissenhaft Folge und trat danach in eine Art Vorhaus, das man schon eher als Halle oder Foyer bezeichnen musste. Ein riesiger Christbaum erhob sich fast bis zur Decke, der war sicher drei Meter hoch. Er trug jede Menge Silber- und Goldschmuck sowie eine eingeschaltete Lichterkette. Gasperlmaier räusperte sich. Er war ja nicht gekommen, um den Christbaum zu bewundern.

„Sie haben sicher schon bemerkt, dass da ein größerer Polizeieinsatz im Gange ist", sagte er. „Natürlich. Und die Straße nach Altaussee hinunter haben sie auch gesperrt!", ärgerte sich die Frau. „Und ein Lärm! Das sind wir hier heroben nicht gewohnt!" Die Frau hatte eine sehr sanfte, leise Stimme. Sogar, wenn sie schimpfte, klang sie ein wenig verschreckt. Gasperlmaier hoffte auf ein schnelles Ende der Befragung. „Ist Ihnen in den letzten Tagen etwas aufgefallen? Ein Auto vielleicht, das nicht hierhergehört? Geräusche, jemand, der sich auf der Wiese hinter der Linde zu schaffen gemacht hat?" Die Frau schüttelte den Kopf. Eine Tür öffnete sich, ein Kinderkopf lugte hervor. „Mama, kann ich noch Cornflakes? Wer ist der Mann?" Die Frau lächelte. „Das ist Clarissa. Einer meiner Zwillinge." Sie deutete auf Gasperlmaier. „Der Herr ist von der Polizei. Er möchte mich nur was fragen. Geh wieder hinein!" „Cornflakes?", wiederholte Clarissa. „Ja, aber nicht zu viele, hörst du?" Der Kopf verschwand. „Wir haben Zwillinge", wiederholte sie. „Clarissa und Carolina. Sie sind fünf. Heuer sollen sie Skifahren lernen, aber es macht ihnen nicht so Spaß." Sie machte eine hilflose Geste mit den Armen. „Macht ja nichts", sagte Gasperlmaier. „Wird schon!"

„Mein Mann ist nicht da. Er ist in seinem Büro, in Graz. Heimat-Traum. Vielleicht haben Sie's gelesen!" Sie deutete in Richtung Gartenzaun, wo das Schild angebracht war. Gasperlmaier wusste nicht recht, was er mit dieser Information anfangen sollte. Sie erklärte vielleicht das Haus, war aber keine Antwort auf seine Frage. „Ich hab ja eigentlich gefragt, ob Sie etwas bemerkt haben? In den Tagen seit Neujahr?" Sie schüttelte den Kopf samt ihrem langen, seidigen Haar. „Ich hab so viel zu tun gehabt. Ich kenne mich nicht aus mit der Schneefräse, und ich musste jemanden finden, der ..." Das sah Gasperlmaier nicht ganz ein, denn wenn der Schulwart krank war, dann griff seine Frau, die Christine, sehr wohl zur Schneefräse, um den Weg in die Volksschule für die Kinder freizumachen. Aber vielleicht war die Frau Heimat-Traum zu zart für solche Arbeiten. „Darf ich Sie um Ihren Namen fragen?" Er hatte gänzlich darauf vergessen. Sie strich mit einer eleganten Bewegung eine Haarsträhne hinter ihr Ohr zurück. „Ich heiße Veronika. Veronika Pirkner." Gasperlmaier warf einen Blick aus dem Fenster und deutete hinüber zur Linde. Von hier aus konnte man nur den oberen Teil des Baumes sehen.

„Sie haben aber einen guten Blick, hinüber zur Linde? Zumindest vom ersten Stock?" Die Frau nickte. „Aber nichts Auffälliges gesehen. Was ist denn eigentlich passiert, dass die Polizei kommen muss?" Er entschloss sich, ihr diese Information nicht vorzuenthalten. „Eine Leiche haben wir gefunden, da hinten, am Waldrand. Unter dem Schnee." „Um Gottes willen!" Die Frau schlug eine Hand vor den Mund. Gasperlmaier holte sein Handy hervor, um nachzusehen, ob er das Foto der Leiche schon erhalten hatte. Ja, da war es. Er hielt der Veronika Pirkner das Foto vors Gesicht. „Kennen Sie den vielleicht?" Sie kreischte auf und wedelte mit den Händen. „Tun Sie das weg! Tun Sie das weg! Ist das die Leiche?" Gasperlmaier nickte. „Wenn Sie vielleicht doch einen Blick ...?" Die Frau blinzelte zwischen ihren Fingern durch, denn sie hatte beide Hände vor die Augen gehalten. „Nie gesehen! Und jetzt tun Sie das weg!" Gasperlmaier tat, wie ihm geheißen, allein schon, um die Frau Pirkner zum Verstummen zu bringen. Offenbar war hier nichts zu erfahren, was ihm bei den Ermittlungen nützlich sein konnte.

Plötzlich wurden sie von lautem Glockengeläut unterbrochen, das von der Haustür herkam. „Bittschön um an Glöckelkrapfen!“, skandierten Kinderstimmen. Die Frau Pirkner seufzte auf. „Schon wieder diese Kinder! Ich hab ihnen schon gesagt, dass ich ...“ Gasperlmaier schmunzelte. „Uraltes Brauchtum. Da kann man sich anpassen, wenn man hier wohnt. Und wenn man mit den Einheimischen gut auskommen möchte!“ „Ich hab aber keine Krapfen!“ Die Veronika klang etwas hilflos, das Geläute vor dem Haus dauerte an und die Kinder wiederholten ihren Spruch. „Geben Sie ihnen halt ein paar Süßigkeiten. Damit sind sie auch zufrieden“, empfahl Gasperlmaier. Etwas entnervt verschwand die Hausherrin in der Küche und kehrte mit zwei Tafeln dunkler Schokolade zurück. „Was meinen Sie, reicht das?“ Gasperlmaier nickte. „Wenn sonst nichts da ist ...“ Als die Frau die Tür öffnete, verstummte das Geläut. Die Kinder fanden es anscheinend interessant, dass die Polizei im Haus war, und verstummten. „Griaß di, Gasperlmaier!“ Einer der Buben erkannte ihn. Wahrscheinlich, weil er regelmäßig zur Verkehrserziehung in die Volksschule kam. „Host koane Kropfn?“, fragte ein Mädchen. „Oda Guazal?“, wollte ein anderes wissen. Die Veronika schien ratlos. „Sie meinen Süßigkeiten, Zuckerl!“, erklärte Gasperlmaier. „Geht's zu mir nach Hause. Wisst's eh, zur Frau Gasperlmaier. Da gibt's Krapfen!“ „Des is oba weit!“ „Müsst's euch halt tummeln!“, riet Gasperlmaier. „Und aufpassen, dass euch die Berigln nicht erwischen!“ Das Mädchen lachte ihn an. „Vor denen fürchten wir uns nicht!“ Gasperlmaier schmunzelte noch immer, als die Hausherrin mit verdrossenem Gesicht die Tür ins Schloss fallen ließ. „Da wird man ja regelrecht ausgeraubt“, murmelte sie. „Berigln?“, fragte sie dann. „Muss ich mit denen auch noch rechnen?“ „Kann schon sein. Das sind unsere Perchten, sie haben ein Tuch mit Sehschlitzen vor dem Gesicht und kontrollieren, ob es im Haus sauber ist!“ Die Veronika schüttelte den Kopf. „Da kann ich ja froh sein, dass ich die Polizei hierhabe“, sagte sie, „und dass Sie mich über die Bräuche aufklären!“

„Ja, weswegen ich eigentlich da bin ...“, versuchte Gasperlmaier, die Unterhaltung wieder aufs Thema zu bringen. „Woran ist der Mann denn gestorben?“, unterbrach ihn die Veronika Pirkner. „Erfroren?“ „Wissen wir noch nicht. Aber wir gehen von Fremdverschulden aus.“ „Fremdverschulden?“ Sie konnte offenbar mit dem Wort nichts anfangen. „Ja, er könnte ermordet worden sein.“ „Um Gottes willen! Dann ist das hier gefährlich für uns? Für mich und die Kinder?“ Gasperlmaier vollführte ein paar beschwichtigende Armbewegungen. „Für Sie droht keine Gefahr! Ganz sicher nicht!“ „Oh Gott, oh Gott! Und ich bin ganz allein mit den Kindern hier. Ich glaube, ich sollte lieber nach Graz fahren!“

„Machen Sie sich keine Sorgen!“, sagte er. „Aber denken Sie vielleicht noch ein wenig nach, und wenn Ihnen was einfällt, rufen Sie uns an. Und seien Sie aufmerksam!“ Das hätte er jetzt nicht sagen sollen. „Aufmerksam? Auf was denn? Bin ich jetzt doch in Gefahr?“ Gasperlmaier seufzte und bemühte sich noch um ein paar beruhigende Worte. Dann suchte er das Weite, so schnell es irgendwie möglich war.

Erfahren hatte er genau gar nichts.

4

„Also, die Leute in meinem Haus haben nichts gesehen. Nichts beobachtet, keine Fremden, keine Autos, die sie nicht kennen, gar nichts!" Die Manuela hängte ihre Einsatzjacke an die Garderobe. „Entschuldigt, dass ich mir die Schuhe ausziehe, aber ich muss meine Socken trocknen. Und die Füße wärmen!" „Schon gut!", antwortete die Frau Doktor. „Bei mir war es ähnlich. Nullnummer." Gasperlmaier seufzte. „Ebenso!", sagte er. „Außer, dass ich möglicherweise der Frau eines Immobilienmaklers Angst eingejagt habe." „Immobilienmakler?", wiederholte die Manuela. „Ja", nickte Gasperlmaier. „Eine sehr schöne junge Frau mit Zwillingen. Sie hat das mit den Immobilien extra besonders betont, damit ich ja weiß, mit wem ich es zu tun habe!" Die Manuela schüttelte den Kopf. „Leute gibt's!"

„Schaut einmal her. Das ist alles, was wir bisher haben. Außer dem Foto, das wir für die Fahndung verwenden." Die Frau Doktor holte den Plastikbeutel aus ihrer Handtasche, der enthielt, was der Tote in den Hosentaschen gehabt hatte. Gasperlmaier rückte einen Sessel an den Tisch heran und setzte sich. „Passt auf, dass ihr mir nichts davon angreift, zumindest nicht ohne Handschuhe. Da ist dieses Herz, in das ‚Kathi' eingraviert ist. Wohl ein Schlüsselanhänger. Und da ist ein rosa Haargummi." „Und das?", fragte die Manuela. „Ein blauer Labello. Und ein kleiner Holzkamm mit Griff, mit chinesischen Schriftzeichen drauf. Alles Sachen, die eher auf eine Frau hindeuten, finde ich. Zum Beispiel der Schlüsselanhänger. Warum sollte ein Mann einen mit sich herumtragen, auf dem ‚Kathi' steht?", fragte die Frau Doktor. „Seine Freundin?", mutmaßte Gasperlmaier.

Die Frau Doktor zog einen Handschuh über und nahm den Haargummi genauer unter die Lupe. Er war mit frotteeartigem Stoff überzogen. „Der ist benutzt worden“, sagte sie. „Da sind Haarreste dran.“ Sie inspizierte den Kamm. „Da erkenne ich auf den ersten Blick nichts, aber der muss ins Labor. Wie alles, was wir hier haben. Erste Frage: Warum trägt unser Mordopfer Gegenstände mit sich, die offenbar einer Frau gehören – sonst aber nichts?“

Die Frage erschien Gasperlmaier schwierig bis unlösbar. Er musste auch nicht lange nach einer Antwort suchen, denn das Handy der Frau Doktor klingelte. „Hier? In Bad Aussee?“, sagte sie. „Wunderbar. Wir kommen!“ Sie legte auf. „Gasperlmaier, Einsatz! Wir müssen ins Krankenhaus, hier bei euch, in Bad Aussee. Dort ist der Tote hingebracht worden, und die Frau Doktor Wurm sieht ihn sich jetzt doch gleich an. Wir können dabei sein!“ Gasperlmaiers Herz sank ihm buchstäblich in die Hose. Wurde von ihm jetzt etwa erwartet, dass er dabei zusah, wie man den Leichnam aus dem Schnee aufschnitt und zerlegte? Sollte er Zeuge sein, wenn Herz, Lunge und Leber entnommen und auf die Waage gelegt wurden? Schon wenn das in einem Fernsehkrimi vorkam, machte er die Augen zu, bis die Szene vorbei war. „Also, ich ...“ Weiter kam er nicht. „Gasperlmaier, du bist ja käseweiß im Gesicht? Was ist denn los?“ Die Frau Doktor lächelte so hintergründig, dass er sich sicher war, dass sie wusste, was in ihm vorging. „Also, ich ... wenn sie die Obduktion macht, da möchte ich nicht dabei sein. Weil das ... ich meine, das gehört ja auch nicht wirklich zu meinen Aufgaben.“ Er räusperte sich, und die Frau Doktor legte ihm ihre Hand auf die Schulter. „Schauen wir einmal, dann sehen wir schon!“ Das, so fand Gasperlmaier, genügte als Antwort keineswegs. Er beschloss, das Thema nicht mehr zur Sprache zu bringen, bis sie mit der Frau Doktor Wurm persönlich gesprochen hatten.

Im Krankenhaus wurden sie ins Kellergeschoß geführt, und Gasperlmaier wurde immer mulmiger zumute. Was, wenn der Leichnam am Ende schon geöffnet worden war und die Frau Doktor Wurm sie mit blutbesudelter Schürze da unten empfing? Er spürte ganz deutlich eine Übelkeit heraufziehen. Schon im Stiegenhaus roch es nach Blut, fand er. Unversehens öffnete sich eine Tür vor ihnen, und sie standen in einem weiß gekachelten Raum, in dessen Mitte auf einem Stahltisch die noch vollständig bekleidete Leiche von der Hofmannsthal-Linde lag. „Grüß euch! Ich komm gleich!" In einem Nebenraum hörte man eine Wasserleitung laufen. Die Frau Doktor Wurm war offenbar gerade beim Händewaschen. Wenig später kam sie heraus, schon mit Handschuhen und Schürze. Womöglich stand die Leichenöffnung unmittelbar bevor. Gasperlmaier hatte keine Ahnung, was er anstellen konnte, um dem Unvermeidlichen zu entgehen.

„Ich schüttle euch lieber nicht die Hände, ich hab schon meine sterilen Handschuhe angezogen. Endlich einmal eine Leiche, wie ich sie mir wünsche! Ordentlich auf dem Seziertisch abgelegt! Dabei – gerade geht's meinen Gelenken so gut, dass ich glatt Kniebeugen machen könnte!" Die Frau Doktor Wurm führte gleich drei davon vor. Sonst pflegte sie sich ausgiebig zu beschweren, wenn sie eine Leichenbeschau vornehmen musste, die mit körperlichen Anstrengungen verbunden war. Dabei war sie noch gar nicht so alt, sicherlich jünger als er selbst. „Schaut einmal her! Nicht so zaghaft, näher!" Tatsächlich hatte Gasperlmaier es nicht eilig, an die Leiche heranzutreten. Die

Kleidung des Toten war intakt, sie schien etwas feucht, was wohl vom Schnee kam, der an der Leiche gehaftet hatte und nun geschmolzen war. „Origineller Sweater, übrigens!“ Die Frau Doktor Wurm lachte und deutete auf die Aufschrift auf dem schwarzen Kapuzensweater der Leiche. „Player 1“. Gar so originell fand Gasperlmaier den Pullover nicht. Er fragte sich nur, ob es auch einen „Player 2“ gab.

„Unser Mann ist erstickt worden.“ Die Frau Doktor Wurm nahm einen Kugelschreiber zur Hand und wies auf das Gesicht des Toten. Nach wie vor war es teilweise durch den Plastiksack verborgen, die Medizinerin hatte lediglich die Öffnung etwas weiter auseinandergedrückt. Augen und Mund waren immer noch geöffnet, das Gesicht graublau. „Zunächst kommt es bei einer Erstickung zur Dyspnoe, danach, nach 60 bis 90 Sekunden, zum konvulsivischen Stadium mit, zum Beispiel, Urinabgang.“ Sie wies auf den Unterleib des Toten, wo Gasperlmaier meinte, tatsächlich einen Fleck wahrzunehmen, der dunkler war als der Rest der Hose. Einstweilen war er froh, dass die Frau Doktor Wurm nur redete und nicht zum Skalpell griff. „Aber diese Details interessieren euch ja nicht.“ Sie wandte sich wieder dem Gesicht des Toten zu. „Staublutungen, oder?“, warf die Frau Doktor Kohlross ein. „Genau!“ Der Kugelschreiber wanderte zu den Augen. „Diese kleinen roten Punkte, das sind Einblutungen, die auf Erstickung hinweisen. Dann natürlich die leicht bläuliche Hautfarbe, man nennt das Zyanose. Ich zweifle nicht daran, dass ich bei der Obduktion noch weitere Nachweise für Erstickung finden werde. Aber!“ Die Frau Doktor Wurm streckte die Hand mit dem Kugelschreiber hoch. „Schauen wir uns einmal den Hinterkopf an. Da finden wir den Nachweis dafür, dass er sich den Sack nicht selber über den Kopf gestülpt und festgeklebt hat." Sie drehte den Kopf leicht. Das Haar war an einer Stelle blutverkrustet. Die Frau Doktor Wurm drückte es etwas zur Seite. „Seht ihr das? Eine Rissquetschwunde, klaffend. Er ist niedergeschlagen worden, ziemlich wuchtig, würde ich sagen, und bewusstlos oder zumindest benommen gewesen, als man ihn mit dem Plastiksack erstickt hat. Ich habe ein paar Holzsplitter in der Wunde gefunden, also mit einem Gegenstand aus Holz." Sie drehte den Kopf wieder in seine ursprüngliche Lage zurück.

Gasperlmaier hoffte inständig, dass die Leichenbeschau, zumindest für ihn, ehestmöglich vorbei sein werde. Zu seinem Glück sah das die Frau Doktor Kohlross offenbar genauso. „Danke einstweilen. Wir müssen jetzt ... wir haben ja noch nicht einmal eine Identifikation des Toten. Das ist jetzt vordringlich. Auf Wiedersehen!"

Gasperlmaier atmete auf, als die schwere Tür zum Obduktionsraum hinter ihnen zugefallen war. Die Frau Doktor zückte ihr Handy. „Aha. Das Foto ist jetzt draußen. Sie haben es ein bisschen aufgepeppt. So, dass man nicht gleich sieht, dass es eine Leiche ist." Sie drehte das Display, damit Gasperlmaier es sehen konnte. Tatsächlich sah der Mann lebendig aus, ein vielleicht 30- bis 40-jähriger Glattrasierter mit kurz geschnittenen, dunklen Haaren blickte Gasperlmaier an. „Von hier ist der nicht, glaube ich. Ich hab den noch nie gesehen", sagte Gasperlmaier. „Was tun wir?" „Überlegen!", sagte die Frau Doktor, als sie in den Einsatzwagen stiegen. „Irgendwie muss der Kerl ja da hinaufgekommen sein. Ob es wohl Überwachungskameras gibt? Wie viele Straßen führen da rauf?" „Drei", antwortete Gasperlmaier. „Die von Altaussee, die wir genommen haben, dann von Grundlsee her, und eine sehr steile von Bad Aussee hinauf. Aber Kameras gibt's da nirgends." Das fehlte gerade noch, dachte er bei sich, dass man auch hier auf dem Land begann, jede einzelne Straße mit einer Kamera zu überwachen. Wer sollte sich denn das ganze Material überhaupt jemals ansehen? Völlig sinnlos.

„Das Foto herumzeigen? Vielleicht in den Hotels?", fragte die Frau Doktor mehr sich selbst als Gasperlmaier. „Da würden wir lang brauchen. Geht es nicht ohnehin auch an den Tourismusverband? Die verteilen es an ihre Mitgliedsbetriebe weiter. Da kommt schon was, wenn er sich irgendwo hat blicken lassen! Am gescheitesten ist, wir gehen jetzt einfach einmal was essen. Höchste Zeit dazu wär's ja!" Gasperlmaier sah auf die Uhr auf dem Display seines Einsatzwagens. Halb zwei war es schon. Kein Wunder, dass sein Magen murrte. „Gehen wir zum Schneiderwirt?", fragte er. „Von mir aus", sagte die Frau Doktor. „Wenn's warm ist, dort. Ich bin komplett durchgefroren."

„Magst du das Mittagsmenü?", fragte Gasperlmaier. „Zigeunerkotelett mit Rösti? Und eine Zwiebelsuppe?" „Ach Gott!", stöhnte die Frau Doktor. „Ist das nicht viel zu schwer? Ich hab immer noch fünf Kilo mehr als vor dem Max!" „Wenn's draußen kalt ist, verbrennt man auch mehr!", beruhigte Gasperlmaier. „Dass die hier noch ein Zigeunerkotelett anbieten", murmelte die Frau Doktor, nachdem sie bestellt hatten. „Das gibt's doch nirgends mehr!" „Wieso denn nicht?", erkundigte sich Gasperlmaier. „Weil der Begriff diskriminierend ist!", erklärte die Frau Doktor. „Kotelett?", stellte Gasperlmaier sich dumm und grinste. Die Frau Doktor schlug ihn scherzhaft auf den Arm. „Pflanzen kannst du wen anderen!"

Als die Suppe kam, läutete Gasperlmaiers Handy. Die Manuela war dran. „Wir haben möglicherweise was. Ein Auto, das schon länger bei der Talstation der Lifte steht. Ziemlich eingeschneit." Gasperlmaier nahm einen Löffel Suppe. „Au, heiß!" Er hatte nicht darauf geachtet, darüberzublasen, weil er der Manuela zuhörte. Bei der Talstation der Skilifte gab es ein Chaletdorf, und jetzt in den Weihnachtsferien waren garantiert alle Chalets vermietet. „Na ja", sagte er. „Da stehen viele Autos. Und die Leute, die da wohnen, die fahren halt nicht jeden Tag weg. Da werden die Autos ..." Die Manuela unterbrach ihn. „Der Willi hat mich angerufen, der da hinten die Parkplätze räumt. Das Auto steht seit mindestens zwei Tagen dort, und es war ihm ziemlich im Weg, als er in aller Frühe räumen wollte. Und da hat er nachgeschaut, woher es kommt. Und – die Nummerntafeln haben gefehlt. Sollten wir uns das nicht anschauen?"

Gasperlmaier nickte. „Schon. Aber wir sind gerade ... magst du nicht auch schnell zum Schneiderwirt herüberkommen, da können wir dann alles ... ja? Also!" Er legte auf. Die Frau Doktor hatte mitgehört. „Wir schauen uns das an. Wenn's eine alte Schrottlaube ist, dann geht's uns wahrscheinlich nichts an. Aber es wäre doch möglich ..." Gasperlmaier nahm ihr das Vollenden des Satzes ab, weil sie weiterlöffelte. „... dass der Mörder das Auto seines Opfers da hinten abgestellt hat, wo es längere Zeit nicht auffällt. Und um die Identifizierung des Halters zu erschweren, hat er die Kennzeichen mitgenommen!" Die Frau Doktor nickte. „Genau das könnte – und ich sage ausdrücklich: könnte! – passiert sein. Aber eilig haben wir es nicht, essen wir ruhig fertig. Ich fange gerade an, meine Zehen wieder zu spüren."

Die Manuela tauchte alsbald auf, begnügte sich aber mit einem Salat. Eine neuerliche Diskussion über das Zigeunerkotelett flammte auf, an der sich Gasperlmaier aber nicht beteiligte. Es mundete ihm hervorragend. Um halb drei schließlich machten sie sich auf den Weg zur Losermaut, wo sich die Talstation der Lifte befand. „Herrschaftszeiten!", murmelte Gasperlmaier, als ihnen wieder einmal ein Auto mit Dachbox mehr entgegenschlitterte als -kam. Gerade noch konnte er ausweichen. „Schmal ist's hier, im Winter!", bemerkte die Frau Doktor. „Da hättest du die Winter früher hier erleben sollen! Da haben wir meterhoch im Schnee gesteckt! Und kein Zaun hat mehr herausgeschaut. Und die Ostereier haben wir im Tiefschnee gesucht!" „Übertreibst du da nicht ein bisschen?", fragte die Frau Doktor. Aber Gasperlmaier konnte den Beweis antreten. Im Familienalbum gab es reihenweise Fotos von den Eiersuchen im Schnee. Ob es wirklich jedes Jahr so gewesen war, darauf wollte er sich jetzt nicht versteifen. Er versuchte, hinter vorgehaltener Hand so leise wie möglich zu rülpsen. Im Letscho waren Paprika gewesen, und die vertrug er nicht so gut. Er öffnete sein Fenster einen Spalt, damit die Frau Doktor nichts roch. „Weil's sonst beschlägt!", rechtfertigte er sich.

„Da steht er!" Der Willi war ihnen gleich in seinem Schneepflug entgegengekommen, als sie auf den Parkplatz eingebogen waren. Der war natürlich rappelvoll, denn in der Hochsaison waren selbst am Loser ab Mittag Parkplätze Mangelware. Gasperlmaier hatte zwischen den Reihen geparkter Autos stehen bleiben müssen. Das Auto, das ihnen der Willi zeigte, war ein unauffälliges Mittelklassemodell, eher kompakt, mit einer dicken Schneehaube drauf, denn der Willi hatte nur die Stellen freigewischt, an denen normalerweise die Kennzeichen befestigt waren. „Zwei Tage“, sagte er, „steht der mindestens schon da. Und das können wir gar nicht brauchen, dass einer seinen Schrott hier in der Hochsaison abstellt!“

„Wie eine Schrottlaube schaut er nicht gerade aus!“ Gasperlmaier musterte das, was man von dem Wagen sehen konnte. „Vielen Dank!“, sagte die Frau Doktor. „Sie haben uns sehr geholfen. Wir kommen jetzt allein zurecht!“ „Wenn Sie meinen ...“ Der Willi zögerte, bevor er sich umdrehte und wieder in seine Fahrerkabine kletterte. Wahrscheinlich hatte er sich ein bisschen Action erwartet, dachte Gasperlmaier bei sich. „Wir machen ihn auf!“, entschied die Frau Doktor mit einem Blick zum entschwindenden Schneepflug. Gasperlmaier nickte, hatte aber keine Zeit mehr, zu fragen, wie sie das denn anstellen wollte, denn hinter seinem Einsatzfahrzeug war ein Auto stehen geblieben, und der Fahrer hatte bereits mehrmals ungeduldig gehupt. Das, so fand Gasperlmaier, war eine Unverschämtheit, ein Fahrzeug der Polizei hupte man nicht so ohne weiteres an.

„Entschuldigung“, sagte er zur Frau Doktor und entfernte sich in Richtung des Hupers. Er bedeutete dem Fahrer, die Scheibe herunterzulassen. „Polizeieinsatz!“, erklärte er. „Da darf ich doch um ein bisschen Geduld bitten. Fahren Sie halt zurück und suchen Sie woanders einen Parkplatz!“ Der Fahrer, der bereits einen Skihelm auf dem Kopf trug, schüttelte diesen unwillig. Dazu fuchtelte er noch mit den Händen herum. „Sie können doch nicht einfach ... wir sind eh schon so spät dran, wir möchten ...“ Gasperlmaier unterbrach ihn scharf. „Was Sie möchten, ist hier leider nicht maßgeblich. Fahren Sie zurück oder warten Sie. Der Einsatz wird noch ein paar Minuten dauern!“ „Wie lange denn?", fragte der Fahrer unwirsch. Gasperlmaier wurde es zu bunt. „Möchten Sie, dass ich eine Fahrzeug- und Lenkerkontrolle durchführe?" Der Mann winkte ab, ließ das Fenster hinaufsurren und blickte über die Schulter, um für das Zurückstoßen bessere Sicht zu haben. „Leute gibt's!", murmelte Gasperlmaier und wandte sich wieder der Frau Doktor zu. Die hatte inzwischen die Beifahrertür geöffnet. Wie, das wollte Gasperlmaier sie gar nicht fragen. „Viel hat er nicht im Auto gelassen, es schaut sogar regelrecht ausgeräumt aus. Handschuhfach leer, alle Ablagen leer. Nicht einmal eine Parkuhr hat er hinterlassen. Auf der steht ja meistens der Name des Autohauses." Gasperlmaier nickte. Gasperlmaier öffnete auch noch eine hintere Tür, nicht ohne zuvor die überhängende Schneehaube zu Boden gewischt zu haben. „Auch nix!", konstatierte er, hob aber sicherheitshalber die Bodenmatte hoch, unter der sich tatsächlich ein zerknitterter Zettel fand. „Parkschein!", murmelte er. „Aber so verblasst, dass man nicht lesen kann ..." „In den Beutel!" Die Frau Doktor hielt ihm ein Plastiksäckchen hin. „Das kriegen wir in der Kriminaltechnik hin."

Gasperlmaier öffnete auch noch die beiden übrigen Türen und den Kofferraum, fand aber nichts mehr von Interesse. Das Auto war offensichtlich wirklich ausgeräumt worden. „Ist dir aufgefallen", sagte er schließlich, „dass auch die Kennzeichenhalterungen entfernt wurden? Ich meine, auf denen steht meist etwas, zum Beispiel der Name von dem Autohaus, wo das Auto gekauft wurde?" Die Frau Doktor nickte. „Ja, sehr gründlich! Den Parkschein lassen wir im Auto, es muss sowieso als Ganzes zur Kriminaltechnik." Sie legte den Beutel auf den Fahrersitz, damit er nicht übersehen werden konnte."

Hinter dem Einsatzwagen stand niemand mehr, als sie wieder einstiegen. „Und was jetzt?", fragte Gasperlmaier. „Glaubst du, dass das Auto was mit dem Mord zu tun hat?" Die Frau Doktor zuckte mit den Schultern. „Sehr wahrscheinlich ist es nicht. Wir lassen das Fahrzeug abschleppen, Motor- und Fahrgestellnummer checken, dann wissen wir mehr. Die Frage ist, wann wir das herausbekommen. Heute Sonntag, morgen Feiertag!" Gasperlmaier hatte eine Idee. „Magst du vielleicht zu mir auf einen Kaffee kommen? Ich glaube, es sind alle zu Hause. Die Katharina und die Stefanie haben sowieso die Anweisung, möglichst das Haus nicht zu verlassen, bis der Hassposter gefunden worden ist." „Gern. Ihr habt ja guten Kaffee, wie ich weiß!" „Und vor allem Weihnachtsbäckerei!", grinste Gasperlmaier. „Oh Gott!", stöhnte die Frau Doktor. „Ich hab doch schon gesagt, ich bin noch nicht einmal alle Kilos vom Max losgeworden!" „Zum Beherrschen ist später immer noch Zeit!", schmunzelte Gasperlmaier.

Im Gegensatz zu seinen Versprechungen war gar niemand zu Hause, als sie eintrafen, im Haus herrschte völlige Stille. „Na ja", sagte er. „Einen Kaffee machen kann ich auch selber. Und wo die Weihnachtsbäckerei steht, weiß ich auch! Setz dich bitte einmal hin!" „Darf ich hier in der Küche?", fragte die Frau Doktor. „Da finde ich es gemütlicher!" Kaum begann die Kaffeemaschine zu gurgeln, öffnete sich die Haustür, und ein Schwall kalter Luft strömte herein. Gasperlmaier sah kurz ins Vorhaus hinaus. Alle waren sie da, dick eingepackt, vor allem der Theo schien sich in seinem Overall kaum bewegen zu können.

„Wir waren rodeln!", sagte die Christine, strahlend mit roten Backen, während sie den Theo aus seinem Overall schälte. „Und du hast jemanden mitgebracht?

Wie laufen denn eure Ermittlungen?“ Natürlich hatte die Christine schon von dem Toten bei der Hofmannsthal-Linde gehört, so etwas blieb ja in Zeiten der digitalen Kommunikation nie lange geheim.

„Darf ich ihn mal auf den Schoß nehmen?“, fragte die Frau Doktor. „Seit ich selber Kinder habe, muss ich sie dauernd knuddeln! Vorher war das bei mir nicht so. Komm einmal her!“ Der Theo zeigte nicht viel Scheu, grinsend kletterte er auf das Sofa und setzte sich auf den Schoß der Frau Doktor, wohl auch, weil die mit einem Glöckelkrapfen winkte. „Einer geht noch, Theo, dann ist es aber genug!“, sagte die Christine, die sich mit der Richelle darin einig war, dass der Theo nicht überfüttert werden durfte, vor allem nicht mit Zucker. „Wie viele hat er denn schon gegessen?“, fragte Gasperlmaier. „Nur einen!“, antwortete die Richelle. „Aber er war viel besser als die Apple Fritters von Tim Horton's!“ „Wer ist denn das?“, fragte Gasperlmaier etwas ratlos. „Das ist so eine Cafékette in Kanada, kennt jeder!“, erklärte die Christine, die schon einmal in Kanada gewesen war. „Riesige Becher mit Kaffee, der nach nichts schmeckt, und sehr fettige Mehlspeisen“, flüsterte sie, damit die Richelle ihr Urteil nicht hören konnte.

An der Haustür läutete es. „Bitt schön um einen Glöckelkrapfen!“, tönte es, dazu vielstimmiges Geschelle. „Jetzt sind sie aber bald gar!“, seufzte die Christine und ging mit einem Teller Krapfen zur Tür. „Nimm dir auch einen Krapfen, Renate!“ Gasperlmaier hob den Theo vom Schoß der Frau Doktor und folgte der Christine. Der Theo sollte das interessante Schauspiel nicht versäumen. „Griaß di, Frau Lehrer!“, sagte eines der Kinder. Natürlich kannte jedes Kind in Altaussee die Direktorin der Volksschule – und fast jedes holte sich jährlich einen Glöckelkrapfen.

„Ich bin fix und fertig!“ Die Christine sank auf das Sofa. „Wenn mir die Kathi und die Richelle nicht geholfen hätten, ich weiß nicht, was ich gemacht hätt!“ „Und du?“, fragte Gasperlmaier, der Stefanie zugewandt. „Na, irgendwer muss sich ja auch um den Kleinen kümmern, oder? Sein Opa hat ja keine Zeit!“ „Ausgezeichnet!“, sagte Gasperlmaier versöhnlich. „Dann hat ja jeder was zu tun gehabt. Ich hol mir jetzt ein Bier!“ „Das passt aber nicht zum Krapfen!“, widersprach die Katharina. „Oh doch! Sogar wunderbar!“, widersprach Gasperlmaier.

Es dauerte nicht lange, bis die Stefanie und die Katharina neugierig wurden und die Frau Doktor mit Fragen bestürmten. „Wir haben Sachen bei ihm gefunden, die wir eher einer Frau zuordnen würden“, erzählte die Frau Doktor schließlich. „Ich glaube, es ist kein Problem, wenn ich sie euch zeige.“ Sie kramte in ihrer Handtasche nach dem Beutel und legte ihn auf den Tisch. Die Reaktion der Katharina hatte niemand vorhersehen können. „Heilige Mutter Gottes!“, murmelte sie und schlug beide Hände vor den Mund. „Das gibt es ja nicht! Das ist ja gar nicht möglich!“ Die Miene der Frau Doktor wurde ernst. „Der Schlüsselanhänger! Genau so einen habe ich gehabt! Aber verloren!“ „Auch mit deinem Namen eingraviert? Kathi?“ Die nickte. „Genau so einen. Ich hab geglaubt, ich habe ihn verloren!“, wiederholte sie unter Kopfschütteln. Die Frau Doktor strich den Beutel glatt, sodass man auch die restlichen Gegenstände gut sehen konnte. „Das gehört ... ich glaub, mir wird schwindlig!“ Die Katharina legte sich eine Hand auf die Stirn. Die Stefanie starrte fassungslos auf die Gegenstände im Beutel. „Der Kamm ... so einen hab ich gekauft, auf irgendeinem Kunsthandwerksmarkt, ich weiß nicht mehr, wo. Und so ein Haargummi, und der Labello ... da kann ich natürlich nichts Genaues ...“

Die Frau Doktor hatte den Theo seiner Mutter zurückgereicht, auf ihrer Stirn war eine senkrechte Falte erschienen. „Wir müssten jetzt ... könnten wir“, sie zeigte auf sich selbst und Gasperlmaier, „einen Moment lang allein mit den beiden ...?“ Die Christine nickte und zog die Richelle hoch, die noch nicht genau mitbekommen hatte, worum es ging.

Erst, als die Tür zum Wohnzimmer zugefallen war, begann die Frau Doktor wieder zu sprechen. „Wir müssen uns jetzt fragen – wenn diese Gegenstände aus deinem Besitz sind, wie ist dann das Mordopfer an sie gekommen? Irgendeine Ahnung?“ Gasperlmaier war völlig perplex. Da hatte man sich auf eine ruhige Urlaubswoche eingestellt, und nun war das Haus voller Leute und die Katharina noch dazu auf völlig unklare Weise plötzlich in einen Mordfall verwickelt. „Also, jedes Teil für sich“, sagte die Katharina, „das wär ja nicht so auffällig, aber alle vier Sachen könnten von mir sein. Ich meine, der Labello und der Haargummi, sowas verliere ich ständig. Ich hab’s ja nicht so mit der Ordnung. Der Papa weiß das!“ Sie lächelte Gasperlmaier an. So weit stimmte die Geschichte. Solange sie noch im Haus gelebt hatte, war das Zimmer der Katharina immer ein Chaos aus abgelegten Kleidungsstücken, Büchern, schmutzigem Geschirr und allerlei anderem Krimskrams gewesen. „Habt ihr irgendeine Ahnung, wie das Mordopfer an diese Gegenstände gekommen sein könnte?“ Die Katharina stützte den Kopf in beide Arme. „Darf ich?“, fragte die Stefanie, auf den Beutel deutend. Die Frau Doktor nickte, und die Stefanie nahm ihn auf. „Also, den Schlüsselanhänger, den hast du schon seit mindestens zwei Wochen nicht mehr.

Wir haben noch darüber geredet, wie denn das möglich ist, dass der Schlüsselbund zwar da ist, der Anhänger aber fehlt. Du hast vermutet, dass ... ja, der ist mit einer Schraube gesichert gewesen, ähnlich wie ein Karabiner." Sie deutete auf den Beutel. „Der hier ist aber zugeschraubt." „Kann unser Opfer gemacht haben", sagte die Frau Doktor. „Aber warum?"

„Ich weiß es wieder!" Die Katharina richtete sich auf. „Es war an dem Tag, wo wir in diesem vietnamesischen Restaurant waren. Ich weiß es noch, weil mir grad regelrecht schlecht war, wie ich draufgekommen bin, dass der Anhänger fehlt. Weil ich anscheinend den Koriander nicht so gut vertrage. Und das war ..." „... am 14. Dezember!" Die Stefanie hatte auf dem Terminkalender ihres Handys herumgewischt. „Der Anhänger fehlt also seit 14. Dezember. Oder vielleicht auch schon länger, jedenfalls haben wir es da bemerkt. Bei den anderen Sachen ... also, ich könnte nicht einmal sagen, ob ich den Kamm in meiner Handtasche gehabt habe oder ob der zu Hause war!"

Die Frau Doktor legte einen Zeigefinger ans Kinn und kraulte es. Das machte sie gelegentlich, wenn sie nachdachte. Aus dem Wohnzimmer hörte man den Theo krähen. „In diesem Restaurant", fragte Gasperlmaier. „Könnte da jemand an deine Handtasche gekommen sein?" Die Katharina zuckte mit den Schultern. „Wie denn? Wir waren ja ..." „Halt!", unterbrach die Stefanie sie. „Da war ja ein Buffet. Wir waren einmal miteinander am Buffet und haben unsere Handtaschen auf dem Sessel stehen lassen, nicht?" „Ich kann mich ehrlich nicht daran erinnern." Die Katharina zuckte mit den Schultern.

„Alles sehr spekulativ!", mischte sich die Frau Doktor wieder ein. „Aber schließlich und endlich, irgendwie muss dieser Mann an eure Sachen gekommen sein." „Oder sein Mörder. Oder die Mörderin", warf Gasperlmaier ein und wurde sich der Tragweite seiner Idee erst bewusst, als er sie ausgesprochen hatte. Die Falte auf der Stirn der Frau Doktor wurde noch tiefer, als sie wiederholte: „Oder die Mörderin!" Die Katharina schnappte nach Luft. „Aber ihr glaubt doch nicht ..." Schon begannen ihre Augen zu glänzen. „Nie im Leben!", beeilte sich Gasperlmaier zu versichern. Sanft strich er der Katharina über ihren Arm. So etwas hatte er schon lange nicht mehr getan, aber die Situation schien es zu erfordern.

„Trotzdem – ihr wisst, die Frage muss gestellt werden: Wo wart ihr zur Tatzeit? Also ..." Sie sah auf ihre Uhr. „Das muss vor zwei bis drei Tagen gewesen sein, also so vom Neujahrstag abends bis zum 3. in der Früh?" „Hier!", antwortete Gasperlmaier. „Die zwei sind ja praktisch nicht aus dem Haus gekommen!" Die Frau Doktor seufzte. „Franz, du weißt ganz genau, dass das nicht ausreicht. Du bist häufig weg gewesen, du hast auch einmal geschlafen. Als Ermittlerin kann ich mich mit so einer Antwort nicht zufriedengeben. Vor allem, wenn sie gar nicht von den Betroffenen kommt." Natürlich war Gasperlmaier das klar. Es war ein Dilemma. Einerseits war er sich hundertprozentig, nein, mehr noch, tausendprozentig sicher, dass die Katharina oder die Stefanie niemals einem Mann einen Plastiksack über den Kopf ziehen und dann mit einem Klebeband zuschnüren würden. Andererseits wusste er natürlich, dass die Frau Doktor nach einem Alibi fragen und das auch überprüfen musste, in so einem Fall.

„Wir denken nach und schreiben alles auf", bot die Stefanie an. „Eigentlich ... ihr solltet keine Zeit haben, euch abzusprechen. Aber ..." Die Frau Doktor seufzte neuerlich. „Lassen wir's gut sein. Ich glaub ja auch nicht, dass ... aber das Foto, das muss ich euch jetzt schon zeigen. Ob ihr den vielleicht schon einmal gesehen habt." Sie hielt der Katharina und der Stefanie das Display ihres Handys entgegen. „Ist der ... da ist er schon tot, oder?" Die Katharina schüttelte sich. „Ja, das ist er", entgegnete die Frau Doktor. „Wir haben ihn ja noch nicht identifiziert. Ich hoffe sehr auf die Fremdenverkehrsbetriebe, die das Foto schon erhalten haben. Vielleicht führt uns auch die Spur mit dem Auto weiter." „Welches Auto?", fragte die Stefanie. Die Frau Doktor nickte Gasperlmaier zu, sodass er sich ermächtigt fühlte, die Geschichte vom Fund des Fahrzeugs ohne Nummerntafel zu erzählen. Während er berichtete, meldete sich das Handy der Frau Doktor. Gasperlmaier erschrak ein wenig, denn sie hatte als Klingelton die Kennmelodie einer bekannten Krimiserie im Fernsehen gewählt. Gasperlmaier kannte sie, es war die Serie um einen von allerlei Ängsten geplagten Detektiv in San Francisco. Sie hob ihr Handy, nickte mit dem Kopf zur Tür und verschwand im Vorhaus. Gasperlmaier war gerade fertig mit seiner Geschichte, als sie wieder zurückkam.

„Wir haben eine Identität!", rief sie. Die Sorgenfalten auf ihrer Stirn waren nicht verschwunden. Die Frau Doktor setzte sich wieder und atmete tief aus. „Und jetzt haltet euch fest, denn das werdet ihr nicht glauben: Der Tote ist niemand anderer als euer Stalker! Er heißt Simon Eckhardt, hat in Wien gewohnt. Eine ganze Latte von Vorstrafen." „Das gibt's ja nicht, das kann ja gar nicht sein! Ist uns der gefolgt?" Die Stefanie und die Kathi redeten durcheinander. Die Stefanie schlug sogar vor Aufregung mit der Faust auf den Tisch. Gasperlmaier war zunächst erleichtert, dass der

Mann die Katharina nun nicht mehr bedrohen konnte, im selben Moment begriff er aber auch, dass die Kathi und die Stefanie nun ein Motiv gehabt hätten, den Mann umzubringen. „Eckhardt, so wie dieser Schauspieler? Der Dicke, der den Portier vom Hotel Sacher gespielt hat?", fragte Gasperlmaier, um vom Wesentlichen, das er gar nicht wahrhaben wollte, ein wenig abzulenken. „Vom Hotel Sacher weiß ich zwar nichts, aber ja, so wie der Schauspieler. Der ist aber längst gestorben." Die Frau Doktor sprach Gasperlmaiers Bedenken nun aus. „Ihr hättet also ein Motiv gehabt. So hat er lebendig ausgesehen." Sie reichte ihr Handy herum. Auf dem Display sah man das unauffällige Gesicht eines Mannes von 30, 40 Jahren, glattrasiert, mit etwas ungepflegt wirkenden dunklen Haaren, die ihm über die Ohren und in den Nacken hingen. Gasperlmaier fand, dass er einen stechenden Blick hatte, aber das konnte auch Einbildung sein.

„Nie gesehen, ganz sicher nicht", sagte die Katharina, als sie das Handy gereicht bekam. „Das also ist das Arschloch!", war Stefanies Kommentar. „Ja", stimmte die Frau Doktor zu. „Genauer: Das war das Arschloch. Jetzt ist es allerdings tot, und ich möchte zu gern wissen, wer dafür verantwortlich ist. Bis jetzt haben wir ja noch keine Spur!" „Ich kann das immer noch nicht fassen. Der ist uns gefolgt, oder? Woher kann der gewusst haben, dass wir nach Altaussee gefahren sind?", fragte die Katharina kopfschüttelnd. Erst jetzt wurde Gasperlmaier klar, in welcher Gefahr die Mädchen geschwebt hatten. Der, vor dem sie sich in Sicherheit hatten bringen sollen, genau der war hier aufgetaucht! „Wir waren dämlich!", warf die Stefanie ein. „Es ist ja leicht zu recherchieren, woher du kommst. Immerhin warst du einmal Narzissenkönigin, da gibt's im Netz sicher jede Menge Einträge dazu. Da hat er nur eins und eins zusammenzählen müssen!"

„Wie ist er denn identifiziert worden?", fragte Gasperlmaier. „Es war tatsächlich das Auto. Unsere Leute haben trotz Sonntag flott gearbeitet. Die Fahrgestell- und Motornummer haben einen Halter ergeben, und der war eindeutig identisch mit unserem Toten. Die Veröffentlichung des Fotos hat übrigens bisher nichts ergeben, der Mann ist in keinem Beherbergungsbetrieb hier im Ausseerland gesehen worden. Womit sich natürlich mehrere Fragen stellen: Wann ist er hergekommen, wen hat er hier getroffen, wo ist sein Handy, und wer hat ihn schließlich ..." Mit einem Blick zu Stefanie und Katharina ließ die Frau Doktor ihren Satz ausklingen. „Also, wir waren es ganz bestimmt nicht!" Die Stefanie konnte sogar schon wieder lächeln. „Wir stehen also ganz am Anfang", erklärte die Frau Doktor und sah auf ihre Armbanduhr. „Ich fahr jetzt nach Hause, es ist schon spät, und ich sollte auch noch ein wenig im Umfeld des Herrn Eckhardt recherchieren. Seine Handydaten, Vorstrafen, seine Beziehungen, seine Familie, wenn er eine hat, sein ganzes Umfeld. Vielleicht stoßen wir da auf etwas, das uns weiterbringt!"

Gasperlmaier nickte. Es war mittlerweile dunkel geworden, die Lichterkette von der Tanne im Garten leuchtete einen Kreis im tiefen Schnee aus, der den Garten bedeckte. „Bis morgen, Gasperlmaier. Kann sein, dass ich nach Wien muss, kann aber auch sein, dass ich wieder hier auftauche. Je nachdem, wie sich die Geschichte entwickelt. Am Feiertag ist es ja immer schwierig, jemanden zu erreichen. Und von euch", sie deutete auf die Katharina und die Stefanie, „brauche ich eine möglichst vollständige Aussage zu den ganzen Geschehnissen um den Herrn Eckhardt herum.

Morgen, auf dem Posten. Wenn ich nicht da bin, wird Frau Reitmair-Peschke das aufnehmen, der Gasperlmaier ist jedenfalls befangen. Pfüat euch!" Sie verschwand im Wohnzimmer, um sich noch beim Rest der Familie zu verabschieden. An der Haustür fiel Gasperlmaier noch etwas ein. „Ist das nicht auffällig, dass er keine persönlichen Gegenstände dabeihatte? Dafür aber die Sachen von der Katharina?" Die Frau Doktor nickte. „Natürlich! Wollte da jemand etwa eine falsche Spur legen?" „So sehe ich das auch", stimmte er zu. „Bis morgen!"

„Herrschaftszeiten!", brach es aus Gasperlmaier hervor, als er wieder ins Wohnzimmer zurückgekehrt war. „Schon wieder stecken wir in einem solchen Mörderschlamassel. Und ihr beide mittendrin! Das haben wir jetzt so dringend gebraucht wie einen Kropf!" „Da können wir aber nichts dafür, Papa!", entgegnete die Katharina ein wenig angriffslustig. Gasperlmaier schwieg und atmete tief durch. Bei sich aber dachte er, dass man sich den Schlamassel wohl erspart hätte, wenn die Katharina sich nicht zu allem und jedem kritisch im Internet äußern müsste. Das zog solche Typen wie diesen Eckhardt ja geradezu an, und dann hatte man die Scherereien. Und musste zu allem Überfluss auch am Sonntag noch arbeiten. Wo er doch im vergangenen Jahr wirklich genügend Wochenenden auf dem Posten oder im Einsatzfahrzeug verbracht hatte.

Der Theo stand gerade vor dem Christbaum und griff etwas tapsig nach einem Lebkuchen. Der wusste schon, was gut war. Gasperlmaier kniete sich rasch hinter den Buben, um ihn davor zu bewahren, hinzufallen und den Baum mitzureißen. „Passen s' nicht auf, die Mama und die Oma?", murmelte er. Die Christine aber überhörte ihn nicht. „Der schafft das schon ganz alleine!" „Und wenn der Lebkuchen nicht runtergeht und er dann den ganzen Baum umreißt?", widersprach Gasperlmaier und löste den begehrten Lebkuchen vom Zweig des Tannenbaums. „Er wählt die Lebkuchen, auf denen am meisten – wie heißt das? Zuckerguss! – ist!", lachte die Richelle. „Wir sagen ‚Glasur' dazu", korrigierte die Christine. „Und jetzt gibt's Essen. Wir hatten zu Mittag schon was Warmes, es gibt also bloß eine Jause, passt?" Gasperlmaier nickte und hoffte, dass bei der Jause wenigstens ein bisschen Schinken oder Wurst dabei war, denn nur Käse und Gemüseaufstrich, das war doch etwas langweilig.

„Mmh!", lobte er wenig später, denn die Christine hatte ihm ein paar gefüllte Röllchen mit dem übrig gebliebenen Roastbeef von der Mitternachtsjause zu Silvester gemacht. „Gehört eh aufgegessen!", sagte sie, als er kräftig zulangte. Allerdings verlangte der Theo auch nach einem Röllchen, das ihm Gasperlmaier liebend gerne abtrat.

5

Tatsächlich meldete sich die Frau Doktor am Dreikönigstag pünktlich um neun, als Gasperlmaier gerade die Schale seines Frühstückseis aufgeschlagen hatte. „Guten Morgen!“ Ihre Stimme klang ganz unbeschwert, obwohl sicher auch sie sich auf einen freien Tag gefreut hatte. „Ich komm zu dir. Der Eckhardt hat nämlich nicht nur eure Katharina, sondern auch eine Reihe anderer Frauen bedroht. Einige davon recht prominent. Und, du wirst es nicht glauben, zumindest eine davon hält sich gerade im Ausseerland auf! Eine Schauspielerin.“

Die Frau Doktor wollte ihn auf dem Posten treffen, damit nicht wiederum Interna von Gasperlmaiers Familie mitgehört wurden. „Wer könnte denn das sein?“, fragte er beim Frühstück. „Ich meine die Schauspielerin, die da in Altaussee ist? Und die auch von dem ... wie heißt er gleich noch einmal ... Eckhardt, ja, also von diesem Eckhardt bedroht worden ist?“ „Die Arabella Liebig ist in Altaussee. Weißt schon, die in dieser bayerischen Krimiserie die Kommissarin spielt!“, sagte die Christine. „Echt?“ Gasperlmaiers Herz begann schneller zu klopfen. Er war ein treuer Fan von Arabella Liebig und versäumte keine Folge, in der sie mitspielte. Mit wirklicher Polizeiarbeit hatte die Serie kaum zu tun, tatsächlich wurde darin wenig ermittelt, es ging hauptsächlich um das Privatleben der Hauptdarsteller. „Und was macht die da?“ „Die drehen ein Winterspecial für ihre Serie, und anscheinend ist ihnen Bayern nicht schneesicher genug. Das solltest du als Feuerwehrmann aber wissen. Die Feuerwehr wird doch bei Dreharbeiten immer gebraucht!“ „Ja, eh!“, stimmte Gasperlmaier ein wenig einsilbig zu und holte den letzten Rest seines Frühstückseis aus der Schale. Wenn er gewusst hätte, dass die Arabella Liebig in Altaussee drehte, dann hätte er sich sicherlich ein wenig um die Dreharbeiten gekümmert. Die Liebig war eine wunderschöne Frau mit langen, dunklen Haaren, großen, ebenso dunklen Augen und einer nicht allzu schlanken Figur, gerade so, wie es Gasperlmaier gefiel. Das Beste an ihr war aber ihre etwas rauchige Stimme, die hatte etwas, das man mit Worten nicht beschreiben konnte, was ihm aber Schauer der Gänsehaut über den Rücken jagte. Das hatte er der Christine natürlich nie erzählt.

„Also!", verabschiedete er sich von seiner Familie. „Ich geh dann auf den Posten. Hoffentlich dauert's nicht den ganzen Tag. Wir wollen ja schließlich auch Bob fahren gehen, nicht wahr, Theo?" „Bob!", wiederholte der Theo und grinste. „Opa, Bob!", fügte er noch hinzu, bevor Gasperlmaier ihm noch einmal zuwinkte.

Die Frau Doktor ließ auf sich warten, deshalb begann Gasperlmaier, ein wenig zur Arabella Liebig zu recherchieren. Rein auf Verdacht zwar, aber es konnte ja nicht schaden, wenn man mit den wesentlichen Fakten vertraut war. 1972 war sie am Tegernsee geboren, also auch schon über 50 Jahre alt. Das hätte Gasperlmaier nicht gedacht, er hätte sie jünger eingeschätzt. In jungen Jahren war sie als Model aufgetreten, damals allerdings hatte man die Frauen auf dem Laufsteg noch als Mannequins bezeichnet. Ihre ersten Rollen hatte sie anscheinend erhalten, ohne eine Schauspielausbildung absolviert zu haben, war aber dann, mit 25, aus dem Modegeschäft ausgestiegen und hatte die Otto-Falckenberg-Schule in München besucht. Von den auf der Homepage genannten Absolventinnen und Absolventen kannte er niemanden, aber dann fand er auf Wikipedia eine lange Liste bekannter Personen, die dort studiert hatten. Ein Name stach ihm besonders ins Auge: Mario Adorf hatte in „Winnetou I“ den Bösewicht Santer gespielt, und der war ihm in ewiger Erinnerung geblieben.

„Morgen!“ Die Frau Doktor schien bester Laune, obwohl sie den Feiertag mit ihm statt mit ihrer Familie verbringen musste. Gasperlmaier grüßte, ohne seine Augen vom Bildschirm zu lösen. Er überflog den Rest der Liste. Ja, da waren einige, deren Namen ihm zumindest vage bekannt vorkamen. „So schwer beschäftigt?“, neckte ihn die Frau Doktor und warf ihren Mantel über eine Sessellehne. „Die Schauspielerin, um die es geht – ist das die Arabella Liebig?“, fragte er. „Respekt!“, lobte die Frau Doktor. „Um genau die handelt es sich. Wie kommst du denn darauf?“ „Meine Frau hat's gewusst, dass sie hier dreht. Ich hätte ...“ „Die gefällt dir doch sicher? Dunkelhaarig, üppig, rauchige Stimme ... das ist doch ganz nach deinem Geschmack?“ Gasperlmaier spürte, wie ein wenig Hitze zu seinen Ohren aufstieg. Wie schaffte es die Frau Doktor nur, ihn so zu durchschauen?

„Worum ging es denn bei der Liebig?“, fragte er, um das Thema zu wechseln. Sofort wurde die Frau Doktor sachlich. „Sie hat sich im Rahmen der Me-too-Bewegung sehr für die Rechte von Schauspielerinnen eingesetzt, überhaupt von allen Frauen im Mediengeschäft. Sie hat auch eigene – negative – Erfahrungen mit Männern öffentlich gemacht, aber ohne Namen zu nennen. Und damit war sie für so einen wie den Eckhardt natürlich ein prädestiniertes Ziel.“ „Und was hat er ... ich meine, womit hat er sie bedroht?“ Die Frau Doktor setzte sich und schlug die Beine übereinander. „Wir haben inzwischen die meisten seiner Accounts knacken können, natürlich weiß man nie, unter welchen

Namen er im Internet unterwegs war. Der Liebig hat er das Übliche gewünscht, dass sie von einem Dutzend geschlechtskranker Asylwerber vergewaltigt wird und derlei Dinge mehr. Besonders kreativ war unser Hassposter nicht, er verwendet immer die gleichen Phrasen, und die sind großteils schwer verdaulich, das kann ich dir sagen." Man konnte der Frau Doktor die Wut über diesen Mann deutlich anhören. „Und das, was ich dir gesagt habe, ist nur die Spitze des Eisbergs, mehr brauchst du gar nicht zu wissen, ehrlich nicht!"

Gasperlmaier musste an die Katharina und die Stefanie denken, die all das hatten erdulden müssen, und hoffte inständig, dass nun Ruhe war. Eine Hoffnung, die die Frau Doktor allerdings postwendend zunichtemachte. „Er ist nicht der Einzige, der sich auf die Liebig eingeschossen hat, aber einer der Schlimmsten. Mich würde nicht wundern, wenn sie ihn mit einem Plastiksack über den Kopf zum Schweigen gebracht hat. Und jetzt muss ich diese Frau als Verdächtige behandeln! Das stinkt mir!" Die Frau Doktor hatte sich regelrecht in Rage geredet, und, so dachte Gasperlmaier bei sich, sie hatte ja recht. In diesem Fall waren die Sympathien der Frau Doktor, und seine wohl auch, sicher nicht auf Seiten des Opfers.

„Wissen wir schon etwas über den Eckhardt?", fragte Gasperlmaier. Die Frau Doktor nickte. „Familie hat er nicht gehabt, also, keine Frau, keine Kinder. Eltern leben noch, sind aber noch nicht befragt worden. Ein paar Vorstrafen wegen kleinerer Drogendelikte, er ist anscheinend nur Konsument gewesen, kein Dealer." „Also kein Mord im Drogenmilieu?", fragte Gasperlmaier nach. Die Frau Doktor schüttelte den Kopf. „Wohl nicht. Eine Vorstrafe hat er wegen Körperverletzung. Er hat eine Frau gewürgt, in deren Wohnung, ist damals auch wegen versuchter Vergewaltigung angeklagt worden, für eine Verurteilung haben die Beweise nicht gereicht. Sowohl er als auch das Opfer waren stark alkoholisiert. Wegen seiner Internetaktivitäten hat er auch schon eine Vorstrafe ausgefasst, eine weitere Klage – eben von Arabella Liebigs Anwältin – ist anhängig, aber nunmehr hinfällig." „Hat die Liebig denn gewusst, wer sie bedroht?", fragte Gasperlmaier. Die Frau Doktor schüttelte den Kopf. „Bis vor Kurzem Ermittlungen gegen unbekannt – wie bei deiner Tochter." „Wo wohnt die Liebig denn?", fragte er und stand auf. „In der Pension Erika", antwortete die Frau Doktor. „Pension Erika?", wiederholte Gasperlmaier erstaunt. „Ich hab gedacht, so berühmte Schauspielerinnen, die wohnen im Seeblick, oder im Kaiser Franz. Ich mein, nichts gegen die Pension Erika, ich kenn die Besitzerin, die ist wirklich nett. Aber ..." „Vielleicht ist dort ja der Luxus ausgebrochen, wer weiß?" Die Frau Doktor erhob sich ebenfalls.

Von Luxus konnte in der Pension Erika nicht die Rede sein, sie war ein zweistöckiges Haus mit sieben, acht Gästezimmern, schätzte Gasperlmaier, mehr hatten darin sicher nicht Platz. „Servus, Gasperlmaier. Kein freier Sonntag?" Der Lamplmayr Erich stand in der Einfahrt und schaufelte Schnee. „So viel kannst du gar nicht schaufeln", sagte er schnaufend, „dass die ganze Breite von unserer Einfahrt frei wird. Wenigstens, dass wir die Autos von unseren Gästen da hinten unterbringen, muss aber gehen!" Er zeigte auf einen Platz neben der Pension, auf dem Gasperlmaier über die Schneehaufen hinweg ein paar Autodächer wahrnehmen konnte. „Ist die Erika daheim?", fragte er. Der Erich nickte. „Was wollt's denn von ihr?" Die Frau Doktor zog Gasperlmaier am Arm weiter. „Das sagen wir ihr schon selber!“ Irgendwie hatte er das Gefühl, sie habe es eilig. War ja auch verständlich. Wahrscheinlich hoffte sie, wenigstens den Nachmittag noch mit ihrer Familie verbringen zu können.

„Grüß dich, Erika. Wir suchen die Frau Liebig. Mit der müssten wir reden.“ „Ja, servus, Gasperlmaier. Ich glaub, die ist noch in ihrem Zimmer. Frühstücken war sie schon. Was wollt's denn von der Frau Liebig?“ „Guten Morgen, Frau Lamplmayr“, sagte die Frau Doktor und schüttelte der Pensionswirtin die Hand. „Das sagen wir ihr schon selber.“ „Hat's was mit dem Mord zu tun? Weil, die spielt ja eine Kommissarin in ihrer Serie. Ich schau mir's jeden Donnerstag an. Aber sie ist gar nicht eingebildet, die Frau Liebig, mit der kann man reden wie mit einem normalen Menschen.“ „Ja, ja. Die Zimmernummer?“ „Habt ihr's aber eilig!“, murrte die Erika, die sich auf einem Besen abstützte, mit dem sie gerade im Vorhaus aufgekehrt hatte. „Zimmer 8. Das schönste und größte, mit Balkon. Sollte ich nicht vorher …?“ Die Erika machte Anstalten, vor ihnen die Stiege hinaufzugehen, aber Gasperlmaier hielt sie zurück. „Nicht nötig, Erika. Wir finden schon hinauf. Und diskret sind wir auch.“

„Gar nicht leicht, an der vorbeizukommen!“, ächzte die Frau Doktor, als sie endlich im Gang vor den Zimmern standen. Gasperlmaier hatte ein wenig Scheu, zu klopfen. Gleich würde er einer seiner Lieblingsschauspielerinnen gegenüberstehen. Ein bisschen Herzklopfen hatte er, das musste er sich selbst eingestehen. „Was ist?“ Der Ton der Frau Doktor war fordernd. Also klopfte er. „Frau Liebig? Dürfen wir kurz mit Ihnen sprechen?“ „Kann auch länger werden“, murmelte die Frau Doktor im Hintergrund. Zuerst Stille. „Wer ist denn da?“ Man hörte Schritte, die Tür wurde geöffnet. „Oh Gott!

Die Polizei!" Nicht nur die Frau Liebig, auch Gasperlmaier war erschrocken. Er erkannte die Schauspielerin zwar, aber sie sah anders aus, als er es vom Bildschirm gewohnt war. Sie hatte die Haare zu einem nachlässigen Pferdeschwanz zusammengebunden und war offensichtlich ungeschminkt. Der weite Pullover und die Jeans, in denen sie steckte, hatten mit ihren Serien-Outfits ebenfalls nichts gemein.

Die Frau Doktor zeigte ihren Ausweis vor. „Leutnant Kohlross, Bezirkspolizeikommando Liezen." Sie deutete auf Gasperlmaier. „Abteilungsinspektor Gasperlmaier, Polizei Altaussee. Dürfen wir hineinkommen?" Die Frau Liebig musterte ihn und die Frau Doktor skeptisch, ließ aber schließlich die Tür aufschwingen. „Wenn es sein muss. Ich hab heute nicht mit Besuch gerechnet, wenigstens am Feiertag ist drehfrei. Ich war gerade beim Drehbuchstudium, später wollte ich einen Spaziergang ..." „Dem steht nichts im Wege", sagte die Frau Doktor.

Das Zimmer war sehr geräumig, es gab eine Sitzgruppe mit einem Sofa und einem Lehnstuhl. Die Frau Liebig lud sie mit einer Handbewegung ein, dort Platz zu nehmen. „Bitte! Sie werden sich vielleicht wundern, dass ich in einer einfachen Frühstückspension ... aber die Produktionsfirmen müssen immer mehr sparen. Früher war das anders." „Ach, ich find's recht gemütlich hier!", beruhigte Gasperlmaier die Schauspielerin. Das Bett, stellte er fest, war zerwühlt, und auf der Decke lag eine Mappe, die offenbar das Drehbuch enthielt. Sie war offen, und Teile des Textes waren mit gelbem und rosa Textmarker angestrichen. So war das also. Er hatte sich das Leben einer solchen Darstellerin halt glamouröser vorgestellt.

Die Frau Liebig setzte sich aufs Sofa, zog ein Bein unter ihr Gesäß. „Sie sehen“, sagte sie und deutete auf das Bett. „Das Drehbuch. Morgen geht es weiter. Noch vier Drehtage, dann sind wir hier fertig. Wenn das Wetter aushält.“ Sie deutete zum Fenster hinaus. Heute, so dachte Gasperlmaier bei sich, wäre es ideal gewesen. Blauer Himmel, kein Lüftchen. Für morgen war die Vorhersage nicht so gut. „Frau Liebig, sagt Ihnen der Name Simon Eckhardt was?“ Die Frau Liebig schüttelte den Kopf. Gasperlmaier versuchte mühsam, einen Zusammenhang zwischen der Frau, die da vor ihm saß, und der Kommissarin aus der Serie herzustellen. Noch gelang es nicht. Die Frau Doktor hielt ihr das Handy vors Gesicht. „Kennen Sie diesen Mann? Das ist Simon Eckhardt.“ Wieder Kopfschütteln.

Plötzlich lachte die Frau Liebig auf. „Komisch – ich spiele selber eine Kommissarin, und manchmal glaube ich sogar, dass ich eine bin. Und jetzt sitze ich einer echten gegenüber! Das ist schon ... eigenartig!“ Sie lachte wieder. „Wir sind“, setzte die Frau Doktor fort, „in einer durchaus ernsten Angelegenheit zu Ihnen gekommen, Frau Liebig. Dieser Simon Eckhardt hat Sie unter dem Namen ‚Captain Conan‘ online belästigt. Sie haben mehrfach Anzeige erstattet.“ „Oh Gott!“, sagte die Frau Liebig. „Der ist das? Habt ihr ihn endlich erwischt?“ Ihre Augen blitzten vor Wut, und sie schlug mit der Hand so kräftig auf die Sofalehne, dass Gasperlmaier zusammenzuckte. „Wenn ich den zwischen die Finger kriege!“ Sie vollführte mit beiden Fäusten eine Geste, als wringe sie ein Wäschestück aus. Die musste, fand Gasperlmaier, eine Mordswut auf den Eckhardt gehabt haben. „Dazu werden Sie keine Gelegenheit mehr haben. Wir haben ihn tot aufgefunden. Und zwar hier in Altaussee.“ „Schade!“, zischte die Schauspielerin. „Das hätte ich gerne selber erledigt!“ So einen Temperamentsausbruch hatte Gasperlmaier bei der Frau im Fernsehen noch nicht gesehen. Direkt zum Fürchten war das. „Woran ist er denn gestorben?“, fragte die Frau Liebig. „Das ist der Grund, warum wir bei Ihnen sind“, sagte die Frau Doktor. „Er ist ermordet worden. Sehr wahrscheinlich hier in der Gegend.“

Die Frau Liebig riss ihre Augen auf. Die hatten großen Anteil an ihrer Ausstrahlung, die Gasperlmaier jetzt zum ersten Mal richtig spürte. „Und jetzt glauben Sie, dass ich …? Weil ich … meinem Zorn freien Lauf gelassen habe?“ „Wir glauben gar nichts!“, antwortete die Frau Doktor. „Wir möchten nur wissen, wo Sie sich am 2. Jänner, am Donnerstag aufgehalten haben. Das ist nämlich der vermutete Todestag dieses Eckhardt. Und bevor Sie sich aufregen“, die Frau Doktor streckte der Liebig beschwichtigend eine Handfläche entgegen, „solche Fragen, das verstehen Sie sicher, müssen wir stellen!“ Die Liebig rang sich ein Lächeln ab. „Was glauben Sie, wie oft ich einen solchen Satz schon in meiner Rolle gesprochen habe. Natürlich verstehe ich das.“ „Gut!“, sagte die Frau Doktor. „Also?“ Die Liebig sah zum Fenster hinaus. „Am Vormittag hat’s noch geschneit. Heftig. Daran erinnere ich mich. Wir haben gedreht, aber es ist zäh gelaufen. Sie wissen ja, wie das ist. Dauernd wird irgendwas nass, ein LKW ist hängen geblieben, wir haben bis zum Mittagessen nicht einmal eine Minute im Kasten gehabt, nachmittags ist es dann besser geworden. Um vier war Schluss, es wurde zu dunkel. Dann bin ich hierher.“ „Sitzt man da nicht noch mit den Kollegen zusammen, nach so einem Drehtag?“, wollte die Frau Doktor wissen. Die Liebig schüttelte den Kopf. „Nicht, wenn man sich schon Jahre kennt.

Wissen Sie, gelegentlich ist es schon ganz lustig, wenn man nach dem Drehen noch feiert. Aber nicht jeden Tag. Sie gehen sicher auch nicht jeden Tag mit Ihren Kollegen ins Gasthaus." Die Frau Doktor nickte. „Das stimmt. Also – ab vier waren Sie hier? Zeugen?" Die Liebig schüttelte den Kopf. „Ich bin nicht mehr aus dem Zimmer. Nur ... draußen, im Aufenthaltsraum, da steht ein Kühlschrank, in dem ich ein Fach habe. Ich habe mir was zu essen geholt."

„Also hat Sie niemand mehr gesehen? Haben Sie ein Auto?" Die Liebig deutete Richtung Fenster. „Da draußen steht er. Der blaue BMW X2." Sie lächelte Gasperlmaier zu, sodass ihm ganz warm ums Herz wurde. „Man ist ja schließlich als Münchnerin ein wenig patriotisch, nicht?" Die Frau Doktor atmete tief durch. „Wir müssen das Auto untersuchen lassen. Es könnte sein, dass Simon Eckhardt damit transportiert wurde. Auch wenn ich selber es für wenig wahrscheinlich halte." Die Liebig riss die Augen auf. „Sie glauben also doch, dass ich ..." Es kam nicht oft vor, dass Gasperlmaier schneller war als die Frau Doktor. „Alles reine Routine!", sagte er. „Wir müssen nur alles Denkbare ausschließen, auch wenn es unwahrscheinlich ist." Die Frau Doktor zog die Augenbrauen hoch, wohl weil Gasperlmaier so unerwartet in die Bresche gesprungen war, die ihr Zögern geöffnet hatte. Aber es lag ihm viel daran, die Frau Liebig zu beruhigen und einen guten Eindruck bei ihr zu hinterlassen.

„Wir schicken morgen jemanden, dem Sie dann bitte den Autoschlüssel übergeben. Und wir wären dankbar, wenn Sie den Wagen heute nicht mehr benutzen würden, und auf keinen Fall aufräumen oder so!" „Wenn Sie meinen. Ich hatte sowieso nicht vor, heute irgendwohin zu fahren." Die Stimme der Liebig klang nun ein wenig unterkühlt. Genauso wie im Krimi, fand Gasperlmaier, wenn einer ihrer männlichen Kollegen wieder einmal einen ihrer genialen Einfälle geringschätzig abtat. Natürlich stellte sich am Ende regelmäßig heraus, dass die Liebig recht gehabt hatte. „Wie gehen Sie denn generell mit Belästigungen um?“, fragte die Frau Doktor. Die Liebig zischte neuerlich. „Sie wissen sicher, dass ich mehrfach Anzeige erstattet habe, dass ich auch an die Öffentlichkeit gegangen bin. Es ist nicht so, dass die Me-too-Bewegung an mir vorübergegangen ist, ich bin selbst Betroffene.“ Sie hielt kurz inne und trank aus einem Wasserglas, das auf dem Tisch stand. „Und seit ich mich öffentlich dazu äußere, ist es nicht besser geworden. Eher sogar noch schlimmer. Meine Managerin versucht, mich dazu zu bringen, nichts mehr zu lesen, was in den sozialen Medien über mich gepostet wird. Aber das halte ich einfach nicht aus, immer wieder greife ich zum Handy und ...“ Sie hielt inne und wischte mit einer Handfläche über Stirn und Augen. Als sie wieder aufsah, meinte Gasperlmaier, in ihren Augenwinkeln Tränen glitzern zu sehen.

„Sehen Sie“, fuhr die Liebig dann fort. „Anscheinend wirke ich auf manche Männer herausfordernd. Vielleicht können sie nicht damit leben, dass eine Frau attraktiv und erfolgreich gleichzeitig ist. Und sich dann auch noch wehrt, wenn sie beleidigt wird. Sie haben sicher schon von Incels gehört?“ Die Frau Doktor nickte, Gasperlmaier sagte der Begriff nichts. „Männer, die unfreiwillig ohne eine Beziehung leben. Und extremen Frauenhass hegen. Wir hatten in Ermittlungen gegen männliche Gewalttäter bereits mehrfach mit Männern zu tun, die diesen Begriff auf sich selbst anwenden“, erklärte die Frau Doktor, wohl hauptsächlich, um ihm ein wenig auszuhelfen. Natürlich kannte auch Gasperlmaier Männer, die allein lebten, und das sicher nicht freiwillig. Viele von denen waren halt auch schwer vermittelbar, fand er, weil sie oft grob und einfältig waren, mitunter auch verwahrlost.

„Diese Art von Männern“, sagte die Liebig, „verhält sich mir gegenüber besonders aggressiv. Aber Sie brauchen nicht zu glauben, dass es in der Filmbranche anders ist. Da gibt es genug Männer, die Beziehungen noch und nöcher haben und weder Augen noch Finger bei sich behalten können. Deshalb spiele ich auch keine Rollen mehr, für die ich mich teilweise oder ganz ...“ Sie riskierte einen misstrauischen Blick zu Gasperlmaier. „... ausziehen muss“, beendete sie schließlich ihren Satz. Gasperlmaier senkte seinen Blick zu Boden, weil er einfach nicht anders konnte, als sich die Liebig teilweise oder ganz entkleidet vorzustellen.

„Gibt es sonst noch jemanden im Filmteam, der Schwierigkeiten mit ‚Captain Conan‘ hatte?“, fragte die Frau Doktor. Die Liebig zuckte mit den Schultern. „Ich werde doch nicht jetzt jemanden aus meinem Team hinhängen, damit Sie ihn als Verdächtigen ...“ „Frau Liebig“, unterbrach die Frau Doktor sie ernst. „So ermitteln wir nicht. Sie hängen niemanden hin, wenn Sie Informationen mit uns teilen, und für uns gibt es den Begriff ‚Verdächtige‘ so nicht. Wir sprechen mit Menschen, die irgendeinen Bezug zu einem Verbrechen haben, als Zeugen, und wenn wir Tatsachen finden, die sie als mögliche Täter erscheinen lassen, dann verhören wir sie als Beschuldigte. Und wir kommen sowieso auf alles drauf, denn es gibt – sicher auch in Ihrem Team – genügend Menschen, die übersprudeln vor lauter Begeisterung, wenn sie uns was erzählen dürfen. Also?“

„Sie können verdammt überzeugend klingen!“, lächelte die Liebig. „Okay. Es gibt da jemanden, er macht bei meiner Serie seit einem halben Jahr Continuity, und er hat, glaube ich, ein Auge auf mich geworfen. Obwohl er 25 Jahre jünger ist als ich.“ Das wunderte Gasperlmaier nicht. „Und der junge Mann“, fuhr die Liebig fort, „hat sich furchtbar aufgeregt über alle Hasskommentare, die mich betroffen haben. Hat mich in den Onlineforen auch verteidigt, gelegentlich ist er übers Ziel hinausgeschossen und hat die Hassposter seinerseits attackiert …“ „Was natürlich nicht den erwünschten Effekt hatte …“, setzte die Frau Doktor fort. Die Liebig nickte. „Genau. Die haben dann zurückgeschossen, und die Sache ist manchmal eskaliert. Deswegen hat ihm der Produzent verboten, weiterhin zu posten.“ „Und wie heißt der junge Mann? Und der Produzent?“ Die Liebig lächelte wieder. „Es ist ein bisschen komisch. Unser Produzent heißt Roth.“ Gasperlmaier wusste nicht, was daran komisch sein sollte. „Und der Continuity-Mann heißt Grün. Elmar Grün.“ Jetzt fiel bei Gasperlmaier der Groschen. Hoffentlich hatten die beim Filmteam nicht auch noch einen Schwarz und eine Weiß. „Wo finden wir die beiden?“ „Der Grün, keine Ahnung, Roth wohnt im Seeblick.“ Sie betonte den Namen des Hotels so, dass deutlich wurde, dass sie es nicht angemessen fand, dass der Produzent in einem Nobelhotel wohnte, während sie mit einer gewöhnlichen Pension vorliebnehmen musste. „Aber Sie können Roth fragen, wo der Grün wohnt, der hat alle Infos über die Unterbringung unserer Leute.“

Die Frau Doktor stand auf. „Das wäre dann einstweilen alles, Frau Liebig. Sie sind in den nächsten Tagen noch hier? Könnte sein, dass wir noch einmal auf Sie zukommen.“ Die Schauspielerin erhob sich ebenfalls und nickte. Gerne hätte Gasperlmaier sie nach einem Autogramm gefragt, oder nach einem Selfie, auf dem er mit ihr zu sehen war. Leider traute er sich nicht, die

Situation war auch nicht danach. Und wahrscheinlich wollte die Liebig auf keinen Fall ungeschminkt auf einem Foto zu sehen sein. Denn wenn jemand so ein Foto in Umlauf brachte, war sicher mit den nächsten hämischen Kommentaren zu rechnen, da mussten Frauen wie die Liebig heutzutage wohl sehr vorsichtig sein. Das Leben im Glanz der Popularität hatte auf jeden Fall auch seine dunklen Seiten, sinnierte Gasperlmaier.

„Was hältst du von ihr?", fragte die Frau Doktor, als sie durch den Schnee zu ihrem Auto stapften. „Also, der Zorn auf den Eckhardt, der war sicher echt", meinte Gasperlmaier. „Aber wenn sie ihn umgebracht hätte, hätte sie dann nicht anders reagiert?" Die Frau Doktor lächelte. „Du vergisst", sagte sie, während sie ins Auto stieg, „dass die Frau eine ausgebildete und gar nicht so schlechte Schauspielerin ist. Die kann uns was vorspielen, was uns auf eine falsche Fährte führt. Kräftig genug wäre sie sicher, um die Tat auszuführen. Der Eckhardt war ja eher schmächtig." „Den Grün knöpfen wir uns vor. Und den Roth, den Produzenten, den möchte ich auch sprechen. Vielleicht kann er etwas Licht auf die Liebig und diesen Grün werfen, dass wir besser einschätzen können, ob die für unsere Tat in Frage kommen. Am besten gleich heute, wo drehfrei ist, da finden wir sie in ihrem Quartier und können sie uns alleine vorknöpfen!" Gasperlmaier nickte und sah seine Hoffnung auf einen freien Nachmittag schwinden. „Welchen zuerst?", fragte er. „Grün!", antwortete die Frau Doktor. „Aber der Roth wüsste, wo der wohnt!"

Im Hotel Seeblick allerdings erhielt Gasperlmaier die Auskunft, dass der Herr Roth zum Skifahren auf den Loser gegangen sei. Nach längerem Hin und Her und ausgiebigem Gejammer gab die Geschäftsführerin aber letztendlich doch die Telefonnummer des

Produzenten heraus und sie erfragten die Adresse des Continuity-Beauftragten Elmar Grün. „So, wie der arbeitet, kriegen Sie sicher nichts aus ihm heraus. Der hat heute schon vergessen, was gestern war. Eine Katastrophe für diesen Job!“, hatte der Produzent noch gemeint. „Warum er ihn dann wohl angestellt hat?“, murmelte die Frau Doktor vor sich hin, als sie losfuhren.

„Den Grün haben sie im Jugendgästehaus einquartiert!“, lachte sie. „Früher wohl Jugendherberge!“ „Sag das nicht!“, verteidigte Gasperlmaier das Hotel. „Die Zimmer mögen bescheiden sein, aber das Frühstück ist erstklassig!“ An der Rezeption fanden sie ein sehr junges Mädchen mit rabenschwarzem Haar vor, das Deutsch mit einem starken Akzent sprach. „Woher kommst denn?“, fragte Gasperlmaier, als er merkte, wie sie sich mit dem Deutschen abmühte. „Von Argentina!“, strahlte das Mädchen mit blitzendweißen Zähnen. „Ich mochte hier lernen, fur Tourismo, und so!“ Gasperlmaier nickte. „Wir suchen einen Herrn Grün“, mischte sich die Frau Doktor ein. „Zimmernummer?“ „Ich weiß nicht ...“, begann das Mädchen. „Sie dürfen!“, unterbrach die Frau Doktor sie und deutete auf Gasperlmaiers Uniform. „Simmer 107!“, lispelte die Rezeptionistin schüchtern. „Auf!“, kommandierte die Frau Doktor und wies mit dem Kinn zur Treppe.

Vor Zimmer 107 roch es nach Rauch, und ein wenig süßlich, wie Gasperlmaier fand. Die Frau Doktor grinste. „Na, wenn das nicht ein Fahndungserfolg ist!“ Sie klopfte an die Tür und rief, mit einem schelmischen Grinsen im Gesicht, laut: „Polizei! Machen Sie auf!“ Gasperlmaier fragte sich, ob das eine so gute Idee war. Und wenige Sekunden später bekam er die Bestätigung dafür. Man hörte im Zimmer Getrappel, schließlich ein Geräusch, als ob ein Fenster aufgestoßen würde. „Der versucht zu fliehen! Schnell, Gasperlmaier! Fang ihn unten ab!"

Das hatte ihm gerade noch gefehlt. Unterhalb des Fensters war sicher Tiefschnee, mindestens hüfthoch. Und er durfte jetzt den Herrn Grün durch denselben hetzen. Gasperlmaier stürzte die Treppe hinunter, an der Rezeption vorbei und zum Haupteingang hinaus. Wenn er richtiglag, dann musste der Grün dort von rechts um die Ecke kommen. Vielleicht aber auch von links? Wer konnte schon wissen, wie die hintere Seite des Gebäudes aussah? Er war jetzt schon außer Atem, noch bevor er sich in den Tiefschnee gestürzt hatte. Gasperlmaier entschied sich für rechts, denn da gab es einen schmalen Streifen unterhalb eines Dachvorsprungs, wo weniger Schnee lag. Wenn er den Grün einfach hier abpasste? Aber wenn der die andere Richtung nahm, dann würde die Frau Doktor ... Er drang in den tiefen Schnee vor, in dem es noch keine Spuren gab. Nach wenigen Schritten spürte er schon, wie die Feuchtigkeit in Schuhe und Hosenbeine eindrang. So stellte man sich einen Feiertag vor. Tiefschnee war ja in Ordnung, aber wenn, dann bitte mit Skiern an den Füßen.

„Sakrament!", fluchte Gasperlmaier, als er an der Hausecke mit etwas zusammenstieß. Oder eher mit jemandem, der sich so wie er durch den Tiefschnee mühte. Das konnte nur der Grün sein. „Hab ich dich, Bürscherl!", rief Gasperlmaier und fasste den Grün, der nur mit T-Shirt und Hose bekleidet war, um die Mitte. Leider gab der nicht so ohne weiteres nach, und Gasperlmaier stürzte mit ihm zusammen in den Schnee. „Das hat doch keinen Sinn!", rief er. „Wir erwischen dich doch sowieso. In dem Aufzug kommst du doch nicht weit!" Der Grün aber zappelte weiter und dachte gar nicht daran, aufzugeben. Gasperlmaier bekam vor lauter Schnee kaum noch Luft.

„Hände hoch, aber ein bisschen plötzlich!", hörte er jemanden rufen, und der Grün erschlaffte. Schnaufend richtete sich Gasperlmaier auf. Ein paar Meter entfernt stand die Frau Doktor mit ihrer Waffe im Anschlag. Neben ihm rappelte sich der Grün langsam hoch und streckte die Hände in die Höhe. Er schlotterte am ganzen Körper. Gasperlmaier stellte fest, dass der Grün nicht einmal Schuhe anhatte, sondern bloß Socken. Rote, mit einem Rentiermotiv drauf. „Langsam herkommen!" Die Frau Doktor lockte den Grün mit dem Zeigefinger der freien Hand zu sich. Gasperlmaier folgte ihm. Von Kopf bis Fuß war der Grün mit Schnee bedeckt, er selber sah sicherlich nicht viel besser aus. Er zog seine Einsatzjacke aus und schüttelte sie kräftig. So wurde er wenigstens den Schnee unter dem Kragen los. „Das war ... war das jetzt nötig?", fauchte er den Grün an, den die Frau Doktor bereits am Arm gepackt hatte und zur Haustür geleitete. Kurz drehte sie sich zu ihm um. „Alles weitere drinnen, Gasperlmaier!", sagte sie lächelnd. Na, ihm war das Lachen gründlich vergangen. Warum hatte nicht sie den Grün verfolgt? Wenn es ernst wurde, dann schickte man immer die Uniformierten in den Kugelhagel. Sprichwörtlich gesehen, natürlich.

Die Frau Doktor führte den Grün vor Gasperlmaier her in den Frühstücksraum, wo den eine saftige Überraschung erwartete. „Ja Meli, was machst du denn da?" Die Meli, das war die Tochter vom Neffen seines früheren Chefs, des Kahlß Friedrich, der seit ein paar Jahren schon in Pension war. Die Meli hieß eigentlich Melanie und war ungefähr 17 Jahre alt. Jetzt saß sie verheult und mit heruntergeronnenem Augen-Make-up an einem der Tische, wo die Frau Doktor nun auch den Grün platzierte. „Du kennst die Dame?“, fragte sie mit hochgezogenen Augenbrauen. „Ja, freilich!“, sagte Gasperlmaier. „Das ist die Meli. Die ist ein ganz liebes Mädchen, die hat sicher nichts angestellt!“ Die Frau Doktor lachte auf, etwas sarkastisch, wie Gasperlmaier fand. „Na, immerhin ist sie im Zimmer von diesem Herrn da gewesen.“ Sie deutete auf den durchnässten, zitternden Grün, der zusammengesunken auf einem der Sessel hing. „Und in dem Zimmer“, fuhr die Frau Doktor fort, „da war die Luft zum Schneiden, so verraucht war es. Und was die beiden geraucht haben, das hast du ja selber gerochen!“ Die Frau Doktor fischte einen Plastikbeutel aus ihrer Handtasche, der ganz offensichtlich Cannabis enthielt. Gasperlmaier sah sowas ja nicht zum ersten Mal, obwohl das Ausseerland nicht gerade als Drogen-Hotspot bekannt war. Der Beutel enthielt grünliche Klumpen aus getrockneten Blüten.

Die Meli schluchzte vor sich hin. „Zeigt ihr mich jetzt an? Weil, wenn ich von der Schule fliege, dann kann ich mich gleich umbringen. Bevor der Papa mich erschlägt! Dann muss wenigstens er nicht ins Gefängnis!“ Sie war, fand Gasperlmaier, wirklich außer sich und bekam kaum Luft zwischen den Silben, die sie hervorstieß. Er setzte sich neben die Meli und legte ihr einen Arm um die Schulter. „Meli, was ihr da in dem Zimmer getan habt, das interessiert uns jetzt einmal gar nicht. Und wenn du die Fragen der Frau Doktor brav beantwortest, dann schicken wir dich nachher einfach heim!“ „Echt?“ Die Meli sah zu ihm auf. „Na, warten wir einmal ab!“, widersprach die Frau Doktor und setzte sich zwischen die Meli und den Grün. „Also, Meli: Was weißt du denn über den Herrn da, den Herrn

Grün?" „Grün heißt er?" Die Meli konnte schon wieder lachen. „Das hat er mir gar nicht gesagt. Ich weiß nur, dass er Elmy heißt. Und dass er der Regieassistent ist, bei dem Film, den sie gerade mit der Arabella Liebig hier drehen. Und dass er praktisch die ganze Arbeit macht, weil der Regieassistent eigentlich der ist, der alles einteilt bei den Dreharbeiten. Und morgen darf ich auch mit zum Set. Weil, vielleicht gibt es da eine Rolle für mich!" Die Meli richtete den Rücken gerade und zeigte bereits wieder ein wenig zu viel Selbstbewusstsein und zu wenig Reue, wie Gasperlmaier fand.

„So, so!", wandte sich die Frau Doktor an den Grün. „Sie sind also derjenige, der alles regelt und die Rollen verteilt?" Der Grün sah zu Boden. „So hab ich das nicht gesagt!", verteidigte er sich. „Doch!", widersprach die Meli. „Ganz genau so! War das alles vielleicht nur Angeberei? Und ich hab extra deswegen mit dir ..." Sie schlug eine Hand vor den Mund, so, als ob es ihr gerade noch rechtzeitig gelungen war, etwas bei sich zu behalten, was nicht für die Öffentlichkeit bestimmt war. Die Frau Doktor jedoch hakte nach. „Was hast du extra?", fragte sie streng. „Also ... muss sie das sagen?", sprang Gasperlmaier ihr bei. Die Frau Doktor seufzte. „Nein, muss sie nicht. Am besten, du befragst sie jetzt allein, getrennt von dem Herrn hier. Vielleicht ... gibt's hier noch einen anderen Raum?" Gasperlmaier nickte. „Komm, Meli!" Sanft zog er das Mädchen hoch und verließ mit ihr den Frühstücksraum.

„Wir brauchen einen Raum, wo wir unter vier Augen reden können!", sagte er zu der Argentinierin an der Rezeption. Die starrte ihn etwas verständnislos an, woraufhin die Meli plötzlich irgendwas in Spanisch sagte. Die Argentinierin lächelte, antwortete in der gleichen

Sprache und deutete auf die Tür hinter sich. „Wir können ins Büro gehen!“, übersetzte sie.

„Meli, erzähl!“, sagte Gasperlmaier einfach, als sie sich gesetzt hatten. „Hast ein Taschentuch für mich?“ Sie deutete auf die schwarzen Spuren unter ihren Augen. Gasperlmaier reichte ihr eines. „Ich hab ihn vor ein paar Tagen bei den Dreharbeiten kennengelernt, ich hab dort zugeschaut. Weil ich ja auch gern ... also, ich hätt gern mitgespielt. Und er hat mich angesprochen, als Einziger von der ganzen Crew. Hast du gewusst, dass die Arabella Liebig hier dreht?“ „Hast du schon erzählt. Und ich hab's gewusst, weil wir schon bei ihr waren.“ „Echt? Und wie war die?“ „Meli!“, mahnte Gasperlmaier. „Du sollst mir erzählen, was hier passiert ist. Wir sind nicht dazu da, dass ich dir Geschichten erzähle!“ Die Meli nickte und wischte ein wenig an ihren Augen herum. Sie zuckte mit den Schultern. „Das war eigentlich schon alles. Wir haben uns ein paarmal getroffen, ganz harmlos. Und für heute haben wir uns was ausgemacht, und er hat gemeint, ich soll zu ihm kommen. Bei mir daheim, mit den Eltern ... weißt eh!“ Sie sah zu ihm auf, etwas peinlich berührt. „Hat er dir irgendwas über die Arabella Liebig erzählt?“ „Warum interessiert denn das die Polizei? Hat das alles was mit dem Toten zu tun, den sie oben bei der Hofmannsthal-Linde gefunden haben?“ Gasperlmaier seufzte. Natürlich war der Tote von Altaussee bereits durch die Presse gegangen, mit manchen Journalisten ging leider in solchen Situationen die Fantasie durch, und so waren bereits allerhand Gerüchte im Umlauf. „Kann sein“, sagte er. „Also?“ „Er hat nur erzählt, dass er mehr oder weniger ständig auf sie aufpassen muss, weil sie von Stalkern bedroht wird. Sie vertraut nur ihm, hat er gesagt, und dass das eine große Verantwortung ist. Er hat ziemlich geschwärmt von ihr, und ich hab eh vermutet, dass er ein bisschen angibt, aber das machen ja alle Burschen. Da ist er keine Ausnahme." „So?", fragte Gasperlmaier. „Machen das alle Burschen?" Die Meli nickte.

„Hat er etwas erzählt über diese Stalker, die die Liebig bedrohen?" „Mhm!", sagte die Meli. „Dass sie sehr gefährlich sind. Und dass man furchtbar aufpassen muss. Und dass er schon weiß, was er tun muss, wenn einer der Liebig zu nahe kommt!" „Oho!", sagte Gasperlmaier. „Was tut er denn dann?" Wieder zuckte die Meli mit den Schultern. „Er hat so getan, mit den Fingern, als würde er auf jemanden schießen ..." „Ja", sagte Gasperlmaier, „das müssen wir uns dann genauer anschauen. Sonst noch was?" „Sagst du das meinen Eltern, wegen dem Joint?", fragte die Meli kleinlaut. Gasperlmaier schüttelte den Kopf. „Nicht, wenn du dich von dem Burschen ab sofort fernhältst. Und wenn du mich fragst: Deine Mama, die merkt das sowieso, so wie du stinkst. Da wirst du dein Zeug gleich heimlich in die Waschmaschine räumen müssen, wenn das wirklich ein Geheimnis bleiben soll!" Er lächelte. „Kann ich jetzt gehen?" „Ich glaub schon!", antwortete Gasperlmaier. „Danke!" Die Meli strahlte ihn so an, dass er sich nicht sicher war, ob es vielleicht doch ein Fehler gewesen war, sie gleich heimzuschicken. Aber sie war schon weg.

Der Grün schlotterte immer noch, als Gasperlmaier wieder in den Frühstücksraum zurückkehrte. „Er weiß nichts, hat nichts gesehen, nichts gesagt und nichts gehört!", erklärte die Frau Doktor, als Gasperlmaier sich setzte. „Ich denke, wir werden ihn noch ein bisschen frieren lassen, damit er gesprächiger wird!" „Gegenüber der Meli hat er angedeutet, dass er die Stalker der Arabella Liebig zur Strecke bringen wird. Möglicherweise hat er auch eine Waffe!", sagte Gasperlmaier. „So?" Die Frau Doktor wandte sich wieder dem Grün zu. Er war, fand Gasperlmaier, ein Typ, der auf Anhieb unsympathisch war. Langes blondes Haar, das in erbärmlich dünnen Strähnen bis auf die Schultern herabhing, wahrscheinlich gefärbt. Ein paar Pickelnarben im Gesicht, ein verschlagener Blick. Zudem zaundürr. Was die Meli an dem gefunden hatte, fragte er sich. War sie wirklich nur wegen der Aussicht auf Kontakte zum Fernsehen mit auf sein Zimmer gegangen? So dumm konnte das Mädchen doch gar nicht sein.

„Haben Sie eine Waffe? Einen Waffenschein?", fragte die Frau Doktor. Der Grün schüttelte stumm den Kopf und begann, an seinen Fingernägeln zu beißen. „Er hat es aber angedeutet, gegenüber der Meli, dass er auf jemanden schießen würde, der der Liebig zu nahe kommt", widersprach Gasperlmaier. „Und?", fragte die Frau Doktor mit einem süffisanten Lächeln. „Erklärung?" Der Grün machte eine fahrige Bewegung mit einer Hand. „Nur so dahingesagt. Hab ich nicht ernst gemeint." „So, so. Nicht ernst gemeint. War bei dem, was Sie dem Mädel erzählt haben, irgendwas dabei, das ernst gemeint war?", fragte die Frau Doktor. Ihre Stimme triefte geradezu vor Hohn. Anscheinend war ihr der Grün genauso unsympathisch wie ihm. Der Bursche schwieg und kaute weiter an seinen Fingernägeln.

„Alibi hat er auch keines", klärte die Frau Doktor Gasperlmaier auf. „In den fraglichen Zeiträumen war er zumindest zeitweise allein hier, in seinem Zimmer, sagt er. Recht sozial scheint er nicht zu sein." „Hat er ein Auto?", fragte Gasperlmaier. Die Frau Doktor schüttelte den Kopf. „Aber es gibt eine ganze Reihe von Fahrzeugen, die der Produktionsfirma gehören und die er benutzen hätte können. Darunter unter anderen ein Einsatzfahrzeug der deutschen Polizei!" „Deutsche Polizei?", fragte Gasperlmaier ungläubig nach. „Ja, die Serie, die hier gedreht wird, spielt ja in Bayern. Und da brauchen sie ein entsprechendes Fahrzeug. Steht angeblich in irgendeiner angemieteten Garage, sagt er."

„Wie schaut's aus mit Laptop und Handy?", fragte Gasperlmaier. „So weit waren wir noch nicht. Aber sehr gute Frage. Haben Sie einen Laptop?" Der Grün nickte. „Haben Sie was gegen eine freiwillige Nachschau? Wir möchten gerne sehen, was Sie alles mit Ihrem Laptop angestellt haben. Das Gleiche gilt fürs Handy." „Das dürfen Sie gar nicht!", begehrte der Grün auf. „Oh doch!", korrigierte die Frau Doktor. „Sie haben, wie Sie selbst zugegeben haben, das Mordopfer in Chats massiv bedroht. Und wir werden garantiert im Filmteam Zeugen finden, die uns bestätigen, dass Sie auch am Set verbal über die Hassposter hergezogen sind. Wenn wir nicht gleich nachschauen dürfen, besorgen wir uns eine richterliche Anordnung. Also?" Wieder schüttelte der Grün den Kopf. Das erschien Gasperlmaier schon äußerst verdächtig. Zuerst die Flucht, das konnte man noch auf den Joint schieben. Aber diese hartnäckige Weigerung ließ darauf schließen, dass er auf seinem Laptop etwas hatte, das er vor der Polizei verbergen wollte. Die Frau Doktor dachte wohl ähnlich. „Was ist denn drauf, das wir nicht sehen dürfen?" „Ich sag jetzt gar nichts mehr!", trotzte der Grün. Eine Weile herrschte Schweigen. Irgendwie konnte Gasperlmaier sich nicht vorstellen, dass der Grün den Eckhardt niedergeschlagen und erstickt hatte, dazu erschien er ihm nicht entschlossen genug. Aber wer konnte wissen, was in so einem Hirn vorging?

„Gehen Sie auf Ihr Zimmer!", sagte die Frau Doktor. „Und lassen Sie sich ja nicht einfallen, Ihr Handy auf

Werkseinstellungen zurückzusetzen oder die Festplatte Ihres Laptops zu löschen. Erstens würde Sie das noch verdächtiger machen, und zweitens können unsere Experten sowieso alles auslesen, egal, was Sie tun. Und Expertinnen, natürlich, hab ich vergessen! Da müssten Sie das Gerät schon schreddern lassen!" Der Grün stand wortlos auf und verließ das Frühstückszimmer. Die Frau Doktor blieb sitzen und seufzte. „Viel ist es nicht, was wir gegen ihn in der Hand haben. Ob ich damit eine Anordnung bekomme, Laptop und Handy zu beschlagnahmen, das wage ich zu bezweifeln." „Was hältst du insgesamt von ihm?", wollte Gasperlmaier wissen. „Ich weiß nicht!" Sie schüttelte den Kopf. „Aber – kannst du dir vorstellen, dass er diesen Mord begangen hat? Hat er dafür das Format?" Nun schüttelte Gasperlmaier den Kopf. „Glaub ich nicht!" Die Frau Doktor hatte den Grün also genauso eingeschätzt wie er selber. „Was hat denn das Mädel erzählt?", erkundigte sie sich. „Er hat mordsmäßig angegeben. Dass er die Liebig beschützen muss und dass ihre Stalker brandgefährlich sind. So in etwa." Die Frau Doktor nickte. „Wie es so junge Burschen eben machen, wenn sie ein Mädchen beeindrucken wollen", grinste sie. „So ungefähr hat das die Meli auch gesagt." Warum bloß waren offenbar alle Frauen der Meinung, alle Männer seien hemmungslose Angeber? Er selbst konnte sich nicht daran erinnern, diese Taktik einmal angewendet zu haben, um eine Frau zu beeindrucken. Aber, so musste er sich eingestehen, er hatte überhaupt nie daran gedacht, eine Frau beeindrucken zu können. Vielleicht hatte ihn die Christine gerade deswegen ausgesucht.

„Was jetzt?", fragte Gasperlmaier. „Weißt du was? Wir machen jetzt Schluss für heute. Ich habe keine Verbindungsdaten vom Handy des Opfers, ob er einen Laptop hatte, wissen wir nicht, und eine richterliche

Anordnung für die Geräte vom Grün, die kriege ich mit der Faktenlage wahrscheinlich eh nicht. Spurenauswertung liegt auch noch keine vor. Und den Roth, den lassen wir Ski fahren. So wichtig ist seine Einschätzung auch wieder nicht. Was also sollten wir heute noch groß machen?“ Damit war Gasperlmaier einverstanden.

Als er nach Hause kam, hatte es aufgeklart. Ein blauer Himmelsbogen spannte sich über Altaussee, der Schnee im Vorgarten glitzerte in der Sonne. Er überlegte, ob er dem Theo nicht doch ein Paar Skier besorgen sollte, damit man ausprobieren konnte, ob er schon Spaß daran hatte. Aber wer konnte wissen, ob seine Mutter damit überhaupt einverstanden war. Plötzlich fiel Gasperlmaier ein, dass er nicht einmal wusste, ob die Richelle Ski fahren konnte.

Wie es der Zufall wollte, war die Richelle allein im Haus. „Sie sind alle spazieren gegangen, dem Theo ziehen sie auf seinen Bob mit!“ Sie lächelte, als Gasperlmaier sich zu ihr aufs Sofa setzte. „Und du?“, fragte er. Sie deutete auf ihren Laptop. „Ich muss noch ein paar Dokumente für meine neue Job bearbeiten!“ Manchmal, so dachte er bei sich, war sie mit den Fallendungen im Deutschen noch überfordert. „Freust du dich schon auf die neue Arbeit?“ Wer, so fragte er sich, stellte denn eine Schwangere ein, die in drei Monaten sowieso in Mutterschutz gehen würde? Und wer sollte dann auf den Theo aufpassen? „Natürlich! Denkst du, ich möchte sein eine housewife, die nichts tut, als sich die Nägel zu bemalen?“ Das Thema schien ein wunder Punkt zu sein. „Nein, nein!“, beeilte sich Gasperlmaier daher zu versichern. „Magst du einen Kaffee?“ Die Richelle nickte. „Der Tourismusverband hat mir sofort zugesagt, als ich mich beworben habe. Sie können jemanden wie mich brauchen, der sich in Canada und USA auskennt, der perfekt Englisch kann. Und auch Französisch." „Echt?", fragte Gasperlmaier, recht laut, um das Zischen der Kaffeemaschine zu übertönen. „Französisch?" Die Richelle nickte. „In Canada jeder lernt in der Schule Französisch, wegen Quebec. Es ist die zweite Sprache in unserem Land. Und ich habe ja auch einen Bachelor in Marketing, das ist eine gute Ausbildung für einen Job im Tourismus." „Allerdings!", gab Gasperlmaier zu und brachte zwei Tassen zum Tisch. „Magst du noch einen Glöckelkrapfen? Es sind noch zwei übrig. So frisch wie gestern allerdings ..." Die Richelle schüttelte den Kopf. „Ich habe schon geteilt einen mit Theo!" „Aha!" Gasperlmaier biss in seinen Krapfen. Hoffentlich, so dachte er bei sich, war wenigstens für heute Ruhe.

„Wie gefällt es dir denn so bei uns? Kannst du dir vorstellen, für immer hier zu leben?" Die Richelle nickte, doch bevor ihr langes Haar vor ihr Gesicht fiel, meinte er, eine Träne in ihrem Augenwinkel glitzern zu sehen. „Schon. Aber ich vermisse meine Family!", gab sie schließlich zu. „Hast du ... kann ich Fotos sehen?", fragte er. „Ich meine, von deiner Familie. Ich kenne gar keine ..." „Gerne!" Sie rückte ihren Laptop so zurecht, dass Gasperlmaier einen guten Blick auf das Display hatte. „Meine Eltern hast du ja schon gesehen!" Sie klickte ein wenig mit ihrer Maus herum und öffnete ein Bild, das sie und Christoph zusammen mit Theo zeigte. Rechts und links sah man die Eltern, die Mutter eine ebenso schöne Frau wie die Richelle, der Vater sehr groß und hager, mit einem dichten Schopf dunklen, gewellten Haares. Das nächste Bild zeigte ein älteres Paar. „Das sind mein Granddad und meine Grandma. Von Mama."

Gasperlmaier war überrascht. Die Großmutter hatte eindeutig asiatische Gesichtszüge, der Großvater helles, gewelltes Haar. Gasperlmaier wagte nicht, nach der Herkunft der Großmutter zu fragen, aber die Richelle gab ohnehin bereitwillig Auskunft. „Meine Grandma kommt von Vancouver Island, ihre Mama war eine Kwakwaka'wakw, das sind First Nations, manche leben immer noch dort. Leider gibt es von mein Great-Grandma kein Foto, sie ist nie fotografiert worden. Grandpa ist schon in Vancouver geboren, aber seine Eltern sind aus Ireland gekommen."

„Da hast du ja Vorfahren aus ganz vielen Ländern!" Gasperlmaier wunderte sich. „Ich ... also, soviel ich weiß, kommen meine Vorfahren alle aus dem Salzkammergut. Nur meine Großmutter, die ist aus Kärnten gekommen. Ich glaube sogar, dass sie Slowenin war, weil sie hat Vospernik geheißen." Die Richelle öffnete ein neues Foto. „Das sind meine anderen Großeltern. Sie heißen Fraser, Victoria und Bennett Fraser, so wie ich. Ich möchte meinen Namen behalten, wenn wir heiraten, weil euer Name ist so schwierig zu sprechen in English." Das war ein wunder Punkt bei Gasperlmaier, denn der Theo hieß auch Fraser, und er hätte sich sehr gefreut, wenn ein kleiner Gasperlmaier in Altaussee angekommen wäre. Man würde sehen, wie es mit den Namen weiterging.

„Grandma Fraser lebt noch, Granddad ist gestorben vor ... ich weiß nicht ... zehn Jahren?" Granddad Fraser hatte ebenso welliges, vielleicht sogar lockiges Haar wie sein Sohn. Aber es war schlohweiß. Was vielleicht dazu beitrug, dass seine Haut umso dunkler erschien. „Granddad Fraser ist gekommen aus den USA, er hat Schwarze in seinen Vorfahren. So ich bin eine bunte Mischung!" Sie lachte. „Aber eine gelungene! Eine sehr gelungene!" Die Richelle wurde, so fand Gasperlmaier, sogar ein wenig rot. So viel hatte er mit ihr noch nie geredet, es war spannend, ihre Familiengeschichte kennen zu lernen. „So ist das in Vancouver bei fast allen Menschen. Es gibt sehr viele Chinesen, Vietnamesen und Menschen aus vielen Ländern in Asien. Sie alle sind eingewandert, über die Jahrhunderte."

„Und wie schaut es mit Rassismus aus?", fragte Gasperlmaier. „Gibt es bei euch auch Leute, die gegen die Einwanderer hetzen?" Die Richelle nickte. „Schon. Aber zum Glück nur wenige. Aber da fällt mir ein: Habt ihr euren Mörder schon?" Gasperlmaier schüttelte den Kopf. Der Gedankensprung von „hetzen" zu ihrem ermordeten Hassposter war wirklich kein allzu weiter. „Ich darf nicht viel sagen, zu laufenden Ermittlungen. Vor allem, wo ja unsere Familie auch betroffen ist. Die Kathi und die Stefanie." „Ist schon okay!"

Die Haustür wurde aufgestoßen, und die Richelle rannte hinaus. Als Gasperlmaier nachkam, hatte sie den Theo schon hochgenommen und fest umarmt, trotz des dicken Overalls. Sie war es, so dachte Gasperlmaier bei sich, einfach noch nicht gewohnt, den Kleinen einmal in fremde Obhut zu übergeben. Dafür würde aber eine Lösung gefunden werden müssen, wenn sie zu arbeiten begann.

Es dauerte nicht einmal bis zum Abendessen, bis er von der Stefanie und der Kathi mit Fragen bestürmt wurde. Die Richelle war gerade dabei, den Theo zu baden, und die Christine hatte sich in ihrem Arbeitszimmer verschanzt, als es losging. „Und, wie ist sie, die Arabella Liebig? Glaubst du, dass sie es gewesen ist?" Gasperlmaier schüttelte unwillig den Kopf. „Also, von ihrer Aussage, da darf ich natürlich nichts sagen. Nur, für mein Gefühl ... ich kann mir nicht vorstellen, dass sie so etwas tut. Da ist dieser Bursche schon eher ..." Schon hatte er zu viel gesagt. „Welcher Bursche?", fragte die Stefanie. Gasperlmaier wand sich. „Es gibt da einen jungen Mann am Set, sie meint, er ist verliebt in sie. Und er verteidigt sie gegen die Hassposter. Den haben wir auch befragt, und er ist schon eher ... aber eigentlich ist er auch viel zu schmächtig für so eine ...“ Gasperlmaier verstummte und beschloss, sich auf keinen Fall weitere Einzelheiten aus der Nase ziehen zu lassen. Schließlich hatte die Frau Doktor, wie er vermutete, ihren Verdacht gegen die Kathi und die Stefanie noch nicht gänzlich fallengelassen.

„Auf jeden Fall werden wir uns morgen einmal dieses Filmset anschauen. Weißt du, wo sie drehen?“, fragte die Stefanie. „Keine Ahnung!“, antwortete Gasperlmaier. „Was wollt ihr denn dort?“ „Schauen wir mal“, sagte die Stefanie. „Mein Presseausweis wirkt oft Wunder. Vielleicht ist jemand dabei, der sich über eine Story in unserem Magazin freut. Normalerweise sind die B-Promis sowieso pressegeil!“ „B-Promis?“, fragte Gasperlmaier, etwas irritiert. „Das sind die weniger bekannten Darsteller. Die Liebig und die anderen Hauptdarsteller, die schon lange in der Serie sind, die sind A-Promis. Zum Beispiel die Sekretärin im Polizeipräsidium. Obwohl sie watschelt wie Donald Duck!“ Die Kathi lachte. „Und dann gibt es die Darsteller, die nur in dieser Folge auftauchen, zum Beispiel der Mörder. Die freuen sich sicher, wenn sie interviewt werden!“ Gasperlmaier hatte mit diesem Plan keine rechte Freude. „Hat es nicht geheißen, dass ihr möglichst wenig aus dem Haus gehen sollt?“ „Pfff!“, stieß die Stefanie verächtlich Luft aus. „Der Stalker ist tot – was soll uns jetzt schon passieren? Obwohl, die Polizei in Wien hat es nicht für nötig gehalten, uns noch einmal zu kontaktieren.“ „Ist auch gescheiter so – sonst kommen die womöglich noch auf blöde Ideen“, meinte Gasperlmaier.

„Welche denn?“, fragte die Kathi, etwas naiv, wie Gasperlmaier fand. „Na, dass ihr was mit seinem Tod zu tun habt! Aus der Ferne, aus Wien, da schaut die Sache ganz anders aus, das könnt ihr mir glauben! Da seid ihr genauso verdächtig wie diese Filmfritzen!“

„Schwachsinn!“, erklärte die Kathi. Das hatte Gasperlmaier nie gemocht, wenn sie das, was er sagte, so geringschätzig abtat. Während ihrer Pubertät war das ein ständiges Ärgernis für ihn gewesen, beide Kinder hatten ihn immer wieder wissen lassen, dass sie seine Einwände für unsinniges Geschwätz hielten, egal, worum es ging. „Es kann ihm ja genauso gut jemand gefolgt sein, aus Wien oder woher auch immer. Der Mörder muss ja nicht vor ihm in Aussee gewesen sein, oder jetzt noch da sein. Jeder kann's gewesen sein!“ „Aber nicht jeder hat ein Motiv!“, widersprach Gasperlmaier trotzig. „Na, wir waren's jedenfalls nicht. Und morgen gehen wir Dreharbeiten schauen. Ob's dir passt oder nicht!“ Mit der Kathi, so dachte Gasperlmaier bei sich, war es manchmal schwierig, wenn sie sich etwas in den Kopf gesetzt hatte. Da konnte man sich den Mund fusselig reden, sie gab ihre Haltung nicht auf. Und das mit dem Reden war sowieso nie seine Stärke gewesen.

6

Der Wetterbericht hatte Recht behalten. Es schneite schon wieder, allerdings nur leicht, und die Prognose verhieß, dass der Schneefall bis Mittag aufhören sollte. Gasperlmaier nahm einen Schluck Kaffee und blickte aus dem Fenster. Er war allein in der Küche, die Christine war schon auf dem Weg in die Schule, den Theo hatte er oben zwar gehört, aber die Richelle war mit ihm noch in ihrem Zimmer. Die Mädchen schienen noch zu schlafen. Es war Zeit, sich auf den Posten zu begeben. Er zog unterwegs die Dienstkappe tiefer in die Stirn, damit der Wind sie ihm nicht davonblies. Irgendwie, so schien ihm, war die Ermittlung festgefahren. Oder eher, sie war noch gar nicht richtig in Gang gekommen. Sie wussten nichts über die Beziehungen des Toten, abgesehen von seinen Internetaktivitäten. Die konnte man aber wohl kaum als Beziehungen bezeichnen. Spuren schien es auch keine zu geben, das Handy blieb verschwunden.

Der Kombi der Frau Doktor stand schon vor der Dienststelle. Er stampfte auf, um die Schuhe vom Schnee zu befreien, bevor er die Treppe hinaufstieg. „Morgen. Endlich!“, begrüßte ihn die Frau Doktor. Gasperlmaier sah auf die Uhr. „Genau acht. Wie immer!“ „Wir haben schon auf dich gewartet. Es gibt Neuigkeiten!“ Gasperlmaier hängte seine Dienstkappe an einen Haken und setzte sich. Er wusste, dass er nichts sagen musste, ein interessierter Gesichtsausdruck genügte der Frau Doktor.

„Also!“ Sie holte tief Luft. „Der Eckhardt ist mit einem Holzscheit niedergeschlagen worden. Buche. Wie man es zum Einheizen verwendet.“ „Hilft uns nicht sehr viel weiter!“, sagte die Manuela. „Fast alle hier haben einen Kachelofen, den man mit Holz beheizt. Und einen Holzstapel im Freien findest du praktisch an jeder Ecke." „Aber", mischte Gasperlmaier sich ein, „es sagt uns doch, dass der Mord nicht extra vorbereitet wurde. Ich meine, so ein Holzscheit, das ist doch keine Waffe, die man sich bereitlegt, sondern eher ... sozusagen, spontan!" „Genau!" Die Frau Doktor lächelte. „Leider ist das aber beim Klebeband und beim Plastiksack nicht so – da muss sich unser Mörder schon was dabei gedacht haben. Der Eckhardt ist tatsächlich unter dem Plastiksack erstickt, ob er dabei bei Bewusstsein war, das kann uns die Frau Doktor Wurm nicht sagen. Ich als Kriminalistin sage, ja, er war bewusstlos, sonst gäbe es irgendwelche Spuren, die uns verraten, dass er sich gewehrt hat oder versucht, den Sack wieder loszuwerden." „Hat er also gar nichts mehr gespürt. Eh besser so!", fügte Gasperlmaier hinzu. Sein Mitleid mit dem Opfer hielt sich dennoch nach wie vor in Grenzen.

„Weiter: Wir konnten den Parkschein lesen, der im Auto gefunden wurde, er besagt wenig, stammt vom 31. Dezember, aus einer Parkgarage in Wien. Wir wissen also, dass er höchstwahrscheinlich erst am 1. Jänner – oder vielleicht noch später – nach Aussee gekommen ist." „Wissen wir, seit wann das Auto auf dem Parkplatz steht?", fragte die Manuela. Die Frau Doktor nickte. „Seit 2. Jänner abends, sehr wahrscheinlich. Das ergibt sich aus den Beobachtungen des Personals auf dem Parkplatz und der Schneebedeckung recht zwingend."

„In dem vietnamesischen Lokal, in dem deine Tochter und ihre Frau am 14. Dezember waren, ist bereits recherchiert worden. Den Eckhardt hat niemand vom Personal erkannt, was aber nicht viel besagt. Es ist ja schon drei Wochen her, wenn der einmal als Gast dort aufgetaucht ist, darf man sich nicht erwarten, dass er auf einem Foto erkannt wird." „Und das Handy?", fragte Gasperlmaier. „Darauf wollte ich gerade kommen. Es ist seit 2. Jänner um 21 Uhr nicht mehr in Betrieb und war zuletzt in Altaussee eingeloggt. Mehr Einzelheiten kennen wir noch nicht. Er muss also hier im Ort gewesen sein. Die Frage ist, wo war er? Hat ihn jemand gesehen? Was hat er gemacht? Mein Tipp: Er hat die Pension Erika ausspioniert. Welchen Grund könnte er sonst gehabt haben, hierherzukommen?" „Die Katharina und die Stefanie", seufzte Gasperlmaier. „Vielleicht hat er sich gedacht, da kann er gleich zwei Fliegen mit einer Klappe ..." „Aber die beiden hätte er doch in Wien viel eher ...", warf die Manuela ein. Die Frau Doktor wiegte den Kopf. „Erstens, der Mann war ein Psycho. Wir tun uns oft schwer damit, zu erklären, warum solche Leute bestimmte Handlungen setzen. Sie folgen oft nicht den Gedankengängen, die ein sozusagen ‚Normaler' haben würde. Zweitens, in der Großstadt sind Personen oft schwerer auszumachen als in einem so begrenzten Umfeld wie hier. Und was den Laptop angeht: Gestern war keine richterliche Anordnung zu bekommen, seine Wohnung zu durchsuchen. Das wird erst heute im Laufe des Tages geschehen – dann haben wir auch Zugriff auf seine Geräte, wenn welche gefunden werden."

Gasperlmaier räusperte sich. „Also, auf die Kathi und die Stefanie ist er ja nicht getroffen. Vielleicht aber auf die Liebig? Oder auf den Grün? Wer weiß?" „Deswegen besuchen wir heute auch das Set. Ich habe schon erfahren, dass großteils innen gedreht wird, im Seeblick." „Ich hab gedacht, die wollten wegen der Schneesicherheit ...", warf Gasperlmaier ein. Die Frau Doktor zuckte mit den Schultern. Wenn drinnen gedreht wurde, so dachte er bei sich, würden es die Kathi und die Stefanie schwer haben, an den Drehort zu kommen. „Hat er Familie gehabt, der Eckhardt?“, fragte die Manuela. „Eltern“, sagte die Frau Doktor. „Ich hab gestern schon mit der Mutter telefoniert, sie hatten schon lange keinen Kontakt mehr, der Sohn hat immer gesagt, er hat keine Zeit, wenn sie ihn angerufen hat. Sie schien mir ziemlich ungerührt, das haben mir auch die Polizisten bestätigt, die den Eltern die Todesnachricht überbracht haben.“ „Ungerührt?“, fragte Gasperlmaier nach. „Na ja ... eben nicht sehr aufgewühlt oder geschockt. Ich hab den Eindruck gehabt, als wolle sie mich möglichst schnell wieder loswerden. Vielleicht so, als ob sie nicht will, dass jemand hört, worüber wir sprechen. Ihr Mann vielleicht.“

„Arbeit?“, fragte Gasperlmaier. Die Frau Doktor schüttelte den Kopf. „Er hat eine Lehre als IT-Techniker begonnen, abgebrochen, eine Zeitlang für einen Kurierdienst Essen ausgefahren, dann für eine Bäckerei als Fahrer gearbeitet, nirgends lang, seit zwei Jahren ist er arbeitslos gemeldet. Zuletzt hat er nur noch Sozialhilfe bezogen, er stand kurz vor dem Rausschmiss aus seiner Wohnung, weil er die Miete schuldig geblieben ist.“ „Wahrscheinlich hat er seine ganze freie Zeit dazu verwendet, andere zu belästigen“, meinte die Manuela. „Würde mich nicht wundern“, seufzte die Frau Doktor, „wenn er sich online in dieser Incel-Szene umhergetrieben hat. Fehlen wird er niemandem. Was uns aber der Pflicht nicht enthebt, nach der Person zu suchen, die ihn getötet hat. Auch wenn wir der Meinung sind, dass sie gute Gründe für den Mord gehabt haben wird. Vergessen wir nicht: Das Klebeband über den Mund, das will uns was sagen. Und vielleicht auch der Plastiksack. Und damit komme ich zu etwas, das ich euch unbedingt zeigen muss: ein ungeklärter Mord aus Salzburg." Sie holte eine Akte aus ihrer Tasche und warf sie auf den Tisch. „Darf ich?", fragte Gasperlmaier. „Ich bitte darum!" Während er die Akte zur Hand nahm, sprach die Frau Doktor gleich weiter. „Ich hatte schon so ein Gefühl, als ob ich so einen Tatort schon einmal gesehen hätte", sagte sie. „Also, diese Sache mit dem Klebeband und dem Plastiksack. Ein Kollege in Liezen hat mir dann auf die Sprünge geholfen und gleich den Akt ausgedruckt!" Sie zeigte auf die Mappe, die Gasperlmaier in Händen hielt.

Er öffnete den Ordner, und gleich auf der ersten Seite begegnete er einem Bild, das dem sehr ähnelte, das sich ihm geboten hatte, als der Rüdiger den Eckhardt ausgebuddelt hatte. „Auf dem Bild seht ihr Sebastian Brandner. Er wurde – ebenso wie unser Opfer – im Schnee vergraben gefunden, am 18. Jänner des vorigen Jahres. Der Todeszeitpunkt wurde mit 16. Jänner, nicht näher spezifiziert, angenommen. Genau die gleiche Vorgangsweise: zuerst betäubt durch einen Schlag auf den Hinterkopf, in diesem Fall mit einer schweren Zange, einem sogenannten Franzosen." „Franzose?", fragte die Manuela nach. „Ja", nickte die Frau Doktor. „Ein verstellbarer Schraubenschlüssel. Das Werkzeug wurde im Auto des Opfers gefunden, leider ohne anhaftende Spuren außer denen des Opfers. Dann wurde ihm ein Plastiksack über den Kopf gezogen und mit Klebeband um den Hals fixiert. Ebenso wurde der Mund mit Klebeband verschlossen." „Das Klebeband sieht anders aus", merkte Gasperlmaier an. „Und der Sack ist nicht durchsichtig." „Ja, das ist mir auch aufgefallen. Dennoch handelt es sich um genau denselben Modus

Operandi. Und jetzt kommt das Beste: Der Brandner war auch ein Hassposter!"

„Hui!", hauchte die Manuela. „Ein Serienkiller? Der die Hassposter ausrotten möchte?" Die Frau Doktor nickte. „Möglich. Wir brauchen jetzt möglichst schnell Erfolge. Die Kollegen in Salzburg tappen immer noch im Dunklen, sie haben den Fall mittlerweile den Cold Cases zugeordnet. Ihr könnt ja den ganzen Akt lesen, nur so viel: Es ist seitens der Polizei großer Aufwand getrieben worden, im Umfeld des Opfers, es hat auch ein, zwei Festnahmen gegeben, aber letztlich keine Beweise, die auch nur annähernd eine Anklage vor Gericht zugelassen hätten. Der Mörder des Sebastian Brandner läuft also immer noch frei herum." „Aber könnte es denn nicht ... ich meine, ist über den Fall Brandner viel in den Medien gestanden? Sodass vielleicht jemand den Mord nachahmen konnte, um uns auf eine falsche Spur zu locken?" Die Frau Doktor seufzte. „Gasperlmaier, du denkst mittlerweile wie ein erfahrener Kriminalist. Vielleicht solltest du doch zu uns kommen. Genau der gleiche Gedanke ist natürlich auch uns in Liezen durch den Kopf gegangen. Und das Ergebnis war – alles, was unser Täter wissen musste, um den Mord nachzuahmen, war im Netz nachzulesen. Aber wir müssen trotzdem auch damit rechnen, dass hier ein Serientäter am Werk ist, der noch mehr vorhat. Obwohl ich nicht wirklich daran glaube." „Warum nicht?", fragte Gasperlmaier. Die Frau Doktor zuckte mit den Schultern. „Bauchgefühl!"

„Sagen Sie bloß nicht, dass alle Hassposter jetzt Polizeischutz bekommen!" Die Manuela schien richtig entrüstet. „Das nicht. Aber allgemeine Warnungen an die Szene ergehen schon. Mit dem Ergebnis, dass viele auf die Polizei losgehen und erklären, das sei eine Verschwörung, um sie mundtot zu machen."

Es klopfte an der Tür, gleich darauf öffnete sie sich, und der Anblick, der sich Gasperlmaier bot, war sehenswert. Der Doktor Altmann stand vor ihnen, Ausseerhut und Schultern des Schladmingers von Schnee bedeckt, auch heute in der kurzen Lederhose mit der Gasperlmaier inzwischen bekannten langen weißen Unterhose, die zwischen Lederhose und Stutzen hervorblitzte. „Guten Morgen, Gasperlmaier, guten Morgen, meine Damen!" Der Frau Doktor, so stellte Gasperlmaier fest, blieb der Mund offen stehen, die Manuela kicherte verhalten. Der Doktor Altmann knöpfte seinen Schladminger auf und hängte ihn an einen Haken. Danach griff er in eine Innentasche des Kleidungsstücks und zog eine Zeitung hervor. „Ich muss schon sagen, Gasperlmaier!", schnaufte er. „Du umgibst dich hier mit dem Besten, was die holde Weiblichkeit in Altaussee zu bieten hat!" Gasperlmaier winkte ab, die Frau Doktor runzelte die Stirn. Sie war dem Doktor Altmann zwar schon einmal begegnet, aber so richtig Gelegenheit, seinen Charme sprühen zu lassen, hatte er damals nicht gehabt.

„Was führt dich denn zu uns?", fragte Gasperlmaier. Der Doktor jedoch ignorierte ihn. „Ah, ich hab ja ganz vergessen!" Er drehte sich noch einmal zu seinem Rock um und holte den Gasperlmaier wohlbekannten silbernen Flachmann heraus. „Heut hab ich einen Zwetschkernen vom ... ach, den werdet ihr nicht kennen, ein Hobbybrenner vom Traunsee draußen ... Frau Doktor?" Die lehnte das angebotene Stamperl dankend ab, die senkrechte Falte auf ihrer Stirn war jedoch nicht verschwunden. Gasperlmaier wusste, je schneller die

Formalitäten erledigt waren, desto früher würde der Doktor Altmann damit herausrücken, was ihn hierhergeführt hatte. Er nahm das Stamperl und schnupperte daran. „Großartig!", urteilte er und ließ den Schnaps die Kehle hinunterrinnen. Mild war er, und äußerst geschmackvoll. „Sie auch?" Der Doktor schenkte erneut ein, bot den Schnaps der Manuela an und leerte das Stamperl selber, nachdem die Manuela kichernd und kopfschüttelnd abgelehnt hatte.

„Zur Sache!" Der Doktor Altmann wischte sich den Mund und breitete die Zeitung vor ihnen aus, die er mitgebracht hatte. „Ich glaube, dazu brauch ich nicht viel zu sagen. Das Täterwissen, ich meine jetzt die Geschichte mit dem Plastiksack, das stammt doch sicher nicht von euch, oder?" Gasperlmaier seufzte. In fetten Lettern verkündete die Schillingzeitung: „TV-Kommissarin unter Verdacht: Ist sie die Plastiksack-Killerin?" Unter der Schlagzeile war ein Foto der Arabella Liebig zu sehen, auf dem sie ein Dirndl mit tiefem Ausschnitt trug, das ihr Dekolleté fast in den Mittelpunkt der Aufnahme rückte. Es gab auch eine Bildunterschrift: „Bisher eher für ihren Scharfsinn und ihre Kurven bekannt: Arabella Liebig." Die Frau Doktor schlug mit der Faust auf den Tisch. „Natürlich nicht! Das haben wir vorläufig für uns behalten. Verdammt noch einmal, was ist denn da passiert?" Gasperlmaier nahm dem Doktor Altmann die Zeitung aus der Hand. In dem Artikel wurde die Frage aufgeworfen, ob die schöne Kommissarin das Monster am Ende in Notwehr erschlagen habe, schließlich habe der Eckhardt ihr ja per Postings im Internet mehrmals mit Vergewaltigung und dem Tod gedroht. Der Regierung wurde vorgeworfen, viel zu wenig zum Schutz der aufrichtigen und hart arbeitenden Bevölkerung zu tun. Stattdessen würden Mörder und

Vergewaltiger auf Staatskosten durchgefüttert. Was die Schablinger halt so zusammenschrieb, wenn sie eine Sensation witterte. Weiter unten auf der Seite war in einem Kasten ein Foto abgedruckt, das er schon kannte: Es zeigte das Opfer des Plastiksack-Mordes in Salzburg. Nicht mit dem Plastiksack über dem Kopf, sondern lebend. „Serienmörder auf dem Weg von Salzburg in die Steiermark?“ lautete die reißerische Überschrift. Die Schablinger hatte also dieselben Recherchen angestellt wie die Frau Doktor auch. Günstig für die Ermittlungen war das sicher nicht, der Druck würde wachsen.

Der Doktor Altmann setzte sich ächzend auf einen freien Stuhl Gasperlmaier gegenüber. Die Frau Doktor, so schien es ihm, beobachtete interessiert, wie sich die weiße Unterhose, die zuvor in unschönen Falten gelegen war, nun über den Knien des Doktors spannte. „Das war die Schablinger“, kommentierte Gasperlmaier. „Aber wer hat ihr das verraten?“ „Eine großartige Frau, diese Liebig!“, sinnierte der Doktor Altmann, ganz in das Foto versunken. „Ihr glaubt doch nicht, dass sie tatsächlich die Mörderin ist?“ „Momentan beschäftigt mich, wie diese Einzelheiten an die Öffentlichkeit gelangt sein könnten!“, ärgerte sich die Frau Doktor. „Gasperlmaier, hast du deiner Familie ... ich meine, immerhin ist deine Schwiegertochter eine durchaus neugierige Journalistin!“ „Aber geh!“ Gasperlmaier winkte ab und war ehrlich entrüstet. „Ich sag doch nie was! Nicht einmal meiner Christine, obwohl die eh verschwiegen ist wie ein Grab!“ „Der Artikel“, der Doktor Altmann klopfte auf die vor ihm liegende Zeitung, „ist mit ‚masch‘ signiert. Sagt euch das was?“ Die Frau Doktor nickte. „Bestätigt die Vermutung. Maggie Schablinger. Ist uns nur zu gut bekannt, gell, Gasperlmaier?“ Der nickte. Die Schablinger hatte ihn selber mehrmals schon in ein schiefes Licht gerückt, und einmal, als er sie daran hindern wollte, einen Tatort zu betreten, da hatte sie laut losgekreischt und von Polizeibrutalität gefaselt. Im Großen und Ganzen gesehen waren alle ihre Begegnungen eher unangenehm verlaufen. Bis auf einmal, als es ihm und der Frau Doktor gelungen war, die Schablinger aufs Glatteis zu führen und ordentlich abzufüllen. Ob sie ihnen das schon verziehen hatte?

„Da war doch dieser Mann mit dem Dackel", warf die Manuela ein. „Der die Leiche gefunden hat. Ob der am Ende ...?" „Na, der Dackel wird's nicht gewesen sein!", blaffte die Frau Doktor. „Edi heißt er, Edi Lechner. Ob wir ihn fragen, ob er was mit der Geschichte zu tun hat?" „Natürlich!" Die Frau Doktor erhob sich. „Und zwar sofort, stante pede! Der kann was erleben, das sag ich dir! Ich hab ihn doch extra darauf aufmerksam gemacht, dass er mit niemandem ... ihr habt doch den Leuten in den Häusern ringsum, die ihr befragt habt, nicht etwa ...?" Gasperlmaier und die Manuela schüttelten unisono die Köpfe. „Freut mich ungemein", sagte der Doktor Altmann, der sich ebenfalls erhoben hatte, „dass ich behilflich sein konnte. Wenn auch mit einer wenig erfreulichen Neuigkeit. Aber ich weiß ja, dass der Gasperlmaier die Schillingzeitung verabscheut ... und so bin ich in den unverhofften Genuss gekommen, Sie endlich einmal näher kennenzulernen, gnädige Frau. Der Gasperlmaier schwärmt ja in den höchsten Tönen von Ihnen!" Während der Doktor Altmann die Frau Doktor, wie es ihm schien, von oben bis unten mit Kennermiene musterte, spürte Gasperlmaier, wie Hitze zu seinen Ohren aufstieg.

„In den höchsten Tönen!", wiederholte die Frau Doktor, nachdem sie losgefahren waren. „Was hast du denn dem über mich erzählt?" „Gar nichts!", verteidigte sich Gasperlmaier. „Schon gar nichts Persönliches oder Privates. Ich weiß gar nicht, wie er darauf kommt!“ Die Frau Doktor lächelte. „Würd mich gar nicht stören, wenn du von mir schwärmst. Ich würd nur gern wissen, wie!“ Gasperlmaier schüttelte den Kopf. Er spürte deutlich, dass er errötet war. Da half nur ein radikaler Themenwechsel. „Also, ich hab dieser Veronika Pirkner kein Wort verraten. Außer, dass ich ihr das Foto gezeigt hab. Aber da hat man ja vom Plastiksack gar nichts gesehen.“ „Erinnerst du dich?“, fragte die Frau Doktor. „Ihr zwei, die Manuela und du, ihr seid wieder hinuntergestiegen, die Straßensperre errichten. Und ich hab den Herrn Lechner befragt. Und danach hab ich ihm eingeschärft, auf keinen Fall mit irgendjemandem über diesen Fund zu reden, keine Einzelheiten auszuplaudern, nicht mit der Presse zu reden. Und was tut dieser Idiot?“ Gasperlmaier schnaufte. Es war ihm nicht recht, dass die Frau Doktor so auf den Lechner Edi losging. Schließlich war der ein alter Schulfreund. Und wer konnte wissen, ob es nicht im Bezirkspolizeikommando in Liezen irgendwo eine undichte Stelle gab. Aber darüber wollte er lieber nicht diskutieren.

Der Edi wohnte in Bad Aussee, in einem ein wenig heruntergekommenen Altbau in der Bahnhofstraße, nicht weit vom Bahnhof und von der Umfahrungsstraße entfernt. Als Gasperlmaier läutete, hörte er zunächst nur Bellen. „Das wird der Rüdiger sein“, informierte er die Frau Doktor. „Rüdiger?“, fragte die etwas überrascht zurück. „Ja, der Dackel, der die Leiche, also den Eckhardt ...“ In diesem Moment öffnete sich die Tür. Der Lechner Edi hatte ein Marmeladebrot in der Hand und kaute an einem Bissen. „Was gibt’s denn?“, nuschelte er undeutlich. „Das würden wir gerne drinnen besprechen!“ Die Stimme der Frau Doktor klang scharf.

„Wollt's einen Kaffee?“, fragte der Edi, als sie am etwas schmierigen Küchentisch saßen. Der Edi hatte den wohl schon länger nicht mehr abgewischt, denn außer zahlreichen Bröseln meinte Gasperlmaier auch noch Spuren von Tomatensoße zu erkennen. „Ich bin nämlich gerade beim Frühstücken. Frühpensionist, verstehst?“ Er zwinkerte Gasperlmaier zu. „Herr Lechner, wir sind in einer unangenehmen Angelegenheit hier“, sagte die Frau Doktor. „Haben Sie mit einer Vertreterin der Presse über den Toten gesprochen? Einer gewissen Frau Schablinger?“ Sie holte die Zeitung aus ihrer Handtasche, die ihnen der Doktor Altmann überlassen hatte, und hielt dem Edi die Titelseite hin.

„Also“, begann der Edi, der jetzt sein Marmeladebrot endgültig hinuntergeschluckt hatte. „Ich habe ja keine Ahnung gehabt, dass die von der Presse ist. Und wie sie heißt – auch keine Ahnung. Die ist einfach hier angetanzt, hat mir einen Ausweis unter die Nase gehalten, das ist so schnell gegangen, dass ich gar keine Zeit ...“ „Sie meinen, die Frau hat sich nicht als Reporterin vorgestellt?“ „Nein!“ Der Edi wedelte vor seiner Brust mit den Händen. „Ich hab geglaubt, das ist eine von euch! Sie hat mir gesagt, sie möchte die ganze Geschichte von dem Leichenfund noch einmal haarklein hören, alle Einzelheiten.“ „Und?“, bohrte die Frau Doktor mit steinerner Miene. Der Edi zuckte mit den Schultern. „Ich hab gesagt, dass ich ja eh schon alles erzählt habe. Ihnen!“ Er deutete mit einem verschmierten Finger auf die Frau Doktor. „Dann hat sie ...

also, wegen der Übereinstimmung und wegen dem Kurzzeitgedächtnis, dass ... also, dass man da mehrmals ...“ Der Edi wurde rot im Gesicht. Gasperlmaier vermutete, dass er etwas vor ihnen verbarg. Womöglich hatte die Schablinger zu speziellen Mitteln gegriffen, um den Edi zum Reden zu bringen.

„Hat sie geflirtet mit dir? Dass du redest?“, fuhr er dazwischen. Der Edi wurde noch einen Farbton röter. „Also, sie hat schon ... dass ich halt ... mit einem so feschen Mann würde sie auch vielleicht einmal essen gehen ... wenn ich mich trau, zu fragen ... und so ...“ Die Frau Doktor stand auf. „Also hat sie Ihnen schöne Augen gemacht, die Schablinger, und Sie sind wie ein pickeliger Sechzehnjähriger darauf hereingefallen. Und wir haben jetzt dieses Problem!“ Sie klopfte mit dem Zeigefinger heftig auf die Zeitung, die zwischen Bröseln und Marmeladeresten auf dem Tisch lag.

Gasperlmaier seufzte. „Edi, hast du am Ende angegeben? Ihr Sachen erzählt, die vielleicht gar nicht stimmen? Damit sie ... also, damit du besser dastehst, in ihren Augen?“ „Ja, also ...“ Die Hände des Edi zitterten. „Ich hab schon ein wenig ... ausgeschmückt?“ Fragend sah er in Richtung Frau Doktor. „Ausgeschmückt!“, wiederholte die höhnisch. „So, wie Sie's in der Volksschule gelernt haben, im Aufsatzunterricht? Ich hab das damals schon gehasst. Erzähl, wie's war, und das möglichst genau! Das hat meine Lehrerin mir beigebracht, und so halten wir's auch bei der Polizei! Und in Zukunft, Herr Lechner, überlegen Sie sich gut, mit wem Sie worüber reden! Sonst stehen auch Sie ganz schnell vor Gericht! Komm, Gasperlmaier, wir gehen!“

„Hörst, Gasperlmaier!“, lobte sie ihn im Auto. „Dass du da gleich geschaltet hast, mit dem Flirten! Da hast du ihn aber kalt erwischt!“ Gasperlmaier zuckte mit den Schultern. „Ich kenn die Schablinger. Besser, als mir lieb ist. Und ich kenn den Edi. Oder, vielmehr, solche Männer wie ihn!“ „Männer wie ihn? Kannst mir das genauer erklären?“ Die Frau Doktor strich ihre Haare mit der Hand hinter die Schulter und sah erwartungsvoll zu ihm herüber. „Mein Gott!“, antwortete Gasperlmaier und klopfte ungeduldig aufs Lenkrad. „Weißt eh, wie Männer sind, wenn sie eine Frau beeindrucken wollen. Hast du doch sicher schon oft genug erlebt!“ Die Frau Doktor aber hatte anscheinend vor, ihn zu reizen. „Wie sind sie denn?“ Am Klang ihrer Stimme erkannte er schon, dass ihr der Schalk im Nacken saß. „Denk an den Grün“, sagte er schließlich. „Welche Geschichten der der Meli erzählt hat, damit sie ...“ Er räusperte sich. „Damit er bei ihr landen kann. So halt.“ Er war fest entschlossen, dieses Thema zu beenden. „Du bist jedenfalls kein Angeber, Franz. Und mein Bernhard auch nicht!“ Damit schien das Thema abgeschlossen, und Gasperlmaier tat es wohl, was sie gesagt hatte.

Vor dem Hotel Seeblick war es schwierig, einen Parkplatz zu bekommen. Zum einen beengten die vielen hohen Schneehaufen, die von den Fräsen und Pflügen zusammengeschoben worden waren, den ohnehin spärlich vorhandenen Parkraum, zum anderen war die Filmcrew mit zahlreichen Fahrzeugen angerückt. Gasperlmaier zwängte den Einsatzwagen in eine schmale Schneise, die ein Schneepflug in der Nähe der Gradieranlage hinterlassen hatte. „Müssen wir halt das kleine Stück zu Fuß gehen“, brummte er.

Die Rezeption des Seeblick sah etwas anders aus als sonst, eher wie ein Lager für Kabel und andere elektronische Geräte, die man anscheinend fürs Fernsehen brauchte. Durch die Eingangstür schlängelte sich ein dickes Kabelbündel, das draußen an einem Kasten der Energie AG endete. Anscheinend reichte der im Hotel verfügbare Strom nicht für die Dreharbeiten. „Grüß dich, Gasperlmaier. Ich sag's dir!", seufzte die Verena, die Rezeptionistin, die Gasperlmaier schon seit langem kannte. Sie hatte im Kirtagsbierzelt das Bier serviert, das er gezapft hatte. Und zwar im Akkord. „Heute ist was los! Deine Tochter ist mit ihrer Frau auch da drin!" Sie nickte mit dem Kinn gegen die Tür des Speisesaals. „Und die normalen Gäste sind ja schließlich auch noch da! Wir sind zwar nicht ganz voll, weil die Weihnachtsferien schon vorbei ..." Die Frau Doktor unterbrach ihren Redefluss. „Wo sind sie denn?" Die Verena nickte mit dem Kinn erneut in Richtung Speisesaal. „Aber die werden nicht begeistert sein, wenn ihr ... ich meine, die drehen gerade. Und die Liebig ist eh schon ... ich sag's euch! Die ist fix und fertig. Habt ihr heute schon die Schillingzeitung gelesen?"

„Aus!", rief jemand im Speisesaal, woraufhin sich vielstimmiges Gemurmel erhob. „Ich glaub, da gibt es gerade eine Pause", lächelte die Frau Doktor und stieß die Tür auf. Als Gasperlmaier durch die Tür trat, brach ihm auf der Stelle der Schweiß aus, denn im Speisesaal war es unerträglich heiß, obwohl ein paar Mitarbeiter der Filmcrew gerade damit beschäftigt waren, sämtliche Fenster aufzureißen. „Puh!", stöhnte Gasperlmaier und öffnete den Reißverschluss seiner Mehrzweckjacke. „Ist dir nicht auch warm?" Die Frau Doktor trug ihren Steppmantel immer noch hochgeschlossen. „Wir haben jetzt Wichtigeres zu tun", antwortete sie. „Siehst du irgendwo die Liebig?" Gasperlmaier ließ seine Blicke durch den Raum schweifen, schüttelte dann aber den Kopf. „Nicht zu sehen!" Dafür erblickte er die Stefanie, die gerade mit einem jungen Mann sprach. Sie hielt ihr Handy vor sich, wohl, um das Gespräch aufzunehmen. Recht war es ihm nicht, dass sie hier nach Informationen suchte, aber was sollte er machen?

Die Frau Doktor hielt einem Mann, der gerade damit beschäftigt war, an einem Kamerastativ ein paar Schrauben zu drehen, ihren Ausweis unter die Nase. „Polizei. Wir suchen Frau Liebig. Oder Herrn Roth, den Produzenten.“ Der Mann richtete sich schnaufend auf und grinste. „Ist es schon so weit? Verhaftung?“ Die Frau Doktor schüttelte ungeduldig den Kopf. „Keineswegs. Wir wollen mit beiden reden. Also?“ „Kann sein, dass die Liebig in der Maske ist. Der Roth? Wissen Sie, der ist häufig gar nicht am Set. Ach – aber da drüben sehe ich ihn gerade!“ Er deutete auf einen Mann mittleren Alters in Jeans und Sweater, der sich gerade ein Sandwich vom Buffet nahm und zu kauen begann. Die Frau Doktor kämpfte sich ohne viel Rücksicht auf die Arbeit der herumwuselnden Filmcrew zu ihm durch.

„Herr Roth? Leutnant Kohlross vom Bezirkspolizeikommando Liezen. Ich würde Sie gern kurz sprechen!“ Der Mann nickte mit vollem Mund. „Überrascht mich nicht!“, nuschelte er. „Meine Hauptdarstellerin ist völlig fertig. Sie haben sicher diesen Zeitungsartikel gesehen. Wir haben noch nicht einmal eine Minute im Kasten.“ „Wie hat Arabella Liebig insgesamt auf die negativen Postings reagiert? Sie ist ja immer wieder und von verschiedenen Seiten bedroht worden?“ Der Roth zeigte auf einen der Frühstückstische. „Setzen wir uns kurz hin? Wollen Sie einen Kaffee?“ „Bitte, gerne!“, antwortete die Frau Doktor.

„Sie hat es bisher relativ gut weggesteckt“, antwortete der Roth schließlich, nachdem er drei Kaffeebecher auf den Tisch gestellt hatte. „Wenn Sie heute als

Schauspielerin, ich meine, überhaupt, wenn Sie in der Öffentlichkeit stehen, dann ist so etwas Alltag. Sie hat zwar regelmäßig Anzeige erstattet, ein paar Verfahren sind noch anhängig, aber sonst hat sie recht gut damit umgehen können. Sogar darüber gelacht. Manchmal." „Und heute?", fragte die Frau Doktor. Gasperlmaier sah sich um. Die Fenster wurden wieder geschlossen. Seltsamerweise hatte man sie nun mit dunklen Planen abgedeckt, sodass es im Saal aussah, als wäre es Abend. Der Roth seufzte. „Dass man sie quasi als Mörderin hinstellt, das hat sie schon schwer getroffen. Das ist eine Art von Publicity, die niemand gebrauchen kann, auch die Liebig nicht. Und ich brauche jetzt nicht zu betonen, dass sie für den Mord nicht in Frage kommt, oder?" Die Frau Doktor schüttelte zwar den Kopf, kommentierte aber dennoch. „Wir müssen alles auf der Basis von Fakten ausschließen. Ihr Auto ist in der Kriminaltechnik, wenn wir da nichts finden, dann ist wohl jeder Verdacht gegen sie zerstreut."

„Wird sie gegen die Zeitung klagen?", mischte Gasperlmaier sich ein. „Schwierig!", antwortete der Roth. „So ein Verfahren würde lange dauern, die Medien sind, was Anwälte betrifft, gut aufgestellt. Schließlich war die Schlagzeile als Frage formuliert, nicht als Behauptung. Ein gängiger Trick, um nicht der Falschaussage bezichtigt werden zu können." „Elmar Grün?", fuhr die Frau Doktor fort. „Unseren Informationen zufolge verehrt er die Liebig, hat sich mit Hasspostern angelegt und von Ihnen deswegen Posting-Verbot verordnet bekommen?" Der Roth nickte und deutete mit der offenen Hand quer durch den Raum. „Dort sitzt er." In der gegenüberliegenden Ecke des Speisesaals stand ein Stativ, das mehrere Monitore trug, hinter denen eine Frau und ein Mann saßen. Schräg hinter ihnen saß der Grün auf einem Stuhl, auf dem Schoß eine aufgeschlagene Mappe und in der Hand einen Kugelschreiber. „Der Herr ist unser Regisseur, Dieter Kunst, und das daneben unsere Regieassistentin, Frau Mahler. Der Grün ist Continuity, das heißt, er macht sich im Drehbuch Notizen, dass keine Anschlussfehler entstehen. Auch spontane Änderungen muss er notieren. Er ist relativ unerfahren, tut sich noch schwer. Kunst reagiert sich regelmäßig an ihm ab." Er lächelte und nahm einen Schluck Kaffee. „Aber so ist das halt beim Film. Ich habe auch klein angefangen. Als Kabelträger!"

„Halten Sie es für möglich, dass der Grün den Hassposter angegriffen hat? Dass er gewalttätig wird, wenn er versucht, die Liebig zu verteidigen?" Der Roth zuckte mit den Schultern. „Wenn Sie mich nach meinem Gefühl fragen, eher nein. Aber was weiß man schon? Es gibt doch sicher viele Gewalttäter, die aussehen wie der Grün, oder? Schmächtig, unsicher ..." „Was war denn der konkrete Anlass, der zu diesem Posting-Verbot geführt hat?" „Eine blöde Geschichte", sagte der Roth und leerte seinen Kaffee. „Er hat zwei oder drei Hasspostern gedroht, einer davon war dieser Captain Conan, der jetzt ermordet wurde. Er hat geschrieben, dass er sie zerquetschen wird wie Läuse, wenn er sie in die Finger bekommt. Und ihre dämlichen aufgemotzten Autos wird er mit dem Laster überfahren. Das klingt jetzt pubertär, aber weil das eben auf den Accounts von Arabella passiert ist, die der Polizei bekannt waren, sind die auch bei uns aufgetaucht und haben den Grün verwarnt. Auch seine Drohungen, meinten sie, wären strafbar. Dann hab ich ihm halt untersagt, weiter zu posten, wenn er seinen Job behalten will. Soviel ich weiß, hat er sich daran gehalten." „Gut!", sagte die Frau Doktor. „Wir werden ihn uns noch einmal genauer anschauen. Glauben Sie, wir könnten Arabella Liebig kurz sprechen?" „Versuchen können wir's", sagte der Roth. „Kommen Sie mit!"

Er führte sie durch den Raum zu einer Tür, hinter der sich offensichtlich die Garderobe verbarg. Der Raum war vollgestellt mit Kleiderständern und Tischen, auf denen offenbar Änderungen an Kleidungsstücken vorgenommen werden konnten. Zwei Frauen mit Brille sahen kurz von ihrer Arbeit auf. „Arabella?", fragte der Roth in den Raum hinein. „Hier!", rief die Liebig hinter einem Kleiderständer hervor. „Komm ruhig weiter. Aber ich hab gerade die Hose unten!" Der Roth lächelte. „Sie wird neu verkabelt. Beim Film sind wir da nicht so. Kommen Sie mit!" Tatsächlich waren eine Kostümbildnerin und ein Techniker an der Kleidung der Liebig beschäftigt, und wie angekündigt schlotterte ihre Hose um die Knie. Gasperlmaier wandte den Blick ab. „Ah, Frau Kommissar!", sagte die Liebig. Ihre Stimme, fand Gasperlmaier, klang völlig normal. „Einen Moment noch." Sie lachte, und das klang in Gasperlmaiers Ohren ein wenig gekünstelt.

„So! Jetzt! Sie können wieder hersehen, Herr Inspektor!" Anscheinend war ihr aufgefallen, dass er sich abgewandt hatte. Als sie nun vor ihm stand, war Gasperlmaier schwer beeindruckt, denn sie war eine gänzlich andere Frau als die, die er in der Pension Erika kennengelernt hatte. Ihr langes schwarzes Haar ringelte sich in Locken über den ebenfalls schwarzen Blazer, ein paar Strähnen waren vor das weiße Top gefallen, das sie darunter trug und das ein wenig viel Dekolleté zeigte. Ein Outfit, dachte Gasperlmaier bei sich, das in der echten Polizeiarbeit wohl undenkbar war. Ihre langen Beine steckten in einer schwarzen Hose, und an den nackten Füßen trug sie hochhackige schwarze Sandalen. Gut, die Sandalen, das waren Schuhe, die so ähnlich die Frau Doktor auch manchmal trug, aber sicher nicht im Winter. Und hier, so hatte man behauptet, wurde ein Winter-Special gedreht.

„Sie wundern sich über mein Outfit?“ Gasperlmaiers Blicke waren der Frau Liebig also aufgefallen. „Wir drehen heute eine Szene, die bei einem Galadinner am Abend spielt. Genauer, nach einem Galadinner. Und dazu ist Hauptkommissarin Lederer eingeladen. Natürlich von einem Verdächtigen im Mordfall. Aber mehr darf ich Ihnen wirklich nicht verraten!“ Sie lächelte, und Gasperlmaier schmolz dahin. Das war genau die Hauptkommissarin, die er im Fernsehen jede Woche sah, und sie nun einmal in echt zu sehen, das war schon eine ganz besondere Erfahrung.

Im Speisesaal war schon alles für die nächste Szene vorbereitet. Die Liebig nahm an einem der Tische Platz, auf dem halbvolle Gläser und die Reste mehrerer Desserts vorbereitet worden waren. An zwei Tischen, die ebenfalls im Blickwinkel der Kamera standen, hatte man Komparsen platziert. Und da erkannte Gasperlmaier, er konnte es kaum glauben, die Meli und die Katharina. Beide hatten Kaffee und ein Stück Torte vor sich stehen und waren in eine lautlose Unterhaltung mit einem Ehepaar vertieft. Hatte es der Grün also doch geschafft, die Meli in der Komparserie unterzubringen. Wie wohl die Kathi zu ihrer Rolle gekommen war? Er würde die beiden jedenfalls bei der nächsten Gelegenheit ausquetschen, so viel war sicher.

Die Regieassistentin erhob sich von ihrem Platz und rief: „Alles auf die Plätze, wir drehen!“ Alles Gemurmel erstarb, und Gasperlmaier versuchte, möglichst leise zu atmen, um die Dreharbeiten nicht zu stören.

Leider aber wurden sie doch gestört, und zwar massiv. „Wo ist die Schlampe?“, hörte man jemanden brüllen, draußen bei der Rezeption musste es sein. „Der werde ich jetzt zeigen, wo es langgeht! Der werd ich einschenken!“ Der Akzent klang seltsam. Die „Schlampe“ klang eher wie „Schlombe“. Erst jetzt besann sich Gasperlmaier, dass es ja seine Aufgabe als Polizist war, hier einzuschreiten. Gerade, als er die Tür zur Rezeption aufstieß, rempelte ihn ein Mann beiseite. „Wo ist die Schlombe?“, röhrte er abermals. Als Gasperlmaier sich gefasst hatte, stand die Frau Doktor dem Angreifer bereits gegenüber. Mit gezogener Waffe. „Jetzt werden wir ganz schnell wieder runterkommen!“, sagte sie mit fester, ruhiger Stimme. „Nehmen Sie die Hände hoch, drehen Sie sich um und verlassen Sie den Raum.“

Der Mann war zunächst sprachlos, langte aber dann nach der Waffe der Frau Doktor, anstatt die Hände zu heben. „Glaubst du ...“, konnte er noch sagen, dann krachte es. So schnell, dass Gasperlmaier den Vorgang gar nicht genau beobachten hatte können, hatte die Frau Doktor dem Angreifer einen Fußtritt in die Magengegend versetzt, sodass er zusammensackte und im Fallen einen Tisch mitriss, neben dem er gestanden war. Der war, so stellte Gasperlmaier fest, nur mehr Kleinholz. Der Mann auf dem Boden stöhnte und schnappte nach Luft. Er hatte fettiges, ungekämmtes Haar und einen struppigen Vollbart, trug löchrige Jeans und trotz der Kälte ein ärmelloses Leibchen, darüber eine ebenso ärmellose Weste mit Pelzbesatz. Die freiliegenden Arme waren über und über tätowiert, Gasperlmaier erkannte Schlangen und Totenschädel.

Außer dem Stöhnen des Mannes, der offenbar kaum Luft bekam, war kein Geräusch zu hören. Gasperlmaier dachte immer noch darüber nach, woran ihn der Akzent des Mannes erinnerte. Ja, genau, das war es. Er klang ganz ähnlich wie die Jasmin, die Kellnerin vom Schneiderwirt. Ob er wie sie aus Sachsen kam?

„Respekt!“ Die Liebig war aufgestanden und applaudierte. Binnen weniger Sekunden klatschte der gesamte Raum Beifall. Die Frau Doktor jedoch stand immer noch, schwer atmend und mit todernstem Gesicht, dem Angreifer gegenüber, die Waffe nun zu Boden gerichtet. „Gasperlmaier, Handschellen!“ Sie deutete mit einem Nicken auf den Mann. Gasperlmaier leistete ihrer Aufforderung Folge, holte seine Handschellen hervor und zog die Arme des Mannes auf dessen Rücken, sodass er die Fesseln schließen konnte. Der wehrte sich nicht, allerdings stellte Gasperlmaier fest, dass er übel roch. Nach Schweiß, Tabak und Alkohol. „Auf!“, befahl Gasperlmaier und zog ein wenig an den gefesselten Händen. „Scheißbulle!“, zischte der Mann. Das beeindruckte Gasperlmaier wenig, vor allem, weil es gar zu seltsam klang.

„Wollen Sie hier übernachten, oder was?“, herrschte ihn die Frau Doktor an. „Bitch!“, zischte der Mann, rappelte sich aber langsam hoch, was mit auf dem Rücken gefesselten Händen schwierig war. „Kennen Sie ihn?“, fragte die Frau Doktor die Liebig, die neben ihr aufgetaucht war. „Gott sei Dank nicht!“, sagte die. „Sonst jemand im Raum, der ihn kennt?“ Sie erntete nur allgemeines Kopfschütteln. „Ich glaub, Gasperlmaier, der Herr braucht eine Abkühlung. Schauen wir, dass wir ihn nach draußen verfrachten!“ Der Mann war mittlerweile auf die Knie gekommen und bemühte sich, aufzustehen. Als Gasperlmaier ihn am Oberarm packen und unterstützen wollte, schüttelte er ihn mit einem Fluch unwirsch ab. Er war froh, dass der Mann Handschellen trug. Der war ihm unheimlich.

„Sein Auto steht mitten in der Einfahrt“, rief die Verena von der Rezeption, als sie den Mann nach draußen führten. „Autoschlüssel!“, kommandierte die Frau

Doktor und hielt die Hand auf. „Niemand greift mein Auto an!", brüllte der Kerl plötzlich und machte Anstalten, sich loszureißen. Die Frau Doktor zuckte mit den Schultern. „Dann müssen wir es halt aufbrechen und abschleppen lassen. Auch okay!" Sie lächelte. „Wie soll ich denn ... ich komm nicht ran!" Ein fast flehentlicher Ton war einmal eine Abwechslung. „Wo?", fragte die Frau Doktor. „Vorn, rechts!", brummte der Mann. „Gasperlmaier?" Das auch noch. Ihm war von den Ausdünstungen des Mannes ohnehin schon fast schlecht, und nun musste er auch noch dessen Hosentaschen durchwühlen. Glücklicherweise fand sich der Schlüssel schnell, und Gasperlmaier legte ihn auf den Rezeptionstresen. „Und nun raus!", sagte die Frau Doktor.

Draußen war es kalt, sehr kalt, doch die Frau Doktor hielt inne. Es war klar, sie wollte den Mann frieren lassen. „Wie heißen wir denn?", fragte sie und zog den Reißverschluss ihres Mantels bis zum Kinn hoch. „Olaf", knurrte der Mann. „Olaf Lützen." Es klang in Gasperlmaiers Ohren wie „Ölaf". Er sah sich nach dem Auto des Lützen um. Es stand tatsächlich direkt in der Hoteleinfahrt, nicht einmal ein Kinderwagen wäre daran vorbeigekommen. Das Auto war orange, mehrere schwarze Streifen zogen sich über Kühlerhaube und Dach. Die eckigen Scheinwerfer und die gesamte Vorderfront legten ein älteres Baujahr nahe, zugelassen war der Wagen in Wien. Auf dem Kofferraum thronte ein riesiger Spoiler, von dem nur eine Ecke sichtbar war. Die Verena kam mit dem Schlüssel in der Hand aus dem Hotel. „Oh Gott!", sagte sie, als sie das Auto sah. Der Lützen zuckte zusammen. „Sie soll ... das könn Se mir nischt öntün, Frau Kommissar, bitte! Die darf mein Audo nicht ..." Sein Ton war endgültig flehentlich geworden. Das hätte Gasperlmaier ihm vor wenigen Minuten gar nicht zugetraut. Als die Verena den Motor startete und aufheulen ließ, war es mit der Beherrschung von Olaf Lützen endgültig vorbei. „Nein ... bitte!“ Das Getriebe krachte, bevor sich der Wagen ruckelnd im Rückwärtsgang in Bewegung setzte. Gasperlmaier konnte es kaum fassen, aber der Lützen weinte. Dicke Tränen kullerten über seine unrasierten Backen, die er sich wegen der gefesselten Hände nicht abwischen konnte. Sehr schnell war aus einem, der nur derbe Schimpfwörter kannte, ein heulendes Elend geworden.

Das Knattern des Motors erstarb irgendwo hinter dem Hotel. „Herr Lützen“, fragte die Frau Doktor. „Was sollte das? Was haben Sie gegen die Frau Liebig? Kennen Sie sie?“ „Sie hat meinen Kumpel umgebracht!“, begehrte der Lützen auf. „Ihren Kumpel? Den Eckhardt? Der die Frau Liebig monatelang immer wieder bedroht hat?“ Der Lützen schüttelte widerwillig den Kopf. „Davon weiß ich nichts. Ich hab heute die Schillingzeitung ... und da steht das drin!“ Die Frau Doktor atmete tief durch. „Herr Lützen, wir bringen Sie jetzt auf den Posten, zur Befragung. Dann werden wir entscheiden, was wir mit Ihnen machen. Auf jeden Fall aber werden sich ein paar Techniker von uns Ihr Auto anschauen. Prüfen, ob da alles gesetzeskonform ist. Also hopp!“ Die Frau Doktor deutete auf den Einsatzwagen. Nicht nur den würde er vollstinken, dachte Gasperlmaier bei sich, sondern auch den ganzen Polizeiposten. Dann würden sie trotz der Kälte stundenlang lüften müssen.

7

Die Manuela riss allerdings gleich die Fenster auf, als sie ankamen. „Mann, der ... also, ich brauch frische Luft!“ Sie vermied es, den Lützen zu beleidigen. Man wusste ja nie, was Anwälten später so alles einfiel, wenn sie versuchten, ihren Mandanten eine allzu harte Strafe zu ersparen. Da war es klug, sich nicht zu unbedachten Äußerungen hinreißen zu lassen – wenn der Lützen auch tatsächlich stank. Wie in einem Bärengehege hatte es im Einsatzwagen gerochen. Wobei bei den Bären die Alkohol-Komponente fehlte.

„Wir kommen wohl aus Sachsen?“, eröffnete die Frau Doktor die Befragung. „Ursprünglich schön. Wohn aber schön eine Zeitlang in Wien.“ Dank des jahrelangen Kontakts mit der Jasmin verstand Gasperlmaier jedes Wort. „Einen Alkotest machen wir auf jeden Fall“, sagte die Frau Doktor, als der Lützen sich gesetzt hatte. „Und die Handschellen?“, fragte der. „Wenn Sie versprechen, sich zu benehmen ... Gasperlmaier?“ Der versuchte, möglichst nicht einzuatmen, während er die Handschellen öffnete. „Habt ihr auch einen Drogenschnelltest?“, fragte die Frau Doktor. Die Manuela nickte, öffnete eine Schublade unter ihrem PC und holte ein Testset heraus. „Zunge im Mund kreisen lassen“, befahl sie dem Lützen. Gasperlmaier merkte, wie er kurz zuckte, seine Augen hasserfüllt aufleuchteten. Er war kurz davor, die Frauen wieder zu beschimpfen, doch noch bevor ihm ein „Bitch!“ von den Lippen kam, beruhigte er sich wieder.

Fünf Minuten später hatte sich herausgestellt, dass sowohl der Alkotest als auch der Drogenschnelltest positiv ausgefallen waren. „Ihren Führerschein sind Sie jedenfalls erstmal los“, sagte die Frau Doktor. „Und nach der Befragung bringen wir Sie ins Krankenhaus zur Blutabnahme. Für die Details." Der Lützen fischte in der Brusttasche seiner stinkigen Pelzweste nach einer Packung Zigaretten. „Rauchverbot!", erklärte Gasperlmaier. Der Lützen grinste. „Und was machst du, wenn ich trotzdem rauche? Knallst du mir dann den Schädel auf die Tischplatte?" Er steckte sich eine Zigarette zwischen die Lippen und suchte in seinen Hosentaschen nach einem Feuerzeug. „Das war vielleicht früher in der DDR üblich. Bei uns begnügen wir uns mit Handschellen, wenn nötig!", sagte die Frau Doktor. Eine Hand hatte sie schon wieder an ihrem Schulterholster. Der Lützen, fand Gasperlmaier, bewegte sich auf sehr dünnem Eis. Er hatte anscheinend noch nicht ganz kapiert, in welcher Lage er sich befand. „Bitch!", zischte er wieder, kaum hörbar, als er die Zigarette mit einer ärgerlichen Handbewegung zu Boden warf.

„Herr Lützen", sagte die Frau Doktor und rückte sich einen Stuhl zurecht, sodass sie ihm gegenübersitzen konnte. „Bei der nächsten Beleidigung lass ich Sie direkt nach Liezen in die Untersuchungshaft bringen. Wir haben es nämlich nicht nötig, uns von Leuten wie Ihnen beschimpfen zu lassen. Haben wir uns verstanden?" Das Wort „Untersuchungshaft" hatte anscheinend seine Wirkung nicht verfehlt. „Was wollen Sie wissen?", fragte der Lützen widerwillig. „Wo waren Sie am 2. Jänner, also am Donnerstag der vorigen Woche?" „Am Zwoten?", grinste der. „Nach dem Neujahrstog? Immer noch besoffen, vermute ich!" „Wo haben Sie Ihren Rausch ausgeschlafen? Adresse?" Der Lützen ließ sich mit der Antwort Zeit und senkte seine Blicke zu der Zigarette auf dem Boden. „Oddakring. Fröbelgasse 55. Gemeindebau. Ich wöhn allein." Die Frau Doktor warf Gasperlmaier einen vielsagenden Blick zu.

„Geben Sie das weiter, Frau Reitmair-Peschke. Eventuell brauchen wir eine Durchsuchung. Drogen, Waffen, vielleicht auch mehr." „Was?" Der Lützen schrie auf. „Ihr wollt meine Wöhnung ..." „Ruhe!" Die Frau Doktor war laut geworden. Selbst Gasperlmaier wagte nicht, sich zu rühren, so streng hatte das geklungen. Auch beim Lützen war der Ton angekommen, obwohl der, so dachte Gasperlmaier bei sich, sicher nicht der Sensibelste war.

„Welcher Art war Ihre Beziehung zu Simon Eckhardt, alias Captain Conan?" „Beziehung, was heißt Beziehung?", blaffte der Lützen. „Wo haben Sie ihn kennengelernt? Wann?" „Was weiß ich. In 'nem Förum. Mir ist er aufgefallen, wechen dieser Liebig. Das war schon spitze, wie er die Schlombe fertiggemacht hat!" Er grinste. „Herr Lützen!", warnte die Frau Doktor. „Untersuchungshaft!", erinnerte sie ihn. „Sind Sie einander auch anderswo online begegnet? Incel-Foren vielleicht?" Aus der Reaktion des Lützen schloss Gasperlmaier, dass er zumindest wusste, wovon die Frau Doktor sprach. „Incel!", stieß er hervor. „Wissen Sie überhaupt, was das heißt? Frauen wie Sie ..." Die Frau Doktor stand abrupt auf. „Mir reicht es, Herr Lützen. Bis jetzt war ich sachlich. Aber das muss nicht so bleiben. Ehrlich gesagt, ich würde Sie ohnehin lieber nach Liezen schicken, damit Sie dort von einem Mann verhört werden. Weil einer Frau sind Sie nicht zuzumuten, ehrlich!" So unangenehm der Lützen war, wegen seines Akzents klang er für Gasperlmaier eher komisch als bedrohlich.

Die Frau Doktor setzte sich wieder, sichtlich erregt. „Incel-Foren?", wiederholte sie. „Kann sein", gestand der Lützen zu. „Ihr Username? Wir finden es sowieso raus, wenn Sie es uns nicht verraten." „Pröbieren

Sie's!“ Der Lützen schüttelte den Kopf. Die Manuela war inzwischen mit flinken Fingern auf dem Computer unterwegs. „Erb_kivi?“, fragte sie. Der Lützen hob erstaunt den Kopf, die Frau Doktor grinste. „Gell, da schauen Sie, was wir alles können?“ Gasperlmaier zuckte zusammen. Der Lützen würde dichtmachen, wenn er sich provoziert fühlte. Tatsächlich zischte er, fast lautlos, wieder „Bitch!“. Die Frau Doktor überging es. „Sie haben also online Kontakt zu Simon Eckhardt gehalten. Genauso wie er sind Sie in der Incel-Szene aktiv. Haben Sie sich auch persönlich getroffen?“ Der Lützen nickte. „Erst am Neujahrsabend. Zusammen gesoffen.“ Er ließ den Kopf hängen. Die Frau Doktor zog die Augenbrauen hoch. „Sie beide? Noch jemand?“ „Nur wir beide.“ „Und dann seid ihr nach Altaussee gefahren, Sie haben ihn erschlagen und im Schnee vergraben. Ist es zu einem Streit gekommen? Wegen Geld? Drogen?“ „Nein!“, schrie der Lützen und stand auf. Gasperlmaier sprang ebenfalls auf und griff nach seiner Waffe. „Hinsetzen!“, kommandierte die Frau Doktor. Zu Gasperlmaiers Überraschung gehorchte er.

„Irgendwas aufgefallen, am Eckhardt? War er anders als sonst?“ Der Lützen grinste. „Keine Ahnung. Hab ihn das erste Mal gesehen. Ehrlich! Aber am Ersten, am Abend, da hat er mir ein Whatsapp geschickt, dass er bald im Geld schwimmen wird. Ich werde noch schauen, hat er geschrieben, was er sich für eine Karre leisten kann. Und jede geile Schlombe im Püff.“ Die Frau Doktor hob warnend den Zeigefinger. „Hat er Andeutungen gemacht, woher das Geld kommen soll?“ Der Lützen schüttelte den Kopf. „Hat er Ihnen erzählt, dass er vorhat, hierherzufahren?“ Der Lützen schüttelte den Kopf. „Hab noch nie gehört von diesem Kaff, der ganze Schnee – ich hab nicht einmal

Winterreifen, so 'n Scheiß! Auf dem Berg wär ich fast hängen geblieben!"

Gasperlmaier konnte sich ein Grinsen nicht verkneifen. „Dass Sie mit Sommerreifen unterwegs waren, gibt eine weitere Anzeige. Aber das wird jetzt wohl Ihr geringstes Problem sein." „Anzeige?", wiederholte der Lützen. „Eine ganze Reihe sogar. Angefangen mit gefährlicher Drohung, über Lenken eines Fahrzeugs unter Drogen- und Alkoholeinfluss ... darf ich einmal Ihren Führerschein sehen?" „Führerschein?", wiederholte der Lützen. „Ja, den Lappen hab ich in Wien ... vergessen ... ich hab's ja eilig gehabt!" „Lassen wir den Herrn Lützen nach Liezen bringen? Zur weiteren Vernehmung?" Die Manuela hatte schon nach dem Telefonhörer gegriffen. Die Frau Doktor aber schüttelte den Kopf. „Ich glaube nicht, dass das nötig ist. Haben Sie schon nachgeschaut, ob er tatsächlich in der Fröbelgasse in Wien gemeldet ist?" Die Manuela nickte. „Olaf Lützen, Fröbelgasse 55, Stiege 3, Wohnung 21. Und einen Führerschein hat er nicht. Der wurde am 15. Mai vorigen Jahres wegen Alkohol am Steuer eingezogen."

„Ja, Herr Lützen!" Die Frau Doktor lächelte, für den Lützen aber, so mutmaßte Gasperlmaier, gab es nichts zu lachen. „Frau Revierinspektor Reitmair-Peschke bringt Sie jetzt ins Krankenhaus, zur Blutabnahme. Ihr Auto bleibt hier, es wird in den nächsten Tagen abgeschleppt und technisch überprüft. Wenn es Beanstandungen gibt, wird die Zulassung eingezogen, Sie können den Wagen dann in Liezen abholen. Fahren dürfen Sie ihn natürlich nicht, weil Sie erstens keinen Führerschein haben und der Wagen zweitens ja nicht mehr zum Verkehr zugelassen sein wird. Und, übrigens, ich habe im Hotel Seeblick nachgefragt. Ihr Auto steht jetzt auf einem Gebührenparkplatz. Neun

Euro pro Tag. Die werden auf jeden Fall fällig, bis wir den Wagen abschleppen können!" Sie lächelte süffisant.

„Ja, aber ... wie soll ich denn nach Hause kömm? Ohne Auto?" Gasperlmaier sah auf die Uhr. „Kommt darauf an, wie lange es im Krankenhaus dauert. Von dort brauchen Sie dann zu Fuß zum Bahnhof ungefähr eine halbe Stunde. Dort fährt sogar hie und da ein Zug nach Attnang-Puchheim. Von dort können Sie dann mit dem Schnellzug ..." Der Lützen war aufgesprungen. „Ihr könnt mich alle am Arsch lecken! Ihr werdet mich noch kennenlernen, das sag ich euch!" Breitbeinig stampfte er zur Tür und schlug sie heftig hinter sich zu.

„Frau Reitmair-Peschke, schaffen Sie's allein?", fragte die Frau Doktor mit einem Blick zur Tür hin. Die Manuela nickte und klopfte auf ihr Holster. „Im Notfall ...", grinste sie und folgte dem Lützen.

Die Frau Doktor zog die Stirn in Falten, sobald die Tür hinter der Manuela ins Schloss gefallen war. „Ich weiß nicht. Vielleicht hätten wir ihn doch hierbehalten sollen", sagte sie. „Ist dir an seinem Usernamen nichts aufgefallen?" „Was denn?", fragte Gasperlmaier. „Sein Username ist doch Erb_kivi", sagte sie. „Und wenn man das ‚erb' hinter das ‚kivi' setzt und verkehrt herum liest, dann gibt das ..." „Breivik!", hauchte Gasperlmaier. „War das nicht ... ist das nicht ..." „Genau!", nickte die Frau Doktor. „Der Massenmörder aus Norwegen. Anders Breivik. Von ihm weiß man, dass er mit der Incel-Szene in Kontakt gewesen ist!" „Haben wir da vielleicht einen sehr gefährlichen Mann laufen lassen?", fragte Gasperlmaier. „Ich hoffe nicht!", antwortete die Frau Doktor. „Es gibt sehr viele Kleinkriminelle, die Schwerverbrecher verherrlichen. Damit habe ich oft schon zu tun gehabt, vor allem im Strafvollzug. Das heißt aber noch lange nicht, dass sie deswegen selber Schwerverbrecher werden.“

„Stimmt!“, nickte Gasperlmaier. „Die Christine hat mir da was erzählt, was sie von einer Kollegin in der Mittelschule gehört hat. Die haben in der Schule zwei, drei Buben, die damit angegeben haben, Kontakte zum IS zu haben. Einer hat sogar ‚IS‘ an eine Wand geschmiert. In Wirklichkeit waren alle drei harmlos, sie haben sich halt nichts dabei gedacht.“ „Na, da hab ich meine Zweifel!“ Die Frau Doktor zog die Augenbrauen hoch. „Mir sind schon alle möglichen Schurken in die Hände gefallen, die danach behauptet haben, sie hätten sich bei ihren Straftaten einfach gar nichts gedacht. Das allein ist keine Entschuldigung!“

„Wie machen wir weiter?“, fragte Gasperlmaier. „Wir haben ... also aus dem Umfeld vom Eckhardt, da haben wir wenig. Außer eben jetzt den Lützen. Sollen wir da ...?“ Die Frau Doktor schüttelte den Kopf. „Den überlassen wir den Kollegen in Wien. Ich werd mich aber trotzdem ein wenig hinter den Computer klemmen und versuchen, möglichst viel über ihn herauszufinden. Vielleicht kannst du dich inzwischen darum kümmern, zu erfahren, ob dieser Lützen hier in Altaussee irgendwo gesehen wurde, mit irgendwem Kontakt aufgenommen hat. Ich glaub, die Manuela hat ein paar Fotos von ihm gemacht, die lassen wir uns schicken. Aber zuerst ...“ Sie wandte sich Gasperlmaier zu. „Zuerst kümmern wir uns einmal um die Maggie Schablinger. Denn das, was sie sich da geleistet hat, können wir nicht einfach so hinnehmen. Wir müssen sie dazu bringen, diese haltlosen Anschuldigungen der Liebig gegenüber zu widerrufen. Und dazu hab ich auch schon eine Idee!“ „So?“, fragte Gasperlmaier. „Welche denn?“ „Wart einmal ab und lass mich machen!“, grinste die Frau Doktor.

„Lützen!“, flüsterte sie ihm noch zu, als sie schon am Telefon war. Seufzend schnappte sich Gasperlmaier seine Jacke und verließ den Posten. Draußen merkte er erst, dass er noch keine Fotos vom Lützen erhalten hatte und deshalb auch nicht so einfach ermitteln konnte. Bis er aber in der Bäckerei Maislinger eintraf, hatte die Manuela schon Fotos geschickt, auf denen der Lützen noch bedrohlicher aussah als in natura.

„Um Gottes willen!“, hauchte die Michaela, die Verkäuferin in der Bäckerei, als Gasperlmaier ihr das Foto hinhielt. „Der schaut ja furchtbar aus! An den würd ich mich sicher erinnern, wenn er bei uns herinnen gewesen wäre!“ Die Reaktion der Kassiererin im Supermarkt war ähnlich, aber auch sie hatte den Lützen noch nie gesehen. „Denk noch einmal nach“, versuchte es Gasperlmaier. „Der hat sicher Bier gekauft. Wahrscheinlich Dosen, eine Sechserpackung. Danach hat er nämlich gerochen!“ Aber die Kassiererin hatte den Lützen noch nie gesehen.

Der Geruch nach warmem Leberkäse erinnerte Gasperlmaier daran, dass es längst Zeit für eine Jause war. Der Gerti an der Wursttheke musste er nicht extra erklären, was er wollte. Sie kannte seine Vorlieben, musste ihn allerdings heute enttäuschen. „Der scharfe Leberkäs ist schon aus!“ Sie zuckte bedauernd mit den Schultern. „Darf's ein Pizzaleberkäs sein?“ Den hielt Gasperlmaier für eine völlig missglückte Geschmacksverirrung. „Dann schon lieber den normalen. Sag, hast du den schon einmal bei euch herinnen gesehen?“ Er hielt der Gerti das Foto hin, während sie eine Semmelhälfte mit einer Scheibe Leberkäse belegte. „Hilfe!“, erschrak sie. „Da würd ich dich gleich anrufen, vor lauter Angst, wenn der bei uns auftauchen tät! Ist das der Mörder? Der mit dem Plastiksack?“ Gasperlmaier schüttelte den Kopf. „Wir überprüfen ihn nur." Er nahm seine Semmel entgegen. „Aber er könnt's sein, oder?", beharrte die Gerti. „Habt's ihn eh eingesperrt? Weil, wenn ich dem begegnen tät, dann ... Pfüat di Gott!" Gasperlmaier verschwieg ihr, dass der Lützen mangels konkreter Vorwürfe wieder auf freien Fuß gesetzt worden war, und hoffte inständig, dass er nicht gerade heute der Gerti noch über den Weg laufen würde. „Pfüat di, Gerti! Und danke schön!", verabschiedete er sich. Bevor er zur Kasse ging, überlegte er noch kurz und nahm dann einen Nudelsalat für die Manuela und ein Vollkornweckerl mit Mozzarella und Tomaten aus der Kühlvitrine, damit er sich nicht vorwerfen lassen musste, in puncto Jause nur an sich selbst zu denken.

Nach mehreren vergeblichen Vorsprachen in den wenigen Geschäften, die es sonst noch gab, entschloss sich Gasperlmaier, auf den Posten zurückzukehren und ein Foto an den Tourismusverband weiterzuleiten, damit der es an seine Mitgliedsbetriebe schickte. Vielleicht hatten sie da mehr Erfolg, obwohl Gasperlmaier bezweifelte, dass der Lützen hier irgendwo ein Zimmer genommen hatte.

Als er auf den Posten zurückkam, ließ er vor Überraschung fast das Sackerl mit der Jause für seine beiden Kolleginnen fallen. Gegenüber der Frau Doktor saß die Maggie Schablinger und grinste ihn an. „Servus, Gasperlmaier! So eine Freude, dass ich dich wieder einmal seh! Obwohl, ein wenig schöneres Wetter hättest du schon bestellen können, für euren neuesten Mord!" Die Maggie war stark geschminkt, sah aber mit dunklen Ringen unter den Augen etwas verhärmt aus. Der seriöse schwarze Hosenanzug schien der gleiche zu sein wie beim letzten Fall, ihre sehr verspielte Kleidung, die sie früher gerne getragen hatte, hatte die Maggie anscheinend endgültig abgelegt. „Mir ist das Wetter gerade recht!“, brummte Gasperlmaier und legte das Jausensackerl vor die Frau Doktor. „Für dich und die Manuela!“, fügte er vorsichtshalber erklärend hinzu. „Endlich wieder einmal ein richtiger Winter!“, nahm er seine Antwort von vorhin wieder auf. „So wie er früher war, und wie es sich gehört!“ Er setzte sich hinter seinen Schreibtisch. Bisher waren sie froh gewesen, der Schablinger ausweichen zu können, wo immer es möglich gewesen war. Warum die Frau Doktor sie offenbar herzitiert hatte, war ihm ein Rätsel.

„Die Frau Schablinger ist gerade gekommen. In der Annahme, dass wir interessante Informationen für sie haben!“ Die Frau Doktor grinste schelmisch, schaltete aber binnen Sekunden auf eine sehr ernste Miene um, bevor sie sich der Maggie zuwandte. „Aber zuvor etwas ganz anderes. Sie haben eine üble, verleumderische Schlagzeile gebastelt, die Arabella Liebig als Mörderin hinstellt!“, sagte sie. Die Maggie versuchte sich in einem Lächeln, das aber nur halb gelang. Aus ihrer Handtasche holte sie ein Exemplar der Schillingzeitung, entfaltete es und klopfte auf die Schlagzeile. „Sehen Sie? Fragezeichen! Das heißt, ich habe eine Frage gestellt und keine Behauptung aufgestellt!“ Die Frau Doktor wischte die Zeitung mit einer ärgerlichen Handbewegung vom Tisch. „Das ist ein billiger formaler Trick, der vielleicht bei windigen Juristen verfängt, aber nicht bei uns! Sie werden sich für diese Anschuldigung verantworten, Sie werden erklären müssen, wie Sie überhaupt darauf kommen! Und uns werden Sie bitte erklären, wie Sie an Täterwissen gekommen sind, das wir auf keinen Fall an die Öffentlichkeit gehen lassen wollten!“

Die Schablinger lächelte zynisch, klaubte ihre Zeitung auf und legte sie sich in den Schoß. „Meine Quellen werde ich Ihnen nicht offenlegen, das gehört zum journalistischen Ethos!", begehrte sie auf und richtete dabei ihren Rücken gerade. Der Frau Doktor entfuhr ein sarkastischer Lacher. „Ethos! Dass ich nicht lache! Sie wissen doch nicht einmal, was das überhaupt ist! Und in diesem Fall würde ich mich nicht darauf verlassen, dass die Liebig aus Angst vor euren Anwälten die Sache auf sich beruhen lässt. Es gibt gewiss ebenso potente Kreise, denen der gute Ruf ihres Stars einiges wert ist!" Die Schablinger schien zu zögern. „Die Information gibt es", sagte die Frau Doktor, „wenn Sie uns garantieren, dass Sie die Liebig wieder von diesem Verdacht reinwaschen. Den Sie ohne Tatsachensubstrat in die Welt gesetzt haben. Und uns erklären Sie, wie Sie an die Sache mit der Plastiktüte gekommen sind." Die Schablinger seufzte auf. „Nur, wenn du mir dann auch eine Jause spendierst, Gasperlmaier?" Sie schenkte ihm einen Blick, den sie für verführerisch zu halten schien. „Kann gut sein", brummte Gasperlmaier.

„Also", begann sie. „Den Edi Lechner habe ich schnell gefunden, den Zeugen, der die Leiche entdeckt hat. Da brauchst du nur ein bisschen fragen, zum Beispiel die Pensionisten, die vormittags schon in der Bäckerei Maislinger beim Bier sitzen. Danach habe ich den Edi Lechner innerhalb einer Stunde im Wirtshaus aufgetrieben. Und befragt. Ganz sachlich, natürlich. Er hat gar nicht daran gedacht, mir irgendetwas zu verschweigen." „Wir wissen, dass Sie den Herrn Lechner nicht im Wirtshaus befragt haben", konterte die Frau Doktor trocken. „Na, das hat sich so ergeben. Der Herr Lechner war schon auf dem Sprung, und ich hab ihn halt gebeten, ob wir bei ihm zu Hause ...? Es war ein vertraulicher Rahmen nötig, wo er sich öffnen kann und niemand zuhört, nicht wahr?" „Sie haben ihm ein Rendezvous in Aussicht gestellt, um ihn ausquetschen zu können?" „Was heißt Rendezvous? Ich wäre schon mit ihm essen gegangen, warum nicht?" Die Frau Doktor schlug die Beine übereinander. „Der Herr Lechner hat sich mehr erhofft als ein Essen. Aber lassen wir das. Wie sind Sie auf die Idee gekommen, die Liebig als Mörderin hinzuhängen?"

Die Schablinger lachte auf. „Aber Frau Chefinspektor, seien Sie doch nicht so naiv! Alle Welt kennt ihre Rechtsstreitigkeiten mit Stalkern und Hasspostern, sie hat doch sogar wegen angeblich gefälschter Pornoaufnahmen von sich geklagt! Und dann ist sie vor Ort, wenn einer dieser Hassposter hier auftaucht! Dass es da einen Zusammenhang geben muss ..." „Der aber nicht bedeutet, dass sie im Verdacht steht, die Tat begangen zu haben! Wie kommen Sie übrigens darauf, dass das Opfer ein Hassposter war?" Die Schablinger grinste zynisch. „Meine Quellen lege ich sicher nicht offen. Nur so viel: In der Fernsehcrew gibt es eine ganze Menge gesprächiger Typen. Und die Geschichte hat sich unter denen natürlich wie ein Lauffeuer verbreitet."

Die Frau Doktor seufzte ein wenig theatralisch. „Wie auch immer", sagte sie dann. „Sie werden sich etwas einfallen lassen, um die Liebig aus der Schusslinie zu nehmen. Das sind Sie ihr und uns schuldig. Vor allem, wo ich vielleicht eine interessante Spur für Sie habe!" Die Schablinger rückte ihren Sessel näher an den Tisch heran und beugte sich vor. „Zuerst Ihr Versprechen! Vor Zeugen!" Die Tür öffnete sich, und die Manuela trat herein. „Drei Zeugen!", sagte die Frau Doktor und deutete auf die Manuela. „Wenn es denn sein muss!", gab die Schablinger bei.

„Also!", sagte die Frau Doktor. „Wenn Sie sich beeilen, dann finden Sie auf dem Parkplatz unten am See ein aufgemotztes oranges Auto mit Wiener Kennzeichen. Älteres Baujahr, auffälliger Heckspoiler. Wenn Sie den Halter dieses Fahrzeugs ausfindig machen, dann haben Sie vielleicht wieder Material für eine Story. Mehr kann ich Ihnen nicht sagen, den Rest müssen Sie schon selber machen!" Die Frau Doktor lehnte sich zurück. Die Schablinger stand auf und hängte sich den Riemen ihrer Handtasche über die linke Schulter. Sie grinste Gasperlmaier an. „Und? Was ist mit der versprochenen Jause?" „Muss ich?", fragte Gasperlmaier. Die Frau Doktor nickte und zwinkerte ihm so zu, dass die Schablinger es nicht sehen konnte. Gasperlmaier verstand schon. Er durfte sich keine weiteren Informationen entlocken lassen, sollte aber versuchen, die Schablinger noch ein wenig auszuhorchen.

„Was hätten S' denn gern?", fragte Gasperlmaier die Schablinger, als sie in der Bäckerei Maislinger vor der Theke standen. Die Maggie legte ihre Hand auf Gasperlmaiers Unterarm. „Am liebsten wäre mir, wir setzen uns an einen Tisch und essen und trinken zusammen eine Kleinigkeit!" Das war Gasperlmaier gar nicht recht, aber die Michaela hinter der Budel schaute recht interessiert, und so fühlte er sich beobachtet. „Suchen wir uns halt einen Platz", murmelte er. Das Mittagsgeschäft hatte noch nicht eingesetzt, und so fanden sie leicht einen kleinen Tisch für zwei. Was er allerdings mit der Schablinger reden sollte, das war ihm schleierhaft. „Glauben Sie denn wirklich", fragte er schließlich, „dass die Arabella Liebig was mit dem Mord zu tun hat?" Die Schablinger lachte. „Das ist doch völlig irrelevant! Das Spannende ist allein, dass ein prominenter Name in Zusammenhang mit dem Wort ‚Mord' auftaucht. Das bringt uns Klicks." „Klicks?", fragte Gasperlmaier etwas irritiert. „Ja, Klicks!", bestätigte die Schablinger und sah zur Kellnerin auf. Sie bestellte einen Toast und ein Mineral, Gasperlmaier begnügte sich mit einem Paar Würstel und einem Seidel Bier, obwohl das Mittagsmenü – Leberknödelsuppe und Wienerschnitzel – verlockend klang. Schließlich hatte er ja gerade eine Leberkäsesemmel verdrückt.

„Es geht nur darum, dass die Leute die Schlagzeile anklicken, jeder Klick bringt uns Werbeeinnahmen!", erklärte die Maggie. „Ah so!", sagte Gasperlmaier. „Und ich hab immer gedacht, es geht um Information!" „Seien Sie doch nicht so naiv!", lachte die Maggie. So war das also. Wenn man sich von der Zeitung Informationen erhoffte, dann war man naiv. Er wusste nicht recht, was er noch mit der Maggie reden sollte, und drehte verlegen einen Bierdeckel zwischen seinen Fingern.

Zu seinem Glück tauchte der Kahlß Friedrich in der Tür auf. „Ja, grüß dich, Gasperlmaier. Und in so charmanter Begleitung? Wieder einmal auf Sensationssuche, Frau Reporterin?" Der Friedrich nahm die rechte Hand der Maggie zwischen seine eigenen riesigen Pranken. Gasperlmaier fand die Begrüßung übertrieben herzlich, denn der Friedrich wusste genau, wie verschlagen die Schablinger sein konnte. Er war nämlich bis vor wenigen Jahren Gasperlmaiers Chef auf dem Polizeiposten in Altaussee gewesen, bis er wegen seines schweren Übergewichts und eines Herzinfarkts in die Pension geschickt worden war. Danach hatte er geheiratet und sich prächtig erholt, weil seine Angetraute, wie er sie nannte, dafür sorgte, dass er sich gesund ernährte und regelmäßig Sport trieb. Fast jeden Tag begegnete Gasperlmaier ihm, wenn der Friedrich in einem sehr farbenfrohen Raddress auf seinem

E-Bike an ihm vorbeisurrte. Im Winter hielt er es mit dem Langlaufen, und entsprechende Kleidung trug er auch heute.

„Meine Angetraute", sagte er, „ist auf Kur. In Bad Gastein. Und deswegen muss ich halt außer Haus essen. Weil, mit dem Kochen, da hab ich es nicht so!" Er quetschte sich neben Gasperlmaier auf die Bank. Dem war es ganz recht, mit der Maggie nicht alleine zu sein. Der Toast und die Würstel kamen, während sich der Friedrich ein Tagesmenü bestellte. Gasperlmaier biss in seine Frankfurter und nahm sich hoch und heilig vor, bis zum Abendessen nichts mehr zu sich zu nehmen und dann brav die vegetarische Kost zu akzeptieren, die ihm vorgesetzt werden würde. Eigentlich, so dachte er bei sich, konnten die Stefanie und die Katharina schon wieder nach Wien fahren, wo doch der Anlass und die Ursache ihres Versteckspiels in Altaussee mit dem Tod des Eckhardt aus der Welt geschafft worden war.

„Das ist gar nicht so schlecht", nuschelte der Friedrich bald darauf mit halbvollem Mund, „dass ich euch zwei da treffe. Weil bei mir, da war der Rüdiger vom Lechner Edi samt seinem Herrl in einer vertraulichen Angelegenheit, die er vorderhand einmal nur mit mir besprechen wollte. Der Edi, mein ich, nicht der Rüdiger!" Der Friedrich lachte schallend. Sein Schnitzel roch hervorragend, viel besser als Gasperlmaiers Frankfurter. Vielleicht hätte er doch wenigstens Würstel in Saft bestellen sollen. Die Schablinger, so kam es Gasperlmaier vor, rutschte ein wenig unruhig auf ihrem Sessel hin und her. „Und es ist ja auch kein Zufall", setzte der Friedrich fort, „dass ich hier auftauche. Ich war nämlich gerade auf dem Posten, und da haben sie mir gesagt, dass du der Frau Reporterin eine Jause schuldig bist. Und jetzt habe ich euch beide hier, das ist recht praktisch!" Der Friedrich prostete Gasperlmaier zu und nahm einen Schluck von seinem Bier. Gasperlmaier musterte ihn von der Seite her skeptisch. Wochentags, so glaubte er sich zu erinnern, durfte der Friedrich doch, auf Anraten seiner Angetrauten, gar kein Bier trinken. „Brauchst gar nicht so schauen, Gasperlmaier!" „Ich schau doch gar nicht!" „Natürlich schaust du, weil du mir mein Bier und mein Schnitzel nicht gönnst. Aber lass dir gesagt sein: Sobald ich hier einen Fuß vor die Tür setze, wird für den Rest des Tages gefastet. ‚Dry January' nennt man das heutzutage." „Dry was?", fragte Gasperlmaier irritiert nach. „Dry January. Trockener Jänner", sprang die Maggie ein. „Aber da dürften Sie auch kein Bier trinken, Herr Kahlß!" Der Friedrich fuhr mit seinem Messer dozierend durch die Luft. „Ausnahmen nur beim Maislinger. Den ganzen Jänner! Abgesehen, natürlich, vom Weißbier auf der Blaa-Alm nach dem Langlaufen. Das zählt aber als isotonisches Getränk."

„Was wolltest du eigentlich von der Frau Doktor?", fragte Gasperlmaier. „Das soll dir", er zeigte mit der Messerspitze auf die Maggie, „am besten die Frau Reporterin erklären. Mir hat der Lechner Edi nämlich etwas gestanden, das sie schon weiß. Er hat deswegen die allergrößten Gewissensnöte verspürt und sich mir anvertraut. Komisch, gell, Gasperlmaier, dass die Leut immer zuerst zu einem ehemaligen Polizisten kommen. Ich glaub, sie haben dann das Gefühl, irgendwie doch gebeichtet zu haben, ohne dass ihnen die Staatsmacht sofort auf die Zehen treten kann!" Er steckte sein letztes Stück Schnitzel in den Mund. „Also, Frau Reporterin?"

Die Schablinger seufzte und öffnete ihre Handtasche, um darin herumzukramen. Schließlich förderte sie ein Goldkettchen mit einem kleinen Anhänger zutage. Gasperlmaier hielt die Hand auf, und sie legte es hinein. Die Kette war sehr dünn, aber recht lang. Der Anhänger war ein Ring mit einer seltsamen geometrischen Form drin, in die vier kleine Steine eingelegt waren. Sie glitzerten wie Diamanten, fand Gasperlmaier.

„Ich wollte es ohnehin gleich bei der Polizei abgeben, hab halt leider darauf vergessen!" „Ja, ja, vergessen!", wiederholte der Friedrich. „Das kann ein jeder sagen!" „Was ist denn das überhaupt? Und was hat der Lechner Edi damit zu tun?", fragte Gasperlmaier. „Das ist ein Anhänger mit dem Sternbild Waage", sagte die Schablinger. „Und der Edi Lechner hat mir den gegeben, weil er ein schlechtes Gewissen hatte." Der Friedrich lachte auf. „Ja, aber nur, weil ihn sein Rüdiger bei der Leiche gefunden hat! Und ausgerechnet bei der Frau Reporterin hat er sein Gewissen erleichtern wollen!" „Ich tu den in ein Plastiksackerl!" Gasperlmaier hatte während solcher Mordermittlungen immer ein paar Säckchen für Beweisstücke dabei. „Und die Frau Reporterin", fuhr der Friedrich fort, „hat sich gedacht ..." „Ich weiß schon!", nickte Gasperlmaier und steckte Kettchen samt Anhänger und Plastiksäckchen in seine Brusttasche, „dass sie vielleicht selber ein wenig ermittelt. Weil, das Kettchen könnte der Täter verloren haben. Und da könnte man dann schon ein ... elf Zwölftel, oder? Als Täter ausschließen." Der Friedrich nickte, während die Schablinger aus ihrer Handtasche ein Päckchen Zigaretten förderte. „Ich geh hinaus, eine rauchen!", sagte sie.

„Die glaubt", schnaufte der Friedrich, „dass sie eine ganz Gerissene ist. Aber in Wirklichkeit habt ihr sie jetzt dran, wegen Beweisunterdrückung, oder wie das heißt. Den Lechner Edi natürlich auch. Der Rüdiger, glaub ich, wird straffrei bleiben!" Er lachte so donnernd, dass sich Leute an anderen Tischen nach ihnen umdrehten. „Ich bring das Ketterl gleich der Frau Doktor“, sagte Gasperlmaier. „Die wird froh sein, dass sie was in der Hand hat, gegen die Schablinger.“ „Zahlen, bitte!“ Der Friedrich wischte sich zufrieden den Mund mit einer Serviette ab. „Dass ihr mir halt den Lechner nicht allzu sehr in die Zange nehmt!“, mahnte er. „Er hat's nicht verdient!“ „Schauen wir mal!“, gestand Gasperlmaier zu, bevor sie sich erhoben und hinaus in den kalten Wintertag traten.

Gasperlmaier legte das Sackerl mit der Goldkette auf den Schreibtisch der Frau Doktor. „Wo hast du denn das her? Und was soll es?“, fragte die. „Längere Geschichte!“, antwortete Gasperlmaier und setzte sich. „Die Schablinger hat's unterschlagen. Gekriegt hat sie es vom Edi Lechner, der den Fund auch unterschlagen hat. Und gefunden hat's sein Rüdiger am Tatort. Was sagst du nun?“ „Und da hast du mir die Schablinger nicht gleich mitgebracht?“ Die Frau Doktor nahm das Säckchen auf. „Komischer Anhänger!“, sagte sie. „Sternbild Waage“, erklärte Gasperlmaier. „Und verloren könnte es der Täter haben. Oder die Täterin! Und mitgebracht hab ich die Maggie nicht, weil sie ja zuerst einmal die Liebig aus der Schusslinie nehmen soll.“ „Gut gedacht!“

Das Telefon der Manuela läutete. „Polizeidienststelle Altaussee, was kann ich für Sie tun?“ Gasperlmaier wurde hellhörig, als sie den Namen „Pirkner“ wiederholte und auf ihrem Block notierte. „Wie lange denn schon?“, fragte die Manuela. Dann folgten nur mehr ein paar „Ahas“ und ein „Wir kümmern uns darum“, bevor sie auflegte. „Das war Frau Veronika Pirkner“, sagte sie. „Sie sagt, ihr Mann sei verschwunden. Aber erst seit gestern Abend. Das sind noch nicht einmal ...“ Sie sah auf ihre Uhr. „Na ja, circa 20 Stunden.“ „Pirkner“, wiederholte Gasperlmaier. „Bei der war ich. Das ist eine Anrainerin … also, die wohnt da oben, bei der Hofmannsthal-Linde, in diesem Luxushaus. Und Zwillinge sind da, fünf Jahre.“ „Der Mann, sagt die Frau Pirkner, ist 60 Jahre alt“, berichtete die Manuela. Gasperlmaier stieß zischend Luft aus. „Die Frau war … also höchstens …“ Er rieb sich das Kinn. Das Alter von Frauen zu schätzen, war immer ein gewisses Risiko. Man konnte viel falsch machen dabei. „Also, jünger als du auf jeden Fall!“ Er zeigte auf die Frau Doktor. Die schien ein wenig eingeschnappt. „Na, danke für das Kompliment!“, sagte sie. Gasperlmaier wusste nicht so recht, was er falsch gemacht haben konnte. Die Veronika Pirkner hatte ausgesehen wie … na ja, ungefähr so wie seine Tochter. Vielleicht eine Spur … Es war wirklich schwierig.

„Du hast sie also befragt, im Fall Eckhardt?“, durchbrach die Manuela die Stille. „Ja“, sagte Gasperlmaier. „Sie hat nichts gesehen, hat sich ein bisschen aufgeregt über die Straßensperre, wegen unserem Einsatz, und mir kommt vor, sie hat sich auch ein bisschen gefürchtet.“ „Also!“, sagte die Frau Doktor. „Ich hatte jetzt eigentlich vor, mich ein bisschen hinter den Computer zu klemmen, um womöglich mehr über den Eckhardt herauszufinden, vielleicht auch über die Liebig und den Grün. Sonst kann ich ja nicht viel tun, bevor wir Daten von den elektronischen Geräten des Herrn Eckhardt haben.“ „Nicht zum Lechner Edi?“, fragte Gasperlmaier. Die Frau Doktor schüttelte den Kopf. „Von ihm würden wir nichts erfahren, was wir nicht schon wissen. Und zum Schimpfen brauch ich auch nicht hinfahren. Aber vielleicht schauen wir uns diese Frau Pirkner einmal an? Damit wir herausfinden, was dich an ihr so fasziniert hat?“ Gasperlmaier schüttelte den Kopf und holte Luft, um etwas zu sagen, ließ es dann aber bleiben, weil es sowieso keinen Sinn hatte. Natürlich war er nicht fasziniert gewesen von der Veronika Pirkner, aber gewiss war, dass die Frau Doktor beleidigt war, weil er die jünger eingeschätzt hatte als sie selbst.

Irgendwie schutzbedürftig hatte sie gewirkt, die Veronika, und verletzlich, auch ein wenig schüchtern. Kein Wunder, dass sie glaubte, ihr Mann sei verschwunden, wenn er sich einmal ein paar Stunden nicht meldete.

Der Schneefall hatte aufgehört und die Straße nach Obertressen war bereits ordentlich geräumt, dennoch war Gasperlmaier froh, dass die Schneeketten noch am Einsatzwagen waren, denn die glatte Schneefahrbahn war nicht gestreut. Wahrscheinlich, so dachte er bei sich, traute sich die Veronika Pirkner bei solchen Verhältnissen selber nicht auf die Straße und blieb lieber zu Hause. Der Kindergartenbus fuhr ja auch nach Obertressen.

Vor dem Haus stand bereits ein Auto, ein älterer VW Golf, allerdings mit Allradantrieb und mit einer einheimischen Nummer. „Das ist sicher nicht das Auto vom Pirkner", kommentierte Gasperlmaier. „Und das von seiner Frau auch nicht. So ein alter Kübel ... bei dem Haus leisten sich die sicher was Besseres!" Die Frau Doktor drückte den Klingelknopf.

Der Türöffner summte, ohne dass jemand nachgefragt hatte, wer da sei. „Kommen Sie bitte herein!", sagte die Veronika, die einen verängstigten Eindruck machte. In der Halle, die Gasperlmaier schon beim ersten Besuch in diesem Haus bewundert hatte, staunte er nicht schlecht, denn er traf auf die Meli, die gerade den Zwillingen in ihre Skianzüge half. „Servus, Gasperlmaier!", grüßte sie fröhlich. „Ich bring den beiden Skifahren bei. Heute Vormittag war uns das Wetter noch zu grauslich, aber jetzt geht's, glaub ich, ganz gut!" „Die Meli ist nämlich eine Skilehrerin! Eine ganz superne! Das ist Carolina!" Die Veronika strich ihr über den Kopf. „Und das", sie zeigte auf das zweite Mädchen, „ist Clarissa. Ich habe Meli engagiert als Skilehrerin. Ich kann zwar auch, aber ... mit den zwei Mädchen, das wäre mir zu viel." „Dann gehört der Golf da draußen dir? Hast du überhaupt schon einen Führerschein?", fragte Gasperlmaier. „L17! Aber das Auto gehört meinem Bruder. Für ein eigenes hab ich kein Geld. So! Und nun hinaus mit euch!" Die beiden Mädchen steckten schon in den Skischuhen und hatten Helme aufgesetzt bekommen. Der große Christbaum stand immer noch da, am Boden darunter, so stellte Gasperlmaier fest, hatten sich allerdings schon eine ganze Menge Nadeln angesammelt.

„Bitte kommen Sie!", sagte die Veronika, als die Mädchen samt der Meli draußen waren. Ins Wohnzimmer war Gasperlmaier noch nicht vorgedrungen. Das war weitläufig, sicher größer als das ganze Erdgeschoß bei ihm zu Hause. Der Boden schien ihm aus Marmor zu sein, ein großer offener Kamin und ein weißes Ledersofa, das ihm gegenüberstand, zogen seine Blicke an. Ein weiteres, gleiches Sofa stand im rechten Winkel dazu. Die Fensterfront verhieß eine wunderbare Aussicht auf Aussee und die Berge dahinter, heute war sie durch tiefhängende Wolken verborgen. Gemütlich fand Gasperlmaier es hier nicht. Kinderspielzeug lag auch keines herum, wahrscheinlich durften sich die Mädchen hier gar nicht aufhalten.

„Bitte!" Die Frau Pirkner zeigte auf das Sofa und setzte sich neben die Frau Doktor. Gasperlmaier sah sich suchend nach einem Sessel um, denn so aufgereiht nebeneinander zu sitzen, das fand er ungünstig. Sein Blick fiel auf einen weißen Plastiksessel, den er sich an den Couchtisch heranzog. Er war sehr seltsam geformt, ohne wirkliche Beine, aber nicht ungemütlich, wenn man einmal darin saß.

„Entschuldigung!", lächelte die Veronika. „Ein Hobby meines Mannes. Er sammelt Designermöbel. Der Stuhl ist von Verner Panton. Er ist vielleicht ein bisschen unbequem." „Passt schon!", sagte Gasperlmaier, damit man endlich zur Sache kommen konnte. „Was ist mit Ihrem Mann?", fragte die Frau Doktor. „Er hat mir eine Nachricht geschickt, gestern am Nachmittag. Er wollte kommen und hier über Nacht bleiben. Zuvor, hat er gesagt, muss er noch zu einem Kunden. Eigentlich wollte er heute mit den Kindern Ski fahren, aber ..." „Aber?", half die Frau Doktor weiter. „Aber er ist nicht hier angekommen, und sein Handy ist immer auf Sprachbox, und in seinem Büro wissen sie auch nicht mehr als ich. Ich mache mir große Sorgen!" „Ist das ungewöhnlich?", fragte die Frau Doktor. „Bitte verstehen Sie mich jetzt nicht falsch, aber es gibt leider viele Männer, die eigene Wege gehen, um das einmal vorsichtig auszudrücken. Auch wenn sie eine Familie haben!" Sie seufzte irgendwie so, als spräche sie aus eigener Erfahrung. Das erinnerte Gasperlmaier daran, dass er noch immer nicht wusste, wer der Vater der Tochter der Frau Doktor war. Nicht, dass es ihn etwas anging, aber ein kleines Geheimnis war es schon, mit dem sie sich da umgab.

„Er sagt mir immer, wo er ist. Und er ist sehr verlässlich. Vor allem, wenn er den Kindern etwas verspricht. Da kann ich mich normalerweise hundertprozentig darauf verlassen!" „Wie sind Sie denn zur Meli gekommen?", fragte Gasperlmaier, den es interessierte, wie die Großnichte vom Kahlß Friedrich als Skilehrerin hier ins Haus gekommen war. Die Veronika lächelte.

„Sie ist wunderbar, sie war schon oft bei uns als Babysitterin, schon mehr als ein Jahr. Wenn Anton und ich einmal abends weggehen wollen ... und jetzt hat sie auch noch so einen netten Freund, der war schon bei uns. Er muss aber heute arbeiten. Dass sie Skilehrerin ist, sogar mit Diplom, das weiß ich erst seit heute. Ich habe sie angerufen, weil die Kinder doch so gerne Ski fahren wollten, und ihr Papa ...“ Sie brach ab, und Gasperlmaier sah zwei Tränen in ihren Augenwinkeln glänzen. „Machen Sie sich keine allzu großen Sorgen, es gibt sicher eine Erklärung dafür, dass Ihr Mann nicht ans Telefon geht. Er wird sich schon melden – und wenn er morgen immer noch nicht erreichbar ist, dann rufen Sie uns einfach noch einmal an. Dann kümmern wir uns um die Sache“, versprach die Frau Doktor.

„Einen Freund?“, fragte Gasperlmaier nach. Das war interessant. Ob die Meli den Grün hierhergebracht hatte? Wenn ... also, wenn der Grün sich ganz in der Nähe des Fundorts der Leiche aufgehalten hatte, dann ... „Ja“, lächelte die Veronika. „Er ist ein bisschen schüchtern. So mit längeren Haaren, und sehr dünn. Ich glaube, er ist ein Deutscher. Er ist Regieassistent bei diesem Film, der gerade gedreht wird. Meli hat auch schon mitgespielt!“ Kein Zweifel, dachte Gasperlmaier bei sich. Die Meli war mit dem Grün hier im Haus gewesen. Er stand auf. Der Sessel war doch bei weitem nicht so bequem gewesen, wie er zuerst gedacht hatte. „Ja, dann!“ Die Frau Doktor erhob sich. „Es tut mir leid, dass wir Ihnen unmittelbar nicht helfen können, aber ...“ Sie zuckte mit den Schultern. „Es gibt sicher eine Erklärung. Und wenn es nur sein Handy ist, das den Geist aufgegeben hat!“ Die Veronika versuchte sich in einem unsicheren Lächeln, als sie ihr die Hand schüttelten und den weiten Weg durch die Halle zur Haustür antraten.

„Der Freund, von dem sie gesprochen hat ... der Dünne mit den langen Haaren, das kann nur der Grün sein!“, sagte Gasperlmaier, als sie draußen waren. Die Frau Doktor nickte. „Und es gefällt mir gar nicht!“, sagte sie, als sie ins Auto einstiegen. „Unser Grün hier in der Nähe des Tatorts. Sogar ein Transportmittel, dieser alte Golf von der Meli ihrem Bruder. Ob wir den auch einmal anschauen lassen sollen?“ Gasperlmaier stieß in der Einfahrt zurück, bevor er antwortete. „Ob da die Suppe nicht ein bisschen zu dünn ist? Für eine kriminaltechnische Untersuchung des Autos?“ Die Frau Doktor seufzte. „Wahrscheinlich schon. Schüchtern, hat sie gemeint. Also, wie er aus dem Fenster gesprungen ist, um uns zu entwischen – schüchtern würde ich das nicht nennen!“ „Aber wenn ich richtig rechne – hat der Grün die Meli nicht erst nach dem Mord angesprochen? Dann ...“ Die Frau Doktor nickte. „Natürlich, das hatte ich nicht bedacht. Aber wer garantiert uns, dass die beiden die Wahrheit sagen? Sie können sich ja auch schon früher getroffen haben – und da hätten sie gute Gründe, uns das zu verschweigen!“

Gasperlmaier sagte lieber nichts, um die Meli nicht noch weiter hineinzureiten. „Und jetzt?“, fragte er. „Ich weiß nicht recht“, antwortete die Frau Doktor. „Die Daten vom Handy des Opfers täten wir halt dringend brauchen. Und vielleicht, nur der Vollständigkeit halber, bitten wir die Manuela, mit dem Büro des Vermissten in Kontakt zu treten. Eventuell erfährt die Polizei ja doch mehr über den Herrn Pirkner als die verängstigte Ehefrau!“ Die verängstigte Ehefrau. Vielleicht, so dachte Gasperlmaier bei sich, wäre es auch interessant, mehr über die zu erfahren. Wie sie an den Pirkner gekommen war, was sie vorher gemacht hatte. Aber der Pirkner würde ohnehin noch heute oder spätestens morgen mit irgendeiner Ausrede bei seiner Frau auftauchen und sie zur Schnecke machen, weil sie die Polizei gerufen hatte.

„So!“, sagte die Frau Doktor und legte auf. Gasperlmaier hatte von ihrem Gespräch mit der Manuela so gut wie gar nichts mitbekommen. „Fahren wir auf den Posten?“, fragte Gasperlmaier. „Nein!“, sagte die Frau Doktor. „Ich hab's mir anders überlegt, ich möchte diesem famosen Herrn Lechner jetzt doch noch einmal guten Tag sagen. Denn so an der Nase herumgeführt zu werden, das lass ich mir nur ungern gefallen!“ „Na ja“, sagte Gasperlmaier. „Immerhin hat er das Kettchen jetzt herausgegeben. Und ein fürchterlich schlechtes Gewissen gehabt, sagt der Friedrich.“ „Also bitte!“ Die Frau Doktor schlug Gasperlmaier mit der geballten Faust gegen die Schulter. „Au!“, schrie der. Der Einsatzwagen vollführte einen Schlenker auf der schneebedeckten Fahrbahn. „Sei nicht so wehleidig! Und keine Ausreden suchen für den Lechner! Und wenn er zehnmal dein Schulfreund ist!“ Der Edi tat Gasperlmaier jetzt schon leid.

Als sie bei ihm läuteten, begann der Rüdiger zu bellen. Also war jemand daheim. Schlurfende Schritte näherten sich der Wohnungstür. „Wer ist denn da?“, fragte der Edi. „Ich bin's, Gasperlmaier! Machst uns bitte auf?“ Genauso wie beim letzten Mal hatte der Edi ein Marmeladebrot in der Hand. Begeistert sah er nicht aus, als er die Frau Doktor erblickte. „Ich kann ... also, ich hab ... meine Hand da ist ein bisschen ... vom Marmeladebrot ...“, stotterte er. „Wir sind eh nicht zum

Händeschütteln gekommen!", sagte die Frau Doktor und schritt entschlossen am Edi vorbei in die Wohnung. „Wo können wir uns kurz hinsetzen? Wir haben ein paar Fragen an Sie!" Sie stemmte die Hände in die Hüften. „Geradeaus!", sagte der Edi. „Da ist das Wohnzimmer. Ich hab aber nicht ..." „... aufgeräumt!", vollendete die Frau Doktor seinen Satz.

Im Wohnzimmer sah es tatsächlich übel aus, jede waagrechte Oberfläche war übersät mit alten Zeitungen, leeren Kartons, schmutzigem Geschirr und allerlei anderem Krimskrams. „Wenig Zeit zum Aufräumen in der Frühpension, wie?", höhnte die Frau Doktor. Der Edi hatte nun wenigstens sein Marmeladebrot weggelegt und sich anscheinend die Hände gewaschen. Er bemühte sich, das Sofa und einen Sessel freizumachen, indem er Zeitschriften auf den Boden stapelte. Hauptsächlich, so stellte Gasperlmaier mit einem kurzen Blick fest, waren es Auto- und Motorradzeitschriften. Gerade versuchte der Edi, ein Magazin, von dessen Titelseite ein nackter, unnatürlich großer Busen blitzte, unter einer alten Tageszeitung zu verbergen. „Bemühen Sie sich nicht, Herr Lechner!", kommentierte die Frau Doktor. „Jeder hat so seine Hobbies, nicht?" Sie setzte sich aufs Sofa und schlug die Beine übereinander. Gasperlmaier nahm neben ihr Platz und deutete auf den Polstersessel gegenüber, damit der Edi gleich wusste, wo er sich hinsetzen sollte.

„Herr Lechner, Sie haben nicht nur Informationen an die Frau Schablinger von der Schillingzeitung weitergegeben, sondern auch noch etwas anderes!" Der Edi war bereits puterrot im Gesicht. Der Rüdiger hatte sich zu seinen Füßen gesetzt, starrte sein Herrchen an und winselte. „Aber, ich bin ja doch eh zur Polizei ..." „Der Herr Kahlß ist nicht die Polizei! Sie haben ein

Beweismittel unterschlagen! Wissen Sie, welche Strafe darauf steht?" Der Edi schüttelte den Kopf. „Strafgesetzbuch Paragraph 295, Beweismittelunterdrückung, Freiheitsstrafe bis zu einem Jahr!" Die Farbe wich aus dem Gesicht des Edi. „Aber ... verhaften Sie mich jetzt? Was ist denn dann mit dem Rüdiger?" Der begann, wie zur Untermalung der Frage, zu jaulen. Wahrscheinlich, so dachte Gasperlmaier bei sich, musste er einmal. Er hatte keine Ahnung, wie lang so ein Hund das zurückhalten konnte. Und er fand es ein wenig unfair von der Frau Doktor, dass sie ihren Zorn am Edi ausließ. Denn der Hauptgrund für ihre Verärgerung war gewiss, dass sie in der Ermittlung überhaupt nicht weiterkamen, weil ihnen die Hinweise fehlten.

„Herr Lechner", sagte sie nun. „Niemand denkt an eine Verhaftung. Es sei denn, Sie wissen, wem das Kettchen gehört, und Sie versuchen, diese Person vor Strafverfolgung zu schützen. Also?" Der Edi schüttelte heftig den Kopf. „Ich hab doch keine Ahnung ... der Rüdiger!" Er zeigte auf den Dackel. „Der hat da noch ein wenig herumgescharrt, und dann hat er gebellt. Und ich hab nachgeschaut, und da hab ich das Kettchen gefunden." „Und warum nicht gleich uns übergeben?" Der Edi zuckte verzweifelt die Schultern und strich dem Rüdiger über den Scheitel. „Ich hab mir gar nichts dabei gedacht. Vielleicht, dass es wertvoll ist und dass ich einen Finderlohn ... wenn's Diamanten gewesen wären ... aber die Schablinger hat gesagt, das sind nur Glassteine. Und dass es mit der Leiche zu tun hat, auf die Idee bin ich gar nicht gekommen!" „Soso", erwiderte die Frau Doktor. Gasperlmaier blickte um sich. Recht gut ging es dem Edi nicht, dem Zustand der Wohnung nach zu urteilen. Außerdem schien er allein hier zu wohnen, von einer Ehefrau oder Partnerin war keine Spur zu erkennen. Irgendwie tat ihm der Edi leid.

Gott sei Dank erhob sich die Frau Doktor nun. „Sie können von Glück reden, wenn wir kein Verfahren gegen Sie einleiten, Herr Lechner. Und wenn Ihnen noch was einfällt, das Sie uns bisher verschwiegen haben, dann wäre jetzt der richtige Zeitpunkt, uns reinen Wein einzuschenken." „Nein, nein! Ich halte nichts mehr geheim! Auf keinen Fall!" Der Edi gestikulierte mit beiden Armen. Gasperlmaier schenkte ihm Glauben. Hoffentlich auch die Frau Doktor.

„Was für ein Trottel!", sagte die Frau Doktor, als sie wieder im Auto saßen. „Du warst ziemlich streng mit ihm", wandte Gasperlmaier ein. „Dabei ist doch ziemlich klar, dass er mit dem Verbrechen gar nichts zu tun hat!" „Das wird sich weisen!", entgegnete die Frau Doktor. „Schauen wir einmal, was die Manuela für uns hat. Sie hat mir schon eine Nachricht geschickt, dass es Neuigkeiten vom Handy des Eckhardt gibt. Ich bin gespannt!"

Die Manuela drehte den Bildschirm so, dass sie mitschauen konnten. „Also, hier, in den letzten Tagen kaum Anrufe. Er hat mit seinem Friseur telefoniert, sich immer wieder Pizza bestellt, fast täglich. Oder Döner, die gibt's bei der Nummer auch. Dann mit einem Tätowierer ..." „Tätowierer?", fragte die Frau Doktor nach. „Ich hab dort schon angerufen. Der Eckhardt hatte einen Termin vereinbart. Erst im März, weil der Tätowierer früher nichts frei hatte. Der Tätowierer hat's übrigens mit Fassung getragen. Er ist um jeden froh, der ihm wegstirbt, so viel hat er zu tun." „Eine Seele von einem Menschen!", kommentierte die Frau Doktor. „Was wollte er sich denn stechen lassen?" „Das hab ich den Tätowierer auch gefragt. Der ‚Ghost' aus ‚Call of Duty' sollte es sein, das ist so ein Schießspiel, und der ‚Ghost' ist ein Soldat mit Totenschädel." Auf was für Ideen manche Leute kamen. Zu seiner Erleichterung neigten Gasperlmaiers Kinder nicht dazu, ihre Körper mit Tätowierungen zu verunstalten.

Die Manuela scrollte auf dem Bildschirm nach oben. „Da hat ihn seine Mutter angerufen, mehrmals, er hat nicht abgehoben. Vor Weihnachten haben wir Anrufe bei der Katharina und der Stefanie, die aber die Nummer bereits blockiert hatten. Daraufhin haben sie sich neue SIM-Karten zugelegt und damit auch neue Nummern bekommen, die der Eckhardt anscheinend noch nicht gekannt hat. Noch weiter zurück gibt es Anrufe auf einem Handy, das unsere Leute Arabella Liebig zuordnen konnten, auch die hat sich damals eine neue SIM-Karte besorgt." „Insgesamt keine telefonischen Kontakte, die auf einen neuen möglichen Verdächtigen hinweisen", konstatierte die Frau Doktor. „Für alle weiteren Details würden wir das Handy brauchen. In einem lesbaren Zustand."

„Das Bewegungsprofil?", fragte die Frau Doktor und ließ sich in ihren Sessel fallen. „Unauffällig. Er dürfte meist zu Hause gewesen sein, am 2. Jänner ist er dann nach Altaussee gefahren, und hier ist sein Handy abgeschaltet worden und verschwunden." „Schon überraschend", sagte Gasperlmaier. „Da sitzt einer wochenlang vor seinem Computer, bewegt sich kaum außer Haus, lässt sich Pizza liefern und geht vielleicht einmal zum Friseur. Und plötzlich fährt er, ohne dass wir erkennen können, warum, nach Altaussee und wird hier prompt umgebracht!" Die Frau Doktor nickte. „Es muss einen Anlass geben, irgendeinen, der ihn veranlasst hat, nach Altaussee zu kommen. Irgendein

Ereignis, das wir bisher nicht kennen." „Ich hab gedacht, er wollte die Liebig ... also, angreifen vielleicht. Und die Kathi und die Stefanie?", erinnerte Gasperlmaier. „Ich weiß nicht", sagte die Manuela. „Dass die beiden hier sind, hat er womöglich gar nicht so schnell herausfinden können. Die Liebig allerdings ..." „Nein, nein! Ich sage euch, ich kenne mich in Täterpsychologie aus, das ist ja nicht von ungefähr eines meiner Spezialgebiete!" Gasperlmaier wusste, dass der Doktortitel der Frau Doktor von einem Psychologiestudium her stammte. „Und so ein Stubenhocker, der Menschen online bedroht, ob der nicht mir nichts, dir nichts ein paar hundert Kilometer fährt, um seinen Opfern persönlich zu begegnen? Da habe ich Zweifel!"

„Der Grün?", fragte die Manuela. „Könnte der ihn hierhergelockt haben, um ihn umzubringen? Oder vielleicht nur, um ihm eine ordentliche Abreibung zu verpassen?" „Oder vielleicht hat ihn die Liebig damit beauftragt?", brachte Gasperlmaier eine neue Variante ins Spiel. „Aber wie sollten sie das gemacht haben? Ohne Anrufe beim Eckhardt?" „E-Mail? Oder irgendein Chat?", schlug Gasperlmaier vor. „Zu viel Spekulation, zu wenig Tatsachen!" Die Frau Doktor begab sich zur Kaffeemaschine und fluchte leise, weil der Wassertank leer war. Bis ihr Kaffee in die Tasse gelaufen war, herrschte Stille.

„Ich hab ganz vergessen: Die Wohnung vom Eckhardt ist inzwischen durchsucht worden, von den Kollegen in Wien. Da ist kein Laptop gefunden worden, wohl aber ein Internetanschluss. Und schließlich muss so ein Cyberstalker ja einen Computer haben, oder?", ergriff die Manuela wieder das Wort. „Er wird ihn mit hierher genommen haben, und der Mörder hat ihn wohl entsorgt. Oder bei sich versteckt", sagte die Frau Doktor.

Gasperlmaier verzichtete diesmal darauf, sie daran zu erinnern, dass es sich auch um eine Mörderin handeln konnte. Obwohl, sonst war ihr korrektes Gendern immer ein Anliegen.

„Wir kommen nicht weiter!", sagte die Frau Doktor. Ihr Gesichtsausdruck verriet Gasperlmaier, dass sie frustriert über die geringen Fortschritte in diesem Mordfall war. Sie verschränkte die Hände hinter dem Kopf. „Ich sag euch was, ich könnte es so friedlich haben, hinter meinem Schreibtisch in Liezen. Und ich könnte euch jemand anderen herschicken, der sich hier die Füße abfriert, zum Beispiel den Chefinspektor Hirtreiter oder die junge Abteilungsinspektorin Jovanovic. Aber ich muss ja alles selber machen!" „Gott sei Dank!", kommentierte Gasperlmaier. „Ich möchte mich nicht an einen Neuen gewöhnen ... wie heißt der noch einmal?" „Hirtreiter!", wiederholte die Frau Doktor. „Aber die Jovanovic, die würde dir gefallen, Gasperlmaier! Dunkle Haare, dunkle Augen – und ein messerscharfer Intellekt, das kannst du mir glauben! Womöglich hätte sie unseren Mörder längst gefasst!" „Glaub ich nicht!", beruhigte Gasperlmaier, aber die Frau Doktor war noch nicht fertig. „Da glauben die Leute, das ist so wie in einem Fernsehkrimi, zack findet der geniale Inspektor irgendein Haar oder ein Papierschnipsel, klaubt es mit seiner Pinzette auf und lächelt wissend. Schon weiß er, wer der Mörder ist, lässt aber alle anderen noch im Unklaren, weil er es so für spannender hält. Was für ein Mist!" „Na ja", versuchte Gasperlmaier zu beschwichtigen, „ist ja nur Unterhaltung, nicht?" Doch die Frau Doktor schien ihn gar nicht gehört zu haben. „Und die Vorgesetzten glauben, es geht schneller, wenn sie einfach Resultate einfordern. ‚Ergebnisse, Frau Kollegin, Ergebnisse!', heißt es da. Als ob wir zu blöd wären, alles herauszufinden, was es herauszufinden gibt! Und dann noch Leute wie diese Schablinger! Hoffentlich hält sie sich wenigstens an unsere Abmachung!“ Gasperlmaier wagte es nicht mehr, die Frau Doktor zu unterbrechen. Irgendwann würde sie sich schon wieder beruhigen.

„Ich hätte da vielleicht noch Ergebnisse. Wenn sie auch mit unserem Mordfall überhaupt nichts zu tun haben. Ich hab ein wenig zu diesem Anton Pirkner recherchiert. Diplomingenieur Anton Pirkner. Zunächst hab ich in seinem Büro angerufen“, mischte sich die Manuela ein. Die Frau Doktor richtete sich auf. „Und?“ „Ja, dort sagen sie genau das Gleiche wie die Frau Pirkner. Gegen 15 Uhr ist er zu einem Kunden in der Umgebung von Graz gefahren, danach hat er sich noch einmal gemeldet, um circa 17 Uhr. Da hat er seiner Sekretärin gesagt, dass er nach Aussee fährt, aber noch bei einem Kunden vorbeischaut.“ „Und wie heißt der Kunde? Und wo wohnt er?“ Die Manuela schüttelte den Kopf. „Das weiß eben niemand im Büro, er hat nichts Schriftliches hinterlassen, keinen Akt, keine Telefonnummer. In seinen privaten E-Mail-Account kann die Sekretärin nicht, sonst hat sie schon überall gesucht.“ „Überall gesucht?“ Die Frau Doktor schien mehr mit sich selbst als mit der Manuela zu sprechen. „Ja, sie hat sehr beunruhigt gewirkt. Mehr, als man bei einer Sekretärin eigentlich annehmen würde. Und generell finde ich interessant, dass sowohl der Pirkner als auch seine Sekretärin an einem Feiertag arbeiten. Ich ...“ Sie brach ab, wohl, um es der Frau Doktor und ihm selbst zu überlassen, weitere Spekulationen anzustellen. „Sie meinen, sie hat sich mehr Sorgen gemacht, als das für eine Sekretärin üblich wäre?“, fragte die Frau Doktor. Die Manuela nickte. „Aber“, warf Gasperlmaier ein,

„wenn er was mit seiner Sekretärin gehabt hat und die ihn auch vermisst, dann ist er jedenfalls nicht bei der Sekretärin verschwunden. Oder mit ihr.“ „Messerscharf schlussgefolgert“, sagte die Frau Doktor.

„Und ich hab noch was!“ Die Manuela deutete auf ihren Bildschirm. „Der Herr Pirkner ist in einige dubiose Immobiliendeals verwickelt, die es auch schon in die Medien geschafft haben. Und er ist auch schon mehrfach vor Gericht gestanden, zweimal sogar verurteilt worden. Da ging es um Steuerangelegenheiten, Veruntreuung stand im Raum, er soll Kunden beziehungsweise Anleger um ihr Geld gebracht haben. So was.“ „Dubiose Immobiliendeals?“, fragte die Frau Doktor nach. Heute, fand Gasperlmaier, hatte sie es aber mit Wiederholungen. „Das Ganze läuft so ab“, erklärte die Manuela. „Ich hab mich schlau gemacht: Zuerst kaufst du ein landwirtschaftliches Anwesen, möglichst mit schönen Gründen, das Haus selber spielt keine Rolle, das reißt du ab. Dann errichtest du ein neues landwirtschaftliches Anwesen, in dem du ein paar Luxuswohnungen sozusagen versteckst. Du eröffnest, sagen wir, einen Pferdehof mit Reitschule, das gilt als Landwirtschaft. Eine Meerschweinchenzucht würde wohl nicht reichen, das würde dir nicht einmal der willfährigste Bürgermeister abkaufen. Leider aber wird der Pferdehof insolvent – was aber in Wirklichkeit von vornherein geplant war. Die Kosten sind zu hoch, es ist kein qualifiziertes Personal zu bekommen, das bereit ist, für Mindestlohn auch am Wochenende zu arbeiten. Was machst du nun mit den Stallungen?“ „Du baust, weil es leider, leider ja keine Pferde mehr gibt, in die Stallungen Wohnungen ein.“ „Genau!“ Die Manuela nickte. „Und wenn die Gemeinde Schwierigkeiten macht, weil das ja nun doch Zweitwohnungen sind, die eigentlich nicht erlaubt sind, dann suchst du dir halt ein paar Strohmänner oder Strohfrauen, die ihren Hauptwohnsitz dort anmelden." „Von solchen Sachen", sagte Gasperlmaier, „habe ich schon öfter gehört. Aus dem ganzen Salzkammergut. Und die Wohnungen für unsere Leute werden unbezahlbar!" „Davon kann ich ein Lied singen!", sagte die Manuela. „Der Carsten und ich, wir haben zwar jetzt eine kleine Wohnung im Haus seiner Eltern – aber wenn wir einmal Kinder haben, dann wird es eng, dann täten wir etwas Neues brauchen. Aber woher nehmen?" Die Frau Doktor lächelte. „Ist schon was in Planung?" Gasperlmaier meinte, die Manuela etwas erröten zu sehen. Sie schüttelte den Kopf. „Nicht direkt!", murmelte sie.

„Und welche Rolle spielt jetzt dieser Pirkner in dem Geschäft?", fragte Gasperlmaier. „Er tritt, soweit ich das verstanden habe, als Mittelsmann auf, sucht brauchbare Objekte und vermittelt sie gegen üppige Provisionen an Investoren, die nach solchen Objekten suchen. Eines dieser Projekte ist in die Medien gekommen, weil ein Anrainer, selber Bauer, die Flächen gerne als Weide gepachtet oder sogar gekauft hätte. Und dem ist aufgefallen, dass das Land zu einem für landwirtschaftlichen Grund weit überhöhten Preis angeboten worden ist. Und er hat sich natürlich gefragt, was da los ist. Darauf ist ein Fernsehjournalist aufmerksam geworden, der das Ganze recherchiert hat. Und in diesem Zusammenhang ist auch der Pirkner vor der Kamera interviewt worden. Sein Kunde, sagt er, habe vor, die Landwirtschaft wieder aufzunehmen, und die Gemeinde solle froh sein, dass sich jemand um die Ruine, die im Übrigen ein Schandfleck im Ortsbild sei, kümmere. Und so weiter." „Was wollte denn der Kunde machen, mit der Ruine?" Die Manuela lächelte. „Was glaubst du?

Luxuswohnungen mit Pferdestall. Der Bürgermeister hat dem Journalisten das Projekt sogar gezeigt, weil bereits Pläne eingereicht waren. Nach Landwirtschaft hat es nicht ausgesehen!"

„Gut und schön!" Die Frau Doktor stand auf und begann, in dem wenigen zur Verfügung stehenden Raum auf und ab zu gehen. Schließlich blieb sie vor dem Fenster stehen. „Der Pirkner ist also eine etwas zwielichtige Gestalt und auf Profit aus. Er hat eine mehr als 30 Jahre jüngere Ehefrau und ein Verhältnis mit seiner Sekretärin. Inwieweit hilft uns das, den Mörder des Eckhardt dingfest zu machen? Gar nicht!"

Das Seufzen nahm ihr diesmal Gasperlmaier ab.

8

Gasperlmaier überlegte, ob er vor dem Nachhausegehen noch beim Schneiderwirt vorbeischauen sollte. Es war fünf Uhr vorbei, schon stockfinster, und die Frau Doktor hatte sich nach Liezen verabschiedet, weil sie glaubte, dass sie mit Ermittlungen vor ihrem Computer noch eher weiterkommen würde als hier vor Ort. Er selber verspürte irgendwie noch keine Lust, nach Hause zu gehen, denn dort würde er kaum die Ruhe finden, nach der ihm gerade war. Und wie es der Zufall wollte, hielt neben ihm ein Auto, direkt auf der Fahrbahn, ohne Rücksicht auf den laufenden Verkehr. Gasperlmaier war schon im Begriff, den Fahrer ärgerlich weiterzuwinken, als er sah, dass der Friedrich in dem Wagen saß. Er ließ das Fenster herunter. „Steig schnell ein, Gasperlmaier!", rief er.

Was konnte der Friedrich wollen? Um den Verkehr nicht unnötig noch länger aufzuhalten, stieg Gasperlmaier ein. „Wo wolltest denn hin?", fragte der Friedrich. „Heim!", antwortete Gasperlmaier. Er merkte selber, dass das nicht überzeugend geklungen hatte. „Wir machen", sagte der Friedrich, „jetzt noch eine Fallbesprechung beim Schneiderwirt. Weil, mir scheint, ihr kommt da nicht so wirklich weiter. Hab ich recht?" Gasperlmaier nickte und schnallte sich an. „Zahlt sich nicht aus!", sagte der Friedrich und bog auf den Parkplatz vom Schneiderwirt ein. Beim Aussteigen bemerkte Gasperlmaier ein Paar Langlaufskier im Kofferraum des Friedrich. „Warst wieder langlaufen? Auf der Blaa?", fragte er. „So spät noch?"

Gasperlmaier konnte sich nicht genug wundern. Vor ein paar Jahren noch hatte der Friedrich nicht einmal ein paar Stufen steigen können, ohne dass er heftig zu schnaufen begann und Schweißausbrüche bekam. Seit dem Ende seiner Polizeikarriere schien er immer jünger anstatt älter zu werden, und nun machte er sogar die Loipen unsicher.

„Nach so einer Langlaufrunde", erklärte der Friedrich, „da braucht man ein bisschen Proteine und Kohlehydrate. Da wär eine Essigwurst gerade recht." Gasperlmaier überlegte nicht lange und bestellte sich auch eine, nicht, weil er dringend der Kohlehydrate bedurft hätte, sondern weil ihm allein der Gedanke an eine in feine Scheiben geschnittene Knackwurst in Essig und Öl, mit ebenso fein geschnittenen Zwiebelringen darauf, das Wasser im Munde zusammenlaufen ließ.

„Na?", fragte der Friedrich nach dem ersten Bissen. „Habt's ihr schon herausgefunden, wem das Ketterl gehört hat?" Gasperlmaier schüttelte den Kopf und wandte sich der Tür zu, die gerade aufging und nicht nur einen heftigen Stoß eiskalter Luft hereinließ. Der Doktor Altmann stand da, und ein lodener Wetterfleck verbarg, wie Gasperlmaier vermutete, die kurze Lederne samt der darunter getragenen langen weißen Unterhose. „Grüß euch!", sagte der Doktor, legte seinen Wetterfleck über eine Sessellehne und offenbarte darunter, was Gasperlmaier längst vermutet hatte.

Der Friedrich schien ob der Aufmachung des Herrn Doktor ein wenig verdutzt. „So was hab ich schon lang nicht mehr gesehen", nuschelte er mit vollem Mund. „Außer bei der Trachtenkapelle Jainzen in Ischl drüben, und mein Vater hat so was auch noch gelegentlich getragen, obwohl's ihm die Mutter verboten hat." „Rückbesinnung!", sagte der Doktor, ließ sich neben Gasperlmaier nieder und nickte der Jasmin zu, die sein Nicken richtig zu deuten wusste und ihm kurz darauf eine Halbe Bier auf den Tisch stellte.

„Wiederaufnehmen alter Traditionen. Neubelebung des Althergebrachten!“, erklärte der Doktor. „Ich weiß ja nicht, ob ihr das wisst – aber einer der Pioniere der Volksmusik und der Tracht, das war auch ein Zugereister aus Oberösterreich, der Hans Gielge!“ „Wohl bekömm's!“, sagte die Jasmin, und Gasperlmaier wusste nicht genau, ob sie das Bier oder die Rede des Herrn Doktor gemeint hatte. Zehn Jahre, so dachte Gasperlmaier bei sich, war die Jasmin aus Sachsen nun hier schon Kellnerin. Sie hatte sich wegen ihrer Freundlichkeit und Aufmerksamkeit Respekt und Zuneigung der Stammkunden verdient, aber ihren seltsamen Akzent hatte sie nicht abgelegt. „Ihr habt's eine Essigwurst? Da bin ich dabei!“, sagte der Doktor.

„Natürlich kennen wir den Gielge“, sagte der Friedrich, und Gasperlmaier war froh, dass er ihm aus der Verlegenheit half – der Name klang zwar irgendwie bekannt in seinen Ohren, aber außer, dass dieser Gielge was mit Volksmusik und dem Heimatmuseum zu tun hatte, fiel ihm nichts ein. „Ein Pionier. Traurig genug, dass einer aus dem Mühlviertel hat kommen müssen, um die Ausseer auf die Schätze hinzuweisen, die sie mit ihren Traditionen haben!“ „Gut so! Prost!“, sagte der Doktor Altmann und deutete auf seine lange Unterhose. „Und vielleicht werde ich auch einmal als Pionier verstanden werden, der geholfen hat, Traditionen wieder aufleben zu lassen! Dabei – die sogenannte Gattehose kommt eigentlich aus dem Ungarischen, und letztendlich ist sie ein Begriff des Wiener Dialekts geworden – also bin ich geradezu berufen, sie zu tragen! Übrigens – würdet's ihr mit mir einen Zirbenen trinken? Ich mein, so einen guten, wie ich ihn zu Hause habe, gibt es hier eh nicht – aber damit das Bier nicht so einsam die Kehle hinunterrinnen muss?“

Es kam, wie es kommen musste. Der Zirbene war so schlecht nicht, machte Gasperlmaier aber Durst auf ein weiteres Bier. „Ich hab", setzte der Friedrich dort fort, wo er vor dem Eintreffen des Doktor Altmann begonnen hatte, „den Gasperlmaier gerade gefragt, ob sie schon Näheres über ein Beweisstück im Fall Eckhardt wissen, das ich ihnen vermittelt hab." Auf die fragende Miene des Doktor Altmann hin erzählte der Friedrich die ganze Geschichte des Goldkettchens samt Anhänger. Gasperlmaier war nicht ganz wohl dabei, denn wer konnte wissen, wer alles mithörte. „Ihnen", sagte der Friedrich, wie zur Entschuldigung, „als ehemaligem Angehörigen der ehrwürdigen Zunft der Richter kann ich das doch alles anvertrauen, oder?" Der Doktor nickte und bekam seine Essigwurst hingestellt.

„Also, was ist mit dem Ketterl?", wiederholte der Friedrich seine Frage. „Bei der Kriminaltechnik ist es, natürlich, zur Spurensicherung. Und der Anhänger, der soll angeblich das Sternbild der Waage sein. Ob die Diamanten echt sind, das wissen wir noch nicht." „Ob's ein Mann oder eine Frau getragen hat?", fragte der Doktor. „Lang war's!", meinte Gasperlmaier. „Vielleicht gar ein wenig lang für einen zarten Hals." „Aber ob ein Mann sich einen Sternzeichenanhänger umhängt?", fragte sich der Friedrich und wischte sich mit seiner Serviette den Mund. „Man müsste", warf der Doktor ein, „vielleicht in esoterischen Kreisen auf die Suche gehen. Bei Leuten, die an Horoskope glauben, und so! Kaufen tut sowas immer eine Frau, auch wenn sie es dann vielleicht einem Mann umhängt."

Gasperlmaier nickte. Da tat sich ein Feld für Ermittlungen auf, das die Frau Doktor noch gar nicht beackert hatte. „Vielleicht", sagte er, „könnte man auch herausfinden, ob so was bei uns in der Gegend verkauft wird." Der Doktor Altmann wiegte zweifelnd sein Haupt. „Also, was uns betrifft – meine Frau kauft ihren Schmuck hauptsächlich auf Reisen. Meistens, weil ihr fad ist. Ich muss ja öfter eine Pause einlegen, wenn wir so, zum Beispiel, durch Venedig hatschen. Da gibt es ja, ihr wisst es vielleicht nicht, die berühmte Ombra. Das Glas Wein am Vormittag, vor der Jause." „Hört sich vernünftig an", sagte der Friedrich. „Ja, und das kann man natürlich ausnahmsweise zu jeder Tageszeit trinken. Na, und wenn ich müd bin und meine Ombra brauche, dann kauft sich die Meinige vielleicht einen neuen Schmuck, weil ihr derweil langweilig ist!" Der Doktor Altmann und der Friedrich lachten schallend. Gasperlmaier schmunzelte, immerhin. Meistens lachte er mehr in sich hinein, er war nicht so der Typ für vulkanartige Heiterkeitsausbrüche. Aber er nahm sich vor, das Thema Sternzeichenanhänger zur Sprache zu bringen und sich morgen Vormittag vielleicht ein wenig umzuschauen, ob so etwas in Ausseer Geschäften zu haben war.

Es dauerte bis nach dem dritten Bier und dem dazugehörigen Zirbenen, bis sich Gasperlmaier endlich dazu aufraffen konnte, den Doktor Altmann und den Friedrich ihrem Schicksal zu überlassen und nach Hause zu gehen. Der Kopf und die Beine waren ihm schon ein wenig schwer, und er wusste, dass die Christine riechen würde, womit er die letzten zwei Stunden verbracht hatte.

„Hallo!" Die Richelle kam ihm an der Haustür entgegen und legte den Zeigefinger vor die perfekt geschminkten Lippen. „Der Theo ist schon im Bett. Also bitte leise, damit er kann fallen in den Schlaf!" Gasperlmaier nickte und musste lächeln. Manchmal war das Deutsch seiner Schwiegertochter ein wenig holprig, aber aus ihrem Mund klang es nett und erheiternd. Die Christine war gerade dabei, den Geschirrspüler einzuräumen. „Bist beim Schneiderwirt hängengeblieben? Mit dem Friedrich und dem Doktor Altmann, wahrscheinlich?" Seine Frau, so dachte Gasperlmaier bei sich, musste über hellseherische Fähigkeiten verfügen. „Höchste Zeit, dass die Heidi wieder von ihrer Kur zurückkommt, sonst geht es mit dem Friedrich bergab. Und der Doktor Altmann ... seine Frau hat heute Nachmittag auf ein Sprüngerl vorbeigeschaut. Schrullig wird er, hat sie gemeint." „Ich weiß schon", sagte Gasperlmaier, „wegen der langen Unterhose und dem Wetterfleck, oder?" Die Christine nickte. „Wir haben schon gegessen. Und du riechst nach Bier und Schnaps. Du könntest dich auch ein bisschen zusammenreißen, weißt du! Das tut dir nicht gut! Dass du dich da von dem Doktor Altmann immer wieder verführen lässt, zum Trinken. Die Lotte hat auch gemeint, dass es gut wäre, wenn du ein bisschen einen günstigen Einfluss auf ihn ausüben könntest, damit er nicht so viel trinkt!" Die Christine schloss mit einem kräftigen Ruck den Geschirrspüler, lehnte sich dagegen und verschränkte die Arme. Sie war, fand Gasperlmaier, heute ziemlich in Fahrt, und jetzt schien sie von ihm eine sinnvolle Antwort auf ihre ... ja, war es eine Aufforderung gewesen? – zu erwarten. Aber nach drei Bier und drei Schnäpsen war Gasperlmaier eher nach seinem Sofa samt Schnurrli auf dem Bauch.

„Müde bin ich, war ein anstrengender Tag!", sagte er deswegen. „Wegen dem Doktor Altmann, ich überleg mir da was!", fiel ihm noch ein. „Magst noch ein paar Spaghetti aglio olio? Sonst ist nichts mehr da! Habt ihr wenigstens euren Mörder schon?", rief ihm die Christine noch nach, als er durch die offene Wohnzimmertür auf das Sofa zusteuerte, das zu seiner Überraschung und Freude sogar frei war. Die drei jungen Frauen hatten sich auf Lehnstühle und dem Boden verteilt, alle drei sahen sie kaum von ihren Mobiltelefonen auf, als er sich niederließ.

„Na?“, fragte er, „habt’s was Interessantes herausgefunden, heute Vormittag, beim Dreh? Und wie bist du überhaupt zu deiner Rolle gekommen?“ Die Katharina sah auf und grinste. „Da schaust du, was? Es war ein Zufall, dem Regisseur ist plötzlich eingefallen, dass zu wenige Leute im Restaurant sitzen. Und wir sind eben gerade vor der Tür gestanden, als die alle heraus ...“ „Und ich hab zwei Darsteller interviewt!“, unterbrach die Stefanie. „Mal sehen, ob die Interviews für mein Magazin taugen. Wirkliche Promis sind sie nicht. Aber!“ Sie legte eine Pause ein und wandte sich Gasperlmaier zu. „Ich hab sie so nebenbei auch ein wenig über den Grün ausgefragt. Es hat sich so ergeben, weil der Regisseur den gerade zusammengeschissen hat. Und da hab ich erfahren, dass sich schon das ganze Filmteam darüber lustig macht, dass der Grün auf seinem Handy angeblich eine riesige Sammlung von Fotos der Arabella Liebig hat!“ „Schau, schau!“, sagte Gasperlmaier. „Das könnte auch erklären, warum er sich so dagegen gewehrt hat, dass die Frau Doktor sein Handy und seinen Laptop anschaut!“ „Sicher sogar!“, sagte die Stefanie. „Wir haben natürlich herauszufinden versucht, ob da auch pikante Fotos dabei sein könnten. Und tatsächlich hat die Liebig in jungen Jahren in mehreren Filmen Nacktszenen gespielt. Wenn der Grün diese Fotos gesammelt hat ...“ „... dann hat er gute Gründe gehabt, euch sein Handy nicht zu zeigen!“, schloss die Katharina. „Wenn’s auch nur Gerüchte sind“, sagte Gasperlmaier. „Der Frau Doktor werd ich’s doch erzählen.

Danke für eure Arbeit!" „War uns ein Vergnügen!", antworteten beide wie aus einem Mund.

„Ah!", schnaufte er, als er sich hinlegte. „Ja, ich hätt schon noch gern Spaghetti", rief er in die Küche. Die Essigwurst war ja eigentlich nicht mehr als eine kleine Vorspeise gewesen. „Und den Mörder haben wir noch nicht!", sagte er und suchte auf dem Tisch nach der Fernbedienung für den Fernseher. Die fand sich schließlich unter einem Buch. „Die Welt war eine Murmel" hieß es. Was das wohl bedeutete? Aber das Buch sah nett aus, vielleicht würde er es bei Gelegenheit lesen.

„Aber dafür", erklärte er der Katharina, „haben wir einen, der verschwunden ist. Sogar in der Nähe vom Fundort der Leiche!" „Der Anton Pirkner?", fragte die Katharina, die im Schneidersitz auf dem Teppich hockte. „Wissen wir schon. Und wir haben sogar schon etwas über ihn herausgefunden. Auch über seine Frau. Veronika Pirkner, geborene Hartlova, aus der Slowakei." „Das gibt's ja nicht!", wunderte sich Gasperlmaier. „Woher ...?" Die Stefanie lächelte. „Ich hab beim Einkaufen deine Kollegin getroffen, die Frau Reitmair-Peschke. Die hat's mir erzählt. Und während du offenbar mit deinen Kumpels beim Schneiderwirt gesessen bist, haben wir ..." „Bei uns heißt's nicht Kumpels", lenkte Gasperlmaier ab. „Wir sagen ‚Gspan'!" „Gspan?", wunderte sich die Stefanie. „Nie gehört!"

Der Schnurrli schlich sich aus der Küche vorsichtig an das Sofa heran. Er war es nicht gewohnt, dass sich so viele Leute im Haus aufhielten. Und seit ihn der Theo ein paarmal unsanft am Schwanz gezogen und dazu schallend gelacht hatte, war der Kater überhaupt ein wenig verschüchtert, wie es Gasperlmaier schien. Er blickte zuerst etwas zaghaft um sich, wagte aber dann doch den Sprung auf Gasperlmaiers Bauch, wo er sich ein paarmal um sich selbst drehte, um sich anschließend niederzulassen. Währenddessen hielt Gasperlmaier die Fernbedienung hoch über den Schnurrli und schaltete „Steiermark heute“ ein. Gott sei Dank gab es heute nichts über den Mord in Altaussee, das war schon Schnee von gestern. Er strich gedankenverloren über das seidige Fell des Katers und fühlte sich schläfrig. „Über den Pirkner“, sagte er, „da wissen wir schon alles. Das hat die Manuela recherchiert.“ „Dann“, sagte die Katharina, „erzähl ich dir was über seine hübsche Frau, die Veronika. Das interessiert dich doch, oder?“ Gasperlmaier nickte, obwohl es ihn eigentlich gerade überhaupt nicht interessierte. Der Pirkner würde morgen wieder aufgetaucht sein, und damit war die ganze Geschichte mit seiner Frau, der Meli und dem Grün völlig obsolet. Obwohl – dass der Grün sich in Sichtweite des Mordopfers aufgehalten hatte, das war schon noch ein paar Gedanken wert …

„Kommst in die Küche, essen?“, rief die Christine. Mühsam erhob sich Gasperlmaier, die drei Bier hatten nicht nur seine Beine, sondern auch seinen Kopf schwer gemacht. „Die Richelle hat heute ein Tief gehabt“, informierte ihn die Christine, während er seine Nudeln auf die Gabel wickelte. Scharf waren sie geworden. Ob der Theo das auch gemocht hatte? „Auweh, scharf!“, sagte er. „Der Theo hat leere Nudeln gegessen. Ohne was“, erklärte die Christine, so, als ob Gasperlmaier seine Gedankengänge laut ausgesprochen hätte. „Sie hat mit dem Christoph videotelefoniert, und danach hat sie geweint. Heimweh hat sie, nach Kanada. Nach ihren Eltern und ihren Freundinnen. Ach ja!“ Die Christine setzte sich zu ihm und seufzte. „Es ist halt nicht leicht, einen Menschen so einfach zu verpflanzen. Für den Christoph war's ja auch nicht einfach." Gasperlmaier überlegte. „Die Einzige, die ich kenne", sagte er, „die halbwegs im Alter von der Richelle ist, ist die Manuela. Vielleicht sollten wir die beiden einmal zusammenbringen. Und ich glaub, ich bilde mir das nicht ein – vielleicht wünscht sich die Manuela auch ein Kind. Da hätten sie gleich ..." Die Miene der Christine hellte sich auf. Sie stieß ihn in die Rippen. „Hörst!", sagte sie. „Das ist ja einmal eine fantastische Idee! Hätt ich dir gar nicht zugetraut!" „Du traust mir halt überhaupt zu wenig zu!" Gasperlmaier kämpfte mit den widerspenstigen Nudeln auf seinem Teller. „Apropos Kind", sagte die Christine. „Die Richelle war heute übrigens bei unserer Frauenärztin. Und das kann nicht der Grund für ihr Tief gewesen sein, denn es ist alles in Ordnung. Und die Richelle war auch mit der Ärztin zufrieden. Sie ist sehr nett, hat sie gesagt. Und kompetent. Und der Geburtstermin ist der 20. Mai. Sie ist gerade bei der Hälfte, in der 20. Woche." „Na wunderbar", sagte Gasperlmaier. „Braucht man sich darüber wenigstens keine Sorgen zu machen. Aber jetzt würd ich mich wirklich gern ein bissl ausrasten. Wenn das möglich ist." „Ja, ja", sagte die Christine. „Rast dich nur aus! Aber glaub nicht, dass ich nicht auch heute noch was zu tun hab! Die ganze Arbeit von der Schule ist liegengeblieben, weil ich mich um den Theo gekümmert hab!"

Die Mädchen hatten im Wohnzimmer den Fernseher inzwischen wieder abgeschaltet. Gasperlmaier platzierte sich auf dem Sofa und ergab sich in sein Schicksal. Gerade, als sich der Kater wieder auf ihm zusammenrollte, sah die Katharina von ihrem Handy auf.

„Also!", sagte sie. „Diese Veronika Hartlova ist seit sechs Jahren mit dem Pirkner verheiratet, sie ist 29

Jahre alt und stammt aus der Slowakei. Und wo haben die sich kennengelernt? Na, Papa?" Gasperlmaier drohten schon wieder die Augen zuzufallen. „In Bratislava?", fragte er. „Geh, Papa!" Die Katharina schien ungeduldig. Dabei würde Gasperlmaier Bratislava niemals vergessen, obwohl er noch nie dort gewesen war.

Vor fünf oder sechs Jahren hatte ihm der Kahlß Friedrich, damals noch Postenkommandant von Altaussee, von einer Städtereise nach Bratislava so lange und ausgiebig vorgeschwärmt, dass Gasperlmaier, ganz gegen seine sonstigen Gewohnheiten, Lust darauf bekommen hatte, diese Stadt zu besuchen. Das Bier, so hatte der Kahlß Friedrich versprochen, sei billig, das Essen üppig und fast wie zu Hause. Da Gasperlmaiers Silberhochzeit anstand, hatte er der Christine vorgeschlagen, zu diesem Anlass ein Wochenende in Bratislava zu verbringen. Leider war das gar nicht gut angekommen, die Christine hatte die Küchentür zugeknallt, aufs Kochen verzichtet und stattdessen eine Freundin besucht, um ihr ihr Leid zu klagen. Die Katharina, die damals noch zu Hause gewohnt hatte, hatte ihn aufgeklärt: Er sei ein gefühlloses Trampeltier, denn zur Silberhochzeit, da fahre man nach Paris oder nach Venedig und nicht des billigen Biers wegen nach Bratislava. Sie hatte Gasperlmaier umstimmen können und gleich online ein Hotelzimmer in Venedig gebucht, sodass es Gasperlmaier gerade noch gelungen war, die Sache geradezubiegen. Obwohl, das Bier in Venedig war sagenhaft teuer gewesen, daran konnte er sich schon noch erinnern.

„Die Hartlova hat bei einer internationalen Misswahl mitgemacht, im Casino in Graz. Und dabei war der Immobilienhai, also der Pirkner, in der Jury. Zwei Jahre danach haben sie geheiratet. Sie ist 31 Jahre jünger als der Pirkner. Der war davor schon zweimal verheiratet, allerdings kinderlos. Und jetzt die Zwillinge. Hörst du mir überhaupt zu, Papa?“ Gasperlmaier nickte. „Aber, wozu …“ „Kommt gleich, kommt gleich!“, beschwichtigte ihn die Katharina. „Vor der Ehe hat es einmal einen Angriff gegeben, auf den Pirkner. Ein Slowake hat ihn vor seinem Büro abgepasst und ist auf ihn losgegangen. Er hat dem Pirkner ein paar Ohrfeigen verpasst, bevor Passanten und schließlich eine Polizistin dazwischengegangen sind und damit womöglich Schlimmeres verhindert haben.“ „Und warum?“, fragte Gasperlmaier, nun wieder etwas wacher. „Da ist den Medien nicht viel zu entnehmen gewesen. Aber die Stefanie“, sie blickte mit einem Lächeln nach rechts, dorthin, wo die Stefanie mit ihrem Laptop auf den Knien, saß, „hat ein paar andere Quellen. Der Angreifer hat versucht, den Pirkner zu erpressen, anscheinend sehr ungeschickt, denn der hat offenbar nicht gezahlt, danach ist es zu dem Angriff gekommen. Und die Stefanie hat sogar herausgefunden, womit der Slowake den Pirkner erpresst hat.“ Sie machte eine Pause. Wohl, um Gasperlmaiers Aufmerksamkeit zu steigern.

„Womit denn?“, fragte er schließlich, damit die Katharina weitererzählen konnte. „Sie hat angeblich als Strip-Tease-Tänzerin in einem Club in Bratislava gearbeitet.“ Vielleicht, so dachte Gasperlmaier bei sich, war die Christine deswegen so erbost gewesen. Weil sie gedacht hatte, er wolle die Silberhochzeitsreise dazu benutzen, um in Bratislava einschlägige Clubs zu besuchen. „Der Club hieß ‚Mephisto‘, ist aber inzwischen geschlossen. Die Stefanie hat Fotos aufgetrieben, aus der Zeit, als die Veronika Hartlova dort noch gearbeitet hat. Magst du sie sehen?“ Interessiert hätte es ihn schon, zu sehen, wie die Pirkner als Striptänzerin ausgesehen hatte, aber er schüttelte den Kopf. Dennoch hielt ihm die Katharina ihr Tablet hin. „Hübsch!", kommentierte sie. Tatsächlich sah man die Pirkner nur von hinten, sie trug einen Stringtanga und einen BH, auf dem Foto war sie gerade dabei, den Kopf dem Fotografen zuzuwenden, lange Haare flogen, rote Lippen glänzten. „Reicht schon!", sagte Gasperlmaier. „Na hör mal!" Die Katharina schien fast ein wenig beleidigt. „Es könnte doch sein, dass dieser Erpresser dafür verantwortlich ist, dass der Pirkner verschwunden ist. Und wenn, dann ist ja auch die Frau Pirkner in Gefahr, und die Kinder!" Gasperlmaier wurde nun ein wenig ärgerlich. „Das ist alles", sagte er, „kilometerweit hergeholt!" Der Schnurrli hatte seine Verstimmung bemerkt und sich sofort davongemacht. Bei jemandem, der schlecht gelaunt war, blieb er nie lange liegen. „Ja, aber", widersprach die Katharina, „wenn der Pirkner wirklich verschwunden ist? Wenn er, was weiß ich, verletzt, ermordet oder entführt worden ist – dann müsst ihr euch doch darum kümmern! Allein schon wegen der Frau und den Kindern!"

Gasperlmaier war nun ernsthaft verärgert. „Wenn ich hier herunten keine Ruhe hab, dann muss ich eben hinauf in unser Schlafzimmer!" Ruckartig stand er auf und stapfte die Stiege hinauf. Er fühlte sich sogar zu müde, um seinen Pyjama anzuziehen und sich die Zähne zu putzen, deshalb legte er sich in seinen Kleidern aufs Bett. Was die Christine überhaupt nicht mochte. Kaum hatte er sich hingelegt, wurde er allerdings unruhig. Erstens, weil er mit der Katharina geschimpft hatte, und zweitens, weil ihn das, was sie gesagt hatte, beunruhigte. Was, wenn sie Recht hatte und hier im Ausseerland ein Rächer sein Unwesen trieb, der zuerst den Eckhardt, dann den Pirkner beiseitegeschafft hatte und nun hinter dessen Frau und den Kindern her war?

Irgendwie war das alles zu viel für ihn. Die Frau Doktor konnte und wollte er um diese Zeit aber nicht mehr anrufen, und die Manuela schon gar nicht, die hatte sich ihren Feierabend auch redlich verdient. Mit einem Fluch auf den Lippen stand er noch einmal auf, putzte sich die Zähne, zog seinen Pyjama an und sich die Decke über den Kopf. Er schlief schlecht und wachte mehrmals in der Nacht auf. Nur die ruhigen Atemzüge der Christine brachten ihn immer wieder dazu, sich zu entspannen.

9

Natürlich war es noch stockfinster, als der Wecker klingelte. War er doch noch einmal eingenickt? Er war sich sicher, dass er um halb sechs auf die Uhr gesehen hatte, im festen Glauben daran, auf keinen Fall mehr einschlafen zu können, weil ihm die Geschichte mit dem Pirkner nicht aus dem Sinn gegangen war. Wann würden wohl die Pirkners aufstehen? Die Kinder waren noch nicht schulpflichtig, da konnte er vor halb acht, acht auf keinen Fall anrufen. Hoffentlich war ihnen in der Nacht nichts zugestoßen. Vielleicht sollte er als Allererstes einmal am Haus Pirkner vorbeifahren, nur, um sicherzugehen.

Leise trat er ans Fenster. Der Garten lag tief verschneit vor ihm, der Schnee glitzerte im Licht der Straßenlaternen. Eine Menge Spuren zogen sich durch den Garten, und direkt am Rand der Terrasse, dort, wo die ganze Schneedecke zertrampelt war, stand ein Schneemann, ganz vorschriftsmäßig mit Karottennase. Nur Kohlen für Augen und Knöpfe, die gab es jetzt nicht mehr. Die Augen, so schien ihm, waren kleine Kartoffeln, auf Knöpfe hatte man verzichtet. Ein wenig weh ums Herz wurde ihm, als er daran dachte, dass die Richelle so unter Heimweh litt und die kleine Familie nun zerrissen war. Wahrscheinlich, so dachte er bei sich, wäre es mit dem Heimweh nicht so schlimm, wenn der Christoph da wäre. Er seufzte leise. „Hast schlecht geschlafen?“, fragte die Christine, die sich noch einmal im Bett herumdrehte. „Ja“, sagte Gasperlmaier. „Ich hab gegrübelt.“ „Worüber denn?“ „Über alles, eigentlich!“ „Du grübelst zu viel!“ Die Christine schälte sich aus ihrer Decke und schwang die Beine über den Bettrand.

Gerade, als er den ersten Schluck Kaffee genommen hatte, läutete sein Telefon. Die Manuela war dran, und sie war sehr aufgeregt. „Du musst sofort kommen, ein Lastwagenfahrer hat einen Toten gefunden, am Salzberg oben!“ Gasperlmaier war zunächst ein wenig verwirrt. Am Salzberg? Wer kam denn zu dieser frühen Stunde da hinauf? Im nächsten Moment dachte er an einen verirrten Skitourengeher oder Schneeschuhwanderer, aber die Manuela ließ ihm keine Zeit zum Überlegen. „Direkt an der Straße, ich hol dich gleich ab!“ Sie legte auf. Gasperlmaier biss hastig noch ein paarmal von seinem Marmeladebrot ab, schüttete Kaffee hinterher, der natürlich zu heiß war. „Himmeldonnerwetter noch einmal!“, fluchte er und wusste nicht genau, ob der Fluch dem neuen Todesfall oder dem zu heißen Kaffee galt.

„Ist was?“, fragte die Christine und schenkte sich Kaffee nach. „Die Manuela kommt gleich, mich abholen. Wir haben schon wieder einen Toten!“ Die Christine schüttelte den Kopf. „Hört denn das überhaupt nie auf?“ „Sag den Mädels nichts. Und ...!“ Er erinnerte sich, dass ihm die Frau Doktor gestern einen Auftrag erteilt hatte. „Die Frau Doktor sagt, die Mädels sollen einstweilen noch hierbleiben, bis sich alles geklärt hat. Nicht, dass sie gleich nach Wien fahren, weil der Eckhardt tot ist. Hat sie gemeint.“ „Ich werd’s ausrichten“, sagte die Christine. „Und erzähl ihnen nichts!“ Die Christine blies sanft über ihren Kaffee. „Die werden’s schneller rauskriegen, als du glaubst!“, sagte sie, aber Gasperlmaier hörte nur mehr mit halbem Ohr zu, als er in Schuhe und Jacke schlüpfte. Durch die Glasscheibe der Haustür sah er schon das Blaulicht flackern. Das, so fand er, wäre nicht nötig gewesen. Dass gleich jeder im Ort unmissverständlich darauf hingewiesen wurde, dass ein Notfall vorlag. Er würde sich dann beim Jauseeinkaufen wieder mit wilden Gerüchten und unnötigen Fragen herumschlagen müssen.

Die Manuela gab ordentlich Gas, sobald er in den Sitz gefallen war. Die Schneeketten rasselten. „Ja, davon wird er auch nicht wieder lebendig!“, knurrte Gasperlmaier, während er nach dem Gurt langte. „Und das Blaulicht, das schaltest bittschön ab. Muss ja nicht jeder gleich wissen, dass ...“ Er ließ seinen Satz unvollendet. Die Manuela schaltete ab, ging aber auf seine Beschwerde bezüglich des Fahrstils nicht ein. Während sie den Wagen zum Salzberg steuerte, setzte sie Gasperlmaier ins Bild. „Ein LKW-Fahrer hat angerufen. Weißt eh, einer von denen, die immer mit den schweren LKW durchs Dorf fahren und den Schlamm nach hinten bringen.“ Gasperlmaier seufzte. Seit ein paar Jahren wurde angeblich ungefährlicher Schlamm aus einem Industriebetrieb in den nicht mehr genutzten Laugkammern des Salzbergwerks eingelagert. Jetzt fuhren täglich mehrere schwere LKW durch den Ort, was zu einigem Unmut in der Bevölkerung geführt hatte.

Die einen verlangten jetzt nach einer neuen Straße, vom Pötschenpass hin zum Salzberg, die den Ort umfahren würde. Andere hielten dagegen, dass diese Straße durch ein schützenswertes Moor führen würde. Zudem gab es Ängste, dass die Touristen, die zum Loser wollten, dann gänzlich an Altaussee vorbeifahren und somit dort weder einkaufen noch einkehren würden. Gasperlmaier hielt sich aus diesen Debatten heraus. Er hatte zwar einen Standpunkt, nämlich, dass alles am besten so bleiben sollte, wie es war, aber den behielt er lieber für sich. Für einen Polizisten, der für alle da sein musste, war es am besten so.

„Im Schnee", setzte die Manuela fort, „hat er eine Leiche gefunden. Mehr oder weniger am Straßenrand, anscheinend." „Dann", so schlussfolgerte Gasperlmaier, „wird es kein Tourengeher sein. Und auch kein Schneeschuhwanderer." Insgeheim hatte er darauf gehofft, dass der Tote ein Unfallopfer sein würde und sie sich nicht schon wieder mit einem Gewaltverbrechen herumschlagen mussten.

Der große rote LKW stand talwärts direkt an der Abzweigung, wo es links zum Salzberg hinauf und geradeaus zur Loserstraße und zu den Skiliften ging. Der Fahrer sprang aus der Kabine, als die Manuela neben dem LKW anhielt. Es war noch immer stockfinster, deswegen holte Gasperlmaier seine Taschenlampe aus dem Handschuhfach. „Wo ist er denn?", fragte Gasperlmaier. Der Fahrer deutete auf die Innenseite der Kehre. „Dort. Im Schnee vergraben. Ich hab ..." Er folgte Gasperlmaier und der Manuela zum Straßenrand. „Ich hab ... da war was, und dann hab ich ein bisschen Schnee auf die Seite, und ..." Der Fahrer sah zwar bullig aus, so, als könnte ihn nichts umwerfen, dennoch aber schien er noch unter Schock zu stehen. Gasperlmaier leuchtete gegen den Schneehaufen am Straßenrand. Einen Arm sah er, eine Hand, mit einem Ring dran, der Arm steckte in ... ja, das schien ein Anzug zu sein, oder ein Mantel, jedenfalls keine sportliche Winterkleidung, wie man sie hier eher vermuten würde.

„Wieso haben Sie hier gegraben?", fragte die Manuela. Man konnte dem Fahrer ansehen, dass ihm die Frage peinlich war. Er wand sich. „Ja, ich hab ... also, da oben gibt es ja kein Klo, und ..." „Igitt!", murmelte die Manuela. „Da hol ich mir lieber eine Schaufel aus dem Kofferraum." Sie ging zurück zum Einsatzwagen. „Und da hab ich eben", flüsterte der Fahrer, „nicht, da ist ein kleines Loch im Schnee entstanden, wie ich ... ja, und da seh ich was, und ich denk mir, das schaut aber ... und dann hab ich eben den Schnee auf die Seite geschoben, und da ..." „Einfach so, mit der Hand?" Der Fahrer nickte. Gasperlmaier hatte jetzt auch keine große Lust, mit seinen Händen im Schnee herumzubuddeln. Gott sei Dank kam die Manuela gleich mit der Schaufel zurück und drückte sie ihm in die Hand. „Vorsichtig, gell?" Gasperlmaier machte sich an die Arbeit.

Es dauerte nur wenige Sekunden, bis ihm neuerlich ein Fluch entfuhr. „Herrgottsakrahaxen!", rief er, als der Kopf des Mannes freigelegt war. Er steckte in einem durchsichtigen Plastiksack. „Das ist ja ... da hab ich doch was gelesen, dass da schon zwei gefunden worden sind, mit einem Plastiksack über dem Kopf!" Der LKW-Fahrer zog sein Handy aus der Hosentasche. Die Manuela streckte ihm eine Handfläche entgegen. „Keine Fotos, Herr ... Wie heißen Sie denn überhaupt?" „Ah ... nein, ich wollt eh nicht ... Wechselberger heiß ich, Georg Wechselberger. Ich fahr schon zehn Jahre für die Firma, aber sowas ..." Er schüttelte den Kopf. Gasperlmaier trat auf ihn zu. „Herr Wechselberger, bitte auf keinen Fall irgendwas über diesen ... Vorfall posten, keine Nachrichten, keine Fotos, gar nichts. Es behindert nicht nur unsere Ermittlungen, es ist sogar strafbar!" Am gescheitesten war es, so dachte Gasperlmaier bei sich, wenn sie den Wechselberger jetzt so schnell wie möglich loswurden, samt seinem riesigen LKW. „Manuela, nimm bitte seine Aussage auf. Fürs Protokoll. Dann kann er weiterfahren. Ich veranlass derweil alles Nötige." Die Manuela nickte, und Gasperlmaier begab sich wieder zu der Leiche. Er sah auf die Uhr. Knapp sieben Uhr vorbei. Immer noch stockfinster und, wie er nun erst feststellte, bitterkalt. Gott sei Dank hatte er an

Schal und warme Handschuhe gedacht. Gasperlmaier leuchtete noch einmal in die flache Vertiefung, in der der Oberkörper der Person und ein Teil von Hals und Kopf sichtbar waren. Er würde hier nichts mehr anrühren, das war ein Fall für die Spurensicherung. Und natürlich für die Frau Doktor. Die würde wenig begeistert sein, denn wenn die Geschichte mit dem Plastiksack ans Licht kam, würden sich die Spekulationen in den Medien wohl überschlagen. Von einem Serienmörder würde die Rede sein, der sich von Salzburg aus übers Salzkammergut wer weiß wohin mordete.

Er sah sich das, was man von der Leiche sehen konnte, noch einmal genau an. Es schien sich bei der Kleidung tatsächlich um einen Anzug zu handeln, das war grauer Anzugstoff, was er da sah. Winterkleidung war nicht vorhanden. Das Klebeband ähnelte dem, das beim Eckhardt verwendet worden war, genau konnte er natürlich nicht feststellen, ob es auch das gleiche war. Die Hand des Mannes war kalkweiß, die Finger gekrümmt. Der Goldring am Ringfinger war breit, wohl auch ziemlich dick, sah also nicht billig aus. Hatte er einen solchen Ring schon einmal gesehen? Er zog sein Handy hervor, um die Frau Doktor anzurufen, wartete jedoch noch ein wenig ab, denn gerade heulte der Motor des Lkw auf, und langsam setzte sich der Riese in Bewegung. Gasperlmaier sah ihm nach, bis der Lärm verklungen war. „Nicht ideal, dass die bei uns durch den Ort fahren", sagte die Manuela. Gasperlmaier ging nicht darauf ein, er hatte jetzt andere Sorgen. „Hat er noch was Interessantes gesagt?"

Die Manuela hielt ihren Block hoch und leuchtete mit dem Handy drauf. „Er ist ausgestiegen, um zu urinieren. Durch den Urinstrahl ist ein Loch in der Schneedecke entstanden, durch das er ..." „Lass!", winkte Gasperlmaier ab. „Wir müssen denen von der Tatortgruppe natürlich sagen, dass sie auf der Leiche Fremd-DNA finden werden. Von unserem Wechselberger." Die Manuela nickte. „Als ob eine Leiche allein nicht schon grauslich genug wäre!" „Ich ruf jetzt die Frau Doktor an." Gasperlmaier fühlte sich nicht wohl bei der Vorstellung, die Frau Doktor jetzt mit einem weiteren Toten konfrontieren zu müssen. Sie hatte gestern schon ein bisschen deprimiert geklungen, seine Nachricht würde ihre Laune nicht heben. Am Ende machte sie Ernst und schickte diesen ... wie hieß er noch einmal? Ja, Hirtreiter. Und die Abteilungsinspektorin Jovanovic.

„Leutnant Kohlross?" Ihre Stimme klang müde. „Gasperlmaier", meldete er sich. „Schlechte Nachrichten. Wieder eine Leiche. Mit Plastiksack über dem Kopf." Drumherum reden hätte in diesem Fall nichts geholfen, fand er. Wie übrigens meistens. Die Frau Doktor fluchte. Heftiger noch, als er selber es getan hatte. Gasperlmaier meinte, auch etwas scheppern zu hören. So, als hätte sie im Zorn irgendwas von ihrem Schreibtisch gefegt. „Gib mir ein schnelles Update", sagte sie, nachdem sie Dampf abgelassen hatte. „Wo? Wer?" Gasperlmaier erzählte ihr, was zu erzählen war. Und das war wenig genug. „Ist übrigens der Pirkner schon wieder aufgetaucht?", fiel ihm dann doch noch ein. „Nicht, dass ich wüsste", antwortete die Frau Doktor. „Wir kommen. Haltet ihr die Stellung?" „Bleibt uns eh nichts anderes übrig", gab er etwas einsilbig zurück.

„Schau dir das einmal an!", sagte die Manuela, als er aufgelegt hatte. „Da hat wer tüchtig gegraben. Das war nicht nur die Schneefräse, die die Straße geräumt hat!" Tatsächlich sah der Platz, an dem die Leiche lag, anders aus als der Rest des Straßenrands. Dort gab es senkrechte, glatte Ränder von etwa einem halben Meter Höhe. Wer die Leiche hierhergebracht hatte, musste diesen Rand abgegraben haben, um die Leiche zu deponieren und später mit Schnee zu bedecken. „So einfach wie beim Eckhardt war es diesmal nicht“, sagte Gasperlmaier. „Den hat ja mehr oder weniger der frisch gefallene Schnee von selber zugedeckt.“

„Die Frau Doktor“, sagte er kurz darauf in die entstandene Stille hinein, „war nicht begeistert.“ Die Manuela zischte. „Das kann ich mir denken!“ Irgendwie fiel beiden nicht so recht ein, worüber sie sich unterhalten konnten. Aber, so fand Gasperlmaier, direkt neben einer Leiche, das war auch kein Ort für Smalltalk. So abgebrüht war er auf jeden Fall nicht, als dass er hier mit der Manuela locker über das Heimweh der Richelle oder die Fortschritte des Theo beim Deutschlernen plaudern hätte können. „Also, Klimawandel hin oder her – meine Füße sind wie Eiszapfen, ich muss ins Auto und die Heizung einschalten!“, seufzte die Manuela schließlich. Gasperlmaier nickte zustimmend. Wenn sie hier heroben erfroren, war auch niemandem geholfen.

„Ob es der Pirkner sein könnte? Würde mir für die Zwillinge so leidtun!“, sagte die Manuela ins Brummen des Dieselmotors hinein. „Na, hoffentlich nicht!“ Obwohl, er wusste selber nicht zu sagen, warum er das hoffte. Eigentlich musste einem jeder gleich leidtun, der hier sein kühles Grab gefunden hatte.

Es dämmerte, als um knapp vor acht Uhr der erste Bus der Tatortgruppe auftauchte. Dann dauerte es nicht lange, bis Lampen aufgestellt waren und sich die Gruppe Weißgekleideter ans Werk machte. Fast wie Ballons sahen sie diesmal aus, mit der dicken Winterkleidung unter den sterilen Overalls. Und nicht lange, nachdem die Arbeit begonnen hatte, tauchte auch die Frau Doktor Kohlross in ihrem silbergrauen Kombi auf. Gasperlmaier hatte sich an das Auto noch nicht gewöhnt und instinktiv Ausschau nach einem weißen Cabrio gehalten, sodass er sie fast übersah.

Die Frau Doktor hatte sich schon so weit vom Schock des neuerlichen Leichenfunds erholt, dass sie sogar lächeln konnte, als sie Gasperlmaier und die Manuela begrüßte. „Na, dann schauen wir einmal!", sagte sie. Gasperlmaier hielt sich, wegen seiner Abneigung Leichen gegenüber, hinter den beiden Frauen. Die Tatortgruppe hatte die Leiche mittlerweile freigelegt. Fast entspannt lag der Mann da, fand Gasperlmaier, über die Schulter der Frau Doktor lugend. Der Plastiksack war diesmal hellblau und trug die Aufschrift einer bekannten Textilkette, sodass vom Kopf nichts sichtbar war. Er schien groß und schlank gewesen zu sein, tatsächlich trug er, wie Gasperlmaier vermutet hatte, einen dunkelgrauen Anzug und keine Winterbekleidung.

Einer der weißen Ballons näherte sich ihnen. „Morgen. Fundort nicht gleich Tatort, so viel können wir bereits sagen. Ganz schöne Sauerei. Der Urin ..." „Urin?", fragte die Frau Doktor etwas konsterniert. Sie war von Gasperlmaier noch nicht in die Geschichte der Auffindung der Leiche eingeweiht worden. „Ja, der LKW-Fahrer", sagte er. „Der hat die Leiche ... das ist ja unglaublich! Wo ist denn dieses Schwein?" „Nein!", erklärte Gasperlmaier. „Er hat ihn ja zunächst gar nicht gesehen, erst, als durch ..." „... den Urinstrahl ...", half die Manuela aus. „Als eben da ein Loch in der Schneedecke ... da hat er gesehen, dass da etwas unter dem Schnee ist. Und hat dann ... natürlich, aufgehört mit ... und hat uns angerufen. Genauer, die Manuela, die schon im Dienst war." „So ist das!", atmete die Frau Doktor auf. „Da können wir ja direkt von Glück reden, dass der LKW-Fahrer musste. Sonst hätte das womöglich bis zur Schneeschmelze gedauert, bis man ihn gefunden hätte.“ „Sicher!“, bekräftigte Gasperlmaier. „Der Schneepflug hätte immer neuen Schnee draufgeworfen, da können schon ein paar Meter zusammenkommen. Zum letzten Mal hatten wir solche Schneemauern neben den Straßen 2019. Vielleicht, dass heuer wieder ...“ „Blutspuren haben wir auch gefunden“, mischte sich der Spurensicherer neuerlich ein. „Nicht viel, ein paar Spritzer auf der Anzugjacke und der Hose. Vorne.“ Er deutete auf die Stellen, die er genannt hatte. „Na ja“, sagte die Frau Doktor. „Da brauchen wir über Fremdverschulden oder nicht wohl nicht lange spekulieren!“ Das Sakko war geschlossen, Gasperlmaier fragte sich, was wohl zum Vorschein kommen würde, wenn man es öffnete.

„Wir entfernen den Sack!“, entschied sie. „Vielleicht kennt ihn ja jemand. Beim Eckhardt haben wir es schließlich genauso gemacht.“ Der Spurensicherer nickte, bückte sich und holte ein Messer aus dem Koffer, der geöffnet zu seinen Füßen stand. „Nur den Sack oder das Klebeband auch?“, fragte er. „So wenig wie möglich“, sagte die Frau Doktor. „Nur, dass wir das Gesicht sehen können.“ Die Leiche lag auf der linken Seite, sodass der Spurensicherer sie zuerst auf den Rücken drehen musste. Nachdem er einen sauberen Schnitt durch den Plastiksack gezogen und die beiden Hälften zur Seite geschoben hatte, kam das kalkweiße Gesicht eines etwa 60-jährigen Mannes zum Vorschein. Die Frau Doktor beugte sich über ihn. Der Mann hatte graues, kurz geschnittenes Haar, das ein wenig über die Stirn fiel, und war nicht gänzlich glattrasiert, so wie man halt am Abend aussah, wenn man sich morgens rasiert hatte. Über der linken Augenbraue klaffte eine tiefe, vielleicht drei Zentimeter lange Wunde. „Gasperlmaier? Kennst du ihn? Vielleicht ein Altausseer?" Der schüttelte den Kopf. „Aber ..." Die Manuela kam ihm zuvor. „Aber ich glaube, ich kenne ihn. Lasst mich schnell einmal ..." Sie holte ihr Handy hervor und zog fluchend den rechten Handschuh aus, um es bedienen zu können. „Schaut einmal her, ich habe mir gestern ein paar Fotos des Anton Pirkner gespeichert, nur zur Sicherheit ..." Sie hielt ihnen das Handy hin. Gasperlmaier sah einen lächelnden, sehr gut aussehenden Mann mit längerem Haar und grauen Schläfen. Das Gesicht schien ihm fülliger zu sein als das des Toten. „Ich weiß nicht recht", sagte er deswegen. „Könnte sein, aber auch nicht!" Die Manuela wischte weiter. „Halt!", sagte die Frau Doktor. „Da haben wir was!" Sie wies mit ihrer behandschuhten Hand auf die Nase des Mannes auf dem Foto, die im Halbprofil zu sehen war. „Da ist was, auf dem Nasenflügel. Eine kleine Narbe, oder so!" Sie beugte sich über die Leiche. „Er ist es. Da ist tatsächlich eine Narbe. Das kann kein Zufall sein. Es ist Anton Pirkner."

„Na servas!", stöhnte die Manuela. „Wie bringen wir denn das seiner Frau bei? Und den Kindern?" „Eins nach dem anderen!" Die Frau Doktor kletterte in die Grube, die rund um den Leichnam inzwischen entstanden war. Gasperlmaier schrie kurz auf, als sie ausrutschte und auf die Leiche zu fallen drohte, doch sie konnte sich gerade noch abstützen. „Schauen wir einmal!", schnaufte sie und öffnete die Anzugjacke des Toten. „Holla!" Sie zeigte auf einen großen Blutfleck auf der linken Brustseite des hellblauen Hemdes, das der Pirkner trug. Auch die dunkelrote Krawatte mit weißen Punkten war blutbefleckt. Die Frau Doktor zog ein wenig am Stoff des Hemdes. „Da, seht ihr?", fragte sie. „Da ist das Hemd zerrissen. Das ist ein Einstich. Der Pirkner ist höchstwahrscheinlich erstochen worden!“ Die Frau Doktor suchte die Taschen des Sakkos ab. „Nichts!“, sagte sie. „Da hat jemand wieder gründlich gearbeitet.“ Sie stieg zu Gasperlmaier auf die Straße zurück. „Zuerst, zack!“ Sie schlug die Handkante gegen Gasperlmaiers Stirn, stoppte jedoch knapp vor dem Kontakt ab. Trotzdem zuckte er zusammen. „Ein Schlag mit einem Gegenstand, einem scharfkantigen, wie ich vermute, gegen den Schädel, der Pirkner stürzt, oder ist zumindest benommen, taumelt, und zack!“ Die Frau Doktor führte einen Stoß mit der Hand gegen Gasperlmaiers Brust aus. „Ein Messer in die Brust. So könnte es gewesen sein.“ „Und das Ganze“, schlussfolgerte Gasperlmaier, „nicht im Freien. Denn sonst hätte der Pirkner ja über seinem Anzug auch noch was getragen.“ Die Manuela nickte. „Und ein Küchenmesser, das findet sich auch eher drinnen!“

„Ja, wir wollen die Spekulationen einmal nicht zu weit treiben“, sagte die Frau Doktor. Irgendwie, so kam es Gasperlmaier vor, war ihre Laune besser geworden, seit sie sich mit der Leiche beschäftigte. Schon seltsam. „Aber wo, bitte, ist der Zusammenhang zwischen dem Eckhardt und dem Anton Pirkner? Die beiden sind sich doch im Leben nie begegnet, haben nichts miteinander zu tun – warum tötet sie jemand auf die gleiche Art?“ „Nicht ganz“, widersprach Gasperlmaier. „Der Eckhardt ist bewusstlos geschlagen worden.“ „Zugegeben – aber der Plastiksack? Und was haben die beiden mit Sebastian Brandner zu tun, mit dem Toten von Salzburg?“ „Der Plastiksack!“ Gasperlmaier deutete auf die Leiche. „Der ist von einem Kleidergeschäft in Salzburg.“ „Ich staune!“ Die Frau Doktor zog die Augenbrauen hoch. „Seit wann interessierst du dich für Mode?" Gasperlmaier zuckte nur mit den Schultern. Tatsächlich war es so, dass er vor diesem Geschäft schon mehrmals ziemlich lange auf die Christine hatte warten müssen. Er selbst wäre nicht um die Burg mit ihr da hineingegangen, aber das Warten war ihm oft lang geworden. Vor allem, weil es in der Umgebung keine Sitzgelegenheiten gab. Und so hatte er sich damit begnügen müssen, den Frauen zuzusehen, wie sie aus dem Geschäft strömten. Jede von ihnen hatte natürlich zumindest einen solchen Plastiksack bei sich gehabt. Aber das musste er der Manuela und der Frau Doktor ja nicht unbedingt auf die Nase binden.

„Da gibt's schon jemanden", gab Gasperlmaier zu bedenken. „Dieser Grün. Der hat doch die Arabella Liebig gegen ihre Stalker verteidigt, und im Hause Pirkner ist er auch gewesen." „Hui!", sagte die Frau Doktor. „Da müssen wir uns mit diesem Grün aber schleunigst beschäftigen!" „Warten wir auf die Gerichtsmedizinerin?", fragte Gasperlmaier. Die Frau Doktor nickte. „Sie ist grad in der Nähe, sie macht in Schladming Skiurlaub. Begeistert war sie nicht, als ich sie angerufen hab. Sie müsste gleich hier sein!" Die Frau Doktor sah auf die Uhr. „Ich möchte nämlich, dass sie sich die Leiche in situ anschaut. Womöglich gibt es etwas, das wir übersehen. Oder einfach nicht wahrnehmen."

Tatsächlich dauerte es nicht lange, bis der blaue Sportwagen der Frau Doktor Wurm den Berg herauf gebraust kam und schlingernd direkt vor Gasperlmaiers Füßen zum Stehen kam. Die Frau Doktor Wurm schälte sich etwas mühsam aus dem sehr tief liegenden Fahrersitz. „Dass ihr mir auch noch meinen Skiurlaub verpatzt ... erst gestern hab ich einen sehr attraktiven Skilehrer ... ach, lassen wir das!" Gasperlmaier beäugte skeptisch die Winterstiefel der Frau Doktor Wurm, die für einen Einsatz wie hier etwas zu elegant waren und hohe Absätze hatten. „Wo habt's denn eure Leiche?", fragte sie nach der Begrüßung. Die Frau Doktor wies auf den Fundort auf der anderen Straßenseite. Mittlerweile waren die Leuchten abgebaut, das Tageslicht reichte für eine Untersuchung aus.

„Mhm!", brummte die Frau Doktor Wurm. „Einen recht ansehnlichen Toten habt's ihr mir da vor die Füße gelegt. Aber eins sag ich euch gleich, mit dem Todeszeitpunkt wird's schwierig, wenn er hier in dem Schneehaufen eingelagert war!" Erstaunlich behände bewegte sie sich im tiefen Schnee, hockte sich schließlich hin und betrachtete die Stichwunde. „Darf ich?", fragte sie und deutete auf das blutgetränkte Hemd des Pirkner. „Sicher. Nur zu!", ermutigte sie die Frau Doktor. Die Frau Doktor Wurm riss das Hemd entzwei, nur, um festzustellen, dass sich darunter auch noch ein ebenso blutdurchtränktes Unterhemd befand. „Unterhemd! Spießer!", murmelte sie. Gasperlmaier zuckte zusammen. War man ein Spießer, wenn man ein Unterhemd trug? Aber warum denn nur? Vor allem im Winter, wo er doch ohnehin so leicht fror, trug er ständig eines. Auch die Christine hatte nie erwähnt, dass das Tragen eines Unterhemds unschick sei.

Die Frau Doktor Wurm zog eine Schere aus ihrer Handtasche und schnitt das Bündchen am Hals des Unterhemds entzwei, dann riss sie auch dieses mit einem kurzen Ruck auf. Gasperlmauer wandte sich ab, als die Stichwunde in der Brust des Toten sichtbar wurde. „Scheint mir ein sehr sauberer Stich zu sein, die Klinge, na, so drei Zentimeter breit, wahrscheinlich nur auf einer Seite geschliffen. Könnte ein Gemüsemesser gewesen sein, zum Beispiel. Die Wunde muss enorm geblutet haben, hier herum ist viel zu wenig Blut für eine solche Verletzung, man kann also ausschließen, dass er hier umgebracht worden ist. Das Sakko hat man ihm angezogen, nachdem die Blutung bereits aufgehört hatte. Also, wer das getan hat, der hat ordentlich was zu tun gehabt mit Aufwischen. Und wenn es drinnen war, dann werdet ihr da wahrscheinlich in einem Jahr noch Spuren finden!" Die Frau Doktor Wurm richtete sich auf. „Aus welcher Richtung der Stich gekommen ist, kann ich euch natürlich erst sagen, wenn ich den Stichkanal genau untersucht habe. Todeszeitpunkt? Der ist hier sicherlich schon Stunden gelegen, Körpertemperatur schätze ich gegen null Grad. Da kann man nicht viel sagen ..." „Er ist vorgestern gegen 16 Uhr zum letzten Mal gesehen worden. In Graz." „16 Uhr?", wiederholte die Frau Doktor Wurm. „Zwei Stunden Fahrt bis hierher, macht 18. Kann gut sein, dass er in der ersten Nachthälfte erstochen wurde. Wie gesagt, bei dieser Lagerung ..." Sie schüttelte etwas ratlos den Kopf und stemmte die Arme in die Seite. „Die Kopfwunde?", fragte die Frau Doktor. „Was Scharfkantiges, sonst wäre die Haut nicht so aufgeplatzt, wie wir es hier sehen." „Ein Holzscheit?", fragte Gasperlmaier ins Blaue hinein. „Ich schau noch einmal!" Die Frau Doktor Wurm kehrte zur Leiche zurück, leuchtete mit ihrer Handylampe in die Wunde auf der Stirn des Toten und nickte dann. „Ja, da sind Holzsplitter. Kann gut sein! Wie bei diesem Eckhardt?" „Genau wie beim Eckhardt!", wiederholte die Frau Doktor und legte einen Finger ans Kinn, was sie häufig tat, wenn sie überlegte.

„Meine Damen, mein Herr!" Die Frau Doktor Wurm verbeugte sich. „Ich würd dann gern Skifahren gehen. Schließlich bin ich im Urlaub. Bitte auf jeden Fall eine Obduktion beantragen, die wird dann in Graz wohl jemand anderer machen, denn ich, wie gesagt ... Ski Heil!"

Sie wandte sich um. „Wintertauglich ist er übrigens nur bedingt!“, rief sie ihnen noch zu, als sie sich in den Fahrersitz quälte. „Vielleicht wär doch ein Allrad besser gewesen!“ Das Heck des Sportwagens schlingerte gefährlich, als sie davonfuhr, sodass Gasperlmaier sich schon sorgte, dass sie im Straßengraben landen würde. „Ja, mit dem Heckantrieb, das ist …“ „Holst du uns bitte einen Leichenwagen?“, unterbrach die Frau Doktor seine Gedankengänge. Gasperlmaier nickte und erreichte telefonisch den Aschauer Otto, der bei der örtlichen Bestattung immer mehr Aufgaben vom alten Strnad übertragen bekam, weil der doch schon auf die 70 zuging und für die schwere körperliche Arbeit, die mit dem Bestatten verbunden war, nicht mehr fit genug war.

„Und keine Postings, Otto! Stillschweigen!“ Das musste man, fand Gasperlmaier, in letzter Zeit immer öfter extra dazusagen, wenn man mit Zeugen oder, wie hier, Beteiligten an einer Mordermittlung zu tun hatte. Die Leute knipsten drauflos, was das Zeug hielt, einzig von dem Gedanken beseelt, möglichst viele Likes für einen Beitrag zu bekommen – was nur gelang, wenn man entweder außergewöhnlich attraktiv oder leicht bekleidet war, oder besser noch beides, oder eben eine Sensation zu berichten hatte. Mit seiner Schönheit oder seinem nackten Körper konnte der Otto sicher nicht punkten, deshalb fand Gasperlmaier den Hinweis nötig. „Diskretion ist in unserem Beruf oberstes Prinzip!“, sagte hingegen der Otto und versprach, ehestmöglich mit dem Leichenwagen zum Salzberg zu kommen.

Gasperlmaier sah es schon kommen, dass er dem Otto wieder beim Verladen der Leiche helfen musste. „Pfüat euch!“ Die Tatortgruppe war mit dem Abbau der Gerätschaften fertig. „Alle Ergebnisse kommen, sobald wir welche haben!“ Der Chef der Gruppe zog den weißen Overall hinunter und stopfte ihn hinter den Fahrersitz, sobald er auch seine Füße davon befreit hatte. „Also, lang halt ich es nicht mehr aus!“, jammerte die Manuela und stieg unruhig von einem Fuß auf den anderen. „Weißt du was, Franz? Ich fahre mit der Manuela vor, zum Haus der Pirkners, und du wartest hier auf den Bestatter?“ Das klang zwar wie eine Frage, doch Gasperlmaier hatte wenig andere Möglichkeiten, als ergeben zu nicken. Allerdings fror auch er erbärmlich. Auf der anderen Seite – eine Todesnachricht zu überbringen, das war auch kein Spaß. Hoffentlich kam der Otto bald.

Jetzt hatten sie tatsächlich den zweiten Plastiksack-Mord am Hals. Wenn man den Brandner aus Salzburg dazuzählte, sogar den dritten. Das würde ein gefundenes Fressen für die Schablinger und die ganze restliche Journalistenmeute werden. Der Bürgermeister würde wieder verärgert anrufen, was denn da los sei und dass man auf diese Art von Publicity gerne verzichten konnte. Als Nächste würde sich die Chefin des Tourismusverbands beschweren, und am Ende würde er als Postenkommandant dastehen, als ob er selber höchstpersönlich die Verantwortung dafür trug, dass hier im Ausseerland Leute umgebracht wurden. Aber vielleicht konnte man die Sache heute schon zu Ende bringen, wenn man diesen Grün einmal ordentlich in die Mangel nahm. Er sah zwar nicht aus wie ein Mörder, der seine Opfer in Plastiksäcke verpackte – aber welcher Mörder sah schon aus wie einer, dem man einen Mord zutraute. Kleine, schmächtige Mörder hatten sie genauso schon gehabt wie große, dicke oder redegewandte, elegante.

Es dauerte nicht lang, bis der Otto auftauchte. „Hilfst mir eh?“, fragte der scheinheilig, als er die Heckklappe geöffnet hatte und den Zinksarg herauszog. „Bleibt mir was anderes übrig?“, fragte Gasperlmaier. „Zuerst einen Schnaps!“, empfahl der Otto, der, wie immer, eine brennende Zigarette im Mundwinkel hängen hatte. Gott sei Dank, so dachte Gasperlmaier bei sich, machte es seinen Passagieren nichts mehr aus, wenn der Leichenwagen stank wie eine Räucherkammer. Der Otto hatte plötzlich eine Flasche in der Hand, die er auf der Ladefläche versteckt haben musste. „Obstler!“, sagte er nach dem ersten Schluck. „Von meinem Großonkel! Der beste!“ Gasperlmaier war so kalt, dass er nicht lange überlegte, bevor er die Flasche an die Lippen setzte, obwohl er natürlich wusste, dass die Wärme, die einen nach einem Schluck Schnaps durchströmte, trügerisch war.

„Wer ist es denn diesmal? Da vorne anpacken, bitte!“ Der Otto deutete mit dem Zeigefinger an die richtige Stelle, und zusammen öffneten sie den Sarg. „Ein Immobilienmakler. Aus Graz. Die haben hier ein Haus.“ „Eh klar!“, schimpfte der Otto. „Alle haben sie hier ein Haus, die Großkopferten! Und unsereiner ...“ „Ja, ja“, unterbrach Gasperlmaier. „Ich weiß schon. Aber jetzt ...“ „Wart, ich muss noch einen Schluck ... du auch?“ Gasperlmaier schüttelte den Kopf und nahm an den Füßen des Anton Pirkner Aufstellung, das war ihm allemal lieber, als unter die Achseln greifen zu müssen. „Hörst, da ist aber viel Blut ... abgestochen, wie?“ Gasperlmaier nahm die Füße hoch und nickte. „Und drei!“, kommandierte der Otto. Als sie den Pirkner im Sarg hatten, schnaufte der Otto, als sei er einen Marathon gelaufen. „Solltest nicht so viel rauchen!“, mahnte Gasperlmaier. „Ah was!“ Der Otto vollführte eine wegwerfende

Handbewegung. „Ich tu's ja nur, damit ich das nicht rieche ... weißt eh, die Leichen und so ..." Der Otto schien kaum noch Luft zu bekommen, sein Atem ging pfeifend. Ein Hustenanfall folgte.

Als er hinter dem Leichenwagen her die Straße bergab fuhr, hatte Gasperlmaier eine Idee, wie man vielleicht zwei Fliegen mit einer Klappe schlagen konnte. Er würde die Richelle mitnehmen, zur Frau Pirkner. Immerhin war die Veronika Pirkner auch Ausländerin und fühlte sich sicher entwurzelt, so glaubte er, dazu kam noch der Schock über den Tod des Ehemanns. Und die Veronika zu trösten war wohl auch eine Aufgabe, die für die Richelle Sinn machte und sie vom Heimweh ablenken würde. Vielleicht würden sich die beiden sogar anfreunden. Natürlich holte man normalerweise in so einem Fall ein professionelles Kriseninterventionsteam, wenn die Betroffenen das wünschten. Aber heute wollte er gar nicht erst die Frau Doktor fragen, die war sicher viel zu beschäftigt. Und seine Idee, dessen war er sich sicher, war eine gute.

Zu Hause schien alles ruhig, die Christine musste in der Schule sein, aber aus dem Wohnzimmer hörte Gasperlmaier Geräusche. Die Richelle war gerade dabei, dem Theo ein Bilderbuch vorzulesen, auf Englisch. Der Kleine hörte aufmerksam zu und hatte sich an sie gekuschelt. „Du, Richelle!“ Gasperlmaier erzählte so knapp wie möglich von den Ereignissen des Morgens und erläuterte der Richelle seinen Plan. Dabei musste er höllisch aufpassen, dass ihm nichts herausrutschte, was den Theo erschreckte. Das erwies sich als so schwierig, dass die Richelle schließlich sagte: „Ich kenne mich gar nicht aus!“ „Kannst du mit mir fahren und den Theo bei den Mädchen oben lassen?“ Gasperlmaier sah zur Decke.

„Can I go for a drive with Grandpa? You could play with your aunties? That okay?“ Der Theo nickte. Er war wirklich ein braves Kind. Eine Zeitlang dauerte es noch, bis die Richelle mit der Katharina und der Stefanie die Bedingungen für die Kinderaufsicht ausgehandelt hatte, schließlich aber saß sie doch neben ihm im Einsatzwagen. „It's my first ride in a police car!“, lachte sie. Das verstand auch Gasperlmaier. Gott sei Dank. Jetzt musste er deutlicher werden. „Der Mann von der Frau, zu der wir fahren, ist umgebracht worden. Erstochen. Vielleicht kannst du ein bisschen mit ihr reden, sie trösten, eventuell ein, zwei Stunden bei ihr bleiben. Sie ist auch keine Einheimische. Aus der Slowakei.“ „Erstochen? Stabbed?“, hauchte die Richelle und legte beide Hände vor den Mund. „Ja, aber wir glauben ... ich glaube nicht, dass sie es war. Sie hat zwei kleine Kinder, und ... also, wie hätte sie den Mann dann zum Salzberg fahren und dort im Schnee vergraben können? Dazu ist sie viel zu ..." Fast hätte Gasperlmaier „schwach" gesagt, aber das war ein Wort, das Frauen gar nicht gern hörten. „Zierlich!", sagte er schließlich. Die Richelle nickte. „Ich werde das versuchen!"

„Was ist Einheimische?", fragte sie, nachdem sie ein paar Sekunden geschwiegen hatte. „Wer hier geboren ist, ist einheimisch." „Also können der Theo und ich gar nicht werden einheimisch, wie du sagst?" „Schon!", ruderte Gasperlmaier zurück. „Weil doch seine Großeltern, und sein Vater, weil wir Einheimische sind. Da seid ihr dann auch einheimisch, auch wenn ihr nicht hier geboren ... also, so genau nehmen wir das nicht!", schloss er. Es war auch wirklich kompliziert und nicht so einfach zu erklären. „Was ist zierlich?", fragte die Richelle nun. Sie sagte „zierlik". Gasperlmaier fuchtelte ein wenig mit dem linken Arm vor der Windschutzscheibe herum, weil er nicht recht wusste, wie er das erklären sollte. „Das Gegenteil von groß und kräftig!", sagte er schließlich. „Schwach?", fragte die Richelle zurück. Gasperlmaier nickte. „So ungefähr!", gab er zu. „Auf jeden Fall habe ich mir gedacht, dass du genau die bist, die die Frau Pirkner jetzt brauchen kann!", sagte er, um auf ein anderes Thema zu kommen. „Schauen wir einmal!", lächelte die Richelle. Einen wichtigen Satz hatte sie also schon gelernt, dachte Gasperlmaier bei sich.

Der Kombi der Frau Doktor stand einsam vor dem Haus, als sie eintrafen. Gasperlmaier läutete, und die Manuela kam anstatt der Hausherrin, um die Tür zu öffnen. „Richelle?" Die Manuela war erstaunt. „Ja", sagte Gasperlmaier. „Ich hab sie mitgebracht, damit die Frau Pirkner nicht ganz allein ist, wenigstens eine Stunde oder zwei!" „Gute Idee! Hoffen wir, dass die Frau Pirkner das auch so sieht. Professionelle Krisenintervention hat sie nämlich abgelehnt, sie möchte jetzt nicht mit noch mehr Fremden zu tun haben, sagt sie. Ist es okay, wenn ich dann fahr? Zu zweit reicht doch. Oder?“ Gasperlmaier nickte und warf ihr die Autoschlüssel zu.

Die Frau Doktor zog zwar die Augenbrauen hoch, als sie die Richelle sah, begrüßte sie und Gasperlmaier aber nur mit einem Nicken. Die Veronika Pirkner saß aufrecht auf dem Sofa gegenüber dem Kamin und sah irgendwie, Gasperlmaier musste überlegen, versteinert aus. Reglos, und auch ohne Tränen. Die Hände hatte sie auf den Knien abgestützt. „Das ist meine Schwiegertochter, Frau Pirkner. Richelle. Sie kommt aus Kanada. Sie könnte bei Ihnen bleiben, wenn wir wegmüssen. Damit Sie nicht ganz allein sind.“ „Das ist nett, aber nicht nötig!“, sagte die Veronika und schüttelte ganz leicht ihren Kopf. Ihre glatten, dunklen Haare schlugen Wellen. „Können wir ...“ Gasperlmaier deutete auf das zweite Sofa, das bisher frei geblieben war. Die Frau Doktor nickte, und sie setzten sich. „Wir haben“, sagte die Frau Doktor, „bisher nur die Aussage von Frau Pirkner, dass sie das Haus vorgestern nur am Vormittag verlassen hat. Da war sie bei einer Tankstelle Milch besorgen, die ist ihr ausgegangen. Dafür gibt es auch einen Beleg. Nachmittags war sie zwei Stunden allein zu Hause, die Meli war mit den Kindern am Loser Skifahren. Ab 17 Uhr waren allerdings auch die Kinder zu Hause, die Meli ist bis circa 19 Uhr geblieben.“

„Können Sie mir nicht sagen, was mein Mann gemacht hat, vorgestern? Wer ihn getötet hat?“, hauchte die Veronika. „Frau Pirkner, wir sind erst am Anfang unserer Ermittlungen. Wir wissen nur, dass er gegen 17 Uhr in seinem Büro angerufen hat, um zu sagen, dass er jetzt nach Aussee unterwegs wäre. Er hat auch von einem Kunden gesprochen, den er noch zu besuchen beabsichtigt. Wissen Sie etwas davon?“ Die Frau Pirkner schüttelte den Kopf. „Wir haben nie über seine Geschäfte gesprochen. Ich weiß davon nichts. Aber er hat mir eine Nachricht geschickt. Dass er kommt, am Abend.“ Sie nahm ihr Handy vom Tisch und wischte darauf herum. „Die Nachricht ist um 15 Uhr gekommen!“ Sie reichte das Handy der Frau Doktor. Die warf einen Blick darauf und legte es wieder auf dem Tisch ab. „Und seither kein Kontakt?“ Wieder wogten die dunklen Haare, als sie den Kopf schüttelte.

Plötzlich fiel Gasperlmaier die Geschichte mit dem Mann ein, der die Pirkners bedroht hatte. Die Frau Doktor wusste davon noch nichts. Wahrscheinlich war jetzt der richtige Zeitpunkt, sie zu informieren. „Kommst du schnell einmal mit hinaus?“, fragte er die Frau Doktor. „Wäre wichtig!“ Die Frau Doktor sah zwar erstaunt zu ihm auf, folgte ihm aber dennoch in die Vorhalle unter den Christbaum, dessen Nadeln mittlerweile großteils auf dem Boden lagen. „Die Pirkner war Striptease-Tänzerin, in der Slowakei. Und der Pirkner ist vor längerer Zeit von einem Slowaken erpresst und angegriffen worden, das haben meine Mädels recherchiert. Könnte das nicht wichtig sein?“ Die Frau Doktor riss die Augen auf. „Und ob! Wie sind die beiden denn darauf gekommen? Hast du ihnen etwa ...?“ Gasperlmaier wedelte mit den Händen vor seiner Brust. „Nein, nein! Das haben die ganz allein herausbekommen!“ „Dazu muss ich die Pirkner natürlich befragen. Kennst du Einzelheiten?“ Gasperlmaier erzählte ihr möglichst wortgetreu, was er von der Katharina erfahren hatte. Als sie zurück ins Wohnzimmer kamen, saß die Richelle neben der Veronika auf dem Sofa und hielt ihre Hand. Sie flüsterten miteinander. Gasperlmaier fand, dass die Veronika schon entspannter aussah. Damit, so vermutete er, würde es aber bald wieder vorbei sein.

„Frau Pirkner“, eröffnete die Frau Doktor die Befragung. „Ihr Mann ist von einem Landsmann von Ihnen angegriffen worden. Das ist zwar schon eine Weile her, aber es könnte für uns relevant sein. Können Sie uns Näheres darüber erzählen?“ Die Veronika zögerte, entzog ihre Hand der Richelle und legte sie wieder auf ihre Knie. Sie nickte. „Das ist Jozef Hlavaty.“ Sie schwieg. „Und?“, bohrte die Frau Doktor. „Er war sehr böse, als ich nicht in die Slowakei zurückgekommen bin.“ „Zurückgekommen?“, fragte die Frau Doktor, mit ein wenig Ungeduld in der Stimme. Die Veronika nickte wiederum. „Ja, ich bin zu einer Misswahl gefahren, nach Graz, Miss Casinos Austria. Das war vor sieben Jahren. Ich war Miss Slowakei.“ Sie lächelte und strich sich eine Haarsträhne hinter ihr Ohr zurück. Sie trug, so fiel Gasperlmaier jetzt auf, sehr große silberne Ohrringe, gleich mehrere ineinander, die sich drehten und blitzten und blinkten. „Sie waren aber auch Tänzerin. Hat das was mit diesem Hlavaty zu tun?“, fragte die Frau Doktor. Gasperlmaier hatte das Gefühl, als würde die Veronika erröten. Sie warf ihm einen Blick zu. War es ihr peinlich, vor ihm darüber zu sprechen?“

„War schwierig, in der Slowakei!“, sagte sie schließlich. „Ich habe Ausbildungen in Tanz, Schauspiel, Musik. Es war teuer, und ich habe Geld gebraucht, meine Eltern konnten nicht alles zahlen. So bin ich auch tanzen gegangen, in diesen Club, Mephisto. Aber nur tanzen!“ Sie hob den rechten Zeigefinger zur Bekräftigung. „Jozef war der Chef von diesem Club, irgendwie auch mein Freund, wir waren zusammen. Er ist furchtbar wütend gewesen, weil ich nicht zurückgekommen bin. Ich war dann mit Anton zusammen, gleich nach dieser

Misswahl. Er war so gut zu mir. Und ein Jahr später haben wir geheiratet." „Und was wollte der Hlavaty von Ihrem Mann?", wollte die Frau Doktor wissen. Jetzt flossen plötzlich die Tränen. Gut so, dachte Gasperlmaier bei sich. Irgendwann mussten sie ja einmal heraus. Die Richelle strich ihr sanft über den Rücken. „Er hat gedacht, er kann Anton erpressen, mit Fotos von mir, im Club Mephisto. Aber Anton kannte die Fotos, er hat nur gesagt, er ist stolz, dass er so schöne Frau hat. Dann hat Jozef probiert, dass er eine Ablöse für mich von Anton bekommt. Er hat behauptet, ich sei das beste Pferd in seinem Stall, und er hat so viel Geld in mich investiert, dass er Ablöse bekommen muss. Anton hat ihn nur ausgelacht, da hat Jozef ihn geschlagen, aber eine Polizistin hat ihn vertrieben."

„Was meinte der Hlavaty mit ‚investiert'?", fragte die Frau Doktor. „Na, wir waren eine Zeitlang zusammen, er hat mir ein paar Geschenke gemacht, Schuhe, Taschen, Schmuck. Ich habe ihm alles zurückgegeben, ich wollte das nicht mehr." „Also, wie ich das sehe, Frau Pirkner, müssen wir uns diesen Hlavaty einmal ganz genau ansehen. Womöglich hat er, trotz der Jahre, die vergangen sind, noch einen Hass auf Ihren Mann. Und Sie. Deswegen werden wir ein bisschen auf Sie aufpassen, solange wir diesen Hlavaty noch nicht in unserem Gewahrsam haben!" „Aufpassen?" Die Veronika hob den Kopf. „Ja, natürlich können wir nicht ständig jemanden vor Ihrem Haus postieren, aber wir werden mehrmals am Tag vorbeifahren und schauen, ob alles in Ordnung ist. Und wenn Ihnen irgendwas auffällt, die kleinste Kleinigkeit, dann rufen Sie uns an!" Sie kramte in ihrer Handtasche und reichte der Veronika ihre Visitenkarte. „Und öffnen Sie niemandem die Tür, den Sie nicht kennen. Dem Hlavaty, falls er hier auftaucht, natürlich auch nicht!“ Die Veronika nickte. „Aber warum sollte Jozef mir was tun? Was würde ihm das nützen?“, fragte sie. „Wissen wir nicht!“, gab die Frau Doktor zu. „Reine Vorsichtsmaßnahme!“ Sie stand auf.

„Ach übrigens!“ Sie drehte sich noch einmal zur Veronika um. „Wissen Sie irgendwas über Geschäfte, die Ihr Mann im Ausseerland getätigt hat? Hat er hier Kunden gehabt? Investoren getroffen?“ Die Veronika schüttelte den Kopf, wieder wogten ihre dunklen, glänzenden Haare. Es war ein spektakulärer Anblick. „Er hat mit mir nie über Geschäfte geredet“, sagte sie. „Du brauchst nichts zu wissen, du verstehst es sowieso nicht, hat er mir immer gesagt.“ Sie schüttelte den Kopf, so, als habe ihr Mann sie damit verärgert. „Und er hat wohl recht gehabt. Diese Sachen gehen mich ja nichts an!“ „Vielen Dank, Frau Pirkner, und nochmals mein aufrichtiges Beileid. Franz, wir fahren.“ „Ist es recht, wenn meine Schwiegertochter noch bei Ihnen bleibt?“, fragte Gasperlmaier. Die Veronika nickte. „Ja, sie ist sehr nett. Es ist doch besser, nicht allein zu sein.“ Sie lächelte scheu. „Ich hol dich später ab. Ich ruf vorher an!“, sagte Gasperlmaier zur Richelle. „Okay“, sagte die. „Ich bleibe auf jeden Fall, bis die Kinder heimkommen!“ „Nachmittag kommt auch Meli. Sie holt die Kinder zum Skifahren ab!“, sagte die Veronika, der schon wieder Tränen über die Wangen liefen.

„Das wird kein Spaß!“, sagte die Frau Doktor, als sie draußen vor ihren Autos standen. „Mir fehlt momentan völlig der Plan. Da ist einmal dieser Pirkner, der hat anscheinend eine ganze Menge Dreck am Stecken, mit seinen windigen Immobiliengeschäften. Bis wir da durch sind ... da hole ich mir Hilfe aus Liezen. Oder aus Graz. Das sind Sachen, die kann man auch vor dem Computer und am Telefon erledigen." „Dann haben wir diesen Hlavaty", sagte Gasperlmaier, „der könnte eine Wut auf den Pirkner gehabt haben. Aber die Geschichte ist Jahre her ..." „Das sagt gar nichts", meinte die Frau Doktor. „Ich kenne Fälle, da hat sich jemand nach mehr als 20 Jahren an einem Widersacher gerächt." „Und die Witwe?", fragte Gasperlmaier. „Sollen wir die ganz draußen lassen?" „Ich kann mir nicht vorstellen, wie das gegangen sein könnte. Und außerdem, hat sie ein Motiv? Ihr ist es ja gut gegangen, weil der Pirkner für sie gesorgt hat!" Die Frau Doktor öffnete ihr Auto mit der Fernbedienung. „Und außerdem ist es mir hier zu kalt zum Diskutieren. Fahren wir auf den Posten!"

„Die Witwe", fiel Gasperlmaier ein, als er den Kombi der Frau Doktor auf der vereisten, aber gestreuten Straße bergab lenkte, „könnte aber doch ein Motiv gehabt haben. Die Sekretärin. Wenn er mit der tatsächlich was gehabt hat ..." „Sie kommt aber, mangels Gelegenheit, kaum in Frage, haben wir gesagt?", wandte die Frau Doktor ein. „Vielleicht der Mann von der Sekretärin? Wenn die verheiratet ist?" „Kommt mir weit hergeholt vor. Und was wir noch gar nicht in unsere Überlegungen miteinbezogen haben – was hat der Mord mit dem am Eckhardt zu tun? Sind die beiden vom gleichen Täter getötet worden? Und wenn ja, was hatten die beiden miteinander zu tun? Und mit ihrem Mörder? Der Fall macht mich rasend! So viele lose Enden ... Der einzige Zusammenhang zwischen den Morden ist momentan der Grün. Er hat den Eckhardt gekannt, zumindest online, und er kennt die Veronika Pirkner. Und das Haus." Sie waren vor dem Posten angekommen. „Aber warum sollte der ...?" „Wir fragen ihn."

„Ich hab Neuigkeiten für euch!“ Die Manuela hielt ein Exemplar der Schillingzeitung in die Höhe, als sie die Dienststelle betraten. „Viel hat sie nicht herausgefunden, die Maggie Schablinger.“ Gasperlmaier nahm ihr die Zeitung aus der Hand. „Serienmord aus Frauenhass?“, titelte das Blatt. Wie üblich, so dachte er bei sich, mit einem Fragezeichen. „Auf freiem Fuß!“, stand in fetten Lettern als Anreißerzeile über dem Titel. „Ach Gott!“, stöhnte die Frau Doktor. „Da sind wir wohl von der falschen Annahme ausgegangen, dass die Maggie irgendwas recherchiert, bevor sie drauflosfaselt!“ „Ein in Wien lebender Ostdeutscher ist dringend verdächtig, zwei Männer kaltblütig mit Plastiksäcken ermordet zu haben“, zitierte Gasperlmaier. „Die Säcke wurden über die Köpfe der Opfer gestülpt. Klebeband um den Hals – die im Todeskampf röchelnden Opfer waren dem eiskalten Killer egal. Sie hatten keine Chance.“ Gasperlmaier ließ die Zeitung sinken. „Jetzt haben wir sie auf den Lützen gehetzt. Womöglich wird der noch gelyncht!“ „Was steht denn sonst noch im Artikel?“, fragte die Manuela. „Ich mag's gar nicht lesen!“ Gasperlmaier warf ihr die Zeitung auf den Schreibtisch. Die Manuela nahm sie auf und vertiefte sich in den Artikel.

„Eine interessante Theorie hat sie schon!“, sagte sie. „Hört einmal zu: ‚Oder ist der Sackerl-Mörder etwa ein Rächer? Hat er sich vorgenommen, auf eigene Faust die Welt von Schurken zu befreien? Das zweite Opfer war ein übler Hassposter – und wie die Schilling-Zeitung exklusiv berichten kann, war auch das erste Opfer des Sackerl-Killers kein unbeschriebenes Blatt: Sebastian Brandner aus Salzburg war mehrmals aufgefallen, weil er Frau und Tochter verprügelt hatte. Er durfte sich auf richterlichen Befehl hin seiner Familie nicht mehr nähern!“

„Das ist Blödsinn!“, ärgerte sich die Frau Doktor. „Der Mord in Salzburg hat mit unserem nichts zu tun, unser Mörder ist bloß ein Trittbrettfahrer, der versucht hat, den Mord von Salzburg nachzuahmen. Es gibt nämlich da schon entscheidende Unterschiede. Ich hab mir die Akten in meinem Büro noch einmal genau angeschaut.“ „Zum Beispiel?“, fragte die Manuela. „In Salzburg hatten wir eindeutige Merkmale von Übertötung, also Wut, Raserei, eine Beziehungstat. Diese Merkmale fehlen uns.“

„Vor allem passt der Pirkner nicht in dieses Schema“, warf die Manuela ein. „Na ja“, überlegte Gasperlmaier. „Er war ja irgendwie auch ein Schurke, nicht? Mit seinen halbseidenen Immobiliengeschäften, und so?“ „Wir suchen also einen Mann, der Gewalttäter hasst, der Hassposter im Internet ausschalten will und zusätzlich noch was gegen Immobilienhaie und häusliche Gewalt hat. Also sozusagen die eierlegende Wollmilchsau unter den Verbrechern.“ „Aber“, warf Gasperlmaier ein, „denk einmal andersherum: Einer, der vom Pirkner um viel Geld gebracht worden ist. Dann kämpft er gegen das Unrecht und wird deswegen von Internettrollen verfolgt. Und dann ...“, er ließ ratlos die Hände sinken, mit denen er während seiner Ausführungen eifrig gestikuliert hatte. „Jetzt reicht's aber!“, unterbrach die Frau Doktor die zunehmend phantastischer werdenden Theorien. „Bleiben wir doch auf dem Boden der Tatsachen!“

„Hat sie jetzt eigentlich“, fragte Gasperlmaier, „ich meine die Schablinger, hat sie sich entschuldigt, wegen der Arabella Liebig?“ Die Manuela nahm die Zeitung noch einmal zur Hand. „Liebig, Liebig“, murmelte sie, während sie mit dem Finger die Zeilen entlangfuhr. „Den anfänglichen Verdacht gegen eine deutsche

Schauspielerin haben die Behörden mittlerweile fallenlassen, steht da. Sonst kein Wort über die Liebig." „Das klingt jetzt aber so", sagte Gasperlmaier, „als ob wir uns geirrt hätten. Zuletzt war die Liebig mit Foto und Namen drin. Und heute ..." „Falsches Luder!", zischte die Frau Doktor. „So hab ich mir das nicht vorgestellt! Na warte!" Auf was die Schablinger warten sollte, das ließ sie im Dunkeln.

„Na, dann?", sagte die Frau Doktor anschließend. „Wie besprochen – befragen wir den Grün?" „Das wird ein bisschen mühsam", mischte sich die Manuela ein. „Ich hab gerade mit dem Produzenten telefoniert. Genauer gesagt, mit seinem Büro in Wien. Laut Dispo drehen sie heute auf der Loserhütte." Gasperlmaier seufzte. „Da gibt's nur zwei Möglichkeiten. Entweder, wir müssen auf die Ski. Oder zu Fuß. Da müssen wir aber zweimal mit dem Sessellift ..." „Na, wenn er auf der Loserhütte oben hockt, kann er uns ja nicht davonrennen, der Grün, nicht? Ich glaub, ich muss mich eine Zeitlang hinter den Computer setzen, ein bissl recherchieren. Weil ich hoffe, dass wir das Bewegungsprofil und die Anrufliste vom Pirkner schnell bekommen werden. Und du kriegst einen Spezialauftrag!" Die Frau Doktor lächelte. „Spezialauftrag?", wiederholte Gasperlmaier. Sie nickte. „Du fährst hinauf zur Loserhütte und nimmst dir den Grün zur Brust, quetschst ihn aus, nach Strich und Faden! Weil, da oben kann er dir nicht aus. Wenn wir ihn abholen lassen, ist der Überraschungseffekt dahin!" Gasperlmaier hatte wenig Lust, mit dem Sessellift zur Hütte hinaufzugondeln. Und wenn ihn vielleicht der Willi im Pistengerät hinauffuhr, war das auch nicht viel besser. Laut und kalt. Und außerdem, das wagte er aber nicht einzugestehen, fürchtete er sich, wenn das Pistengerät über eine Steilstufe der Piste bergauf fuhr. Bergab noch viel mehr. „Ist der überhaupt noch verdächtig?“, versuchte er es deshalb. Die Frau Doktor sah ihn von der Seite her kritisch an. „Ich sag dir was, Franz. Dieser Fall – jeden Tag öffnet sich ein weiteres Feld, auf dem wir halbblind herumirren. Und die Schnittmenge zwischen unseren Feldern, die sehen wir noch nicht wirklich. Aber ein Teil der Schnittmenge ist dieser Grün, der ist auf beiden Schauplätzen präsent. Und deshalb ...“ „Passt schon!“, kürzte Gasperlmaier ab und setzte seine Kappe auf.

Wenig später saß er auf dem Rücksitz eines Ski-Doo und bereute zutiefst, dass er bei der Talstation der Loserlifte nachgefragt hatte, ob es eine Möglichkeit gab, schneller hinaufzukommen als mit dem Lift. Mit einer Hand hielt er sich krampfhaft am Haltegriff unterhalb seines Sitzes, mit der anderen musste er des Fahrtwinds wegen seine Kappe festhalten. Bis er auf die Idee kam, die Kappe abzunehmen und sich auch mit der anderen Hand festzuhalten. Nun bestand wenigstens nicht mehr die Gefahr, dass er vom Rücksitz geschleudert wurde, stattdessen froren ihm fast die Ohren ab. Der Willi gab kräftig Gas, und der Ski-Doo röhrte, mit Blinklicht und Warnpiepser, die Piste hinauf. Gasperlmaier kniff die Augen zusammen und sah die Skifahrer nur schemenhaft an sich vorbeihuschen. Bei jeder Welle hob es ihn vom Sitz, danach wurde er wieder heftig nach unten gedrückt. Es war wie in einer Achterbahn. Glaubte er zumindest, denn auf ein solches Fahrgeschäft hatte er sich noch nie begeben, weil er nicht einsah, warum man auch noch dafür bezahlen sollte, dass man sich zu Tode ängstigte. Die Christine hatte er in Wien im Prater einmal dazu überredet, dass sie mit ihm Geisterbahn fuhr, aber selbst das war ein Fehler gewesen. Während die Christine vor Begeisterung gejuchzt hatte und sich vor Lachen gar nicht mehr einkriegen konnte, war er ebenso verkrampft im Wagen gekauert wie heute auf dem Ski-Doo.

„Brauchst nicht warten", sagte er deshalb zum Willi, als er vor der Loserhütte abstieg, „ich fahr mit dem Lift hinunter. Eilig hab ich's ja nicht!" „Wie du meinst!", rief der Willi und röhrte wieder los. Gasperlmaier atmete tief durch und stellte fest, dass er zitterte. Ob vor Kälte oder vor Aufregung, das konnte er nicht sagen und es war ihm auch egal. Jedenfalls konnte er so nicht mit dem Grün reden, zuvor musste er sich erfangen.

„Servus, Gasperlmaier. Was führt dich denn zu uns herauf?", fragte der Kilian, der Hüttenwirt. „Doch nicht etwa wieder eine Leich?" Gasperlmaier schüttelte den Kopf. Vor Jahren hatte man einmal gleich zwei Leichen abgestürzter Bergsteigerinnen hier heroben bergen müssen, bei denen sich rasch herausstellte, dass jemand beim Absturz nachgeholfen hatte. Deswegen waren er und die Frau Doktor ins Spiel gekommen. „Bringst mir einen Zottler, bitte!", sagte Gasperlmaier und rieb sich die Hände. „Kalt war's, auf dem Ski-Doo!", fügte er zur Erklärung hinzu. „Wo sind's denn, die Filmleut?" Der Kilian seufzte. „Ich bring ihn dir gleich. Auf der Terrasse sind's. Ich hab extra absperren müssen, für den ganzen Tag. Was glaubst, was mir meine Kunden erzählen!" „Ist aber eh zu kalt, draußen, oder?" „Mir schon. Aber die Skifahrer ..." Er schüttelte den Kopf, als hielte er Leute, die bei diesem Wetter draußen sitzen wollten, samt und sonders für verrückt.

Als Gasperlmaier einen Schluck genommen hatte und seine Hände um den Becher mit dem Zottler schloss, wurde ihm etwas wohler. Es gab nichts Besseres gegen die Kälte als dieses Getränk aus Tee, Milch, Rum und Vanillezucker, das es nur im Ausseerland gab.

Der Kilian hatte es mit dem Rum gut gemeint. Gasperlmaier spähte durch ein Fenster hinaus auf die Terrasse. Wahrnehmen konnte er nur technisches Gerät, Kameras, Monitore und Scheinwerfer, die eigentliche Szene des Geschehens musste außerhalb seines Blickfeldes liegen. Sein Handy piepte. „Verbindungsdaten von Pirkner eingetroffen!", las er in einer Nachricht der Frau Doktor.

Als der Zottler ausgetrunken war, begab Gasperlmaier sich vorsichtig Richtung Terrasse. Vor der Tür nach draußen stand allerdings ein Mädchen, das offenbar dort postiert worden war, um aufzupassen, dass während des Drehs niemand die Tür benutzte. Sie lächelte und legte den Zeigefinger vor den Mund. „Wird gerade gedreht!", sagte sie. „Und die Tür, die brauchen wir!"

„Guten Morgen, Herr Inspektor!", hörte er von hinten. Die Arabella Liebig war hinter ihm aufgetaucht. Eingehüllt in einen dicken, rostfarbenen Steppmantel. „Was führt Sie denn hierher? Dringende Geschäfte?" „Wie man's nimmt!", antwortete Gasperlmaier wenig schlagfertig. Die Liebig schenkte ihm ein so freundliches Lächeln, dass es ihm die Sprache verschlug. „Ich bin gleich dran." Sie deutete zur Terrasse hin. „Aber es dauert noch ein bisschen." Gasperlmaier hatte plötzlich einen dringenden Gedanken. Heute sah sie so gut aus, die Liebig. Nicht einfach nur gut, sondern bezaubernd. „Ob ich vielleicht ... könnten wir ... ich meine ...", stotterte er herum. „Ein Selfie für Ihr Fotoalbum?", lachte sie. „Na klar! Mit Polizisten immer!" Ein wenig nervös fingerte Gasperlmaier sein Handy hervor, öffnete die Kamera-App und stellte sich neben die Liebig. „Nur nicht so schüchtern, Herr Inspektor! Sie müssen schon ein wenig näher kommen!" Sie fasste ihn um die Mitte und drückte ihren Kopf gegen seine Schultern.

Gasperlmaier wurde warm. Zwei-, dreimal drückte er auf den Auslöser. „Eins wird schon was geworden sein!“, sagte er, weil ihm nichts anderes einfiel. Die Liebig aber stellte sich auf die Zehenspitzen und legte ihre Lippen an seine Wange. „Jetzt noch eins!“ Ihr Atem streifte sein Ohr, und etwas zittrig drückte er noch zweimal ab.

„Frau Liebig!“, meldete sich das Mädchen an der Tür. „Ich muss von hier herinnen auftreten“, erklärte sie und löste sich von Gasperlmaier. „Können Sie gern auch posten!“, sagte sie noch. „Das tu ich eher nicht!“, krächzte Gasperlmaier, dem vom eben Erlebten ganz heiß war. Eine Garderobiere riss der Liebig den Mantel von den Schultern, die Tür öffnete sich, und die Schauspielerin trat ins strahlende Licht der Scheinwerfer. Schon war die Tür wieder zu. Unter dem Steppmantel hatte die Liebig ein weißes Leibchen getragen, dessen Reißverschluss nicht einmal bis oben hochgezogen war. „Sie soll draußen in der Sonne sitzen“, erklärte die Garderobiere. „Die Sonne hätten wir ja, aber weil es so kalt ist ...“ Sie hob den Mantel zur Erklärung hoch. „Es ist schon die siebente, und sie hat so gefroren ...“

Das Filmgeschäft, schlussfolgerte Gasperlmaier, war auch nicht so glamourös, wie man es sich gemeinhin vorstellte. Er betrachtete verstohlen die Fotos, die er gemacht hatte. Leider hatte er aufs Lächeln vergessen, und er sah auf allen Fotos ausgesprochen dämlich drein. Die würde er nicht herzeigen. Und schon gar nicht würde die Christine das Foto zu sehen bekommen, auf dem die roten Lippen der Liebig auf seiner Wange ruhten. Ihr sichtbares Auge blitzte. Gasperlmaier steckte das Handy weg.

„Wann kann ich ...?“, fragte er. „Gleich!“, versicherte ihm das Mädchen an der Tür. Gasperlmaier fiel ein, dass er sich noch gar keine Strategie für die Befragung des Grün ausgedacht hatte. Er war selten in die Situation gekommen, eine Befragung allein, ohne die Frau Doktor oder die Manuela an seiner Seite, durchführen zu müssen. Leider ging dann alles ganz schnell. „Drehpause!", rief das Mädchen und riss die Tür auf. Ein Schwall kalter Luft drang herein, gleich dahinter ein Haufen zitternder und bibbernder Menschen, allen voran die Arabella Liebig, die sofort wieder ihren Mantel umgehängt bekam.

Gasperlmaier erspähte den Grün, der sich, so kam es ihm zumindest vor, ungesehen an ihm vorbeidrücken wollte. „Herr Grün!" Er trat einen Schritt vor. „Ich möchte Ihnen gern ein paar Fragen stellen!" Das war, fand Gasperlmaier, immer ein guter Beginn. „Draußen!", kommandierte er, denn in der Hütte würde man jetzt keine ruhige Ecke finden.

Auf der Terrasse blies der Wind. „Wir gehen da hinüber!", entschied Gasperlmaier. „Da ist es windgeschützt!" Der Grün folgte ihm wortlos. Ihm war wohl klar, dass er hier nirgendwohin flüchten konnte.

„Fangen wir einmal ganz vorne an!" Gasperlmaier hatte sich für die chronologische Methode entschieden. „Wo sind Sie denn der Meli, ich meine, der Melanie Kahlß, zum ersten Mal begegnet?" „Ist das wichtig?", fragte der Grün trotzig zurück. Gasperlmaier seufzte. „Wenn's ohne Gegenfragen geht, sind wir schneller fertig." „Also, ich ... sie hat beim Drehen zugeschaut. Das war ... ich weiß nicht genau, kurz, nachdem wir angekommen sind, am 2. Jänner. Da ist es losgegangen." „Einzelheiten?", forderte Gasperlmaier. „Ja, kalt war es, und sie ist da so herumgestanden, und in einer Drehpause hab ich sie halt gefragt, ob wir danach was trinken gehen, zum Aufwärmen?" Er hob die Stimme am

Satzende, so, als ob er eine Frage stellen würde. „Weil, sie ist ..." „Ja?", fragte Gasperlmaier nach. „Sie hat mir halt gefallen. Und wenn du beim Film arbeitest, dann ..." Gasperlmaier erinnerte sich daran, dass es bei Befragungen wichtig war, es so zu drehen, dass der Befragte glaubte, man wäre auf seiner Seite. „Sind halt fesch, unsere Mädchen hier!" Der Grün lächelte erstmals und nickte. „Dann?", fragte Gasperlmaier. „Mich interessiert vor allem, wie du ins Haus Pirkner gekommen bist!" Der Grün zuckte mit den Schultern, suchte in einer seiner Taschen nach einer Zigarette und zündete sie an. Gasperlmaier ließ ihn gewähren. „Sie hat gesagt, sie muss abends babysitten. Und ich kann mitkommen, die Frau Pirkner hat sicherlich nichts dagegen." „Wann war denn das?" Davon hatte die Veronika Pirkner nämlich nichts erzählt, dass sie einmal abends fort gewesen war und die Kinder dem Grün und der Meli überlassen hatte. „Das war ..." Der Grün nahm einen tiefen Zug. „Ich glaub, am Freitag. Jedenfalls vor dem Wochenende. Ja, am Freitag." „Wo ist die Frau Pirkner hin? Und wann ist sie wieder zurückgekommen?", fragte Gasperlmaier. „Wohin sie ist, weiß ich nicht ... aber sie ist abgeholt worden, von einer anderen Frau. Mit blonden, kurzen Haaren. Hat so ausgeschaut, als ob sie befreundet wären. Und zurückgekommen ist sie so um elf. Schätze ich." „Genauer wissen Sie's nicht?" Der Grün schüttelte den Kopf.

„Was habt ihr denn gemacht?", fragte Gasperlmaier ganz spontan, ohne sich das vorher überlegt zu haben. Der Grün zog sich sofort etwas zurück. „Wieso?", fragte er. „Hat sie was gesagt, die Pirkner?" „Was hätte sie denn sagen können?", fragte Gasperlmaier. „Nichts!", sagte der Grün und warf seine Zigarette in den Schnee, was Gasperlmaier nicht gerne sah, aber durchgehen ließ, weil er nicht wollte, dass der Grün sich völlig verschloss. „War's das dann?"

„Wie oft warst du denn bei den Pirkners?", fragte Gasperlmaier nach. „Ein-, zweimal?" Wieder dieser Frageton, stellte Gasperlmaier fest. „Ist dort irgendwas vorgefallen, etwas, das uns helfen könnte, mehr über den Tod des Herrn Pirkner zu erfahren?" „Der ist tot?" Die Stimme des Grün überschlug sich. War das jetzt ein Eingeständnis, dass er etwas mit diesem Tod zu tun hatte, oder war er bloß geschockt? Gasperlmaier wusste seine Reaktion nicht zu deuten. „Also ehrlich!" Der Grün begann zu stottern. „Wir haben nur ... eine Flasche Champagner und einen Whisky, da waren so viele, wir waren sicher, dass es nicht auffällt! Das können die ohnehin nie selber trinken!" Der Grün erschien echt erschüttert. Innerlich musste Gasperlmaier lachen, nach außen hin aber bemühte er sich, eine strenge Miene aufzusetzen. „Ihr habt also den Weinkeller geplündert?" „Also, geplündert! Sie hätten sehen sollen, wie viele ..." „Egal!", unterbrach ihn Gasperlmaier. „Hat die Frau Pirkner etwas bemerkt, hat sie euch zur Rede gestellt?" Der Grün schüttelte abermals den Kopf. „Und wer ist dann gefahren, mit dem Champagner und dem Whisky im Schädel?" „Die Meli hat nicht viel ... und außerdem, sie hat gesagt, das Auto ist von ihrem Bruder. Da darf niemand anderer. Und ich kann sowieso nicht gut ... ich bin noch nie im Schnee gefahren, und ..." „Schon gut!" Gasperlmaier brachte ihn mit einer beschwichtigenden Geste zum Schweigen.

Er war mit seinen Gedanken schon woanders. Man musste wohl herausfinden, wer die Frau war, die die Veronika abgeholt hatte, und wo sie gewesen war. Der Pirkner war zwar am vergangenen Freitag noch quicklebendig gewesen, aber man konnte nie wissen. „Hast du den Herrn Pirkner eigentlich auch einmal gesehen?“, fragte Gasperlmaier. Der Grün schüttelte den Kopf. „Aber telefoniert hat die Frau Pirkner mit ihm!“ „Wann denn? Und worüber?“ Das interessierte Gasperlmaier. „Am Montag, glaub ich ... ja? Und viel hab ich ja nicht mitgekriegt. Außer, dass er am Abend jemanden in Aussee besuchen wollte. Sie hat nachgefragt, wen, und ob das ein neuer Kunde ist, aber ich hab natürlich die Antwort nicht verstanden.“ „Nicht verstanden. Schade“, wiederholte Gasperlmaier. „Was hat sie dann gesagt?“ „Na, sie hat gesagt, ‚aber dann kommst du gleich, Schatz?‘ So ähnlich. Und sie hat genickt. Sie hat noch gefragt, ob er was zu Abend essen will, aber das wollte er anscheinend nicht, weil sie hat ganz enttäuscht dreingeschaut.“ „Am Montag war das?“, fragte Gasperlmaier nach. „Ich glaub schon.“ Der Grün schien erbärmlich zu frieren, aber das war Gasperlmaier nur recht. Er wollte sicherlich noch einmal ins Warme, bevor man wieder zu drehen begann. Montag würde passen, dachte er bei sich. Der Tag, an dem der Pirkner verschwunden war.

„Haben Sie vielleicht irgendwas mitbekommen von dem Toten, den wir oben in der Nähe des Hauses Pirkner gefunden haben? Haben Sie jemanden gesehen, ein Auto vielleicht, jemanden, den Sie nicht kennen ...“ „Ich kenn hier niemanden!“ Der Grün lachte. „Außer der Meli halt, und Sie, und die Pirkners.“ „Und wann war das noch einmal, als Sie erstmals da oben waren?“ „Hab ich doch schon gesagt. Am Freitag. Die Meli wär fast hängen geblieben, weil sie einem Fußgänger ...“ „Da war ein Fußgänger?“, fragte Gasperlmaier nach. „Ja, ein Mann mit einem Dackel. Er ist beinah hineingefallen, in den Schneehaufen am Straßenrand.“ Ein Mann mit einem Dackel. Konnte der Lechner Edi mit seinem Rüdiger gewesen sein, schlussfolgerte Gasperlmaier.

Er warf einen Blick zur Terrasse. Die Filmcrew begann bereits wieder aus der Hüttentür zu strömen. „Scheiße!“, fluchte der Grün. Aus einer Aufwärmpause war nichts geworden. Viel hatte Gasperlmaier nicht erfahren, und verdächtig gemacht hatte sich der Grün auch nicht. Alles, was er sagte, passte irgendwie zu dem, was sie schon wussten. „Na, dann viel Spaß noch!“, sagte Gasperlmaier. „Spaß!“, wiederholte der Grün verächtlich, zündete sich neuerlich eine Zigarette an und wandte sich der Terrasse zu. „Noch eins!“, hielt Gasperlmaier ihn zurück. „Dass Sie uns Ihr Handy nicht überlassen haben ... hat das mit der Fotosammlung zu tun, die Sie drauf haben? Von Frau Liebig?“ Der Grün klappte den Mund auf und zu und lief rot an. „Sehen Sie!“, triumphierte Gasperlmaier. „Wir kommen eben auf alles drauf! Wir sprechen uns noch!“ Der Grün verschwand so pfeilschnell, als laufe er um sein Leben.

Gasperlmaier überlegte, wie er es anstellen sollte, wieder hinunter zum Parkplatz zu kommen, ohne dass er eine halbe Stunde auf dem Lift fror. Noch dazu hätte er zur Bergstation ein gutes Stück aufsteigen müssen, und das auf der Piste. Als er in die Hütte trat, begegnete ihm der Kilian. „Brauchst einen Ski-Doo?“, fragte er. „Lieber nicht!“, antwortete Gasperlmaier. „Aber hättest du vielleicht ein Paar Skier für mich? Und Schuhe?“ „Freilich!“, nickte der Kilian. „Kannst meine nehmen. Da hinten stehen sie, die roten. Unten gibst sie bitte beim Lift ab, damit sie sie mir wieder heraufschicken!“ Gasperlmaier bedankte sich erleichtert. Die Schuhe rochen zwar nicht angenehm und waren ein wenig zu groß, aber das Abfahren machte trotzdem weit mehr Spaß als die Fahrt mit dem Lift. Ob sich jemand über den Polizisten in Uniform auf Skiern wunderte, war ihm egal, und es dauerte nur fünf Minuten, bis er unten an der Talstation des Lifts ankam. Was ihm nicht egal war, war, dass ihm seine Ohren schon wieder fast abgefroren waren, denn seine Dienstkappe hatte er unter der Jacke mitführen müssen. Und über die Ohren wäre sie ohnehin nicht gegangen.

Im Auto presste er beide Hände gegen die schmerzenden Ohren, aber es half wenig. Gott sei Dank war er allein, da konnte er sich ein wenig Jammern leisten.

11

„Was ist denn mit deinen Ohren?“, fragte die Manuela, als er auf den Posten kam und seine Dienstkappe an den Kleiderhaken hängte. „Was soll sein?“ Gasperlmaier griff nach seinen Ohren. Ein wenig heiß fühlten sie sich jetzt an, aber der Schmerz war weg. Die Frau Doktor sah zu ihm auf. „Die glühen!“, lachte sie. „Irgendwas Neues?“ „Wie man's nimmt“, antwortete Gasperlmaier. „Die Veronika Pirkner war am Freitagabend mit einer Freundin aus. Der Grün hat mit der Meli auf die Kinder aufgepasst. Das wird sich leicht nachprüfen lassen.“ „Und wer ist die Freundin?“, fragte die Frau Doktor. Gasperlmaier zuckte mit den Schultern. „Das hat der Grün nicht gewusst. Kurze blonde Haare soll sie haben.“

„Und wir wissen, mit wem der Pirkner zuletzt telefoniert hat. Das ist auch interessant: Es war dieser Manfred Grafenfeld, der Sohn von dem Grafenfeld, der zu Silvester die Treppe hinuntergestürzt ist.“ „Da schau her!“ Gasperlmaier war überrascht. Gab es also auch eine Verbindung von ihrem Fall zu den Grafenfelds. Aber was konnten die wiederum mit dem Eckhardt zu tun haben? „Wahrscheinlich“, gab Gasperlmaier zu bedenken, „will der Grafenfeld das Haus verkaufen. Wär nur logisch, irgendwie ...“ Die Frau Doktor nickte. „Jedenfalls müssen wir ihn befragen. Wenn der Pirkner dort war, dann war Grafenfeld der Letzte, der ihn lebend gesehen hat.“ „Die Frau vom Grafenfeld“, mischte sich die Manuela ein. „Die hat kurze blonde Haare. Ich weiß ja nicht ...“ Die Frau Doktor lachte. „Na ja, da gibt's viele. Das wäre ein besonders unwahrscheinlicher Zufall, wenn ausgerechnet die mit der Pirkner ausgehen würde – aber Sie haben natürlich recht, Frau

Reitmair-Peschke, das müssen wir auch überprüfen." „Den Sternzeichenanhänger hab ich übrigens auch recherchiert", sagte die Manuela. „Den gibt's, soviel ich herausgefunden habe, nur online zu kaufen." Sie zuckte mit den Schultern. „Kann also jeder gekauft haben!"

„Also – zuerst Grafenfeld, danach Pirkner? Franz?" Gasperlmaier nickte, sah aber gleichzeitig auf die Uhr, weil sein Magen eindeutige Zeichen von Unzufriedenheit kundtat. Tatsächlich, nach zwei war es schon! „Habt's ihr eigentlich schon – ich meine, habt ihr schon was zu essen …?", fragte er deshalb, als sie in den Einsatzwagen gestiegen waren. Die Frau Doktor schüttelte den Kopf. „Wir haben gar nicht daran gedacht. Ich glaub, die Frau Reitmair-Peschke hat eine Karotte …" „Ich brauch jedenfalls mehr. Mehr als eine Karotte. Oben auf der Loserhütte hab ich auch ganz vergessen darauf!", erklärte Gasperlmaier entschlossen. „Es macht ja auch keinen Sinn, wenn wir zum Grafenfeld fahren, und mir knurrt andauernd der Magen!"

Die Frau Doktor aber hatte es eilig, Gasperlmaier hatte ihren Widerstand gespürt, als er vorgeschlagen hatte, zu schauen, ob es beim Maislinger trotz der späten Stunde vielleicht doch noch ein Mittagsmenü gab. So saßen sie jetzt wieder im Auto, und Gasperlmaiers Leberkäsesemmel wurde schneller kalt, als es ihm lieb war. Die Scheibe des Einsatzwagens beschlug dennoch. „Glaubst du, dass der Grün was zu tun hat mit den Morden?", wollte die Frau Doktor wissen. Gasperlmaier schüttelte den Kopf. „Er war kurz verunsichert, als er mir verheimlichen wollte, dass sie Alkohol aus dem Weinkeller des Pirkner genommen haben. Und jetzt weiß ich, wie er aussieht, wenn er lügt. Und die Geschichte von der Fotosammlung von der Liebig, die hab ich auch angesprochen. Volltreffer." „Na ja", sagte die Frau Doktor. „Ist zwar ein wenig seltsam, aber nicht strafbar. Und als du ihn zum Mord befragt hast, da hat er nicht gelogen?" „Glaub nicht", antwortete Gasperlmaier, nachdem er hinuntergeschluckt hatte.

Draußen musste Gasperlmaier erst ein Taschentuch suchen, um die beschlagene Scheibe sauber zu wischen. Vor dem Hause Grafenfeld stand der schwarze SUV, den Gasperlmaier schon kannte. Aus einer Klappe im Kühlergrill führte ein Kabel zu einem Stecker an der Wand. War der Wagen am Ende ein Elektroauto? „Ein Plug-in-Hybrid!", stellte die Frau Doktor fest und zeigte auf das Kabel. „Damit sich auch die Fahrer von solchen Monstern mit ein bisschen Greenwashing das Gewissen erleichtern!" Gasperlmaier hatte von solchen technischen Dingen keine Ahnung und war froh, dass der Einsatzwagen ein Diesel war wie schon immer. Hoffentlich durfte er ihn noch lang behalten.

„Ja?" Eine Frau öffnete die Tür. Mit kurzen blonden Haaren. Sie trug ein goldfarbenes, weites Kleid, schien aber darunter sehr schlank zu sein. Das war sicherlich die Frau Grafenfeld. Die Manuela hatte erwähnt, wie sie hieß, aber es war ihm entfallen. „Bernadette Grafenfeld", stellte sie sich vor, als sie der Frau Doktor die Hand schüttelte. „Bitte kommen Sie herein, es ist so kalt. Worum geht's?" „Gleich!", antwortete die Frau Doktor. „Ist Ihr Mann auch zu Hause?" Die Frau Grafenfeld nickte und ging voraus ins Wohnzimmer. Gasperlmaier betrachtete die Stelle am Fuß der Treppe, wo der alte Grafenfeld am Silvestertag gelegen war, nachdem er die Treppe heruntergestürzt war. Nichts erinnerte mehr an ihn.

Der Grafenfeld saß an einem Laptop und sah missmutig zu ihnen auf, als sie das Wohnzimmer betraten. „Kaffee?", fragte die Frau Grafenfeld, und die Frau

Doktor nickte. „Schwarz, ohne Zucker, bitte." „Herr Inspektor?" „Auch!", antwortete Gasperlmaier, obwohl er zu Hause gerne ein wenig Zucker in seinen Kaffee tat. Die Frau Grafenfeld verschwand in der Küche. „Worum geht's denn?", fragte der Grafenfeld. „Ich hab wenig Zeit. Die Firma, das Begräbnis. Und ich wüsste nicht, was ..." „Herr Grafenfeld, Sie haben sicher schon davon gehört, dass wir heute neuerlich eine Leiche gefunden haben." Der Grafenfeld nickte. „Meine Frau ... sie hat so was erwähnt. Ich ..." Seine Haare, fand Gasperlmaier, hingen ein wenig fettig über die Ohren, die hätten gewaschen gehört. „Es handelt sich um Anton Pirkner, den Immobilienmakler. Heimat-Traum. Kennen Sie ihn?" Der Grafenfeld schüttelte den Kopf. Aus der Küche drang das Geräusch einer Kaffeemaschine. Die Frau Doktor setzte sich ungefragt auf das etwas zerschlissene Sofa, Gasperlmaier nahm mit einem der Stühle des Esstischs vorlieb und zog ihn heran.

„Das ist aber sehr seltsam, Herr Grafenfeld. Denn der letzte Anruf, den Anton Pirkner getätigt hat, ging an Sie. Und Sie kennen ihn gar nicht?" Der Grafenfeld schien irritiert. „Ach so", stotterte er. „Ich hab mich gar nicht mehr erinnert ... Pirkner heißt der?" Die Frau Doktor zog die Augenbrauen sehr hoch. „Sie wollen sich nicht mehr an das Gespräch erinnern? So lange ist das aber doch noch nicht her?" Der Grafenfeld räusperte sich und klappte den Laptop zu. „Also, ich ... das war mir wirklich entfallen, der Name ... natürlich erinnere ich mich jetzt an das Gespräch. Das war doch dieser Makler, oder? Ich ... wir wollen das Haus verkaufen. Ich habe kein Interesse daran, ich habe ... wir haben unseren Zweitwohnsitz in Kitzbühel und ..." „Bitte!" Die Frau Grafenfeld war mit einem Tablett mit zwei Kaffeetassen darauf an den Couchtisch getreten und setzte es ab. Sie blickte zwischen ihrem Mann und der Frau Doktor hin und her. Gasperlmaier gewann den Eindruck, als wäre sie mit den Plänen ihres Mannes nicht ganz einverstanden, wolle aber vor der Polizei keine Debatte darüber in Gang bringen.

„Vorgestern, am 6. Jänner“, sagte die Frau Doktor. „Kurz vor 18 Uhr. Da war der Anruf. Haben Sie mit Pirkner irgendeine Vereinbarung getroffen? War er hier, um den Verkauf zu besprechen?“ Der Grafenfeld wischte sich mit dem Hemdsärmel über die Stirn. „Nein, hier war er nicht. Er ... er wollte kommen, er hat ja angerufen, ob es passt, aber er ist dann nicht gekommen.“ Die Frau Grafenfeld verschwand wieder in der Küche. „Und? Haben Sie nicht versucht, ihn zu erreichen? Ich meine, wenn jemand eine Vereinbarung nicht einhält, dann ruft man doch an, oder?“ Der Grafenfeld fuhr sich mit gespreizten Fingern durch die fettigen Haare. „Ja, also ... so eilig war es dann doch nicht. Ich hab mir halt gedacht, ist ihm was dazwischengekommen, er wird sich schon wieder melden.“ „Haben Sie in seinem Büro angerufen, um einen neuen Termin zu vereinbaren?“, fragte die Frau Doktor. Der Grafenfeld fuchtelte mit den Händen in der Luft herum. „Sie stellen Fragen ... da weiß man gar nicht, was man antworten soll! Was weiß ich, warum ich nicht ... ich hab jede Menge zu tun!“ Er klopfte mit dem Zeigefinger auf seinen Laptop.

Die Frau Doktor wartete etwas ab, bevor sie ihre nächste Frage stellte. Die Stille schien dem Grafenfeld unangenehm zu sein, sein Blick irrte im Raum herum und blieb an einem Gemälde hängen, eine Ansicht vom Altausseer See mit dem Loser dahinter, wie sie wohl in vielen Häusern hier hing. „Kennen Sie eigentlich die Pirkners, ich meine, sind Sie einander schon persönlich begegnet?“ Der Grafenfeld schüttelte den Kopf.

„Ich bin ja ... Sie wissen, meist in Wien oder in Kitzbühel, meine Frau ...“ Er deutete mit dem Kinn nach der Küche. „Sie ist öfter ... ich meine, sie war öfter hier, hat Papa besucht, manchmal auch länger ... vielleicht, ich weiß nicht.“ Der Grafenfeld kam Gasperlmaier ein wenig konfus vor, wie er in unvollständigen Sätzen herumredete. „Ich möchte kurz noch mit Ihrer Frau sprechen.“ Der Grafenfeld machte Anstalten, aufzustehen. „Bemühen Sie sich nicht!“

Die Frau Doktor erhob sich vom Sofa, Gasperlmaier folgte ihr in die Küche, wo die Frau Grafenfeld offenbar dabei war, einen Kuchenteig anzurühren. Sie schlug gerade Eier auf. Mit etwas mehr Wucht, als dafür eigentlich nötig gewesen wäre, fand Gasperlmaier. „Haben Sie Anton Pirkner gekannt?“, fragte die Frau Doktor. „Flüchtig!“, antwortete die Grafenfeld. „Er war ja selten da. Die Veronika und ich, wir sind befreundet.“ Das war jetzt eine Überraschung. Dann war die blonde Frau, mit der die Veronika am Freitag ausgegangen war, doch die Grafenfeld gewesen. „Haben Sie schon miteinander gesprochen? Ich meine, hat Veronika Pirkner Ihnen vom Tod ihres Mannes erzählt?“ Die Frau Grafenfeld nickte und holte zwei Schneebesen aus einer Schublade, die sie unten an den Handmixer steckte. „Ja, sie hat mich angerufen. Komplett aufgelöst.“ In ihren Augenwinkeln glitzerte es. Der Schmerz der Veronika Pirkner schien ihr sehr nahezugehen. „Können Sie sich ja vorstellen.“ Sie starrte in ihre Rührschüssel. „Mit den Zwillingen, und so.“ „Ihr Mann tut so, als habe er die Pirkners nicht gekannt? Weder sie noch ihn?“ „Also, die Veronika hat er wohl nicht gekannt, ich bin mir auch gar nicht sicher, ob ich ihren Namen ihm gegenüber jemals erwähnt habe. Und getroffen hat er die beiden sicher nicht. Denke ich.“ Die Frau Doktor schien mit der Erklärung zufrieden.

„Und was war dann an diesem Freitag?“ „Wir waren im Kino, am Freitag, in Liezen. Hier gibt’s ja nichts. Die stillen Trabanten. Mit Martina Gedeck. Toller Film. Sehr leise.“ Sie seufzte. „Wer war denn im Haus, als Sie die Veronika abgeholt haben?“ „Die Babysitterin und ihr neuer Freund. Ich hab mich ein wenig gewundert, dass sie der Meli erlaubt, den mitzubringen, aber ...“ Sie zuckte mit den Schultern. „War es nicht sehr schlecht zu fahren, am Freitagabend?“, fragte Gasperlmaier. Die Frau Grafenfeld sah gedankenverloren zum Fenster hinaus. „Ach, wissen Sie, das Auto hat Allrad. Da geht es schon. Ich fahr auch gerne. Nur die Veronika, die hat sich ein bisschen gefürchtet. Aber ich hab gefunden, sie muss wieder mal raus. Kommt ja nie weg, vor allem nicht im Winter.“ „Wie gut kennen Sie denn die Veronika Pirkner?“

„Wir sind uns bei einer Veranstaltung begegnet, im Kurhaus in Bad Aussee. Sie war mit ihrem Mann dort, ich war alleine. An einem Stehtisch in der Pause, wir haben uns gleich ganz gut unterhalten. Und dann ... ich hab sie noch einmal getroffen, zufällig, dann haben wir Telefonnummern ausgetauscht. Fast jedes Mal, wenn ich in Altaussee war, hab ich mich mit ihr getroffen. Sie hat nicht so leicht ... also, sie war viel allein mit den Kindern.“ „Wie fanden Sie denn ihren Mann?“ Die Grafenfeld schüttelte unwillig den Kopf. „Den hab ich ja kaum gekannt. Freundlich, gut aussehend, ein Sir. Sie hat auch nur gut von ihm gesprochen, sich nie beschwert. Außer darüber, dass sie halt viel allein ist.“ Sie lächelte und nahm den Mixer zur Hand.

„Ja, Frau Grafenfeld, dann können Sie jetzt mit Ihrem Kuchen weitermachen.“ Die Frau Doktor nickte zum Abschied. „Wenn Sie uns noch etwas sagen möchten ...“ Sie ließ eine Karte auf die Küchentheke fallen. „Was mir noch einfällt: Wie war Ihr Verhältnis zu

Ihrem Schwiegervater?“ Die Grafenfeld hatte schon den Mixer in die Rührschüssel gestellt, aber noch nicht eingeschaltet. „Gut. Er war ein netter alter Mann. Ein bisschen stur, bescheiden. Er hat sich gefreut, wenn ich da war. Und die Nicole, das ist seine Schwester“, sie warf einen Blick in Richtung Wohnzimmer, „die ist auch gut mit ihm ausgekommen.“ „Und Ihr Mann? Wie hat der sich mit ihm vertragen?“ „Ich ... warum fragen Sie mich das eigentlich? Hat es irgendwas mit dem Tod des Herrn Pirkner zu tun?“ „Natürlich nicht!“, beschwichtigte die Frau Doktor. Sie erklärte nicht, warum sie die Frage gestellt hatte. „Auf Wiedersehen!“

„Sehr harmonisch ist es da drinnen nicht!“, konstatierte Gasperlmaier, als sie in seinen Einsatzwagen stiegen. „Der Pirkner hat sich also angekündigt, ist aber nicht aufgetaucht. Irgendwo auf dem Weg zwischen Graz und Bad Aussee ist er abhandengekommen“, sagte die Frau Doktor. „Wohl näher an Bad Aussee“, korrigierte Gasperlmaier. „Warum hätte man sich sonst die Mühe machen sollen, seine Leiche hierherzubringen?“ „Aber die Grafenfelds?“, sinnierte die Frau Doktor. „Ob die etwas vor uns verheimlichen? Vielleicht war der Pirkner doch da?“ „Irgendjemanden muss er getroffen haben“, sagte Gasperlmaier. „Und den müssen wir finden. Irgendwo muss er doch gewesen sein, zum Essen, zum Trinken, zum Tanken. Und wenn er nur irgendwo am Klo war, es muss ihn einfach jemand gesehen haben!“

„Glaubst du eigentlich an Horoskope?“ Gasperlmaier war der Anhänger wieder eingefallen, der beim ersten Toten gefunden worden war. Die Frau Doktor schüttelte ärgerlich den Kopf. „Natürlich nicht! Das ist doch kompletter Unsinn! Wie sollen denn Lichtjahre entfernte Sterne auf unser Leben Einfluss nehmen? Das kann doch kein intelligenter Mensch glauben!" „Echt?", fragte Gasperlmaier, der sich noch nie viele Gedanken über Horoskope gemacht hatte. Eigentlich fand er es amüsant, wenn etwas, das er über Zwillinge hörte oder las, auf ihn zutraf, aber es war sicherlich nicht der richtige Zeitpunkt, das der Frau Doktor zu erklären. Sie war gerade dabei, sich in Rage zu reden. „Da heißt es ständig, man müsse etwas gegen die Verbreitung von Fake News tun, und dann hat gerade unser öffentlich-rechtlicher Rundfunk oft nichts Besseres zu tun, als diesen Fake-News-Schleudern, die sich Astrologinnen nennen, Raum zu geben! Ich schalt immer sofort um, wenn sowas kommt!"

Da er keine ausgewiesene Meinung zu Astrologie hatte, suchte Gasperlmaier nach einem weniger verfänglichen Thema. Sein Blick fiel auf die Handtasche der Frau Doktor, aus der der Kopf einer Stoffgiraffe lugte. Das war eine gute Gelegenheit. „Du hast eine Giraffe mitgenommen? Vom Max?" „Hoppala!" Die Frau Doktor stopfte die Giraffe zurück in ihre Tasche. „Ob du es glaubst oder nicht, manchmal habe ich nicht einmal Zeit, meine Tasche ein- oder auszuräumen, bevor ich ausrücke. Und die Giraffe, die muss noch von gestern da drin sein, von einem kurzen Abendspaziergang." Sie seufzte. „Unruhige Nacht?", fragte Gasperlmaier. Sie nickte. „Ja, der Max ... er wird immer noch ein-, zweimal munter, jede Nacht. Und momentan ist es leider so, dass er da immer die Mama braucht. Das zehrt natürlich an den Nerven ... Kein Wunder, dass ich tagsüber manchmal ein bisschen müde bin. Oder unaufmerksam." „Ist mir noch gar nicht aufgefallen", beruhigte Gasperlmaier. „Na ja", lächelte sie. „Ein Sherlock Holmes oder Hercule Poirot bin ich gerade nicht. Aber ich hab ja dich!" Sie legte ihm eine Hand auf den

Unterarm. Zeit, loszufahren, bevor das Gespräch noch persönlicher wurde, fand Gasperlmaier. Er startete den Motor und wischte mit einem Tuch über die Windschutzscheibe, die innen beschlagen war.

Plötzlich klatschte die Frau Doktor ihre flache Hand gegen die Stirn, sodass er zusammenzuckte. „Wir haben auf das Auto vom Pirkner vergessen!", rief sie. „Das muss ja wo sein, wir müssen sofort ..." Gasperlmaier unterbrach sie. „Müssen wir nicht. Die Manuela hat schon eine Fahndung nach dem Wagen hinausgegeben. Aber bis jetzt anscheinend ohne Ergebnis, sonst hätte sie es uns ja schon erzählt!" „Respekt – und mich informiert man nicht einmal mehr!" Sie musste lachen. „Nein, okay, Eigeninitiative ist ..." Das Funkgerät knackte und rauschte, dann die Stimme der Manuela. „Ich hab einen Notruf vom Haus Pirkner, anscheinend randaliert da jemand. Könnt ihr ...?" „Wir sind schon auf dem Weg!" Gasperlmaier riss den Wagen mit Hilfe der Handbremse um 180 Grad herum, ganz so, wie die Frau Doktor das sonst gerne tat. „Holla!", rief die und hielt sich am Haltegriff über der Tür fest. „Seit wann ...?" „Beim Fahren auf Schnee", grinste Gasperlmaier, „macht mir niemand was vor!" Er schaltete Blaulicht und Folgetonhorn ein und gab Gas. „Am Ende ist das dieser Hlavaty!", schnaufte er. „Und die Frau und die Kinder sind in Gefahr!"

Die Sorge um die Veronika Pirkner, ihre Kinder und womöglich auch die Richelle, die er ja dort oben zurückgelassen hatte, verleitete Gasperlmaier zu halsbrecherischer Fahrt auf dem glatten Untergrund. Diesmal war es ausnahmsweise einmal an der Frau Doktor, sich fest gegen die Bodenplatte zu stemmen. Gott sei Dank gab es keinen Gegenverkehr und es dauerte nicht mehr als drei Minuten, bis sie vor dem Haus Pirkner ankamen. Es begann bereits zu dämmern, die Außenbeleuchtung brannte, und im Schein der Lampen konnte man eine Gestalt erkennen, die das Garagentor mit irgendeinem schweren Gegenstand bearbeitete. Immer wieder krachte das Teil mit lauten Donnerschlägen gegen das Alutor, das bereits eine ganze Reihe von Schrammen aufwies. Gasperlmaier sprang aus dem Wagen und lief auf die Gestalt zu. „Komm heraus, du Schlampe!“, schrie sie. Der Hlavaty, so stellte Gasperlmaier sofort fest, konnte das nicht sein. „Du hast meinen Anton umgebracht!“ Es war eine Frau in einer dunklen Skijacke mit zu einem Knoten aufgesteckten Haaren. Bevor sie noch einmal zuschlagen konnte, hatte Gasperlmaier sie erreicht und ihr den Gegenstand entrissen. Ein Wagenheber, stellte er fest.

Er musste ihn fallen lassen, weil die Frau nun auf ihn losging. „Ich mach euch alle ...“ Sie trug keine Handschuhe, und plötzlich spürte Gasperlmaier ihre Fingernägel im Gesicht, bevor jemand ihre Arme zurückriss. „Gasperlmaier, Handschellen!“, kommandierte die Frau Doktor, und während er spürte, wie etwas über sein Gesicht rann, fingerte er nach den Handschellen und reichte sie der Frau Doktor. Die Frau kreischte und wehrte sich heftig, sodass Gasperlmaier sie mit beiden Armen umschlingen musste, damit die Frau Doktor die Handschellen klicken lassen konnte. Und selbst jetzt hörte sie nicht auf zu toben. Sie warf sich Gasperlmaier entgegen und biss in seine Einsatzjacke. Ein wenig weiter oben, und sie hätte seinen Hals erwischt. Da halfen, so dachte er bei sich, wohl nur ein paar kräftige Ohrfeigen, aber das war natürlich keine Option. Die Frau Doktor brachte die Frau geschickt zu Fall und drückte sie mit einem Knie an den Schultern zu Boden. Die Liegende versuchte, mit den Füßen nach

Gasperlmaier zu treten. „Ist jetzt Ruhe?", schnaufte die Frau Doktor. „Sonst muss mein Kollege Ihre Beine auch noch fesseln!"

Ganz plötzlich brach der Widerstand, die Frau erschlaffte und begann zu schluchzen. Am Gartentor tauchte die Veronika auf. „Ich habe angerufen. Auf Kamera ich habe gesehen, dass sie unser Garagentor kaputtschlägt." Die Frau Doktor half der Frau auf die Füße. „Wissen Sie, wer das ist?" Die Veronika nickte. „Das ist Frau Steininger, Carmen Steininger, die Sekretärin von meinem Mann." Carmen, so dachte Gasperlmaier bei sich. Das war doch in der Oper die, die reihenweise die Männer umbrachte. Oder nein, die umgebracht wurde, weil sie untreu gewesen war. Oder so ähnlich. Jedenfalls eine enorm temperamentvolle Frau. Und Temperament konnte man auch dieser Carmen nicht absprechen. Wie sie den schweren Wagenheber geschwungen hatte! Und dabei sah sie nicht sehr kräftig aus, groß wohl, aber ziemlich dünn. „Sie bluten!" Die Veronika zeigte auf Gasperlmaiers Gesicht. Er fuhr sich mit der Hand über die Stirn. Da war ... ja, seine Hand war blutig. „Warten Sie, ich hole Ihnen ein Pflaster!" Die Veronika wandte sich dem Haus zu. „Nein, nein!", beschwichtigte Gasperlmaier. „Ich hab doch ... wo sind sie nur?" Er kramte in den Taschen seiner Einsatzjacke nach einem Taschentuch, fand aber keines. Plötzlich tauchte ein ganzes Päckchen vor seinen Augen auf, die Veronika hielt es ihm hin. „Danke!" Das erste Taschentuch war komplett blutdurchtränkt, nachdem er einmal über die Stirn gewischt hatte. Die Carmen musste eine ganz schöne Spur hinterlassen haben, aber mit dem Verbinden musste er jetzt bis zum Posten warten. Er drückte sich ein weiteres Taschentuch gegen die Stirn und öffnete die Fahrertür. „Wo ist denn die Richelle?“ Gerade rechtzeitig war ihm eingefallen, dass die ja noch hier oben darauf wartete, abgeholt zu werden. „Die passt drinnen auf die Kinder auf. Sie ist sehr geschickt mit Kindern.“ Die Veronika lächelte. „Sagen Sie ihr bitte, sie soll die Kathi anrufen. Wegen Abholen. Ich hab jetzt leider keine Zeit.“

„Wir bringen Frau Steininger jetzt auf den Posten. Kommen Sie allein zurecht?“, fragte die Frau Doktor. „Sicher. Ich habe keine Angst. Nicht vor ihr!“ Den letzten Satz hatte die Veronika der Carmen förmlich entgegengeschleudert. Die Frau Doktor setzte sich auf den Rücksitz. „Ich möchte sie nicht aus den Augen lassen!“ Gasperlmaier war das nur recht, mit der Carmen allein hinter sich hätte er sich ohnehin nicht wohlgefühlt. Während der Fahrt zum Posten schluchzte sie vor sich hin, und Gasperlmaier drückte, wenn er eine Hand frei hatte, das Taschentuch gegen seine Stirn.

„Um Gottes willen!“ Die Manuela stand auf und schlug die Hände vor den Mund, als Gasperlmaier eintrat. „Was ist denn?“, fragte der. „Schau einmal in den Spiegel!“ Die Manuela schien ganz entsetzt. Er selber erschrak allerdings auch, als er vor das Waschbecken trat, über dem ein kleiner Spiegel hing. Über seine Stirn zogen sich zwei lange Kratzspuren, Blut war ihm über die Augen und Wangen bis ans Kinn gelaufen, verschmiert war es noch dazu, er sah aus wie ein Zombie. „Ist nicht so schlimm, wie es ausschaut!“, murmelte er, obwohl er jetzt merkte, dass seine Stirn höllisch brannte. Hoffentlich hatte diese Carmen wenigstens keinen Dreck unter ihren lackierten Nägeln gehabt.

Gasperlmaier zog seine Einsatzjacke aus, hängte sie über seinen Sessel und drehte den Wasserhahn auf. Vorsichtig wusch er sich das Gesicht, die Kratzer brannten jetzt noch heftiger. „Da hinsetzen!“, hörte er hinter sich die Frau Doktor barsch kommandieren, die Carmen schluchzte. Die Manuela tauchte hinter ihm mit dem Verbandszeug auf und inspizierte seine Wunden. „Das ist zu lang für ein Pflaster, da muss ich ... warte, zuvor desinfiziere ich es noch!“

Als die Manuela fertig war, sah Gasperlmaier sich erneut im Spiegel an. Wie ein Schwerverwundeter, dachte er bei sich. Die Manuela hatte eine große Wundauflage auf seine Stirn gepappt und sie mit einer Mullbinde rund um den Kopf befestigt. Auf seiner rechten Wange klebten zwei Pflaster, denn auch da waren tiefe Kratzer aufgetaucht, sobald er das Blut abgewaschen hatte. Er atmete tief durch und setzte sich hin, der Carmen gegenüber und neben die Frau Doktor. „Widerstand gegen die Staatsgewalt!“, brummte er. „Und Körperverletzung! Glauben Sie nicht, dass ich das unter den Tisch fallen lasse!“

„Ist doch ohnehin alles egal!“, schluchzte die Carmen. „Jetzt, wo der Anton tot ist!“ „Frau Steininger“, die Frau Doktor packte ihren sachlichsten, ruhigsten Tonfall aus, „was sollte das Ganze? Warum haben Sie die Frau Pirkner bedroht?“ „Weil sie ihn umgebracht hat, das ist doch sonnenklar!“, schrie die Carmen plötzlich, sodass Gasperlmaier zusammenzuckte. „Und wie kommen Sie darauf?“ Die Frau Doktor blieb ruhig. „Na, das ist doch eine Hure, die er sich da aufgeklaubt hat! Die hat ihm völlig den Kopf verdreht! Und jetzt will sie natürlich groß abkassieren, das Haus und alles!“ Die Frau Doktor seufzte. „Versuchen wir einmal, sachlich zu bleiben, Frau Steininger. Welche Hinweise haben Sie denn, die darauf hindeuten, dass Frau Pirkner ihren Mann ermordet hat?“ „Hören Sie doch auf! Machen Sie lieber Ihre Arbeit! Die hat mir einfach den

Mann weggenommen, so ist das! Und jetzt will sie abkassieren!“ So, fand Gasperlmaier, kam man nicht weiter. Die Frau Doktor schien seiner Meinung zu sein.

„Haben Sie eine Beziehung zu Anton Pirkner gehabt? Wollten vielleicht lieber Sie abkassieren, wie Sie das nennen?“ „Das ist ja eine Unverschämtheit! Ich habe ihn geliebt! Und er mich! Bis diese Schlampe dahergekommen ist!“ Die Carmen, fand Gasperlmaier, war eine durchaus attraktive Frau. Gewiss, sie war älter als die Veronika Pirkner, aber sicher immer noch ein gutes Stück jünger als der Pirkner. Und sie hatte große Augen und ein schönes, wenn auch etwas mageres Gesicht. Das allerdings jetzt von Tränen und auch Rotz verschmiert war. Gasperlmaier stand auf und holte ein paar Taschentücher aus dem Spender beim Waschbecken. Zurückgekehrt, stellte er allerdings fest, dass die Carmen immer noch in Handschellen war und sich nicht selber schnäuzen konnte. „Was meinst?“, fragte er die Frau Doktor mit einem Nicken Richtung Carmen. Die verstand. „Können Sie mir garantieren, Frau Steininger, dass Sie ruhig bleiben und uns nicht neuerlich angreifen, wenn wir Ihnen die Handschellen abnehmen?“ Die Carmen nickte.

„Probieren wir's noch einmal“, begann die Frau Doktor wieder, als die Carmen sich das Gesicht abgewischt und sich geschnäuzt hatte. „Ihre Beziehung zu Anton Pirkner?“ Die Carmen schien sich nun wirklich beruhigt zu haben. „Als seine Frau ... also, er hat sich scheiden lassen. Seine zweite Frau ist ausgezogen. Weil ...“ „Weil sie draufgekommen ist, dass Sie seine Geliebte waren?“, mutmaßte die Frau Doktor. Die Carmen nickte. „Alles war, wie ich es mir erhofft hatte. Er hat mir jahrelang versprochen, sich scheiden zu lassen. Nur, als seine Frau dann ausgezogen ist, da wollte er nichts mehr davon wissen. Und dann ... dann ist plötzlich diese Veronika dagestanden, und die hat er vom Fleck weg geheiratet." „Und Sie sind trotzdem in seiner Firma geblieben?", staunte die Frau Doktor. „Ja, so leicht ist es auch nicht, etwas Adäquates zu finden. Er hat mich sehr gut bezahlt, wohl als ..." „Schmerzensgeld?", fragte die Frau Doktor. Die Carmen nickte. „Frau Steininger, wir glauben nicht, dass Veronika Pirkner etwas mit dem Mord zu tun hat. Sie hätte gar nicht die Möglichkeit gehabt, diese Tat auszuführen", sagte die Frau Doktor. „Dann hat sie sich diesen Hlavaty engagiert!" Plötzlich flammte die Wut der Carmen wieder auf, und sie stieß mit dem Zeigefinger so heftig in die Luft vor Gasperlmaiers Gesicht, dass der zurückzuckte. „Der war ja ihr Zuhälter, der ist den Anton schon einmal angegangen! Und jetzt haben sie sich natürlich abgesprochen, wahrscheinlich kriegt er einen Anteil, dieser Verbrecher, oder er zieht gleich bei ihr oben ein!"

Das, so fand Gasperlmaier, war eine gar nicht so abstruse Idee. Aber ein bisschen Verschwörungstheorie war wohl auch dabei. „Kennen Sie den Jozef Hlavaty?", fragte die Frau Doktor. Die Carmen schüttelte den Kopf. „Persönlich natürlich nicht. Aber die ganze Geschichte hat sie sich ausgedacht!" „Welche Geschichte?", fragte die Frau Doktor. „Sie hat Anton erzählt, dass sie nur getanzt hat, in diesem Club Mephisto in Bratislava, und dass das so eine Art Studentenjob war, weil sie eine Ausbildung gemacht hat, Schauspiel und Gesang, und so. Das hat die alles erfunden, das garantiere ich Ihnen! Ich habe nie verstanden, was der Anton an der gefunden hat!" Das, so dachte Gasperlmaier bei sich, hätte er der Carmen schon erklären können, aber es war wohl gescheiter, wenn er es für sich behielt. Er persönlich neigte eher dazu, der Veronika Glauben zu schenken. Der Pirkner war offensichtlich ein Weiberheld gewesen, wie er im Buche stand. Zuerst betrog er seine Frau mit seiner Sekretärin, und kaum war die aus dem Haus, buhlte er um die Miss Slowakei. Gasperlmaier sah auf die Uhr. Wahrscheinlich würde er heute wieder einmal mit aufgewärmtem Abendessen vorliebnehmen müssen, und der Theo war schon im Bett, wenn er nach Hause kam.

„Ich habe noch ein paar Fragen zu den Geschäften, die Anton Pirkner hier im Ausseerland getätigt hat. Wissen Sie was darüber?" „Natürlich weiß ich über alle Geschäfte Bescheid! Ich bin nicht umsonst die Chefsekretärin!", brauste die Carmen auf. „Also?", lächelte die Frau Doktor. „Wohin wollte Anton Pirkner vorgestern Abend? Welcher Kunde?" „Das hat er mir nicht gesagt", musste die Carmen zugeben. „Wahrscheinlich hat er es vergessen. Oder es war ein telefonischer Erstkontakt, wo wir noch keinen Akt angelegt haben. Was weiß ich!" „Gab es sonst Kunden hier in der Gegend?" Die Carmen überlegte. „Also, da gibt es so ein Investorenmodell ..." Gasperlmaier wurde hellhörig. So etwas hörte er gar nicht gern. Das bedeutete nämlich in der Regel, dass Wohnungen um die Vorschriften herum als Zweitwohnsitze genutzt wurden. Und die Gemeinde musste sich ständig mit der Begehrlichkeit diverser Investoren nach Altausseer Grundstücken abplagen. „Ich glaube, es lag nicht direkt hier in der Gemeinde ... vielleicht in Bad Aussee? In der Nähe von dieser Therme. Wie heißt sie noch gleich?" „Narzissenbad", half Gasperlmaier aus. „Ja, das war's. Dort ist ja noch genug Platz. Und der Golfplatz ist auch gleich dort." Gasperlmaier seufzte. „Lerchenreith heißt's da oben", sagte er. Da würde sich schon einer finden, so dachte er bei sich, der dem Pirkner einen Plastiksack über den Kopf zog, wenn der dafür verantwortlich war, dass wieder einmal ein Stück Grund und Boden zubetoniert und an Ausländer verkauft wurde.

„Und da war doch ... diese Schauspielerin. Die ist eine Kundin von uns. Sie sucht was, hier im Ausseerland." „Schauspielerin?", wiederholte die Frau Doktor. „Ja. Aber der Name will mir nicht einfallen." Die Carmen war plötzlich munter und gesprächig geworden. „Arabella Liebig! So heißt sie. Eine Deutsche. Anton wollte sie treffen, ihr ein paar Projekte vorschlagen, in die sie inves..., also was sie halt kaufen könnte. Als Wohnung." Anscheinend hatte Gasperlmaier so finster dreingeschaut, dass die Carmen vorsichtig geworden war und nicht mehr von „Investoren" und „investieren" sprechen wollte. „Arabella Liebig?", wiederholte er. „Die ..." Die Frau Doktor schoss einen warnenden Blick auf ihn ab, der ihm klarmachte, dass er besser nichts über die Anwesenheit der Liebig verraten sollte. Und vor allem nicht über ihre Verwicklung in den Mordfall Eckhardt. Nun, so stellte Gasperlmaier fest, hatte man eine weitere Verbindung zwischen den beiden Opfern gefunden. Nicht nur der Grün, auch die Liebig hatte beide gekannt. „Wollte er vielleicht Arabella Liebig aufsuchen?", fragte die Frau Doktor. Die Carmen schüttelte den Kopf. „Das weiß ich nicht. Angekündigt hat er's nicht."

„Frau Steininger, Ihnen ist klar, dass es Anzeigen gegen Sie geben wird. Sachbeschädigung, gefährliche Drohung, Körperverletzung ..." Sie deutete auf Gasperlmaier. „Widerstand gegen die Staatsgewalt, da kommt was zusammen. Einen Grund für eine Festnahme sehe ich aber nicht. Sie können nach Hause fahren. Genauer gesagt, Sie müssen nach Hause fahren. Ich möchte Sie hier im Ausseerland nicht mehr sehen. Ist das klar?" Die Carmen nickte. „Wenn Sie sich nicht daran halten, kann ich auch anders, wir verstehen uns?" Wieder nickte die Carmen. Wahrscheinlich tat ihr jetzt schon leid, was sie angerichtet hatte. „Aber mein Auto?", fragte sie schließlich. „Das steht noch da oben, beim Haus von Anton!" „Die Frau Reitmair-Peschke wird Sie hinauffahren, nicht wahr?" Die Manuela nickte. „Ich hoffe, wir brauchen keine Handschellen?" „Ich bin ja keine Verbrecherin!", wehrte sich die Carmen. Gasperlmaier fand, dass ihr die Handschellen ganz gutgetan hatten. Wer konnte wissen, was sie alles angerichtet hätte, wenn es ihnen nicht gelungen wäre, sie zu fesseln. Er erinnerte sich an den Biss in seine Jacke. Nur ein paar Zentimeter höher, und die hätte ihm glatt die Halsschlagader aufgebissen. Wie eine Vampirin. Ob es klug war, die Manuela allein mit der Frau loszuschicken? „Ruf auf jeden Fall gleich an, wenn die Frau Steininger losgefahren ist!", ermahnte er die Manuela, bevor sie aus der Tür trat.

„Ob die es war?", fragte die Frau Doktor, nachdem Ruhe auf dem Posten eingekehrt war. „Ich weiß nicht", sagte Gasperlmaier. „Ihr Schock hat echt geklungen. Ich meine, wenn sie so eine Kraft aufbringt, das Garagentor mit dem Wagenheber zu demolieren, das kann ja nicht gespielt sein." „Oft aber mordet man, um zu behalten!", gab die Frau Doktor zu bedenken. „Ja, aber das machen nur Männer, hast du selbst gesagt. Und Frauen morden, um jemanden loszuwerden. Da hätte sie die Veronika umbringen müssen, oder?" „Stimmt!", nickte die Frau Doktor. „Und der Hlavaty? Glaubst du, dass der sich in dieser Gegend herumtreibt und den Leuten Plastiksäcke über die Schädel stülpt?“ Gasperlmaier schüttelte den Kopf. „Ein Zuhälter, oder was auch immer der ist, glaub ich, der schießt. Oder ...“ „Sticht zu!“, half die Frau Doktor aus. „Aber die Geschichte mit dem Investorenmodell oben in Lerchenreith, da könnte ... ich meine, da gibt es schon ein paar recht umtriebige Gegner, da sind die Emotionen schon ziemlich hoch ...“ „Wie ich schon gesagt habe!“ Die Frau Doktor legte ihre Beine auf den Stuhl, auf dem zuvor die Carmen gesessen hatte. „Dauernd eröffnen sich weitere Felder, die wir beackern müssen – aber die Schnittmenge, die wird nicht größer. Der Zusammenhang ... außer, es ergibt sich was mit der Liebig, immerhin stand sie mit beiden Opfern in Kontakt, wenn auch unfreiwillig, was den Eckhardt betrifft. Ich bin müde!“ Sie gähnte und schloss die Augen.

„Heben wir uns die Liebig für morgen auf?“, fragte Gasperlmaier. Die Frau Doktor nickte nur, ohne überhaupt die Augen zu öffnen. „Wenn morgen nicht die nächste Leiche mit einem Plastiksack über dem Kopf auftaucht!“ „Geh, hör auf! Mal nicht den Teufel an die Wand!“ Für solche Spekulationen hatte Gasperlmaier nichts übrig. „Und die Veronika Pirkner, denkst du, sie ist noch in Gefahr? Wenn der Hlavaty auftaucht? Er könnte ja in der Gegend sein und den Pirkner umgebracht haben, meine ich.“ „Wir haben die Kollegen in der Slowakei gebeten, ihn ausfindig zu machen. Da gibt's aber noch kein Ergebnis.“ „Und das Auto? Vom Pirkner?“ „Auch nix. Ist übrigens ein Elektroauto. Ein ganz teures. Müsste schon auffallen, wenn es wo abgestellt ist.“ „Für heute ...“, begann Gasperlmaier und sah auf seine Uhr. „Machen wir Schluss!“ Die Frau Doktor öffnete die Augen und stand auf.

„Ich finde, heute haben die Mädels ausgezeichnet gekocht!“, sagte die Christine, als Gasperlmaier an der Garderobe seine Schuhe und seine Einsatzjacke auszog. „Sie haben ein wenig Lob verdient!“ Am Lob sollte es nicht fehlen. Wenn er sich denn endlich hinsetzen und sich ein Bier aufmachen konnte. Gerade, als er sich an den Esstisch setzte, kam die Richelle von oben herunter. „So!“, sagte sie. „Der Theo schläft! Ich glaube, es gefällt ihm schon ganz gut hier!“ „Das freut mich!“, sagte Gasperlmaier. „Spinatknödel mit Schwammerlsoße!“ Die Christine stellte einen Teller vor ihn hin, der wirklich appetitlich aussah. „Das hat fantastisch geschmeckt!“, meinte die Richelle. „Ich denke nach darüber, ob ich nicht auch Vegetarierin werden soll. Oder vegan.“ Gasperlmaier nahm einen Schluck Bier und entschloss sich, nicht zu widersprechen, obwohl er sich sicher war, dass Kinder wie der Theo auch Fleisch brauchten, um zu gedeihen. Proteine halt, Nahrung fürs Gehirn. „Wie war's denn noch bei der Veronika Pirkner?“, fragte er. „Gut!“, sagte die Richelle. „Wir haben uns super verstanden. Sie kann gut Englisch, aber ich übe sowieso lieber Deutsch. Und ich glaube, es hat ein bisschen geholfen, dass sie nicht allein war. Und auch die Kathi hat sie gleich gemocht. Sie hat mich ja oben abgeholt.“ „Na, dann!“ Gasperlmaier spießte ein Stück Knödel auf und tunkte es in die Soße. Es schmeckte wirklich nicht schlecht. Ein bisschen Speck, so dachte er bei sich, hätte dem Knödel sicher nicht geschadet.

„Die Veronika ist sehr unglücklich. Sie weiß nicht, was sie machen soll. Muss sie sich schon kümmern um das, wie sagt man, funeral?" „Wie?", fragte Gasperlmaier, dem es peinlich war, wenn er englische Wörter, die die Richelle benutzte, nicht kannte. „Ja, wenn ein Mensch in den Sarg getan wird, und dann in die Kirche ..." „Begräbnis heißt das!" Gasperlmaier hatte verstanden. „Nein, die Leiche muss erst freigegeben werden. Morgen, oder übermorgen. Und ich kann ... also, wir haben ja einen Bestatter, den alten Strnad, und der Otto ..." Ob es eine gute Idee war, den Otto zur Veronika zu schicken, da war Gasperlmaier sich nicht ganz so sicher. Ob der den richtigen Umgangston mit ihr finden würde, das war fraglich. Und wahrscheinlich würde er mit rauchender Zigarette auftauchen. „Einen Bestatter schicke ich ihr, wenn es so weit ist. Das kann ich schon machen. Der kümmert sich dann um alles."

„Und das Haus ist riesig, sagt sie. Anton hat alles bezahlt, und sie weiß nicht, woher sie Geld nehmen soll, es ist ihr viel zu groß ... sie ist ein bisschen hilflos, glaube ich. Und ich kenne mich doch auch noch nicht aus, hier in Österreich. Ich bin ja noch neuer als Veronika!" Gasperlmaier nahm einen Schluck Bier. „Das findet sich schon alles. Wenn du ihr nur hie und da ein wenig Gesellschaft leistest, dann kommt alles zusammen!" „Kommt alles zusammen?", fragte die Richelle nach. „Ja, wir finden eine Lösung. Für die Probleme." „Auf jeden Fall", sagte die Richelle, „ich kann fühlen, wie schlimm es ist, wenn man in eines fremden Land ist und mit Kinder, und da ist kein Daddy ..." Plötzlich wurden ihre Augen feucht. Die Christine strich ihr über die Wange. „Aber dein Christoph kommt! Bald! Wirst sehen, die paar Wochen gehen schnell vorbei!" Die Richelle nickte und tupfte mit der Serviette vorsichtig ihre Augen. Warum sie künstliche Wimpern aufgeklebt hatte, das würde Gasperlmaier nie verstehen.

Außerdem fand er, dass es nicht elegant aussah. Vielleicht konnte die Christine einmal mit der Richelle darüber reden.

Die Katharina tauchte in der Tür auf. „Papa, hast du nachher noch Zeit? Wir haben da ein bisschen recherchiert …“ „Lasst mich zuerst einmal aufessen. Weil, eure Knödel, die sind wirklich gut. Wenn noch einer da wäre, dann …“ Die Katharina strahlte über das ganze Gesicht.

So richtig bereit war er für neue Enthüllungen nicht, als er sich endlich auf das Sofa gesetzt und der Kater Schnurrli auf seinem Schoß Platz genommen hatte. Der war sichtlich unzufrieden damit, dass Gasperlmaier nicht wie sonst der Länge nach ausgestreckt auf dem Sofa lag. Die Katharina stellte ein Stamperl Schnaps neben ihn hin. „Aber dafür hörst du uns jetzt brav zu!“, verlangte sie. Gasperlmaier nickte, konnte aber ein Gähnen nicht unterdrücken. „Es ist nämlich so, dass wir die Geschäfte des Herrn Pirkner ein wenig genauer unter die Lupe genommen haben. Und da geht es vor allem um dieses geplante Chaletdorf in Lerchenreith, wo er zumindest als Vermittler auftaucht. Mit einer sehr hohen Provision, wie man hört.“ „Wissen wir schon“, sagte Gasperlmaier. „Und was ein Investorenmodell ist, habe ich auch schon gelernt. Buy-to-let und so.“ „Aber wir haben die lokale Presse durchforstet. Und ich habe auch meine Kontakte ein wenig spielen lassen. Und da sind wir auf was draufgekommen, was ihr wahrscheinlich noch nicht wisst!“ Die Katharina klopfte mit der Spitze ihres Kugelschreibers auf einen Notizblock, den sie vor sich liegen hatte. Die Stefanie balancierte ihren Laptop auf den Knien.

„Da hat es nämlich im Gemeinderat in Bad Aussee schon erhebliche Auseinandersetzungen gegeben, wegen dieses Projekts. Interessanterweise gehen die Fronten dabei quer durch die Parteien, und vor allem die Leute aus Lerchenreith sind natürlich massiv gegen das Projekt. Verkehr, Verhüttelung, Bodenversiegelung, da gibt es jede Menge Argumente. Und es hat sich auch eine Bürgerinitiative gebildet." „Da sind ein paar Freunde von der Kathi von früher aktiv. Und da haben wir so einiges erfahren." Die Katharina nickte. Während er gedankenverloren den schnurrenden Kater streichelte, fielen Gasperlmaier langsam die Augen zu.

„Aufwachen, Papa!", ermahnte ihn die Katharina. „Da gibt es nämlich einen, den wollen sie aus der Bürgerinitiative eigentlich loswerden. Weil er, wie wir gehört haben, gewaltbereit sein soll." „Ich lese dir was vor, Franz", kündigte die Stefanie an. „Frechheit! Diese falschen Schweine sollte man am nächsten Baum aufhängen und den Wölfen zum Fraß vorwerfen, denn mehr als Abschaum ist das nicht", zitierte sie. „Das hat er in einem Forum gepostet, das zu einem Bericht über das Projekt in einer Tageszeitung erschienen ist. Und das finden wir halt schon heftig übertrieben, dass man gleich mehrfache Todesstrafe fordert für einen windigen Immobiliendeal." „Damit meint er den Gemeinderat und alle anderen, die für das Projekt gestimmt haben", ergänzte die Katharina. „Wilhelm Dietz heißt der Mann, und er wohnt auch da oben in Lerchenreith. Scheint ein bisschen ein Sonderling zu sein, ist über 50, hat keine eigene Familie und wohnt bei seiner Mutter." „Ja, und er ist nicht nur online über das Projekt hergezogen, er hat auch den Bürgermeister geohrfeigt und ihm gedroht. Mit dem Umbringen! Und deshalb hat man in der Bürgerinitiative keine rechte Freude mit ihm. Wir finden, ihr solltet euch diesen Mann einmal anschauen."

Gasperlmaier nickte. „Morgen." „Wenn es da nicht zu spät ist!", warnte die Katharina. „Am Ende findet ihr morgen Früh den Bürgermeister mit einem Plastiksack über dem Kopf irgendwo im Schnee liegen! Man weiß ja, bei solchen Serienmördern werden die Abstände zwischen den Taten immer kürzer!" „Ich werd's der Frau Doktor ausrichten. Aber heute kann ich keine schlechten Nachrichten mehr brauchen. Sonst kann ich nicht schlafen. Und ich bin ziemlich ..." „Mag noch wer einen Tee?" Die Christine war mit der Teekanne in der Hand in der Tür aufgetaucht. Die beiden Mädchen schoben ihr die leeren Tassen hin. Gasperlmaier überlegte. Lieber wäre ihm noch ein Bier gewesen, aber egal, ob Tee oder Bier, wenn er noch etwas trank, würde er sicher in der Nacht wieder aufstehen müssen, weil die volle Blase drückte. Seufzend schüttelte er den Kopf.

12

Das Erste, was Gasperlmaier wahrnahm, als er sich um halb sieben hinunter in die Küche schleppte, war eine Ausgabe der Schillingzeitung, die auf dem Tisch lag. Daneben saß die Katharina, bereits fertig angezogen und hübsch frisiert. „Warum bist denn so bald aufgestanden?“, fragte Gasperlmaier und rieb sich den Schlaf aus den Augen. Es war ihm ein wenig peinlich, dass er im ausgebeulten Pyjama heruntergekommen war und auf seine ausgehfertig hergerichtete Tochter traf. „Und was macht die Zeitung da? Du weißt doch, dass ich dieses Schmierblattl nicht im Haus haben will!“ „Schon klar, Papa. Aber man muss schon wissen, was die Medien über einen Fall berichten, in den man selber involviert ist, findest du nicht? Und außerdem wollte ich wissen, ob auch über uns was drinsteht, über die Steffi und mich.“ „Und?“, fragte Gasperlmaier. „Gott sei Dank nicht. Und Gebäck hab ich auch geholt!“ Sie zeigte auf den Brotkorb, der wohlgefüllt auf dem Tisch stand. „Involviert!“, wiederholte Gasperlmaier abschätzig. „Ich bin nicht involviert, ich muss nur der Frau Doktor helfen, herauszubekommen, wer da bei uns Leichen ablegt!“

„Die Schablinger hat eine Theorie!“, sagte die Katharina und drehte die Zeitung um, sodass Gasperlmaier die Schlagzeile sehen konnte. „Nr. 3!“, stand da in Riesenlettern. „Der Altaussee-Killer schlägt wieder zu!“, prangte gleich daneben. Und dann, etwas kleiner: „Und wieder: Plastiksack über den Kopf!“ Darunter standen die Zahlen von eins bis drei in großen Kästen, daneben Fotos der jeweiligen Opfer, und neben diesen wiederum jeweils ein Text, den Gasperlmaier gar nicht lesen mochte. Neben der Schlagzeile entdeckte

Gasperlmaier noch ein Foto eines Plastiksacks, hellblau und ohne Aufschrift. Bei den Morden waren solche nicht verwendet worden, die Maggie hatte wohl selber ein völlig unschuldiges Sackerl fotografiert. Gasperlmaier warf die Zeitung wieder hin. „Keine gute Reklame für Altaussee!“, brummte er. „Dabei hat der erste Mord überhaupt nichts mit uns zu tun. Und der Eckhardt ist aus Wien gekommen, der Pirkner aus Graz. Warum sie sich ausgerechnet bei uns haben umbringen lassen müssen, weiß der Teufel!“ Vom Lützen, den die Schablinger gestern als Mörder hingestellt hatte, war heute keine Rede mehr. Der hatte sich wohl zur Zeit, als der Pirkner ermordet worden war, in Wien aufgehalten. Das hatten die Kollegen dort schon überprüft.

„Die Schablinger behauptet, dass der Mörder ein Rächer sein muss. Das erste Opfer hat seine Familie verprügelt, das zweite im Internet Menschen mit dem Tod bedroht. Und über den Pirkner schreibt sie, hör dir das einmal an: ‚Ein Millionär, der mit dubiosen Geschäften einfachen Menschen ihr Erspartes aus den Taschen zieht. Dreimal ist er schon vor Gericht gestanden.‘ Sie dreht das so, dass hier eine Art Robin Hood unterwegs ist, der sich des Unrechts annimmt.“ „Das ist“, sagte Gasperlmaier, „mit Verlaub, natürlich ein großer Unsinn!“ Er erinnerte sich zwar daran, dass er selber gegenüber der Frau Doktor und der Manuela eine ähnliche Theorie erwogen hatte. Aber nur erwogen, ganz ernst hatte er das auch damals nicht gemeint. „Immerhin“, sagte er, „haben wir eine weitere Verbindung zwischen dem Pirkner und dem Eckhardt ausgemacht: Die Liebig war Kundin beim Pirkner. Sie will wohl hier ein Haus oder eine Wohnung kaufen.“ „Als ob wir nicht schon genug reiche Zweiheimische dahätten!“, ereiferte sich die Katharina. „Und die Immobilienpreise ... jemand, der normal verdient, der kann sich das Wohnen bei uns eh nicht mehr leisten! Und dann wundert sich die Politik, dass die jungen Leute wegziehen!“

„Na ja“, sagte Gasperlmaier. „Es kommen auch welche. Der Christoph, zum Beispiel, und die Richelle!“ „Die haben aber das Glück, dass sie ein Haus geerbt haben!“ „Davon gehört aber dir auch die Hälfte!“ Das war Gasperlmaier wichtig, nicht, dass sich die Katharina da benachteiligt fühlte. „Da hab ich aber gerade jetzt nichts davon!“ Offensichtlich hatte sie sich darüber bereits Gedanken gemacht. „Ich hab schon überlegt“, gestand Gasperlmaier. „Jetzt, wo der Christoph und die Richelle ja das Häusl von der Mutter haben, da könntet ihr euch doch, die Stefanie und du, oben eine Wohnung einrichten! Wir brauchen ja eh nicht mehr so viel Platz.“ „Im Ernst?“ Die Katharina schien gerührt. „Das würdet ihr tun?“ Sie umarmte ihn und drückte ihm einen dicken Kuss auf die Wange. Dass Gasperlmaier eigentlich mit dem Gedanken gespielt hatte, sich eine Modelleisenbahn zuzulegen und sie in einem der freiwerdenden Zimmer aufzustellen, das verschwieg er der Katharina lieber.

„Du, ganz was anderes!“, sagte er. „Ich muss ... also, es ist mir ... aber wie findest du das, ich meine, die Richelle, die ist immer ein bisschen heftig geschminkt, und dauernd mit diesen künstlichen Wimpern, findest du das ... also ...“ Wieder einmal hatte seine Unsicherheit zu einem recht dürftigen Gestammel geführt. Die Katharina verengte ihre Augen und zog die Mundwinkel nach unten. „Das geht dich aber wirklich genau gar nichts an, Papa! Jede Frau hat das Recht ...“ Gasperlmaier winkte ab. „Natürlich, natürlich!“, räumte er rasch ein. „Recht ... selbstverständlich. Ich wollte ja eigentlich nur wissen, was du darüber denkst!“ Die Katharina zuckte mit den Schultern. „Mein Stil ist es nicht. Aber ich vermute, da, wo sie herkommt, stylt man sich halt anders. Ein wenig auffälliger, wahrscheinlich.“ „Mhm“, murmelte Gasperlmaier, dem es schon wieder peinlich war, das Thema zur Sprache gebracht zu haben. „Du sagst aber der Richelle nichts!“ Die Katharina grinste. „Na ja“, meinte sie, „wenn ich dich wieder einmal erpressen muss, dann hab ich jetzt eine gute Handhabe!“

„Opa! Bob fahren!“ Gasperlmaier hörte den Theo die Stufen heruntertrampeln. Der wurde leider immer früh wach. Was auch kein Wunder war, weil im Haus ja ab sechs schon geschäftiges Treiben herrschte. Gasperlmaier nahm seinen Enkel hoch, als der ins Wohnzimmer stolperte. „Jetzt muss ich erst einmal arbeiten gehen. Und wenn ich dann frei habe, ist es wahrscheinlich schon wieder finster. Da muss die Mama mit dir gehen. Oder die Tanten!“ Er setzte den Buben wieder ab. Die Richelle lockte ihn aus der Küche zu seinem Morgenmüsli. Sie sprach Englisch mit ihm und erzählte, dass sie mit ihm Bob fahren würde, wenn er brav aß und wenn es nicht zu kalt war, das verstand auch Gasperlmaier.

„Papa, vergiss nicht auf diesen Wilhelm Dietz. Den solltet ihr euch wirklich einmal anschauen.“ Gasperlmaier nickte. Natürlich würden sie das tun. „Kannst du mir das gleich einmal schicken, was ihr da über den Dietz herausgefunden habt?“ „Sicher! Ich fotografier dir auch meine handschriftlichen Notizen ab!“, versprach seine Tochter.

„Ein bisschen Vollkorn würde dir auch guttun, weißt du!“ Die Christine tauchte gerade in dem Moment auf, als er sich eine der knusprigen Semmeln aus dem

Brotkorb entzweischnitt. „Weil, beim Mittagessen achtest du ja auch nicht gerade auf deine Gesundheit. Und am Abend drückst du dich vor dem vegetarischen Essen, wann immer du eine Gelegenheit hast!" Gasperlmaier ließ die Semmelhälften auf seinen Teller fallen. Die Christine, so fand er, hatte heute Morgen ausgesprochen schlechte Laune. „Ist was?", fragte er deswegen. Die Christine seufzte. „Natürlich ist was! Sorgen mache ich mir um dich! Weil du so wenig auf dich schaust! Glaub nicht, dass ich nicht merke, dass du jede Nacht mindestens einmal aufs Klo musst! Und beim Urologen, zur Vorsorgeuntersuchung, warst du überhaupt noch nie!" Da hatte sie recht und einen wunden Punkt getroffen. Er hielt nicht viel davon, zum Arzt zu rennen, wenn ihm nichts wehtat. Aber er neigte auch dazu, den Kopf in den Sand zu stecken, wenn er sich vor etwas fürchtete. Erst neulich hatte er davon gehört, dass ein ehemaliger Schulfreund an Prostatakrebs erkrankt war. „Ich hole mir einen Termin. Versprochen!", versuchte er, die Christine zu besänftigen.

„Das Auto vom Pirkner ist gefunden worden!", empfing ihn die Manuela auf dem Posten. „Und zwar auf einem Wanderparkplatz, von dem der Weg zur Gnanitzalm führt, in Bad Mitterndorf." „Wie kommt's denn da hin?", fragte Gasperlmaier mehr sich selbst als die Michaela. „Also, das ist ziemlich weit von öffentlichen Verkehrsmitteln entfernt. Da schätze ich, dass sie zu zweit waren, mit einem weiteren Fahrzeug." „Schauen wir uns das Auto einmal an?", fragte Gasperlmaier. Im gleichen Moment trat die Frau Doktor ein. „Schauen wir uns was an?", fragte sie. „Das Auto. Vom Pirkner!", erklärte Gasperlmaier. „Nicht weit von hier!"

„Hm!", sagte die Frau Doktor und stellte sich hinter die Manuela, um auf ihren Bildschirm sehen zu können. „Es handelt sich um ein Elektroauto? Oberklasse, wie?“ Die Manuela nickte. „Ja. Ein Tesla.“ „Da brauchen wir einen Schlüssel. Wenn die Veronika keinen hat, dann ...“ „... brauchen wir den Händler, der das Auto verkauft hat, um da reinzukommen.“ Gasperlmaier seufzte. „Dann also erst zur Liebig ... nein! Ich hab da gestern noch was erfahren!“ Er erzählte den beiden alles, was er über den Wilhelm Dietz wusste, der sich im Kampf gegen das Chaletdorf in Lerchenreith ziemlich weit aus dem Fenster gehängt und unter anderem auch dem Pirkner mit dem Aufhängen gedroht hatte. „Also, Frau Reitmair-Peschke: Sie kümmern sich darum, dass wir Zugang zu dem Fahrzeug kriegen, und wir, Gasperlmaier, fahren zuerst zur Frau Liebig. Damit wir sie vielleicht noch vor Drehbeginn erwischen. Und dann kümmern wir uns um diesen Herrn Dietz.“

Vor der Pension Erika kamen sie gerade rechtzeitig an. Die Liebig war nämlich gerade damit beschäftigt, mithilfe des Pensionswirts Koffer in ihr Auto zu verladen. Der Schnee knirschte unter Gasperlmaiers Füßen, als sie sich näherten. Die Schauspielerin trug den rostfarbenen Steppmantel, den Gasperlmaier schon kannte, und eine weiße Wollmütze. Ihr Gesicht, stellte Gasperlmaier fest, war perfekt geschminkt, ihre großen Augen strahlten. „Wohin soll's denn gehen?“, fragte die Frau Doktor. „Nach Hause! Wenn er anspringt! Ich bin ein paar Tage nicht gefahren. Und bei dieser Kälte ...“ „Wir hätten noch ein paar Fragen. Wollen wir hineingehen, oder ...“ „Geht schon“, sagte die Liebig und drückte auf einen Knopf auf ihrem Autoschlüssel, worauf die Heckklappe sich langsam schloss. „Danke, Erich!“, sagte sie zum Lamplmayr, der ihr die Koffer zum Auto getragen hatte. „Drehschluss, hier in Altaussee!“, erklärte sie dann. „Ein freier Tag, dann drehen wir die restlichen Szenen im Studio.“ „Studio?“, fragte Gasperlmaier nach. „Ja, in München. Das Kommissariat existiert natürlich nicht wirklich, die Szenen, die dort spielen, drehen wir im Studio.“ „Ah ja!“, erinnerte sich Gasperlmaier. „Da gibt’s dann immer das Geständnis, und die Sekretärin kocht Kaffee, oder?“ Die Liebig nickte lächelnd.

„Zur Sache!“, mahnte die Frau Doktor. „Sie kennen Anton Pirkner? Sie werden sicher davon gehört haben, dass er gestern Früh tot aufgefunden wurde?“ Die Liebig nickte. „Ja. Tragisch. Ich hatte ihn ... also, wir hatten geschäftlich miteinander zu tun. Er hat für mich nach einer Immobilie gesucht.“ „Hier in der Gegend?“, fragte die Frau Doktor. Wieder nickte die Liebig, zog ein paar ebenso rostfarbene Lederhandschuhe aus einer Manteltasche und streifte sie sich über die Finger. „Haben Sie Pirkner in den letzten Tagen gesehen?“ Wieder ein Nicken. „Ja. Er ist am Montag ... es war schon dunkel, als er ankam ... vor dem Essen, vielleicht so um halb sechs? Er hat mir ein paar Unterlagen vorbeigebracht, wo ich eventuell ... also, es ging da um ein Apartment.“ „Wo genau?“, fragte Gasperlmaier. „Irgendwo in Bad Aussee. In der Nähe von dieser Therme. Wunderbare Lage. Man kann zum Dachstein und zum Loser sehen. Und der Golfplatz und die Langlaufloipe ...“ „Lerchenreith“, unterbrach Gasperlmaier. „Das muss das Projekt in Lerchenreith sein!“ „Möglich“, sagte die Liebig. „Ich hab mir den Namen nicht gemerkt.“

„Die Unterlagen würden wir gerne sehen“, sagte die Frau Doktor. „Muss das wirklich sein?“, seufzte die Liebig. „Ich wollte gerade ...“ Sie deutete auf ihr Auto. „Und meine Freizeit ist eh so knapp ...“ „Es wird nicht lange dauern!“ Die Liebig musste einen ihrer Koffer wieder aus dem Auto holen, und nachdem Gasperlmaier ihn in den Aufenthaltsraum der Pension getragen hatte, holte sie eine dünne Mappe daraus hervor und legte sie auf den Tisch. „Heimat-Traum“ stand drauf, und eine Abbildung, die Gasperlmaier als computergeneriert erkennen konnte, zeigte eine Siedlung von etwa 20 Hütten, in ähnlichem Stil wie die, die bereits bei der Losermaut standen. Die Frau Doktor schlug die Mappe auf, die auch einen Grundriss des geplanten Baus enthielt. „Hm!“, sagte sie. „An ein paar Stellen rückt dieses Projekt ziemlich nah an die Nachbarn heran. Ob die dafür Grund verkauft haben?“ „Das weiß ich nicht“, sagte die Liebig. „Es ist sowieso alles noch nicht ausverhandelt, ich wollte mich ja bloß einmal erkundigen. Und jetzt, wo der Pirkner tot ist, wer weiß ...“ „Sagen Sie, Frau Liebig, haben Sie ein Problem damit, wenn ich mir ein paar Fotos mache, von Einzelheiten, die mich interessieren?“ „Absolut nicht“, sagte die. „Wenn es schnell geht!“

„Wo waren Sie denn eigentlich in der Nacht von Montag auf Dienstag?“, fragte die Frau Doktor. „Pfff!“ Die Liebig ließ verächtlich Luft ab. „Ich komme wohl nicht für den Mord in Frage, oder? Können Sie sich vorstellen, dass ich jemanden ersteche und ihn dann im Schnee verbuddle? Ich hab alles heute schon in der Schillingzeitung gelesen, die liegt immer im Aufenthaltsraum. Ganz abgesehen davon, dass mir der Erich Lamplmayr sowieso alles brühwarm erzählt hat!“ „Was ich mir vorstellen kann, spielt keine Rolle. Bitte beantworten Sie meine Frage, das ist reine Routine und zudem Vorschrift.“ Die Frau Doktor blieb gelassen. „Wie immer!“, sagte die Liebig, sichtlich indigniert. „Drehschluss etwa um halb sieben, danach das Abendessen vom Catering, dann hierher. Füße hochlegen, fernsehen, am Handy hängen und lesen. War’s das?“ Gasperlmaier konnte verstehen, dass sie ein wenig verärgert war. Auch aus seiner Sicht kam sie für den Mord nicht in Frage, denn warum hätte sie den Pirkner umbringen sollen? Da dachte er eher schon an die temperamentvolle Carmen. Die war unberechenbar und jähzornig.

„Kann das jemand bestätigen?“ Die Frau Doktor blieb unerbittlich. „Hören Sie!“ Die Liebig wurde jetzt ernstlich ungehalten. „Jetzt haben Sie mir schon mein Auto für zwei Tage weggenommen – und was ist dabei herausgekommen? Natürlich nichts! Und jetzt wollen Sie mich auch noch in diesen zweiten Mord irgendwie verwickeln, für den ich nicht das geringste Motiv habe! Warum soll ich denn diesen Immobilienfritzen umbringen, den ich selber engagiert habe, um eine Wohnung zu finden?“ Sie sprach aus, was Gasperlmaier dachte. Sie verschwendeten hier nur ihre Zeit. „Sie sind, neben dem Herrn Grün, die Einzige, die beide Opfer gekannt hat. Da kann ich nicht einfach hergehen und jemanden ohne Überprüfung aus dem Kreise der Verdächtigen ausscheiden, auch, wenn es sich um eine Prominente handelt! Der Pirkner könnte Sie übers Ohr gehauen haben, zum Beispiel!“ Die Augen der Frau Doktor funkelten, und ihre senkrechte Stirnfalte war wieder einmal aufgetaucht. Hoffentlich, so dachte Gasperlmaier bei sich, entspann sich hier nicht ein Streit, der sich länger hinzog. „Eine Aussage müssen Sie machen, darauf bestehe ich! Von mir aus auch vor der deutschen Polizei, das ist mir egal. Aber ich will die schriftlich bis morgen Abend auf meinem Schreibtisch haben!“ Die Liebig seufzte, schien aber bereit nachzugeben. „Wenn ich dann endlich fahren kann?“ Die Frau Doktor nickte. „Auf Wiedersehen!“ Sie drehte sich um und verließ den Aufenthaltsraum. „Gasperlmaier, wir fahren!“

Der zuckte mit den Schultern und murmelte: „Tut mir leid!“, bevor er der Frau Doktor folgte.

„Hast du dich etwa bei der entschuldigt?“ Der Ton der Frau Doktor war vorwurfsvoll. „Na ja“, sagte Gasperlmaier, als er den Wagen startete, „du hast sie ein bisschen hart angefasst. Wo sie doch überhaupt kein Motiv hat.“ „Wenn der Pirkner ihr Geld abgeknöpft hat, dann schon! Gelegenheit hätte sie jedenfalls gehabt.“ Gasperlmaier konnte sich nicht vorstellen, dass eine Person wie die Liebig in der Lage gewesen wäre, den Pirkner zu erstechen, dann ungesehen in ihr Auto zu verladen und am Salzberg im Schnee zu verscharren. Er verzichtete aber auf Widerspruch. „Wenn sie jemanden beauftragt hat ...“, überlegte die Frau Doktor. „Zuerst, um den Eckhardt loszuwerden, dann ...“ „Schauen wir uns jetzt einmal das Auto an? Das vom Pirkner, meine ich?“ Die Frau Doktor nickte. „Ich muss nur schnell ...“ Ein kurzer Telefonanruf ergab, dass der Händler, der dem Pirkner den Tesla verkauft hatte, schon unterwegs zum Fundort war und das Auto aufsperren würde.

Die Straße zum Wanderparkplatz der Gnanitzalm war zwar gut geräumt, aber schmal. Beiderseits türmten sich Schneewände auf, über die man aus dem Auto nicht mehr hinwegsehen konnte. „Hoffentlich kommt uns da keiner entgegen!“ Die Frau Doktor schien ein bisschen ängstlich. Das Fahren auf Schneefahrbahn schien nicht zu ihren Lieblingsbeschäftigungen zu gehören. Seit sie in Altaussee angekommen war, um in diesem Fall zu ermitteln, hatte sie stets Gasperlmaier das Steuer überlassen.

Der Parkplatz bot dann ein spektakuläres Bild, denn es standen zwei gleiche Elektrofahrzeuge dort, eines in Schwarz und eines in Weiß. Der Fahrer des einen war bereits ausgestiegen und trat, der Kälte wegen, ungeduldig von einem Fuß auf den anderen. „Endlich!“, sagte er. „Ich hab schon gedacht, es kommt gar niemand mehr. Wissen Sie, ich hab meine Zeit auch nicht ...“ „Ja, ja!“, unterbrach die Frau Doktor den Mann. Der war vielleicht 40, hatte dunkles, kurzgeschnittenes Haar und einen Schnauzbart, der ihn ein wenig schmierig aussehen ließ. Oder war es nur das Vorurteil, das Gasperlmaier Autoverkäufern grundsätzlich entgegenbrachte? Er konnte es nicht sagen.

„Das ist das Fahrzeug, um das es geht!“ Er deutete auf den weißen Tesla. „Ein Model S. Neu, wie ich betonen möchte, wir haben es erst vorigen Monat ausgeliefert. Über 1000 PS, null auf hundert in unter drei Sekunden. Über 800 Kilometer ...“ „Herr ... darf ich Sie um Ihren Namen fragen?“ „Seifert. Guido Seifert.“ „Herr Seifert. Wir wollen das Auto nicht kaufen, sondern untersuchen. Es könnte mit einem Verbrechen in Zusammenhang stehen. Also?“ „Bitte!“ Der Seifert drückte einen Knopf in seiner Manteltasche, und der zuvor versenkte Türgriff fuhr aus, so dass man ihn fassen konnte. „Nein!“ Die Frau Doktor hielt den Seifert an der Schulter zurück, als der sich in das Wageninnere beugen wollte. „Nur für die Polizei! Gasperlmaier, andere Seite!“

Das Innere des Wagens war, so fand Gasperlmaier, wirklich spektakulär. Ein riesiger Bildschirm thronte über der Mittelkonsole, und das Lenkrad war nahezu rechteckig, fast wie bei einem Formel-1-Rennwagen. „Herrschaftszeiten!“ Die Frau Doktor war ebenso überrascht wie er. „Was kostet denn so ein Teil?“, fragte sie. „Nun ...“ Der Herr Seifert druckste ein wenig herum. „Sagen Sie schon – was hat der Pirkner dafür bezahlt?“ Der Seifert räusperte sich hinter vorgehaltener Hand. „Knapp 150.000“, sagte er dann. Der Kopf der

Frau Doktor verschwand aus dem Wageninneren. Sie richtete sich auf. „Was? Aber nicht im Ernst!“ „Doch!“, bestand der Seifert auf dem genannten Preis. Der Kopf der Frau Doktor tauchte wieder in der Fahrertür auf. „Handschuhfach?“, fragte sie. Gasperlmaier schüttelte den Kopf. „Nicht nur leer, sondern sogar staubfrei!“ „Das sieht aus, als wäre das Auto überhaupt noch nie benutzt worden! Unglaublich!“ Die Frau Doktor öffnete die hintere Tür. „Hier das Gleiche! Schauen wir uns den Kofferraum an?“ „Der ist frisch gesaugt!“, stellte Gasperlmaier fest. „Man sieht noch die Streifen von der Saugbürste.“ „Irgendwelche Geheimfächer?“, fragte sie den Seifert. Der schüttelte den Kopf. „Aber ...“ „Aber was?“ „Ich kann feststellen, wo das Auto gewesen ist. Mit GPS Tracking. Also, nicht auf den Meter genau ... aber in welchem Ort, das kriegen wir schon hin!“ „Gut. Können Sie mir diese Daten schicken? Ehestmöglich?“ Der Seifert nickte. „Und noch was. Der Besitzer kann das Auto mit seinem Smartphone sperren. Da hätten wir natürlich auch Daten ...“ „Das Smartphone ist leider, leider nicht verfügbar“, sagte die Frau Doktor. „Aber danke für den Hinweis. Darf ich Sie jetzt um den Schlüssel für das Fahrzeug bitten? Wir müssen es von der Kriminaltechnik abholen und untersuchen lassen. Womöglich ist eine Leiche damit transportiert worden.“ Der Seifert riss die Augen auf und ließ einen schwarzen, glänzenden Funkschlüssel mit dem Tesla-Symbol in die aufgehaltene, behandschuhte Hand der Frau Doktor fallen.

„Mit dem Teil“, sagte die Frau Doktor, als sie auf dem Rückweg waren, „wäre ich gern gefahren. Trotz Schneefahrbahn. Muss ein echtes Erlebnis sein!“ „Also, was mich betrifft“, antwortete Gasperlmaier, „ich wäre froh, wenn ich bis zur Pension mit einem normalen

Einsatzwagen fahren darf. Nicht, dass wir dann auch noch ein Handy und einen Computer brauchen, damit wir überhaupt losfahren können!" „Da ist was dran!", antwortete die Frau Doktor. „Mehr technische Möglichkeiten bedeutet natürlich auch, dass mehr schiefgehen kann. Und reparieren kannst du selber gar nichts mehr. Vielleicht ein Typ in Kalifornien, der per Internet eine Fernwartung macht." „Bitte nicht!", flehte Gasperlmaier. „Aber Geld muss der gehabt haben wie Heu! Ein Auto um 150.000 Euro!", staunte die Frau Doktor. „Wenn man so viel Geld für ein Auto lockermachen kann, stecken oft auch krumme Geschäfte dahinter!", murmelte Gasperlmaier.

„Schon auffällig, dass der Wagen so sauber geputzt und ausgeräumt ist", sagte er nach einer Weile, als sie wieder auf die Bundesstraße aufgefahren waren. „Natürlich!", sagte die Frau Doktor. „Das hat der Pirkner natürlich nicht selber gemacht, da muss wer anderer dahinterstecken. Der Mörder, höchstwahrscheinlich." „Und jetzt zu diesem Dietz, so hieß der doch, oder?"

Das Haus, in dem der Dietz wohnte und das wohl auch ihm gehörte, lag am Rand einer kleinen Siedlung. Dahinter stieg das Gelände sanft an, bis in einigen hundert Metern Entfernung der Wald begann. „Da oben", Gasperlmaier zeigte zum Wald hinauf, „da ist unser Alpengarten. Und wenn ich mir den Plan von der Liebig richtig angeschaut habe, dann soll ungefähr da das Chaletdorf entstehen." Er deutete in einer weiten Geste auf die still und tief verschneit daliegende Wiese. „Und dagegen wehrt sich der Dietz!", sagte die Frau Doktor. „Was ich auch verstehen kann!"

Das Haus sah etwas heruntergekommen aus, es war kein typisches Ausseer Haus, sondern im Stil der 50er oder auch 60er Jahre errichtet, als man eben so billig wie möglich gebaut hatte. Neben dem Haus gab es zwar eine Garage, die Zufahrt aber war mehr schlecht als recht geräumt, Autospuren waren keine sichtbar. „Hier ist keiner gefahren, seit es geschneit hat!“ Gasperlmaier deutete auf die Spuren vor Haus und Garage. „Auch nicht mit dem Moped oder mit dem Radl. Einen Schlitten hat einer gezogen!“ Er wies auf einige teilweise schon zertretene Abdrücke von Schlittenkufen. Der dazugehörige Schlitten stand aufgestellt vor der Haustür. Der Zaun war in einem üblen Zustand, und auch von den Fenstern blätterte Lack ab. Hier gab es, so fand Gasperlmaier, einiges zu tun. „Da!“, sagte die Frau Doktor und zeigte zu Boden. „Da ist der Rest von einem Reifenprofil sichtbar. Führt aber nicht zur Garage. Da muss jemand längs davor geparkt haben.“ „Ich mach ein Foto!“, bot Gasperlmaier an. „Weil, bald ist davon sicher gar nichts mehr da!“

Auf ihr Läuten hin tat sich zunächst gar nichts. Allerdings hatte Gasperlmaier von der Straße aus gesehen, wie sich eine Gardine bewegt hatte. Also musste jemand zu Hause sein und auch schon beobachtet haben, wer sich da näherte. Gasperlmaier läutete also noch einmal und behielt seinen Finger diesmal länger auf der Klingel. Schließlich hörte er von drinnen doch ein Geräusch, und ein unrasierter Mann mit wirrem Haar von etwa 50 Jahren öffnete die Tür. „Was wollen S’ denn?“, fragte er mürrisch. „Ein paar Fragen hätten wir“, sagte Gasperlmaier, da sich die Frau Doktor hinter ihm hielt. „I woaß nix!“, murmelte der Mann und versuchte, die Tür wieder zuzudrücken, doch da hatte Gasperlmaier seinen Fuß schon in den Türspalt gestellt. „Nicht so schnell!“, sagte er. „Wenn die Polizei kommt, dann macht man ihr nicht einfach die Tür vor der Nase zu!“ Er drückte die Tür wieder auf und trat ein. Am liebsten hätte er gleich wieder umgedreht, denn im Vorhaus stank es nach Katzenurin, ein Geruch, den er ganz schlecht vertrug. Sogar seinem eigenen Schnurrli konnte er es nicht verzeihen, dass er die in der Garage gelagerten Winterreifen markiert hatte, sodass es im Auto erbärmlich stank, wenn er sie einlud, um zum Reifenwechsel zu fahren.

Im Vorhaus stapelten sich Kartons, leere und volle Flaschen jeder Art, Dosen und alte Zeitungen. Es gab kaum einen Weg, um durchzukommen. Die Frau Doktor warf Gasperlmaier einen vielsagenden Blick zu. „Wohnt hier noch jemand außer Ihnen?", fragte sie. „Die Mama!" Der Mann deutete mit dem Kinn auf eine Tür, hinter der sich wohl die Genannte aufhielt. „Sie sind Herr Dietz? Herr Wilhelm Dietz?" Der Mann nickte, machte aber keine Anstalten, sie weiter zu bitten. „Dürfen wir?" Die Frau Doktor zeigte auf die Tür, hinter der sich die Mutter aufhielt. Der Dietz nickte, blieb aber stumm.

Hinter der Tür sah es nicht viel besser aus. Jede freie Fläche war vollgestellt, und Gasperlmaier vermutete, dass das meiste davon einfach Müll war, den man nicht entsorgt hatte. Auf dem Sofa thronte eine übergewichtige Frau mit Kopftuch und Kittelschürze. Der Fernseher lief, der Ton aber war nahezu unhörbar. Es gab, stellte Gasperlmaier interessiert fest, einen Kachelofen, und darunter waren Buchenscheite aufgestapelt. „Was lasst sie denn herein!", keifte die Alte, um gleich darauf zu wiederholen: „Was lasst sie denn herein?" „Grüß Gott", sagte Gasperlmaier. „Das ist die Frau Leutnant Doktor Kohlross, und ich bin Franz Gasperlmaier, Abteilungsinspektor. Wir haben ein paar Fragen an Sie. Wegen dem Bauprojekt, da direkt hinter ihrem Haus!" Gasperlmaier zeigte auf den

Hang, den man durch ein verschmiertes Fenster sehen konnte. „Abreißen wollen s' unser Häusl! Damit die Gestopften sich da fein einrichten können!", fauchte die Frau. Gasperlmaier bezweifelte, dass sie sich allein vom Sofa fortbewegen konnte. Daneben stand zwar ein Rollator, aber der war auch mit allerlei Zeug vollgeräumt. „Gib eine Ruh, Mama!" Der Dietz wedelte mit der Hand in Richtung seiner Mutter. „Das interessiert die Leut nicht!" „Doch!", widersprach die Frau Doktor. „Das interessiert uns sogar sehr!" Aus dem Augenwinkel nahm Gasperlmaier wahr, dass der Dietz irgendetwas von einem Stapel alter Zeitungen nahm und weiter unten wieder in den Stapel hineinschob. Jetzt lag eine heutige Ausgabe der Schillingzeitung zuoberst. „Wer möchte Ihr Haus abreißen?" „Die Jurassic Invest, diese Drecksäue!", schimpfte die Frau wieder. „Denen gehört nämlich da alles! Und die wollen Millionen machen mit unserem Grund und Boden!" „Jurassic Invest?", fragte die Frau Doktor nach. „Klingt nach Dinosauriern. Wer ist das?" „Keine Ahnung!", antwortete der Dietz. „Uns gegenüber ist immer nur ein gewisser Pirkner aufgetreten. Und der hat auf Fragen nach der Jurassic einfach nicht reagiert!" Die Frau Doktor warf Gasperlmaier einen Blick mit hochgezogenen Augenbrauen zu. Ein weiteres Indiz dafür, dass der Pirkner hier seine Finger im Spiel hatte.

Der Dietz schien ein wenig munterer geworden zu sein und schlurfte zum Fenster. „Ich erklär's Ihnen. Ein Teil von der Wiese da, bis hinauf zum Wald, hat einmal uns gehört. Früher war das hier eine Landwirtschaft. Ein paar Kühe, Milch." „Aber dafür warst du ja zu faul!", mischte sich die Alte wieder ein. „Geh, Mama!", seufzte der Dietz. „Die Kühe hat doch schon der Großvater verkauft!" Er räumte ein paar Zeitungsstapel von einem zerschlissenen Lehnsessel. „Bitte!“, sagte er zur Frau Doktor. Die zögerte, anscheinend ekelte sie sich vor dem Sitzmöbel. „Was lasst sie denn herein!“, wiederholte die Mutter. Gasperlmaier zwinkerte der Frau Doktor zu und nickte kaum merklich. Wenn sie den Dietz bei Redelaune halten wollten, dann musste sie den angebotenen Sitzplatz annehmen.

„Wollt's einen Schnaps?“ Das hatte Gasperlmaier befürchtet, aber es war wohl nicht zu vermeiden. Er nickte. „Die Frau Doktor“, erklärte er, „die darf nicht. Gesundheitlich!“ Sie warf ihm einen dankbaren Blick zu. Gasperlmaier nahm tapfer ein schmutziges Stamperl entgegen, in das der Dietz aus einer ebenso schmutzigen Flasche einschenkte. Mit Todesverachtung stürzte Gasperlmaier das Gebräu hinunter und stellte fest, dass es gar nicht so schlecht schmeckte. Mild, und aromatisch. „Sauber!“, sagte er. Der Dietz lächelte. „Ich sag Ihnen lieber nicht, woher der kommt!“ Gasperlmaier nickte. Schwarzbrennerei war nahezu ausgestorben, denn es standen ziemlich hohe Geldstrafen darauf. Der Mann hatte Nerven, das ausgerechnet einem Polizisten anzubieten. Aber das war ein Nebenschauplatz, auf dem er sich jetzt nicht weiter aufhalten konnte, wenn der Dietz weiterreden sollte. Die Mutter starrte auf den Bildschirm und schien etwas abwesend. Gasperlmaier schwieg, während sich der Dietz selber großzügig einschenkte. Vorsichtig legte er der Frau Doktor eine Hand auf die Schulter und hoffte, sie würde verstehen, dass sie abwarten sollte, bis der Dietz von selber zu reden anfing. „Was lasst sie denn herein!“, plärrte die Mutter wieder.

Der Dietz sprach tatsächlich weiter. „Dann haben wir die Wiese an den Hackenbuchner verkauft. Das ist unser Nachbar, der hat immer noch eine

Landwirtschaft. Und der hat einen Haufen Geld damit verdient, weil die Wiese zu Bauland umgewidmet worden ist. Da hat er dann natürlich dreißigmal so viel bekommen, wie er uns bezahlt hat." „Der Hackenbuchner, das ist auch so eine Drecksau!", begann die Mutter zu schimpfen, die offenbar gut zugehört hatte. „Und seine Frau, und seine Kinder! Der Bub, der fährt immer mit dem Motorradl extra laut bei uns vorbei, mitten in der Nacht noch! Und die Tochter ist sowieso eine Hur!" „Mama!", unterbrach der Dietz jetzt scharf. „Hör auf damit. Das erzählst du mir jeden Tag dreißigmal, und ich kann's nicht mehr hören!" Die Mutter verstummte und nahm ein Strickzeug auf, das neben ihr auf dem Sofa lag. Wenn Gasperlmaier nicht alles täuschte, waren im bereits Gestrickten viele Löcher und andere Fehler. Die Frau Dietz schien nicht mehr recht bei der Sache zu sein. „Was stricken S' denn?", fragte die Frau Doktor. „Was glauben Sie denn? Socken! Sieht man das nicht?" „Doch, doch!", versicherte ihr die Frau Doktor. Was sie gestrickt hatte, hatte nicht die geringste Ähnlichkeit mit einem Socken. „Eine Hur ist sie, die Tochter!", murmelte die Mutter.

„Und verkauft hat er an den Pirkner. Obwohl, in der Bürgerinitiative meinen ein paar, dass der nur ein Strohmann ist, für die Jurassic Invest. Soll so ein Hedgefonds sein. Ich weiß nicht einmal, was das ist. Und dann hat der Pirkner auch noch unser Haus kaufen wollen. Für einen lächerlichen Betrag. Sie brauchen es für einen Parkplatz oder für eine Zufahrt, was weiß ich." Die Frau Doktor stand auf und zückte ihr Handy. „Ich darf Ihnen einmal vorlesen, womit Sie den Käufern des Grundstücks gedroht haben: ‚Frechheit! Diese falschen Schweine sollte man am nächsten Baum aufhängen und den Wölfen zum Fraß vorwerfen, denn mehr als Abschaum ist das nicht'. Wen meinen Sie denn damit?" Der Dietz schien nervös zu werden und blickte irritiert um sich. „Das ... ich hab das nicht ernst gemeint ... das war nur so ..." „Jedenfalls", fuhr die Frau Doktor fort, „wissen wir, dass die Bürgerinitiative gegen dieses Projekt Sie nicht mehr in ihren Reihen sehen wollte. Sie gelten als gewaltbereit, jähzornig." Gasperlmaier fiel auf, dass der Dietz auffallend oft zum Fernseher hinblickte, obwohl dort nichts Aufregendes zu sehen war. Gerade lief Werbung. „Hat der Pirkner Sie unter Druck gesetzt?", fragte die Frau Doktor. Der Dietz nickte. „Sie fangen jetzt bald mit den Bauarbeiten an, hat er gesagt. Und weil wir so nahe dran sind, kann er nicht garantieren, dass wir immer Wasser und Strom haben. Und dass wir dann schön blöd schauen werden, wenn wir hier im Finsteren frieren." „Wann hat er denn damit gedroht?", fragte die Frau Doktor. „Weiß ich nicht mehr", sagte der Dietz. „Er hat immer wieder angerufen." Er deutete auf ein altertümliches Festnetztelefon, das auf einem Stapel ebenso altertümlicher Telefonbücher thronte. „Angefangen hat es schon vor Weihnachten."

Der Dietz schwieg und hob in einer hilflosen Geste die Arme. „Wo waren Sie denn am Montagabend?", fragte die Frau Doktor. „So ab Einbruch der Dunkelheit?" „Zu Hause!", sagte der Dietz, wie aus der Pistole geschossen. „Die Mama kann's bezeugen!" „Daheim war er, ja daheim! Er ist ja immer daheim! Keine Arbeit und nix! Die Frau ist ihm lang schon davon, und Kinder haben s' auch keine zusammengebracht!" „Sie haben doch sicher schon davon gehört, dass am Salzberg oben eine Leiche gefunden worden ist. Das war Anton Pirkner." Die Frau Doktor deutete zum Wald hinauf. „Und Sie haben alle, die damit zu tun haben, mit dem

Tod bedroht. Und jetzt ist Anton Pirkner tatsächlich tot. Wo waren Sie Montagnacht?“

Gasperlmaier wurde unwohl. Ob mit dem Schnaps irgendwas nicht in Ordnung gewesen war? Aber wenn ihn der Dietz regelmäßig trank ... Er hatte das Gefühl, als würde der Gestank nach Katzenurin stärker. Er musste möglichst bald hier raus. „Tatsächlich hat Pirkner jemandem an diesem Abend ein Angebot gemacht, bezüglich eines Appartements dort.“ Sie deutete auf den Abhang. „Und danach ist er verschwunden und dann tot aufgefunden worden. War er vielleicht hier?“

„Hier war überhaupt niemand!“, brüllte der Dietz plötzlich. „Und ich hätte den Pirkner liebend gern erwürgt! Aber ich war’s nicht!“ Gasperlmaier fiel wieder der Blick hinüber zum Fernseher auf. Der stand auf einem altertümlichen Fernsehwagen, so einer, wie sie früher für schwere Röhrenfernseher üblich gewesen waren. Darunter stand ein halb offener Karton von irgendeinem Versandhaus. Gasperlmaier trat näher an den Fernseher heran. „Das dürfen Sie nicht!“, rief der Dietz und packte Gasperlmaier von hinten an der Jacke, um ihn zurückzureißen. Die Frau Doktor sprang auf. „Hände weg! Herr Dietz!“ Die Mutter kreischte. Gasperlmaier gelang es, sich loszureißen und den Karton zur Gänze aufzuklappen, während der Dietz immer noch in den Armen der Frau Doktor zappelte. Zunächst sah er nur Styroporflocken, doch als er darin kramte, bekam er etwas zu fassen. Als er es hervorzog, schien der Dietz zusammenzuklappen. Gasperlmaier hielt ein Bündel Geldscheine in der Hand. „Setzen Sie sich da hin!“, kommandierte die Frau Doktor und zeigte auf den Sessel, auf dem sie eben selber noch gesessen war. Der Dietz schnaufte heftig, folgte aber ihrer Anordnung. „Das gehört alles uns, das ist unser Erspartes!“, keifte die Mutter von ihrem Sofa. Die Frau Doktor nahm das Geldbündel in die Hand. „Mit der Banderole von der Bank drauf, wie?“, fragte sie.

„Renate“, sagte Gasperlmaier. „Gehen wir mit ihm woanders hin, wegen …“ Er deutete auf die Mutter. „Die redet ja ständig drein …“ Die Frau Doktor nickte. „Kommen Sie!“ Mühsam stemmte sich der Dietz von seinem Sessel hoch. Gasperlmaier warf einen Blick auf den Zeitschriftenstapel, in den der Dietz zuvor etwas geschoben hatte. Es ragte noch ein wenig heraus und fiel Gasperlmaier auf, weil es den gleichen grünen Rücken hatte wie die Mappe, die sie bei der Arabella Liebig gesehen hatten. „Nicht! Das dürfen Sie nicht!“, schrie der Dietz wieder. Doch Gasperlmaier hatte die Mappe schon in der Hand. Der Zeitungsstapel kollabierte und flutete den Boden. „Das dürfen Sie dann nachher zum Altpapier geben“, kommentierte die Frau Doktor trocken.

Sie warf einen Blick in die Küche. „Hilft nichts!“, sagte sie. „Wir müssen ihn draußen befragen.“ Im Vorbeigehen schaute auch Gasperlmaier in den Raum. Das Chaos war noch größer als im Wohnzimmer, schmutziges Geschirr, Gläser, Kartons standen überall herum und Essensreste lagen in verschiedenen Stadien der Verwesung auf jeder freien Fläche. „Und eine Hur ist sie, die Tochter!“, keifte ihnen die Mutter hinterher.

Gasperlmaier atmete auf, als er in die frische Luft vor der Haustür kam. Die Kälte war ihm im Moment egal. Der Dietz hatte eine Jacke anziehen dürfen, stand aber in den Hausschlapfen vor der Tür. „Herr Dietz“, sagte die Frau Doktor. „Woher stammt das Geld? Und woher stammt die Mappe, die Kollege Gasperlmaier da in der Hand hält? Wir wissen, was da drinsteht, wir haben genau so eine heute schon gesehen!“ „Ich sag überhaupt nichts!“ Der Dietz war etwas weinerlich geworden und richtete seinen Blick starr zu Boden. „Gut!“, sagte die Frau Doktor. „Dann sage ich es Ihnen. Der Anton Pirkner ist am Montagabend bei Ihnen aufgetaucht. Ob Sie ihn schon gekannt haben oder am Montag erst kennenlernten, spielt keine Rolle. Möglicherweise hat er Ihnen Geld geboten. Zusätzliches Geld.“ Sie zeigte auf das Bündel in Gasperlmaiers Hand. „Dann hat es Streit gegeben. Sie sind ja recht jähzornig, wie wir eben mitbekommen haben. Da ist ein Küchenmesser griffbereit gelegen, und Sie haben den Pirkner erstochen.“ „Nein, nein!“, schrie der Dietz und setzte sich plötzlich in Bewegung, so schnell, wie Gasperlmaier es ihm gar nicht zugetraut hatte. Gasperlmaier versuchte, ihn zurückzuhalten, griff aber ins Leere, weil der Dietz in seinen Hausschlapfen auf dem eisigen Untergrund hinschlug, noch bevor er das Gartentor erreicht hatte.

Die Frau Doktor war sofort über ihm, drehte ihn herum und legte ihm Handschellen an. Der Dietz stöhnte. Gasperlmaier packte ihn am Oberarm und half ihm auf die Beine. „Das wär aber nicht nötig gewesen, gell?“ Aber wenigstens hatten sie jetzt den Mörder des Pirkner. Hoffentlich, zumindest. „Wir bringen Sie jetzt auf den Posten. Dort redet es sich gepflegter!“ „Ich hab aber nichts getan! Gar nichts!“

Der Dietz jammerte noch den ganzen Weg bis zum Polizeiposten. Gasperlmaier klingelte es schon in den Ohren, aber es half nichts, wenn man ihm empfahl, den Mund zu halten. Er wiederholte stets die gleiche Leier – er habe nichts getan, er habe das Geld noch nie gesehen. Als er ihnen schließlich auf dem Posten gegenübersaß, schien er sich ein wenig beruhigt zu haben. „Wer kümmert sich denn jetzt um meine Mutter?“, fragte er, während die Frau Doktor ihren Sessel ihm gegenüber zurechtrückte. „Ein paar Stunden wird sie schon überleben!", gab sie zurück.

„Also, Herr Dietz, noch einmal ganz von vorn: Woher stammt das Geld? Kollege Gasperlmaier hat es inzwischen geprüft, es handelt sich um 30.000 Euro. Woher?" Das zu überprüfen, war nicht schwer gewesen. Die Banderole trug den Aufdruck „30.000", darunter waren zwei Unterschriften unter den Titeln „vorgezählt" und „überprüft". „Ich weiß nichts von keinem Geld!", schimpfte der Dietz kopfschüttelnd. „Ihre Mutter meint, es sei Erspartes? Bei welcher Bank haben Sie es abgehoben?" Der Dietz schwieg. „Nun zu der Mappe!", sagte die Frau Doktor. „Wir nehmen an, dass Anton Pirkner sie dabeigehabt hat. Er hat genau die gleiche, wie ich Ihnen schon erklärt habe, bei einem anderen Kunden hinterlassen. Warum hat er Ihnen die Mappe mitgebracht?" „Ich kenn die Mappe nicht", sagte der Dietz. „Hab ich nie gesehen!" „Und warum wollten Sie sie dann verstecken, als wir bei Ihnen angekommen sind?" „Wollte nichts verstecken!"

Die Frau Doktor stand auf. „Ich werde Ihnen noch einmal erklären, wie das unserer Meinung nach abgelaufen ist. Wie ich schon sagte, Sie sind mit dem Pirkner in Streit geraten und haben ihn erstochen. Wir haben übrigens einen Reifenabdruck vor Ihrem Haus gefunden. Würde mich nicht wundern, wenn wir ihn dem Auto von Anton Pirkner zuordnen können." Der Dietz sah auf. „Haben Sie ein Auto?", fragte Gasperlmaier. „Einen Skoda Felicia. 99er Baujahr. Steht in der Garage. Ist aber kaputt", murmelte der Dietz. „Na, den können wir dann ja ausschließen. Begreifen Sie denn nicht, Herr Dietz, dass die Beweise dafür, dass der Pirkner bei Ihnen war, erdrückend sind?“ Die Frau Doktor schwenkte die Mappe mit den Projektunterlagen.

Schließlich begann der Dietz, den Kopf zu schütteln. „Ja, der war da. Dieser Blutsauger. Aber es war ganz anders, als Sie sagen. Er hat mir eine Stelle angeboten, in dem neuen Projekt. Als Hausmeister oder sowas. Und für meine Mutter wird er einen Platz in einem Heim finden, das garantiert er mir. Und 30.000 extra, hat er versprochen, am Finanzamt vorbei. Und ich hab angenommen. Ohne dass ich's der Mutter gesagt hab. Das war's. Dann ist er wieder gefahren.“

„Das kaufe ich Ihnen nicht ab! Wo sollte denn der Pirkner später noch gewesen sein? Niemand hat ihn gesehen!“ Der Dietz zuckte mit den Schultern. „Sie haben den Pirkner dann mit seinem eigenen Auto weggebracht. Wir haben es inzwischen gefunden. Sie haben es penibel gereinigt, aber wir werden Spuren finden, die uns verraten, dass der Pirkner damit transportiert worden ist! Sie haben ihn verscharrt und dann das Auto weit weg von hier abgestellt, weil Sie sich gedacht haben, das bringt dann niemand in Verbindung mit Ihnen! Und die 30.000, die haben Sie ihm abgenommen und seinen Aktenkoffer dann irgendwo entsorgt. Und all das werden wir Ihnen auch beweisen! Wenn Sie es nicht vorziehen, selber zu gestehen. Würde Ihnen helfen!“

Der Dietz saß wimmernd da und wiegte den Kopf. Gasperlmaier wusste nicht recht, ob er das als Schuldeingeständnis oder als Verzweiflung über eine falsche Anschuldigung werten sollte. Zutrauen tat er die Tat dem Dietz jedenfalls, der hatte eine kurze Lunte, und wenn ein Buchenscheit wie auch ein Messer gerade bei der Hand gewesen waren, dann ...

„Wir werden die Tatortgruppe in Ihr Haus schicken. Dort werden wir vermutlich die Tatwaffe finden. Und die persönlichen Habseligkeiten des Anton Pirkner. Auch, wenn Sie sie weggeworfen haben. Unsere Leute wissen, wie man so was findet!" Die Manuela stand auf und reichte dem Dietz ein Papiertaschentuch, weil der mittlerweile vor sich hin flennte. „Und dann wäre da noch der andere Mord." „Anderer Mord?" Der Dietz sah völlig entgeistert zu ihr auf. „Ja, natürlich. Simon Eckhardt heißt das Opfer, er ist am 5. Jänner tot aufgefunden worden." Der Dietz schüttelte den Kopf. „Ich hab bei Ihnen daheim die Schillingzeitung gesehen", sagte Gasperlmaier. „Also müssen Sie davon gewusst haben." „Ich lese keine Zeitung", flüsterte der Dietz. „Die gehören alle meiner Mama. Ich lese überhaupt keine Nachrichten. Außer, wenn sie das Chaletdorf in Lerchenreith betreffen." „Also: Haben Sie den Simon Eckhardt gekannt? Sie haben ja eine Gemeinsamkeit – andere Leute übers Internet mit dem Tod bedrohen, nicht?" Daran hatte Gasperlmaier noch gar nicht gedacht. Immerhin war das eine mögliche Verbindung zwischen den beiden. „Ich kenn keinen Eckhardt", sagte der Dietz. „Außer den dicken Schauspieler, der schon lang gestorben ist." „Auch noch den Scherzbold spielen wollen?" Die Frau Doktor war ein wenig laut geworden. Gasperlmaier verstand, dass sie ihm die Rolle des guten Polizisten zuschanzen wollte. Das Handy der Frau Doktor läutete. Sie sah aufs Display. „Ich geh kurz hinaus!"

Gasperlmaier setzte sich neben den Dietz. „Herr Dietz, mich wundert es ja nicht, dass Sie einen Hass gehabt haben auf den Pirkner. Ich würde auch durchdrehen, wenn mir jemand mein Häusl wegnehmen wollte. Wollen S' noch einen Schnaps? Ich könnte jetzt einen brauchen!" Er stand auf und holte die Obstlerflasche aus einem Fach seines Schreibtisches. Die Manuela beobachtete ihn etwas verwundert. Gasperlmaier schenkte ein und prostete dem Dietz zu. Der Dietz musste sein Stamperl wegen der Handschellen beidhändig zum Mund führen. In dem Moment, als beide auf ex leerten, betrat die Frau Doktor wieder das Büro. „Na, sauber!“, sagte sie. „Seit wann werden Verdächtige bei uns denn bewirtet? Noch dazu mit Schnaps? Ich hab übrigens mit der Tatortgruppe telefoniert. Sie sind schon vor Ort.“ Gasperlmaier ging nicht darauf ein. Er wischte sich den Mund ab und wandte sich dem Dietz zu. „Sagen S' halt der Frau Doktor Kohlross, wie es war. Dann ist Ihnen sicher leichter. Denken S' dran, was wir in Ihrem Haus gefunden haben, da wird jeder Richter die Untersuchungshaft über Sie verhängen. Vor allem, wenn Sie kein Geständnis ablegen. Und ein Geständnis wär auch strafmildernd!“

Plötzlich sprang der Dietz auf und lief brüllend auf die Eingangstür zu. „Ich hab aber nichts zu gestehen! Der Pirkner ist genauso gesund wieder hinausgegangen, wie er hereingekommen ist!“ Er rüttelte mit gefesselten Händen an der Türschnalle. Als Gasperlmaier und die Manuela ihn an den Oberarmen fassen wollten, bäumte er sich auf und schüttelte die beiden ab. „Lasst's mich in Ruh! Ich bin kein Verbrecher! Ich bring euch alle um!“

Das folgende Gerangel trieb Gasperlmaier den Schweiß auf die Stirn, doch nach kurzer Zeit erschlaffte der Dietz ebenso plötzlich, wie er sich aufgeregt hatte. Er sackte zu Boden und schien kaum noch Luft zu bekommen. „Herr Dietz? Sollen wir die Rettung rufen? Ist was mit Ihnen?“ Der Dietz schüttelte seinen mittlerweile hochroten Kopf. „Ganz ruhig!“, sagte die Manuela. „Wir tun Ihnen nichts. Und wenn Sie nichts angestellt haben, dann werden Sie auch nicht eingesperrt. Ganz sicher nicht!“ Der Dietz saß immer noch auf dem Boden vor der Eingangstür, atmete aber wieder etwas ruhiger. „Am gescheitesten ist es, wir lassen Sie jetzt nach Liezen bringen, Herr Dietz. Dort werden Sie dann ordentlich und ausführlich vernommen. Wenn Sie gesundheitliche Probleme haben, dann wird ein Arzt dabei sein. Oder eine Ärztin." „Brauch keinen Arzt!", brummte der Dietz. „Schauen wir einmal!" Die Frau Doktor ging wieder nach draußen, um zu telefonieren.

„Rufst einmal die Bad Ausseer an, ob sie Zeit haben, einen Festgenommenen nach Liezen zu bringen?", fragte Gasperlmaier die Manuela, wobei er den Dietz nicht aus den Augen ließ. „Können S' schon aufstehen?", fragte er, während die Manuela telefonierte. Der Dietz nickte. „Sind S' jetzt vernünftig, und machen S' keine Geschichten, wenn Sie jetzt nach Liezen gebracht werden. Vielleicht klärt sich ja alles auf!" Der Atem des Dietz ging jetzt schon wieder etwas ruhiger. Hoffentlich drehte er nicht noch einmal durch, bevor man ihn in Liezen abgeliefert hatte.

„Ob man ihm was zur Beruhigung geben kann?", flüsterte Gasperlmaier der Manuela zu. Die zuckte mit den Schultern. „Da müssten wir zu einem Arzt, und dann zur Apotheke. Und nehmen muss er's ja nicht, wir können ihn nicht zwingen." „Vielleicht noch einen Schnaps?", schlug er vor. „Manche werden im Rausch aggressiver. Das würd ich nicht riskieren." „Ihr sollt's mich in Ruh lassen!", murmelte der Dietz. „Die Kollegen kommen gleich!", sagte Gasperlmaier. „Was ist mit meiner Mama?", fragte der Dietz wieder, recht gefasst, wie Gasperlmaier schien. „Wir kümmern uns", antwortete die Manuela anstatt seiner. „Wenn sie nicht allein zurechtkommt, verständigen wir den Pflegedient vom Roten Kreuz. Da brauchen Sie sich gar keine Sorgen zu machen."

13

„Ich bin schon gespannt, was sie im Haus Dietz gefunden haben!“, sagte die Frau Doktor, als sie erneut unterwegs hinauf nach Lerchenreith waren. Gott sei Dank hatte Gasperlmaier sie davor zu einer Leberkäsesemmel überreden können, denn sein Magen hatte schon gegrollt. „Wenn wir im Auto vom Pirkner auch noch Faserspuren vom Dietz finden, dann ist er geliefert. Und wir finden welche! Und damit wäre dann der Fall gelöst.“ Dessen war Gasperlmaier sich nicht so sicher. Denn da war ja auch noch der zweite, respektive der erste Mord. Ob der Dietz für den in Frage kam, musste man erst untersuchen. „Wir sollten auch noch herausfinden, wer hinter Jurassic Invest steckt“, erinnerte Gasperlmaier die Frau Doktor. „Hab ich bereits veranlasst. Unsere Spezialisten kümmern sich.“

„Hoffentlich werden wir diese Woche noch fertig mit dieser Geschichte“, sagte sie, „weil nächste Woche soll ich nach Wiener Neustadt. Kurs an der Fachhochschule.“ „Fachhochschule?“ „Ja, ich brauch noch ein paar Kurse. Weißt eh. Karriere. Oberleutnantin, Hauptmann, beziehungsweise Hauptfrau, Majorin!“ „Majorin? Aber dann ... dann bleibst du womöglich gar nicht in Liezen?“ Gasperlmaier wurde plötzlich schwindlig. „Und was ist mit dem Bernhard?“ Sie lachte. „Gasperlmaier, vergiss nicht aufs Autofahren!“ Tatsächlich war er bereits viel zu langsam für den dritten Gang und schaltete zurück. „Volksschuldirektoren werden heute überall gesucht“, sagte sie. „Das ist nicht das Problem. Und so schön ist Liezen auch wieder nicht!“ „Aber Aussee!“, protestierte Gasperlmaier. „Was sollen wir denn ohne dich hier machen!“ „Franz!“, sagte sie ganz ernst und legte ihm wieder einmal eine

Hand auf den Unterarm, sodass ihm ganz warm wurde. „Erstens könntet ihr dafür sorgen, dass keine Leute mehr umgebracht werden. Und zweitens – ich hab ja schon gesagt, dass ich zwei begabte junge Leute unter mir habe, den Hirtreiter und die Jovanovic. Die Zeit bleibt nicht stehen, Franz!" „Hirtreiter!", knurrte er und schüttelte den Kopf. „Am liebsten wär's mir aber, dass sie stehenbleibt, die Zeit! Mir ist das sowieso zu viel, dass dauernd etwas Neues kommt!" „Ich versteh dich, Franz. Aber das ändert nichts an den Tatsachen, mit denen wir leben müssen. Und ich möchte halt einmal weiterkommen, ich finde, ich hab genug Zeit damit verbracht, mir an Tatorten die Beine in den Bauch zu stehen und meine Schuhe zu ruinieren!" Gasperlmaier verzichtete auf Widerspruch und versuchte, die Gedanken an die Inspektoren Hirtreiter und Jovanovic beiseitezuschieben.

Vor dem Haus Dietz standen gleich zwei Busse der Tatortgruppe, die Haustür war offen, und als Gasperlmaier parkte, sah er, dass auch ein Auto des Roten Kreuzes vor Ort war. Die Frau Doktor sprach einen der Spurensicherer an, der gerade in seinem weißen Overall und hellgrünen Handschuhen aus dem Haus trat. „Habt's schon was gefunden?" Der Mann hob resignierend die Arme und zischte durch die Zähne. „Da drin schaut's aus, das kann Tage dauern! Wenn die irgendwas unten in einen Haufen hineingeschoben haben … wir haben schon Lebensmittel gefunden, die mehr als zehn Jahre abgelaufen sind!"

„Das gibt Ärger. Wenn die Tatortuntersuchung so teuer wird … da wird mich mein Herr Oberst ganz schön anraunzen!" Gasperlmaier zuckte mit den Schultern. „Aber was sollen wir sonst machen?" Die Frau Doktor sah um sich. „Gasperlmaier", sagte sie, „wenn du jetzt den Pirkner erstochen hättest, nehmen wir einmal an. Du hast das Opfer gerade in seinem eigenen Auto weggebracht, kommst hierher zurück und versuchst, Spuren zu beseitigen. Was machst du?" „Zuerst einmal die Tatwaffe loswerden. Das Blut aufwischen. Und die persönlichen Sachen vom Pirkner verstecken. Weil die hat er ja aus dem Tesla herausgeholt, der war ja ... also, so sauber wie in dem Tesla war's garantiert in dem Haus noch nie!" Gasperlmaier deutete mit dem Kinn zur Haustür. „Gut!", sagte die Frau Doktor. „Und was tust du mit der Tatwaffe? In den Schnee schmeißt du sie nicht, weil da wird sie früher oder später gefunden. Also?" „Irgendwo in eine Mülltonne?", schlug Gasperlmaier vor. „Oder in die Traun?" Die Frau Doktor blickte links und rechts die Straße entlang. „Schauen wir einmal, ob wir wo eine Tonne sehen, die leicht zugänglich ist!", sagte sie. „Aber er wird doch nicht ... ich meine, ich würde irgendwo ... aber nicht in der Nähe von meinem Wohnhaus!", widersprach Gasperlmaier. Die Frau Doktor lächelte. „Du vergisst, dass der Dietz nicht mehr mobil war, nachdem er den Tesla abgestellt hatte. Also musste er zu Fuß ..." „Aber was, wenn er die Sachen mitgenommen hat, im Auto? Und dann irgendwo auf der Strecke von hier nach Mitterndorf ..." „Wollen wir einmal den Teufel nicht an die Wand malen!" Die Frau Doktor hob den Zeigefinger. „Und wie soll er überhaupt von Mitterndorf wieder hierher zurückgekommen sein?", fragte Gasperlmaier. „Kommt Zeit, kommt Rat!", vertröstete ihn die Frau Doktor. „Auf zu den Mülltonnen!"

Während sie die Straße hinuntergingen, grübelte Gasperlmaier. „Wenn der Pirkner da drinnen erstochen worden wäre", sagte er schließlich, „müsste da nicht eine kürzlich geputzte Stelle auffallen? In dem ganzen Chaos?“ Die Frau Doktor stoppte. „Natürlich! Aber wenn er so schlau war, einen Haufen Müll darüber zu räumen, was dann?“ „Na ja“, gab Gasperlmaier zu, „dann findet es zumindest die Tatortgruppe sicher!“

Gleich zwei Häuser weiter standen eine Restmülltonne und eine Biotonne in einer offenen Einfahrt, die sauber geräumt war. Gasperlmaier öffnete beide. Die Biotonne war leer, was an sich selbstverständlich war, denn im Winter gab es da wenig, das man reintun konnte. Die Restmülltonne war halb voll. Obenauf lag eine dicke Schicht Asche. Gasperlmaier hatte wenig Lust, darin herumzuwühlen. „Was macht's denn ihr da?“ Eine schneidende Stimme schreckte Gasperlmaier auf. Die Hausherrin war aus der Haustür getreten und maß ihn mit strengem Blick. „Nachschauen!“, antwortete Gasperlmaier wahrheitsgemäß. „Weil jemand ... also, es könnte ein Beweisstück ... danach suchen wir!“ Natürlich wollte er der Frau nicht verraten, worum es ging. Die Hausherrin trug ihr graues Haar in einem strengen, geordneten Helm. Mit der war, so vermutete Gasperlmaier, nicht zu spaßen. „Das glaube ich kaum, dass Sie da was finden!“, knurrte sie. „Unsere Mülltonnen sind nämlich eingesperrt. Da in dem Kasten!“ Sie deutete auf einen großen Holzkasten neben der Haustür. „Nur heute wird geleert!“ „Dann müssen wir uns beeilen!“, rief die Frau Doktor und winkte der Frau zu.

Nach den nächsten drei Tonnen war Gasperlmaier sich sicher, dass sie hier unnötig ihre Zeit vertrödelten. „Nur noch ... was ist denn das da vorne?“ Die Frau Doktor deutete auf ein Schild etwas weiter unten an der Straße. „Bushaltestelle“, sagte Gasperlmaier. „Obwohl hier ... da fährt eh praktisch nie ein Bus. Ich weiß gar nicht, wozu ...“ „Und was ist da unten an der Stange dran?“, wollte die Frau Doktor wissen. „Ein Mistkübel!“, konstatierte Gasperlmaier. „Aber den ... also, der hat ja nur so einen schmalen Schlitz. Da kommen wir an den Mist gar nicht heran!“ Die Frau Doktor seufzte und schritt zügig auf den Mistkübel zu. „Einen Versuch ist es wert. Dann geben wir auf.“ Sie holte eine Packung Silikonhandschuhe aus der Tasche und zog sich einen über. „Aber das könnte doch ich ...“, bot Gasperlmaier an. „Du hast bisher nicht recht motiviert gewirkt, bei den Mistkübeln. Da pack ich lieber selber an. Was ist das denn?“ Sie hatte ihre Hand schon durch den Schlitz gesteckt, rüttelte ein wenig und hielt schließlich Gasperlmaier ein schwarzes Kunststoffteil vor die Nase. „Schaut aus wie ein abgebrochener Kochlöffel“, kommentierte Gasperlmaier ein wenig angewidert, denn das Teil war fleckig, und es hingen Haare und anderer Schmutz daran. Er wandte sich ab, während die Frau Doktor weiter wühlte.

„Tatam!“, rief die Frau Doktor und hielt ihm plötzlich ein Messer unter die Nase. „Schaut das nicht aus, als käme es aus dem Haushalt Dietz?“, fragte sie. Das Messer sah nach einem Küchengerät aus, hatte einen Holzgriff und eine vielleicht 15 Zentimeter lange Klinge. „Glaub ich nicht!“, sagte Gasperlmaier. „Weil, es ist sauber geputzt. Beim Dietz hat es nichts Sauberes gegeben!“ „Dennoch!“ Die Frau Doktor packte das Messer in einen Plastiksack. „Ich übergebe es der Tatortgruppe. Vielleicht finden die was. Ist ja schon komisch, oder? In der Nähe eines Tatortes findet sich in einem Mistkübel ein Messer. Das ist doch geradezu klassisch.“ Gasperlmaier seufzte. Hoffentlich steigerte sich die Frau Doktor da nicht in eine Idee hinein, die sie noch weiter vom Täter wegführen würde. Er hatte das Gefühl, als würde es kälter. Nicht wirklich, denn hier auf der Straße war es für sein Empfinden bereits kalt genug, sondern so, wie man in dem bekannten Spiel einen Suchenden leitete, indem man ihm erklärte, es werde kälter oder auch wärmer, je nachdem, ob er sich von seinem Ziel entfernte oder näherte.

Sein Blick fiel hinter den Mistkübel, wo ein paar Büsche dafür gesorgt hatten, dass weniger Schnee auf dem Boden lag. Dort unter dem Busch lag auch Müll. Wahrscheinlich hatte den jemand illegal hier entsorgt. Es gab ja immer wieder Leute, die mit ihren Autos öffentliche Mistkübel anfuhren, um dort ihren Müll abzulegen. Er hatte bereits mehrere Strafbescheide in derartigen Angelegenheiten aushändigen müssen.

„Dort!", sagte er und zeigte auf die zu Boden hängenden Äste des Strauchs. Er stapfte über den Wall, den der Schneepflug aufgeworfen hatte, und bückte sich, um das, was er gesehen hatte, unter dem Busch hervorzuholen. Es war nur ein Plastiksack. Aber schwer. Da musste etwas darin verpackt sein. Hoffentlich, so fuhr es ihm durch den Kopf, nicht ein Kopf oder ein anderes Körperteil. Von Köpfen in Plastiksäcken hatte er nämlich wirklich genug. Aber in dem Plastiksack war etwas Festes, Eckiges. „Darf ich?", fragte er die Frau Doktor. „Nur mit Handschuhen", antwortete sie. Schließlich hatte Gasperlmaier eine Aktentasche in der Hand. Schwarz war sie, nicht sehr groß und weich. „Montblanc", sagte die Frau Doktor, nachdem sie eine Marke gefunden und Gasperlmaier gezeigt hatte. „Sehr teuer. Machen wir sie auf?" Sie wartete Gasperlmaiers Antwort nicht ab und öffnete den Reißverschluss. „Noch so eine Mappe mit grünem Rücken, Schreibzeug, teuer!, Visitenkarten, ein paar Rechnungen ... ich hol mal ..." Sie zog eine der Visitenkarten aus der Tasche und hielt sie Gasperlmaier vors Gesicht. „Heimat-Traum" stand da in grünem Schriftzug, und „Anton Pirkner". Die

Frau Doktor steckte die Karte zurück. „Damit hätten wir's wohl. Die Tasche bekommt die Kriminaltechnik."

„Aber wieso?", fragte Gasperlmaier auf dem Rückweg. „Wie kommt denn der Dietz dazu, die Tasche und das Messer gerade hier loszuwerden? Wo man sie doch so leicht finden kann? Und noch dazu in der Nähe von seinem Haus? So blöd kann doch keiner sein?" Ihm gefiel die Sache ganz und gar nicht. „Franz!", sagte die Frau Doktor. „Hast du das Gefühl, dass der Dietz sein Leben im Griff hat? Keine Arbeit? Wohnt im Chaos? Siehst du, und genauso ist er bei dem Mord vorgegangen: chaotisch. Wahrscheinlich hat er ihn gar nicht geplant. Dann ist ihm eine Sicherung durchgebrannt, er wirft ein Holzscheit nach dem Pirkner, der geht zu Boden und er ersticht ihn mit einem Messer, das zufällig gerade herumliegt. Und dann geht er genauso chaotisch vor, wie er lebt: Die Leiche schafft er weit fort, das Tatwerkzeug schmeißt er hier in den Kübel, gerade, dass er noch auf die Idee kommt, die Aktentasche in einen Sack zu stecken, damit sie nicht gleich so auffällt." „Ich hätte das alles viel weiter weg weggeschmissen und besser versteckt!", widersprach Gasperlmaier. „Du bist ja aber auch ein ordentlicher Mensch, der sein Leben unter Kontrolle hat!" Die Frau Doktor schien erleichtert, geradezu fröhlich. Aber an ihm nagten Zweifel. Und er fand nicht, dass er sein Leben wirklich unter Kontrolle hatte. Er tat eigentlich nur, was andere von ihm erwarteten. Manchmal hatte er das Gefühl, als wäre er gänzlich ferngesteuert. Aber das Gefühl ging zum Glück meist schnell vorüber.

„Und was ist mit dem Eckhardt?", gab er seinen Zweifeln Ausdruck. Die Frau Doktor seufzte. „Also, ich bin fest davon überzeugt, dass wir da einen Zusammenhang finden. Vielleicht kennen sich die beiden aus der

Hassposter-Szene. Irgendwo sind sie sich online begegnet, und das hat dann ... ach, es wird sich alles finden. Vielleicht nicht sofort, aber ..." Sie ließ das Ende ihres Satzes offen, als sie am Haus Dietz angekommen waren. „Holst du das Auto?", fragte sie. „Ich übergebe nur schnell die Tasche der Tatortgruppe."

Was, wenn es jemanden gab, der den Dietz hinhängen wollte, für eine Tat, die er gar nicht begangen hatte? Aber dass jemand die Tatwaffe in einen Mistkübel warf, um den Dietz anzuschwärzen? Der konnte ja jederzeit ausgeleert werden, und dann wäre das Messer verschwunden. Von dem man noch keineswegs wusste, ob es die Tatwaffe war. Wahrscheinlich verrannte er sich da in etwas. Es musste doch so gewesen sein, wie die Frau Doktor erklärt hatte.

Als sie wieder im Auto saßen, wusste Gasperlmaier nicht recht, wohin es jetzt gehen sollte. Die Frau Doktor schwieg zunächst ebenfalls. „Jetzt schauen wir einmal", sagte sie, „ob der Dietz tatsächlich im Auto vom Pirkner gesessen ist. Denn wenn er es gefahren hat, finden wir auch Faserspuren von ihm, das ist so sicher wie das Amen im Gebet. Die Tatortgruppe hat garantiert alles mitgenommen, was er in den letzten Tagen getragen hat." Gasperlmaier musste lachen. „Hoffentlich bleibt ihm da noch was!" Die Frau Doktor ging nicht auf ihn ein. „Und wenn das Messer die Tatwaffe ist, dann ... na, dann wird er wohl gestehen. Auf jeden Fall aber angeklagt und verurteilt werden."

Ein paar Schneeflocken setzten sich an der Windschutzscheibe fest, innen begann sie bereits zu beschlagen. „Wohin?", fragte Gasperlmaier. „Bring mich zu meinem Auto", sagte die Frau Doktor. „Ich fahr jetzt nach Liezen und nehm mir den Dietz noch einmal ordentlich vor, dann haben wir heute Abend noch ein

Geständnis." „Alsdann!", sagte Gasperlmaier und startete den Motor. Im gleichen Moment klingelte sein Handy. Er nahm die Hände vom Lenkrad und hob ab. Es war die Katharina. „Papa, wir haben einen interessanten Besuch bei uns zu Hause. Erinnerst du dich an den Florian Loidl? Er war einmal ... also, wir sind miteinander in die Schule gegangen. Und er ist der Obmann von der Bürgerinitiative, die gegen das Chaletdorf oben in Lerchenreith kämpft. Möchtet ihr vielleicht einmal mit ihm reden?" Die Frau Doktor hatte mitgehört und nickte. „Wir kommen!", antwortete Gasperlmaier kurz und legte auf. „Daran hatte ich auch schon gedacht", sagte die Frau Doktor, „dass wir uns noch eine weitere Meinung über den Dietz holen. Dass das so schnell geht, das ist praktisch!"

Während der Fahrt kramte Gasperlmaier in seinem Gedächtnis. Da war doch einmal ein Florian gewesen, mit dem die Katharina längere Zeit herumgezogen war, noch während der Schulzeit. Und wenn er sich recht erinnerte, dann hatte er die beiden einmal gemeinsam unter der Dusche erwischt, als er völlig unschuldig sein Bad aufsuchen wollte. Deswegen hatte es ihn auch so überrascht, dass die Katharina plötzlich von Männern gar nichts mehr wissen wollte. Ob das derselbe Florian war?

„Schön langsam", sagte er, „haben wir genug Schnee. Find ich." Der Schneefall war stärker geworden und begann bereits, die Spitzen des Zauns vor Gasperlmaiers Haus, die gerade noch aus den Schneemassen herausragten, zu bedecken. „Lass!", sagte er, als die Frau Doktor im Vorhaus ihre Schuhe auszog. „Passt schon!", sagte sie und trat in Socken ins Wohnzimmer. Gasperlmaier nahm den Theo hoch, der dabei gewesen war, auf dem Boden einen Turm aus Bechern zu bauen.

Leider gelang es ihm nicht immer, den gerade passenden zu finden. Dann wurde er manchmal zornig und schleuderte die Becher unter das Sofa, wo sie mühsam hervorgeholt werden mussten. „Na?“, fragte er seinen Enkel. „Waren wir heute schon draußen?“ Der Theo grinste. „Nur kurz!“, antwortete an seiner Statt die Richelle. „Es ist so kalt. Wir haben einmal unser Haus gesehen, ich habe Theo gezeigt, wo sein Kinderzimmer sein wird.“ „Hat es ihm gefallen?“, fragte Gasperlmaier. Die Richelle nickte. „Man kann sogar ein kleines Stück von dem See sehen, aus dem Fenster im oberen Floor.“

Der Florian saß neben der Katharina und der Stefanie auf dem Sofa. Es war genau der, an den Gasperlmaier sich erinnerte. Obwohl er jetzt einen dunklen Dreitagebart im Gesicht trug. „Was machst denn so?“, fragte Gasperlmaier nach der allgemeinen Begrüßung. „Marketing“, sagte er. „Bei der Rigips. Ich hab Glück gehabt, dass ich hier im Ausseerland einen Job gefunden hab, ich möchte gern in der Gegend bleiben.“ Gasperlmaier nickte. „Schön!“ Mehr fiel ihm nicht ein. Was ihm aber auffiel, war, dass der Florian der Katharina sehnsüchtige Blicke zuwarf. Dafür war es, so dachte er bei sich, nun allerdings zu spät.

„Herr ...“, begann die Frau Doktor. „Sagen S’ einfach Florian“, grinste der. „Also. Worum geht es in Ihrer Bürgerinitiative?“ „Es geht zuallererst um leistbares Wohnen für junge Einheimische. Die hier leben und arbeiten wollen. Durch die vielen Zweitwohnsitze ist der Wohnungsmarkt klein, und die Preise sind eine Katastrophe. Und dann wird noch ständig für die Touristen gebaut anstatt für die Einheimischen.“ „Soll das so eine Buy-to-let-Geschichte werden, da oben in Lerchenreith?“, fragte die Frau Doktor. Der Florian nickte. „Ja, die Lage ist ideal, der Golfplatz direkt vor der Nase und das Narzissenbad gleich daneben. Ich glaube, sie wollen vor allem Golfspieler herlocken." „Buy to let?", fragte die Richelle. „Was ist denn das?" Der Florian wandte sich ihr zu, und Gasperlmaier fand, dass sein Blick etwas begehrlicher war, als es sich gehörte. „Du kaufst ein Appartement, und 30 Tage im Jahr kannst du es selbst bewohnen. Und für den Rest des Jahres wird es vermietet, und aus dem Erlös zahlst du die Kreditraten zurück. Eine Sache für Anleger, für Investoren. Und rein rechtlich gibt es keine Zweitwohnungsbesitzer, sondern bloß harmlose Touristen. So ist das." „Wollt ihr keine Touristen?", fragte die Richelle, die, so stellte Gasperlmaier fest, mit dem Problem des Übertourismus noch nicht vertraut schien. „Doch!", nickte der Florian. „Aber ..." „Ich erklär's dir bei Gelegenheit", unterbrach die Katharina. „Eigentlich seid ihr ja gekommen, um etwas über den Willi Dietz zu erfahren, nicht?"

Die Frau Doktor nickte. „Gerne!" „Ist er der Mörder?", fragte der Florian. „Ich hab zwar ... aber dass er jemanden umbringt, darauf wäre ich nicht gekommen!" „Steht ja auch noch nicht fest!", entgegnete die Frau Doktor. „Ich mach euch einen Kaffee!" Die Katharina stand auf. Der Florian blickte ihr nach, wie sie in der Küche verschwand. „Der Willi Dietz war einer der Ersten in der Bürgerinitiative", begann er. „Er war direkt betroffen, weil er Anrainer ist. Dass die Investoren auch sein Haus wollen, das ist erst später aufgekommen." „Wie würden Sie denn den Dietz einschätzen? Kann er gewalttätig sein?", fragte die Frau Doktor. Der Florian seufzte. „Wir haben es uns wirklich nicht leicht gemacht mit ihm. Er war von Anfang an sehr emotional, hat uns viel zerstört, wenn er einmal angefangen hat, draufloszuschimpfen. Ich hab ihm x-mal erklärt, dass wir mit dem Verstand und Argumenten vorgehen müssen, nicht mit Gefühlen. Da hat er auch mit

Wutausbrüchen reagiert. Es geht ja um sein Haus, hat er geschrien, und dass wir leicht reden haben."

„Was ja auch stimmt!" Die Katharina war mit dem Kaffee aus der Küche zurück und stellte die Tassen vor der Frau Doktor und Gasperlmaier ab. Der meinte, einen leicht sarkastischen Unterton bei der Katharina wahrzunehmen. „Sicher", sagte der Florian, „aber deswegen muss man trotzdem die Mittel wählen, die zum Erfolg führen. Es war ihm einfach nicht klarzumachen, dass er sich selber das Wasser abgräbt." Gasperlmaier nahm einen Schluck. Erst jetzt merkte er, dass er müde war und ihn der Kaffee belebte. „Und schließlich hat er begonnen, im Internet jede Meldung zu dem Projekt zu kommentieren, meistens wütend und voller Beleidigungen." „Die Geschichte mit den Wölfen zum Fraß vorwerfen und aufhängen kennen wir schon", warf Gasperlmaier ein. Der Florian nickte. „Und das war nicht nur einmal, das war laufend. Er ist dann auch noch mit Verschwörungstheorien dahergekommen, da haben wir die Reißleine gezogen und ihn gebeten, nicht mehr bei uns mitzumachen. Daraufhin hat er auch uns beschimpft und bedroht. Mir hat er sogar was an die Hauswand geschmiert." „Was denn?", fragte die Frau Doktor. „‚Verräter, verrecke!' Mit Rechtschreibfehlern." Der Florian lächelte. „Ich hab einen halben Tag gebraucht, bis ich es weghatte. Und jetzt haben wir einen blassen Fleck an der Hausmauer."

„Sagen Sie!" Die Frau Doktor legte einen Finger an den Mund. „War das allgemein bekannt, wie sich der Dietz in der Bürgerinitiative verhalten hat?" „Natürlich", sagte der Florian. „Erstens kam ja vieles im Netz, und bei Versammlungen haben auch alle Anwesenden mitbekommen, wie er drauf war!" Gasperlmaier hatte eine Vermutung, warum die Frau Doktor gerade das gefragt hatte. Am Ende überlegte sie auch schon, ob es nicht möglich war, dass jemand dem Dietz den Mord in die Schuhe schieben wollte. Aber wie konnte man dann das Geld erklären, das sie bei ihm gefunden hatten?

„Wisst ihr eigentlich was über die Jurassic Invest?", fragte er. „Der Pirkner hat wohl für die gearbeitet, und die sollen ja hinter dem Projekt Lerchenreith stecken, hört man." Der Florian seufzte. „Da weiß man nicht viel", gestand er. „Es haben sich auch schon ein paar Journalisten dahintergeklemmt ..." „Wohl auch Journalistinnen?", korrigierte die Stefanie. „Äh ... sicher!" Die Stefanie hatte ein bisschen aggressiv geklungen, was den jungen Mann anscheinend verunsicherte. „Was haben die herausgefunden?", fragte die Frau Doktor, um ihn wieder zum Reden zu bringen. „Briefkastenfirmen haben sie gefunden. In Zypern, auf den Kanalinseln, auf den British Virgin Islands, aber niemanden, der konkret dahintersteckt. Außer dem Pirkner halt. Bei dem scheinen die Fäden zusammengelaufen zu sein." „Da steckt dann", mischte sich die Katharina ein, „vielleicht mehr dahinter. Briefkastenfirmen bedeuten doch meist Schwarzgeld, Geld aus organisiertem Verbrechen." „Mafia!", fügte die Stefanie hinzu. Die Frau Doktor lächelte. „Jetzt wollen wir doch einmal die Kirche im Dorf lassen", sagte sie. „Nach einem Mafiamord sieht unser Fall nämlich nicht gerade aus." „Betonpatschen?", fragte der Florian. „So in etwa!", lachte die Frau Doktor und stand auf. „Vielen Dank für den Kaffee! Ich muss jetzt. Bis morgen Früh, Gasperlmaier, hoffentlich mit Neuigkeiten von der Kriminaltechnik. Dann sehen wir weiter."

Gasperlmaier begleitete sie noch zur Tür. Es war zwar kein allzu langer Arbeitstag gewesen, aber ein anstrengender und frustrierender. Sie waren nicht viel weitergekommen, denn selbst wenn der Dietz der Mörder des Pirkner war, wer hatte dann den Eckhardt umgebracht? Ob da auch der Dietz in Frage kam? Oder ob doch die Liebig und der Grün hinter allem steckten, die beide Opfer gekannt hatten? Hoffentlich, so dachte er bei sich, als er ihrem Auto nachsah, hatte die Frau Doktor einen halbwegs ruhigen Abend und konnte den Fall für eine Zeitlang vergessen, wenn sie mit ihrem Mann und den Kindern beisammen war.

Gasperlmaier kehrte zurück ins Wohnzimmer. „Na, Gasperlmaier? Sollen wir uns ein bisschen um die Jurassic Invest kümmern?", fragte die Stefanie. „Also, die Frau Doktor hat schon ihre Leute darauf angesetzt", antwortete er. „Wir haben übrigens eine Liste mit den Leuten, die sich in der Bürgerinitiative zusammengeschlossen haben!" Die Katharina reichte ihm ein A4-Blatt, als er hinter der Stefanie ins Wohnzimmer trat. „Es gibt nicht wirklich Mitglieder, ich habe alle aufgeschrieben, die öfter bei Veranstaltungen waren. Und von denen ich die Namen kenne", erklärte der Florian. „Die Mama war auch öfter dort!", sagte die Katharina und deutete auf die Liste. „So?", sagte Gasperlmaier und überflog die Liste. Da waren allerhand Namen dabei, die er gut kannte, nicht nur seine Frau. Da waren zum Beispiel der Kahlß Friedrich, dessen Frau und, schau an, sogar die Manuela Reitmair-Peschke. Und noch ein Name fiel ihm auf. Bernadette Grafenfeld stand auf der Liste, direkt unter Christine Gasperlmaier. „Die Grafenfeld?", fragte er. „Die ist doch gar nicht von hier?" „Sie war ein paarmal bei Versammlungen. Natürlich ist das problematisch", sagte der Florian, „wenn Leute, die selber Zweitwohnungen hier haben, mitmachen, aber erstens haben die Grafenfelds schon Jahrzehnte hier ihr Haus, und der Alte, der hat ja Vollzeit hier gelebt, seit er den Betrieb übergeben hat. Der ist übrigens kürzlich gestorben." Gasperlmaier nickte. Das wusste er nur allzu gut.

„Warum hat uns die Christine nichts davon erzählt? Ich meine, von dieser Bürgerinitiative? Und vom Dietz?" Die Katharina warf ihm einen etwas vorwurfsvollen Blick zu. „Vielleicht hörst du der Mama nicht zu, wenn sie was erzählt? Du stehst ja nach der Arbeit lieber mit deinem Bier draußen auf der Terrasse!" „Aber doch nicht jetzt, im Winter!" Gasperlmaier deutete auf die tief verschneite Terrasse, auf der noch nicht ein einziger Fußabdruck zu sehen war. Unten, im Garten, da hatten die Richelle und der Theo schon jede Menge Schnee festgestampft, sogar der Ansatz einer Schneeburg war zu erkennen. Aber zum Bauen war der Schnee wohl noch nicht feucht genug, da musste es erst wärmer werden.

Ob die Katharina recht hatte? Er hatte tatsächlich nichts von einer Bürgerinitiative gewusst, die seine Frau unterstützte. Warum, so fragte er sich, hielt sie das geheim vor ihm? Konnte man mit ihm über so etwas nicht reden? Die Manuela, erinnerte er sich, stand auch auf der Liste, und auch sie hatte sich ihm in Bezug auf das Chaletdorf nicht anvertraut. „Wo ist denn die Mama eigentlich?", fragte er. „Einkaufen. Wir haben ausgemacht, dass sie einkauft und wir kochen." Das hatte Gasperlmaier befürchtet. „Morgen fahren wir nämlich wieder nach Wien. Die Steffi hat Termine, und ich ... ach, wir freuen uns eigentlich schon auf unsere eigene Wohnung!" Sie lächelte ihm zu. „Gefällt's euch hier nicht?", fragte er, obwohl er natürlich tief im Innersten wusste, dass es gescheiter war, wenn Jung und Alt nicht direkt aufeinander pickten. „Nein, Papa. Das ist es nicht. Aber wir müssen arbeiten, wir brauchen ein bisschen mehr Platz, und ..." „Und eure Privatsphäre!" Gasperlmaier lächelte, und die Katharina, erleichtert, tat es ihm gleich. In diesem Moment ging die Haustür auf und die Christine trat ein. „Nimmst mir bitte die Einkaufstaschen ab, damit ich mich ausziehen kann?" Bereitwillig griff er nach den beiden schweren Baumwollsäcken, vergaß aber nicht, der Christine während der Übergabe einen Kuss auf die kalten Lippen zu drücken. Den sie auch erwiderte.

„Ich hab gar nicht gewusst, dass du bei dieser Bürgerinitiative bist. Gegen das Projekt in Lerchenreith, mein ich", sagte er, während sie die Einkäufe wegräumte. „Bringst bitte die Erdäpfel in die Speis?", bat sie anstatt einer Antwort und drückte ihm einen großen Sack Kartoffeln in die Hände. „Ich bin nicht bei dieser Bürgerinitiative", informierte sie ihn, als er zurückkam. „Ich hab mich nur bei ein paar Veranstaltungen informiert, damit ich weiß, worum es geht. Und ich bin, das sag ich dir gleich, dagegen. Da profitieren nur ein paar Reiche, und wir haben gar nichts davon." „Aber es ist ja in Bad Aussee, nicht in Altaussee", widersprach Gasperlmaier. „Das geht uns ja eigentlich gar nichts an!" Die Christine trat auf ihn zu und klopfte ihm mit einer Tube Mayonnaise, die sie gerade in der Hand hielt, gegen die Brust. „Das geht uns sehr wohl was an, mein Lieber! Man kann doch nicht die Augen ab der Gemeindegrenze schließen! Das hättest du wohl gern, dass dich nichts was angeht, was nicht in unserem Dorf passiert. Aber da bist du schief gewickelt! Denn was in der Welt passiert, das hat auch Auswirkungen auf uns hier! Denk nur an die Klimakrise! Wer weiß, wie lange wir noch eine Wintersaison haben werden!"

„Na ja", widersprach er erneut, „aber momentan ..." Gasperlmaier deutete zum Fenster hinaus. „Was wir momentan haben, das ist Wetter. Ganz einfach. Wenn wir vom Klima reden, dann müssen wir uns die langjährigen Statistiken anschauen. Und die sprechen eine ganz andere Sprache!" Gasperlmaier verzichtete auf eine weitere Entgegnung. Die Christine aber war noch nicht fertig. „Und dass du nichts weißt davon, dass ich bei diesen Versammlungen war, das hast du dir selber zuzuschreiben – du hörst mir oft genug nicht zu, und wenn ich zu so was gehe, dann muss ich mir anhören, dass sich Polizisten und Lehrerinnen gefälligst nicht in den politischen Alltag einmischen sollten! Dabei wäre das so wichtig! Am liebsten wäre ich selber Bürgermeisterin!"

Das hörte Gasperlmaier gar nicht gerne. Vor allem, weil die Christine, wenn sie sich etwas einmal in den Kopf gesetzt hatte, meist nicht mehr davon abließ, bis sie es erreicht hatte. „Was höre ich da?" Die Katharina hatte ihren Kopf durch die Küchentür gesteckt. „Bürgermeisterin? Davon habe ich ja noch gar nie was gehört!" Die Christine warf die Kühlschranktür zu, etwas temperamentvoller, als es nötig gewesen wäre. „Ist ja wahr", schimpfte sie. „Mit dieser Männerwirtschaft werden wir's nicht weit bringen! Die größte Sorge von denen ist ja, wenn wieder einmal ein Wirtshaus zusperrt, dass sie dann eine Gelegenheit weniger zum Saufen haben!" Wenn sie in dieser Stimmung war, so wusste Gasperlmaier, war es besser, nicht zu widersprechen. Er sparte sich jeden Kommentar, nickte aber pflichtschuldig. „Also, ich finde das eine fantastische Idee!" Die Katharina war jetzt ganz in die Küche getreten und band sich gerade eine Schürze um. „Gleich geht's los!", sagte sie. „Ich find's wunderbar, dass du Bürgermeisterin werden willst. Für welche Partei denn?" Die Christine seufzte. „Das ist ja das Problem. Ich find keine, die mir wirklich zusagt. Deswegen wird's mit einer politischen Karriere wohl nichts werden." Gasperlmaier schöpfte wieder Hoffnung, bemühte sich aber, das nicht allzu deutlich zu zeigen. Was allerdings vergeblich zu sein schien. „Der Papa", grinste die Katharina, „schaut jetzt wirklich erleichtert aus, findest du nicht, Mama?" Die Christine musterte ihn und musste auch lächeln. „Er kann schlecht verbergen, was er denkt", sagte sie. „Ich hab schon lange gelernt, in seinem Gesicht zu lesen. Weil er ja nicht so viel redet. In letzter Zeit allerdings", fügte sie hinzu, „ist es besser geworden. Vielleicht der Einfluss seiner Frau Doktor!"

Gasperlmaier begab sich jetzt ins Wohnzimmer, weil er es nicht gut leiden konnte, wenn man über ihn sprach, als wäre er gar nicht anwesend. Sein Handy, stellte er fest, steckte noch in der Jacke, die er an der Garderobe im Vorzimmer aufgehängt hatte. Gerade, als er danach fischte, klopfte es an der Haustür. Eine Silhouette in Hut und Wetterfleck war durch die Glasscheibe sichtbar. Das konnte eigentlich nur ... als er die Tür öffnete, bestätigte sich seine Vermutung. Davor stand der Doktor Altmann. Gasperlmaier hatte sich an den Anblick seiner Beine in der kurzen Lederhose und einer langen weißen Unterhose bereits gewöhnt. „Ich möchte nicht stören", sagte der Doktor Altmann, „aber können wir kurz reden? Am besten vor der Haustür, da stören wir deine Damen nicht!" Natürlich war Gasperlmaier klar, dass der Doktor Altmann einen Schnaps mitgebracht hatte und sich nicht den missbilligenden Blicken der Frauen aussetzen wollte, wenn er den mit Gasperlmaier zusammen trank. Er zog sich seine Jacke über und stellte sich vor die Haustür zu seinem Nachbarn.

„Schneien tut's schon wieder! So viel Schnee haben wir voriges Jahr den ganzen Winter nicht gehabt!" „Ist dir nicht kalt?" Gasperlmaier deutete auf die Knie des Herrn Doktor. Der grinste. „Dir kann ich's ja sagen, Gasperlmaier. Drunter steckt noch eine erstklassige moderne Skiunterwäsche. Man darf's ja mit der Tradition nicht übertreiben, wenn dabei die Gesundheit in Gefahr gerät, nicht?" Er zog seinen Flachmann aus einer Innentasche seines Schladmingers. „Ein ganz gewöhnlicher Marillenschnaps, heute!", kündigte er an. „Ich hab ihn von dem Weinbauern, wo schon mein Vater früher die Doppler gekauft hat. Jeden Herbst ist er mit seinem alten Mercedes Kombi in die Wachau gefahren und hat uns einen Jahresvorrat geholt." Er schenkte für Gasperlmaier ein. „Und der Weinbauer hat ihm, als Rabatt sozusagen, immer einen Marillenschnaps dazu geschenkt. Der Vater aber hat ihn nie getrunken, sondern im Keller ... jedenfalls, er ist alt, aber gut! Prost!" Irgendwoher hatte der Doktor ein zweites Stamperl gezaubert, und sie stießen an. Der Schnaps war rund, mild und schmeckte immer noch nach Marille. „Sauber!", sagte Gasperlmaier. „Der ist fantastisch!" „Und ich hab noch mehr davon. Falls uns kalt wird, während wir da heraußen reden!"

„Worüber denn?", fragte Gasperlmaier. „Ja!", sagte der Doktor Altmann und schenkte ihnen noch einmal ein. „Über diesen Anton Pirkner. Ich hab ja nicht nur Kontakte in Wien, sondern auch in Graz, gell. Wo der Pirkner herkommt. Ich hab mir gedacht, vielleicht willst du über den was wissen!" „Wenn's was zu wissen gibt!", sagte Gasperlmaier und nippte an seinem zweiten Stamperl. „Der Pirkner", fuhr der Doktor Altmann fort, „der hat nicht den besten Ruf. Erstens einmal vertritt sein Rechtsanwalt, ein gewisser Lannacher, nicht nur Immobilienhaie, sondern oft recht zwielichtige Gestalten aus dem Milieu, wie man so sagt." „Milieu?", fragte Gasperlmaier zurück. „Ja, Rotlicht. Zuhälter, Strizzis, Peitscherlbuben, wie immer du sie nennen magst. Wird auch immer wieder die eine oder andere Dame eingeladen, munkelt man zumindest." „Hat der Anwalt auch was mit den Immobiliengeschäften vom Pirkner zu tun?", fragte Gasperlmaier. Der Doktor Altmann wiegte den Kopf. „Er soll recht wohlhabend sein. Nicht nur sauberes, sondern auch schmutziges Geld, wie man sich erzählt. Und das könnte er schon in ein paar Immobilienprojekte investiert haben. Ich kann meine Ohren ein wenig aufsperren, bei meinen alten Kontakten, wenn euch das hilft." „Halt nur nicht zu auffällig!", mahnte Gasperlmaier. „Bin ich auffällig?" Der Doktor Altmann stellte sich in Positur und verwies mit einer Geste beider Arme auf sich. Gasperlmaier trank lieber seinen Schnaps aus, anstatt zu antworten. Jemand Auffälligeres wie der Herr Doktor Altmann war kaum vorstellbar, sogar hier in Altaussee, erst recht aber in Wien oder Graz, so dachte er bei sich.

„Magst noch einen?" Bevor Gasperlmaier antworten konnte, hatte sich sein Stamperl wie von Zauberhand gefüllt, und gegen seine kalten Füße konnte es nur gut sein. Er stürzte seinen Schnaps hinunter und fand sich fast umgehend in einem Zustand wieder, in dem ihm alles egal war und er sich auf einen warmen, gemütlichen Abend auf dem Sofa freute. „Ja, dann dank ich dir recht schön! Ich glaub, es wird dann Zeit ..." Die Haustür öffnete sich, und die Stefanie schaute heraus. „Guten Abend!", sagte sie. „Warum bittest du denn den Herrn Doktor nicht herein?" Der aber winkte ab. „Nein, nein! Das passt schon so! Ich wär ja zum Zaun gekommen, wenn der Schnee nicht so hoch liegen tät!“ Während er, rückwärtsgehend, auf das Gartentor zustrebte, winkte er noch einmal. „Das Essen wär fertig!“, sagte die Stefanie. Sie grinste. „Habt’s wieder geschnapselt, was? Deshalb wollte der Doktor Altmann nicht hereinkommen, stimmt’s?“ „Musst ja der Christine nicht gleich erzählen!“, sagte er, als er mit der Stefanie ins Vorhaus trat. „Die hat’s längst gemerkt!“ Vor den Frauen, so dachte Gasperlmaier bei sich, konnte man aber auch gar nichts geheim halten.

Zum Abendessen gab es Kohlrabischnitzel und gebackene Zucchini. Beides, so musste er zugeben, schmeckte wunderbar, aber irgendwie hatte er dennoch wieder einmal das Gefühl, dass etwas fehlte. Leider musste er während des Essens einmal aufstoßen. „War ein Marillenschnaps, heute, nicht?“, sagte die Christine. Gasperlmaier nickte, konnte aber ihren Gesichtsausdruck nicht deuten. War er vorwurfsvoll oder amüsiert? Jedenfalls fühlte er sich etwas benebelt, und es war ihm warm. Nicht das Schlechteste, wenn man zum Fenster hinaussah. Im Licht der Straßenlaternen tanzten dicht die Schneeflocken.

14

„Das Messer, das wir im Mistkübel gefunden haben, ist die Tatwaffe! Definitiv! Ich bin gespannt, wie sich der Dietz da herausreden will!“ Die Frau Doktor stampfte die letzten Schneereste von ihren Stiefeln und warf ihre Handtasche auf Gasperlmaiers Schreibtisch. „Schön!“, sagte er. „Aber reicht das schon für eine Anklage?“, fragte die Manuela. „Der Kaffee ist übrigens abscheulich. Ich bin für eine neue Kaffeemaschine!“ Gasperlmaier seufzte. „Da hab ich eine schlechte Nachricht für dich. Wir haben kein Budget.“

„Eine schlechte Nachricht, abgesehen vom Kaffee“, sagte die Frau Doktor, nachdem sie einen Schluck genommen hatte, „ist, dass wir in dem Tesla keine Faserspuren von der Kleidung vom Dietz gefunden haben. Und auch keine Blutspuren im Hause Dietz. Bisher.“ Gasperlmaier sah aus dem Fenster. Es war noch nicht einmal ganz hell geworden. Kein Wunder bei den dichten Schneewolken, die auch heute über dem Altausseersee lagen. Über Nacht hatte es etwas geschneit. Zumindest so viel, hatte er in der Früh festgestellt, dass der Gartenzaun nun überhaupt nicht mehr aus dem Schnee herausragte. „Dafür aber andere. Solche von Pirkners Kleidung, aber auch weitere.“ „Vielleicht hat der Dietz etwas anderes angehabt?“, gab Gasperlmaier zu bedenken. „Wird alles geprüft, dauert aber seine Zeit“, sagte die Frau Doktor. „Die gute Nachricht ist: Auf dem Geld konnten Fingerabdrücke gesichert werden, genauer, auf der Banderole. Und zwar vom Pirkner. Damit steht eindeutig fest, dass der Pirkner im Besitz dieser 30.000 Euro gewesen ist, die wir beim Dietz gefunden haben. Die Reifenspur vor dem Haus stammt auch eindeutig von seinem Tesla, das ist sicher.“

„Und wie erklärt der Dietz das?“, fragte die Manuela. „Genauso wie gestern. Er rechtfertigt sich damit, dass ihm der Pirkner das Geld, einen Posten und einen Heimplatz für seine Mutter versprochen habe. Dann sei er wieder gefahren.“ „Können wir ihm beweisen, dass er lügt?“, fragte die Manuela. Die Frau Doktor tat einen tiefen Atemzug und warf einen Blick aus dem Fenster. „Bis jetzt nicht. Mit der Tatwaffe und dem Aktenkoffer des Pirkner konnte ich ihn noch nicht konfrontieren. Und nach Blutspuren suchen wir noch, in den Nebengebäuden und im Keller.“ Gasperlmaier schüttelte den Kopf. Das sah nicht gut aus. Warum sollte der Dietz den Pirkner ausgerechnet im Keller oder im Heustadel erstechen?

„Warum ... ich meine, warum sind Sie dann hier?“, fragte die Manuela. „Sollten Sie nicht lieber den Dietz ...?“ „Ein paar lose Enden verknüpfen, sozusagen. Ich wollte eigentlich mit der Frau Dietz sprechen. Und mit der Veronika Pirkner. Es ist ja so, dass dieser Fall so weite Kreise zieht, und wenn wir uns ehrlich sind, eine wirkliche Verbindung zwischen den zwei Fällen haben wir immer noch nicht gefunden.“ „Aber die Arabella Liebig und der Grün?“, warf Gasperlmaier ein. „Gegen die haben wir nichts, absolut nichts! Dazu kommt noch, dass die slowakischen Behörden den Jozef Hlavaty nicht auffinden haben können – ihr erinnert euch, das war der, der die Veronika bedroht und ihren Mann erpresst und geohrfeigt hat.“ „Dafür gibt es Neues vom Lützen!“ Die Manuela ließ ihre Maus ein paarmal klicken. „Er ist gestern Abend festgenommen worden. Man hat bei ihm anscheinend Sprengmittel, Waffen und eine ganze Sammlung von Bildern von diesem norwegischen Massenmörder gefunden, Anders Breivik. Zudem noch eine Mappe mit Zeitungsausschnitten über seinen Prozess.

Ihr erinnert euch an sein Pseudonym? Erb_kivi?" Die Frau Doktor nickte. „Gut, dass sie ihn festgesetzt haben. Aber für unseren Fall kommt er nicht in Frage, so wie ich das sehe." Sie trank ihren Kaffee aus. „So schlecht schmeckt er gar nicht."

„Du hast gesagt, du wolltest eigentlich mit der Dietz reden", sagte Gasperlmaier. „Das klingt so, als hättest du es dir anders überlegt?" Die Frau Doktor nickte. „Ja. Weil ich heute Nacht nicht schlafen konnte. Was ja auch kein Wunder ist, bei einem so komplizierten Fall. Und da habe ich eine Eingebung gehabt, bin sofort aufgestanden und habe recherchiert!" Sie streckte den rechten Zeigefinger hoch und lächelte. „Eingebung?", fragte Gasperlmaier nach. „Ja, Eingebung. Ich habe schon tagelang das Gefühl gehabt, dass ich irgendwas vergessen habe, dass ich was übersehen habe, dass ich vergessen habe, genauer nachzufragen. Und in der Nacht ist es mir ganz plötzlich eingefallen."

„Und?", fragte Gasperlmaier, der nun wirklich gespannt war. „Es war die Mutter vom Eckhardt", sagte die Frau Doktor. „Ich hab mit ihr telefoniert, ihr erinnert euch, ich hab davon erzählt. Und als ich aufgelegt habe, hatte ich das Gefühl, als hätte sie mir noch was sagen wollen. Als hätte sie die ganze Zeit, während wir telefoniert haben, etwas zurückgehalten und wäre drauf und dran gewesen, es mir zu verraten. Und ich war zu unsensibel, als dass ich es gemerkt hätte. Damals. Aber heute Nacht ..." „Und?", fragte Gasperlmaier. „Hast du sie noch einmal angerufen?" Die Frau Doktor schüttelte den Kopf. „Es war noch viel zu früh, als ich aus dem Haus gegangen bin. Aber jetzt. Jetzt werde ich sie anrufen!"

Die Frau Doktor verließ das Büro, man hörte ihre Schritte auf der Stiege. „Warum macht sie es nicht hier?", fragte die Manuela. Gasperlmaier zuckte mit den

Schultern. „Du bist übrigens auf dieser Liste. Von der Bürgerinitiative gegen das Chaletdorf Lerchenreith." „Natürlich! Deine Frau auch. Sie hat mir eh davon erzählt, dass du dich so gar nicht für Politik interessierst. Aber da geht's doch um ..." „Es stimmt überhaupt nicht, dass ich mich nicht für Politik interessiere!", wehrte sich Gasperlmaier. „Ich misch mich bloß nicht ein, das ist ein gewaltiger Unterschied. Weil die Polizei sollte ..." „... für alle da sein und nur darauf achten, dass die Gesetze eingehalten werden. Ich weiß, du hast's mir schon oft genug erklärt." Es war Gasperlmaier gar nicht recht, dass seine Frau und die Manuela hinter seinem Rücken Informationen über ihn austauschten. Da konnte nichts Gutes dabei herauskommen. Zumindest nicht für ihn.

„So!" Die Frau Doktor ließ die Tür hinter sich ins Schloss fallen. „Gasperlmaier, wir fahren nach St. Pölten. Sofort. Wir treffen uns mit der Frau Eckhardt." Gasperlmaier fuhr hoch. St. Pölten? Was sollte er in St. Pölten? Und warum? Die Frau Doktor jedoch schwang ihr Handy durch die Luft und schien bester Laune. „Wir sprechen mit Frau Eckhardt. Ich hab vorgeschlagen, uns persönlich zu treffen. Und sie hat mir zugesagt, mir dann etwas zu erzählen, was sonst niemand weiß. Das könnte unser Durchbruch sein, Gasperlmaier. Die Verbindung zwischen den zwei Fällen. Auf! Aber vorher ziehst du dir was anderes an!" „Wieso?", fragte Gasperlmaier, etwas konsterniert. „Die Uniform ... also, das Hemd ist ganz frisch gewaschen und ..." „Darum geht es nicht!", antwortete die Frau Doktor. „Ich möchte nicht, dass du zu diesem Gespräch in Uniform auftauchst. Da fallen wir zu sehr auf."

„Komm schnell mit hinein!", schlug Gasperlmaier vor, als sie vor seinem Haus hielten. „Damit dir nicht kalt wird." „So lange wird das dauern? Wir haben's aber eilig, du weißt schon?" „Ja, ja!", beruhigte Gasperlmaier sie. Tatsächlich war es ein wenig schwierig. Als er vor seinem Kleiderschrank stand, stellte er fest, dass außer Uniform, Tracht und Sportkleidung nicht viel vorhanden war. Er war schon lange nicht mehr in einem Bekleidungsgeschäft gewesen, obwohl ihn die Christine immer wieder überreden wollte, sich etwas Neues zu kaufen. Aber die meisten Geschäfte waren groß und unübersichtlich, und noch dazu voller Leute, die bündelweise Textilien über dem Arm hängen hatten. Er fühlte sich an diesen Orten höchst unwohl und fand immer wieder Ausreden, um nicht hingehen zu müssen.

So stand er schließlich in Jeans, einem älteren blauen Hemd und einer olivfarbenen Trainingsjacke vor der Frau Doktor. Nicht nur vor der, sondern auch vor der Richelle, die gerade dabei war, dem Theo seine Vormittagsjause herzurichten. „Na ja", sagte die Frau Doktor. „Du siehst immer noch aus wie ein Polizist. Ein verkleideter, halt!" Sie lächelte. „Wir könnten schon was tun, Daddy, damit du bist ein bisschen schicker, wenn du ausgehst mit Frau Lieutenant!" Schon kam er sich wieder ein bisschen klein und zusammengefaltet vor. Was passte denn nicht an seinem Outfit? „So, ab jetzt!", kommandierte die Frau Doktor. „Deinen Kleiderschrank zu plündern, das müssen wir uns für ein anderes Mal vornehmen! Pfüat di, Richelle, Theo, sei schön brav!" Sie winkte dem Buben noch einmal zu, der gerade ein ziemlich großes Stück Apfel in seinem kleinen Mund verschwinden ließ.

Erst, als sie schon im Kombi der Frau Doktor saßen, kam Gasperlmaier dazu, zu fragen, warum sie denn ausgerechnet nach St. Pölten mussten. Das würde doch, so veranschlagte er, wohl den ganzen Tag dauern, bis sie wieder zurück waren. Sie hatte ihm das Steuer überlassen, denn über den Pötschenpass musste man mit Schneefahrbahn rechnen, und damit hatte die Frau Doktor nicht so viel Freude. „Es hat mir schon gereicht, heute früh, von Liezen hierher!“, sagte sie. „Auf der Klachau wäre ich fast hängen geblieben, wegen einem LKW, der ins Rutschen geraten ist.“

In St. Pölten wohnte der Schwiegervater seiner Tochter, der Doktor Karl Frisch, und dem zu begegnen, darauf hatte Gasperlmaier keine große Lust. Der war nämlich stockkonservativ und hatte die Ehe zwischen seiner Tochter und der Katharina nur unter Missbilligung und Widerstreben zur Kenntnis genommen. „Warum denn St. Pölten?“, fragte er. „Mit dem Zug hätte die Frau Eckhardt, da hätte sie in einer guten Stunde in Attnang-Puchheim sein können, da ...“ „Was soll sie denn in Attnang-Puchheim?“, gab sich die Frau Doktor widerspenstig. „Sie wohnt in einem Dorf in der Nähe von St. Pölten. Und weil sie nicht möchte, dass sie in ihrem Dorf mit uns gesehen wird, hat sie ein Café in St. Pölten vorgeschlagen.“

Gasperlmaier war noch nicht besänftigt. „St. Pölten!“, schnaufte er. „Da weiß man ja nicht einmal, welcher Heilige das sein soll. Sankt Martin, Sankt Georgen, Sankt Benedikt – da weiß man wenigstens, wer gemeint ist. Aber Sankt Pölten? Hast du schon einmal von einem heiligen Pölten gehört?“ „Jetzt stell dich doch nicht so an!“, protestierte die Frau Doktor. Gasperlmaier schaltete vor der ersten Kehre bergab vorsichtig zurück, dennoch geriet der Wagen kurz ins Schlittern. „Du hast leicht reden!“, gab er zurück.

„Möchtest du nicht hören, was ich über die Frau Eckhardt herausgefunden habe?“ Gasperlmaier gab brummend sein Einverständnis, denn gänzlich einverstanden mit dieser langwierigen Extratour war er noch lange nicht. „Die Frau Eckhardt, Andrea Eckhardt, ist 52 Jahre alt. Sie ist jetzt Sekretärin in einem Autohaus, aber vor 30 Jahren, als ihr Sohn geboren wurde, war sie Fernsehsprecherin. Wahrscheinlich kannst du dich erinnern, sie war oft auf dem Bildschirm zu sehen." „Achtung!", rief Gasperlmaier, als sie ihm ein Foto von Andrea Eckhardt vor die Nase hielt. „Ich muss doch auf die Straße ..." „Entschuldigung!" Sie zog das Foto ein wenig zurück. Nach zwei kurzen Seitenblicken erkannte Gasperlmaier die Frau. Sie hatte rotblondes Haar mit hellblonden Strähnen darin, die Haare waren etwa schulterlang und so eigenartig nach innen gedreht, wie man das heute nur mehr selten sah. „Hübsch!", sagte er. „Warum hat sie aufgehört?" „Das weiß ich noch nicht. Aber Fernsehansagerinnen sind in den Neunzigern aus der Mode gekommen. Gott sei Dank." „Warum Gott sei Dank?", erkundigte sich Gasperlmaier. „Na, hör mal! Die Männer durften die ernsten Nachrichten sprechen und die Frauen hat man nur als hübschen Aufputz ansagen lassen, was als Nächstes im Programm kommt! Das war doch ausgesprochen sexistisch!" Gasperlmaier musste an die Debatte mit der Manuela denken, während der er sich selbst hatte eingestehen müssen, dass die Frauen um ihn herum viel politischer dachten als er selbst. Deswegen hielt er den Mund. „Sie wird uns schon erzählen, warum ihre Fernsehkarriere so abrupt geendet hat."

Der Rest der Fahrt verlief recht schweigsam. Vor allem, weil die Frau Doktor sofort einschlief, als sie die Autobahn erreichten. Zuvor hatte sie Gasperlmaier noch erzählen können, wie kurz und schlaflos die letzte Nacht gewesen war. Zunächst hatte ihr Sohn Max sie nicht schlafen lassen, der hatte anscheinend

Schmerzen, weil er Zähne bekam, und dann war eben das mit ihrer Eingebung passiert, die sie dazu gezwungen hatte, aufzustehen und zu recherchieren.

„Wo fahren wir ab?“, fragte er schließlich, als sie sich ihrem Ziel näherten. Die Frau Doktor schrak hoch. „Sind wir schon da?“ Sie rieb sich die Augen, begann aber sofort, in ihrer Handtasche zu kramen. „St. Pölten Süd“, sagte sie schließlich, nachdem sie ihr Handy gefunden hatte. „Ich lotse dich zu einem Parkhaus.“ „Schnee hat's da gar keinen!“, bemerkte er. Die Landschaft beiderseits der Autobahn war grau und leicht hügelig. Gasperlmaier war froh, dass er hier nicht wohnen musste.

Weniger als eine halbe Stunde später saßen sie einer attraktiven Frau mit kurzen, dunklen Haaren gegenüber. Auf dem Foto, das die Frau Doktor ihm gezeigt hatte, waren sie offenbar gefärbt gewesen. Die Frau Eckhardt war, soweit Gasperlmaier das beurteilen konnte, gut gekleidet. Er war hungrig, die Karte allerdings bot nur überbackene Baguettes an, wahrscheinlich aus dem Tiefkühler. Dennoch bestellte er sich eines, die Frau Doktor lehnte dankend ab, als er ihr die Speisekarte reichte.

„Schön, dass Sie zugestimmt haben, uns zu treffen. Ich möchte Ihnen auch unser Beileid ausdrücken, angesichts des Verlusts Ihres Sohnes.“ Das hatte die Frau Doktor elegant hingekriegt. Gasperlmaier waren Beileidskundgebungen immer peinlich, weil er stets Angst hatte, nicht ernst und betroffen genug auszusehen. Die Frau Eckhardt nickte und wischte sich eine Träne aus dem Augenwinkel. „Wir hatten wenig Kontakt, er hat sich in ganz anderen ... wie soll ich sagen ... Kreisen bewegt als wir. Er hat selten angerufen und noch seltener irgendwas Bedeutendes aus seinem Leben mit uns geteilt." Sie seufzte. Gasperlmaier hatte den Eindruck, der mangelnde Kontakt zum Sohn hatte sie mehr belastet als sein Ableben.

„Was wissen Sie über seinen Tod?", fragte sie dann. Die Frau Doktor berichtete ihr das meiste von dem, was sie bisher wussten, abgesehen natürlich von dem, was wegen der laufenden Ermittlungen geheim bleiben musste. Die Geschichte mit dem Plastiksack ließ sie weg, obwohl die Frau Eckhardt sie natürlich aus den Medien kennen konnte.

Die Getränke kamen, und es kehrte kurzes Schweigen ein, bis die Frau Doktor ihre Frage stellte. „Frau Eckhardt, da gibt es etwas, das Sie uns sagen möchten. Am Telefon wollten Sie nicht darüber reden, deswegen sind wir hierhergekommen. Worum geht's?" Die Frau Eckhardt seufzte neuerlich und nahm einen Schluck Kaffee. „Ich habe ja keine Ahnung, ob das was mit Ihren Ermittlungen zu tun hat. Aber ... wie ich gelesen habe, dass das alles im Ausseerland passiert ist, da bin ich hellhörig geworden." „Warum?", fragte die Frau Doktor. Endlich kam auch Gasperlmaiers Baguette an, es sah gar nicht so schlecht aus. Und es schmeckte auch ganz annehmbar. „Eine längere Geschichte", sagte die Frau Eckhardt. „Und ich beginne gleich mit dem Wichtigsten: Der Simon ist ... war nicht der Sohn von meinem Mann. Und wir waren damals schon verheiratet. Er weiß es bis heute nicht, und er braucht es auch niemals zu erfahren, jetzt, wo Simon tot ist." Ihre Augen begannen zu glänzen, und sie suchte in ihrer Handtasche nach einem Taschentuch. Die Frau Doktor schwieg.

„Ich war damals ziemlich neu beim Fernsehen, es war 1992. Ich bin dazu gekommen wie die Jungfrau zum Kind, ich wurde in einem Zug angesprochen. Ich war mit einer Freundin unterwegs, von St. Pölten nach Wien, und wir haben wohl viel geredet. Beim Aussteigen in Wien hat mir ein Herr ... ja, er war ein Herr, ein eleganter Herr, seine Karte gegeben. Ich hätte eine tolle Stimme, hat er gemeint, und ich sähe auch sehr gut aus. Ob ich es nicht einmal beim Fernsehen probieren wolle." Sie atmete tief durch. „Ich muss das Ganze etwas abkürzen. Ich habe dann auch Veranstaltungen moderiert, ich bin schnell populär geworden." Sie lächelte kurz. „Ich erinnere mich an Sie", sagte Gasperlmaier. „Sie haben sich kaum verändert!" Sie lächelte abermals, länger als zuvor. „Danke für das Kompliment. Es war dann bei einer Veranstaltung der Wirtschaftskammer. Ich kam an einem Tisch zu sitzen, an dem mir ein Herr besondere Aufmerksamkeit schenkte. Er war sehr attraktiv, sehr höflich, ungefähr 50, so habe ich ihn damals zumindest geschätzt." Sie brach ab, sah Gasperlmaier zweifelnd an. Dann zuckte sie mit den Schultern.

„Ich habe mich von ihm verführen lassen. Es gab keine Versprechungen, keine Täuschungen ... es ist einfach passiert. Ich habe es nicht einmal bereut. Er war viel ... Ich möchte da jetzt nicht ins Detail gehen." „Ich kann Sie gut verstehen", sagte die Frau Doktor. „Kannten Sie seinen Namen?" Die Frau Eckhardt nickte. „Nikolaus", sagte sie. „Ich hab das damals witzig gefunden. Aber seinen Nachnamen hab ich nie erfahren. Und ich hab auch keinen Kontakt aufgenommen, als ich merkte, dass ich schwanger war. Das Kind konnte nur von ihm sein. Ich weiß es einfach." „Was ist der Bezug zum Ausseerland?", fragte die Frau Doktor. „Ich kann mich nicht an viel erinnern", sagte sie. „Ich habe an diesem Abend ziemlich viel getrunken. Aber es war die Rede von Bad Aussee und von Altaussee. Nikolaus hat da wohl ein Haus besessen, und es ist darüber geredet worden, wo man sich am besten Zweitwohnsitze zulegt. Das ist so ziemlich das Einzige, an das ich mich erinnere."

Die Frau Doktor warf Gasperlmaier einen skeptischen Blick zu. „Das ist noch nicht recht viel!", sagte sie. Gasperlmaier zermarterte sich das Hirn, aber es wollte ihm nicht einfallen, wer das gewesen sein könnte. Möglichkeiten gab es viele. Sicher mehr als ein Dutzend wohlhabende Wiener hatten Häuser in Altaussee. Wenn nicht mehr. „Irgendeine Ahnung, in welcher Branche der Mann tätig war? Es war ja immerhin Wirtschaftskammer ..." Die Frau Eckhardt nickte. „Ja, ungefähr. Es ging bei der Veranstaltung um Nahrungs- und Genussmittel. Also irgendwas mit Lebensmitteln und Getränken. Daran erinnere ich mich, wegen der Wein- und Schnapsverkostung. Das war ja auch der Grund, warum ..." „Sie meinen also, dass der Vater Ihres Sohnes irgendeine Verbindung zum Ausseerland hat? Und dass Ihr Sohn deswegen hingereist und dort ermordet worden ist?" Ein junges Mädchen am Nebentisch hatte offenbar mitgehört und sah entsetzt herüber. Die schwänzte wohl heute die Schule, dachte er bei sich. Und dass die Frau Doktor leiser reden sollte.

Die Frau Eckhardt nickte. „Und dann ist vor ein paar Wochen dieser Mann aufgetaucht, in der Firma. Er hat nach der Adresse von meinem Sohn gefragt. Ich hab mich natürlich gewundert. Aber er hat ganz freiwillig gesagt, dass er vom Vater meines Sohnes beauftragt worden ist, dessen Namen und Adresse herauszufinden." „Woher kann der wirkliche Vater Ihres Sohnes überhaupt von dessen Existenz gewusst haben?", fragte die Frau Doktor. „Das habe ich den Detektiv auch gefragt, und er hat mir erklärt, dass das eine pikante Angelegenheit sei, seinem Auftraggeber sei es aber wichtig, herauszufinden, ob er uneheliche Kinder habe." „Und der Detektiv hat herausgefunden, dass es Ihren Sohn gibt?", fragte die Frau Doktor. Die Frau Eckhardt nickte. „Haben Sie ihm die Adresse gegeben?" Wieder nickte sie. „Ich habe mir aber ausbedungen, dass Simon nicht erfährt, woher er die Adresse hat. Mir war schon klar, dass das weitreichende Folgen haben kann, auch für meine Ehe. Andererseits habe ich für den Simon auch Hoffnungen damit verbunden. Wenn sich sein Vater zu erkennen gab, dann musste er ihm wohl die Alimente nachzahlen, die ihm zustanden. Und ihm vielleicht sogar etwas vererben. Aber dass der Simon dann ..." Gott sei Dank, so dachte Gasperlmaier bei sich, sagte sie nicht „ermordet", denn das Mädchen vom Nebentisch versteckte zwar ihr Gesicht hinter einer Zeitschrift, aber er war sicher, dass sie mit großen Ohren lauschte.

„Fällt Ihnen noch irgendwas ein, zum Vater Ihres Sohnes? Irgendeine Einzelheit, die Sie uns noch nicht erzählt haben?" Die Frau Eckhardt stützte den Kopf zunächst in beide Hände, schüttelte ihn dann aber. „Wenn ich noch länger über die Sache nachdenke, vielleicht ... aber ich habe eh schon schlaflose Nächte hinter mir, es ist alles wieder hochgekommen, von damals, und dann auch noch der Tod von meinem Sohn ..." Sie holte ihr Taschentuch, das in einem ihrer Ärmel steckte, wieder hervor und tupfte sich die Augenwinkel.

„Könnte der Vater von Simon auf irgendeine Weise erfahren haben, dass Sie schwanger sind? Ich meine, wie kommt er sonst auf die Idee, wegen einem One-Night-Stand ..." Die Frau Eckhardt nickte. „Ich habe es selber im Fernsehen gesagt. Dass ich wegen einer

Babypause für einige Zeit nicht zu sehen sein werde. Die Regie hat mir das so vorgegeben. Noch dazu ist die Szene in einer Doku enthalten, die vor ein paar Jahren gedreht wurde. Wenn der Vater von Simon das zufällig gesehen hat, hat er nur zwei und zwei zusammenzählen brauchen." „Na, dann ... hat sich der Detektiv ausgewiesen? Ich meine, wissen Sie, wer er war?" Die Frau Eckhardt schüttelte den Kopf. „Das war dumm von mir, nicht? Dass ich mir keinen Ausweis habe zeigen lassen? Aber ich war überrumpelt, fast geschockt. Da denkt man dann nicht ..." „Schon gut!", sagte die Frau Doktor. „Ich kann gut verstehen, in welchen Stress Sie das Auftauchen des Mannes versetzt hat. Sie haben uns aber auch so sehr geholfen. Vielen Dank!" „Es hat mir gutgetan, darüber sprechen zu können", sagte die Frau Eckhardt.

„Wissen Sie eigentlich, dass Ihr Sohn im Internet Frauen bedroht hat?" Die Frau Eckhardt nickte. „Ich hab's natürlich zuerst nicht gewusst. Ich treib mich ja nicht auf diesen Seiten im Internet herum." Sie vollführte eine wegwerfende Geste mit der linken Hand. „Aber die Medien ... es ist ja sogar im Fernsehen gekommen. Als Mutter glaubst du so etwas natürlich nicht sofort, du denkst an einen Irrtum, an eine Unterstellung durch irgendeinen unzuverlässigen Zeugen, so was." „Aber dann?", soufflierte die Frau Doktor. „Dann ist mir bewusst geworden, wie kalt und ablehnend er sich mir gegenüber in den letzten Jahren verhalten hat. Ich habe auch gewusst, dass er Probleme hat ... mit Alkohol, und dass er nur unregelmäßig gearbeitet hat. Glauben Sie mir, da hat man schlaflose Nächte, auch wenn das Kind erwachsen und einigermaßen entfremdet ist ..." Die Frau Doktor seufzte, und auch Gasperlmaier ahnte, was ihr durch den Kopf gehen mochte.

Auch, wenn die Kinder erwachsen waren, sorgte man sich ständig um ihr Wohlergehen, das war wohl irgendwo in der menschlichen DNA vorprogrammiert. Und, auch das wusste er, ging bei den Kindern etwas schief, neigte man dazu, die Verantwortung dafür bei sich selbst zu suchen.

„Geben Sie sich nicht selbst die Schuld, Frau Eckhardt. Das bringt gar nichts, und es ist auch nicht richtig." Die Frau Eckhardt sah hoch zur Frau Doktor und Gasperlmaier. „Haben Sie Kinder?" Beide nickten. „Meine sind schon erwachsen", fügte Gasperlmaier hinzu. „Und ich mach mir auch immer Sorgen. Und denke mir, dass ich manches falsch gemacht habe." Nun lächelte die Frau Eckhardt. „Der Simon ist nicht mein einziges Kind", sagte sie. „Und meine beiden Töchter machen mir viel Freude!"

Eine Zeitlang plauderten sie noch weiter, bis die Frau Eckhardt auf die Uhr sah und erklärte, sie müsse wieder ins Büro zurück. „Wir haben auch noch eine lange Fahrt vor uns!", erwiderte die Frau Doktor. Das war wohl wahr, und Gasperlmaier sah mit einiger Skepsis zum Fenster hinaus, denn es regnete schon wieder. Was bedeutete, dass es im Salzkammergut wohl schneite.

„Jetzt fragen wir uns natürlich, wer der Vater des Eckhardt sein könnte, der ein Haus in Altaussee hat", sagte die Frau Doktor, als sie wieder im Auto saßen und Gasperlmaier den Wagen aus der Tiefgarage ins Tageslicht lenkte. „Schreib doch einmal der Manuela. Die soll herausfinden, wie der alte Grafenfeld mit Vornamen geheißen hat. Vom Alter her tät der passen. Wenn er damals ein wenig über 50 war ..." „Gute Idee!", sagte die Frau Doktor. „Aber das kann ich selber auch!" Sie wischte eine Zeitlang auf ihrem Handy herum. „Na, bumsti!", sagte sie schließlich. „Da haben wir es. Nikolaus Grafenfeld. Da gibt es einen Artikel mit seinem Foto, von vor 20 Jahren. Mit Schokonikoläusen. Das hat dem Reporter natürlich gefallen, dass der Nikolaus Schokonikoläuse herstellt." „Das würde auch passen", sagte Gasperlmaier. „Weil sie ja gesagt hat, der Mann hatte wohl irgendwas mit Lebensmitteln zu tun. Schokolade also." „Genau. Es kann kein Zufall sein, dass der Eckhardt nach Aussee gefahren ist. Es muss was mit dem Grafenfeld zu tun haben, mit seinem Vater." „Außer ...", begann Gasperlmaier. „Ja?" „Außer, er ist, wie wir bisher angenommen haben, gekommen, um die Liebig oder die Katharina zu stalken. Oder beide." „Daran glaube ich jetzt nicht mehr", meinte die Frau Doktor.

„Da hätten wir", sagte Gasperlmaier, „aber jetzt auch eine Verbindung zwischen den beiden Fällen. Der alte Grafenfeld ist der Vater vom Opfer Nummer eins, jetzt einmal rein theoretisch. Und dann will der Sohn sein Haus mit Hilfe von Opfer Nummer zwei verkaufen. Reicht uns das?" Die Frau Doktor schüttelte den Kopf. „Wir haben keine Ahnung, was für ein Motiv er für den Mord am Pirkner gehabt haben könnte. Beim Eckhardt, da habe ich schon mehr Hoffnung. Nehmen wir einmal an, der alte Grafenfeld erfährt, wer sein außerehelicher Sohn ist. Warum will er es überhaupt herausfinden?" „Weil er ihn umbringen lassen will, damit er keine Forderungen als Erbe stellen kann?", fragte sich Gasperlmaier. „Na", sagte die Frau Doktor, „das klingt mir schon ein wenig weit hergeholt. Der Grafenfeld soll ja ein netter, umgänglicher Mensch gewesen sein. Wäre er das nicht gewesen, wäre auch eine Frau wie die Eckhardt nicht freiwillig mit ihm ins Bett gegangen. Und was, wenn ihn nun das Gewissen drückt? Wenn er jetzt alles gutmachen will, was er versäumt hat?“ „Kommt mir auch weit hergeholt vor!“, widersprach Gasperlmaier. „Wenn er so charmant war, dann hat er sicherlich mehrere Frauen beglückt. Da hätte der Detektiv dann viel zu tun gehabt!“

„Ich glaube“, sagte die Frau Doktor, „wir müssen uns den Nachlass vom alten Grafenfeld einmal genauer anschauen. Vielleicht finden sich da Unterlagen, die uns verraten, wer der Detektiv gewesen sein könnte.“ „Oder in den Telefonlisten!“, gab Gasperlmaier zu bedenken. „Da ist ja noch nicht nachgeschaut worden, weil es ja keinen Verdacht gegeben hat, dass da irgendwas nicht in Ordnung sein könnte.“ „Der junge Grafenfeld?“, überlegte die Frau Doktor laut vor sich hin. „Wenn er erfahren hat, dass es einen Bruder gibt, mit dem das Erbe zu teilen wäre ... hätte der nicht ein wunderbares Motiv gehabt, den Eckhardt zu töten?“ „Aber warum den Pirkner?“, fragte Gasperlmaier. Die Frau Doktor seufzte. „Das passt wieder nicht zusammen. Wie wir die Sache auch drehen, die Verbindung zwischen den beiden Taten will nicht recht ans Licht!“ Eine Zeitlang überlegte Gasperlmaier. „Wenn es da Streit ums Erbe gegeben hat?“, fragte er. „Könnte es dann nicht sein, dass der junge Grafenfeld den alten über die Stiege hinuntergestoßen hat? Weil er erfahren hat, dass das Erbe durch drei geteilt werden muss?“ „Eine Überlegung wert!“, sagte die Frau Doktor. „Aber wollen wir einmal nicht zu voreilig sein und uns in wilden Spekulationen ergehen.“ So wild, fand Gasperlmaier, waren die Spekulationen gar nicht.

Kurz vor Linz gab eine Verkehrsmeldung bekannt, dass der Pötschenpass wegen hängen gebliebener LKW gesperrt sei. „Oje!“, sagte Gasperlmaier. „Da müssen wir über die Pyhrnautobahn – schaust du einmal nach, um wie viel länger das dauert?“

Es dämmerte schon, als sie endlich wieder in Altaussee eintrafen. „Wir fahren noch zum Haus Grafenfeld. Einmal schauen, ob jemand zu Hause ist. Überraschungseffekt!“ Der Tag, fand Gasperlmaier, war lang genug gewesen. Und Hunger hatte er auch. Während der Fahrt waren ein paar Nachrichten auf seinem Handy eingetroffen, und nun, als sie beim Grafenfeld einparkten, holte er es hervor, um festzustellen, dass ihm die Katharina geschrieben hatte. Sie seien schon in Wien angekommen, und in ihrer Wohnung sei alles in Ordnung. „Das Auto ist da!“, stellte die Frau Doktor fest.

„Sie schon wieder!“ Die Miene des Manfred Grafenfeld verdunkelte sich, als er die Tür öffnete. „Es gibt neue Entwicklungen!“, sagte die Frau Doktor und trat an ihm vorbei ins Vorhaus. Der Grafenfeld machte keine Anstalten, sie weiter zu bitten. „Sollen wir hier im Stehen alles besprechen? Oder wollen wir uns hinsetzen?“, fragte die Frau Doktor und deutete auf die offenstehende Wohnzimmertür. „Von mir aus!“ Der Grafenfeld ging voraus. „Ihre Frau ist nicht zu Hause?“, fragte die Frau Doktor. „In Wien geblieben“, brummte der Hausherr.

Die Frau Doktor setzte sich und schlug die Beine übereinander. „Herr Grafenfeld, wie steht es denn mit dem Erbe Ihres Vaters? Wie viele Erben gibt es denn da? Und wie sieht es mit einem Testament aus?“ Der Grafenfeld fuhr sich mit den Fingern durch die Haare. Sie hatten vorher schon wirr und verschwitzt ausgesehen, jetzt umso mehr. Er schien verwirrt. „Ja, das ... also, das Testament, das liegt beim Notar. Nehme ich an. Eine Kopie muss irgendwo ...“ Er deutete in einer weitgefassten Geste auf die Schränke und Schubladen in verschiedenen Möbeln des Wohnzimmers. „Irgendwo herumliegen? Sie haben noch nicht danach gesucht?“

„Meine Schwester und ich erben sowieso alles“, sagte er. „Gibt nichts, was dagegenspricht. Die Firma gehört mir, meine Schwester ist längst ausbezahlt. Und ich wüsste nicht, wer sonst ...“ „Herr Grafenfeld, wussten Sie, dass Ihr Vater über einen Detektiv nach möglichen außerehelichen Kindern suchen hat lassen? Also potentiellen Erben?“ „Blödsinn!“, sagte der Grafenfeld. „Da gibt es niemanden! Wen sollte es denn da geben? Mein Vater war ... also, er war kein Typ, der ...“ „Kein Typ für Seitensprünge? Er soll doch sehr charmant gewesen sein?“ „Das kann ich nicht beurteilen. War's das dann? Ich würde Sie nämlich bitten zu gehen. Ich habe zu tun!“

„Was“, fragte die Frau Doktor, „halten Sie von einer freiwilligen Nachschau? Wenn Sie nichts zu verbergen haben?“ „Freiwillige Nachschau? Was soll das denn sein?“ Der Grafenfeld hatte seine Stimme erhoben und war sichtlich nervös. Er glänzte an den Schläfen und wischte immer wieder mit zwei Fingern über die Nasenwurzel. Gasperlmaier kannte das von sich selbst. Bei dem, dessen war Gasperlmaier sich nun sicher, gab es was zu finden. „Na ja“, sagte die Frau Doktor. „Sie lassen uns ein wenig in den Hinterlassenschaften Ihres Vaters stöbern. Vielleicht finden wir etwas, das uns weiterhilft?“ „Hier hilft Ihnen gar nichts weiter! Außer ich, wenn Sie nicht sofort verschwinden!“ Gasperlmaier zuckte zurück, denn der Grafenfeld war nun wütend geworden, der würde am Ende die Kontrolle über sich verlieren und sogar zuschlagen. Er zog die Frau Doktor am Oberarm zu sich.

„Und der Pirkner? War der nicht vielleicht doch hier? Wissen Sie, wir könnten das Haus durchsuchen lassen. Und wenn er hier war, dann finden wir auch Spuren von ihm!“ Das, fand Gasperlmaier, war ein gefährlicher Bluff. Er dachte an den Tesla des Pirkner, in dem noch immer keine Spuren vom Dietz gefunden worden waren. „Raus! Ich hab mit den Morden nichts zu tun! Gar nichts!“, schrie der Grafenfeld und machte einen Schritt auf sie zu. „Herr Grafenfeld, reißen Sie sich zusammen. Ich stelle fest, hier an Ort und Stelle, dass Sie sich äußerst unkooperativ verhalten. Das wird seine Gründe haben. Und Sie können sich darauf verlassen, dass wir die finden werden!“ Die Frau Doktor drehte sich um und kam dem Grafenfeld zuvor, der beide Arme vorgestreckt hatte, um sie zu schubsen. Anstatt ihrer erwischte er Gasperlmaier. Der taumelte, versuchte, sich an einem Tischchen neben dem Sofa abzustützen, und ging damit krachend und klirrend zu Boden, weil das Tischchen seinem Gewicht nicht standhielt. Er rappelte sich auf und stellte fest, dass vom Tischchen nur mehr Spreißel übrig waren und auch eine Vase, die darauf gestanden hatte, zu Bruch gegangen war. Er rieb sich seinen schmerzenden Ellenbogen. „Das werde ich Ihnen in Rechnung stellen!“, keuchte der Grafenfeld.

Die Frau Doktor trat vor Gasperlmaier. „Das bezweifle ich. Seien Sie froh, wenn wir Sie nicht wegen tätlichen Angriffs auf einen Exekutivbeamten belangen! Komm, Gasperlmaier!“ Als der schon die Haustür geöffnet hatte und ein Schwall kalter Luft hereindrang, drehte sich die Frau Doktor noch einmal um. „Ach, übrigens: Wo waren Sie denn, als Ihr Vater verstorben ist? Also am 30. Dezember, abends und in der Nacht?“ „Was soll das?“, schrie der Grafenfeld. „Ich war in Kitzbühel, das hab ich Ihnen doch schon gesagt! In Kitzbühel!“ „Und am Donnerstag, den 2.1.?“ „Raus!“ „Komm!“ Gasperlmaier zog die Frau Doktor am Arm ins Freie. Hinter ihnen fiel krachend die Tür ins Schloss. Gasperlmaier schwitzte trotz der Kälte. „Der ... du darfst ihn nicht weiter provozieren! Der ist imstande und ...“ „Ach was?“ Die Frau Doktor schien geradezu fröhlich. „Vor dem hab ich keine Angst. Und der hat Dreck am Stecken, das war ja völlig klar! Die Frage ist nur, wie viel und welchen?“

„Mir ist was aufgefallen“, sagte Gasperlmaier. „So? Was denn?“ „Der Grafenfeld hat gesagt: ‚Ich hab mit den Morden nichts zu tun‘, aber du hast den Eckhardt gar nicht erwähnt. Nur den Pirkner. Warum, frage ich dich, hat er an beide Toten gedacht?“ „Gut beobachtet! Kann, muss aber nichts heißen. Auf jeden Fall merken wir uns das.“ „Du hast auch nach dem 30. Dezember gefragt? Der Abend, an dem der alte Grafenfeld die Stiege hinuntergestürzt ist?“ Die Frau Doktor nickte. „Wenn er kein hieb- und stichfestes Alibi für diesen Abend hat, dann bin ich durchaus geneigt, ihn auch für den Treppensturz verantwortlich zu machen. Denn wenn er gewusst hat, dass er einen Halbbruder hat, dann hatte er einen hervorragenden Grund dafür, mit dem Alten in Streit zu geraten. Und im Verlauf des Streits, bei einem so alten Mann genügt ein kleiner Schubser, vielleicht im Affekt, und schon ist das Problem aus der Welt. Denkt er.“

Gasperlmaier schüttelte den Kopf. Er konnte nicht daran glauben, dass sich der Fall jetzt so einfach lösen ließ. „Was haben wir denn in der Hand gegen den Grafenfeld?“, fragte er. Die Frau Doktor seufzte und blieb ihm eine Antwort schuldig, bis sie vor Gasperlmaiers Haus angelangt waren. „Wenig!“, sagte sie, als er angehalten hatte. „Ein Motiv, vielleicht eine Gelegenheit, keine Spuren ... ich müsste seine Kleidung abfasern dürfen und DNA-Proben bekommen, damit wir sie mit Spuren am Leichnam abgleichen können, und mit denen, die wir im Tesla gefunden haben. Dort gab's übrigens auch einen Fingerabdruck, der nicht zu den Pirkners gehört. Am Knopf, mit dem man den Sitz verstellt. Der ist nicht abgewischt worden. Und wenn jemand den Sitz verstellt hat, dann ist auch jemand anderer gefahren. Aber das war sowieso klar." „Jemand, der kleiner ist als der Pirkner?", fragte Gasperlmaier. „Wahrscheinlich. Aber das hilft uns nicht weiter, der Pirkner war fast eins neunzig, fast alle Männer sind kleiner, und Frauen sowieso." „Kann man das feststellen, wie groß der letzte Fahrer ungefähr war? Oder die Fahrerin?" Die Frau Doktor zuckte mit den Schultern. „Ungefähr schon, denke ich. Aber da sind wir doch sehr im Bereich von Spekulationen. Außer es handelt sich um einen auffällig kleinen Fahrer. Ich frag dann mal nach. Morgen!" Sie gähnte hinter vorgehaltener Hand.

15

„Hast du was von den Mädchen gehört?", fragte Gasperlmaier die Christine, nachdem er sich auf der Küchenbank niedergelassen hatte. „Sie sind gut in Wien angekommen. Wie viele Fleischlaibchen magst du denn?" „Gib mir einmal zwei, bitte!", antwortete Gasperlmaier, von Zufriedenheit erfüllt ob der Tatsache, dass es nun wieder normales Essen im Haus gab. „Dem Theo haben sie geschmeckt. Und der Richelle auch. Obwohl die beiden meine Fleischlaibchen hartnäckig ‚Burger' nennen." „Das wird schon noch!", meinte Gasperlmaier, stand auf und holte sich ein Bier aus dem Kühlschrank. „Und?", fragte die Christine. „Gibt's was Neues? Hat sie sich ausgezahlt, die Fahrt nach St. Pölten?" Gasperlmaier zuckte mit den Schultern und schenkte sich ein. „Wie man's nimmt. Ich darf ja nicht viel sagen. Aber erfahren haben wir schon was Wichtiges. Vielleicht bringt's uns weiter."

Die Fleischlaibchen waren wirklich ausgezeichnet, knusprig außen und flaumig innen, wie immer. Als er gerade überlegte, ob er noch um ein drittes Laibchen bitten sollte, kam die Richelle herein. „Der Theo schläft jetzt!", sagte sie und legte den Zeigefinger vor den Mund, um klarzumachen, dass man leise sein sollte. „Und?", fragte Gasperlmaier. „Was habt ihr heute so gemacht?" „Schlittenfahren!", strahlte die Richelle. „Er kann gar nicht genug bekommen davon." Das war Gasperlmaier recht. Denn wer ein richtiger Altausseer werden wollte, der musste den Winter und den Schnee lieben. „Und ich habe telefoniert mit Christoph. Er hat schon große Sehnsucht nach uns. Und er hat Angst, dass das Baby kommt, bevor er hier ist." Sie strich sich über den Bauch, der bereits sichtlich gewölbt war. „Na“, sagte die Christine. „Der kleine Racker wird sich wohl nicht so sehr beeilen! Da kann er ganz beruhigt sein, denke ich!“ Die Richelle nickte. „Ich auch! Aber er wäre halt gerne bei uns. Noch sechs Wochen!“ „Die gehen vorbei!“, beruhigte Gasperlmaier. „Und wir waren noch bei Veronika. Gibt ein Problem“, sagte die Richelle. „Problem?“, fragte Gasperlmaier nach. „Dieser Jozef ist aufgetaucht. Der aus Slovakia. Er will, dass sie mit ihm kommt zurück in Slovakia. Und Veronika hat Angst. Weil er ist violent, sagt sie.“ „Hat er sie geschlagen? Bedroht?“ Gasperlmaier bekam auf der Stelle Magenschmerzen. Was die Richelle da so nebenbei erzählte, konnte sich, wenn es dumm lief, zu einem gefährlichen Einsatz auswachsen. „Ich glaub“, sagte er und stand auf, „da sollten wir heute noch einmal vorbeischauen. Nicht, dass wir was Wichtiges übersehen!“

„Kann ich mitfahren?“, fragte die Richelle. Die Christine zog die Stirn in Falten. „Wenn es nicht gefährlich ist?“ „Ich hoffe nicht!“, sagte Gasperlmaier. „Wenn der Hlavaty tatsächlich da oben herumgeistert, bring ich die Richelle sofort zurück und hole Verstärkung.“ Als er in seinem Auto saß, kam ihm der Gedanke, wie selten er mit seinem Privatauto unterwegs war. In den letzten Tagen waren wohl nur die Christine oder eines der Mädels damit gefahren. Der Sitz war jedenfalls weit nach vorne gerückt. „Hat sie was Genaueres erzählt, über den Hlavaty? Wann er da war? Und was er gesagt hat?“ „Ja, gestern“, antwortete die Richelle. „Veronika meint, dass er hinter ihr her ist, weil sie erbt. Das Haus, und vielleicht noch mehr. Veronika hat allerdings einen contract unterschrieben.“ „Kontrakt?“, fragte Gasperlmaier nach. „Ja, als sie haben geheiratet, sie hat unterschrieben ein Dokument, dass sie zum Beispiel nicht die Firma erbt. Sie weiß noch nicht genau, was sie bekommt. Jetzt sie hat Angst, dass sie muss ausziehen aus dem großen Haus.“ „So weit wird's nicht kommen. Aber selbst, wenn sie es erbt, ist die Frage, ob sie es sich leisten wird können. So ein großes Haus, da hast du auch hohe laufende Kosten!“

Vor dem Haus Pirkner war heute mustergültig geräumt, die Firma, die der Pirkner beauftragt hatte, hatte offenbar ganze Arbeit geleistet. Allerdings war die Räumung schon eine Weile her, denn ein paar Zentimeter Neuschnee hatten sich auf der Parkfläche vor dem Haus schon wieder angesammelt.

„Ich habe Veronika schon geschickt eine Nachricht, dass wir kommen.“ Die Richelle steckte ihr Handy ein. Was selten war. In der Regel hielt sie es in der Hand und tippte alle paar Minuten darauf herum, selbst wenn sie mit dem Theo beschäftigt war. Tatsächlich flammte das Licht im Vorhaus bereits auf, als sie sich dem Gartentor näherten, und der Türöffner summte, ohne dass sie geklingelt hätten.

„Schön, dass Sie extra kommen. Sie tragen heute gar keine Uniform, Herr Inspektor?“ Die Veronika schenkte ihm ein warmes Lächeln. „Die Kinder schon im Bett?“, fragte er und sah um sich. Auf dem Tisch standen eine Teetasse und eine Kanne. „Ja!“, sagte die Veronika. „Setzt euch doch hin!“ „Frau Pirkner“, kam Gasperlmaier gleich zur Sache. „Der Jozef Hlavaty hat Sie belästigt? Wann war er da?“ Die Veronika seufzte und legte eine Hand auf ihre Brust, so, als hätte sie Probleme, Luft zu bekommen. „Er ist gestern aufgetaucht. Mit einem dicken Auto, einem Bentley, glaube ich. Ich habe keine Ahnung, wo er das Geld herbekommt. Wahrscheinlich ...“ „Er ist ein Gangster, dieser Hlavaty, nicht?“, fragte Gasperlmaier. Die Veronika nickte. „Er will mich zurückhaben. Weil er denkt, dass ich dieses Haus erbe und noch mehr." Gasperlmaier seufzte. Kaum hatten sie eine heiße Spur im Fall Eckhardt, da tauchte wieder ein neuer Verdacht im Fall Pirkner auf. Denn es war ja nicht auszuschließen, dass dieser Hlavaty dafür gesorgt hatte, dass die Veronika erben würde.

„Was genau hat er denn gesagt?", fragte Gasperlmaier. „Ich bin jetzt frei, hat er gesagt, und dass ich meine Verpflichtungen erfüllen muss. Ihm gegenüber." „Hat er das deutlicher gemacht?" Die Veronika nickte. „Er hat gesagt, er hat ein Recht darauf, die Hälfte zu bekommen, von dem, was ich erbe. Weil ohne ihn wäre ich nie Miss Slovakia geworden, und ohne ihn ich hätte nie Pirkner kennengelernt." Sie stützte den Kopf in die Hände, ihre Haare fielen vor das Gesicht. Auch so konnte Gasperlmaier sehen, dass sie weinte. Die Richelle setzte sich neben sie und legte ihr einen Arm um die Schultern. „Hat er gedroht?", fragte er. Die Veronika nickte. „Er hat gesagt, wenn nicht, dann er wird Freunde schicken. Und er hat gesagt, er weiß, wo der Kindergarten ist. Und geschickt hat er ... er kennt meine Telefonnummer!" Sie hob das Handy vom Tisch auf und entsperrte es mit einem Fingerabdruck, bevor sie es Gasperlmaier reichte.

„Lesen Sie. Auf WhatsApp, der erste Chat ganz oben. Es steht da nur die Nummer, weil ich seinen Namen nicht gespeichert habe." Gasperlmaier las. Oder er versuchte es zumindest. „Das ist leider ... ich kann nicht Slowakisch." Er reichte das Handy der Veronika. „Er schreibt", sagte sie, „dass ich gut überlegen soll, was ich als Nächstes tue. Und dass ich mir nicht zu lange Zeit lassen soll." „Gut", sagte Gasperlmaier. „Das reicht fürs Erste. Damit kann ich eine Fahndung einleiten lassen. Leider muss ich damit die Frau Doktor noch einmal belästigen."

Gasperlmaier begab sich hinaus ins Vorhaus, wo der einstmals imposante Christbaum noch immer nicht alle Nadeln hatte fallen lassen. Die Frau Doktor meldete sich schon nach dem dritten Klingeln. „Gut, dass du angerufen hast. Ein Bentley, sagst du? Ich leite sofort alles Nötige in die Wege." „Musst du noch einmal weg?", hörte Gasperlmaier eine Stimme aus dem Hintergrund. Das musste der Bernhard sein, der Mann der Frau Doktor. „Was machen wir inzwischen mit der Veronika Pirkner?", fragte die Frau Doktor. Gasperlmaier überlegte. „Soll ich hierbleiben? Wäre vielleicht sicherer?" „Wenn das geht?", gab die Frau Doktor zurück. „Muss wohl!", sagte Gasperlmaier, wünschte der Frau Doktor gute Nacht und legte auf. Dann allerdings fiel ihm ein, dass er weder seine Uniform noch seine Dienstwaffe dabeihatte. Da musste die Manuela einspringen. Die konnte ihm alles Nötige bringen und auch gleich die Richelle nach Hause chauffieren.

Eine halbe Stunde später saß er der Veronika auf dem weißen Sofa in Uniform gegenüber, die Richelle und die Manuela waren abgefahren, und es war unnatürlich ruhig im Haus. „Wir können nicht die ganze Nacht dasitzen und horchen, ob was passiert", meinte Gasperlmaier. „Das tut uns nicht gut. Sie können ruhig fernsehen oder ins Bett gehen." „Möchten Sie noch ein Bier?", fragte die Veronika. Gasperlmaier nickte. „Trinken Sie eines mit. Es beruhigt, vielleicht können Sie dann schlafen." Die Veronika brachte nicht nur zwei Bier mit, sondern auch Bettwäsche. „Ich zeige Ihnen gleich ein Gästezimmer." „Ich kann doch auch hier schlafen!", protestierte er. „Nein, nein!" Die Veronika lächelte. „Das geht nicht! Außerdem ist beim Gästezimmer ein Bad dabei." Gasperlmaier bedachte, dass er nach dem Bier sicher nachts aufs Klo musste, und da war ein Zimmer mit Bad daneben vielleicht keine so schlechte Idee.

Noch bevor er sein Bier ausgetrunken hatte, begann die Veronika zu gähnen. „Sie sollten ...“, begann er, als er aufschrak, weil sein Handy läutete. „Sag einmal, Franz!“ Die Stimme der Christine klang vorwurfsvoll. „Solltest du dir nicht Verstärkung holen? Das ist doch kein Job für dich allein, noch dazu die ganze Nacht!“ Gasperlmaier versuchte, die Christine zu beruhigen. Vielleicht, so dachte er bei sich, war es ihr auch nicht recht, dass er allein im Haus einer attraktiven Frau übernachtete. „Ich melde mich gleich morgen Früh!“, versprach er, bevor er auflegte.

Er schlief schlecht, obwohl das Bett weich und die Bettwäsche kuschelig war. Immer wieder wälzte er sich von einer Seite auf die andere, stand gelegentlich auf, weil er meinte, einen Lichtschein oder ein Geräusch wahrgenommen zu haben. Im Traum kam ihm die Frau Eckhardt unter, die junge, wie sie im Fernsehen ein Programm ansagte und sich keck die Haare hinter die Ohren zurückstrich. Irgendwas suchte er in seinem Traum, er wusste gar nicht, was. Sein Auto? Oder den Mörder? Schließlich endete die Nacht wie meist, wenn er sehr schlecht schlief: Er fiel am Ende doch in einen erschöpften Schlaf und wurde erst wach, als ihn jemand sanft an der Schulter rüttelte.

„Aufwachen, Gasperlmaier. Ich bin's!“ Etwas verdattert starrte er in das lächelnde Gesicht der Manuela. „Ich hab zwar heute frei, aber zuerst, hab ich mir gedacht, schaust du nach dem Gasperlmaier. Und wo finde ich ihn? Um halb neun Uhr früh immer noch selig schlummernd. Wo du doch extra hiergeblieben bist, um die Veronika Pirkner zu bewachen!“ Gasperlmaier richtete sich auf und fuhr sich durch die Haare.

„Die halbe Nacht, ach was, fast die ganze Nacht bin ich wach gelegen! Um fünf bin ich das letzte Mal aufgestanden, weil ich geglaubt habe, ich höre was! Und dann ...“ Die Manuela drehte sich um und sah zum Fenster hinaus. „Genau da drüben“, sagte sie und deutete mit dem Zeigefinger, „haben wir den Eckhardt gefunden. Und jetzt, wo wir wissen, dass er der Bruder von diesem Grafenfeld war ... können wir da nicht das Grafenfeld-Haus durchsuchen lassen? Der ist doch höchst verdächtig!“

„Jetzt“, sagte Gasperlmaier, „ziehe ich mich einmal an und fahr dann nach Hause zum Duschen und zum Frühstücken. Kannst gerne mitkommen, wenn du Lust hast. Der Hlavaty ist jedenfalls heute Nacht hier nicht aufgetaucht. Vielleicht waren das doch nur leere Drohungen gegen die Veronika Pirkner!“ Gasperlmaier war unschlüssig, ob er aufstehen sollte. Immerhin hatte er in der Unterwäsche geschlafen, und er wollte eigentlich nicht, dass die Manuela ihn so sah. Aber sie verstand, ohne dass er etwas sagen musste. „Ich bin eh schon weg. Kommt die Frau Doktor heute? Gibt's was zu ermitteln?“ „Müsste ich erst auf mein Handy schauen!“, gab Gasperlmaier zurück. „Na, dann lass dich nicht aufhalten. Pfüat di!“ Sie ließ die Tür hinter sich zufallen, und Gasperlmaier konnte endlich aus dem Bett. Ein Blick auf sein Handy zeigte ihm, dass die Christine dreimal angerufen hatte, das erste Mal um halb acht. Er rief sofort zurück. Es war Samstag, also war sie wohl nicht in der Schule. „Du wolltest dich doch melden! Ich hab mir schon Sorgen gemacht!“ „Ja, ich hab ... also, ich hab die ganze Nacht nicht geschlafen, jedenfalls nicht gut, und dann bin ich doch ... und gerade erst wieder ...“ „Du bist mir ein Wachmann!“, lachte sie. „Und wenn der Hlavaty gekommen wäre?“

„Da wär ich ruck-zuck wieder wach gewesen. Weißt eh, ich hab ja einen leichten Schlaf!"

Die Veronika Pirkner hatte ein Frühstück für ihn vorbereitet. „Entschuldigung", sagte er, „dass ich so spät ... aber ich hab fast die ganze Nacht nicht geschlafen." „Ich auch nicht", sagte die Veronika. „Ich war viel zu aufgeregt. Aber jetzt, wo es hell wird, geht es mir wieder besser."

Die Zwillinge kamen die Stiege herunter und musterten Gasperlmaier schweigend. „Na, ihr zwei? Heute Skifahren, oder?" „Du warst schon einmal da", sagte eines der Mädchen. Gasperlmaier nickte, entschied sich aber dafür, den Mädchen nicht zu erzählen, dass und warum er die Nacht hier im Haus verbracht hatte. „Der Herr Inspektor hat noch ein paar Fragen gehabt. Er trinkt nur noch seinen Kaffee, dann muss er wieder fahren." Sie warf ihm einen warnenden Blick zu, der ihm klarmachte, dass die Kinder nicht über seine Nachtwache und wohl auch nicht über den Grund dafür informiert waren. Er nickte. „Genau!", sagte er und stand auf.

In diesem Moment hörte er von der Einfahrt unten aber tatsächlich ein Geräusch. „Kann man ...?" Die Veronika deutete auf die Tür zum Wohnzimmer. Gasperlmaier begab sich, scheinbar absichtslos, um die Kinder nicht zu erschrecken, ins Wohnzimmer. „Schaut aus, als ob die Sonne heute herauskommen könnte!", sagte er. Vorsichtig schob er die Gardine beiseite. Unten stand ein Auto. Erkennen konnte er nur den hinteren Teil, es schien sich um ein Coupé oder einen Sportwagen zu handeln, denn es fiel sehr flach nach hinten ab. Er zuckte zurück, als zwei Männer auftauchten, die seinen Einsatzwagen unter die Lupe nahmen, der an der Hauswand geparkt und von seiner Position aus gut sichtbar war. Eine dünne Schneeschicht auf dem Wagen musste den Männern verraten, dass er schon länger dastand. Einer der beiden wischte mit der behandschuhten Hand einen Teil der Windschutzscheibe frei, sodass er ins Innere sehen konnte. Was nun? Sollte er allein die beiden Männer konfrontieren, hatte das Sinn? Die beiden schienen zu beratschlagen. Die Veronika war neben ihn getreten. „Der Kleinere", flüsterte sie, „ist der Hlavaty. Den Großen kenne ich nicht. Ich hab Angst, Herr Inspektor. Werden die uns was tun?" „Nicht, solange ich da bin!", antwortete Gasperlmaier und tippte auf den Waffengurt. Gut, dass ihm die Manuela die Sachen gestern noch heraufgebracht hatte.

Der größere Mann schien sehr muskulös, hatte die Haare kurz geschoren und trug trotz der Kälte keine Kopfbedeckung. Beide hatten Schnauzbärte. Nach kurzem Gespräch verschwanden sie aus dem Blickfeld, man hörte das Schlagen von Autotüren, der Wagen setzte zurück und fuhr weg. Ein großer Sportwagen war es, mit dickem Kühlergrill. Konnte schon ein Bentley sein, wie die Veronika vermutet hatte. Was hatten die beiden vor? Gasperlmaier entschloss sich, seine Kollegen in Bad Aussee zu informieren. Immerhin gab es eine Fahndung nach dem Wagen, und wenn der Hlavaty tatsächlich wieder nach Hause fuhr, dann konnte man ihn wahrscheinlich in Bad Aussee direkt vor dem Polizeiposten anhalten.

„Ich informiere die Kollegen!", erklärte er, als er sein Handy hervorholte. Die versprachen, sicherheitshalber alle drei Möglichkeiten, Bad Aussee zu verlassen, im Auge zu behalten. „Ich fürchte", sagte Gasperlmaier, „dass die beiden irgendwo warten werden. Bis ich mit meinem Einsatzwagen weg bin. Und alleine ... das wäre ein bisschen riskant." Die Veronika machte einen verängstigten Eindruck, die konnte er ohnehin jetzt nicht mit den Kindern hier alleine zurücklassen. Die Frau Doktor Kohlross musste helfen. Während er wählte, sah er, dass die Christine ihn zu erreichen versuchte. Die musste jetzt leider warten.

Die Frau Doktor war zwar nicht im Dienst, aber er erreichte sie zu Hause und erklärte ihr die Situation. „Der Hlavaty“, sagte er, „wird mit seinem Schläger irgendwo abwarten, bis ich wegfahre. Er dürfte wissen, dass ich über Nacht hier war, wegen dem Schnee auf meinem Auto. Die Ausseer kontrollieren alle Wege hinaus, er kann uns also nicht entwischen.“ Die Frau Doktor überlegte nicht lange. „Ich schicke zwei Streifen und komme auch selber. Welchen Weg schlägst du vor?“ Er riet ihr, den Weg von Altaussee herauf zu nehmen, die beiden Streifen sollten die anderen Zufahrten benutzen. „Und passt's auf, die sind wahrscheinlich bewaffnet!“ „Keine Sorge, die kriegen wir! Den Dietz haben wir übrigens laufen lassen müssen, es hat sich in dem Tesla nicht die geringste Spur gefunden, die wir ihm zuordnen konnten. Und im Haus keine Blutspuren. Ich würde zu gern den Grafenfeld ... aber das später, ich fahr los!“

Zu dumm, dass die Manuela heute frei hatte. Zu zweit hätten sie schon ausrücken können, um den Hlavaty einzufangen. So aber blieb Gasperlmaier nichts anderes übrig, als abzuwarten. Und die Minuten wurden lang. „Spielen Sie irgendwas mit den Kindern“, schlug Gasperlmaier vor. „Am besten oben.“ Die Veronika schluckte und atmete hektisch. Hoffentlich klappte ihm die jetzt nicht zusammen. „Und trinken Sie einen Schnaps. Damit Sie sich beruhigen!“ „Schnaps? Vielleicht ich gehe lieber mit den Kindern fernsehen.“ Sie deutete die Treppe hinauf. Gasperlmaier nickte. Die

Minuten tröpfelten zäh dahin. Sein Handy piepte. „Bis jetzt kein Bentley“, hatte ihm der Grill Peter aus Bad Aussee geschrieben. Genau 40 Minuten nach seinem Anruf meldete sich die Frau Doktor. „Ich bin jetzt bei der Auffahrt nach Obertressen. Bis jetzt kein Bentley. Die Kollegen sind in Bad Aussee in der Haslauergasse respektive in Grundlsee und fahren jetzt von dort hinauf.“ „Ich komm dir entgegen!“, sagte Gasperlmaier und legte auf.

„Frau Pirkner!“, rief er die Stiege hinauf. „Ich fahr jetzt. Keine Angst, gleich ist alles ...“ Die Veronika tauchte oben an der Stiege auf und legte einen Finger vor den Mund. „Pst!“, sagte sie. „Muss das sein? Können Sie nicht hierbleiben?“ „Nein, ich muss ... also, es sind drei Einsatzwagen unterwegs hier herauf. Von allen Richtungen. Sie müssen keine Angst haben!“ Die Veronika hatte aber, das sah man ihrem Gesichtsausdruck an, doch Angst.

Gasperlmaier beeilte sich. Er würde die Richtung nach Altaussee hinunter einschlagen, damit die Frau Doktor nicht allein den Gangstern begegnete. Die Streifenwagenbesatzungen waren ohnehin zu zweit.

Gasperlmaier kam nicht weit, bevor er den Bentley erblickte. Er stand unübersehbar unten bei der Kreuzung, wo sich die drei Straßen trafen, die hier heraufführten. Er hielt an. Wahrscheinlich war es das Beste, abzuwarten, bis alle drei Einsatzwagen hier eingetroffen waren, denn das würde dem Hlavaty schon klarmachen, dass er nicht damit rechnen konnte, einfach davonfahren zu können. Der Bentley jedoch setzte sich in Bewegung, wenige Sekunden, nachdem Gasperlmaier angehalten hatte. Hinunter Richtung Altaussee, genau auf die Frau Doktor zu. Eilig brachte Gasperlmaier auch seinen Wagen wieder in Bewegung. Nicht zu nahe auffahren, dachte er bei sich, sonst gab der Bentley am Ende Gas und fuhr die Frau Doktor über den Haufen. Mit einer so schmalen Schneefahrbahn wie hier heroben war nicht zu spaßen.

Dann ging alles ganz schnell. Der Bentley bremste ab und kam mitten auf der Fahrbahn schlingernd zu stehen. Gasperlmaier hielt ebenfalls an, vielleicht 50 Meter dahinter, löste mit fahrigen Fingern den Sicherheitsgurt und zog seine Waffe. Die Türen des Bentley flogen auf und die beiden Insassen stolperten heraus. Hinter dem Bentley konnte Gasperlmaier ein weiteres Auto wahrnehmen, es konnte der Kombi der Frau Doktor sein. Die Waffe in Gasperlmaiers Hand begann zu zittern. Was, wenn die beiden tatsächlich das Feuer eröffneten? Auf ihn? Oder auf die Frau Doktor?

Der Beifahrer kauerte sich hinter die Tür, der Fahrer hatte eine Waffe in der Hand. Gasperlmaier rannte los. „Waffe weg!", schrie er. Der Fahrer drehte sich zu ihm um, geriet ins Rutschen und schlug der Länge nach hin. Die Waffe entglitt seiner Hand und verschwand lautlos im Tiefschnee neben der Straße. Hinter sich hörte er Polizeisirenen, vor ihm schrie die Frau Doktor: „Zu Boden! Auf den Boden! Down! Hands on the ground!" Der Mann versuchte, sich aufzurappeln, rutschte wieder aus und legte schließlich folgsam die Hände in den Schnee. Gasperlmaier zielte auf den massigen Beifahrer. Der schien aber gar keine Lust darauf zu haben, ihn anzugreifen, und hob brav die Hände. Dann rutschte auch er auf der glatten Schneefahrbahn aus, und trotz all des Adrenalins, das Gasperlmaiers Herz zum Schlagen brachte, entbehrte die Szenerie nicht einer gewissen Komik. „Wart!", kam es von hinten. „Ich hab schon die Handschellen!" Eine junge Polizistin mit Pferdeschwanz drehte den Mann auf den Bauch. Er leistete keinen Widerstand, als sie ihm Handschellen anlegte. Und als Gasperlmaier seine Waffe wieder ins Holster steckte, war es plötzlich still.

Die ganze Aktion hatte nur Sekunden gedauert, und sowohl der Hlavaty als auch sein Komplize lagen jetzt in Handschellen im Schnee. Beide, so stellte Gasperlmaier fest, trugen nur dünne schwarze Anzüge und auf Glanz polierte Halbschuhe mit glatten Sohlen. Kein Wunder, dass sie eine so traurige Figur abgegeben hatten. Und obwohl die letzten Nebelschwaden langsam die ersten Sonnenstrahlen durchließen, mussten die beiden fürchterlich frieren. Geschah ihnen recht.

„Wir bringen sie auf den Polizeiposten!", sagte die Frau Doktor. „Ich fahr den Bentley!" Sie grinste. „Und wir müssen noch die Waffe bergen!" Sie nickte mit dem Kinn in Richtung Straßenrand, wo die Waffe hinter dem Schneewall irgendwo im Tiefschnee liegen musste. „Wir" hieß in dem Fall wahrscheinlich, dass er das übernehmen musste. Fluchend kletterte er über den Schneewall und versank dahinter bis über die Knie im Tiefschnee. Noch bevor er das Loch gefunden hatte, unter dem die Waffe liegen musste, spürte er schon, wie Nässe und Kälte von oben her in seine Schuhe eindrangen. Gott sei Dank dauerte es nicht lang, bis er die Pistole in Händen hielt. „Bubix Bro", stand auf der einen Seite, es war eine 9 Millimeter. Die andere Seite verriet ihm, dass das Teil aus Österreich stammte. Er hatte von diesem Hersteller schon gehört, aber noch nie eine Waffe dieses Typs in Händen gehalten. Sie sah modern aus. Und gefährlich.

Bis Gasperlmaier wieder auf der Straße war und die Pistole in einem Plastikbeutel deponiert hatte, den die Frau Doktor ihm entgegenhielt, waren die beiden Slowaken schon in jeweils einem Streifenwagen verstaut.

„Wir bringen sie erstmal auf unseren Posten“, entschied die Frau Doktor. „Ich ruf noch die Pirkner an“, fiel Gasperlmaier ein. „Dass sie sich keine Sorgen mehr machen braucht!“ „Tu das!“, sagte die Frau Doktor. Die Veronika schien tatsächlich sehr erleichtert, als ihr Gasperlmaier mitteilte, dass der Hlavaty gefasst sei. „Wird er lange in Haft bleiben? Und nie mehr hierherkommen?“, fragte sie. „Wir tun unser Möglichstes!“, blieb Gasperlmaier unverbindlich, denn Versprechungen wollte er ihr keine machen. Zu oft schon waren Spitzbuben wie der Hlavaty rasch nach ihrer Verhaftung mithilfe eines geschickten Anwalts wieder freigekommen.

Eine der Streifenwagenbesatzungen, darunter die Polizistin mit Pferdeschwanz, begleitete sie zum Verhör auf die Dienststelle. Gasperlmaier zog zuallererst seine durchnässten Schuhe aus und stellte sie zum Heizkörper, merkte, dass seine Socken nasse Flecken auf dem Boden hinterließen, und machte sich daran, Kaffee zu kochen.

„No German!“, protestierte der Hlavaty sofort, noch bevor er sich hingesetzt hatte. „Ja, ja!“, nickte die Frau Doktor. „Please, take a seat!“ Sie wies auf einen der freien Stühle hinter dem Schreibtisch der Manuela. „Sie haben Frau Pirkner besucht? Warum?“, begann sie dann das Verhör, während Gasperlmaier Kaffee ausschenkte und zwei Stühle für die Kollegen aus Liezen heranrückte. Der Hlavaty grinste, sein Kompagnon sah zum Fenster hinaus und bemühte sich um eine gelangweilte Miene.

Die Frau Doktor zog den Beutel mit der Pistole aus ihrer Handtasche. „Gibt’s dafür einen Waffenschein?“ Keine Reaktion. Nach einer langen Pause sagte der Hlavaty schließlich noch einmal „No German!“, und die Frau Doktor wiederholte ihre Frage auf Englisch. „No comment!“, antwortete der Hlavaty. „Coffee?“, fragte er schließlich und zeigte auf die Kaffeemaschine. „Träumen Sie weiter!", beschied ihn die Frau Doktor. „Ein Glas Wasser können Sie haben. Und dann ab ins Bezirkspolizeikommando! Dort kriegen Sie dann einen Dolmetscher, und dann sehen wir weiter!" Gasperlmaier stellte je ein Glas Wasser vor die beiden hin. Der Hlavaty bewies, dass er Englisch konnte, indem er das Glas mit einem „Fuck you!" vom Tisch wischte, trotz gefesselter Hände. Es klirrte. „Jetzt reicht's aber! Kollegen, bringt die beiden nach Liezen. Aber vielleicht fesselt ihr sie mit den Händen hinter dem Rücken, wer weiß, was denen noch alles einfällt!"

Wenige Minuten später war es still auf dem Posten. „Glaubst du, dass der Hlavaty den Pirkner umgebracht hat?", fragte Gasperlmaier. Die Frau Doktor zuckte mit den Schultern. „Ich glaube gar nichts. Vor allem, wenn wir außer möglichen Motiven gar nichts haben, keinerlei Beweise, nicht einmal Zeugen!" „Und der Dietz?", fragte Gasperlmaier. „Ich meine, die Tatwaffe und die Aktentasche vom Pirkner direkt bei seinem Haus? Reicht das nicht?" Die Frau Doktor seufzte. „Dass der Dietz den Pirkner gehasst hat, das war allgemein bekannt. Das Erste, was du als Täter tun würdest, wäre, Beweisstücke so zu hinterlegen, dass sie in der Nähe eines anderen Verdächtigen gefunden werden. Darauf kannst du keine Anklage aufbauen." „Spuren auf dem Messer?", fragte Gasperlmaier. „Auch etwas, was nicht in Richtung Dietz deutet. Wir haben Abdrücke und DNA-Spuren, aber nicht vom Dietz. Die können von weiß Gott wem sein, wer auch immer in dem Haushalt, aus dem es kommt, das Messer angegriffen hat!"

Die Frau Doktor rückte sich einen Stuhl zurecht, um ihre Beine darauf ablegen zu können. „Ich bin müde!", sagte sie. „Dieser Fall zehrt an mir. Und du kannst dir ja vorstellen, dass ich von oben Druck kriege. Wo wir schon so lang im Dunklen tappen.“ „Versuchen wir’s noch einmal beim Grafenfeld“, schlug Gasperlmaier vor. „Dass dem sein unbekannter Bruder hier auftaucht und umgebracht wird, das ist schon ...“ „Versuchen können wir’s!“, sagte die Frau Doktor. „Aber wirklich Sinn würd’s nur machen, wenn wir einen Durchsuchungsbeschluss bekommen. Denn freiwillig sagen wird der uns nichts ...“ „Da fällt mir ein“, sagte Gasperlmaier, „dass ich fast noch nichts gefrühstückt habe, die Frau Pirkner hat zwar ... aber wegen dem Hlavaty ... da sind wir unterbrochen worden, und ich hab gar keine Zeit gehabt, um nach Hause zu fahren!“ „Ja, dann ...“ Die Frau Doktor lächelte. „Fahren wir zu mir heim. Ich brauch eh eine frische ...“ Gasperlmaier brach ab. Dass er seine Unterwäsche wechseln wollte, musste er nun wirklich nicht mit der Frau Doktor erörtern.

Vor Gasperlmaiers Haus trafen sie auf den Doktor Altmann, diesmal zusammen mit seiner Frau und mit Langlaufskiern auf den Schultern. Trotzdem trug er, wie immer, seinen Wetterfleck und seine Lederhose. „Morgen!“, sagte der Doktor Altmann fröhlich. „Heute soll endlich die Loipe auf der Blaa-Alm gespurt sein, hört man. Wegen dem vielen Schnee haben sie das bisher nicht geschafft.“ Die Frau Doktor musste lachen. „Sie gehen in der Lederhose langlaufen? Ist das nicht ein bisschen ... ich meine, wenn sie nass wird?“ Anstatt des Doktor Altmann antwortete seine Frau. „Er wird mir schrullig, der Anton. Da haben wir dann nicht mehr weit bis zur Demenz!“ Sie maß ihn mit einem skeptischen Blick. „Vor kurzem“, dozierte der Doktor Altmann mit erhobenem Zeigefinger, „ist einer mit dem Lodengewand auf den Mount Everest gestiegen! Und die ganzen Gore-Tex-Jünger haben ihn beneidet, weil er nicht wie sie geschwitzt hat wie ein Schwein! Wollt’s einen Schnaps?“ Der Doktor langte unter seinen

Wetterfleck, aber die Frau Doktor winkte ab. „Jetzt erst einmal frühstücken! Auf leeren Magen – wie stellen Sie sich das denn vor?"

„Übrigens – da fällt mir ein!", sagte der Doktor, der gerade Anstalten dazu gemacht hatte, sich selber aus seinem Flachmann einzuschenken. „Nicht vor 14 Uhr, haben wir ausgemacht, Schatzi!", ermahnte ihn seine Frau, und der Doktor Altmann barg folgsam seinen Flachmann wieder in den Falten des Wetterflecks. „Ich hab dir doch versprochen, dass ich mich ein wenig umhör, wegen dem Pirkner!" „Ja? Und?", fragte Gasperlmaier. Der Doktor zuckte mit den Schultern. „Viel hab ich nicht herausgefunden, was du nicht schon weißt. Außer, dass der Lannacher, der Anwalt vom Pirkner, auch die Grafenfelds ganz gut gekannt hat. Vor allem mit dem jungen Grafenfeld soll er öfter gesehen worden sein." „Wo denn?", fragte die Frau Doktor. „Na ja!" Der Doktor Altmann grinste schief. „Meine Quellen sagen, in gewissen Etablissements. In denen der Lannacher gerne verkehrt. Und da soll er auch in Gesellschaft des jungen Grafenfeld gesehen worden sein!" „Vielen Dank!", sagte die Frau Doktor. „Aber jetzt wollen wir Sie nicht länger aufhalten!" „Passt schon!", sagte der Doktor. „Wir fahren eh mit dem Bus, und wir haben noch 20 Minuten!"

„Schau, schau!", sagte die Frau Doktor, als sie drinnen den Mantel ablegte. „Da haben wir ja ein herrliches Dreieck: Pirkner – Lannacher – Grafenfeld." „Auf jeden Fall", gestand Gasperlmaier zu, „verdichten sich die Anzeichen, dass die Morde was miteinander zu tun haben!" „Oh ja!", sagte die Frau Doktor.

„Hello!", grüßte die Richelle, die gerade dem Theo ein Butterbrot strich. „Er mag das Brot so gerne. So welches gibt es bei uns nicht, oder wenn, dann nur in einem Öko-Laden und furchtbar teuer!" Sie schnitt das Brot für den Theo fein säuberlich in Quadrate, während

Gasperlmaier Kaffee aufsetzte. Die Frau Doktor zog sich den Theo auf den Schoß, denn wenn Kinder in der Nähe waren, konnte sie nie widerstehen, sich mit ihnen auch ein wenig zu beschäftigen. Es dauerte, bis das Frühstück zu einem Ende kam, denn bei Babygeplauder konnten, wie es schien, junge Mütter niemals ein Ende finden. Als Gasperlmaier das Frühstücksgeschirr abräumte, war es bereits elf.

„Wir haben uns verplaudert", sagte er. „Wir müssen zum Grafenfeld!" „Freuen tu ich mich auf diese Begegnung nicht", sagte die Frau Doktor. „Vor allem, weil ich nichts in der Hand habe. Ich kann ihn nur mit ziemlich wilden Spekulationen konfrontieren!"

16

Noch bevor sie das Haus verlassen hatten, meldete sich Gasperlmaiers Handy. Der Carsten Peschke war dran, der Mann der Manuela. Seinen Namen verdankte der Carsten seinem Vater, der aus Norddeutschland zugezogen und hier hängen geblieben war. „Du, Gasperlmaier“, sagte er. „Ich hab ein Problem. Die Manuela ist verschwunden!“ „Wie, verschwunden?“, fragte Gasperlmaier zurück. „Ich hab sie doch heute in der Früh noch gesehen, sie war oben, beim Haus Pirkner. Sie hat mich sogar ...“ Er brach ab. Es war ihm peinlich, zuzugeben, dass ihn die Manuela hatte aufwecken müssen. „Ja, aber ich hab mit ihr ausgemacht, dass wir miteinander zu Mittag essen gehen, weil sie ja heute frei hat. Und jetzt wollt ich sie abholen, hab ihr auch vorher noch eine Nachricht geschickt, und sie meldet sich nicht! Und das ist ... also, bei ihr ist das sehr ungewöhnlich. Normal ruft sie mich von fast überall an, wo sie ist, und schickt mir Fotos und Nachrichten. Ich bin echt besorgt.“

Gasperlmaier seufzte. Wahrscheinlich, so dachte er bei sich, war die Manuela mit irgendeiner Freundin shoppen, hatte ihr Handy auf lautlos gestellt und über den Attraktionen eines Shopping-Centers völlig die Zeit und ihren Mann vergessen. Das passierte sogar seiner Christine gelegentlich. Der Carsten aber klang wirklich beunruhigt. „Was ist denn los?“, fragte die Frau Doktor, und Gasperlmaier klärte sie auf. Die Frau Doktor lachte nur. „Wie lange ist sie jetzt weg? Zweieinhalb Stunden? Und da ruft er dich schon an? Das muss ein sehr anhänglicher Ehemann sein!“ Gasperlmaier hoffte, dass der Carsten nicht mitgehört hatte. „Ich versuch auch, sie zu erreichen. Und melde dich, wenn sie auftaucht!“, sagte er. „Mehr kann ich jetzt nicht ... aber ich werd’s im Hinterkopf behalten!“ Er legte auf. „So kenn ich den Carsten gar nicht!“, wunderte er sich. „Vielleicht ...“ Er wiegte unsicher den Kopf. „Hör mal, sie hat Wochenende! Ist dieser Carsten vielleicht ein Kontrollfreak?“, entgegnete die Frau Doktor. „Eben nicht!“, sagte Gasperlmaier. „Eben nicht!“

„Ein bisschen nervös bin ich schon“, meinte die Frau Doktor, als sie sich ins Auto setzten. „Hoffentlich wird der Grafenfeld nicht aggressiv. Diesmal möchte ich ihn nämlich schon damit konfrontieren, dass der Eckhardt höchstwahrscheinlich sein Bruder war.“ „Halbbruder!“, korrigierte Gasperlmaier. „Jetzt sei nicht so ein i-Tüpferl-Reiter!“ Die Frau Doktor schlug scherzhaft mit der Faust gegen seinen Oberarm. „Au!“, schrie Gasperlmaier. Sie musste irgendeinen Nerv getroffen haben. „Oje?“, fragte die Frau Doktor. „Wehleidig?“ Gasperlmaier nahm die Linke vom Lenkrad und rieb sich die schmerzende Stelle. „Hoffentlich haut der Grafenfeld nicht fester zu!“, meinte sie.

„Ich hab Ihnen nichts zu sagen!“, sagte der Grafenfeld sofort, als er die Tür geöffnet hatte. „Und ich lass Sie auch nicht herein, wenn Sie keinen Durchsuchungsbefehl haben.“ Er stellte sich breitbeinig in die Tür. „Wie Sie wollen“, sagte die Frau Doktor. „Dann sage ich Ihnen hier, was ich zu sagen habe. Der ermordete Simon Eckhardt war Ihr Halbbruder. Wir haben eine Aussage von dessen Mutter, die keinen Zweifel daran lässt.“ Der Grafenfeld, so fiel Gasperlmaier auf, wich dem Augenkontakt mit der Frau Doktor aus. Nervös wischte er mit einer Hand hinter seinem Ohr herum. Und irgendwie, schien Gasperlmaier, horchte er auch ins Haus hinein, man konnte es an einer minimalen Drehung des Kopfes erkennen, so, als ob er sein Ohr in eine günstigere Position bringen wollte. „Blödsinn!", schrie der Grafenfeld. „Haben Sie dafür Beweise? Das ist kompletter Unsinn! Und jetzt verschwinden Sie!" Er versuchte, die Tür zu schließen, doch Gasperlmaier stellte einen Fuß dazwischen. Der Frau Doktor, fand er, konnte man diese Maßnahme nicht zumuten, dazu schienen ihre Schuhe gar zu zierlich.

„Die Mutter des Eckhardt ist aber bereit, eine eidesstattliche Erklärung abzugeben, dass Simon Eckhardt der Sohn Ihres Vaters ist. Und mittels einer DNA-Analyse können wir auch jetzt noch nachweisen, ob sie Recht hat oder nicht. Sie hätten also ein erstklassiges Motiv gehabt, den Eckhardt umzubringen. Und schließlich muss es ja auch einen Grund dafür geben, dass der hier in Altaussee aufgetaucht ist, nicht?" „Dieses Arschloch!", schrie der Grafenfeld. „Was weiß denn ich, warum der hierhergekommen ist? Vielleicht wollt er Ski fahren? Oder sich den Ausseer Fasching anschauen!" Immer wieder drehte er den Kopf. „Bis zum Fasching ist's noch lang!", sagte Gasperlmaier. Nur zu gern hätte er nachgeschaut, wer da drin zu Gast war und sich eventuell durch Geräusche verraten konnte. Aber damit sah es, wie die Dinge lagen, eher schlecht aus.

„Dieses Arschloch?", fragte die Frau Doktor nach. „Sie geben also zu, den Eckhardt gekannt zu haben?" „Ich gebe gar nichts zu!" Der Grafenfeld war nahe daran, wieder die Beherrschung zu verlieren, aber irgendwas hinderte ihn daran, sich erneut auf eine körperliche Konfrontation einzulassen. Gasperlmaier bemerkte Schweißtropfen an den Schläfen, die Hände zitterten. Wenn man den jetzt nur zum Verhör auf den Posten bringen könnte, dann, dessen war sich Gasperlmaier sicher, würde er irgendwas gestehen. War nur die Frage, was.

Die Frau Doktor ließ nicht locker. „Sie nennen jemanden Arschloch, den Sie gar nicht gekannt haben?" „Ich lese Zeitungen und sehe fern!", sagte der Grafenfeld, der sich etwas gefasst zu haben schien. „Und jetzt nehmen Sie den Fuß aus der Tür, sonst zeige ich Sie wegen Hausfriedensbruch an!" Der Grafenfeld wurde puterrot im Gesicht, sodass Gasperlmaier fürchtete, er könnte jeden Moment einen Schlaganfall erleiden. Er zog seinen Fuß zurück, und diesen Moment nutzte der Grafenfeld, um die Tür so kräftig zuzuschlagen, dass die Glasscheibe gefährlich klirrte.

Als sie zum Auto zurückkehrten, zeigte die Frau Doktor diesen zufriedenen Gesichtsausdruck, den sie immer dann hatte, wenn ein Fall besonders gut zu laufen schien. „Der ist aber ordentlich nervös!", sagte sie. „Der hat was zu verbergen. Und wenn ich jetzt noch einmal mit dem zuständigen Richter spreche, vielleicht bekommen wir doch eine Anordnung zur Durchsuchung seines Hauses. Ich muss ihm halt geschickt um den Bart gehen!" „Um den Bart gehen?", wiederholte Gasperlmaier. „Na ja, manchmal verwende ich auch die Waffen der Frau. Charme und so. Wenn es denn der Wahrheitsfindung dient!" Sie grinste. Gasperlmaier wunderte sich, weil sie doch absolute Gleichberechtigung so hochhielt.

Im Auto klingelte Gasperlmaiers Handy erneut. Es war schon wieder der Carsten. „Noch einmal ich. Die Manuela ist definitiv verschwunden. Sie hat mir noch ein Foto geschickt, vom Lewan, wo sie mit ihrer Freundin drauf ist. Sie haben sich ins Freie hinausgesetzt, weil die Sonne so schön an die Hausmauer geschienen hat. Und einen Aperol getrunken. Das Foto hat sie um 10 Uhr 39 geschickt, aber es ist jetzt erst bei mir angekommen. Der Teufel weiß, warum." „Aber dann ist sie doch erst ...“ Gasperlmaier sah auf seine Uhr. Es war gerade zwölf. „... ein bisschen mehr als eine Stunde weg?“ „Ja, aber dafür total! Und das Komische ist, ihr Auto hab ich gefunden. Es steht am Parkplatz in der Ischlerstraße, und sie hat ein Ticket gezogen, das um 11:48 abläuft. Das würde die Manuela nie machen, ein Parkticket überziehen! Die wird total nervös, schon eine Viertelstunde, bevor es abläuft!“

Die Frau Doktor hatte mitgehört und schüttelte, jetzt doch besorgt, den Kopf. „Lewan?“, fragte sie. „Café Lewandofsky. Kennen wir, waren wir schon öfter!“ „Wir sollten uns treffen. Wo?“ „Am besten bei uns zu Hause!“, sagte der Carsten. „Bei den Eltern hat sie sich nämlich auch nicht gemeldet.“ „Ist gut, wir kommen!“ „Es ist nicht weit“, sagte Gasperlmaier. „Der Carsten hat richtig aufgeregt geklungen. Vielleicht hat er ein Gespür dafür, wenn was nicht stimmt.“ „Bei jeder anderen“, sagte die Frau Doktor, „würde ich eiskalt abwinken, aber bei einer Polizeibeamtin ... vielleicht nehmen wir uns doch die Zeit, genauer hinzuschauen.“

Der Carsten empfing sie schon an der Haustür. Es roch nach Gulasch. Gasperlmaier musste daran denken, dass der Carsten und die Manuela sich kennengelernt hatten, als er als Verdächtiger in einem Mordfall gegolten hatte. Ein Sturz mit seinem Motorroller, bei dem die Manuela erste Hilfe geleistet hatte, hatte die beiden einander nähergebracht.

„Kommt's herein!“, sagte der Carsten. Er führte sie ins Wohnzimmer seiner Eltern, er selbst und die Manuela wohnten im ausgebauten Dachgeschoß des Hauses. „Wirklich nicht typisch für die Manu“, sagte auch die Margit, die Mama vom Carsten, die ihnen entgegenkam, die Hände an einem Geschirrtuch abtrocknete und ihnen dann die Hände schüttelte. „Grüß dich,

Gasperlmaier, grüß Gott, Frau Chefinspektor. Ich bin gerade beim Kochen." Die Margit sah, fand Gasperlmaier, immer noch fantastisch aus. Er war vor 40 Jahren für etwa 14 Tage schrecklich in sie verliebt gewesen. Wie, genau genommen, in fast alle Mädchen im Dorf. Leider aber hatte sie einen Sohn deutscher Urlauber ihm vorgezogen und war mit 16 schon Mutter geworden.

„Das ist das Foto, das sie mir geschickt hat." Der Carsten hielt Gasperlmaier sein Handy unter die Nase. Es war offensichtlich ein Selfie und zeigte zwei lachende Frauen, dick eingepackt in Steppjacken, Wollmützen und Decken. Vor ihnen auf dem Tisch standen zwei Aperol Spritz. „Wer ist denn die andere?", fragte Gasperlmaier. „Könnten wir die nicht fragen?" „Ich weiß nicht", sagte der Carsten. „Ich kenn sie nicht. Vielleicht sollten wir zum Lewan fahren und dort fragen?" „Zeig mir das Foto noch einmal!", forderte Gasperlmaier den Carsten auf. Er holte seine Lesebrille hervor und studierte das Foto noch einmal genauer. Die Frau, mit der die Manuela hier im Bild war, kam ihm bekannt vor. Blöd, dass man die Haare wegen der Haube nicht sehen konnte. Aber war das nicht ... Wo hatte er die bloß schon gesehen? „Gib einmal her!" Die Frau Doktor streckte den Arm nach dem Handy aus. „Gasperlmaier!", rief sie aus, als sie das Foto betrachtete. „Du bist ein blindes Huhn! Das sieht man doch auf den ersten Blick, dass das die Bernadette Grafenfeld ist!" „Grafenfeld?", fragte der Carsten. „Ist das nicht ... ist da nicht der Alte kürzlich gestorben?" „Hat die Manuela nie von ihr erzählt? Sie wollte in der Laientheatergruppe hier mitspielen, dort hat die Manuela sie kennengelernt. Und in der Bürgerinitiative war sie auch, gegen das neue Chaletdorf in Bad Aussee!" Jetzt nickte der Carsten. „Sie hat öfter von einer Bernie gesprochen. Der Nachname ist nie gefallen. Und ich selber hab sie nie ...“

Die Frau Doktor nahm Carsten das Handy noch einmal aus der Hand und kramte in ihrer Handtasche. Schließlich fand sie ihre Lesebrille. „Ja, da schaust du, Gasperlmaier, dass ich jetzt auch schon so was ... also, ich finde, die Bernadette Grafenfeld schaut auf dem Foto ziemlich unentspannt aus. Ihr Lächeln ... schaut doch einmal!“ Gasperlmaier schaute. „Na ja, sehr scharf ist es nicht ... könnte schon sein, dass sie ein bisschen verkniffen dreinschaut.“ „Gasperlmaier“, sagte die Frau Doktor. „Das ist jetzt wirklich ernst. Das kann kein Zufall sein. Wir müssen schnellstens herausfinden, wo sich die Bernadette Grafenfeld aufhält. Und ob sie am Ende auch verschwunden ist!“

„Ich kenn mich überhaupt nicht mehr aus!“, jammerte der Carsten. Die Frau Doktor und Gasperlmaier tauschten Blicke. „Momentan scheint es so“, sagte sie schließlich, „als ob der Manfred Grafenfeld einer der Hauptverdächtigen in unserer Mordermittlung ist. Und deswegen ... ich würde sagen, Gefahr im Verzug, nicht, Gasperlmaier?“ Der nickte. Der Carsten streifte inzwischen seine Jacke über. „Diesen Grafenfeld, den kauf ich mir! Wenn der der Manuela auch nur ein Haar krümmt, dann ...“ Gasperlmaier hielt ihn am Arm zurück. „Du bleibst besser da, Carsten. Was willst du denn beim Grafenfeld? Wenn er gefährlich ist, dann kannst du nicht einfach so hinrennen und glauben, dass du was tun kannst ... und wenn er gar nichts getan hat, dann machst du dich selber strafbar!“ Der Carsten schüttelte ärgerlich Gasperlmaiers Arm ab. „Das sehe ich genauso. Wir informieren Sie, sobald wir etwas herausgefunden haben. Und inzwischen bleiben Sie am besten zu Hause und erreichbar.“ Der Carsten stand unschlüssig zwischen ihnen und schüttelte den Kopf. Seine Mutter zog ihn ins Wohnzimmer. „Wirst sehen, es ist wahrscheinlich gar nichts passiert. Lass den Gasperlmaier und die Frau Chefinspektor nur machen!" „Ja, und jetzt beeilen wir uns!", sagte die Frau Doktor. „Mir ist der Grafenfeld vorhin schon so komisch vorgekommen", murmelte Gasperlmaier. „Ich hab mir eingebildet, er horcht immer ins Haus hinein. So, als ob da jemand wäre!"

Vor dem Haus stand nur der schwarze SUV des Grafenfeld. „Schau einmal!", sagte Gasperlmaier und zeigte auf das Auto. „Da links vorne ..." Er trat an den SUV heran und fuhr prüfend über den linken vorderen Kotflügel. „Der hat da was gerammt ... da ist das Blech eingedrückt, und ein paar Kratzspuren ..." „Wir fragen ihn. Hat seine Frau ein Auto?", fragte die Frau Doktor mehr sich selbst als Gasperlmaier. Der zuckte mit den Schultern. „Er hat ja behauptet, dass sie in Wien ist. Ein Auto, das ihr gehören könnte, hab ich hier nie gesehen." „Schauen wir uns zuerst einmal unauffällig um!" Die Frau Doktor deutete mit einer Geste an, dass sie rund um das Haus schleichen wollte. Gasperlmaier legte eine Hand auf die Kühlerhaube des SUV. Die war zumindest nicht eiskalt, das Auto musste also in den letzten Stunden gefahren worden sein. Die Sonne konnte sie nicht gewärmt haben, denn der Wagen stand im Schatten.

Die Frau Doktor stand an einer Hausecke und winkte Gasperlmaier zu sich. Unauffällig, so dachte er bei sich, würde ihr Ausflug nicht werden, denn sie wateten in knietiefem Schnee. Und das auch nur, weil er an dieser Seite des Hauses vom Wind weggeweht worden war. „Schau einmal, ob du zu dem Fenster dort kommst!", flüsterte die Frau Doktor und zeigte ein paar

Meter weiter. Dort war der Schnee hüfthoch, und niemand war darin herumgestapft. „Muss das sein?“, fragte er. „Die Spuren sieht man noch wochenlang!“ „Nur ein Blick!“, entschied die Frau Doktor. Mühsam watete Gasperlmaier bis zum Fenster, näherte sich vorsichtig und lugte hinein. Zu sehen war nichts, denn ein dichter Vorhang war vorgezogen. Gasperlmaier deutete mit einer Geste der Frau Doktor an, was er vorgefunden hatte.

Im Inneren des Hauses hörte er plötzlich etwas rumpeln und zog sich zurück. Natürlich hatte der Schnee bereits seine Hosenbeine durchweicht und war von oben her in die Schuhe gedrungen. Nicht zum ersten Mal im Laufe dieser Ermittlungen. Er würde noch Rheuma bekommen, wenn das so weiterging.

Als Gasperlmaier sich umdrehte, sah er den Grafenfeld, der eine Jagdflinte auf die Frau Doktor angelegt hatte. „Verschwindet's von meinem Grund!“, schrie er. Die Frau Doktor war herumgewirbelt und hielt ihm die offene Handfläche entgegen. „Herr Grafenfeld, machen Sie sich nicht unglücklich. Es ist ja gar nichts passiert. Legen Sie die Waffe weg! Sofort!“ „Ich denke ja gar nicht dran! Was fällt euch denn ein, euch an meine Fenster heranzuschleichen? Was gibt's denn da zu sehen? Ich habe das satt, dass ihr euch ständig da herumtreibt und blöde Fragen stellt! Verschwindet, aber ein bisschen plötzlich!“ Gasperlmaier streckte die Hände nach oben, um guten Willen zu zeigen. Gleichzeitig versuchte er, sich aus dem Tiefschnee zu befreien und zur Frau Doktor zu gelangen. „Halt!“, schrie der Grafenfeld. „Keine Bewegung!“ Gasperlmaier schüttelte den Kopf. Wahrscheinlich, so dachte er bei sich, war die uralte Flinte, mit der der Grafenfeld da herumfuchtelte, gar nicht geladen. „Du musst dir das schon überlegen“, sagte er. „Entweder wir verschwinden, oder wir bewegen uns nicht. Beides gleichzeitig ...“ „Halt die Goschen!“, schrie der Grafenfeld. Gasperlmaier entschloss sich, vorerst stillzuhalten. Obwohl seine Arme schon schmerzten und eisige Kälte in seine Schuhe eingedrungen war. Lang würde er das nicht durchhalten. Aber der Grafenfeld, sah er, zitterte ein wenig.

„Herr Grafenfeld“, wiederholte die Frau Doktor. „Legen Sie die Waffe ab. Es wird ja nichts besser dadurch, dass Sie uns bedrohen. Oder abknallen. Legen Sie die Waffe ab, und wir reden in Ruhe über alles.“ „Über was wollt's denn reden, ha? Und jetzt schleicht's euch, aber schnell! Sonst kracht's!“ Gasperlmaier machte ein paar Schritte auf die Frau Doktor und den Grafenfeld zu. „Herr Grafenfeld“, probierte es die Frau Doktor noch einmal. „Wo ist denn Ihre Frau? Die suchen wir nämlich!“ „Wien!“, schrie er. „In Wien! Habe ich Ihnen doch schon gesagt!“ Das Zittern, fand Gasperlmaier, wurde stärker. Das Gesicht des Grafenfeld war auch rot angelaufen. Nicht ausgeschlossen, so dachte Gasperlmaier bei sich, dass der durchdrehte.

„Herr Grafenfeld“, sagte die Frau Doktor. „Wir verschwinden jetzt. Wie Sie es verlangt haben. Aber Ihre Frau ist heute in Bad Aussee gesehen worden. Wo ist sie?“ Der Grafenfeld schwieg, sein Blick irrte unstet zwischen ihnen und der Haustür herum. „Wenn ihr nicht in einer Minute weg seid, dann schieß ich!“, kündigte er an und deutete mit dem Gewehrlauf zum Einsatzwagen. Gasperlmaier befreite sich endgültig aus dem Tiefschnee und zog die Frau Doktor am Arm zum Auto. „Wir gehen schon!“, versprach er. Der Grafenfeld tat ein paar Schritte rückwärts, Richtung Haustür. „Wir sind schon weg!“, bekräftigte Gasperlmaier noch einmal, gab der Frau Doktor einen Schubs und eilte im Laufschritt zur Fahrertür. Als er in den Sitz gefallen war, konnte er gerade noch sehen, wie der Grafenfeld in seiner Haustür verschwand. Das Letzte, was man von ihm erblickte, war der Gewehrlauf. Gasperlmaier legte den Rückwärtsgang ein und steuerte mit Schwung auf die Straße. Ohne darauf zu achten, ob etwa einer entgegenkam. Dann gab er Gas. „Bleib an der nächsten Ecke stehen!", sagte die Frau Doktor, etwas atemlos. „Und dann verständigst du per Funk das Sondereinsatzkommando. Da stimmt was nicht. Könnte sein, dass er seine Frau und die Manuela da drin gefangen hält. Wir müssen sehen, dass wir den ausschalten, bevor er endgültig durchdreht!"

Gasperlmaier hielt an und erledigte, was die Frau Doktor verlangt hatte. Mindestens 20 Minuten würde es dauern, hieß es. „Könnt's keinen Hubschrauber nehmen?", fragte er. „Aha! 20 Minuten, das ist der Hubschrauber!" Er atmete tief durch. „Hoffentlich war das jetzt kein falscher Alarm. Wäre peinlich!", sagte er zur Frau Doktor. „Gar nix ist peinlich!", entgegnete die. „Der hat uns mit einer Waffe bedroht und jede Auskunft verweigert! Da ist diese Maßnahme angebracht, noch dazu, wo wir weder die Manuela noch die Bernadette Grafenfeld auftreiben haben können!" „Was machen wir jetzt?", fragte Gasperlmaier. „Die Straße sperren und die Nachbarn informieren, dass sie besser in ihren Häusern bleiben! Und noch zusätzlich Verstärkung anfordern."

Gasperlmaier war gerade damit beschäftigt, am oberen Ende der Straße, da, wo sie in die Hauptstraße mündete, ein Absperrband zu spannen, als die Frau Doktor fragte: „Wo wohnt denn eigentlich diese Frau Krenn? Die Nachbarin, die dem alten Grafenfeld den Haushalt gemacht hat?" Gasperlmaier nickte. „Wir fahren gleich hin. Wenn wir mit der Absperrung fertig sind!" „Zwei

Streifen kommen“, informierte ihn die Frau Doktor. „Sie stellen sich an den Zufahrten auf. Kann aber auch zehn Minuten ... also schauen wir zu dieser Krenn?“ „Fällt dir was Besseres ein?“, fragte Gasperlmaier. Sie schüttelte den Kopf.

Das Haus der Frau Krenn war hinter einer dichten Hecke verborgen, aber das Gartentor ließ sich öffnen. Als Gasperlmaier auf das Haus zuschritt, sah er, dass die Frau Krenn am Zaun stand und versuchte, durch Lücken im blattlosen Gebüsch hinüber zum Grafenfeld zu schauen. „Gehen Sie weg da!“, herrschte er sie an, sodass die Frau Krenn zusammenzuckte und einen gellenden Schrei ausstieß. „Kommen S’ weg da!“, wiederholte Gasperlmaier und winkte ihr zu. „Ins Haus hinein!“ „Was ist denn los?“, fragte die Frau Krenn, beeilte sich aber gleichzeitig, zur Haustür zu kommen. Atemlos stand sie schließlich im Vorhaus.

„Wir haben das Sondereinsatzkommando gerufen“, sagte Gasperlmaier. „Beim Grafenfeld drüben stimmt was nicht!“ „Frau Krenn, der Mann hat uns mit einer Waffe bedroht“, erklärte die Frau Doktor. „Haben Sie irgendwas beobachtet, da drüben? In den letzten Stunden?“ Die Frau Krenn aber zitterte am ganzen Körper und brachte kein Wort hervor. „Tut mir leid, Frau Krenn, dass ich Sie so erschreckt habe. Aber es eilt! Und gefährlich hätte es auch sein können, da am Zaun. Haben S’ einen Schnaps, in der Küche?“ Die Frau Krenn nickte und zeigte zu einer Tür neben der Treppe. Gasperlmaier ging voran und öffnete einen Küchenschrank nach dem anderen, bis er den Obstler gefunden hatte. Der war in beinahe jeder Küche irgendwo griffbereit für Notfälle, so auch hier. Die Stamperl standen gleich daneben und Gasperlmaier schenkte für die Frau Krenn ein, nicht zu knapp.

Die Frau Doktor beobachtete die Zeremonie mit Ungeduld, doch nach einem Schluck Schnaps schien sich die Frau Krenn gefangen zu haben. „Geschrien hat er, aber das ist ja nichts Besonderes. Der hat oft mit seiner Frau geschrien. Was hat er denn angestellt, der Grafenfeld? Ist er der Mörder, den ihr sucht?" „Frau Krenn, was haben Sie denn heute sonst noch beobachtet, am Vormittag? Es wäre wichtig!" Gasperlmaier warf einen Blick aus dem Fenster. Das war zwar Richtung Nachbargrundstück ausgerichtet, die Sicht war aber durch Gebüsch verdeckt. Zwar konnte man zwischen den blattlosen Ästen das Nachbarhaus erahnen, dort aber tat sich nichts. Auch vom Hubschrauber war noch nichts zu hören.

„Um neun, so ungefähr, da ist ein weißes Auto gekommen, ein kleines. Da hat anscheinend wer die Grafenfeld abgeholt, ich hab zwei Frauenstimmen gehört, aber nicht viel gesehen." Die Krenn, so dachte Gasperlmaier bei sich, musste wohl ständig auf dem Ausguck sein, wenn sie selbst gerade nichts zu tun hatte. „Von wo haben Sie denn das weiße Auto gesehen?", fragte die Frau Doktor. Die Krenn zeigte zur Decke. „Komm!" Die Frau Doktor deutete Gasperlmaier, ihr zu folgen. „Es ist aber ... ich hab das Bett noch nicht gemacht!", rief ihnen die Frau Krenn nach. Gasperlmaier hastete hinter der Frau Doktor die Stiege hinauf und drang durch eine halboffene Tür ins Schlafzimmer der Frau Krenn ein. „Die Manuela hat ein weißes Auto!", schnaufte er. „So einen koreanischen Kleinwagen!" Ein wuchtiges Doppelbett aus dunklem Holz dominierte den Raum. Vorsichtig ging die Frau Doktor zum Fenster vor und schob eine Gardine beiseite. „Perfekt!", sagte sie. „Man sieht den ganzen Vorplatz. Inklusive Haustür!" Gasperlmaier folgte ihr. Der schwarze SUV stand unberührt vor der Haustür, sonst herrschte Ruhe.

Die Frau Krenn war ihnen gefolgt. „Sagen Sie, Frau Krenn, ist die Frau Grafenfeld auch zurückgekommen? Haben Sie das weiße Auto noch einmal gesehen?“ Die blieb in der Schlafzimmertür stehen und schüttelte den Kopf. „Nein. Aber er ist weggefahren. Dann bin ich einkaufen gegangen. Und wie ich zurückgekommen bin, da ist sein Auto wieder dagestanden. Aber drinnen hat man sie schreien gehört!“ „Wen?“, fragte die Frau Doktor. „Ja ihn, den Grafenfeld. Und seine Frau.“ „Vielleicht noch eine zweite Frau?“, fragte die Frau Doktor. Die Frau Krenn zuckte mit den Schultern.

Gasperlmaiers Funkgerät knackte. Wenig später wussten sie, dass zwei Streifen aus Bad Aussee bei den Straßensperren Posten bezogen hatten. So konnte wenigstens niemand irrtümlich den Einsatz stören. Außer vielleicht jemand, der in der Straße wohnte und seine Neugier befriedigen wollte. Aber damit musste man jetzt leben.

Die Frau Doktor telefonierte. „Es ist möglich beziehungsweise wahrscheinlich, dass sich in dem Objekt auch Geiseln befinden. Eine, oder zwei.“ Die Frau Krenn schlug die Hände vors Gesicht. „Geiseln?“, hauchte sie. „Frau Krenn, Sie gehen jetzt in Ihre Küche hinunter. Oder nein, besser noch in Ihr Wohnzimmer, das ist ja vom Haus Grafenfeld abgewandt, oder?“ Die Frau Krenn war totenbleich im Gesicht und nickte. „Kommen S'!“ Gasperlmaier nahm sie am Arm und stieg vor ihr die Treppe hinunter. „Und da drin bleiben Sie jetzt, bis alles vorbei ist! Wird nicht lange dauern, und es wird Ihnen auch nichts passieren! Glauben S' mir!“

Das Problem war, dass Gasperlmaier selbst nicht recht daran glauben wollte, dass der Einsatz glatt abgehen würde. Er wollte gar nicht daran denken, was der Grafenfeld womöglich der Manuela und seiner eigenen Frau angetan hatte. Wenn er nur daran dachte, dass die Manuela womöglich schon tot war, schossen ihm die Tränen in die Augen. Aber wenn der Grafenfeld der Mörder war, den sie suchten, dann kam es dem wahrscheinlich auf eine oder zwei Tote mehr auch nicht an.

„Sei einmal leise!", forderte ihn die Frau Doktor auf, die hinter ihm die Stiege heruntergekommen war. „Ich glaube, sie kommen!" Auch Gasperlmaier hörte nun das Brummen eines Helikopters, das von Sekunde zu Sekunde lauter wurde. „Sie sollen auf dem Fußballplatz landen!", empfahl Gasperlmaier. „Ich sag einem der Ausseer, dass er sie dort abholt!" Die Frau Doktor gab den Auftrag weiter, während Gasperlmaier die Streifen an den Straßensperren informierte. Das Brüllen des Helikopters begann, alle anderen Geräusche zu übertönen und die Unterhaltung unmöglich zu machen. Gasperlmaier begann zu zittern und schob es auf die Aufregung, das Adrenalin. Dass es auch Angst sein konnte, daran wollte er gar nicht erst denken.

„Ich geh hinauf!", sagte die Frau Doktor. „Schick zumindest einen vom Kommando hier ins Schlafzimmer, da hat er freies Schussfeld!" „Schussfeld!", hauchte die Frau Krenn, die auf dem Sofa lag und sich ein Taschentuch gegen die Stirn presste. „Geht's, Frau Krenn?", fragte Gasperlmaier. „Die Rettung wird auch bald da sein. Falls wir sie brauchen!"

Sekunden später flog die Haustür auf, und zwei vermummte Gestalten mit Helmen, kugelsicheren Westen und Sturmgewehren drangen ins Vorhaus ein, erblickten Gasperlmaier, deuteten mit dem Daumen nach oben an, dass aus ihrer Sicht alles in Ordnung war, und stürmten die Stiege hinauf. „Oh Gott, oh Gott!", flüsterte die Frau Krenn. Gasperlmaier holte die Schnapsflasche aus der Küche und stellte sie ihr samt Stamperl auf den Wohnzimmertisch. „Trinken S' noch einen!"

Gasperlmaier schlich die Treppe hinauf. Die beiden vermummten Männer des Kommandos kauerten beim Fenster. Einer warf ihm einen kurzen Blick zu. Nur an den Augen erkannte Gasperlmaier, dass es sich um eine Frau handeln musste. Sie zwinkerte ihm zu, wandte sich dann aber wieder Richtung Fenster. Beide hatten ihre Sturmgewehre im Anschlag. Die Frau Doktor saß auf dem Bett und atmete schwer. „Jetzt liegt's nicht mehr in unserer Hand!", sagte sie. Gasperlmaier steckte seine Hände in die Hosentaschen. Die Frau Doktor sollte nicht merken, dass er zitterte.

„Herr Grafenfeld!", tönte unten eine Stimme aus einem Megafon. Gasperlmaier lugte aus dem Fenster, wurde aber von den beiden Kommandomitgliedern gleich wieder verscheucht. „Weg vom Fenster!", zischte die Frau. Dennoch hatte Gasperlmaier erkannt, dass ein schwerer Geländewagen vorgefahren war und seitlich hinter dem SUV des Grafenfeld angehalten hatte. „Kommen Sie ohne Waffe aus dem Haus!", hörte man es von unten. „Mit den Händen über dem Kopf!" Gasperlmaier setzte sich zur Frau Doktor. „Hoffentlich geht das alles gut aus!", flüsterte er. Sein Handy läutete. Es war der Carsten. „Was ist los?", schrie er ins Telefon. „Überall Polizei, und der Hubschrauber? Wo ist die Manu?" Seine Stimme brach, und Gasperlmaier wusste nicht recht, wie er ihn beruhigen sollte. „Sie ist vermutlich beim Grafenfeld im Haus. Aber das Sondereinsatzkommando ist schon da, es wird nicht mehr lange dauern, bis sie ihn haben." „Die Manu ist da drin? Ich muss sofort zu ihr!" Der Carsten legte auf. Damit blieb es Gasperlmaier erspart, ihm zu erklären, dass er die Polizeisperren ohnehin nicht durchbrechen konnte und den Einsatz nur behinderte, wenn er sich nicht beruhigte. Aber was, so fragte er sich, würde er selber machen, wenn die Christine da drin wäre? Oder eines seiner Kinder? Man durfte gar nicht daran denken.

Draußen blieb alles ruhig. Die Sekunden zogen sich so sehr in die Länge, dass sie wie Minuten erschienen. Gasperlmaier spürte, dass er aufs Klo musste, aber in dieser Situation war daran gar nicht zu denken. Erneut war draußen das Megafon zu hören, mit der gleichen Botschaft wie zuvor. Danach wieder Stille. Bis sich das Handy der Frau Doktor meldete. „Wir haben telefonischen Kontakt zu ihm", sagte jemand. Die Frau Doktor hielt das Handy so, dass Gasperlmaier mithören konnte. Auch einer der Scharfschützen wandte sich ihr zu, während die andere den Vorplatz des grafenfeldschen Hauses im Blick behielt. „Er will mit dem Polizisten sprechen. Dem Uniformierten von hier. Ist der bei dir?" „Ja!", sagte die Frau Doktor. „Worüber will er sprechen?" „Das wissen wir nicht. Schickst du ihn herunter? Er wird vor dem Haus empfangen." Das Gespräch brach ab. Gasperlmaier schluckte. Es blieb ihm wohl nun nichts anderes übrig, als der Aufforderung des Grafenfeld Folge zu leisten. Er musste es tun. Für die Manuela, und auch für die Bernadette Grafenfeld. Denen durfte nichts passieren. Er nickte, stand auf und strich sich die Uniform glatt. Dann stieg er langsam die Treppe hinunter. Er hielt sich am Geländer fest, weil er deutlich spürte, wie ihm die Knie weich wurden. Das fehlte noch, dass er hier zusammenbrach.

„Tag!", sagte ein ebenfalls Uniformierter, als er vor die Haustür trat. „Sie sind ...?" „Gasperlmaier", sagte er. „Abteilungsinspektor." „Gut!", sagte der andere. „Krauss mein Name. Major Krauss. Ich begleite Sie.

Kommen Sie!" Er bedeutete Gasperlmaier, ihm zu folgen. Zunächst nahmen sie hinter dem Geländewagen des Einsatzkommandos Deckung. Dort stand eine weitere Beamtin mit einem Handy in der Hand, das sie Gasperlmaier vor die Brust hielt. „Er ist dran. Sagen Sie ihm, wer Sie sind, und fragen Sie, was er will!" Gasperlmaier nahm das Handy mit zitternden Fingern. „Gasperlmaier!", krächzte er. „Polizeiposten Altaussee. Was wollen S'?" „Du kommst jetzt erst einmal herein zu mir. Und dann erzähl ich dir, wie es weitergeht. Weil wenn nicht ... dann erschieß ich die Weiber! Eine nach der anderen!" Hinter Gasperlmaier knackte ein Funkgerät. „Ja, wir haben es jetzt definitiv. Er hat von Weibern gesprochen, die er in seiner Gewalt hat. Plural. Mindestens zwei Frauen, also. Vermutlich seine Frau und die Polizistin, Manuela Reitmair-Peschke. Ja."

„Und deine Dienstwaffe, die lässt du schön draußen liegen!", schnarrte es aus dem Handy. „Am besten, du ziehst dich gleich bis aufs Hemd aus. Damit ich sehen kann, dass du unbewaffnet bist. Und dass ihr es gleich wisst: Die eine Frau, die hab ich hier bei mir. Wenn ihr irgendwas Linkes dreht, wenn ich die Tür aufmache, dann ist sie tot!" „Lebenszeichen!", flüsterte ihm der Krauss von hinten zu. „Wir wollen ein Lebenszeichen. Von den Frauen. Zum Beweis, dass sie noch am Leben sind!", krächzte Gasperlmaier, dem nahezu die Stimme versagte. Kurz danach hörte er ein Wimmern und Ächzen aus dem Lautsprecher. „Das Klebeband kann ich ihr leider nicht abnehmen, Gasperlmaier. Die redet mir zu viel!" „Sagen Sie ihm, dass Sie in einer Minute kommen! Und bringen Sie ihn zum Reden!", flüsterte der Krauss von hinten. „In einer Minute", flüsterte Gasperlmaier, „steh ich vor der Tür!" „Mit erhobenen Händen!", schnaufte der Grafenfeld und legte auf. Gasperlmaier zog seine Jacke aus. Den Pullover, den er drunter getragen hatte, zog er über den Kopf und riss an der Gürtelschnalle, um den Gurt mit der Dienstwaffe abzulegen. Er spürte keine Kälte, als er mit erhobenen Armen aus der Deckung des Geländewagens ins Freie trat. Langsam näherte er sich der Haustür. Er zuckte zusammen, als er hinter sich das Megafon hörte. „Öffnen Sie die Haustür, Gasperlmaier. Er hat uns soeben mitgeteilt, dass sie unversperrt ist. Dann wieder die Hände in die Höhe!“ Gasperlmaier zitterte am ganzen Körper, als er langsam nach der Türschnalle griff. Aber nicht vor Kälte. Was würde ihn da drinnen erwarten? Vielleicht, so schoss es ihm durch den Kopf, hätte er doch lieber Koch werden sollen, anstatt zur Polizei zu gehen.

Im Vorhaus war es finster. Er konnte niemanden sehen, hob aber gleich beide Arme wieder hoch, für den Fall, dass der Grafenfeld irgendwo lauerte. „Hierher!“, kam eine Stimme aus dem Zimmer zu seiner Linken. Er trat ein. Auf dem Sofa saß der Grafenfeld, in der Rechten eine Pistole. Die war auf die Manuela gerichtet, die mit verschwitztem Haar und einem Klebeband über dem Mund neben ihm saß. Ihre Hände waren hinter dem Rücken verborgen, wohl gefesselt. Auch um die Fußgelenke hatte der Grafenfeld Klebeband geschlungen. Die Vorhänge beider Fenster waren zugezogen und blickdicht, stellte er mit einem raschen Blick fest. Die Augen der Manuela zeigten, welche Angst sie ausstand. Gasperlmaier erinnerte sich daran, dass er den Auftrag hatte, den Grafenfeld zum Reden zu bringen. „Tun S’ einmal die Pistole weg!“, sagte er. „Und dann reden wir. Wir wollen ja nicht, dass noch etwas passiert, oder?“ „Gerne!“, sagte der Grafenfeld, grinste schief und richtete die Waffe auf Gasperlmaier. „Setz dich da hin!“, herrschte er ihn an und zeigte mit dem

Lauf der Waffe auf den Lehnsessel, der ihm gegenüberstand. „Hände auf den Tisch! Immer da, wo ich sie sehen kann!“, befahl er. Gasperlmaier befolgte beide Aufforderungen, in die Mündung der Waffe blickend, die auf ihn gerichtet war. Es war seltsam, aber langsam wurde er ruhiger.

„Reden“, sagte der Grafenfeld, „werde jetzt ich. Und du hörst zu, sonst ...“ Er deutete auf seine Waffe. Sie war genau auf Gasperlmaiers Augen gerichtet. „Ich will einen Fluchtwagen. Den wirst du fahren!“ „Aber ich ... also, ich bin kein so guter Autof...“ „Pappen halten!“, brüllte der Grafenfeld plötzlich und fuchtelte mit der Waffe herum. „Du hältst jetzt die Pappen und hörst mir zu! Und dann sagst du diesen Idioten da draußen, was sie machen sollen, verstanden?“ Die Manuela wimmerte. Gasperlmaier warf ihr einen Blick zu. Sie war schweißüberströmt.

„Also!“, begann der Grafenfeld wieder. „Ihr werdet einen Fluchtwagen besorgen. Mindestens 300 PS. Ein Kombi. Den wirst du direkt vor die Haustür fahren. Natürlich mit der Heckklappe zur Tür. Vorher legst du die Rücksitze um. Dann machst du auf, und dann kommen die Frauen heraus. Die zweite mit der Waffe am Kopf. Das wird sie sein!“ Er deutete mit dem Lauf der Waffe auf die Manuela. Die hatte die Augen geschlossen und atmete stoßweise. Gasperlmaier ängstigte sich, dass sie zusammenbrechen könnte. Wo war die Bernadette? „Wo ist denn Ihre Frau?“, wagte er zu fragen. Der Grafenfeld grinste schief. „Gut aufgehoben. Da, wo sie niemand findet, und wo sie niemand hört. Und jetzt hör auf, blöde Fragen zu stellen!“ Er schlug mit dem Knauf der Waffe gegen den Tisch. Gasperlmaier schloss die Augen. Wenn der jetzt die Nerven verlor und sich womöglich ein Schuss löste ...

„Dann machst du die Heckklappe zu und fährst los." „Wohin denn?" „Das wirst du schon noch rechtzeitig erfahren!" „Können Sie nicht die beiden Frauen gehen lassen? Sie haben ja dann noch mich!", bat Gasperlmaier. „Wie stellst du dir das vor? Ich brauch vielleicht mehr als eine Geisel, wenn's ernst wird. Vielleicht muss ich erst sie da erschießen, damit mich die Trottel da draußen ernst nehmen!" Er deutete mit dem Lauf der Waffe auf die Manuela. „Haben Sie eigentlich den Eckhardt ..." „Halt die Klappe!", schrie der Grafenfeld. „Natürlich hab ich den Eckhardt umgelegt! Ging ja nicht anders! Der Trottel wollte mehr als die 20.000, die ich ihm angeboten hab! Ein Drittel vom Haus hat er haben wollen! Das hat er jetzt davon!"

Gasperlmaier sparte sich die Frage, ob der Grafenfeld den Pirkner auch getötet hatte. Das würde er noch bald genug erfahren. Oder eben auch nicht, wenn der Einsatz schiefging. Er dachte an die Christine, an seine Kinder, vor allem an den Theo. Würde er die wiedersehen? Oder war das hier jetzt das Ende vom Lied? Er musste unbedingt etwas tun, um die Manuela und sich selbst zu retten. „Jetzt nimmst du das Handy da!" Der Grafenfeld schob sein Gerät mit der freien Hand über den Tisch. „Und erklärst denen da draußen, was sie machen sollen. Eine halbe Stunde müsste dafür genügen. Und, ja. Auch ein bisschen Geld sollen sie im Auto deponieren. Sagen wir, 50.000. Man muss ja auch von was leben, im Ausland, nicht?" Er lachte dröhnend.

Der Grafenfeld, so dachte Gasperlmaier bei sich, war verrückt geworden. Der konnte doch nicht im Ernst glauben, dass das Sondereinsatzkommando ihn so sang- und klanglos davonfahren lassen würde. Und wie wollte er ins Ausland kommen? Das Auto würde sicher mit einem GPS-Tracker versehen werden, sodass man ihm mühelos folgen konnte.

Immer noch zitternd nahm Gasperlmaier das Handy in die Hand. „Der letzte Anruf. Das ist die Nummer von eurem Capo da draußen. Die wählst du jetzt.“ Gasperlmaiers Stimme war kraftlos und zittrig, als er begann, dem Major Krauss die Forderungen des Grafenfeld mitzuteilen. Der Major seufzte. „Sagen Sie ihm, wir brauchen mehr Zeit. Und wir wollen zuerst ein Lebenszeichen von seiner Frau. Wissen Sie, wo er die versteckt hat?“ „Nein, das weiß er nicht!“, brüllte der Grafenfeld, der mitgehört hatte. Plötzlich krachte ein Schuss. Die Manuela schrie auf, soweit sie das eben konnte, mit ihrem verklebten Mund. Sekunden zuvor hatte der Grafenfeld noch auf Gasperlmaier gezielt. War er jetzt angeschossen? Er konnte kein Blut sehen, als er an sich hinuntersah. Es hatte geklirrt. Er wandte seinen Blick der Glasvitrine zu, die hinter ihm stand. Glasscherben rieselten noch immer zu Boden. „Damit ihr nicht glaubt, dass ich Spaß mache! Meine Waffe ist geladen!“

Der Major meldete sich noch einmal. „Wir werden sehen, was sich machen lässt. Vielleicht brauchen wir ein wenig länger. Aber wir bestehen auf einem Lebenszeichen der Frau Grafenfeld!“ Er legte auf. „Himmelherrgottsakrament!“, fluchte der Grafenfeld, schien aber dennoch zu überlegen. Erst jetzt fiel Gasperlmaier auf, dass auch er schwitzte. Seine Haare klebten an den feuchten Schläfen, und sein Trachtenhemd zeigte große nasse Flecken unter den Achseln, am Hals und unter der Brust.

Der Grafenfeld kramte in seiner Hosentasche und warf einen Schlüssel auf den Tisch. „Du holst jetzt meine Alte aus dem Keller. Und wenn du irgendwas drehst, auch nur die kleinste Kleinigkeit, dann ist sie hier tot!“

Gasperlmaier nahm den Schlüssel, nickte der Manuela zu und machte sich auf den Weg. Die Kellertür war gleich unter der Treppe in den ersten Stock. Unten roch es muffig, überall lag Staub, der Keller war offenbar lange nicht genutzt worden. War die Luft hier unten tatsächlich so schlecht, dass er glaubte, zu ersticken? Oder war das die Angst? Er probierte den Schlüssel gleich beim ersten Kellerraum zu seiner Rechten. Sobald er ihn herumdrehte, hörte er von drinnen ein Wimmern. Er stieß die Tür auf und suchte nach einem Lichtschalter, fand aber keinen. Ein wenig Licht fiel durch ein Fenster herein, und nach wenigen Sekunden sah er, dass die Bernadette Grafenfeld auf dem Boden lag, voller Staub und ebenso wie die Manuela an Hand- und Fußgelenken gefesselt. Sie stöhnte.

„Ich bin Polizist!", flüsterte Gasperlmaier. „Keine Angst! Er will einen Fluchtwagen, ich soll fahren. Aber alles wird gut, glauben Sie mir!" Dessen, so dachte er bei sich, war er sich keineswegs sicher. Er überlegte, wie er die Bernadette Grafenfeld ins Erdgeschoß hinaufbringen sollte, wo sie doch an den Füßen gefesselt war. „Ich trag Sie hinauf!", entschied er sich. Als er sich über sie beugte, fiel ihm eine Goldkette um ihren Hals auf. Daran baumelte ein Anhänger, ähnlich dem, den der Rüdiger neben der Leiche des Eckhardt ausgebuddelt hatte. Die Bernadette war nicht schwer, im engen Stiegenhaus war es aber doch sehr mühsam, sie nach oben zu hieven, ohne dass ihr Kopf irgendwo anstieß. „Ich muss Sie über meine Schulter legen, damit das klappt!" Die Bernadette nickte. Als er sie hochhob, schloss sie die Augen und war still. Hoffentlich hatte sie nicht schon alle Hoffnung fahren lassen.

„Na, da haben wir ja die gute Gattin! Schade nur, dass sie die Klappe nicht gehalten hat. Das scheint euch

Frauen ja ziemlich schwer zu fallen, nicht?" Gasperlmaier setzte die Bernadette vorsichtig ab und bugsierte sie auf einen Stuhl, der neben der Eingangstür des Zimmers stand. Direkt gegenüber von ihrem Mann in den Lehnstuhl wollte er sie nicht setzen, das erschien ihm zu riskant. Sie atmete geräuschvoll durch die Nase, und Gasperlmaier hatte das Gefühl, als bekäme sie nicht genug Luft. Vielleicht wegen des Staubes im Keller. „Kann ich ihr das Klebeband abnehmen? Sie kriegt keine Luft!", sagte er. „Dann muss sie halt mit weniger auskommen!", sagte der Grafenfeld und lachte dreckig. „Ich werde ihr zumindest die Nase putzen, damit sie wieder atmen kann!", entgegnete Gasperlmaier und holte ein Taschentuch aus seiner Hosentasche. Glücklicherweise war es nicht benutzt. Er hielt es der Bernadette an die Nase, und die machte Gebrauch davon, ausgiebig. „Jetzt reicht's aber dann auch!", grollte der Grafenfeld und richtete seine Waffe neuerlich auf die Manuela. Sie schloss die Augen. Gasperlmaier steckte sein Taschentuch wieder ein. Die Bernadette schien tatsächlich freier zu atmen. Gasperlmaier sah auf die Uhr. Bis zum Ultimatum waren noch 25 Minuten Zeit.

Das Handy des Grafenfeld läutete in die Stille hinein. „Ja?", bellte er ins Mikrofon. „Es kann ein wenig länger dauern, bis wir ein Auto für Sie aufgetrieben haben. Wie sieht's mit dem Lebenszeichen aus?", fragte der Major Krauss. „Sag's ihnen!", rief der Grafenfeld Gasperlmaier zu und schob das Handy über den Tisch, ohne den Lauf der Pistole vom Kopf der Manuela zu nehmen. Die wimmerte leise vor sich hin.

„Frau Grafenfeld ist am Leben. Ebenso meine Kollegin, Manuela Reitmair-Peschke. Aber sie sind in keinem guten Zustand!", sagte er. „Halt doch dein blödes Maul!", schrie der Grafenfeld und fuchtelte wieder mit seiner

Waffe herum. Gasperlmaier schloss die Augen. Jetzt war es so weit, er würde die Nerven verlieren und einen von ihnen erschießen. Ganz bestimmt. Doch nichts geschah. Gasperlmaier hielt noch immer das Handy in der Hand, aus dem jetzt wieder der Major Krauss ertönte. „Ein Fluchtfahrzeug ist unterwegs. Wir bestehen aber darauf, dass die Geiseln zu trinken bekommen. Und zwar jetzt. Kollege Gasperlmaier muss uns das bestätigen, sonst wird nichts aus dem Deal." Der Grafenfeld schnaubte wütend. „Dann sollen sie halt was trinken, die Schlampen! Reiß ihnen das Klebeband runter!"

Gasperlmaier glaubte, die Taktik des Major Krauss zu verstehen. Man machte dem Grafenfeld Zugeständnisse, man gab ihm Hoffnung. Dafür verlangte man kleine Gegenleistungen. Er stand auf und versuchte, das Klebeband von Manuelas Mund zu lösen. Das war schwierig, weil auch Haare am Gesicht festgeklebt waren. Die Manuela stöhnte, aber schließlich war der Mund frei, das Klebeband hing an einer Wange fest. Gasperlmaier schaute ihr in die Augen, nickte ihr zu und befreite auch die Bernadette von ihrem Klebeband. „Du Arschloch!", schrie die gleich, als ihr Mund frei war. „Ich hoffe, die werden dich durchsieben, sobald du dich draußen blicken lässt!" „Pst!" Gasperlmaier wedelte mit der Hand vor ihrem Mund herum. „Regen Sie ihn nicht noch mehr auf!", flüsterte er. Wenigstens, so dachte er bei sich, bekamen die beiden jetzt wieder mehr Luft. Das war ja schon was. „Ich muss in die Küche, wegen dem Wasser!", sagte er und deutete auf die Tür. „Probier ja nichts!", kommentierte der Grafenfeld.

In der Küche sah Gasperlmaier sich um, während er zwei Gläser mit Wasser füllte. Da gab es sicher Messer in den Schubladen, aber wie sollte er es anfangen, schnell den Grafenfeld außer Gefecht zu setzen, bevor er einen von ihnen erschießen konnte? Er warf einen Blick aus dem Fenster. Zwei behelmte, vermummte Köpfe schoben sich ins Bild. Einer deutete mit dem Daumen nach oben und nickte. Gasperlmaier konnte die Geste nicht deuten und zuckte mit den Schultern. Wahrscheinlich hatten ihn die Kollegen nur beruhigen wollen. Gerade, als er die Gläser zur Hand nahm, fiel Gasperlmaiers Blick auf einen Pfefferstreuer. Einen altmodischen, mit feingemahlenem Pfefferpulver drinnen und einem Schraubverschluss aus Plastik. Er stellte die Gläser noch einmal ab, nahm den Pfefferstreuer zur Hand und hielt ihn hoch, sodass die beiden Einsatzkräfte vor dem Fenster ihn sehen konnten. Der eine nickte und hielt einen Daumen hoch, der andere aber drehte die Handfläche in einer Geste, die Zweifel ausdrückte. Der erste deutete mit den Händen an, Gasperlmaier solle den Schraubverschluss entfernen. „Was ist jetzt mit dem Wasser?“, schrie der Grafenfeld aus dem Wohnzimmer. Gasperlmaier schraubte den Verschluss ab, setzte ihn lose wieder auf den Streuer und schob ihn vorsichtig in die Hosentasche. Vom Fenster her kam eine Geste mit zu einem Kreis geformtem Daumen und Zeigefinger. Abermals ein Nicken. Gasperlmaier nickte ebenso, nahm die beiden Gläser wieder auf und kehrte ins Wohnzimmer zurück. Er konnte nur hoffen, dass der Grafenfeld die Beule in seiner Hosentasche nicht bemerkte und dass sich der Inhalt des Streuers nicht vollkommen in seine Hosentasche ergoss.

„Gib ihr das Glas ja nicht in die Hand!“, warnte ihn der Grafenfeld, als er sich der Bernadette näherte. Gasperlmaier legte ihr das Glas an die Lippen, sie trank gierig. Er zwinkerte ihr zu, um ihr Mut zu machen, obwohl er noch keine Ahnung hatte, wie er seine Waffe einsetzen sollte. Dann kam die Manuela dran. „Die

Hoffnung stirbt zuletzt!", sagte Gasperlmaier zu ihr. Er wagte es nicht, zu zwinkern, denn der Grafenfeld konnte sein Gesicht sehen. „Was soll der Blödsinn?", fragte der. „Wenn einer zuletzt stirbt, dann ich!" Er lachte. „Bring mir die Flasche Whisky her!", forderte er Gasperlmaier auf. „Da drüben, zwischen den Scherben. Ich bin ja nicht blöd und schieße mir meinen eigenen Whisky kaputt!" Wieder lachte er lautstark. War vielleicht gar keine schlechte Idee, wenn der Grafenfeld sich betrank. Er würde müde und unaufmerksam werden. Vorsichtig fasste Gasperlmaier in die Vitrine und griff nach der Flasche Jameson. Er stellte sie vor dem Grafenfeld auf den Tisch und schraubte den Verschluss herunter. „Ein Glas auch?" Der Grafenfeld würdigte ihn keiner Antwort, dafür meldete sich die Bernadette wieder. „Saufen, das kannst du! Aber sonst ..." „Kleb ihr den Mund wieder zu! Aber schnell!", schrie der Grafenfeld und nahm einen großen Schluck Whisky. Der stand, so dachte Gasperlmaier bei sich, ordentlich unter Stress. Er ging zur Bernadette und flüsterte ihr zu: „Besser, wir tun, was er sagt!" Die Bernadette nickte. Sie hatte wohl endlich verstanden, dass es vernünftiger war, ihren Mann nicht noch mehr zu reizen.

Gasperlmaier setzte sich wieder und senkte den Blick. Er wagte nicht, nach dem Pfefferstreuer zu tasten, der Augenschein schien ihm aber zu bestätigen, dass er noch an Ort und Stelle war. Wie würde es jetzt weitergehen? Es musste ihm gelingen, den Grafenfeld für einen Moment abzulenken, sodass er ihm den Pfeffer ins Gesicht werfen konnte, bevor der Zeit hatte, abzudrücken. Die Manuela und der Grafenfeld saßen ihm gegenüber, die Waffe an der Schläfe der Manuela. Beide waren schweißüberströmt. Was konnte er tun? Gasperlmaiers Blick fiel auf die Whiskyflasche. „Darf ich auch einmal?“, fragte er den Grafenfeld. Der lachte laut auf. Gasperlmaier behielt ihn genau im Auge. „Bitte! Bedien dich!“ Für einen Augenblick schwenkte er den Lauf der Waffe von der Manuela in Richtung Flasche. Jetzt musste es passieren.

Gasperlmaier hoffte, dass er schnell genug war für das, was er tun musste. Er erhob sich vom Sessel, um leichter an den Pfefferstreuer heranzukommen, griff mit einer Hand nach der Flasche und mit der anderen in seine Hosentasche. Jetzt musste er blitzschnell sein. „He! Was …?“ Weiter kam der Grafenfeld nicht. Gasperlmaier zog den Streuer aus seiner Hosentasche und schleuderte den Inhalt in Richtung Grafenfeld. Und dann ging alles blitzschnell.

Der Grafenfeld heulte auf, denn die Ladung Pfeffer hatte ihn genau ins Gesicht getroffen. Er ließ die Waffe fallen und hielt beide Hände vor sein Gesicht. Gasperlmaier wollte nach der Waffe greifen, kam aber gar nicht dazu, denn im gleichen Moment setzte ohrenbetäubender Lärm ein. Es gab einen lauten Knall und einen Lichtblitz, Glas klirrte, etwas polterte zu Boden, unmittelbar danach erfüllte dichter Nebel den Raum. Gasperlmaier konnte nichts mehr sehen, seine Augen brannten. Er wurde an beiden Armen von kräftigen Händen gepackt und zur Tür geschleppt. Hören konnte er jetzt nur noch das Geheul des Grafenfeld, irgendwo vor sich, aber es entfernte sich. Sekunden später stand er vor der Haustür, jemand warf ihm eine Decke über die Schultern. Er rieb sich die Augen. Überall Blaulicht. Ein Schuss war, soweit er es mitbekommen hatte, nicht abgegeben worden. Also bestand Hoffnung, dass niemandem etwas passiert war.

17

Aus der Haustür quoll dichter Rauch. Gerade traten zwei Männer des Einsatzkommandos aus der Tür, die die Manuela trugen. Gasperlmaier eilte auf sie zu. „Alles gut!" Die Manuela nickte mit halb geschlossenen Augen. „Sie muss in den Rettungswagen!", rief ihm der zu, der die Manuela unter den Schultern gefasst hatte. „Ist die Bernadette schon heraußen?", rief Gasperlmaier, als ihm jemand sanft eine Hand auf die Schulter legte. „Du bist ein Held, Gasperlmaier. Es hat nur einen Pfefferstreuer gebraucht, um den Täter außer Gefecht zu setzen!" Die Frau Doktor stand vor ihm und umarmte ihn. Er merkte, dass er wieder heftig zitterte. „Sollen wir dich auch zu einem Rettungswagen ...?" Er schüttelte heftig den Kopf. „Ich tät nur meinen Pullover und meine Jacke ..."

In diesem Moment wurde nahe der Haustür Gebrüll laut. Zwei Einsatzkräfte schleppten den Grafenfeld aus dem Haus, und sie gingen dabei wesentlich unsanfter vor als bei der Manuela. „Meine Augen, meine Augen!", schrie er. „Ich bin blind! So helft mir doch!" Die beiden Männer verschwanden mit ihrer Last irgendwo im Gewirr der blau zuckenden Lichter, aber hören konnte man den Grafenfeld noch länger. „Herausragend!" Der Major Krauss tauchte vor ihm auf, in den Händen Gasperlmaiers Pullover und seine Mehrzweckjacke. Gasperlmaier schlüpfte schnell hinein, dennoch fühlte er Eiseskälte, mehr innerlich als äußerlich. „Du musst jetzt erst einmal wieder zu dir kommen!", sagte die Frau Doktor und zog ihn am Arm mit sich. „Es gibt auch Tee!"

Sie fand einen Wagen, hinter dessen offener Heckklappe ein paar Thermoskannen und eine Schachtel mit Pappbechern standen. Sie schenkte Gasperlmaier ein, und er trank bereitwillig. „Ein Schnaps wär jetzt besser!“ Er grinste. „Na, du hast das Schlimmste schon überstanden. Aber ...!“ Die Frau Doktor zog eine kleine Flasche aus einer Manteltasche. „Manche Einsatzkräfte haben eine Notration davon mit!“, lachte sie. „Zum Desinfizieren!“ Sie goss ein wenig Rum in Gasperlmaiers Becher. Das Gebräu wärmte bis in die Zehenspitzen hinunter, das hatte er jetzt gebraucht. Dringend. „Ich muss sofort die Christine anrufen!“, sagte er. „Die macht sich sicher die größten Sorgen!“ Die Frau Doktor nickte und schenkte ihm nach. Von beidem.

„Was“, fragte Gasperlmaier, „ist denn überhaupt passiert? Und wo sind die Manuela und die Bernadette Grafenfeld?“ „Im Rettungswagen!“, antwortete die Frau Doktor und legte ihm beruhigend eine Hand auf die Schulter. Gasperlmaier fingerte nach seinem Handy, es schüttelte ihn aber so sehr, dass er eine Weile brauchte, bis er es in Händen hielt. Noch länger dauerte es, bis er mit klammen und zitternden Fingern endlich die Nummer seiner Frau wählen konnte. „Alles gut!“, rief er. „Alles gut! Niemandem ist was passiert. Und der Grafenfeld – den hab ich mit einer Ladung Pfeffer außer Gefecht gesetzt.“ Vom anderen Ende kam zunächst nur Schluchzen. „Gott sei Dank!“, stieß die Christine schließlich hervor. „Ich habe ... ich war ...“ Alle weiteren Worte erstickten in Schluchzen. „Ich komm gleich heim!“, sagte Gasperlmaier noch und legte auf.

„Also!“, sagte die Frau Doktor, als sie in Gasperlmaiers Einsatzwagen saßen und die Standheizung einschaltet hatten. „Dann einmal ganz von vorne. Wir konnten mithören, was im Raum geschah. Da gibt es Lasermikrofone, die brauchst du nur gegen die Fensterscheibe ...“ „Ja, ja“, unterbrach Gasperlmaier ungeduldig. „Ihr habt also gehört, was drinnen los ist.“ „Es war natürlich von vornherein ausgeschlossen", setzte die Frau Doktor fort, „dass wir ihn mit den beiden Frauen wegfahren lassen. Man hat sogar überlegt, dich in die Küche zu lotsen und dich durchs Fenster mit einem Taser oder einem Pfefferspray auszustatten, das haben wir aber als zu riskant verworfen." „Der Grafenfeld hätte es hören können?" „Genau. Dann der geniale Zufall: der Pfefferstreuer. Und durch deine Aktion haben wir natürlich genau gewusst, wann das Einsatzkommando zugreifen muss. Die sind dann eiskalt durch die Fensterscheiben, haben Blendgranaten gezündet, damit der Grafenfeld nichts mehr sehen kann ..." „Hätte er ohnehin nicht, wegen dem Pfeffer!", grinste Gasperlmaier.

„Ja", sagte die Frau Doktor. „Es hätte aber auch sein können, dass du nicht triffst. Oder nur teilweise. Da hätte dann jede Zehntelsekunde gezählt! Die Einsatzkräfte haben eine Blend- und eine Nebelgranate eingesetzt, das nimmt die Sicht und sorgt für völlige Verwirrung bei allen – außer den Einsatzkräften, natürlich. Denn die haben Atemschutz. Auf jeden Fall, Gasperlmaier, bist du der Held des Tages. Du hast den beiden Frauen das Leben gerettet!" Sie umarmte ihn und drückte ihm einen Kuss auf die Wange. „Nicht so stürmisch!", wehrte er sich der Form halber, aber die Umarmung tat ihm gut. Die Frau Doktor duftete, während er sicherlich stank. Vom Nebel und wahrscheinlich vom Schweiß, denn er hatte, erst jetzt merkte er es, auch stark geschwitzt. Vor Angst, da gab es keine Ausrede. Und die Christine behauptete ja immer, dass Angstschweiß am meisten stinke.

„Ich möchte jetzt zur Manuela", sagte Gasperlmaier. „Aber vielleicht vorher duschen?" „Die Frau Reitmair-Peschke", meinte die Frau Doktor, „die ist jetzt ohnehin im Krankenhaus, zur Behandlung und zur Dokumentation eventueller Verletzungen. Ich werde selber ihre

Aussage aufnehmen, aber jetzt gönnen wir uns einmal eine kurze Pause!“ Der Rum, den die Frau Doktor ihm in den Tee geschüttet hatte, musste stark gewesen sein, denn Gasperlmaier fühlte sich plötzlich entspannt und etwas abgehoben. „Fahr lieber du!“, sagte er deswegen.

Zu Hause fiel ihm die Christine schluchzend um den Hals. „Ich hab schon alles gehört! Wir haben mit der Manu telefonieren können! Gott sei Dank hab ich nicht gewusst, dass du mit einem Geiselnehmer im Haus bist. Du musst ... du solltest mit der Polizei aufhören, das wird mir langsam zu gefährlich ... was sagst du denn dazu, Renate?“ „Jetzt erst einmal gar nichts!“, lächelte die Frau Doktor. „Der Franz wollte duschen!“ Gasperlmaier war dankbar, dass sie die Christine dazu gebracht hatte, ihn aus ihrer Umklammerung zu entlassen und ihren Redeschwall zu stoppen. Aber irgendwie hatte sie ja recht. Es war nicht das erste Mal, dass er einem Verbrecher in die Hände gefallen und nur knapp mit dem Leben davongekommen war, und auch die Katharina und die Stefanie hatten schon unliebsame Bekanntschaft mit Straftätern geschlossen, und all das nur wegen ihm.

Als der Wasserstrahl der Dusche auf seinen Kopf prasselte, fühlte er erst, wie müde er war. Der erste Weg, so nahm er sich vor, würde ins Krankenhaus zur Manuela führen. Nachdem er den Theo an sich gedrückt hatte, natürlich.

Unten im Wohnzimmer empfingen ihn die Frau Doktor und seine Familie. Die Richelle hatte den Theo auf ihrer Hüfte sitzen. Beide strahlten ihn an. „Opa is a hero!“, informierte die Richelle den Kleinen. „Gib ihn mir mal!“, sagte Gasperlmaier, nahm den Theo an seine Brust und musste ein paar Tränen zerdrücken, bei dem Gedanken, dass er vor einer Stunde noch nicht sicher sein hatte können, ihn jemals wiederzusehen.

„So wild ist es nicht!“, entgegnete er dann. „Ich hab ihm ja schließlich nur eine Ladung Pfeffer verpasst, alles Weitere haben andere erledigt. Und jetzt möchte ich zur Manu!“, sagte er entschlossen und reichte den Theo zurück. Die Christine umarmte ihn mit einer Inbrunst, da musste er lange zurückdenken, dass sie einmal so emotional geworden war.

Auf dem Weg nach Bad Aussee klingelte Gasperlmaiers Handy. „Danke, Gasperlmaier! Die Manu hat mir alles erzählt!“ Es war der Carsten. „Du hast ihr das Leben gerettet!“ Langsam wurden Gasperlmaier die Dankesbekundungen zu viel, so viel Lob war ihm peinlich. Schließlich war es nur die Not gewesen, die ihn erfinderisch gemacht hatte. Und der Zufall. Wenn der alte Grafenfeld nicht so einen vorsintflutlichen Pfefferstreuer besessen hätte ... eine Pfeffermühle hätte er nicht zum Einsatz bringen können. Ganz davon abgesehen, dass sie nicht in seine Hosentasche gepasst hätte. „Wo bist denn?“, fragte er. „Daheim. Die Manu wollte nicht im Krankenhaus bleiben. Sie ist bei mir. Ich hab sie ins Bett ...“ „Können wir vorbeikommen?“, fragte die Frau Doktor dazwischen. „Ja, klar!“, sagte der Carsten. „Ich hab sie nur mit Mühe davon abhalten können, dass sie euch sucht und gleich mit der Arbeit weitermacht!“

Wenige Minuten später saßen sie der Manuela gegenüber, die der Carsten fürsorglich in eine Decke eingewickelt und auf dem Sofa abgesetzt hatte. Vor ihr dampfte eine Tasse Tee. „Wollt's auch einen Tee?“, fragte der Carsten. „Ja, bitte!“, sagte die Frau Doktor. „Lieber ein Bier, wenn du eins hast!“, sagte Gasperlmaier. „Eh klar!“ Noch bevor die Manuela zu erzählen beginnen konnte, hatte der Carsten zwei Flaschen Bier aufgemacht und sich neben die Manuela gesetzt. Beschützend legte er ihr einen Arm um die Schultern.

„Wie geht's Ihnen denn, Frau Reitmair-Peschke?", fragte die Frau Doktor. „Gut!", sagte die Manuela. „Ich hab mich duschen und umziehen können, und das Wichtigste war, dass ich aufs Klo gehen konnte. Das war schon knapp!" Sie lachte. „Ganz im Ernst, Frau Reitmair-Peschke: Nach dieser Geschichte sollten Sie professionelle Hilfe in Anspruch nehmen. Spätestens morgen Früh werden Sie wissen, warum. Glauben Sie mir, ich spreche aus Erfahrung!" Die Manuela nickte. „Und am Montag kommen Sie zu mir nach Liezen, versprochen? Ich bringe Sie mit einer Psychologin zusammen." „Klar. Hast du für mich auch ein Bier?" Die Manuela lächelte den Carsten an, der sofort aufstand und in der Küche verschwand. Sie hatte, so dachte Gasperlmaier bei sich, ihren Humor und vor allem ihren Lebensmut schon wiedergefunden.

„Und jetzt erzählen Sie!", forderte die Frau Doktor die Manuela auf. „Die Bernadette hat mich angerufen, heute, so um neun. Ob wir zusammen was trinken gehen können, ein bisschen plaudern, spazieren, shoppen, und so. Ich hab nichts Besonderes vorgehabt und bin mit meinem Auto zu ihr, wir sind dann nach Bad Aussee, und ich hab das Auto am Parkplatz in der Ischler Straße abgestellt." „Sie verdanken dem Carsten, dass wir misstrauisch geworden sind. Er hat gemeint, dass Sie niemals ein Parkticket überziehen würden." Der Carsten kam mit dem Bier zurück, die Manuela nahm einen großen Schluck. „Genau so ist es! Ich hab dann jedenfalls gemerkt, dass mit der Bernadette irgendwas nicht stimmt, dass sie etwas bedrückt." „Das haben wir vermutet. Auf dem Selfie, das Sie geschickt haben, sieht sie etwas angespannt aus. Trotz dem Lächeln." „Ja!", nickte die Manuela. „Um es kurz zu machen: Sie hat mir gegenüber ein Geständnis abgelegt. Und mich gefragt, wie es nun weitergehen soll." „Was genau hat sie gestanden?" „Ihr Mann hat den Eckhardt umgebracht. Der wollte sein Erbteil, der Grafenfeld wollte ihm aber nicht mehr als 20.000 Euro geben. Es ist zum Streit gekommen, ihr Mann hat ihn aus Zorn mit einem Holzscheit erschlagen. Sie musste ihm helfen, die Leiche im Schnee zu vergraben."

„Warum ist sie nicht zu uns gekommen?" Die Manuela zuckte mit den Schultern. „Falsch verstandene Loyalität?" „Hat sie erzählt, wie es überhaupt dazu kam, dass der Eckhardt erfahren hat, dass es hier was zu erben gibt?" „Nein. Hat sie nicht. So weit sind wir nicht gekommen." „Was ist mit dem Pirkner?", fragte die Frau Doktor. „An dem Abend wollte sie schon zur Polizei, weil sie's nicht mehr ausgehalten hat. Sie hat mit ihrem Mann deswegen gestritten, und plötzlich steht der Pirkner im Zimmer. Weil ja die Türklingel kaputt ist, sie haben ihn im Streit offenbar nicht klopfen gehört. Der Pirkner muss irgendwas gesagt haben, und da hat ihr Mann durchgedreht und ist auf den Pirkner losgegangen, sie ist hinauf in ihr Schlafzimmer geflüchtet. Erst in der Früh hat sie Blutspuren gesehen, und blutige Kleidung in der Waschmaschine. Sie sagt, sie hat mit ihrem Mann nicht mehr über den Pirkner geredet, aus Angst." „Das muss der Abend gewesen sein, an dem er den Pirkner am Salzberg deponiert und den Tesla weggebracht hat." „Er könnte mit dem Zug von Mitterndorf nach Aussee gefahren sein", warf Gasperlmaier ein. „Da geht auch spät noch einer."

„Und wie hat er euch dann erwischt? Und warum?", fragte die Frau Doktor. „Das Dumme war", sagte die Manuela, „dass die Bernadette ihm gegenüber angedeutet hat, dass sie den Vormittag mit mir verbringen will. Anscheinend hat sie ihm auch gesagt, dass sie mit dieser Situation nicht leben kann. Und da hat er zwei und zwei zusammengezählt und wohl vermutet, dass sie was ausplaudern wird. Wie wir nämlich zu meinem Auto zurückgekommen sind, hat er schon auf uns gewartet. Sein Auto war direkt neben meinem geparkt. Er hat sofort die Waffe gezogen und gegen die Bernadette gerichtet. Die hat er gezwungen, zu fahren, und mich hat er während der Fahrt mit der Waffe bedroht. Er hat sie mir ständig in die Rippen gedrückt. Die Bernadette war völlig hysterisch und hat eigentlich gar nicht fahren können. Bei der Ausfahrt vom Parkplatz hat sie zuerst einen Mistkübel gerammt und dann das Brückengeländer." „Das erklärt die Schrammen am Auto", bemerkte Gasperlmaier.

Die Manuela nahm noch einen Schluck Bier. „Bei ihm zu Hause hab ich zuerst die Bernadette fesseln müssen, unten im Keller. Dann hat er mich mit dem Klebeband gefesselt, ich hab so sehr überlegt, ob ich was tun kann, aber er ist natürlich viel stärker als ich, und die Waffe ..." Die Erinnerung übermannte sie nun, und sie legte plötzlich die Hand vor die Augen und begann zu weinen. „Keine Vorwürfe machen, keine Schuldgefühle! Das ist das Wichtigste!", sagte die Frau Doktor sanft. „Sollen wir lieber aufhören?" Die Manuela schüttelte den Kopf. „Wir sind im Keller gelegen, auf dem harten Betonboden, und mir war furchtbar kalt. Ich weiß nicht mehr, wie lang das gedauert hat, ich hab schon überall Schmerzen gehabt. Und die Ungewissheit, was er mit uns machen wird ..." Sie schluchzte erneut auf. „Frau Reitm..." „Nein, nein!", winkte sie ab. „Ich will's jetzt zu Ende erzählen! Er hat mich dann hinaufgeholt, das Klebeband um die Füße abgenommen. Als er mich wieder fesseln wollte, hab ich's doch probiert, aus lauter Verzweiflung. Ich hab ihn mit den Füßen gegen den Kopf gestoßen, er ist auch umgefallen, aber das war's schon. Noch bevor ich hab aufstehen können, war er über mir und hat mich ins Gesicht geschlagen. Da, und da!" Sie deutete auf ihre rechte Schläfe und das rechte Ohr. Tatsächlich waren die Stellen rot verfärbt. „Und geschrien hat er! Und dann bist du aufgetaucht, Gasperlmaier. Du kannst dir gar nicht vorstellen, wie froh ich war. Ich hab zwar keine Ahnung gehabt, wie das gehen soll, aber ich hab gewusst, jetzt kann nichts mehr passieren, jetzt ist die Rettung da!"

Gasperlmaier spürte, wie Hitze bis über seine Ohren aufstieg. „Es war ja eigentlich nur ein Zufall", sagte er. „Wenn der alte Grafenfeld nicht den Pfefferstreuer ..."

„Ach was!" Die Manuela machte eine wegwerfende Geste. „Dann wäre dir was anderes eingefallen. Und ich hab ja recht behalten!" Sie strahlte ihn an.

Die Frau Doktor stand auf. „Wir müssen Ihre Aussage dann natürlich auch auf dem Bezirkspolizeikommando ganz offiziell aufnehmen", sagte sie, „aber das hat Zeit. Jetzt erholen Sie sich einmal von dem Schock. Und lassen Sie sie nicht allein!", fügte sie noch, zum Carsten gewandt, hinzu.

„Sie hat's gut weggesteckt!", sagte die Frau Doktor, als sie wieder im Auto saßen. „Schauen wir einmal", meinte Gasperlmaier. „Ob's so bleibt, wenn sie Zeit gehabt hat, länger darüber nachzudenken!" „Ja", antwortete die Frau Doktor. „Deswegen auch die Psychologin. Sie sollte sich ein paar Wochen krankschreiben lassen. Aber jetzt kommt der viel schwierigere Teil. Wir müssen zur Bernadette Grafenfeld ins Krankenhaus. Bevor ich mir den Grafenfeld selber vornehme, möchte ich hören, was sie uns zu erzählen hat." Gasperlmaier nickte und lenkte seinen Einsatzwagen in Richtung Spital. „Wo ist denn eigentlich der Grafenfeld?", wollte er wissen. „Der hat's unbequem", sagte die Frau Doktor. „Er wartet in einem Bus des Sondereinsatzkommandos vor deinem Posten darauf, dass wir kommen. Und er ist gut bewacht! Ich möchte ihn hier befragen, bevor wir ihn nach Liezen in die Untersuchungshaft bringen lassen."

Im Krankenhaus musste erst eine Ärztin geholt werden, um ihnen mitzuteilen, ob die Bernadette Grafenfeld befragt werden durfte. Die Stationsschwester wollte das selber nicht entscheiden. Und so dauerte es eine qualvolle halbe Stunde, bis sie endlich vor dem Bett der Bernadette standen. Währenddessen hatte Gasperlmaier genügend Zeit gehabt, auf das Grummeln in seinem Magen zu horchen, das ihm wachsenden Hunger andeutete. Draußen begann es bereits zu dämmern.

Die Bernadette lächelte, als sie auf ihr Bett zuschritten. „Mein Lebensretter!", sagte sie, drückte Gasperlmaiers Hand fest und vergoss ein paar Tränen. „Nur nicht übertreiben", brummte der. „Ich hab ja nicht viel ..." „Ach was!", unterbrach ihn die Bernadette. „Sie sorgen dafür, dass er eine Medaille oder eine Belohnung oder sowas bekommt!" Die Frau Doktor nickte lachend. „Wie geht es Ihnen, Frau Grafenfeld?" „Körperlich gut. Seelisch natürlich ... ich stehe vor den Trümmern meiner Existenz, und jedes Mal, wenn ich die Augen schließe, schaue ich in die Mündung einer Pistole!" „Sie brauchen psychologische Hilfe. Ich hab's auch Ihrer Freundin gesagt, der Manuela. Sie ist schon wieder zu Hause." „Sagen Sie", fragte Gasperlmaier, „der Anhänger, den Sie da am Kettchen haben!" Er deutete auf den Hals der Bernadette. „So einen ähnlichen haben wir auch bei einer Leiche gefunden. Sternbild Waage." Die Bernadette nahm den Anhänger zwischen zwei Finger. „Ich bin Fisch!", sagte sie. „Und die Waage habe ich für den Manfred gekauft. Er hat ihn aber in den letzten Tagen nicht mehr ..." „Weil er ihn offenbar dort oben im

Schnee verloren hat!", ergänzte die Frau Doktor. „Das Kettchen dürfte abgerissen sein." Die Bernadette nickte.

„Frau Grafenfeld", sagte die Frau Doktor und angelte sich einen Stuhl. „Glauben Sie, dass Sie uns erzählen können, was da alles vorgefallen ist? Ganz vom Anfang an?" „Ich möchte auch heute noch raus ... ich weiß nur noch nicht, wohin", sagte die. „Und ja, ich möchte gleich alles loswerden." „Gut", sagte die Frau Doktor. „Simon Eckhardt?" „Am Tag nach Neujahr bin ich mit dem Zug nach Aussee gefahren. Ich bin erst am Abend angekommen, es war ganz komisch." „Warum?" „Mein Mann war am Handy nicht erreichbar, ich habe mit dem Taxi vom Bahnhof nach Altaussee fahren müssen. Es war längst finster, wie ich angekommen bin. Ich hab dann ... also, ich hab selber die Tür aufgesperrt, weil die Klingel kaputt ist. Schon lange. Und wie ich hineingekommen bin ..." Sie brach ab. Die Frau Doktor fragte nicht nach. „Brauchen S' einen Tee, vielleicht?", fragte Gasperlmaier. „Nein, geht schon wieder", sagte die Bernadette und schluckte. „Der Eckhardt lag am Boden und hat am Kopf geblutet. Ich hab hysterisch geschrien, und da ist mein Mann aufgetaucht ..." „Aufgetaucht?", fragte die Frau Doktor erstaunt. „Ja, er war in der Küche. Er hat sich offenbar einen Schnaps geholt. Wahrscheinlich hat er ... danach, halt. Und ich wollte sofort die Polizei rufen, aber da ist er aggressiv geworden. Ob ich ihn als Mörder hinstellen will. Er hat mich geschlagen." „Erstmals?", fragte die Frau Doktor mit hochgezogenen Augenbrauen. Die Bernadette schüttelte schweigend den Kopf. „Wahrscheinlich hätte ich gleich weglaufen sollen, damals, aber ich hab ..." „Machen Sie sich bloß keine Vorwürfe", sagte die Frau Doktor. „Hat der Eckhardt zu diesem Zeitpunkt noch gelebt? Hätte man ihm noch helfen können?" Die Bernadette zuckte mit den Schultern. „Ich hab einfach keine Zeit gehabt. Darüber nachzudenken, mein ich. Aber ich glaube, dass er tot war. Er hat sich einfach nicht mehr gerührt." Die Frau Doktor legte den Zeigefinger an die Lippen und wiegte den Kopf.

„Er hat mir dann diese Zeitungsausschnitte gezeigt, von diesem Mord in Salzburg. Und mir erklärt, dass es aussehen muss wie die Tat von einem Serienkiller, und dass wir das genauso machen müssen ..." „Die Einzelheiten", winkte die Frau Doktor ab, „können Sie sich sparen. Haben Sie ihm geholfen, beim Vergraben der Leiche im Schnee?" Die Bernadette nickte, die Frau Doktor seufzte. „Eine Anklage wird Ihnen nicht erspart bleiben. Nehmen Sie sich einen guten Anwalt." „Womit?", fragte die Bernadette. „Ich denke, Sie werden gemeinsam mit Ihrer Schwägerin über alle Vermögenswerte verfügen können, das wird nicht das Problem sein", sagte die Frau Doktor. „Der Pirkner?" „Ich weiß nicht mehr genau, wann das war, am Montag oder am Dienstag, glaub ich. Wir haben gestritten, wegen dem Eckhardt. Ich habe noch einmal gesagt, dass wir reinen Tisch machen müssen, dass ich das nicht aushalte, und dass er gestehen muss. Dass er dann vielleicht mildernde Umstände kriegt." „Was hat das mit dem Pirkner zu tun?" Die Bernadette zuckte mit den Schultern. „Ganz blöder Zufall. Wir haben anscheinend nicht abgesperrt, und die Klingel ist ja kaputt. Und plötzlich steht der Pirkner da im Zimmer und erzählt was von einem Hausverkauf. Der Manfred ist kalkweiß im Gesicht geworden und hat den Pirkner gefragt, ob er einen Schnaps möchte. Zurückgekommen ist er aber dann mit einem Holzscheit und hat es dem Pirkner gegen den

Schädel geschlagen. Der ist sofort zu Boden gegangen. Ich hab geschrien und bin hinaufgerannt, hab mir die Ohren zugehalten." Ihre Stimme brach, sie schloss die Augen. Blass war sie, fand Gasperlmaier. Aber wenn sie den Mut aufgebracht hätte, früher zur Polizei zu gehen, dann hätte der Pirkner nicht sterben müssen.

„Ich hab so geschrien, das hat selbst die Krenn im Haus daneben noch hören müssen. Da war dann Blut, in der Früh, im ... und das Gewand, es war in der Waschmaschine. Er hat nicht einmal eingeschaltet, weil er sich nicht auskennt ..." „Ihr Mann hat also den Pirkner nur deswegen erstochen, weil er gemeint hat, der habe ihre Unterhaltung über den Mord belauscht?" Die Bernadette nickte. „Ich hab es selber nicht glauben können. Der Pirkner ist ja kaum eine Minute drinnen im Wohnzimmer gestanden, der hat nicht einmal seine Aktentasche abgesetzt, und schon ..." Ihre Stimme erstickte. „Ich glaube, das reicht fürs Erste!", sagte die Frau Doktor und stand auf. „Wie gesagt, ich sehe bei Ihnen keinen Haftgrund, Sie bleiben jetzt hier einmal über Nacht im Krankenhaus, dann sehen wir weiter."

„Unmöglich, diese Frau. Was denkt die sich? Glaubt sie, nur, weil ihr Mann ihr etwas befohlen hat, bleibt sie straffrei?" Die Frau Doktor schüttelte den Kopf, als sie vor das Krankenhaus traten. Es war bereits stockfinster, und Gasperlmaier hatte einen Mordshunger. „Mir tut sie eher leid ...", gab er zu bedenken. „Man kann sich aber nicht wie ein Kleinkind rausreden, wenn man ein Gewaltverbrechen deckt! Als erwachsener, mündiger Mensch!" Die Frau Doktor war richtig zornig. „Wir werden noch sehen, ob ihre Geschichte überhaupt stimmt. Und jetzt auf zum Grafenfeld. Der hat's sicher nicht gemütlich gehabt die letzten ... na", sie sah auf ihre Uhr.

„Zwei Stunden!" Gasperlmaier fand, dass er selbst es auch nicht gemütlich gehabt hatte, denn auch er war mit einer Waffe bedroht worden und hatte Blut geschwitzt. Und vor allem dachte die Frau Doktor offenbar gar nicht daran, etwas zu essen zu besorgen, bevor sie den Grafenfeld vernahmen.

„Bitte begleiten Sie uns hinauf!", sagte die Frau Doktor zu den beiden Polizisten, die den Grafenfeld im Bus bewacht hatten. Begeistert waren die nicht, das konnte Gasperlmaier von ihren Mienen ablesen. „Sie werden nach der ersten Vernehmung den Herrn Grafenfeld nach Liezen in den Arrest bringen", informierte die Frau Doktor die beiden. Der Grafenfeld, fand Gasperlmaier, sah übel aus. Seine Augen waren stark gerötet und tränten noch immer, auch die Haut drumherum hatte einiges abgekriegt. Er maß Gasperlmaier mit hasserfüllter Miene, schwieg aber, während er die Stiege hinaufgeführt wurde.

„So!", sagte die Frau Doktor oben, nachdem sie alle Platz genommen hatten. „Fangen wir ganz von vorne an. Wir gehen davon aus, dass Simon Eckhardt von Ihnen am 2. Jänner ermordet und in der Nacht darauf auf der Wiese in Obertressen im Schnee vergraben worden ist. Was sagen Sie dazu?"

Noch bevor der Grafenfeld antworten konnte, läutete es. Gasperlmaier sah im Bildschirm der Gegensprechanlage zwei Personen, keine davon war ihm bekannt. „Sie wünschen, bitte?", fragte er. Einer der beiden stellte sich direkt vor die Kameralinse. „Lannacher. Doktor Lannacher. Ich bin die rechtliche Vertretung des Herrn Grafenfeld." Gasperlmaier drückte den Türöffner, ohne nachzufragen, wer denn der zweite Mann war. „Lannacher?", flüsterte die Frau Doktor. „Ist das nicht der windige Anwalt vom Pirkner? Wieso vertritt denn der jetzt den Mörder seines früheren Klienten?" Die Tür zum Büro öffnete sich, und der Anwalt trat ein. „Lannacher!", schnarrte er und schüttelte Gasperlmaier die Hand, ohne die beiden Frauen auch nur eines Blickes zu würdigen. „Herr Grafenfeld wird keine Aussage machen, zum jetzigen Zeitpunkt." Gasperlmaier seufzte.

Der zweite Besucher schlich an ihm vorbei, drückte der Frau Doktor etwas in die Hand und unterhielt sich mit ihr im Flüsterton. „Der Rest kommt dann per Mail!", sagte er noch, etwas lauter, bevor er wieder verschwand. Die Frau Doktor hielt eine Plastikhülle in der Hand, die offenbar ein Schriftstück enthielt. Sie legte es mit der leeren Seite nach oben vor sich hin und lächelte.

„Herr Grafenfeld", begann sie noch einmal. „Haben Sie Simon Eckhardt am 2. Jänner getötet?" „Kein Kommentar!", sagte an seiner statt der Lannacher. Das konnte heiter werden, befürchtete Gasperlmaier. Und lang dauern. Sein Magen knurrte so laut, dass es sicher jeder im Raum hören konnte. „Wir haben eine Aussage vorliegen", sagte die Frau Doktor, „die Sie dieses Mordes beschuldigt. Zudem haben wir an der Leiche Faserspuren entdeckt, die wir sehr wahrscheinlich Ihrer Kleidung zuordnen werden können. In diesen Minuten wird Ihr Auto kriminaltechnisch untersucht. Wenn Eckhardt damit transportiert wurde, dann werden wir Spuren von ihm darin finden. Sie sehen also – die Aussage, die wir haben, die wird sich sehr schnell mit Tatsachen erhärten lassen!" „Kein K...", begann der Lannacher mit einem siegessicheren Grinsen. Der Grafenfeld allerdings fuhr ihm in die Parade. „Das hat sie Ihnen erzählt! Die lügt ja, wenn sie nur den Mund aufmacht! Die will mich nur hineinreiten! Dabei ist sie an allem schuld! Sie mit ihrer Geldgier!" Der Grafenfeld hatte sich vorgebeugt, der Lannacher versuchte vergeblich, ihn mit einer Hand an der Schulter zurückzuziehen. Er stand auf und flüsterte dem Grafenfeld was ins Ohr.

„Ich rate meinem Mandanten dringend von weiteren Aussagen ab. Er befindet sich in einem Schockzustand und ist nicht vernehmungsfähig." Die Frau Doktor lächelte leise. „Es gibt drei weitere Zeugen, Herr Doktor Lannacher, die gut einschätzen können, dass Herr Grafenfeld sehr wohl vernehmungsfähig ist! Und deren Urteil gilt ebenso viel wie Ihres!" Sie nahm die Plastikhülle an sich, die auf dem Tisch lag. „Ich habe hier einen Brief", sagte sie, „den der Vater des Herrn Manfred Grafenfeld, Nikolaus Grafenfeld, an seinen außerehelichen Sohn Simon Eckhardt geschrieben hat. Wir wissen, dass Grafenfeld senior mithilfe eines Detektivs nach diesem außerehelichen Sohn hat suchen lassen. Hier in diesem Brief", sie hielt ihn kurz hoch, „verspricht Grafenfeld senior, Simon Eckhardt in allen Belangen schadlos zu halten, was Unterhalt und Erbschaft betrifft. Er entschuldigt sich für sein Fehlverhalten und möchte alles wiedergutmachen." Sie legte den Brief wieder ab. „Herr Grafenfeld, wie gelangen Sie in den Besitz dieses Briefes? Er war an Simon Eckhardt gerichtet und wurde diesem auch, wie das Kuvert beweist, per Post zugestellt."

„Keine Ahnung", sagte der Grafenfeld. „Ich hab den Wisch nie gesehen. Wahrscheinlich habt ihr mir den untergeschoben!" „Der Brief wurde in Ihrem Haus gefunden und beweist, dass Simon Eckhardt bei Ihnen war. Beziehungsweise, dass Sie mit ihm Kontakt hatten. Bestreiten Sie das?" „Bestreiten, bestreiten!", schrie der Grafenfeld. „Ich bestreite gar nichts! Und wenn, dann war es ein Unfall! Jawohl, ein Unfall!" Der

Anwalt rollte mit den Augen. „Herr Grafenfeld wird zu diesen Anschuldigungen nicht Stellung nehmen!", bemühte er sich noch einmal.

„Ich war's ja gar nicht!" Der Grafenfeld dachte offenbar gar nicht daran, sich an die Anweisungen seines Anwalts zu halten. „Meine Frau hat ihn erschlagen, mit einem Holzscheit, das unter dem Kachelofen gelegen ist. Ich wollte ja noch weiter mit ihm reden, aber sie ist gleich hysterisch geworden, hat geschrien, er soll verschwinden, und dann hat sie eben dieses Holzscheit herausgeholt ..." Die Frau Doktor seufzte. Das sah nicht gut aus, fand Gasperlmaier. Wenn die beiden einander gegenseitig beschuldigten, dann konnte es schwierig werden, einem von ihnen die Morde nachzuweisen.

Der Grafenfeld hustete. „Verdammter Pfeffer!", murmelte er. „Ich brauch ein Hustenzuckerl!", sagte er, als er kurz wieder zu Atem kam. „In meiner Hosentasche ... ich komm da selber nicht ran!" „Gasperlmaier!" Die Frau Doktor forderte ihn mit einem Nicken auf, dem Grafenfeld zu helfen. „Rechts!" Während Gasperlmaier kramte, hustete der Grafenfeld ihm ins Ohr. „Da!" Er reichte ihm zwei in lila Folie eingepackte Zuckerl. „Auspacken können Sie's selber!"

„Ich möchte mich mit meinem Mandanten kurz unter vier Augen besprechen!", sagte der Lannacher. Dabei sah er Gasperlmaier an, als halte er ihn für einen Haufen Schmutz. Zumindest kam es dem so vor. „Da hinten!", sagte er und öffnete die Tür zum Aufenthaltsraum. Der, wie er feststellte, weder aufgeräumt noch gelüftet war. Er schloss die Tür hinter den beiden. „Was werden sich die jetzt ausdenken?", flüsterte er der Frau Doktor zu. Die zuckte mit den Schultern. „Die Beweislage wird eindeutig sein, wenn erst einmal alle Spuren ausgewertet sind. Wenn ihre Geschichte stimmt, werden sich keine Spuren von ihr am Pirkner finden. Und, übrigens – die Sache mit dem Holzscheit ist eindeutig Täterwissen, das haben wir nicht an die Öffentlichkeit weitergegeben. Es muss also einer der beiden gewesen sein."

Das Telefon der Frau Doktor pingte. „Ein Mail von der Tatortgruppe", murmelte sie. „Wunderbar!", rief sie aus, legte aber gleich darauf den Zeigefinger vor den Mund. „Sie haben beim Grafenfeld einen Laptop gefunden. Er ist über und über mit Aufklebern verziert, aus diesem Computerspiel, das sich der Eckhardt auf den Arm tätowieren lassen wollte. Wir dürfen wohl davon ausgehen, dass ..." Die Tür zum Aufenthaltsraum öffnete sich wieder, und die Frau Doktor verstummte.

„Ich geh uns jetzt was zu essen holen", sagte Gasperlmaier. „Zum Bosna-Bär, bevor uns der auch noch zusperrt! Und die Lügen von dem, die brauch ich mir auch nicht länger anhören!" „Für mich einen Salat, bitte!", sagte die Frau Doktor. „Und vergiss auf unsere zwei Kollegen nicht. Für den Grafenfeld auch was. Dem Lannacher brauchst du nichts kaufen." „Passt!", bestätigte Gasperlmaier.

Dieser Lannacher, der war ja noch unsympathischer als der Grafenfeld. Und dass er jetzt ausgerechnet den vertrat, der ja wohl seinen früheren Kunden Pirkner auf dem Gewissen hatte, das war schon ein wenig ... Na ja, er war wohl so einer, für den das Wichtigste die Kohle war. Geld stank bekanntlich nicht, auch nicht, wenn's von einem Mörder kam. Einen Salat, fiel ihm ein, den gab es beim Bosna-Bär nicht. Aber wenigstens einen Gemüseburger. Für die anderen und für sich nahm er der Einfachheit halber jeweils einen Bosna. Beim Bezahlen griff Gasperlmaier in seine Hosentasche, wo er sein Geld meist lose bereithielt. Plötzlich hielt er neben ein paar Banknoten auch noch ein lila Einwickelpapier in der Hand. Woher kam denn das? Und wo hatte er ... Herrgottsakrament! Das war genau das gleiche Einwickelpapier wie von den Hustenzuckerln des Grafenfeld! Und er hatte es unter der Leiche von dessen Vater gefunden und seither in seiner Hosentasche verkommen lassen!

Wenn nun aber ein Zuckerlpapier vom jungen Grafenfeld unter der Leiche des alten ... Er fasste einen Entschluss, Bosna hin oder her, und stellte den Sack mit der Jause in den Schnee. Das Einwickelpapier packte er in einen Plastikbeutel, einen für Beweismittel, wie er sie immer bei sich trug. Es musste ja niemand wissen, wie lang das Papier in seiner Hosentasche geschlummert hatte. Dann nahm er seinen Sack wieder auf und machte sich auf den Weg zur Frau Krenn. Vor dem Haus Grafenfeld standen immer noch zwei Busse der Tatortgruppe. Die hatten wohl gut zu tun.

„Frau Krenn!" Gasperlmaier fingerte ungeduldig nach dem Plastikbeutel mit dem Papier, nachdem die Frau Krenn geöffnet hatte. „Wie geht's Ihnen denn?" „Mei, da drüben geht's zu, schon stundenlang! Was ist denn da los?" Wahrscheinlich, so dachte Gasperlmaier bei sich, war sie die ganze Zeit am Fenster gestanden und hatte gar keine Zeit gehabt, sich zu fragen, wie es ihr ging. „Frau Krenn, das wär wichtig!", sagte er und zeigte ihr den Beutel. „Hat der alte Herr Grafenfeld solche Zuckerl gelutscht? Haben Sie welche für ihn gekauft?" Die Krenn schüttelte den Kopf. „Die hat er nicht gemocht, die schmecken nach Eukalyptus", sagte sie. „Die hat nur der junge Herr Grafenfeld gelutscht, der hustet ja immer so!" „Danke!" Gasperlmaier war schon wieder auf dem Weg. Wenigstens seinen Bosna, fand er, konnte er auf dem Weg zum Posten schon essen. Er hatte kaum den letzten Bissen hinuntergeschluckt, als er eintrat. „Kommst du einmal?“, fragte er die Frau Doktor. „Es wär wichtig!“

Draußen im Stiegenhaus zeigte er ihr den Plastikbeutel und klärte sie darüber auf, was es damit für eine Bewandtnis hatte. „Und wenn da so ein Einwickelpapier unter der Leiche gelegen ist, dann heißt das doch, dass der junge Grafenfeld da gewesen sein muss! Und nicht in Kitzbühel, wie er behauptet! Und dann hat er den Alten wahrscheinlich auch über die Stiege hinuntergestoßen!“, erklärte er aufgeregt. „Und das hast du jetzt die ganze Zeit in der Hosentasche gehabt? Zehn Tage? Ohne dass dir einfällt, dass das vielleicht ein Beweismittel sein könnte?“ Die Frau Doktor zog die Augenbrauen hoch. Gasperlmaier schüttelte ärgerlich den Kopf. „Also ... ich meine ... ich find's genial, dass ich da überhaupt draufgekommen bin!“ „Stimmt!“, lachte die Frau Doktor. „Und ich hab's auch gar nicht so gemeint. Der Grafenfeld muss ja nicht wissen, dass das Papierl erst heute im Plastikbeutel gelandet ist! Und übrigens: Er hat zugegeben, dass der Laptop mit den Aufklebern vom Eckhardt stammt!“ Sie nahm ihm den Beutel ab und öffnete die Tür zum Polizeiposten.

Während Gasperlmaier die Bosna und den Burger verteilte, setzte sich die Frau Doktor dem Grafenfeld gegenüber, der immer noch seine Augen mit einem Papiertaschentuch abtupfte. Er ließ seinen Bosna unberührt, genauso wie die Frau Doktor ihren Gemüseburger. „Mein Mandat überlegt, Klage einzureichen“, trumpfte der Lannacher auf. „Wegen schwerer Körperverletzung mit möglicherweise bleibenden Schäden!“ Jetzt wurde es Gasperlmaier aber zu bunt. „Was glauben Sie denn eigentlich? Der hat meiner Kollegin und seiner Frau, und mir auch, mit dem Erschießen gedroht! Soll ich da vielleicht hingehen zu ihm und fragen, bitte schön, Herr Mörder, darf ich Ihnen vielleicht ein bissl Pfeffer in die Augen streuen, damit Sie uns nicht mehr mit Ihrer Pistole erschießen können? Ha?“ Er hatte sich dem Gesicht des Anwalts genähert, und wenn ihn die Frau Doktor nicht zurückgezogen hätte, dann hätte es leicht sein können, dass er ihm eine geschmiert hätte.

„So!“, sagte die Frau Doktor. „Und jetzt beruhigen wir uns alle und setzen die Befragung fort. Was die beiden Mordfälle an Simon Eckhardt und Anton Pirkner betrifft, da haben wir ja schon einiges von Ihnen dazu gehört, Herr Grafenfeld.“ Sie hob ihr Handy vom Schreibtisch und wischte über den Bildschirm. „Und ich erfahre soeben“, sagte sie, „dass auf der Tatwaffe DNA-Spuren des Herrn Grafenfeld gefunden worden sind.“ Der Lannacher lachte. „Das besagt gar nichts! Das Messer war immerhin Jahre im Haushalt. Natürlich hat mein Mandant es dann und wann benutzt!“ Die Frau Doktor lächelte hintergründig. „Danke, Herr Rechtsanwalt. Damit geben Sie also zu, dass das Messer aus dem Haushalt Grafenfeld stammt und in einem Mistkübel nahe dem Hause Dietz deponiert wurde, weit von hier entfernt. Offenbar, um den Herrn Dietz zu belasten, aber davon später. Was ich gern noch wissen würde, Herr Grafenfeld: Warum haben Sie denn die Opfer im Schnee begraben? Was war da der Plan?“ Der Grafenfeld sah zum Lannacher hinüber. „Mein Mandant muss dazu gar nichts sagen!“, erklärte der, heftig mit den Fingerknöcheln auf den Schreibtisch klopfend. „Lassen Sie bitte den Schreibtisch zufrieden!“, ermahnte ihn die Frau Doktor. „Herr Grafenfeld?“ Der zuckte nur mit den Schultern. „Was hätten wir sonst machen sollen? Ich wollte ja nur meine Frau schützen!“ „Sehr nobel von Ihnen!“ Die Stimme der Frau Doktor troff vor Sarkasmus.

„Nun zu etwas ganz anderem!“ Sie legte den Beutel mit dem Zuckerlpapier auf den Tisch. „Ich möchte gerne wissen, was Herr Grafenfeld hierzu sagt!“ „Hustenzuckerl!“, sagte der Grafenfeld. „Hab ich selber. Kann man überall kaufen!“ „Wir haben dieses Papier aber an einer ganz speziellen Stelle gefunden. Und wenn wir es untersuchen lassen, werden wir darauf sicher Ihre Spuren finden!“, sagte sie. Der Grafenfeld sah seinen Anwalt verblüfft an. Offenbar wusste er nicht, worauf die Frau Doktor hinauswollte.

„Dieses Stück Folie“, sagte sie nun, „wurde unter der Leiche Ihres Vaters vorgefunden und sichergestellt. Wir haben verlässliche Aussagen, die beweisen, dass Herr Grafenfeld senior diese Bonbons nicht gemocht hat, sie wurden für ihn nie eingekauft. Also: Wie kommt das Stück Folie unter die Leiche?“ „Ja, von mir nicht!“, begehrte der Grafenfeld mit erhobenen Händen auf. Der Lannacher sagte nichts. „Ich werde es Ihnen sagen: Ihr Vater hat Ihnen mitgeteilt, dass das Erbe zu teilen sein wird. Mit einem Bruder, den er gerade erst gefunden hatte. Und Sie sind sofort und in großer Eile von Kitzbühel angereist, um ihn umzustimmen. Das hat offenbar nicht geklappt, und deswegen haben Sie ihn die Treppe hinuntergestoßen. Dann sind Sie sofort wieder abgereist, um Ihre Abwesenheit in Kitzbühel so gut wie möglich zu vertuschen. Das alles wird sich mithilfe von Verkehrskameras sehr leicht beweisen lassen, jetzt, wo wir wissen, in welchem Zeitraum wir suchen müssen!“ Die Frau Doktor stand auf, der Grafenfeld saß sichtlich geschockt mit offenem Mund da.

„Noch eine Frage!“ Die Frau Doktor, fand Gasperlmaier, wirkte jetzt ziemlich entspannt. „Wie ist denn das mit den persönlichen Gegenständen des Simon Eckhardt? Wir haben bei ihm nur Sachen gefunden, die einer Frau gehören?“ Anstatt einer Antwort spuckte der

Grafenfeld ihr vor die Füße, aber nicht einmal das brachte sie aus der Ruhe. „Was haben Sie mit dem Handy des Opfers gemacht?" Der Grafenfeld verzog sein Gesicht zu einem schiefen Grinsen. „Das findet ihr nie! Und das ganze andere Glumpert aus seinem Auto auch nicht!" „Herr Grafenfeld", sagte die Frau Doktor. „Bitte bedenken Sie, dass sich Kooperation bei der Aufklärung – oder eben die Verweigerung derselben – gravierend auf das Strafmaß auswirken kann!" Der Grafenfeld warf dem Lannacher einen Blick zu, der nickte kurz. „Also, ich hab das Zeug in den See geworfen, war ja klar. Gott sei Dank ist er nicht zugefroren. Dort, wo er am tiefsten ist. Wo die Steilwand vom Loser direkt in den See abfällt. Wo man momentan gar nicht gehen darf, wegen Lawinengefahr. Deswegen war auch keiner dort! Meine Frau, die wär ja zu blöd für so was gewesen!" Er grinste immer noch, so, als ob er sich für einen ganz Schlauen hielt. „Der Kamm, der Schlüsselanhänger mit dem Herz?" „Die Weibersachen haben wir ihm gelassen. Hab mir gedacht, vielleicht lenkt euch das auf eine falsche Spur. Hat es ja auch, oder? Zumindest hab ich in der Schillingzeitung nichts gelesen, das ..." „Vielen Dank, Herr Grafenfeld. Sie bleiben dabei, dass Sie Ihre Frau nur bei der Vertuschung des Mordes unterstützt haben?" Nach einem kurzen Blick zu seinem Anwalt nickte der Grafenfeld.

Die Frau Doktor stand auf. „Wir werden Spuren des Eckhardt in Ihrem Haus finden! Und die Gegenstände, die Sie versenkt haben, die finden wir auch, darauf können Sie Gift nehmen! Und jetzt lassen wir Sie nach Liezen bringen, vorläufig sind Sie festgenommen, wegen des dringenden Verdachts des Mordes in drei Fällen." Der Lannacher legte dem Grafenfeld eine Hand auf die Schulter. „Wir kriegen das schon hin, vertrau mir! Die haben nichts, gar nichts! Die bluffen nur!" „Kollegen?"

Die Frau Doktor nickte den beiden Polizisten zu, die aufstanden und neben dem Grafenfeld Posten bezogen. „Wenn Sie bitte diesen beiden Herren folgen wollen?" „Ich begleite dich selbstverständlich!", sagte der Lannacher und stand auf. Während der Grafenfeld abgeführt wurde, trat der Anwalt nahe an die Frau Doktor heran. Zu nahe, wie Gasperlmaier fand. „Sie werden in mir einen harten Gegner finden!", zischte er.

Die Frau Doktor lachte auf. „Sobald ich den Fall an die Staatsanwaltschaft übergeben habe, bin ich ihn los. Da können Sie sich dann mit den Gerichten herumstreiten. Also, Sie sind demnach sicher kein Gegner für mich!" Der Lannacher nahm seinen Mantel vom Kleiderhaken. „Aber dass Sie den Mörder Ihres Klienten Pirkner verteidigen wollen, das finde ich schon ein wenig seltsam. Oder sind Freundschaften, die im Bordell geschlossen werden, nachhaltiger als solche, die über Immobiliengeschäfte zustande kommen?" Der Lannacher trat noch einmal an die Frau Doktor heran, während er seinen Mantel zuknöpfte. „Seien Sie vorsichtig mit dem, was Sie sagen!", knurrte er und verschwand.

„Der Eckhardt", sagte Gasperlmaier, „der muss ganz schön überrascht gewesen sein, wie er nach Altaussee gekommen ist, wegen dem Brief?" Die Frau Doktor sah ihn fragend an. „Na, er hat gedacht, er trifft da auf seinen Vater, und in Wirklichkeit ist der schon tot und sein Halbbruder, der ist gleich mehr als unfreundlich ..." „Stimmt", sagte die Frau Doktor. „So ungefähr muss es sich abgespielt haben." Gasperlmaier atmete tief durch. „Vielleicht hättest du dich nicht lustig machen sollen, über den Anwalt!", sagte er. Die Frau Doktor schickte dem Lannacher eine wegwerfende Handbewegung hinterher. „Der? Vor dem hab ich keine Angst. Der plustert sich doch nur auf, weil er eine Frau vor sich hat.

Da glaubt er, dass er sich Drohungen herausnehmen kann. Aber mit solchen Typen ... ach was!“ Ihr Handy machte sich bemerkbar. „Oh, sehr gut!“, sagte sie. „Ausgezeichnet!“ „Was ist?“, fragte Gasperlmaier. „Sie haben das Handy vom Eckhardt im Haus Grafenfeld gefunden. Das dürfte wohl die Beweiskette schließen.“

Sie nahm ihre Handtasche auf. „Ja, Gasperlmaier!“, sagte sie. „Es ist wieder einmal Zeit, Abschied zu nehmen!“ „Äh, dein Gemüseburger ...“ Er deutete auf den Schreibtisch, wo nach wie vor sowohl ihr Gemüseburger als auch der unangetastete Bosna vom Grafenfeld lagen. „Hast eigentlich Recht!“, sagte sie. „Das haben wir uns jetzt verdient. Auch, wenn's wahrscheinlich schon kalt ist. Hast du Bier im Kühlschrank?“ Gasperlmaier nickte und holte zwei Flaschen. Als er zurückkam, hatte die Frau Doktor die Beine auf einen Sessel gelegt und war bereits mit ihrem Burger beschäftigt. „Ich mein, du hättest ruhig einen normalen nehmen können“, nuschelte sie kauend. „Obwohl der hier auch ganz vorzüglich schmeckt. Prost!“ Gasperlmaier hatte ihr eine Flasche gereicht, und sie stießen beide gegeneinander. Der kalte Bosna schmeckte so la la. Wahrscheinlich würde er ihm später im Magen liegen. Als sie fertig gegessen und getrunken hatte, rülpste die Frau Doktor ganz ungeniert, wenn auch hinter vorgehaltener Hand. „Entschuldigung, aber das musste jetzt sein!“, kicherte sie. „Passt schon!“, sagte Gasperlmaier und erhob sich.

Die Frau Doktor tat es ihm gleich und trat an ihn heran. Fast so nahe, wie ihr vorher der Lannacher gekommen war. Dann drückte sie ihn an sich und küsste ihn auf beide Wangen. Gasperlmaier wurde ein wenig warm, weil ihn die Frau Doktor länger festhielt, als für die beiden Wangenküsse unbedingt nötig gewesen wäre. Dann war sie weg, und er war allein. Er wusste nicht recht, was er nun mit sich anfangen sollte. Man sollte meinen, so dachte er bei sich, dass am Ende eines solchen Falles eine große Erleichterung eintrat. Gleichzeitig mit der Erleichterung kam aber auch immer die Leere. Und, in diesem Fall, die Sorge um seine Kollegin, die womöglich an den Ereignissen des heutigen Tages noch länger leiden würde. Da konnte man nicht so einfach zur Tagesordnung übergehen, wenn man stundenlang eine Waffe gegen den Kopf gedrückt bekommen hatte. Eine Waffe, die noch dazu ein offensichtlich Durchgeknallter in seinen verschwitzten Fingern hielt.

Kurz überlegte Gasperlmaier, ob er die Manuela noch einmal besuchen sollte, entschied sich aber dann dagegen. Sie brauchte sicherlich Ruhe und Abstand, keine neuerlichen Gespräche über die Geiselnahme.

„Das war mir klar, dass ich dich hier finde!“, sagte der Friedrich, als er den Polizeiposten verließ. „Ich hab die Frau Doktor Kohlross wegfahren sehen, und da hab ich mir gedacht, der Gasperlmaier ist sicher noch auf dem Posten, da leiste ich ihm ein wenig Gesellschaft!“ Gasperlmaier nickte. „Nett von dir. Aber ich glaub, ich geh jetzt heim. War ein anstrengender Tag!“ „Der aber noch lange nicht zu Ende ist! Vor allem – morgen ist ja Sonntag, und ich glaub, du hast dir einen freien Tag redlich verdient. Als Held von Altaussee!“, entgegnete der Friedrich. Gasperlmaier zögerte. „Fallbesprechung?“, fragte er dann. „Na gut, ein Bier. Ich darf dir ja auch nicht alles ...“ „Musst du auch nicht!“, entgegnete der Friedrich. „Es ist ja eh schon überall herum. Oder glaubst, dass dieser riesige Polizeieinsatz in Altaussee unbemerkt geblieben ist? Die alte Krenn hat von ihrem Schlafzimmer aus praktisch einen Livestream an das ganze Dorf geliefert!“ „Zum Schneiderwirt?“, fragte Gasperlmaier, anstatt dem Friedrich auf seine wohl ohnehin rhetorisch gemeinte Frage zu antworten.

Dort saß, als sie eintraten, an einem Ecktisch bereits der Herr Doktor Altmann vor einer Halben Bier. „Du auch hier?“, fragte Gasperlmaier. Der Doktor Altmann nickte verschmitzt, und langsam dämmerte Gasperlmaier, dass die kleine Stammtischrunde womöglich einem Komplott seiner beiden Freunde zu verdanken war. Die Jasmin näherte sich. „Das war ja eine üble Geschichte, Gasperlmaier! Fast hätte euch der Grafenfeld auch noch umgebracht! Darf es heute was Stärkeres sein?“ Der Doktor Altmann bestellte. „Drei doppelte. Bringst uns aber was von dem Guten, gell!“ „Selbstverständlich!“

Gasperlmaier zog seine Jacke aus und hängte sie an einen Kleiderhaken, und noch bevor er seinen Hintern auf die Bank schob, standen schon ein Bier und ein Schnaps auf seinem Platz. „Prost!“, sagte der Doktor Altmann, der Friedrich und Gasperlmaier stimmten ein. Tatsächlich tat ihm der Schnaps gut. Wenigstens ein Teil der Anspannung, die seit dem Geiseldrama kaum nachgelassen hatte, fiel von ihm ab. „Ich hab's mir gleich gedacht“, eröffnete der Doktor Altmann das Gespräch, „dass wir es hier mit einem Trittbrettfahrer zu tun haben. Ich meine, dass er die Geschichte mit den Plastiksäcken kopiert hat, um von sich abzulenken. Später gibt's übrigens noch ein Gulasch von meiner Frau, wir sind bei euch zum Abendessen! Für dich“, sagte er, zum Friedrich gewandt, „gibt es auch einen Teller und eine Semmel!“ Seit die Altmanns ihre Nachbarn waren, hatte es sich eingebürgert, dass die Frau Doktor Altmann so alle drei Monate einen großen Topf Gulasch kochte und hinüber zu Gasperlmaiers brachte, wo man gemeinsam aß. Leider war das

Gulasch der Frau Doktor Altmann so scharf, dass man dazu auf jeden Fall mehr als ein Bier brauchte, so durstig machte es. Und Gasperlmaier drückte der Magen ohnehin schon, von den zwei Bosna, die er noch zu verdauen hatte.

„Das Problem war halt", berichtete Gasperlmaier, „dass wir so lange keinen wirklichen Zusammenhang zwischen den zwei Morden herausgefunden haben." „Es hat ja schließlich niemand wissen können, dass der Pirkner ausgerechnet dann im Wohnzimmer beim Grafenfeld steht, als der sich mit seiner Frau über den Mord gestritten hat." „Und alles nur wegen einer kaputten Klingel!", fügte der Friedrich hinzu. „Das wisst ihr auch schon?" Gasperlmaier staunte. „Die Krenn", lachte der Doktor Altmann, „redet wie ein Buch. Wenn ihr jemand zuhört. Und das hab ich heute Nachmittag getan!"

„Zuerst", sagte Gasperlmaier, „haben wir ja an einen Zusammenhang mit der Arabella Liebig gedacht. Weil die sowohl mit dem Eckhardt als auch mit dem Pirkner zu tun hatte." Der Doktor Altmann schlug mit der flachen Hand auf den Tisch. „Ein Prachtweib, diese Liebig!", flüsterte er, weil es ihm anscheinend peinlich gewesen wäre, wenn man ihn an den anderen Tischen gehört hätte. „Ja, ja!", grinste der Friedrich und vollführte mit seinen Händen eine recht eindeutige Geste vor seiner Brust, die wohl auf körperliche Merkmale der Arabella Liebig Bezug nahm.

„Ich hab übrigens – das muss ich euch zeigen!" Er fingerte sein Handy hervor und suchte nach den Selfies mit der Arabella Liebig. Das mit dem Küsschen aber wollte er nicht herzeigen, so wischte er schnell nach rechts, um eins der ersten drei zu präsentieren. „Öha!", staunte der Friedrich, als Gasperlmaier sein Handy herumdrehte. „Wie ist es denn dazu gekommen?"

Er nahm Gasperlmaier das Handy aus der Hand, und ehe der sich versah, hatte der Friedrich schon weitergewischt. Ein noch lauteres „Öha!“ folgte, dem der Friedrich noch ein „Uiuiuiuiui!“ hinterherschickte. Er zeigte das Selfie mit dem Küsschen gleich dem Doktor Altmann. „Du bist ja vielleicht ein … Gasperlmaier! Das hätt ich dir gar nicht zugetraut, du Charmeur!“ „Jetzt gebt's schon her!“ Rasch steckte Gasperlmaier sein Handy wieder weg, dennoch wurde ihm warm um die Ohren. Am besten hätte er die Fotos gleich gar nicht hergezeigt. „Und, wie küsst sie so, die Liebig?“, fragte der Doktor Altmann verschmitzt. „Das war doch nur … sie ist halt eine Schauspielerin, die tut nur so, als ob …“, versuchte er, die Sache kleinzureden. „Na, deiner Christine musst das jedenfalls nicht zeigen!“, lachte der Doktor Altmann. „Prost!“

„Dann“, versuchte Gasperlmaier von den Fotos abzulenken, „kam diese Immobiliengeschichte ins Spiel. Das Chaletdorf in Lerchenreith. Da hat der Pirkner ein paar krumme Geschäfte laufen gehabt. Aber damit hatte wieder der Eckhardt nichts zu tun.“ „Und dann taucht natürlich der Verdacht gegen den Dietz auf!“, bemerkte der Doktor Altmann. „Und schließlich die Geschichte mit dem Hlavaty“, sagte der Friedrich. „Diesem Gangster aus der Slowakei. Der wäre auch ein wunderbarer Mörder gewesen.“ Gasperlmaier nickte und trank sein Bier aus. Sekunden später standen drei frisch gezapfte Halbe vor ihnen. „Aber was ihr sicher noch nicht wisst!“, sagte er dann. „Wir haben den dringenden Verdacht, dass der Grafenfeld auch seinen Vater umgebracht hat. Da müssen wir aber erst …“ „Beweise suchen!“, nickte der Doktor Altmann wissend.

„Und warum das alles?“, fragte der Friedrich mehr sich selbst als die anderen beiden. „Weil sich der alte Grafenfeld in seinem zweiten Frühling von einer Frau hat verführen lassen!" „Na ja", widersprach Gasperlmaier. „Da gehören schon immer zwei dazu. Da kannst du nicht der Frau die Schuld geben. Er soll recht charmant gewesen sein, der alte Grafenfeld!" „So, so?", grinste der Friedrich anzüglich und erinnerte Gasperlmaier damit an eine Episode, die dieser gerne vergessen hätte. Gasperlmaier hatte nämlich vor Jahren, als die Christine unbedingt eine Weltreise hatte unternehmen müssen, mit seiner damaligen Nachbarin einen Fehltritt begangen, als diese wegen ihres untreuen Ehemannes Trost gebraucht hatte. Mit ein Grund dafür, dass die Nachbarin weggezogen war und die Altmanns deren Haus gekauft hatten. Deswegen war natürlich auch der Doktor Altmann im Bilde, den es vor Lachen schüttelte, als er in Gasperlmaiers zerknirschtes Gesicht blickte.

Viertel nach acht war es schließlich, als die Christine die Haustür öffnete und natürlich sofort merkte, dass die drei Herren, die davor standen, ihren heftigsten Durst vor dem Abendessen bereits anderswo gelöscht hatten. Vier Bier und zwei Schnäpse waren es schließlich geworden. Neben ihr stand die Frau Doktor Altmann, beide mit strengen Mienen und steilen Falten auf ihren Stirnen. „Da gibt's dann zum Gulasch wohl Himbeersaft! Und dass ihr euch benehmt, vor den Gästen! Zum Glück schmeckt Gulasch ja aufgewärmt am besten!" Ohne ein weiteres Wort verschwanden die beiden wieder in der Küche.

„Gäste?", fragte Gasperlmaier. „Schauen wir einmal!" Der Friedrich kicherte. Drinnen in der Küche hatte man einen Tisch dazugestellt, so viele Leute saßen darum herum. „Ich hatte die Idee, zu einladen die Veronika und ihre Kids!" Die Richelle kam ihnen entgegen, den Theo auf der Hüfte sitzend. Die Veronika nickte den Neuankömmlingen ein wenig unsicher zu, während die Christine damit begann, Gulasch auf die Teller zu verteilen. „Wir haben uns gedacht, sie braucht ein wenig Ablenkung, nach allem, was in den letzten Tagen passiert ist!", erklärte die Frau Doktor Altmann. Die Zwillinge sahen erstaunt zu Gasperlmaier und seinen Freunden auf, die ein wenig unsicher zwischen den Stühlen herumstolperten, bis sie ihre Plätze eingenommen hatten. „Ein ganzer Tisch voller schöner Frauen!", kommentierte der Doktor Altmann mit etwas schwerer Zunge. „Bitte benimm dich entsprechend!", ermahnte ihn seine Frau.

„Hast du immer eine Uniform an?", fragte eine der Zwillinge. Der Friedrich und der Doktor Altmann kicherten. „Fast!", antwortete an Gasperlmaiers statt der Friedrich. „Wenn er keine Polizeiuniform anhat, dann hat er die Feuerwehruniform an, der Gasperlmaier!" Der Doktor Altmann prustete los. „Und wenn er die nicht anhat, dann hat er seine Lederhose an!", setzte er fort. Die Zwillinge lachten. „Und wenn du ins Bett gehst, dann hast du deinen Pyjama an!", sagte eines der Zwillingsmädchen und strahlte dabei übers ganze Gesicht. Nun lachten alle, am lautesten und längsten der Theo. Es war nur eine Frage der Zeit, so dachte Gasperlmaier bei sich, bis die Zwillinge darauf kamen, dass der Doktor Altmann unter der kurzen Lederhose eine lange weiße Unterhose anhatte, und danach fragen würden, was das denn zu bedeuten habe.

„Weißt", sagte die Christine später im Schlafzimmer, als er seine Uniform auszog, „es war für mich auch ein furchtbarer Tag heute. Die Ungewissheit ... das ist fast schlimmer, als wenn man selber dabei ist. Ich war so froh, als du angerufen hast, du glaubst gar nicht ... mir ist wirklich und wahrhaftig ein Stein vom Herzen gefallen!" „Jetzt ist ja alles wieder gut!", beruhigte Gasperlmaier sie und ließ sich aufs Bett fallen. „Ein bissl lang hat's schon gedauert, eure Fallbesprechung beim Schneiderwirt", schmunzelte die Christine. „Sie haben mich praktisch vor dem Posten abgepasst", rechtfertigte er sich. „Ich hab gar nichts machen können!"

„So?", fragte die Christine, schlüpfte ins Bett und zog die Decke bis zum Kinn hoch. „Hast du gedacht, dass er auf dich schießt?", fragte sie in besorgtem Ton. „Ich hab einfach gar keine Zeit zum Denken gehabt. Ich glaub, ich hab nur funktioniert. Was passiert, wenn ... über solche Sachen hab ich nicht nachgedacht, echt nicht. Ich hab nur überlegt, wie kommen wir da alle wieder raus?" „Ich hab mich so aufgeregt, ich glaub nicht, dass ich schlafen kann!", erklärte die Christine, bevor sie das Licht abschaltete. Gasperlmaier hingegen war so müde, dass er sofort wegdämmerte.

„Aufwachen!", hörte er plötzlich die Christine. „Du hast schlecht geträumt!" „Was hab ich denn gemacht?", fragte er schlaftrunken. „Gestöhnt!", sagte sie. „Was hast denn geträumt?" „Nix!", sagte er, aber das war gelogen. Immer wieder tauchte der grinsende Grafenfeld vor ihm auf, wie er mit der Pistole fuchtelte, dann wieder hatte er Bilder vor sich gehabt, wie die Christine verschwitzt, mit der Pistole an der Stirn ... dann hatte der Theo nach seiner Mama gerufen ... es war schrecklich gewesen. Am liebsten, so dachte er bei sich, wäre er gar nicht mehr eingeschlafen.

Am Sonntagmorgen aber weckte ihn die Sonne, die zum Fenster hereinschien. Und das bedeutete, dass es mindestens halb neun sein musste. Das Bett der Christine war schon leer, und von unten herauf duftete es nach Kaffee.

Epilog

Am Montag stand Gasperlmaier früh auf, denn er war gespannt, ob es in der Ermittlung gegen den Grafenfeld Neues gab. Am Sonntag hatte er von der Frau Doktor nur eine Nachricht erhalten, in der sie schrieb, dass sie den Tag mit ihrer Familie verbringen würde, ohne auch nur einen Gedanken an den Fall zu verschwenden. Natürlich, so dachte er bei sich, würde ihr das nicht gelingen. Aber das behielt er für sich.

Als sich um halb neun immer noch niemand gemeldet hatte, wurde er unruhig, stand von seinem Schreibtisch auf und begab sich ans Fenster. Ein prächtiger Wintertag begann sich draußen zu entfalten, die Sonne war gerade über den Horizont gestiegen und beleuchtete das klirrend kalte Weiß, das ganz Altaussee bedeckte. Und dann läutete das Telefon doch noch.

„So!", sagte die Frau Doktor. „Schönen Sonntag gehabt?", fragte sie. „Doch!", antwortete er. „Der Theo kann gar nicht genug bekommen vom Rodeln. Zweimal waren wir. Weil er zwischendurch hat aufgewärmt werden müssen!" „Schön. Stell dir vor, ich war auch rodeln, mit dem Max. Die Sophie war mit dem Bernhard Ski fahren und ist ganz durchgefroren zurückgekommen. Und der Max ... na ja, nach einer halben Stunde hat er zu raunzen angefangen." Gasperlmaier antwortete nicht, er wartete gespannt auf Neuigkeiten zu ihrem Fall. Die Frau Doktor ließ ihn auch nicht lange warten.

„Spuren in Hülle und Fülle", sagte sie. „Im Tesla haben wir Faserspuren und DNA vom Grafenfeld gefunden. Es gibt Aufnahmen von Verkehrskameras, die sein Auto auf dem Weg von Kitzbühel nach Aussee zeigen, zur fraglichen Zeit. Den Fahrer kann man zwar nicht erkennen, aber der Grafenfeld hat uns bisher keine Erklärung liefern können, warum sein Auto da unterwegs war."

„Hat er den Tesla benutzt, um den Pirkner zum Salzberg zu bringen?", fragte Gasperlmaier. „Darauf wollte ich gerade kommen. In seinem SUV sind jede Menge Faserspuren und DNA vom Eckhardt. Im Tesla eben Spuren vom Grafenfeld, sogar ein Fingerabdruck. Du erinnerst dich an den Knopf zum Sitzverstellen. Auf der Zuckerlfolie ist ein bisschen viel DNA von dir, aber auch vom Grafenfeld junior. Nach wie vor beschuldigt er seine Frau. Die Leiche vom Pirkner, zum Beispiel, habe er ihr zuliebe auf dem Salzberg entsorgt." „Ist das glaubwürdig?" „Nein!", sagte die Frau Doktor. „Ich werde ihn heute noch zu allen Einzelheiten vernehmen, aber ich denke, dass wir dann alles zusammenhaben, um eine hieb- und stichfeste Anklage vorbereiten zu können. Wird ein anstrengender Tag!" „Hast du schon was von der Manuela gehört?", fragte Gasperlmaier noch. „Ja", sagte die Frau Doktor. „Sie hat heute Nachmittag einen Termin mit unserer Psychologin. Du musst alleine zurechtkommen. Wie hast du übrigens geschlafen?"

„Schlecht!", musste Gasperlmaier zugeben. „Mir ist natürlich auch die Situation gestern dauernd untergekommen." „Dann komm auch einmal vorbei, vielleicht möchtest du eine Supervision haben, oder so was!" Das fehlte gerade noch, dachte Gasperlmaier bei sich, dass er in die Hände der Psychologen fiel. Da hatte er wahrlich Besseres zu tun, aber das sagte er der Frau Doktor natürlich nicht. „Vielleicht!", gab er sich unbestimmt.

„Schon Zeitung gelesen?", fragte ihn die Frau Doktor. „Ich les überhaupt nie Zeitung!", gab er zurück. „Heute schon!", sagte die Frau Doktor. „Die Schablinger feiert dich als Helden. Mit deiner Pfefferattacke hast du, wie sie schreibt, den beiden Frauen und dir selbst das Leben gerettet. Sie hat sogar ein nettes Foto von dir ausgegraben. Würde mich wundern, wenn sie nicht heute noch auf dich zukommt. Vielleicht will sie sogar eine Homestory mit dem Helden von Altaussee machen!“ Die Frau Doktor kicherte. Gasperlmaier wurde flau im Magen.

„Vielleicht“, sagte er nach einer kurzen Bedenkpause, „möchte ich lieber doch mit eurer Psychologin reden.“

Danksagung

Diesmal möchte ich mich zuallererst bei jemandem bedanken, den ich gar nicht persönlich kenne: Der Presl Sepp betreibt die Webseite „Dialekt und Brauchtum im Ausseerland“ (ausseerland.com), die eine ergiebige Fundgrube für meine Recherchen ist. Der Sepp listet eine ganze Reihe von Ausseerinnen und Ausseern auf, die ihn mit Informationen unterstützen – auch ihnen gebührt mein Dank.

Ebenso bedanke ich mich bei Florian Seiberl und seinem Team von der „Alpenpost“. Nur die aufmerksame und gründliche Lektüre dieses Regionalmediums ermöglicht eine halbwegs authentische Darstellung des Ausseerlandes.

Und dann gibt es natürlich noch jede Menge Ausseerinnen und Ausseer, die mich bei Besuchen in der Gegend mit Insider-Informationen versorgen. Stellvertretend für alle möchte ich Werner Fischer von der Feuerwehr Altaussee nennen.

Mein besonderer Dank gilt wie immer meiner Frau Ulrike, die nun, da wir uns im Ruhestand befinden, darunter zu leiden hat, dass ich dennoch tagsüber meist in meinem Arbeitszimmer verschwinde, anstatt Wände zu streichen, wie es Gasperlmaier tut, oder den Garten zu pflegen.

Weiters gilt mein Dank dem Team des Haymon Verlages, allen voran meiner Lektorin Linda Müller, die mich seit Gasperlmaiers erstem Fall begleitet und ohne die die Serie gewiss kein so großer Erfolg geworden wäre.

Herbert Dutzler
Letzter Kirtag
Ein Altaussee-Krimi
264 Seiten
ISBN 978-3-85218-870-6

So etwas hatte selbst Gasperlmaier noch nie gesehen. Dabei hat er schon viel gesehen, der Gasperlmaier, schließlich ist er seit mehr als zwanzig Jahren Polizist in Altaussee. Aber ein Erstochener am Montag in der Früh im Festzelt vom Altausseer Kirtag, das ist auch für ein gestandenes Mannsbild wie ihn zu viel. Und so trifft er eine falsche Entscheidung – nicht die letzte an diesem Tag, und auch der Tote im Festzelt wird nicht das einzige Opfer bleiben.

Herbert Dutzler
Letzter Gipfel
Ein Altaussee-Krimi
360 Seiten
ISBN 978-3-85218-916-1

Der Gasperlmaier hat es nicht leicht. Gleich zwei Frauenleichen werden auf dem Loser gefunden. So ein Anblick mitten am Vormittag und dann noch Mordermittlungen in dünner Höhenluft – da kann auch ein erfahrener Altausseer Polizist wie Gasperlmaier wackelige Knie bekommen. Zum Glück hat der tollpatschige, aber äußerst liebenswürdige Ermittler die attraktive Frau Doktor Kohlross an seiner Seite ...

Herbert Dutzler
Letzte Bootsfahrt
Ein Altaussee-Krimi
368 Seiten
ISBN 978-3-85218-933-8

Da kann selbst einem erfahrenen Dorfpolizisten der Appetit vergehen: In pikanter Pose wird die Leiche eines Geschäftsmannes gefunden. Schnell kommen dubiose Details ans Licht. Bestechung, unseriöse Grundstücksdeals – hinter der idyllischen Kulisse des Ausseerlandes geht nicht alles mit rechten Dingen zu. Der sympathisch-tollpatschige Gasperlmaier verlässt sich in seinem dritten Fall so lange auf sein Bauchgefühl, bis ihm flau im Magen wird: Auch seine Mutter scheint nämlich in den Fall verwickelt zu sein.

Herbert Dutzler
Letzter Saibling
Ein Altaussee-Krimi
368 Seiten
ISBN 978-3-85218-969-7

Der Gasperlmaier hat schon viel erlebt – aber so etwas Furchtbares ist ihm noch nie untergekommen: Leichenteile im malerischen Toplitzsee. Das Verbrechen hat offenbar mit dem jährlichen Fischessen des Altausseer Skiclubs zu tun. Doch als grausamen Killer kann Gasperlmaier sich keinen seiner Skiclub-Freunde vorstellen. Mit dem liebenswürdigen Inspektor hat Herbert Dutzler die Herzen der Krimi-Fans erobert: Spannung, umwerfende Komik und originelle Figuren im gemütlichen Ausseerland.

Herbert Dutzler
Letzter Applaus
Ein Altaussee-Krimi
392 Seiten
ISBN 978-3-7099-7820-7

Der Gasperlmaier hat alle Hände voll zu tun: In Bad Aussee erhitzt eine neue Billigtrachten-Kette die einheimischen Gemüter – ausgerechnet wenige Tage vor dem Narzissenfest. Dann wird plötzlich die Narzissenkönigin tot aufgefunden. Besteht ein Zusammenhang zwischen ihrem Tod und der Geschäftseröffnung? Franz Gasperlmaiers fünfter Fall überzeugt mit einem durch und durch liebenswürdigen Ermittler, authentischem Ausseer Flair, einer großen Portion Humor und einer noch größeren Portion Spannung!

Herbert Dutzler
Letzter Fasching
Ein Altaussee-Krimi
408 Seiten
ISBN 978-3-7099-7873-3

Mörderisches Maskentreiben und Gasperlmaier mittendrin! Als während der alljährlichen Faschingsvorbereitungen in Bad Aussee eine Morddrohung einlangt, herrscht große Aufregung. Gasperlmaier muss inkognito ermitteln, doch auch er kann das Verbrechen nicht verhindern: Der Koch eines renommierten Bio-Hotels wird erstochen aufgefunden. Bald stellt sich heraus, dass das Opfer in krumme Geschäfte verwickelt war. Der liebenswürdige Inspektor Gasperlmaier steckt wieder bis zum Hals in den Ermittlungen, denn Verdächtige finden sich viele ...

Herbert Dutzler
Letzter Stollen
Ein Altaussee-Krimi
400 Seiten
ISBN 978-3-7099-7910-5

Mord unter Tage: Ausgerechnet an Gasperlmaiers Geburtstag verschwindet ein Tourist bei einer Führung im Salzbergwerk. Hat er sich im Stollen-Labyrinth verirrt, oder hat ihn jemand beiseitegeschafft? Statt zu feiern, muss Gasperlmaier ermitteln – dabei wird ihm unter der Erde ganz flau im Magen. Dass der Vermisste wenig später tot aufgefunden wird, hilft da auch nicht ... Gewohnt liebenswert und ungewöhnlich heldenhaft: In seinem neuen Fall wächst der beliebteste Ermittler Österreichs über sich hinaus!

Herbert Dutzler
Letzter Jodler
Ein Altaussee-Krimi
400 Seiten
ISBN 978-3-7099-7915-0

Es hat sich ausgejodelt! Am jährlichen Pfeifertag sorgt bei den traditionellen Volksmusikern eine moderne Schlagerband für Unmut. Plötzlich liegt einer der Musiker tot im Moos – und die „Kainischer Hasenjäger" werden zu Gejagten. Ganz klar, dass der Altausseer Inspektor Franz Gasperlmaier mit dem Fall betraut wird. Bei seinen Ermittlungen trifft er auf echte Stars und muss erkennen: Hinter den Kulissen ist die schöne Schunkelwelt alles andere als heil.

Herbert Dutzler
Letzter Knödel
Ein Altaussee-Krimi
408 Seiten
ISBN 978-3-7099-7933-4

Da bleibt Gasperlmaier fast der Knödel im Hals stecken! In Altaussee findet ein Politgipfel statt, überall wimmelt es vor Polizei aus der Hauptstadt und dann wird auch noch eine Köchin tot aufgefunden. Hat der Mord etwas mit dem Gipfeltreffen zu tun? Oder führt die Spur zu den Kollegen aus dem Cateringunternehmen? Und warum hat die Tote einen falschen Namen benutzt?

Herbert Dutzler
Letzter Tropfen
Ein Altaussee-Krimi
400 Seiten
ISBN 978-3-7099-7945-7

Topmodels und Tote im Ausseerland! Nicht genug damit, dass die Dreharbeiten einer bekannten Model-Castingshow die beschauliche Idylle in Altaussee stören: Eines Morgens wird auch noch der Set-Fotograf tot im See aufgefunden – und ausgerechnet Franz Gasperlmaier muss im Fashion-Milieu ermitteln. Die ungeschminkte Wahrheit hinter der glamourösen Fassade der beliebten TV-Sendung ist alles andere als schön. Wie gut, dass der Nachbar am Gartenzaun immer einen edlen Tropfen und einen guten Rat für Gasperlmaier parat hat ...

MIX
Papier | Fördert gute Waldnutzung
FSC® C083411

Auflage
4 3 2 1
2027 2026 2025 2024

HAYMON tb **320**

Originalausgabe

www.haymonverlag.at

ISBN 978-3-7099-7961-7

Inhaltliche Betreuung, Lektorat: Haymon Krimi / Linda Müller
Projektleitung: Haymon Krimi / Verena Friedl
Buchinnengestaltung nach Entwürfen von himmel. Studio für Design und Kommunikation, Innsbruck / Scheffau – www.himmel.co.at
Satz: Da-TeX Gerd Blumenstein, Leipzig
Umschlaggestaltung: Eisele Grafik · Design, München
unter der Verwendung von folgenden Bildelementen:
Hintergrund: Alamy Stock Photo/Vadym Lavra;
Vordergrund: Adobe Stock/Africa Studio
Autorenfoto: Haymon Verlag / Fotowerk Aichner

Gedruckt auf umweltfreundlichem,
chlor- und säurefrei gebleichtem Papier.